Living as a Christian teen in today's "anything goes" society is more difficult than ever before. Therefore, you need to be reminded of God's love and power. *Hot Trax:Devotions for Girls* are faith-fueling messages that relate God's Word to your life. Though brief in content, Ken Abraham's devotions will have a long-lasting impact on your Christian growth. Do you desire a closer relationship with God? Then tune into *Hot Trax:Devotions for Girls* today.

Ken Abraham, drummer and songwriter for the musical group Abraham, is the author of *Don't Bit the Apple 'Til You Check for Worms* and *Designer Genes.* He and his wife, Angela, live in Clymer, Pennsylvania.

Hot TRAX

devotions for girls

By Ken Abraham
Don't Bite the Apple 'Til You Check for Worms
Designer Genes
Hot Trax (Devotions for Guys)
Hot Trax (Devotions for Girls)

ken abraham's

Hot TRAX

devotions *for* girls

Fleming H. Revell Company
Old Tappan, New Jersey

Library of Congress Cataloging-in-Publication Data

Abraham, Ken.
    Hot trax.

    Summary: Brief essays discuss how to deal with feelings of self-doubt, loneliness, and peer pressure by strengthening spiritual ties with God. Includes discussion questions and suggested Bible readings.
    1. Girls—Prayer—books and devotions—English. [1. Prayer books and devotions. 2. Adolescence. 3. Christian life] I. Title.
BV4860.A27 1987   248.8′33   86-33879
ISBN 0-8007-5241-4

Copyright © 1987 by Ken Abraham

Published by the Fleming H. Revell Company
Old Tappan, New Jersey 07675
Printed in the United States of America

Special Thanks

TO my lovely assistant, my wife, Angela. It's tough for a guy to reach inside the emotions of a woman and effectively relate. But with Angela's bringing the female perspective to this book, you'll find that it touches right where the contemporary young woman lives.

Contents

Rhythm Trax   11

1 Girls Just Want to Have Fun   15

2 Do Ya Think I'm Sexy?   18

3 Material Girl   21

4 Perfect ... Almost   23

5 Tears for Fears   26

6 Humpty-Dumpty Had a Great Fall   30

7 Yesterday, Today, Forever   33

8 Advanced Airport Observation   36

Contents

9	Talking to Strangers	39
10	The Last American Virgin	42
11	One Step Closer to You	45
12	Let's Hear It for the Boy	47
13	The Great Oxymoron	49
14	How to Meet Guys	52
15	Welcome to the Real World	55
16	Twenty-Minute Thrill	57
17	Papa Don't Preach	60
18	Cheap Trick	63
19	Costly Coolers	66
20	How to Pick a Hit	69
21	Party All the Time	73
22	Crack, the Whip	75
23	Take My "Breadth" Away	78
24	Look Up!	81
25	Mr. Sunshine	83

Contents

26 Life With the King of Rock   87

27 The Real Thing   90

28 The High Cost of Loving   93

29 Life's Dirtiest Word   95

30 What Does He Look Like?   97

31 Junk-Food Christians   100

32 The Book   102

33 Animal House   105

34 Missionary Man   108

35 Sunday-Morning Blues   110

36 Jump Start   112

37 You're a Friend of Mine   113

38 The Witness   116

39 Coffee, Tea, or Me?   120

40 Living Is Giving   122

41 Lonely No Longer   126

42 Against All Odds   129

Contents

43 Facts of Life 132

44 Back to the Future 134

45 Family Ties 136

46 Gonna Harden Your Heart 139

47 Color Green 142

48 Something to Talk About 145

49 Halloween Hi-Jinks 148

50 Never Give Up 151

51 Read for Your Life 153

52 Rock On! 156

Re-mix 158

Rhythm Trax

Imagine yourself getting ready to record your first "hit" album. Your days of "Mr. Microphone" and "Puttin' on the Hits" are over; this is the real thing now. You're shifting nervously behind the large mike, your heart pounding, your palms extraordinarily moist. A backup band composed of some of the top session players available is preparing to add professional touches to your talent.

The studio is dim, except for the soft lights behind the dancing needles on the control panel. Nevertheless, you can sense the intensity that pervades the room. The four disciplined musicians signal that they are ready to begin the basic rhythm tracks. Piano, bass guitar, drums, and rhythm guitar; the initial tracks to be "cut" are the essential elements that will establish the foundation upon which everything else will follow. If the basic tracks of your album waver or are weak, no amount of embellishment will prevent the end product from failing. These tracks set the pace; they establish the "feel" for the tunes; they can literally make the difference between an ignominious flop and a colossal hit record.

The red "in session" light goes on, and you hear the producer's voice through your headphones: "HOT TRAX, take one!" Now it's your turn. . . .

In every area of your life, nothing will be more foundational than your personal basic tracks, your devotional life with the Lord Jesus. If you get out of sync with Him, life's greatest hits become sheer cacophony, mere noise. However, if you lay the right rhythm tracks, you can walk in His footsteps.

Hot TRAX
devotions for girls

1
Girls Just Want to Have Fun

Cyndi Lauper sang the "national anthem" for young American women when she recorded "Girls Just Want to Have Fun." Modern young women have more leisure time available, more money to spend, and more opportunities to have fun than any group of women in history. Still, what do you hear the fourth day of vacation? "I'm bored. What's there to do around this place, anyhow?"

Dinah, Jacob's daughter, felt that way. Her story is in Genesis, chapter 34. Take an extra minute today to read the entire chapter. It's only thirty-one verses, and you won't believe this is in your Bible, unless you read it for yourself.

Dinah's story is pretty hot stuff. It's the kind they make soap operas and R-rated movies out of today, but it is, nevertheless, a true account.

You can't blame Dinah for being bored. She was a young woman in her teens who had grown up living out of a suitcase. Her family was constantly on the move, and now that the clan had settled near the city of Shechem, she was anxious to find out what life was like in the big city.

Bored, restless, tired of being alone, and longing for some excitement, Dinah decided to take things into her own hands. She seized the first opportunity to explore Shechem for herself.

"Never a dull moment in Shechem," was what everyone had said. "Shechem shakes night and day!" Dinah had heard about the beautiful city, nestled between the mountains. She had seen some of the fancy, bright-colored clothes that traveling merchants had purchased in the city. Why, Shechem was the cultural and entertainment capital of that part of Canaan! More important, Dinah had heard that the girls in Shechem really knew how to have a good time; she assumed that meant the guys were pretty hot numbers, too.

Now, as she entered the gates of the city, all by herself, she was ready for her wildest dreams to come true. She wasn't looking for trouble. She just wanted to have a little fun.

But trouble took little time to find innocent, naive Dinah. The prince of the land saw her and was deeply attracted to Dinah, and since he was accustomed to getting everything he wanted, he took her . . . by force. He raped Dinah, the daughter of Jacob.

When Jacob and his boys found out about the defilement of Dinah, they were furious. According to their law, robbing a young woman's virginity was not only a serious crime against her but it was also an outright insult to the entire family. What complicated things even further was the fact that Jacob and his family had made a covenant with God, promising to keep themselves pure and holy, and to refrain from intermarrying among the Canaanite people.

Knowing this, Dinah should have been even more careful to avoid jeopardizing the family name, not just for her own sake but because her family was God's witness to the world around them. But Dinah just wanted to have some fun.

Dinah's fun, however, set off a series of reactions, some noble, some nasty. Shechem, the spoiled prince for whom the town was named, proved that he wasn't a total creep. Apparently, he genuinely cared for Dinah, which is more than we would expect of a guy who robs a woman's virginity by raping her. Nevertheless, Shechem seriously desired Dinah to be his wife, and he was willing to pay any price to get her. When Jacob's sons proposed circumcision as the only circumstance under which they would consent to the marriage, Shechem gulped hard and said, "Okay." The whole city would be circumcised, every man in Shechem, in preparation for the inevitable intermarrying that would take place once the two families became one.

Shechem and his dad, Hamor, did their part. They had every man in the city circumcised, young and old alike. But Simeon and Levi, two of Jacob's sons, weren't playing this thing straight. They were looking for revenge. They were out for blood. While the men of the city were incapacitated by the pain from their circumcisions, Simeon and Levi took their swords and slaughtered every man in town, including Hamor and Shechem. Then they looted the city, stealing everything in sight: the flocks, the donkeys, the women and children, and anything of value in the people's homes.

What had begun as Dinah's innocent pleasure cruise into the city turned into a debacle of rape, lying, murder, plundering, stealing, and kidnapping. Not only had Dinah's name been dragged through the mud but also that of her father, her brothers, her family, Shechem's family, and saddest of all, the name of God had been sullied by this whole sordid affair.

Unquestionably, Dinah was scarred for life. Would she ever forget the man who had raped her, and who then had paid for his sin with his life and the lives of an entire city? Would she ever be able to forgive him? Would she ever forgive her brothers who, in their revenge, took away her only chance to cover her shame by marrying the prince? Would she ever forget that her dad had more concern for maintaining his name than he had for the physical and emotional abuse his daughter had endured undeservedly?

No. Dinah would never be the same. Fun, sometimes, just isn't worth it.

Action Trax

1. Have you allowed boredom and loneliness to breed problems in your life (overeating, immorality, obsession with "soaps," laziness, or foolish adventurism)?
2. List several creative and constructive ways to spend your "free time."

2
Do Ya Think I'm Sexy?

Society tells us that sex sells, but Whitney Houston has discovered an ancient biblical truth: Winsome wholesomeness is a far more attractive and provocative quality. Little wonder, then, that Whitney has emerged as one of the favorite female singers of the eighties. She has already charmed more than 7 million record buyers into purchasing her debut album. Her appreciative public has welcomed Whitney to the tune of three number-one singles, one Grammy Award, and seven American Music Awards.

"I guess when God lays His hands on you, that's what happens," says Cissy Houston, Whitney's mom and chief inspiration, as she tries to explain her daughter's success. "That's what I attribute it to—that's the *only* thing I attribute it to" (*US*, August 11, 1986).

Daughter Whitney would agree as to the source of her success. "What I do have is a talent I got from God" (*People*, May 19, 1986), she says simply. To Whitney Houston, an acknowledgment of that sort is more than the insincere, casual comment we have come to expect from celebrities who toss God a cookie as a token of their thanks. God, says Whitney, is her most trusted adviser: "I don't make any moves without Him."

Obviously, Whitney Houston has not bought into the sex-and-success syndrome so prevalent among pop performers. Compared to the nonconformity of other top female singers such as Madonna, Cyndi Lauper, and Tina Turner, Whitney is boringly beautiful. She wears dresses . . . pretty dresses. She sets her hair. Her appearance is stylish but youthful. She sings songs that make sense. Sure, she lounges in jeans and sweatshirts, but even then, the woman has class.

Nevertheless, there is a sultry sexiness to Whitney. It is not an abrasive, blatant frontal attack. On the contrary, her most attractive feature is her *modesty*. Her success, she contends, "is not about sex. I have this thing about being sexy and where sex comes from. Either you have it or you don't. It has to come from inside; it's subtle and tasteful. If you try to be sexy, then you're overdoing it."

The Apostle Peter said something similar in regard to a woman's attractiveness. Check out his suggestions in 1 Peter 3:1-6. Also, notice Paul's instructions to Timothy concerning the young women in his church (*see* 1 Timothy 2:9, 10).

Trends concerning personal appearance are in a constant state of transition. It's tough to maintain a wardrobe that is in style. By the time you save enough money to buy your favorite outfit, the fashions have changed. Perhaps that is one reason Peter and Paul caution you against basing your beauty on transient, external adornments. Instead, seek to develop true beauty, "the hidden person of the heart, with the imperishable quality of a gentle and quiet spirit" (1 Peter 3:4). You may be pleasantly surprised to discover that those hidden qualities of the heart naturally cause you to be much more attractive to others as a friend, to your peers, and (dare we say it?) to the opposite sex.

"Come off it," you say, "that would never work."

Oh, really? Ask Whitney Houston.

Action Trax

1. What is an inner quality you like about yourself that makes you unique?
2. As you are getting dressed, try to emphasize your *femininity* rather than your *sexuality*. Be happy and confident in the fact that God made you a woman and don't be bashful about expressing your true beauty.

3
Material Girl

Imelda Marcos may be the flesh-and-blood incarnation of Madonna's song "Material Girl." Unquestionably, the former First Lady of the Philippines (until her husband's exile in 1986) has given new meaning to the term *expensive tastes.* "Compared to her," says New York Congressman Stephen Solarz, "Marie Antoinette was a bag lady" (*People,* April 7, 1986).

When the Marcoses had to hurriedly escape their personal palace paradise, Imelda *left behind* 2700 pairs of shoes, 1500 Gucci and other name-brand handbags, over 1200 designer gowns (each worn only once), and 35 large standing racks, filled with expensive fur coats.

Spending money was almost an obsession with Imelda. The figures on her material largess are staggering. Talk about going on a shopping spree! During a 1981 trip to Kenya, Iraq, and New York, Imelda blew 1.5 million dollars. She took home 20 trunks full of trinkets and 500 boxes of macadamia nut candies. In 1983, on a trip to Rome, Copenhagen, and New York, the First Lady squandered 7 million dollars in 90 days. She spent 10.3 million dollars on her daughter's wedding. She once bought 2000 dollars' worth of chewing gum while simply passing through the San Francisco airport!

Whether because of greed, foolishness, or a vain attempt to destroy the memories of her poverty-stricken childhood, Imelda's possessions became an obsession. Said one of her press aides, "In the beginning, Imelda merely collected possessions. In the end, she became possessed by them."

There's nothing wrong with having money or the things money can buy. But when money, accompanied by materialism (the lust for things) has us, we are in big trouble.

Jesus talked a lot about money. In fact, He talked more about your relationship to money and material things than He did most any other subject. Mark couches one of Jesus' more familiar statements about material success right in the heart of a discussion about what it means to be a dedicated disciple of Christ. Check out Mark 8:34–38. Zero in on verses 36 and 37:

> "For what does it profit a man to gain the whole world, and forfeit his soul? For what shall a man give in exchange for his soul?"

Wow! Jesus is saying that if you could get the entire world but you lost your soul in doing so, it would be a bad deal. We don't usually see the issue in such stark reality; rarely do we get such black-and-white comparisons to study. Satan normally attempts to dull the thrust of Jesus' words by painting these contrasts in various shades of gray and beige. But there it is. Jesus is blatantly warning you that nothing in this world is worth losing your relationship with Him.

Today, make up your mind to put Jesus ahead of the fleeting security of material possessions.

Action Trax

1. Look around you and name something that would be hard to live without. Let go of that person or object by giving it back to God.
2. Today, give something you "own" away (favorite candy, pretty blouse or sweater, or your best album).
3. What do you have that you can share with others?

4

Perfect . . . Almost

Kathy Ormsby was a perfectionist. As a junior at North Carolina State, she set a new U.S. collegiate women's record for the 10,000-meter race. Besides being a star runner, she was a star student. Her physics prof, Gerry Lucovsky, said, "She is sweet, courteous, diligent, sensible . . . she is the model student-athlete" (*Sports Illustrated,* June 16, 1986).

In high school, she was the valedictorian of her class, graduating with a 99-plus average. She set three state high school records for running, and was the only athlete in Richmond High's history to have her jersey retired. Kathy was so loved and admired by her peers, and even her teachers, that the school held a special "Kathy Ormsby Day" in her honor.

But Kathy Ormsby was a perfectionist. Her high school

coach, Charlie Bishop, commented about Kathy: "If she didn't come in first, she had a tendency to think that she was letting a lot of other people down."

In college, Kathy continued to push herself to her own outer limits. She worked feverishly, in class and on the track. She even took her classroom notes to track practice so she could study. After she set the U.S. record for 10,000 meters, she refused to relax. She pressed harder.

Then one night, without any warning, it happened. With 8½ laps to go in the national championship races in Indianapolis, Kathy rounded a bend and kept running—straight. Straight ahead, toward a railing! She ran off the track, ducked under the rail, and ran at full speed up a set of stadium steps, her eyes riveted in front of her, not looking to the left or to the right. She reached the top of the steps and then vanished beyond the stands. She sprinted up the street to where White River Bridge loomed ahead. Seventy-five feet onto the bridge, Kathy Ormsby leaped over the side, plummeting thirty-five feet to the ground.

She broke a rib and suffered a collapsed lung and a fractured vertebra. The most serious of Kathy's physical injuries was a damaged spinal cord, which caused her to be permanently paralyzed from the waist down. Apart from a miracle, the doctors say Kathy Ormsby will never run again.

Do you ever feel like Kathy? That you must succeed? That you have to come in first? That you should have done better? If only you hadn't sinned! If only you hadn't failed! Do you feel that the pressure is getting to you?

I have good news for you. God loves you in spite of your failures, shortcomings, mistakes, and sins. You don't have to get straight As or win the big game in order to earn your heavenly Father's approval. In fact, His power is perfected in your weakness (see 2 Corinthians 12:9, 10). That's what His grace is all about. It's that freely given, unmerited, unearned favor of God. He accepts you, whether or not you think you are worth accepting.

Today, before you plunge headlong into your own personal pursuit of perfection, take a few minutes to mull over these words of Jesus:

> "Come to Me, all who are weary and heavy-laden, and I will give you rest. Take My yoke upon you, and learn from Me, for I am gentle and humble in heart; and you shall find rest for your souls. For My yoke is easy, and My load is light."
> Matthew 11:28–30

Action Trax

1. What is an area in which you are expecting too much of yourself?
2. Work at accepting your limitations, if they cannot be altered.
3. Praise God for the goals you have achieved! List three below.

    1. _____

    2. _____

    3. _____

5
Tears for Fears

The beautiful young woman stepped daintily through the revolving doors of the huge skyscraper and onto the city sidewalk, bustling with passersby. Outside the building, the woman paused, glanced around furtively, then reached into her large purse and pulled out a pair of tennis shoes. Quickly she slipped out of her high heels and into the sneakers. Dressed as she was, in her sleek, stylish business suit, perfectly color-coordinated, the substitution of the tennis shoes suddenly transformed her appearance into that of a clown.

I could barely suppress a smile as I watched what was obviously a daily routine for her. When the young woman caught me watching, I felt obligated to say something. "Is that the new style?" I asked nervously.

"You're not from here, are you?" she asked in reply.

"No, I'm not. How could you tell?"

"Because if you were, you'd know why I wear sneakers to walk to my car." Apparently, she assumed I was harmless, so she stopped long enough to explain her strange apparel. She was extremely frightened of being mugged after work, and felt that if an attacker popped out of the shadows, she would have a better chance to escape in tennis shoes than she could if wearing heels. "I'm scared to death in this city," she said, as she turned and hastily headed for her car.

Fear. It can strike the soul of a woman; it can plunder your self-esteem and rob you of your God-given potential. It can trap you in your own self-constructed prison.

Some fears are normal and healthy. God created you with a natural defense mechanism. You should be afraid of certain potentially destructive situations. On the other hand, inordinate, imagined, or misplaced fears can paralyze you.

Funny thing about your fears: most of the things you worry about will never happen. In his excellent book *Seeds of Greatness,* Dr. Denis Waitley tells of a University of Michigan survey that determined 60 percent of our fears are totally unfounded. Another 20 percent are out of your control anyhow, so there is little use in worrying about them; 10 percent are petty and inconsequential. "Of the remaining 10 percent of our fears, only 4 to 5 percent are real and justifiable fears. And even of those, we couldn't do anything about half of them! The final half, or 2 percent of our fears which are real, we can solve easily if we stop stewing and start doing."

People are afraid of all sorts of things. Some are afraid of the dark. Some are scared of heights, or water, or snakes, or a possible natural disaster. Many women in particular harbor deep, unspoken fears. Some fear that nobody will want to marry them. Some are afraid of getting pregnant. Others are afraid they won't.

Some women are afraid to trust. Some are scared of sex. Some worry about becoming widows. A lot of women worry about how they look, and how they perform. Many are afraid of dying.

Ignorance is often a fertile breeding ground for fear. You tend to be afraid of that with which you are unfamiliar. It's easy to be intimidated by the unknown. Here's where a little knowledge and experience, yours or someone else's, can go a long way toward dispelling that disturbing uneasiness.

Perhaps, though, the worst fear of all doesn't come from an external threat; it comes from within you. It is fear of failure, of being inadequate, or not measuring up. If you allow it, this sort of fear can shatter your self-image and destroy your future. Here are a few tips on how to prevent that from happening:

1. Remember that God made you the way you are, and He loves you. You don't have to be successful in order to please Him, but you do have to be you. He accepts you the way you are, so please, accept yourself!

2. Don't compare yourself with others. Life is no "Can You Top This?" contest. God only requires that you be the best you can be.

3. God has given you everything you need to be confident (see 2 Timothy 1:7). If you feel a bit anxious about something, talk to Him about it. His Word says, "Be anxious for nothing, but in everything by prayer and supplication with thanksgiving let your requests be made known to God" (Philippians 4:6).

4. Read my book *Designer Genes*. Seriously! It will help you to base your self-image on your Designer, and give you positive, practical assistance in developing your potential.

Often the best way of overcoming fear is by confronting it directly. Determine what it is and why you are afraid. Most fears are stronger in your imagination than they are in reality, so try to get it out on the table. Then, focus your attention on Jesus, on His love, on His power, and on His promises to you. It is helpful to memorize Scriptures that pertain to your fear and to quote them out loud when you are in a tight spot. Praise, too, is a powerful weapon against fear.

Sometimes, when you face your fear directly, it will disappear. An attractive young woman, living in New York, awoke one night just in time to discover a prowler peering in the bedroom window of her apartment. He had already raised the window and was working on the screen when the woman roused beneath the covers.

In an instant, she realized what was happening. Clad only in a nightie, she bounded out of bed, ran to the window, poked her nose right into the surprised face of the prowler, and screamed, "You get outta here right now!" Her would-be assailant fled for his life.

Fear. Don't take that garbage. Before you head out today, take a minute to read Psalm 91. My aunt reads it every day. She says it gives her confidence to know that God is watching out for her. He's doing the same for you.

Action Trax

1. What are you afraid of? Write it down on a piece of paper.
2. Now write "2 Timothy 1:7" before your fear. (It helps if you know what the verse says!)

6

Humpty-Dumpty Had a Great Fall

Nadine was feeling good, and she was looking good, too. Her friend had fixed her up for a blind date with the star basketball player from Northwestern. Nadine had never met Mr. Northwestern, but she was one of his most avid secret admirers.

Now here she was, in the same car with him, making small talk as they motored their way toward the first stop of the church youth-group-sponsored "progressive dinner." They were scheduled to have soft drinks and appetizers at this first home, after which they would move on to the next house for soup and salad. Then they were to drive across town for the main course, followed by another trek to someone else's home for dessert. It promised to be a wonderfully wild, wacky evening!

Nadine and Mr. Northwestern arrived slightly late at the first house, so they hurriedly started down the basement steps toward the plush den that had been transformed into a large formal dining area for the affair. All the other guests were already seated, and every eye was on the stairs as the latecomers started their descent.

Nadine was on cloud nineteen. Her elegant evening gown sashayed slightly as she stepped daintily in her high heels down the first step. She had worn her highest heels, hoping to negate some of the distance between Mr. Northwestern's height and her own short stature. Those heels, however, were Nadine's great undoing.

As she lifted her foot, a fray in the carpet on the steps caught one of the spikes of her heels. Nadine tripped, losing her balance on the staircase, and tumbled awkwardly down the steps, violently banging her body as she bounced from step to step. At first, the dinner guests held their breath, until someone discovered that Nadine had suffered no physical injuries. Then the snickers turned to outright belly laughter.

Embarrassed and humiliated, Nadine attempted to collect her dress and stand up. Unfortunately, in her haste to get out of the stairway and away from the hilarious laughter of her friends, she failed to check her heels. She stood up and immediately toppled over backward again, crashing into a tray table as she fell. The heels had broken off her shoes during her first fall.

All sophistication now gone, Nadine lay sprawled helplessly on the floor. Mr. Northwestern, who had watched the rise and fall of Nadine from atop the stairwell, casually sauntered down the stairs, stepped right over Nadine with an I-have-no-idea-who-this-woman-is attitude, and took a seat with the other dinner guests.

Stumbling and falling. It happens all the time in the spiritual realm. Sometimes it hurts; other times it is merely frustrating and embarrassing; it is always a tragedy. And the reaction of your superpious friends is often the same as Mr. Northwestern: "Oh, you're hurting? You've fallen? I really didn't notice," as they step over you, perhaps kicking you as they go by.

The Apostle Paul says Christians should have a different attitude toward their Christian brothers or sisters who fall down. Take a minute to check out his words of restoration in

Galatians 6:1–10. If you have fallen lately, let these verses be a comfort to you. If you know someone else who has gotten caught in a trespass, let these words be a challenge to you.

To slip and fall in your attempts to please God is nothing new. Paul reminds you that "all have sinned and fall short of the glory of God" (Romans 3:23). So let's not play any self-righteous, spiritual games. Stumbling is not unusual; maybe it's even to be expected from time to time. I'm convinced that God doesn't get angry when you stumble and fall, so long as you are stumbling in His direction. If you simply call upon Him for help, He will patiently pick you up, brush you off, lovingly discipline you if necessary, and then put you on the right path again. However, if you choose to walk in disobedience, willfully continuing to walk contrary to His direction, you're on your own. And you know where that road will take you, if you decide to go it without God.

Today, choose to take Paul's advice seriously:

> Brethren, even if a man is caught in any trespass, you who are spiritual, restore such a one in a spirit of gentleness; looking to yourselves, lest you too be tempted.
>
> Galatians 6:1

Action Trax

1. In what way have you stumbled recently? Ask God to forgive you and to put you back on your feet again.
2. Today, look for someone who has failed or stumbled; rather than laugh or talk about the person, encourage him or her.

7
Yesterday, Today, Forever

Stormie Omartian's story is like a dream come true. Today she is an outstanding singer, songwriter, author, and a leading diet-fitness expert. In addition, she is married to one of the world's premier record producers and music performers, Michael Omartian. She lives what appears to be a comfortable, Cinderella life-style in Beverly Hills. But this fairy tale was once a nightmare.

As a child, Stormie was abused by her mentally ill mother. Consequently, Stormie grew up with a severely shattered self-image and a speech impediment. She had virtually no friends as a little girl, which caused her to feel even more afraid and worthless, as if she were the scum of the earth. At the age of fourteen she couldn't take it anymore and attempted suicide, the first of several serious self-inflicted assaults. Failing in her suicide attempt only made her feel worse about herself. She felt that she couldn't even kill herself right.

Stormie's home life was horrible. The family was poverty-stricken and lived in a shack behind her dad's gas station. Stormie's recollection of those early days sounds like the script from a Hollywood horror movie: "The years we lived behind that gas station were very difficult because we were very poor and didn't have enough to eat. I'd go to bed hungry a lot. I remember the rats crawling across my bed at night. That just terrified me. I'd lay on this single bed, and down at the foot of the bed, I'd see a reflection of the rats. I'd feel them and I'd just hide in my bed wide awake.... It was just awful. It was so dirty" (*Today's Christian Woman*, May/June 1986).

Stormie finally fled the gas station and went to UCLA and USC, where she took up singing, acting, and dancing. Eventually, she became a backup singer and a dancer for the various musical artists who played the Valley Music Theater. She even got a job on television.

Still, the emptiness in her life was overwhelming. Stormie tried all sorts of ways to fill the void. Nothing worked. "I tried alcohol and drugs, all kinds of Eastern religions, astrology and numerology, hypnosis, and every relationship I could find. I tried just anything to make myself feel like I was worth something ... my skin was getting so wrinkled and gray and my hair was brittle and falling out ... I was sick all the time with sores in my mouth, all kinds of skin problems, just one physical problem after another. I was falling apart, just dilapidated."

At age twenty-eight, with her self-image destroyed, her health disintegrating, and contemplating suicide once again, Stormie was introduced to Pastor Jack Hayford, who introduced her to Jesus Christ. Her life was not transformed overnight. She was still in desperate need of tender, loving care, but for the first time in her life, Stormie had a glimmer of hope that she could make it. With the help of some good friends and a loving church family, she did. God has healed her broken life.

Maybe you have been used or abused. Perhaps your parents hurt you, either physically or emotionally, when you were a child. Or maybe you have brothers and sisters who failed you or turned you away when you needed them. Possibly you have bitter memories of friends or family who teased you or otherwise humiliated you. Maybe your best friend betrayed you, or your boyfriend ripped off your dignity and then rejected you. Perhaps your preacher, youth leader, or someone else you looked to as a spiritual person, disappointed you in the worst possible way.

If so, you desperately need to know that your heavenly Father loves you. When nobody else thinks you're worth looking at, understand that He *desires* you. He really wants you. One of Jesus' best friends while He was here on earth was the young man John, who later wrote, "See how great a love the Father has bestowed upon us, that we should be called children of God; and such we are" (1 John 3:1).

"Yeah, sure," you might be saying, "but those are just nice words. How do I really know that He loves me?" John would answer, "We know love by this, that He laid down His life for us" (1 John 3:16).

Stormie Omartian says, "If you've been emotionally damaged, you never do feel loved. You're always searching for it and there's nobody on earth who could ever make you feel the way you need to feel. No husband, no friend, no employer, no audience, nobody can do that for you. It's only through the love of God and it's being able to open up and receive that love that allows you to be healed."

Today, take a few moments to read 1 John 4:9–21. Allow God's love to wash over you. Then seek to share His love with someone else who you know needs to experience it. Remember: "There is no fear in love; but perfect love casts out fear" (1 John 4:18).

Action Trax

1. What are you bitter about today that took place years ago? Are you ready to forgive that person or group of people for the pain you've experienced?

2. Today, decide to be quick to forgive others.
3. Write down a painful event in your life that has contributed to who you are today. Thank God for what that trial taught you.

8

Advanced Airport Observation

Some educator ought to invent a high school or college course called "Advanced Airport Observation." You could learn a lot simply by keeping your eyes and ears open at any of America's major air terminals.

Airports are exciting places. They ought to charge admission just to watch the races going on in each hallway, as late passengers pursue their soon-to-be-departed airplanes. Or perhaps airport officials should hire a caller to do the play-by-play, keeping the fans posted by means of the loudspeaker system:

"Here comes the tall man pulling a basic blue Samsonite suitcase; he's leading the lady with the burgundy American Tourister by two lengths. Ooooh! He got hung up at Security. Too bad for the Samsonite team."

Advanced Airport Observation

Airports are also passionate places. At almost every gate, you can find a young couple holding on to their final moments together. They kiss each other all the way up the loading ramp, until the uniformed officer says it's time for one final smooch. It's soapier than "Dallas" or "Dynasty."

Airports are sometimes amusing as well. Foreign tourists are especially cute as they snap dozens of pictures of anything deemed exemplary of American life, from long ticket lines to hot dogs. Airports can also be extremely exasperating. Watch the faces when a ticket agent tells a customer, "I'm sorry, sir. You don't have a ticket. You are not listed in our computer."

Airports belie a sense of anonymity. At almost any airport, you can see clean-cut kids and older men dressed like Sunday-school students, thumbing through pornographic books and magazines that they ordinarily would shun like an infectious disease. But since they are at the airport, where nobody knows their names anyhow, they indulge in their private fantasies.

Most of all, though, airports are lonely places. Look around any airport, and you are bound to see hundreds of hustling, bustling, *lonely* people. Our society lends itself freely to loneliness. It seems to grow best in the jungle of the city, but loneliness can thrive equally well anywhere you find fragmented, rootless existence: in a small town, in college, or high school.

Loneliness, that isolated feeling you get, often comes from a sense of rejection; you feel unwanted, and no matter how hard you try, you sense that you just don't belong. You feel like the third passenger in a Corvette.

Lonely people usually find it difficult to communicate and they lack confidence in themselves, which perpetuates a vicious circle. They are lonely because they *can't* communicate, and they lack the necessary confidence to *attempt* to communicate. Therefore, they are lonely. It just keeps going around. Their poor self-image paralyzes them socially.

How can you overcome loneliness? Begin by getting into God's Word on a daily basis. When you regularly sense His presence, you will not be as susceptible to loneliness. Start today by reading some reassuring words from Psalms 40:1–11.

Second, get involved in and cultivate relationships within your local church or youth group. Concentrate on what you can give to the group rather than what you can get. Just being around other Christians is often an uplift. Laugh. Have fun. Emphasize the pcsitive joy you have found in a relationship with Jesus.

Third, if possible, mend any "broken fences" with your own family. Sometimes you may feel alienated because a relationship within your family has been marred, fractured, or broken. God never intended for you to function with discord in your family. If it is there, do all you can to create harmony.

Fourth, keep in close touch with a friend, counselor, or pastor. Ask this person to honestly tell you when you are sliding into self-pity or any other destructive attitude that would tend to isolate you from friends or family.

Finally, take the Lord at His word, for "He Himself has said, 'I will never desert you, nor will I ever forsake you,' so that we confidently say, 'The Lord is my helper, I will not be afraid. What shall man do to me?' " (Hebrews 13:5, 6).

Action Trax

1. Today, call someone you know who may be lonely, or pay that person a visit.
2. If you are lonely, call someone and offer to buy that person a pizza, then go out together.

9
Talking to Strangers

Have you ever watched the "Tonight Show" or some other talk show, and said to yourself, "I could do that. It looks so easy." Then, the next time you walked into a room crowded with strangers, you looked for the quickest way out or became an instant wallflower. Why? Because talking with people you don't know involves risk. It is usually difficult; often, it is embarrassing. For some people, it is nerve-racking. For you, it may be downright frightening. To ease the pressure, here are a few tips that will help.

First, when you enter a roomful of strangers (at school, at work, or at a party), don't attempt to take the place by storm. Sure, you could jump on a table and shout, "Hello, everyone! It's me." That may work for a few "off the wall" extroverts. It may also get you thrown out.

If you are somewhat more reserved, more laid back, or actually shy, you would be better off trying to establish a conversation with one person at a time. Be confident, friendly, and tastefully aggressive. Be the first to say hello, extend the opportunity to shake hands, and offer your name.

I begin most new encounters like this: "Hello. My name is Ken Abraham." Of course, I run the risk that some wise guy will answer, "So what?" But most don't. Usually, the person to whom you offer your name and your hand will respond by giving his or her name. If not, you can ask, "And yours is . . .?" I have yet to be told, "None of your business."

Once you know the person's name, proceed to step two, which is, *ask questions.* Take a genuine interest in the other person. Everybody has a story to tell, but people rarely get the opportunity to share what's on their minds. If you give them a chance, by asking leading questions that require more than a simple yes or no, you will open up a floodgate of conversation. Don't be pushy or too personal; on the other hand, don't be afraid to ask specific questions. Remember the five Ws of good reporting: who, what, when, where, and why.

Third, *look the person in the eyes* during the conversation. Have you ever talked to a person who, while talking with you, is looking over your shoulder or around the room, searching for someone else more important? Frustrating, isn't it? You almost want to say, "Am I keeping you from something?"

To avoid committing this chronic crime of poor communicators, give the person with whom you are conversing your utmost attention. Let the person know you are listening by looking him or her in the eyes. Occasionally nod your head, or offer other indicators to show you are listening. Inject words such as, "Oh?" "Really?" "Tell me more." "How does that work?"

Avoid being a passive listener, though. Interact verbally. A stimulating conversation takes at least two active participants. Nobody talks to doorknobs for long. Pick up on any verbal clues the person gives you, and pursue them. Ask more questions and share about yourself as you keep the conversation moving.

When you feel shy, tongue-tied, timid, or inferior, remember Moses. He felt the same way, but God still was able to speak through him. Check out his sense of social inadequacy in Exodus 4:1–17. Accept verse 12 as a personal word from God to you:

> "Now then go, and I, even I, will be with your mouth, and teach you what you are to say."
>
> Exodus 4:12

Action Trax

1. Without letting on what you are doing, practice beginning a conversation with a friend or family member. Remember to ask leading questions. As you get more confident, try this approach on casual acquaintances, and then progress to first encounters.
2. Bashfulness and shyness often are indicators of a lack of self-esteem. Remember, your Designer loves you and created you to be a unique, interesting individual; you have much to share!

10
The Last American Virgin

"See it or be it!" the headlines threatened in the movie ads. "Oh, no!" the collective psyches of a million young people screamed. "What if I am the only virgin left in this country! How awful! What could possibly be worse?"

Well . . . a lot of things, but that's beside the point.

It sure does appear that way though, doesn't it—that you are the only one who isn't having sex. In our sensual society, it seems *everyone* is sleeping with somebody! Anybody who has seen a movie made within the past ten years knows that much. Our music reinforces the promiscuous image, and so does television. T-shirts tantalize us with tempting messages. Bumper stickers bombard our brains, undermining our moral defenses and natural inhibitions.

After a while, you get to thinking, *Maybe everybody else is doing it. I must be the only person who isn't. I guess I'm the only one left, God.* Pretty lonely thoughts, huh?

Elijah must have felt something like that. Although he was coming off one of the greatest spiritual victories in his life, Elijah was depressed. He had just succeeded in making public fools of 450 prophets of Baal on Mount Carmel, winning a decisive battle for God by exposing Baal worship for the impotent practice it was. God had spectacularly answered Elijah's prayer, sending fire from heaven to consume the water-soaked sacrifice that Baal was powerless to receive (see 1 Kings 18). Elijah had laid his life on the line when he stood up in front of all the people and backed down the prophets of Baal. But now, God's prophet was bummed out. He was running scared from the wicked queen Jezebel, and he was cowering in a cave, complaining to God about that same lonely, isolated feeling you've experienced. Catch up with Elijah by taking a moment to read 1 Kings 19:9–19.

Elijah lamented that he was the only guy left who genuinely loved God and had stood his ground against the religious compromise and promiscuity of his day. He was disgusted, discouraged, and depressed. Basically, he was saying, "The bad guys have killed all Your other prophets, God; I'm the only one left, and now they want to snuff me out, too!" (see 1 Kings 19:10). Although he didn't voice it, Elijah was probably thinking something like, "Nice move, God. That fire-from-heaven stuff was pretty far out, but look where You've gone and got us. We're in a fine mess now!"

God didn't argue with Elijah; He just said, "Go forth, and stand on the mountain" (verse 11). Then the Lord passed by, and let loose some spectacular manifestations that would make Close Encounters seem like child's play! When He had Elijah's utmost attention, the Lord repeated His query of the prophet: "What are you doing here, Elijah?" (verse 13). After this supernatural show involving the earth, wind, and fire, God was sort of saying, "Ah-hem. Now, what was your problem, Elijah?"

Poor Elijah. He must have had a bad case of the blahs. Even after this divine demonstration, Elijah continued wallowing down in the dumps. He repeated his complaint.

God was gentle with His man. He knows what it's like to feel all alone in a hostile, sinful world. Jesus sweat it out all by Himself in the Garden of Gethsemane, with His three

43

best buddies sacked out, unconcerned. Yep, God knows that lonely feeling.

Nevertheless, He wasn't going to let Elijah get away with his gloom and despair. God assured him that his faithful efforts were not in vain. Furthermore, He promised Elijah that He would leave seven thousand others in Israel, whose knees had not bowed to Baal and whose mouths had not kissed him (verse 18). It was also at this juncture in Elijah's ministry that God gave him Elisha, his young understudy, friend, companion, and co-worker.

So next time you think you're down and out for the count, count again!

Action Trax

1. Have you been suffering from the "poor me's" lately?
2. List three things for which you can thank God. These will help you to combat the "poor me's"!
3. If you're having trouble getting started, read Psalm 103.

11
One Step Closer to You

Do you feel as if your life doesn't count? That there is hardly any reason to get out of bed in the morning?

Jim Patridge had every right to feel that way. In 1966, as an eighteen-year-old soldier in Vietnam, he lost both legs in a land-mine explosion. For the next twenty years, he was confined to a wheelchair. He could easily have written himself off as no-count, but God would not allow him to do so, and Jim *would not allow himself* to wallow in pity.

One day as he was sitting in his wheelchair, Jim heard a woman's anguished screams emanating from a neighbor's swimming pool. Legs or no legs, the determined veteran knew he had to do something!

Jim raced his wheelchair 180 feet to where he could see the swimming pool, but to his chagrin, he couldn't get his wheelchair through the thick underbrush and trees that separated the properties. Undaunted and calling upon his Vietnam training, Jim Patridge, with no legs, crawled out of his wheelchair, onto the ground, and using only his arms to pull his torso through the brush, crawled on his belly 60 feet to reach one-year-old Jennifer Kroll, who had been pulled out of the pool by her frantic mom. The baby wasn't breathing and her tiny cherubic face was already beginning to turn blue.

With a "never say die" attitude, Jim crawled to Jennifer and began administering cardiopulmonary resuscitation (CPR). Baby Jennifer miraculously came back to life and began to cry.

When asked about his dramatic rescue, Jim Patridge insisted, "God saved that child—not me" (*U.S. News & World Report,* June 16, 1986).

God will do His part, if you will do yours. Sometimes, we sit back and wait for the Lord to perform a miracle (which He often does in spite of us), but we are too timid to get involved. The Apostle Paul would say, "You do your one hundred percent and God will do His!" That's why Paul could declare with confidence, "I can do all things through Him who strengthens me" (Philippians 4:13). He wasn't being egotistical or cocky. Paul knew his strength came from the Lord Jesus. But he also understood that God wanted him to step out in faith and attempt that which would be impossible apart from the supernatural power of Christ in him.

Today, don't be afraid to attempt great things for God. He is with you and He will strengthen you. Before you go, though, let your faith be bolstered by reading Philippians 4:4–8, 11–13, and 19. You'll be ready to take on the world!

Action Trax

1. What's something you would like to do, but haven't tried because you feel you can't?
2. Ask God to help you change your thinking and attitude. Ask Him to show you how you CAN accomplish the task that appears impossible.
3. Write down three things you can do daily to help you achieve this goal. Then go for it!

12
Let's Hear It for the Boy

Whenever I speak at youth conferences or singles seminars, I always like to take time for questions and answers. Sometimes I will ask the members of the audience to complete a survey, telling me what problems are on their minds.

Recently, I asked a group of single, young-adult women to complete this sentence about their dates: "It really bugs me when ..." See if some of their answers sound like yours.

It really bugs me when ...

- the guy I'm with is constantly looking at and commenting about other women.

- a guy asks me out to dinner, and then expects me to pick up the tab!

- a guy is always fishing for compliments.

- a guy thinks I'm supposed to go "gaga" over him just because he spends a few dollars on me. I'd rather he spent less on our dates and respected me for who I am.

- my boyfriend blows the car horn outside my house and expects me to come running like a dog. He could at least come to the door and say hi to my folks.

47

- I order the least expensive thing on the menu so I can save him money, then he orders the most expensive thing—and eats half of mine, too!

- a guy comes to the house dressed like a slob.

- he constantly compares me to his ex-girlfriend.

- a guy is so jealous he thinks I'm flirting if I even *look* at another guy.

- my boyfriend keeps pressing me for sex.

- my boyfriend won't have sex with me.

What are women looking for in their men these days? Sensitivity? Sure. Kindness and respect? Oh, yes. A little romanticism? Certainly that would help, too. But something is still missing. What is it?

Leadership. No, not the overbearing, egotistical male chauvinism so soundly condemned by modern women, but the sincere, spirit-directed leadership of a guy who is in touch with God. To discover what qualities God deems important in His men, check out two passages of Scripture: 1 Timothy 3:2–12 and Titus 1:6–9. (For an item-by-item discussion of these qualities, see my book *Don't Bite the Apple 'Til You Check for Worms.*)

How about it, young lady? Is that the kind of guy you are looking for? Remember, as a woman of God, you will want to date (and maybe marry someday) a man of God, not simply a babe in Christ. Do your ideas of what makes up true masculinity match up with those about which Paul wrote to Timothy and Titus? If not, maybe you are hoping for the wrong kind of hero. Base your search for Mr. Dreamboat on biblical principles, and you will avoid a lot of shipwrecks along the way.

Action Trax

1. Choose any three of the characteristics Paul recommends to Timothy and Titus. Watch for these traits in your male friends. Do the guys you frequently meet have several or more of these qualities? If not, you may be looking for love in all the wrong places.
2. Have you ever been in a relationship with a man for whom you could not muster respect? What personality traits of his caused your antipathy?
3. If Mr. Dreamboat came to your door, what qualities of yours would be attractive to him?
4. Do the guys you usually date have leadership potential? If so, how do they show it? If not, why do you date such men?

13
The Great Oxymoron

Do you know what an oxymoron is? No, it's not a moron on oxygen. An oxymoron is a combination of contradictory or incongruous words. A few examples are:

1. Old news

2. Barely dressed

3. Relative stranger

Got the idea? How could something be old and new at the same time? If you are bare, aren't you dressed in your "birthday suit"? And yes, we all have some strange relatives, but . . .

Try a few more oxymorons:

1. Have you ever eaten with *plastic silverware?*

2. Remember Romeo and Juliet? "Parting is such *sweet sorrow.*"

3. Uncle Joe is in *ill health.*

How about phrases such as *constant change* (say what?), *pretty ugly, unbiased opinion, giant shrimp, routine emergency,* or *seductive innocence?* Yep, oxymorons, all. Some words, you see, just weren't meant to be put together. Their fundamental meanings are divergent.

Perhaps one of the strangest oxymorons in the Bible is the term *unequally yoked.* Take a minute to read 2 Corinthians 6:14–18; see if you can figure out why Paul used these two terms.

Certainly, nothing is any more contradictory than a believer bound together with an unbeliever. Paul reinforces this truth with five rapid-fire questions:

1. What partnership have righteousness and lawlessness (or right living with wicked living)?

2. What fellowship has light with darkness?

3. What harmony has Christ with Belial (a Hebrew term to designate Satan)?

4. What has a believer in common with an unbeliever?

5. What agreement has the temple of God with idols? (2 Corinthians 6:14, 15).

Paul is saying that for a Christian to be linked with a non-Christian is like trying to reconcile light to darkness, or the Lord to the devil. It just won't work. The two were not designed to be bound together. They are fundamentally different from each other, by choice.

In my book *Don't Bite the Apple 'Til You Check for Worms,* I included an entire chapter on the subject of dating non-Christians and the necessity to be cautious and, in many cases, the need to break off such relationships, regardless of the costs. I have received hundreds of letters from young adults whose lives were radically changed as a result of taking God's Word on the matter seriously. One young woman wrote:

> I knew my relationship with Brent (my non-Christian boyfriend) was pulling me down; he was pulling me away from my family, my Christian friends, and, worst of all, from the Lord. Your book gave me the courage to do what I had to do. Sure it hurt. I really loved Brent, or at least I thought we were in love. But I knew that God couldn't bless us when we were living in two different worlds. Since breaking up with Brent, the Lord has been so near to me. He has filled my life with more friends and more fun than I could ever imagine. It hasn't always been easy. But it has been worth it!

Don't be deceived. *Same difference* is an oxymoron. But one pair of words that God never intends to become an oxymoron is: *marriage partner.*

Action Trax

1. If you are involved in a dating relationship with an unbeliever, I dare you to trust God today. As kindly as possible, break off that partnership and ask the Lord to make up the difference. Then watch out, because He will!

2. List several reasons why you may want to date a non-Christian. Now list several risks you may run by dating an unbeliever. How do your lists compare?

14

How to Meet Guys

You may find it hard to believe that in the latter portion of the twentieth century, some women still feel awkward when it comes to meeting guys. On the other hand, maybe you don't find that surprising at all.

One young woman posed the problem succinctly: "I want to meet good Christian guys. But where are they, and how can I get introduced to them without appearing as if I am stalking them?"

For starters, take the advice of the old movie and go *Where the Boys Are*. What do the Christian guys in your area enjoy doing—playing softball? Then why not attend a few games? Are the guys playing tennis or racquetball? Jogging? Playing golf? Working on cars? Attending lectures? Going to Christian concerts? Working with the church youth group? Wherever the guys are at, get there.

Yes, God *could* send a divine handsome hunk to your door some night, without your having to do anything. Most likely, though, He won't. He expects you to do your part. If you insist on living life vicariously in front of a television set, you might as well go out and buy an inflatable fellow, prop him up in a corner, and pretend he is your prince.

Second, take the initiative. Nowadays, many of society's stigmas about women who are aggressive in relationships have fallen by the wayside. If employed carefully, this freedom can be a healthy environment in which you can comfortably begin new friendships. It is not wrong or forward for you to call a fellow and invite him to join you for dinner, go on an outing, or attend an event. Keep in mind, though, he has the same freedom to refuse that you have when a guy calls you for a date. If the object of your attention repeatedly turns you down, back off. Don't be a pest. Men seldom look for pests when they are seeking companionship.

One word of caution about taking the initiative: If you are forced to continue for long as the "initiator" in a relationship, it may be a clear indication that this guy does not fit into God's plan for you. God's man for your life should have leadership potential, especially in the area of spiritual responsibilities. If you do not see that developing in your relationship, it would be wise to take a long look before proceeding any further.

Third, let your friendships grow and multiply. Don't manipulate or exploit your friends, but allow them the privilege of providing you with dates, or at least introductions to their friends. Do the same for them. Sure you'll have to watch out for matchmakers, but you can handle that.

The old saying "To have a friend, you must be a friend" is never more appropriate than when it comes to meeting guys. Take an interest in him. Let him know he's important, a person of great value. Because he is, to the Lord and to you. Don't be afraid to send a card of encouragement once in a while. Tell him why you appreciate his friendship and why you admire him. Don't flatter but don't sound flustered, either. Simply be an encouraging friend.

Of course, the most important factor in meeting guys is your faith in the Lord Jesus. Take a moment to put first things first. Check out your priorities as you read Matthew 6:25–34. The Lord knows what you need, physically, emotionally, intellectually, socially, and spiritually. "Seek first His kingdom and His righteousness; and all these things shall be added to you" (verse 33). Male companionship should not be a prerequisite to your happiness. Your personal fulfillment depends only upon having a relationship with the Lord. When you are happily fulfilled in Him, and content as a woman of worth in and of yourself, only then are you truly ready to go out and meet guys.

Action Trax

1. Relax. Write out Matthew 6:33 and carry it with you today. As you seek the Lord first, you will be amazed at how attractive you become to others.
2. Many modern young women are discovering the truths of Paul's principles regarding singleness in 1 Corinthians 7. As a result, some are *choosing* to remain unmarried; others are foregoing marriage until later in life. Scan 1 Corinthians 7:7–35. Write down at least three reasons the Apostle Paul recommends singleness.

15
Welcome to the Real World

Naive: "Marked by unaffected simplicity; showing lack of informed judgment."

Everybody is naive at some point in their lives, even famous musicians. Amy Grant, for example, tells a classic story of her own naiveté during the infant stages of her singing career.

The first time someone called Amy to do a concert, she had the procedures slightly confused. Brown Bannister, her good friend and album producer, told Amy about an opportunity to perform in Denver. "They want you to come and sing for three hundred dollars," Brown told the seventeen-year-old singer.

Amy was pensive. She had been planning to enter college in September, and had been scrupulously saving her pennies. Finally, she answered Brown, "I would love to go, but I've only got five hundred dollars in my savings account, and if I blow three hundred dollars just to go to Denver to sing, I'm going to wind up at college without any money."

Brown laughed uproariously and said, "Amy, you don't pay *them* to sing. They pay *you*."

Eight years later, when Amy Grant had become an internationally known superstar, she shared her story with "Tonight Show" host Johnny Carson. With feigned incredulity, Carson commented, "Now that's what I call naive!"

Sometimes being naive is cute. At other times, it can be costly. If you are naive about the devil's devices, for instance, it can cost you dearly. If you are blind to the dangers of getting involved in an immoral relationship, or taking drugs, or to the devastating effects of alcohol, your naiveté may be the undoing of your innocence.

Take a moment to note the balanced attitude Jesus recommends in Matthew 10:16–22.

Jesus is always honest with His followers. He hasn't called us to be a bunch of "airheads," walking around with our heads in the clouds. He doesn't say being one of His disciples is an easy trip. Instead, He tells us straightforwardly that "trouble" is going to be our middle name. He says that persecutions and hassles are part and parcel of Christian discipleship. As such, we need to be as "shrewd as serpents, and innocent as doves" (verse 16).

Jesus never encouraged you to be naive. On the contrary, He expects you to use your head; be shrewd, be wise. Don't get sucked in by Satan's stratagems. Know your enemy. Know how to escape him when necessary; know how to hit him where it hurts when the opportunity arises. At the same time, the Lord commands you to be innocent, pure, and above reproach in your attitude and conduct toward others.

Should Christians simply gather in their own conclaves, then? No. You are called to infiltrate the world for Jesus, and to do so without compromise or sinful contamination. Maybe Mylon Lefevre has arrived at a harmonious balance. One of his album titles describes him and his band as "Sheep in Wolves' Clothing." Now, that's shrewd.

Action Trax

1. Certain groups exert a powerful influence in society: government, the media, education, science and technology, entertainment, the church, business, and the family. Pick an area where you think you could best infiltrate, and seek to have an influence for Christ. Ask God to guide you.
2. Describe a time when your naiveté almost got you in trouble.
3. Read James 1:5–8. Then ask God to give you wisdom and discernment in all of your relationships.

16
Twenty-Minute Thrill

Let's face it. Sin can be pleasurable, extremely pleasurable—for a few minutes.

The fleeting satisfaction of sin is similar to Teri Garr's outlook on money. When someone asked the actress how she felt about making a lot of money, the quick-witted star answered, "It's just how Buck Henry described it. He says, 'It's not true that money can't buy happiness. It can buy happiness. For about twenty minutes.' And that's true. The first four hundred dollar jacket was a real thrill. For twenty minutes. And a stereo is a real thrill when you first get it home. Then it just turns into a record player" (*People,* June 23, 1986).

Similarly, getting drunk can be fun. Until the next morning, when your head feels like a beach ball filled with sand. Doing drugs and getting high can be a real kick too, until you come back down, only to discover that your problems have not disappeared but, in fact, have multiplied while you were gone.

Jeff, a high school senior, was having a ball when he and his buddies decided to rob a beer truck. As they were guzzling the contents gleaned from the back of the truck, someone got a bright idea: *"Why settle for a few beers? Let's steal the whole truck!"* Within minutes, they had hot-wired the vehicle and were careening dangerously down the highway, drinking as they went. A brief stop at an all-night restaurant for cigarettes presented another dilemma. None of the guys had any money. No problem. Jeff and his buddies pretended to have guns, as they forced the frightened waitress to empty the contents of the cash register into a paper sack.

Back in the truck, the intoxicated teenagers tore through town, peeling out at every traffic light. Before long, they attracted the attention of the local police who, with sirens screaming, red-and-blue bubble lights ablaze, roared down the road after the truck. The chase ended when Jeff tried to take a forty-five degree turn at seventy-five miles per hour. The truck skidded off the road, turned over twice, and slammed into a tree.

After they got out of the hospital, Jeff and the guys spent the next five years behind bars. Was sin worth it? "Yeah," snorts Jeff, "for about twenty minutes, it was great. For the next five years, it was sheer hell."

Maybe that's why Moses decided to pass on the pleasures

of the moment, even though he would be mistreated along with the people of God as a result. Check out his tribute in the Hebrews Hall of Fame (Hebrews 11:23–28).

Moses could easily have remained in Pharaoh's palace and enjoyed all the pleasures to which a prince was rightfully entitled. Undoubtedly, besides power and fame, Moses had easy access to unimaginable wealth. For instance, the treasure of King Tut's tomb, unearthed only in recent years, revealed thousands of pounds of pure gold. Pharaoh probably had a similar cache.

Nevertheless, Moses walked away from the luxury and prestige of Pharaoh's royal palace. Although he knew it meant giving up his earthly kingdom, as well as enduring disgrace and mistreatment along with the Hebrew slaves in Egypt, Moses chose to be associated with God's people rather than the devil's crowd. He knew that sin was pleasurable only for a limited time, and to Moses, it wasn't worth the trade-off.

Action Trax

1. Moses knew that all of Egypt's royal riches couldn't compare with the reward God had for him . . . and has for you. Today, you are going to be faced with a choice. Will you pursue the passing pleasures of sin, or will you decide to go with God, even if it hurts?
2. The next time you are tempted to compromise some area of your life, write out the positives and negatives. What would compromise cost you?

17
Papa Don't Preach

You might as well prepare. Sooner or later, you are going to hear the words *I'm pregnant* from an unmarried member of your family, or from one of your single friends.

"In recent years, each year, more than a million American girls became pregnant. About 30,000 of those each year were under age 15. Of those who became pregnant, 80 percent were unmarried" (*Group,* May 1986). If current trends continue, it is estimated that nearly one out of two girls who are currently 14 years old will be pregnant at least once before they reach 20. Already, according to *U.S. News & World Report* (August 25, 1986), in the District of Columbia, home of our nation's capital, 568.9 of every 1000 babies were born to unmarried women.

If these figures come close to holding true, you can count on being confronted with a premarital or nonmarital pregnancy in the life of someone you love. How are you going to respond? What will you say to the unmarried mother-to-be?

Of course, you *could* yell and scream. That always does wonders for a bad situation. You might criticize and condemn your friend or family member. "How could you be so stupid?" "I thought you knew better!" "Haven't you ever heard of contraception?" "And you, a leader in our church youth group!"

Yep. That will sure solve a lot of problems.

The pop singer Madonna may offer some sane advice in her song "Papa Don't Preach." Better yet, take a minute to see how Jesus dealt with a woman whose sin had been found out in John 8:1–11.

Obviously, the victim of a premarital pregnancy needs much more than a rebuke from you. She needs to know that God still loves her and that you still accept her. Certainly, it is out of the question to condone her actions; immorality is sin. Jesus never trifled with sin. Nor did He attempt to excuse it. He did, however, love the sinner who was caught in sin's tenacious grip.

Now is not the time for a lecture; now is a time for tender, loving care and understanding. Quite possibly it was a desperate need for love that caused your expectant young mom-to-be to compromise her morals in the first place. Now she needs to know, more than ever, that you are not going to abandon or ostracize her. Unfortunately, most of her fair-weather friends will split once word gets out that she is a woman with "a problem."

She also needs a listening ear. In most cases, you won't be called upon to provide answers. Usually an unwed mother just needs to talk to someone who is compassionate and nonjudgmental. Encourage her to talk about her feelings, her fears, her future. Help her to center in on one area at a time. You may not be a professional counselor or Bible scholar, but by listening you may help almost as much. Don't be afraid to pray with your pregnant friend. She needs your prayers, and she needs to seek a fresh start with the Lord for herself.

Encourage the pregnant friend or family member to find professional Christian advice. Numerous arrangements and decisions must be attended to, and the clock is ticking. She needs to be advised by someone who is stable, spiritually mature, and, if possible, objective. Those who are closest to her sometimes get so emotionally involved that their advice is not helpful. Steer her clear of quick-fix, secular-minded abortion advocates. Your friend is depressed enough already. She doesn't need another dose of guilt.

Unquestionably, an unwed pregnancy is always a tough situation. It was not God's plan or design. Sin and its consequences never are God's will. Still, in spite of our failures, He continues to love us. An unmarried pregnancy is not the unpardonable sin.

Jesus gave the woman who had been caught in the act of adultery a new lease on life. He said, "Neither do I condemn you; go your way; from now on sin no more" (John 8:11). Now, that's good preachin'!

Action Trax

If you have a friend or a family member who is pregnant but not married, take time today to jot a quick note of encouragement to her. Don't preach; just let her know you are there and you care.

Power Play

For further information on sexual self-control, coping with singleness, and nonmarital pregnancies, see my book *Don't Bite the Apple 'Til You Check for Worms*.

18
Cheap Trick

A group of students went out to a fast-food restaurant after the big game. As the waitress dutifully delivered the order of hamburger platters and milk shakes, Dwight, one of the more expressive members of the group, was reenacting how he had scored the winning goal. He was so caught up in telling his story that he failed to notice when the waitress politely placed his platter on the table without interrupting him.

Nearly shouting in his enthusiasm, Dwight brought his story to a climax: "And I caught the ball right here," he thrust his hands out in front of him as he talked, "and I whirled around and—"

Splat! As Dwight demonstrated his game-winning move, the hands holding the invisible ball made violent contact with the cup containing the quite visible milk shake! Suddenly, milk shake, fries, burgers, and coleslaw were flying all over the table and into the laps of the surprised students.

In what seemed like an instant, the waitress reappeared and stood dumbstruck, looking at the awful mess globbing across the table and onto the floor. Simultaneously, Dwight leaped to his feet and hopped onto a chair to escape the flood of food and shakes. Crouching like a wounded animal,

Dwight pointed at the mess and cried to the waitress in a childish voice, "It fell!"

"No, it didn't fall!" the waitress responded as she hurriedly began blocking the flow with napkins. "It didn't fall! You knocked it over!"

There's a big difference between saying, "It fell," and "I knocked it over," isn't there?

Dwight's attitude is nothing new. In the Old Testament, King Ahab refused to take responsibility for the mess which he had caused. Check out his attitude in 1 Kings 18:17–21.

Ahab was a wicked king who "did more to provoke God than all the kings before him" (see 1 Kings 16:33). It became a trivial thing for him to live in disobedience to the Lord. He even went so far as to worship the false god Baal, and to indulge in immoral sexual rites in worship of the Asherah, wooden symbols of a fertility goddess. Obviously, God had to do something to get this guy to look up.

God got Ahab's attention by having the prophet Elijah declare, "Ahab, you may run this country, but it isn't going to rain anymore until I say so!" Then, true to His word, God withheld the rain, as He waited for Ahab's heart to soften. In the meantime, the country was devastated by a horrible drought and famine.

Three years later, with the nation a shambles, Elijah and Ahab met again, and the first thing Ahab said to the prophet was, "Ahhh, so *you* are the troublemaker in Israel!"

Can you believe this guy? It hadn't rained for three years; there was no food, no water, people were starving, and it was all because of Ahab's sin, but he tried to blame Elijah! He said, "It's your fault, Elijah!"

But Elijah wasn't buying it. He bluntly answered the king, "No way, buddy. Don't try to blame me for this mess!" Then he really laid it on him. "I have not troubled Israel, but you and your father's house have, because you have forsaken the commandments of the Lord, and you have followed the Baals" (1 Kings 18:18).

Elijah was saying, "Ahab, you have turned your back on the one and only true God, and you're messing around with all these false gods. That's why you're in this mess!"

How about you? Are there any false gods in your life today? What or who has preeminence in your life? Your boyfriend? Your car? Your looks? Your social life? Your job? If anything or anyone has a higher position in your life than Jesus, that has become a false god. Take the responsibility today, and clean up your act!

The true God is asking you the same question He asked Ahab and the people of Israel long ago:

How long will you hesitate between two opinions? If the Lord is God, follow Him; but if Baal, follow him.

1 Kings 18:21

Action Trax

1. In your own words, define *responsible*.
2. Would you consider yourself responsible? Why or why not?
3. Have you been blaming God or someone else for your problems? Ask God to give you the courage to take responsibility for your thoughts, words, and actions.

19

Costly Coolers

Abusive use of alcoholic beverages has been a problem among young adults since men and women first discovered that bees weren't the only ones in God's creation that could "buzz." Today, however, as more young adults become better educated concerning the dangers of drugs, booze is enjoying a comeback.

"A study done for the California attorney general found that more than two-thirds of the state's eleventh-grade pupils have been drunk and nearly fifty-eight percent of seventh graders have tried alcohol. In Nassau County, New York, one of every five pupils reported a drinking problem in their families. A University of Michigan study of high school seniors found that about half the boys and a fourth of the girls admitted drinking heavily in the past two weeks" (*U.S. News & World Report*, June 9, 1986).

Drinking and drunkenness are not unknown in Christian circles either. Search Institute, a research organization, did a study of active church youth-group members in the Midwest. They found that among our churches' teenagers, "fifty-three percent of the ninth-graders used alcohol during the preceding year. And twenty-eight percent reported getting drunk during the last year" (*Group*, May 1986).

Take a minute to check out what God says about getting drunk in Proverbs 23:29–35. Also, look at Ephesians 5:18 and Proverbs 20:1.

Why does the Bible so emphatically denounce drunkenness? Because booze can be a killer. Each year ninety-five hundred young Americans under the age of twenty-five die in alcohol-related traffic accidents (*U.S. News & World Report*, June 9, 1986). Furthermore, habitual use of alcohol, like any drug, can lead to addiction. You can become a slave to the stuff.

Those who feel they need to drink alcoholic beverages are often immature, insecure, depressed, afflicted by guilt, or victims of a poor self-image. A 1980 study at Arizona State University found that with as little as two ounces of wine, a marked change took place in the personalities of the subjects. They became less inhibited and more sociable.

"What's wrong with that?" you may ask. Nothing, except that God wants you to find your freedom not through booze or chemicals but through Christ. He wants you to feel better about yourself naturally, as a result of your relationship to Him.

Remember, too, that your body is a temple of the Holy Spirit. Booze destroys blood vessels and brain cells. Can that be honoring to God? Long-term drinking can also lead to cirrhosis of the liver and other debilitating diseases.

An article by Edna Gundersen in *USA Today* (April 29, 1986) may further alert you to some of the health dangers associated with drinking. The article purports that if you knew the truth about the contents of modern-day wines, it might lower your "grape expectations." Says Gundersen, "An award-winning glass of cabernet sauvignon might owe its clarity to polyvinyl-polypyrrolidone or isinglass, a gelatin prepared from the membranes of fish bladders." Oh, yuck! Cheap wines, the kind high school and college students usually buy, are even more gross. Two European wines were recently discovered to be using wood alcohol to help bolster the alcoholic content, and ninety-five European wines have been using "dangerous levels of diethylene glycol, an anti-freeze component, to add body and sweetness" to their wines. Other legal substances used to enhance color and influence the taste of wines include sawdust, nonfat dry milk, granular cork, and malolactic bacteria. "Some wineries use hydrogen peroxide to bleach red grapes to make white wine," says Bruce Silverglade of the Center for Science in the Public Interest, located in Washington D.C. Yech! It's enough to make even a bartender give up the stuff.

Roger Clemens is a devout Christian and a Boston Red Sox pitching ace. He set a major-league baseball record by striking out twenty batters in nine innings, a feat unmatched by any other pitcher in 111 years of the game. His fastball streaks past batters at the blistering speed of ninety-seven miles per hour. "After a hard day at the ball park," he says, "I'll run two miles and then collapse into bed. It's better than going for a beer. Beer isn't going to make me a better pitcher" (*People,* May 19, 1986).

Roger has learned how to say no to alcohol. The National Institute on Alcohol Abuse and Alcoholism suggests a few other ways you can say no to booze.

1. "No thanks, I don't like the taste."

2. "No thanks, it's just not me."

3. "No thanks, I want to keep a clear head."

4. "No thanks, I'm on a diet."

5. "No thanks, what else have you got?"

6. And then there is the old reliable, simple, "No thanks."

Action Trax

1. Name a problem you have and your normal manner of dealing with it. Ask God to give you a fresh idea to overcome the problem.
2. Think of some of your peers who drink. Do they drink because they are fond of the taste of beer, whiskey, or wine, or can you detect a few other reasons?
3. Have you ever been pressured into drinking alcoholic beverages by your friends or others? Were you proud of the way you responded? If not, what would have been a better response?

20
How to Pick a Hit

Good music, both secular and Christian, has always been controversial. During America's infancy, a London organ player wrote a drinking song extolling the virtues of wine and women. It was a tough tune to sing, but when combined with Francis Scott Key's poem "The Defense of Fort McHenry," it caused the patriots to beam with pride. We've been singing "The Star Spangled Banner" ever since.

When Christian composers have tried the same trick, they have been severely castigated. Johann Sebastian Bach, for example, got in big trouble with the Church when he fused the words of Bernard of Clairvaux with the tune of a German jig to form the classic hymn "O Sacred Head, Now Wounded." Bach wanted to write something the common people could sing, so he used the dance tune. Martin Luther, Charles Wesley, and Isaac Watts, all famous for their sacred hymns, also seized the secular-music medium and poured in Christian content.

Many of these musical classics were not well received by Christians. Handel's *Messiah* was not performed in churches during his lifetime. It was considered "too worldly" in the minds of many Christians of the day. On the other hand, Stravinsky's *Rite of Spring* caused a riot when it was first performed.

Music today evokes those same emotions. What is a Christian supposed to do? How should you decide which records to buy and which to avoid; what to listen to and what to shut off?

Here are three simple tests: First, *who is performing the music, and what is his or her life-style?* Artists like Slayer, Venom, Motley Crue, Twisted Sister, Prince, Ozzy Osbourne, AC/DC, Quiet Riot, and a host of other rock stars of the eighties make the musical bad boys and bad girls of the sixties and seventies look like saints by comparison.

Heavy-metal bands are notorious for their negative imagery. Metal music, the earsplitting, guitar-oriented, defiant form of rock, is raising the ire of parents all the way to Capitol Hill in Washington. Besides David Lee Roth's raucous raunch and Kiss's torrid undulating tongues, metal music has spawned such heinous subthemes as death metal, thrash metal, morbid metal, and Satan metal.

It is not the style, energy, volume, or beat of the music that recommends one song over another. In fact, you will search the Scriptures in vain trying to locate a verse that condemns a particular rhythm pattern. Whether it is "metal," "pop," "rock," "country," or "new wave," it is the *spirit* of the performer that energizes the music. Unfortunately, the lifestyles of many music stars have been destructive, demoralizing, and perhaps even demonic. From Elvis to Sid Vicious (of the Sex Pistols until he killed his girlfriend, then himself) to David Lee Roth, the life-style portrayed by many performers is radically antagonistic to biblical principles.

The second standard by which you can judge an album, artist, or song is this: *What message does the music convey?* Unquestionably, music can extol positive virtues, or it can drag your mind through the dirt. With much of modern music mired in the mud, embracing themes that are contrary to Christianity, this must be a major area of concern when you select a record or a favorite radio station. Songs of drugs, violence, suicide, or satanism surely should be avoided by any sincere Christian who wants to live a positive life.

Here again, it is not the style of music that is in question; it is the *content*. The words of the country-music crooner who sings about booze, "broads," and casual sexual affairs are just as destructive as the slimy lyrics of Prince or Sheena Easton.

The third question you must ask in evaluating music is this: *What is the result in your life?* Does it lift you up, encourage you, or inspire you as a Christian person; or does it drag you down? Are your favorite songs or artists pleasing to the Lord? Does the music cause you to be more sensitive to the Holy Spirit, or more callous toward sin?

Obviously, music has strong emotional power as a medium. It can be used to worship God, express love, or raise the social consciousness of a nation. It can also encourage murder, rape, sadomasochism, and demon-inspired death. The most infamous case: accused "Night Stalker" slayer Richard Ramirez, twenty-six, who was said to be obsessed with Satan and the group AC/DC (*USA Today*, August 18, 1986).

Another highly publicized case implicated rocker Ozzy Osbourne when a California teenager committed suicide after repeated listenings of Osbourne's song "Suicide Solution." Osbourne has disavowed any responsibility for the death.

As a Christian, you are a new person (*see* 2 Corinthians 5:17); the old life-style is gone, and new things have come. Consequently, you should seek out those things that will cause you to live more closely to Jesus. Clean out the negative, and fill your mind with music that is positive.

Today, take a minute to read Romans 6:12–23. Notice verse 21, where Paul asks a poignant question, one that you may want to apply to your musical tastes.

Action Trax

1. Give your record collection a good going-over. If you find material that is spiritually destructive, get rid of it! It will be much more expensive if you don't.
2. Plan to visit a record store or Christian bookstore that carries a good stock of contemporary Christian music. You may be surprised at the quality and selection of the alternatives to secular music.

21
Party All the Time

As a Los Angeles studio musician, Richard Page could have adopted Eddie Murphy's song "Party All the Time" as his own personal theme song. Page, the lead singer and musical genius behind the megabucks group "Mr. Mister," only a few years ago was doing studio sessions for a broad spectrum of artists ranging from Amy Grant to Motley Crue.

During that time, the party atmosphere prevailed, and the peer pressure to participate was intense. Page recalls, "I was right in the middle of the era when you weren't really a good musician unless you hung out and partied and did coke. . . . Especially in L.A., being a studio musician meant you hung out after a gig and got high" (*People*, April 7, 1986).

Richard now says he has given up drugs and has left the party scene behind him. Mr. Mister's *Welcome to the Real World,* which contains the chart busters "Broken Wings" and "Kyrie," reflects the change. Richard explained that the album was about "responsibility, about becoming a functioning adult and waking up. That real immature kind of partying stuff is a trap, and I got caught in it."

How about you? Do you continually feel pressured into the party trap? Are you constantly being invited to parties where you know there will be people getting blasted from booze or pot, or both?

As a Christian, you know that the party crowd doesn't understand why you don't want to get drunk, do drugs, or have sex with the first person who shows you a good time, but what's a girl supposed to do? Should you simply stay home all the time and socially starve to death?

Paul was aware of the intense pressure on Christians to conform to society's ideas about having a good time. He wasn't opposed to Christians having fun, but he was emphatically against hanging out with the wrong crowd. He wrote to the Corinthians, "Do not be deceived: 'Bad company corrupts good morals.' Become sober-minded as you ought, and stop sinning; for some have no knowledge of God. I speak this to your shame" (1 Corinthians 15:33, 34).

Ouch! Paul doesn't mince words, does he? But why was the apostle so adamant about this? Take a moment to read his rationale behind the rule in 2 Corinthians 6:14–18.

This is a passage of Scripture that is most often quoted concerning Christians dating nonbelievers. While it is certainly applicable in those relationships, it also is relevant to friendships at school or on the job. It gives you a guide to help you decide which parties are right for you to attend.

Maybe you're getting confused here. "How am I supposed to have an impact on my non-Christian friends if I never go to any parties or have any contact with them?" After all, Christians are not supposed to live in isolation from the world; we are to take the Gospel to the world. Right?

Yes, but with one clarification: All through the Bible, we are instructed to *minister* to the world, but nowhere in Scripture will you find an encouragement to *fellowship* with the world. Quoting Isaiah 52:11, Paul admonishes you to "come out from their midst and be separate" (2 Corinthians 6:17).

Don't be afraid to have contact with unbelievers. You

ought to be invading the devil's turf to win your world to Jesus. However, make sure the friends closest to you are Christians. You'll have a lot more in common, and the strength you give one another will cause you to be more effective in witnessing to your non-Christian acquaintances.

Action Trax

1. Are your closest friends Christians?
2. Do they have a positive or a negative influence on your spiritual life?
3. Next time your friends invite you to a party that wouldn't be pleasing to Christ, try to redirect the activity by offering a creative alternative. For example, "How about a game of racquetball or tennis?" or, "Let's order a pizza!"

22
Crack, the Whip

Most of his friends agreed. He used cocaine only one time, but once was enough to kill the University of Maryland basketball superstar Len Bias. Only two days after the college All-American had been drafted by the Boston Celtics, one of professional basketball's premier franchises, he was dead: cardiac arrest due to cocaine intoxication was the cause.

Eight days later, twenty-three-year-old Don Rogers, a pro football player with the NFL Cleveland Browns, dropped dead due to cocaine. He was scheduled to get married the following day.

At one time, cocaine was thought to be a relatively harmless drug in comparison to heroin or other dangerous substances. Especially popular with Hollywood's rich and famous, cocaine was frequent fodder for jokes on the "Tonight Show," "Late Night With David Letterman," and other television programs. Nobody is laughing anymore. "The jury is back and its verdict is irrefutable: 'Cocaine can kill' " (*U.S. News & World Report,* August 11, 1986).

Len Bias and Don Rogers, however, were not isolated cases; they were merely two more celebrities to be added to the ever-expanding list of drug-related deaths. Every year, it seems, another prominent person's demise can be attributed to some controlled substance. What do these people have in common: Janis Joplin; Jimi Hendrix; Keith Moon of the rock group The Who; Elizabeth Moore, sister of TV star Mary Tyler Moore; Scott Newman, son of actor Paul Newman; Sid Vicious, British punk rocker; John Belushi, of movie and "Saturday Night Live" fame; David Kennedy, son of the late Robert F. Kennedy; Elvis Presley; and Ronald Roberts, son of the Reverend Oral Roberts? You guessed it. They are all dead because of drugs.

Why do people take drugs, anyway? Everybody knows they are dangerous. Why would anyone risk his or her life just for a momentary high? Most individuals who are indulging in drug abuse are extremely insecure people. They may try to hide their insecurities under a veneer of toughness, sophistication, materialism, or some other outward shell, but underneath, they are often plagued by fear, guilt, frustration, intense competition, peer pressure, or extreme stress. Any one of these factors may lead to a pervading sense of one's own inadequacy, and unless a person discovers true freedom in Jesus Christ, chemical dependency is only a step away.

Crack open your Bible to John 8:31–51, and check out the freedom Jesus offers. The difference between His life of liberty and the devil's bondage of addiction are like day and night.

"You shall know the truth, and the truth shall make you free."

John 8:32

Action Trax

1. Have you felt pressured lately to experiment with drugs? Don't let the devil deceive you. Remember, he is trying to rob, kill, and destroy you. Say no to his devious devices.
2. If your best friend was dabbling in drugs, how could you help him or her get free?

23
Take My
"Breadth" Away

A recent UCLA survey discovered some interesting yet disconcerting facts about women's weight. Of those women surveyed, 27 percent said they were terrified of being overweight; at the same time, 29 percent said they were obsessed with food. The average weight of the women was well below national standard health guidelines, yet as a rule, they each wanted to weigh about ten pounds less! What does it all add up to? The perfect conditions for anorexia nervosa and bulimia.

Anorexia is the name given to the phenomenon of self-imposed starvation. It mostly affects women, though men are not immune, and is caused almost exclusively by psychological factors, most of which have to do with a person's self-image. An anorexic woman may see herself as being fat although in actuality she is thin, even on the verge of being skinny. Regardless, she is determined that she needs to lose weight. Consequently, she begins a process of literally dieting herself to death.

Anorexia is often accompanied by *bulimia*, repeated episodes in which a woman stuffs herself with food, then induces vomiting by sticking a finger down her throat. The anorexic may use laxatives or diuretics to rid herself of food she craved only a few minutes earlier. The woman becomes a slave to a pattern of obsessive gorging followed by equally extreme fasting. At the same time, many anorexics exercise ferociously in a desperate attempt to lose weight.

Anorexia plagues every stratum of our society, rich or poor, male or female (though females seem more susceptible to it), Christian or unbeliever. Two famous anorexics are Cherry Boone O'Neill (Pat Boone's daughter) and Karen Carpenter. Cherry beat the vicious cycle and lived to tell about it in her book *Starving for Attention*. Karen Carpenter was not so fortunate. Obviously anorexia and bulimia are not laughing matters. They can kill.

Most anorexic women are extremely critical of themselves; everyone else seems prettier, more likable, and especially, thinner. The anorexic feels as if she is never quite good enough, and will often push herself to the limit and beyond in her quest for perfection. She may be the lead in the school musical, the most fervent worker in the church youth group, or the head cheerleader. Any woman who relentlessly drives herself yet seems to lack security, direction, or self-esteem is a possible candidate for anorexia or bulimia.

Unquestionably, today's fashion-conscious society, with its emphasis upon physical appearance, can be blamed for a large portion of the problem. Even women who enjoy eating in moderation have been duped into believing that they are overeating. Thin is in. But the passion for thinness has become a dangerous obsession. When tempted by the thought of having their cake, eating it, enjoying it, then getting rid of it and being able to zip up their designer jeans the next day ... well, it seems like heaven on earth to some women. But it can become a slow road to destruction.

Take a moment to read Hebrews 12:1–13. Notice especially the healing that your heavenly Father wants to bring. God's way involves discipline, but it produces a harvest of righteousness and peace to replace frustration and despair.

What are some signs of a possible eating disorder? Any significant weight loss or gain should be viewed with suspicion. Are there changes in your eating habits? Are you eating much larger amounts of food than normal, or much less? Has your menstrual cycle stopped or become irregular? Are you constantly on the go, to the point of hyperactivity? Are you usually cold? Have you noticed signs of extreme irritability, and even temper tantrums? These indicators may be flashing red lights to you. Please don't ignore them. See a doctor who understands and regards anorexia nervosa as the serious disorder it is.

Whether or not you are suffering from an eating disorder, you need to know that God loves you. Your worth to God is not dependent upon the number on a scale every morning. You are important to Him, for He created you with your unique genetic makeup.

If you feel that you are not the correct weight, check with a medical doctor and have a complete exam before beginning any type of diet. He should give you a "weight goal" and a plan to maintain that weight once it is achieved. Learn about good nutrition and exercise and practice them wisely. One more thing: When stress strikes, start by taking it to the Lord in prayer. Then seek the support of family members, friends, or your pastor. You were not designed to handle crises all by yourself.

Action Trax

1. Today, while looking in the mirror, say, "Thanks, God, for creating me. Thanks for my body; thanks for my brain; most of all, thanks for what You are doing on the inside of me."
2. Enjoy eating well-balanced meals as part of your spiritual responsibility to the Lord.

24
Look Up!

Sometimes we just don't pay attention, do we?

Nobody paid much attention to the weather forecast when the Reverend Thomas Goman and fifteen Portland, Oregon, teenagers headed up the slopes of Mount Hood early one Monday morning in May. So the newscasters were calling for a little snow? Big deal.

Despite the ominous signs, none of the teens seriously contemplated backing out of the expedition. After all, a lot of peer pressure was riding in each one of those backpacks. This climb was sort of a teenager's "rite of passage." What's a little snow compared to the jibes and jeers of your buddies if you chicken out?

At about four o'clock, with the group almost in sight of the summit, the adventure turned into a nightmare. Suddenly, as if out of nowhere, massive dense clouds dropped over the entire top of Mount Hood. Simultaneously, a sixty-mile-per-hour wind began slicing at the climbers, while the windchill factor plunged to a paralyzing fifty degrees below zero. The group could barely see one foot in front of them, when matters got even worse. It began to snow—just as the weather predictors had said it would.

Turning back quickly, the teenage mountain climbers

found themselves attempting to trudge through knee-high
fresh snow, while the swirling white stuff piled higher every
second. Minutes more, and the blasting blizzard virtually
enveloped the group within a wall of masklike whiteness.

One of the fellows developed a severe case of hypother-
mia, so the harried band decided to dig a cave in the snow,
where they could wait out the storm, and possibly keep their
friend from freezing to death. Nobody had thought to bring
along a communications radio. That was a mistake. Of the
nineteen climbers who ascended Mount Hood, only ten re-
turned home alive. Nine naive novices, including the Rever-
end Goman, died because they had ignored the weather
signs.

Jesus talked a great deal about the importance of recog-
nizing and responding to the prophetic "signs of the times."
One day, "the Pharisees and Sadducees came up, and testing
Him asked Him to show them a sign from heaven. But He
answered and said to them, 'When it is evening, you say, "It
will be fair weather, for the sky is red." And in the morning,
"There will be a storm today, for the sky is red and threaten-
ing." Do you know how to discern the appearance of the sky,
but cannot discern the signs of the times?' " (Matthew
16:1–3).

How about you? Do you know how to interpret the "signs
of the times"? Do you even know what to look for? If you
would like a short list, check out Matthew 24:3–14.

"Truly I say to you, this generation will not pass away
until all these things take place" (Matthew 24:34).

Action Trax

1. Do you ever let the opinions of your friends sway you
   into doing something silly? Something morally wrong?
   Something unsafe or potentially harmful? Decide today
   that you are going to be God's woman and that you will
   stand against that temptation.

2. Are there any "signs" in your life that you have been
   ignoring? What warning signal is the Lord trying to im-
   press upon you?

25

Mr. Sunshine

Sun worshipers are the largest cult in America today.
From Malibu to Myrtle Beach on any given sunny day, you
will find adherents doffing their duds and stretching out in
search of that Coppertone tan. Some say it was the intro-
duction of the bikini, birthed in 1946 by French designer
Louis Reard, that began the boom in the brown look. Though
it may be difficult for you to comprehend, tans were not con-
sidered "cool" prior to the influence of designers such as
Reard and his 1920s predecessor Coco Chanel.

In the not-so-distant past, the Caucasians who sported
darkly tanned skin were mostly "common laborers" who
"unfortunately" had to work outside in the sun. Pale skin
was a sign of prestige, luxury, and yes, even sex appeal.
Nowadays, however, a tanned body is your entrée into the
world of the wild and carefree, as well as the rich and fa-
mous.

Perhaps predictably, all this exposure is causing problems

for a large number of sun worshipers. "Dermatologists now believe that any substantial exposure to the sun sets in motion a cumulative and largely irreversible process of damage that may eventually lead to cancer ... Dr. Isaac Willis, professor of dermatology at Morehouse School of Medicine in Atlanta, puts it: 'Tanning is unhealthy in all respects' " (*Newsweek*, June 9, 1986).

What? Are you kidding? Catching a few rays makes me feel good all over, you may be thinking. *Getting a little color on my skin makes me look healthy. I love to feel the sun baking me to a golden brown. What harm could that do?*

Oh, nothing. Except for the possibility of contracting skin cancer, getting cataracts in your eyes, and developing wrinkled up, alligator-looking skin, sunbathing is a pretty safe practice. Not even people with black skin and other deeply colored skin pigmentations are safe from the cancerous effects of sunburn. Still, despite the warnings, millions of sunbathers will continue to soak up the ultraviolet rays that will ultimately disfigure their skin. According to *Newsweek*, four hundred thousand people per year will receive dosages that will lead to skin cancer and other diseases.

The sun has always held a fascination for earth dwellers. Since the earliest times, man has been tempted to worship this star that wields such tremendous influence over our senses, our moods, our seasons, our weather patterns, and the productivity of our land. Many cultures, including those of India, Greece, the Mayas, and the Incas, regarded the sun as a god. In biblical times, both pagan superpowers, Babylon and Egypt, were avid sun worshipers.

The Egyptians referred to their sun god as *Re*, and the priests of the sun god dominated Egyptian worship. It was more than coincidence that the next-to-the-last plague with which God afflicted the Egyptians, before the climactic "death of the firstborn," was three days shrouded in thick darkness. Take a moment to shed some light on the story by reading Exodus 10:21–29.

The night the lights went out in Egypt must have absolutely terrified the population of that country. Not only was the darkness a direct insult to their god of gods, *Re,* but the Egyptians also believed that evil spirits inhabited the darkness. That the darkness was so thick it impeded movement and communication only served to further isolate the people and heighten their fear.

The plague of darkness was unusual in at least three ways:

1. In its *intensity.* Notice, it covered the entire country of Egypt with a darkness so dense they could practically feel it (verse 21).

2. In its *duration.* Three days is a long time to be in total darkness (verse 22). Have you ever walked into a room that was virtually without light? Do you remember that awful, disoriented feeling? Think what effect three days of that would have upon you.

3. In its *exclusion.* Moses and the people of God had light in their dwellings (verse 23) while Pharaoh and his people did not. A few years ago, during some extremely dark days of my life, I wrote a song that includes these words:

Good News Tonight, Good News Tonight!
Darkness may come, but we still have the Light!

> "Good News Tonight"
> Ken and Tink Abraham
> Evergreen Music Group, 1978

God has strictly forbidden His people to be sun worshipers (Deuteronomy 4:19; 17:3). Don't misunderstand. He is not necessarily opposed to your Caribbean vacation. He is, however, greatly displeased when His people worship the *creation* rather than the *Creator.* The Apostle Paul enlightens us:

For you were formerly darkness, but now you are light in the Lord; walk as children of light (for the fruit of the light consists in all goodness and righteousness and truth), trying to learn what is pleasing to the Lord. And do not participate in the unfruitful deeds of darkness, but instead even expose them; for it is disgraceful even to speak of the things which are done by them in secret. But all things become visible when they are exposed by the light.... For this reason it says,

> "Awake, sleeper,
> And arise from the dead,
> And Christ will shine on you."

Ephesians 5:8–14

Action Trax

1. Today, when you go outside, pause to glance up at the sun and give thanks to the Son. The One who created the sunshine created you and loves you.
2. Have you ever been afraid of the dark? Describe some of the thoughts and emotions you were feeling at that time. No wonder Jesus described hell as a place of "outer darkness" (Matthew 22:13)!

26
Life With the King of Rock

Dave Stanley had everything any guy would want. As a stepbrother of Elvis Presley, Dave grew up in the unreal world of Elvis's Graceland Mansion. But was it heaven, or was it hell?

At age sixteen, Dave dropped out of school to go on the road with Elvis. As one of the "King of Rock 'n' Roll's" personal bodyguards, he had access to nearly anything he wanted: money, marijuana, cocaine, booze, sex, a sense of power, prestige, Elvis's personal jet, and every temptation the devil could dangle in front of a tall, strong, handsome teenager. At sixteen, Dave Stanley refused few of those temptations.

As a member of Elvis's entourage, Dave's life revolved around "the King," whether at home at Graceland or on tour around the world. He was responsible to make sure the frantic fans didn't get close to their hero. Often he was pushed, punched, and kicked by Elvis's well-wishers, and on several occasions he had to shield Presley's body with his own. Every night on tour, Dave Stanley laid his life on the line for the pop music star who was his brother and his boss. The risks were great, but so were the rewards.

Then suddenly, it all came crashing down on August 16, 1977, when Dave found Elvis dead, lying facedown on the bathroom floor in the Graceland Mansion.

Dave later wrote in his book *Life with Elvis*, "I ran up the back stairs and got to Elvis's bedroom at the same time as Joe Esposito and Al Strada.

"We walked into the bathroom, where we found Elvis facedown on the floor, his knees drawn underneath him.

"I went up to him and shook him gently. There was no response. We grabbed him and rolled him over. I was not prepared for the sight that greeted me. Elvis's face was swollen and black, and his tongue was sticking out of his mouth. . . .

"Suddenly, the paramedics came rushing into the room. . . . They ran tubes down his mouth and started administering electric shock. Elvis's body was literally bouncing off the floor, as they tried to get his heart started again. . . .

"I couldn't believe this was happening. I felt like I was in a bad dream. I had always known Elvis was going to die. I had told other people that the end was coming—but when it came, I just couldn't believe it."

Take a moment to read what the Psalmist says about the sad demise of a man like Elvis. It's not a pretty song, but Psalms 49:5–20 puts it all in perspective.

Have you been seeking success in all the wrong places? Perhaps you've felt that if you could just make enough money you would be happy, or if you could somehow achieve superstar status, your life would be complete. The rise and fall of Elvis Presley graphically illustrates the futility of fame and fortune.

All of Elvis's money and fame could not purchase his way into heaven. Being a nice guy, being excessively generous— he once offered Dave Stanley a million-dollar check, but

Dave turned him down—would not be enough to ransom his soul, "for the redemption of his soul is costly," the Psalmist reminds us (verse 8).

After Elvis died, Dave Stanley floundered about like a fish without a stream in which to swim. He says, "The next few days, I spent all my time drinking or smoking dope. What else was there to do? I had nothing to look forward to, no reason to get out of bed in the morning. My wife was gone, Elvis was gone, and life didn't hold anything else for me."

A few more days passed, and Dave decided to leave Graceland behind him. He spent the remainder of 1977, all of 1978, and most of the next few years wasting his life in a booze- and drug-ridden stupor. His stepfather, Vernon Presley, died in 1979, intensifying Dave's depression.

His brother Rick, however, also a member of Elvis's troupe, had become a Christian shortly after Elvis's death. He continually prayed for and witnessed to Dave about Jesus. Rick told his brother about Christ's power to save and deliver from drugs. Slowly but surely, Rick's efforts took hold in Dave's heart. On March 25, 1982, after fumbling through a series of jobs, one with an Elvis impersonator, and even a stint as a sincere but unconverted itinerant preacher, the brother of the "King of Rock 'n' Roll" became a child of the King of kings! Today, Dave travels worldwide, proclaiming that there is only one true KING; His name is JESUS!

Action Trax

1. Are you following after a rock 'n' roll star? You know, don't you, that before long, every star will fade. Even your greatest human hero will let you down sooner or later. Today, make sure Jesus is number one in your life. Tell Him so, right now.

2. Whom do you admire more than anyone else in the world? What qualities about that person would you like to emulate?

27
The Real Thing

A lot of people call themselves Christians, nowadays. Unfortunately, the term *born again* has been so prostituted, it has lost most of its original meaning. How can you tell the difference between a real Christian and a fake? How can you tell whether or not you are the real thing?

The Apostle Paul lists at least three marks of a true Christian in 1 Thessalonians 1:1–10. Take a minute to see if you can find them. (*Hint:* Check out verses 9 and 10.)

Paul was writing to a group of new believers in Thessalonica, a town famous for its pagan idol worship. Paul had only been able to personally instruct these new believers for three weeks before he had been forced to flee for his life. You can imagine how elated the apostle was when word came to him that the Thessalonians' conversion had been thoroughly genuine, and despite persecutions, they were hanging in there with the Lord.

Three facts convinced Paul that the Thessalonians were for real:

The Real Thing

1. They had turned to God and away *from* their idols.

2. They were now *serving* the living and true God.

3. They were *waiting* for the return of Jesus Christ.

These new Christians immediately realized that they couldn't have Jesus and their idols, too. To wholeheartedly serve God, they first had to do some housecleaning, which included getting rid of their idols.

Today, when we think of idols, we tend to conjure up images of half-naked heathen poking pins in voodoo dolls in darkened jungles. But a lot of idol worshipers wear designer jeans and work in brightly lit classrooms, offices, and churches.

What is an idol? Anything that stands between you and God and takes the place that rightfully belongs to Jesus Christ in your life becomes an idol for you. It could be a good gift that God has given to you that you have allowed to take precedence over Him. It may be your boyfriend, your car, your athletic or academic ability, your job, your physical appearance, your family, or even your refrigerator (think about that one!). On the other hand, you may have allowed something destructive to become an idol. You could be worshiping an idol of drugs, alcohol, or cigarettes. Maybe you are bowing to an idol created by an inner attitude of lust, greed, or pride.

Whether your idol is a "good" thing or a "bad" thing is really irrelevant. If you are worshiping an "I-doll," you are not worshiping Jesus. One of the basic commandments is this: "You shall have no other gods before Me. You shall not make for yourself an idol, or any likeness of what is in heaven above or on the earth beneath or in the water under the earth. You shall not worship them or serve them; for I, the Lord your God, am a jealous God ..." (Exodus 20:3-5).

Not only did the Thessalonians turn from their lifeless wooden-and-stone idols but they also began to serve the living and true God. Sometimes you may wonder why God would want somebody like you to serve Him. Certainly, at a snap of His supernatural fingers, He could have ten thousand angels ready to do His will. And they wouldn't give Him any back talk about it either! Why would God want you to serve Him?

It's not that complicated, really. Are you ready for this? You should serve the living and true God *as an expression of your love to Him.* That's it. That sums it up. Jesus said, "You are My friends, if you do what I command you" (John 15:14). He doesn't want you to serve Him out of fear that He is going to zap you with lightning if you don't. He knows love is something you do. You don't show your love for Christ with words alone, or crosses you wear around your neck; you show love by how you live for Him.

An amazing by-product of this type of service is joy. Jesus spelled it out this way: "If you keep My commandments, you will abide in My love; just as I have kept my Father's commandments, and abide in His love. These things I have spoken to you, that My joy may be in you, and that your joy may be made full" (John 15:10, 11). If your main goal in life is not to love and serve God, you will experience constant tension and turmoil. You were made to love and serve the living and true God. When you do, you will find joy, happiness, peace, and a sense of meaning that comes from knowing that you are doing what you were created to do.

When you live that way, waiting for the return of Jesus is not a dull, boring, treading-water type of life-style. Each day is an exciting adventure, filled with new opportunities to serve Him until He comes! Do something today that you know will make Jesus happy. You'll be glad you did.

Action Trax

1. Ask God to help you recognize and remove any idols that are taking His place in your heart.

2. What do you spend most of your free time thinking about? Could that person or thing possibly become an idol for you? Why or why not?

28
The High Cost of Loving

Have you ever thought about what Jesus gave up for you? After all, He had it made in heaven. What could be better than living in constant, close communion with the heavenly Father in a perfect environment, with myriad angels ready and able to perform His every bidding? Jesus certainly didn't *need* to inconvenience Himself by being born as a helpless baby on earth. But He loved you so much, He was willing to humble Himself to that extent.

Now, if that isn't heavy enough, Paul tells us in Philippians 2:5–8 that we are to:

Have this attitude in yourselves which was also in Christ Jesus, who, although He existed in the form of God, did not regard equality with God a thing to be grasped, but emptied Himself, taking the form of a bond-servant, and being made in the likeness of men. And being found in appearance as a man, He humbled Himself by becoming obedient to the point of death, even death on a cross.

The world collectively gasped in shock when, in 1936, Edward VIII, King of England, announced on a radio broadcast that he could no longer carry out his duties "without the help and support of the woman I love." The king was giving up all rights to the throne for himself and for his descendants in order to marry Wallis Simpson, a twice-married woman who was cavorting with the king while still married to her second husband.

"Why would he do such a thing?" the world cried out. Would a king abdicate his throne for a woman, and a woman of questionable character at that?

Jesus did. The Bible says, "While we were yet sinners, Christ died for us" (Romans 5:8). The pathetic and foolish sacrifice of the Duke of Windsor (as he was known after his departure from power) pales in comparison to the humble sacrifice of Jesus Christ for His Bride, the Church. Jesus not only gave up His kingdom in heaven, He did it with full knowledge that the people for whom He was sacrificing *everything* were going to kill Him. He gave up His glory in heaven to save a wayward person like you.

Next time you hear the words *Jesus loves you*, believe it!

Action Trax

1. What sacrifices have you had to make for Christ?
2. Would you be willing to die for Jesus?
3. What areas of your life are you having trouble surrendering to Christ? Why?

29
Life's Dirtiest Word

The popular talk show host was becoming virulent in his attack upon the famous preacher and his beliefs. "I think if God is a God of love, He ought to make it so we can all live forever," the host huffed in his hostile "There! Take that!" attitude.

The preacher smiled serenely at the host and calmly replied, "That's exactly what God did. He created Adam and Eve in the Garden of Eden and intended for them to live forever. But they rebelled against God and sinned. Part of God's judgment on that sin was death."

Death. Yuck! It's an awfully frightening word. Part of what makes it so scary is that we know so little about it. You've probably heard stories about some people who have died on the hospital operating table and then have come back to life. But most of the information these individuals have reported only tends to further complicate an already confusing subject.

Hebrews 9:22-28 tells us a few things we can know for sure about death:

1. *Everybody is going to die.* You needn't get all bent out of shape about it; just realize that you have approximately

95

seventy-five years on this earth, barring any unforeseen accidents or divine appointments. Enjoy life. Make the best of it. But if you are smart, you will also prepare to die. Insurance policies, wills, cemetery plots, and caskets seem so irrelevant to you. Yet they are simply morbid acknowledgments of the obvious. Someday you are going to die. The big question is this: What about after death? Are you prepared for that?

2. Another certainty you have concerning death is this: *After death comes judgment* (verse 27). Here is a heavy thought for you: We are all going to live forever; the only difference is whether we spend eternity in heaven or hell.

   This life is not the end. That's why suicide is such a foolish option—the Bible clearly indicates that you will stand before God in judgment to give an account of what you have done with your life (*see* 2 Corinthians 5:10 and Romans 14:10–12).

3. We know that *Jesus has beaten death* and will return to earth again for those who eagerly await Him (verse 28). Of course, those who are not anxiously looking forward to His return are going to have to face Him, too. A person may succeed in avoiding Christ in this life, but nobody will be able to hide from Him on Judgment Day.

   If you know Jesus as your Savior and Friend, that day will be a time of celebration, joy, and excitement. If He is coming to you as a stranger and judge, you should rightfully shudder with terror. Ask yourself right now, *Is He my enemy and judge? Or is He my Savior, Friend, and Lord?*

Death. It's no big deal when you know that Jesus is your Friend.

Action Trax

1. What arguments would you use to talk a friend out of committing suicide?

2. When you die, what do you want people to remember about you?

30
What Does He Look Like?

I had just finished pouring myself a glass of iced tea at the Garden Valley Artist Retreat in Lindale, Texas, when I turned around abruptly and nearly dumped the entire glass on a short, handsome guy who was standing directly behind me.

"Oh, man! Excuse me," I said. "I'm really sorry. I didn't even see you there."

"Hey, no problem," the fellow answered amiably.

"My name is Ken Abraham," I volunteered.

"Hi, Ken. My name is Chuck Girard." He extended his hand and shook mine. My mouth dropped open and refused to function.

"Ah, yub, dub, bub ... er, glad to meet you, Chuck," I finally managed to squeak.

Chuck Girard! I thought as I walked toward my table. *I*

can't believe I just shook hands with one of my lifelong heroes! I had grown up listening to Chuck's music. His group Love Song was one of the pioneer Christian rock groups, among the first to appropriate the musical ingredients and styles of secular artists and to invest them with Christian lyrical content.

I hadn't recognized Chuck. His appearance in "real life" was not at all like the guy on the album covers I had at home. His voice and pleasant mannerisms were inconsistent with my preconceived notions of what I expected Chuck Girard to be. For some reason, I had created a mental image of Chuck as a "hard guy"; I was surprised to find him a sensitive, warm, gentle, humble person.

Have you ever wondered what it will be like the first time you see Jesus, alive and in person? Will He look like all the pictures of Him you've seen hanging on church walls? Or will He look more like the Jesus portrayed on Sunday-school papers? You know the pictures: "the designer Jesus," with His hair perfectly coiffed, looking as if He just exited a styling salon where He had His hair washed, styled, blown dry, and sprayed or moussed for that superfine contemporary flair. Or maybe He'll look more like the "beach boy Jesus," tall, tanned, sparkling blue eyes, blond hair and unblemished fair complexion. (Where a ruddy, Middle Eastern Jew would ever get looks like that is a question to stymie any Bible study or youth-group meeting!)

Funny, isn't it, how so many of our concepts about Jesus are colored by our silly, preconceived notions concerning His appearance. For the real scoop on what the Lord looked like, take a minute to read Isaiah 53:1–12. You may be surprised.

> He has no stately form or majesty
> That we should look upon Him,
> Nor appearance that we should be attracted to Him.

What Does He Look Like?

He was despised and forsaken of men,
A man of sorrows, and acquainted with grief;
And like one from whom men hide their face,
He was despised, and we did not esteem Him.

Isaiah 53:2, 3

Wow! If that is what Jesus looked like, next time you stare dejectedly into the mirror, remind yourself that your external appearance isn't nearly as important as what is in your heart.

Action Trax

1. Set aside one hour this week when you can get away from everyone and spend time getting to know Jesus better!
2. Today, as you read your Bible, ask yourself, "What does this have to do with me?" Then as you talk to the Lord in prayer, ask Him to show you how the Word applies and how you can see yourself in it.

31

Junk-Food Christians

Randy Stonehill's early eighties hit "Junk-Food Christians" may typify this generation's eating habits, but the song also speaks volumes about the spiritual anemia so prevalent among modern-day Christians.

Despite today's health-and-fitness craze, the diets of most young adults are comprised mainly of junk food. Pizza, chips, pop (or "soda," depending upon where you live), Doritos, Dunkin' Donuts, Fruit Roll-Ups, burgers, fries, and shakes, microwave dinners, M & M's, Ho-Ho's, Twinkies, ice cream, candy, Gummi Bears, animal crackers, you name it! If it is loaded with saturated fats and low in nutritional value, Americans are eating it.

What makes matters worse, while your diet is most likely atrocious, you have much better alternatives available to you. In affluent America, you are not forced to feed upon garbage. Probably right in your own refrigerator are all sorts of nutritious foods, just waiting for you to eat them.

Maybe the writer to the Hebrews had something like this in mind when he encouraged his readers to ingest some good, solid soul food. Take a minute to check out his dietary directions in Hebrews 5:12–14 and 6:1–3.

Notice, the writer says that by this time, you ought to be

growing up, getting into the heavier issues of Christianity, and being able to teach those who are younger than you in the faith (5:12). Too bad, though, you are still a baby Christian, and can only handle being fed milk (verse 13).

I recall watching my mother as she prepared a bottle for my baby brother. The process always fascinated me. First, she got a bottle of cold milk out of the refrigerator; she then warmed the milk, after which she squirted it all over her arm. She usually mixed up some other goopy-looking stuff for my brother to eat along with the milk.

Meanwhile, my baby brother was strapped into his high chair, where he was anxiously anticipating his treat. As I watched him smacking his lips, yuk-yukking and goo-gooing, I began to think, *Wow, that food he gets to eat must be the greatest-tasting stuff in all the world!*

One day when Mom was out, I decided to give it a try. Yuck! Have you ever tasted Similac? Or, do you have any idea what baby green peas really taste like? After sampling that mush, I was slightly suspicious of what my mother was feeding my baby brother. And I wasn't real certain about him, either. After all, if he was clamoring for that kind of slop, there had to be something wrong with the boy!

A day came, however, when my baby brother pulled his chair up to the table along with the other family members and said, "Pass the steak, boys. I'm sick and tired of Similac and baby green peas!"

From that point on, I don't remember having to argue or plead with him to let go of the bottle—once he had tasted of the food prepared for the adults.

Action Trax

1. Growth takes time; you can't rush it. Still, do something today to show that you are leaving childish things behind and are stepping toward maturity.

2. Can you think of some things you have been hanging onto even though you know they are negative influences in your life? Today, ask God to show you how to begin replacing the "junk food" in your life with better alternatives.

32
The Book

The Bible is an amazing book. Every year, it is the best-selling piece of literature in the world; it so far outsells every other book that the people who make up the best-seller lists don't even include it anymore. It is just *assumed* that the Bible is going to sell well. Scoffers say, "Aw, that's because it's one of those religious books. We can't compare that to a Stephen King novel or Lee Iacocca's life story."

How right they are! Modern literature cannot even compare with the Bible. For one thing, the Bible was written by forty different men, over a time span of nearly two thousand years, under the direction of one Editor, the Holy Spirit. Some of the guys who wrote the Bible were highly educated; others had never been off the farm. A few were fishermen; at least one was a doctor; one was a tax collector, several were government officials, but only a few were what we would consider professional theologians. Most of these authors never met or communicated with one another.

Despite this incredible diversity of human writers, the Bible has a remarkable unity and coherence. If you were able to pick out forty of your friends and ask them to write on such subjects as religion, ethics, science, the creation of the world, the meaning of life, and the end of the world, you would expect that their ideas would run a huge gamut, and most likely would often contradict each other. But the Bible is the exact opposite. Its writers and subject matter simply flow together in complementary fashion.

Oh, sure, some skeptics or sincere searchers have questioned the Bible's reliability. Few of them, however, ever bother to investigate the Book for themselves. They simply form opinions based on prejudiced ideas they have picked up from other cynics. Most of these critics do not know the Author personally; no wonder they are skeptical.

Still, the Bible has a marvelous ability to withstand blow after blow, without losing a bit of its staying power. Some of the illustrations of this in human history are hilarious. For example, about 250 years ago, the famous philosophical skeptic Voltaire held a Bible in his hand and pronounced its doom. "In one hundred years," he said, "this book will be forgotten, eliminated!" Ironically, almost one hundred years later, to the day, Voltaire's house was bought and made into the headquarters for the Geneva *Bible* Society! The organization began distributing Bibles out of Voltaire's former home, and eventually developed into a worldwide Bible distribution network.

To help you realize that you can trust the Bible as God's Word, take a few moments today to think about these verses of Scripture: 2 Timothy 3:13-17; 2 Peter 1:20, 21; and Matthew 5:18.

Can you believe the Bible? Jesus did. He quoted from

twenty-four different books of the Old Testament, so obviously He confirmed its authority. History, archaeology, and scientific evidence continue to authenticate the Bible's accuracy. Hundreds of fulfilled prophecies (historically verifiable) lend credence to the veracity of the biblical writers. Furthermore, the Bible continues to be confirmed through its power to transform lives today.

So when your friends turn up their noses and give you one of those "Do you mean to tell me that you *believe* the Bible?" looks, just smile knowingly, and say, "I've got every reason in the world (and a few out o' sight reasons!) to trust this Book as God's Word."

Action Trax

Here are some suggestions to help you in your study of the Bible:

1. Obtain a copy of the Bible written in a modern translation. The majestic beauty of the King James Version remains unparalleled, but unless you're into Shakespearian-type English, go for the New International Version, the New American Standard Bible, or *The Book* (*The Living Bible*).

2. Read the Bible regularly, every day if possible. Don't try to read it from cover to cover in one sitting. You'll get discouraged and want to quit. Take bite-size chunks of the Word.

3. Let the Bible speak for itself. Don't worry about looking for strange, obscure, hidden nuggets from the Word. Mark Twain said, "It's not the things I don't understand about the Bible that bother me; it's the things I do understand that bother me." Concentrate on what you do comprehend and the Lord will continue to expand your illumination.

4. Read the various books and letters in the Bible as you

would any other exciting document. Don't skip around aimlessly, using the Book as a horoscope. Read it systematically.

5. Respond to what you read. Don't just read a passage passively. Ask questions. Try to imagine what this meant to the original writer and the original recipient. Ask God to show you how this Word applies to your life today!

33

Animal House

Bill Cosby does a hilarious parody of "Noah and the Ark" on one of his first albums. Cosby's gravel-throated response to God's command to build an ark is a classic: "Ri ... ight.... What's an ark?"

Maybe Noah didn't really say it, but he must have felt that way. How would you have responded if you had been in Noah's shoes? Imagine God saying to you, "Look. I'm fed up with all the wickedness on earth. I'm going to snuff the whole world: people, animals, birds, insects, the works. But I want to save you and your family, and two of every creature, to get the place hopping again, as well as a few extras to be used for sacrifices. Now, it's gonna rain for forty days and forty nights, and here's what I want you to do. I want you to build an ark. Make it four hundred fifty feet long, seventy-five feet wide, and forty-five feet high, and...." You'd probably say "Ri ... ight!" too.

The difference between Cosby's Noah and the Bible's Noah is dramatic. The real Noah did not dispute with God; he "did all that the Lord had commanded him" (*see* Genesis 7:5). He didn't say, "But God! There's not a cloud in the sky! What do You mean, it's going to rain?" Nor did he protest, "Well, we haven't heard Willard Scott say anything about rain in the weather forecast." In fact, Noah could have said, "Rain? What's rain?" For, prior to the flood, there is no biblical reference to rain falling from the sky.

Noah, however, believed God. The Bible says, "By faith Noah, being warned by God about things not yet seen, in reverence prepared an ark ..." (Hebrews 11:7).

Can you imagine how Noah's friends must have mocked him as he worked on that monstrosity?

"Hey, Noah! What are you doing, man? An ark? What's an ark? Rain? What's rain?

"Why are you building that thing so big? How are you going to move it? A fishing boat is one thing, but Noah, you've really flipped out now."

And then, one day, it started to rain....

Take a few minutes to refresh your memory concerning Noah's animal house. Read Genesis 6:14 to 7:6. You may want to read the entire fascinating account of the flood (chapters 7 and 8).

Charles C. Ryrie, in his notes on Genesis in the *Ryrie Study Bible,* offers some interesting insights. In discussing the huge boat that Noah built, Ryrie says:

Its carrying capacity equaled that of 522 standard railroad stock cars (each of which can hold 240 sheep). Only 188 cars would be required to hold 45,000 sheep-sized animals, leaving three trains of 104 cars each for food, Noah's family, and "range" for the animals. Today it is estimated that there are 17,000 species of animals, making 45,000 a likely approximation of the number Noah might have taken into the ark.

God had Noah build an ark that was exactly the right size to accommodate him and his family in the midst of the flood and to accomplish the purposes He had in mind for the world. If He asks you to do something, even if it appears silly in the eyes of science or society, trust His judgment. If He is prompting you to do something difficult, like breaking off a relationship or beginning a new one, be obedient. Some of your friends may laugh. Others may not understand. But when the storms of life begin to come, you'll be safe in the arms of the One who loves you most.

Action Trax

1. What is God asking you to do today that doesn't seem to make sense to your friends, but you know He wants you to do? Ask Him for the strength and courage to obey.
2. Can you think of a specific instance in your life when God provided exactly what you needed to make it through? Write a paragraph in the back of your Bible to remind you of His provision. When the rain begins to fall, turn back to that page and let your faith grow!

34
Missionary Man

The monotonous melody line from the Eurythmics' 1986 hit moans, "Don't mess with a missionary man." For once, the Eurythmics may be more on target than they know. Take a minute to discover in Acts 13:4–12 why a magician by the name of Elymas could have used the Eurythmics' advice.

Paul and Barnabas had just embarked upon their first major missionary journey together. It was probably no accident that their first stop was in Cyprus. Barnabas was originally from Cyprus; that was his homeland. Knowing what we do about Barnabas' generous nature (Acts 4:32–37), he no doubt wanted to share the Good News concerning Jesus with his friends and family.

Paul and Barnabas didn't pick an easy place to begin their new ministry. They started at Paphos, the capital of Cyprus, and a city well known for its perverse worship of Venus, the so-called goddess of love. The Cypriots were a suspicious sort, too. Even Sergius Paulus, the Rome-appointed governor and a keenly intelligent man, kept a staff of private wizards and magicians. These wizards were proficient at practicing black magic, telling fortunes, and casting spells. Such a man was Elymas.

Not only was Elymas an expert at his demonic craft—his

name means "the skillful one"—he also possessed sharp insight. He immediately recognized Paul and Barnabas for the threat they were to his occult career and to his position with the proconsul, Sergius Paulus. Elymas understood that if Sergius Paulus decided to convert to Christianity, his own days as a purveyor of "divine" wisdom were numbered. As such, Elymas did everything within his power to discourage the governor from accepting the Apostle Paul's message.

But with all his demon-inspired power and influence, Elymas was no match for a man filled with the Holy Spirit. Paul called this spade a spade, and proceeded to pronounce a temporary judgment upon him. "You will be blind and not see the sun for a time," said Paul (verse 11). Instantly, Elymas' eyes misted over and he was unable to see. He groped about, begging for someone to lead him by the hand. Elymas had learned the hard way that you "don't mess with a missionary man."

As an interesting result of Elymas' predicament, Sergius Paulus became a believer in Jesus Christ. The proconsul was a man who respected power, and it was obvious to him, although surprising, that the devil's devious devices could not compare with the power and absolute authority of Jesus. Maybe it was mere coincidence, but it is noteworthy that Paul's first recorded convert was a Gentile and an official of the Roman government. Talk about previews of coming attractions!

Action Trax

1. An often-neglected aspect of Christian teaching is the supernatural power available to a Spirit-filled believer. What are you going to do today that will require God's power in your life, in order to get it accomplished?

2. Pick a problem, any problem you have, and begin today to "take authority" over it in the name of Jesus. Write it on a piece of paper, then put your foot on it, and say out

loud, "In the name of Jesus, I declare you powerless in my life."

Power Play

For another graphic illustration of judgment unleashed upon somebody who dares to mess with God's man, see what happened to a couple of young thugs who were harassing Elisha in 2 Kings 2:23–25. Let's just say, they were all torn up over it.

35
Sunday-Morning Blues

Who says teenagers don't care about God? The only people who spout such silly tripe are the ones who don't know the truth. In fact, according to a Gallup poll in 1985, "Ninety-five percent of all teens say they believe in God" (*Life,* March 1986). Surprisingly, 70 percent of our nation's young adults belong to a church, according to the same survey. More than 50 percent of the young people in the U.S. attend religious functions on a weekly basis. Thirty-nine percent say they pray frequently.

Churchgoing is back in vogue. That's good, because attending church can be an extremely uplifting experience—especially if you attend a church where the people are concentrating upon worshiping the Lord Jesus, and aren't hung up on worshiping one another or themselves.

Sometimes, though, people get confused. They don't understand what the church is all about, so they are easily bored by it all. What they need to comprehend is that church isn't someplace you *go;* it is something you *are.* It is not the building; it is the body, the people, the body of Christ.

It would be interesting to take a survey outside your church next Sunday morning, as the people scamper through the exit.

"Were you in church?" you ask.

"Yes, of course," they reply with a self-righteous sniff.

"Why?" you ask.

"Well, we always do it. It's Sunday, after all."

"But what were you doing in there?" you continue to probe.

"Oh, I don't know. But we've been doing it for years!"

Take a minute to think about why you go to church. Then read Hebrews 10:15–25. See if you can pick out a few more good reasons to attend church this Sunday.

Notice especially verse 25, where the writer talks about "not forsaking our own assembling together, as is the habit of some. . . ." Sure, you could attend "Bedside Baptist" this Sunday. Or maybe you'll make it to "Mattress Methodist." Perhaps you prefer "Posturepedic Presbyterian." You could even get out of bed and watch four hours of prime-time preaching. But no amount of sleep and no amount of television religion is a substitute for the fellowship and encouragement you can enjoy simply by gathering together with a bunch of believers to worship the Lord.

Action Trax

1. Set a clock on Saturday night. Give yourself plenty of time and NO EXCUSES. Plan on assembling together with fellow believers this Sunday—then do it!

2. We set times for things we consider important. For example, what time do you leave for school or work? What time do you eat dinner? Now, what time are you going to meet with the Lord tomorrow?

36
Jump Start

Have you ever had to jump start your car on a cold morning? That's what this is—just a quick surge to charge up your spiritual battery. On those days when you don't have much time but you need a spiritual jump, try this:

First of all, read 1 Thessalonians 5:16–18. It should take you less than ten seconds to read these verses. Assuming, of course, that it doesn't take you ten minutes to find 1 Thessalonians, you'll be done and on your way in less than thirty seconds.

Step Two: Do what the verses say.

1. Rejoice always (verse 16).
2. Pray without ceasing (verse 17).
3. In everything give thanks (verse 18).

As you are hustling out the door, rejoice in the fact that you are alive and that Jesus is alive in you. Pray for yourself and for others. Thank God for everything you can think of—for food, for a bed to sleep on, for your car to get you to school or work, for the sunshine (or rain), for your eyes (even though they don't want to stay open), for your teeth (that you barely had time to brush), for your hair (forget that one). But you've got the idea, right? Okay, get going! Be positive and be specific. No matter how hectic this day is, you can still rejoice, praising God for who He is and thanking Him for what He has done for you.

Whew! After you're gone, I'm going back to bed.

37
You're a Friend of Mine

Jerry Lucas, the former pro basketball star, walked off the set and into the televison studio audience, where he began to call people names—their own names. He had casually met these individuals only minutes before air time, but now he was walking about the room, recalling the name of nearly every person with whom he had made an acquaintance. Ten, twenty, thirty people, and he was still going on, accurately putting a name with each face. How did he do it? "By a simple three-step formula," Jerry reported to the talk-show host.

First, when you meet a new person, allow the person's name to make an impression upon you. Mull it over in your mind. Say it out loud. Sometimes it is helpful to repeat the name back to the person and ask if you are pronouncing it correctly. (This is not necessary if the name is Jones or Smith!) Don't be bashful about trying to get the name squarely implanted in your memory. In most cases, your new acquaintance will appreciate your effort.

Second, try to make a mental connection with the name. Associate it with something funny, interesting, outrageous, or otherwise memorable. For example, Joe Stern (he looks awfully mean). Mr. and Mrs. Peter Sheridan (they own a big house with a pool . . . get it? As in the Sheraton hotel chain). Cheryl (she's cheerful) and Heather Flowers (she's as light as a feather and she smells good, too!).

Okay. It sounds ridiculous, right? But give it a try. You will be amazed at how adept you can become at name association. Keep it simple, though. Otherwise you will remember your association but not the name.

Third, use the name. Repeat it often during your initial conversation with your new friend. "My, Carly, that is a gorgeous dress you are wearing!" "You certainly have an interesting job, Jeff." Don't be overdramatic; simply attempt to inject the name naturally.

The next time you encounter the individual, try to remember the name by association. If you can't remember, simply admit it and start the process all over again. Don't try to fake it! I once threw egg on my face by attempting to wrangle a name from a woman whose name I obviously could not recall. "Gee, I'm really interested," I said, "how do you spell your last name?"

"B-E-L-L," she replied icily.

So big deal. What's in a name anyway? For one thing, Jesus regarded names as pretty important; He had a habit of referring to people by their names. Do you remember the little guy who climbed up in a sycamore tree so he could see Jesus as He passed through Jericho? When Jesus saw him hanging out of that tree, He said, "Zaccheus, hurry and come down, for today I must stay at your house" (Luke 19:5). Jesus called him by name, and Zaccheus must have thought, *Wow! He noticed* me! Life suddenly becomes exciting when someone cares about you enough to call you by name. Similarly, you will create a potentially life-changing atmosphere when you are interested enough in another person to refer to him or her by name.

Names are important in the Bible, too. Usually the names were descriptive of what the parents hoped for their child, or prophetic of what the personality characteristics of the child would be. For example, Nabal means "fool," and the fellow who bore that tag lived up to his reputation. Take a minute to read his story in 1 Samuel 25:2–42.

In the Bible, to know a person's name meant that you knew something about the character or work of the person. Jesus means "savior," and that is who He is. On the other hand, Jacob was a "supplanter," a deceiver, and that is exactly how he lived his life, until God changed his name.

When a name was changed, it signified that something drastic had been altered in the individual's personality, character, vocation, or status. Here are a few examples: Abram was changed to Abraham; Jacob to Israel; Simon was changed to Peter; Saul was changed to Paul. Often these name changes were indicative of a new relationship to the Lord.

I read somewhere that Kenneth means "handsome." But then, what's in a name?

Action Trax

1. Today, check out Jerry Lucas's book *The Memory Book,* in the library or at a bookstore. You can remember names, and a lot more. All it takes is a little training.
2. Attempt to discover what your name means, and its original derivation. Ask your parents why they decided to name you as they did.

38
The Witness

As a student at Morgan State University and then at Purdue University, Deniece Williams wondered what she should be doing with her life. She was a Christian who wanted to make the most of her talents. Maybe she ought to simply stay at home and sing in the church choir. After all, God was using her life there.

Then came a phone call from her cousin in Detroit. "Stevie Wonder is auditioning background singers! Get here right away." Deniece wasn't even sure that her cousin's information was correct, but she decided to take a chance. She flew to Detroit, auditioned for Stevie Wonder, and to her surprise, was chosen as one of the female singers for Wonderlove, Stevie's traveling backup group.

Almost overnight, Deniece's life changed drastically. She went from singing gospel songs in her Gary, Indiana, church choir to touring the world with Stevie Wonder, as an opening act for the Rolling Stones! Some of her friends and family members were afraid that Deniece had sold out to the devil. Deniece, too, was concerned. "The people at home did not understand why I would want to do secular music and they were very disappointed. . . . What they didn't count on, except for a few people, was that they had really given me a solid foundation in Christ" (*Possibilities,* Summer 1986).

Nevertheless, Deniece's witness remained consistent. Without being pushy, obnoxious, or overbearing, she openly let her light shine. People knew that she was a Christian, and Deniece never tried to hide the differences Christ made in her life.

Deniece worked with Stevie Wonder for three and a half years before branching out on her own. She then toured with Earth, Wind, and Fire for two years, during which time she cut her first major record, *This Is Niecy.* On her initial album, Deniece decided to include at least one song that speaks specifically about God. She continued this policy on each of her subsequent pop albums, released by CBS Records.

This Is Niecy went gold, selling more than a million copies. Two years later, Deniece followed her debut album by collaborating with Johnny Mathis on "Too Much, Too Little, Too Late," which promptly catapulted her to the top of the pop music world. Since then, she has accumulated five gold albums, eight Grammy nominations, an Oscar nomination, and another number-one single, "Let's Hear It for the Boy," from the movie *Footloose.*

For all the fame, fortune, and the accoutrements that accompany success, Deniece Williams regards another accomplishment as paramount: She has maintained a positive Christian witness to the secular world.

"My audience knows that I am a Christian. . . . I've told the world from the very first album—the very first million sales—that I'm a Christian and this is what I believe in." Because of her witness for Christ, Deniece won't sing every song that comes along. "I've been very, very careful about what I sang, because I realize the responsibility of being in the position I'm in. I've always considered myself a role model. I think that as Christians we really have to exemplify the spirit and the love of Christ more. We have to be true to the Word. We need to live a life that's more Christlike so we can be a better example."

Witnessing for Jesus. It's not hard; it is just one beggar telling another beggar where to find food. It is a young woman who has a candle leading the way in a dark tunnel. Jesus showed us how to do it when he met a woman at the well in Samaria one day. Check out His technique in John 4:3–42.

Notice that Jesus was not afraid to be involved in the lives of unbelievers. He didn't compromise or conform to the world, but He had no fear of contamination from contact with the nitty-gritty problems of life.

He could easily have snubbed this woman, and felt more self-righteous for doing so. After all, she was a Samaritan, and devout Jews had no dealings with their neighbors in Samaria. Furthermore, the fact that she was a woman could have created a reticence on the part of Jesus. Women, in this culture, were considered as second-class citizens. As a Jewish rabbi, He would almost be *expected* to ignore her. Then, too, the woman came to the well around noontime, in the heat of the day, not exactly a popular hour for carrying a heavy water pot. Most likely this was because she was an immoral woman. She had already had five husbands and she wasn't married to the guy she was living with when she met Jesus.

Nevertheless, Jesus started with her right where she was. He established a common interest by referring to something obviously relevant to her: water (verses 7, 8). But He didn't allow the conversation to remain pure prattle; He pressed on to arouse her curiosity in who He was (verses 9–15) without pushing or condemning her. He refused to allow her to sidetrack the issues (verses 20–24), and He continued to point the woman to a personal confrontation with the Christ, her Savior.

It's a simple approach, really—one that has worked for Deniece Williams, and one that will work for you.

Action Trax

Today, try to follow Jesus' example in witnessing to one of your friends or family. Remember:

1. Start where they are.

2. Establish a common interest.

3. Arouse curiosity.

4. Don't push or condemn.

5. Stay on track.

6. Keep pointing to a personal relationship with Christ.

39
Coffee, Tea, or Me?

Good servants don't come cheaply these days, especially in television's make-believe land of evening soap operas. Take Roseanna Christiansen, for instance. She plays "Teresa," the dutiful domestic maid at Southfork, the setting for the show "Dallas." Roseanna answers telephones, opens doors, and totes coffeepots, all for a paltry 850 dollars per day. Granted, she only works two days a week, but then, this is a tough life.

Perhaps the highest-paid butler on the tube, "Falcon Crest's" Chao-Li-Chi, who uses his own name on the show, is also the most active. For sixty-five hundred dollars each week, Chao-Li gets more air time and more scripted lines than any of the other prime-time soap housekeepers.

William Beckley plays "Gerard," the Carringtons' staid and distinguished butler on "Dynasty." Jenny Gago is known as "Maria" around "Knots Landing." Both Beckley and Gago receive a reward of 850 dollars per day for serving others.

Jesus talked quite a bit about being a servant. But His ideas regarding the rewards of service were quite radical. Take a minute to read Matthew 20:20–28. See if you can discover the difference between television's highly paid human props and Jesus' "Order of the Towel."

James and John weren't bad guys. They were merely doing what comes naturally for most of us: watching out for number one. And their mom, well, we all know how Mom thinks you are the greatest thing since the candy bar. She simply wants you to get what's coming to you in life—and then some. Mrs. Zebedee was probably much the same way.

Still, their attitude illustrates a basic misconception concerning Christian living. You are not called to exercise authority over your brother or sister. You are called to serve your brother and sister as well as your father and mother, your neighbor, and other members of society. Being a Christian doesn't mean you will be pampered by other people. Even Jesus "did not come to be served, but to serve, and to give His life a ransom for many" (Matthew 20:28).

All of this is bound up in what it means to serve God. Now, most of us don't mind serving God. After all, He is ... well, He's God! It's that serving *others* part that bugs us.

"Why should I serve him [her]? I'm as important as he [she] is."

"Hey, I've sacrificed a lot in order to be a part of this group. You people should be serving me!"

"I'm the president of the club. You guys take orders from me. Why do you think I ran for office, anyhow?"

Obviously, servanthood and selfishness don't go together.

On one of their first country music albums, The Oak Ridge Boys included a song called "Rhythm Guitar." The song lamented that nobody wants to play rhythm guitar, often one of the least noticed and most unobtrusive instruments in the band. Yet, without a strong rhythm player, the band will usually sound hollow, disjointed, and erratic. Instead of a willingness to serve, "Everybody," croons lead singer Duane Allen, "wants to be the leader of the band."

So you want to be a star? Jesus would say, "Whoever wishes to become great among you shall be your servant" (Matthew 20:26).

Action Trax

1. Before this day is over, do something that will exemplify a servant's attitude. Ask to mow your neighbor's lawn for him, or go to the store for a friend, visit an elderly person, or do something for someone who cannot possibly repay the favor. Then thank Jesus for the opportunity to serve.
2. What do you think Jesus meant when He said He came to serve (Matthew 20:28)?

40
Living Is Giving

Skip Addington, the outgoing, young lead singer for the band ABRAHAM, was sitting in the Miami airport reading a magazine while he waited to catch a plane to New York. His attention was distracted by a fracas taking place at the ticket counter.

"But I must get to New York today!" an irate woman hotly told the clerk.

"I'm sorry, Ma'am, but there are no more seats available," came the reply.

"But my eight-year-old daughter is on that plane. I can't let her fly into New York City all by herself."

"Sorry, lady. The plane is full."

"You must be able to do something!"

"Nope. Plane's full."

This exchange continued to fly back and forth for nearly ten minutes, as the frustrated woman sought every possible means of getting onto the flight. Finally, her tough veneer sagging, she slumped down onto the floor and began to sob.

Skip had been watching and listening to the woman's woeful story, and his heart was touched with compassion for her. He walked over to the ticket agent and offered to take a later flight, if it meant the woman could use his ticket to travel to New York with her daughter. The agent welcomed Skip's solution, quickly issued a revalidated ticket to the woman, and arranged for another flight for Skip. Skip waved good-bye to the grateful mother as she boarded the jet to New York, then went back to his magazine to await the next flight, scheduled to take off five hours later.

One day not long after he had returned from New York, Skip opened his mailbox to find a letter from the airline. In the envelope was a note of appreciation for his willingness to give up his seat. Also enclosed was a free round-trip pass, valid for any route within the airline's system. Skip had given up a little, and gained a lot in return.

To see this principle again, take a minute to read John 6:1–14. This account is generally known as the "Feeding of the Five Thousand." It is one of the few events from Jesus' ministry that was recorded by all four of the Gospel writers, so you know the truths in this story must be pretty important to God.

Did you notice that all of the ingredients used by Jesus to perform this miracle were *little*? It was a little boy who had five little loaves of bread and two little fish, and a little bit of faith. He wrapped up what little he had and gave it to Jesus, and the Lord of the little did quite a lot with it!

I've often wondered what it was like at that boy's home the night before and the night following this miracle. Can you imagine the conversation between him and his mother? Maybe it went something like this:

"Hey, Mom! I'd really like to go see Jesus tomorrow."

"Who?"

"Jesus. You know, the guy who has been healing the sick, and preaching out on the hillside. The other day in Cana, He turned water into wine. Boy, would I like to have seen that!"

"Yeah, yeah. I'll bet you would have."

"Well, Jesus is going to be over by the Sea of Galilee tomorrow, and I'd like to go. How 'bout it, Mom?"

"Who's going along with you?"

"Oh, just Joey and me."

"Joey and I."

"Do you want to go, too, Mom?"

"No, no. Joey and you, er, I, I mean, oh, never mind."

"Okay, Mom."

"Aren't his parents going? How are you going to get there?"

"Oh, it's okay, Mom. Joey's got his license now, and his dad said he could borrow the camel tomorrow."

"Oh, really? I'm not so sure I like that Joey's driving. I've heard about his peeling out and screeching his hooves all over town."

"Oh, no, Mom. Joey is a good driver. Don't worry. We'll be careful."

"Well, all right. But you'd better take something to eat with you. See what's in the fridge."

"Just a couple of little fish, Mom. Is that all we have?"

"There are a few loaves of bread in the basket on the table."

"Gee, thanks, Mom!"

The next morning, the boy was up early and out on the hillside listening to Jesus. He drank in every word spoken by this most unusual man. So fascinating were the words and actions of Jesus, the little boy virtually forgot about the lunch he had brought along. He kept pressing closer to Jesus. By the end of the day, he was standing within earshot when Jesus asked Philip where they were going to buy bread so the multitude could eat (verse 5).

The boy suddenly remembered his uneaten lunch. He looked at the puny contents of his basket. *Well, it's not much,* he thought, *but maybe Jesus can use it.*

How wide-eyed he must have been as he watched Jesus give thanks, then continue to break the food into portions that somehow multiplied to feed five thousand people! After all the people had eaten and were full, they gathered up twelve baskets full of leftovers!

Now, the Bible doesn't say, but I have a hunch about what Jesus did with those twelve baskets full of food. I think He gave them back to the little boy, who had initially given what little bit he had into the hand of Jesus.

Picture the scene when that little boy arrived home late that night. His anxious mom is waiting at the door. When she sees the boy coming up the lane, her anxiety turns into anger.

"Where have you been, young man? Don't you know what time it is? You know you are not supposed to be out after dark. Don't you ever ask me to go anywhere again!"

But then, as the little boy hauls in one basket after another, her anger turns to amazement.

"Where did you get all this food? What did you do, rob the delicatessen on the way home?"

"No, Mom," the boy replies. "I just gave what little I had to Jesus, and He gave me back this abundance."

"Oh, yeah? Well, you just wait till your father gets home!"

Some things will never change.

Action Trax

1. Today, give something tangible to the Lord. It may be giving clothing to the Salvation Army, giving some money to your church, giving your time to work short term as a missionary, or just giving love to someone who desperately needs it. Whatever you give, do it as an expression of gratitude to Jesus.
2. What does it mean to "tithe" one's time, money, or resources? (*See* Malachi 3:8–10.)

41
Lonely No Longer

"Lonely People," performed by the group America, was one of the top songs of the 1970s. The song, along with several other hits such as "A Horse With No Name" and "Ventura Highway," was part of a deal that Dan Peek had hammered out with God.

At the age of nineteen, Dan promised the Lord that "if He would make me successful in music, I would use that platform to tell other people about Him. And within nine months of the time I had prayed that prayer . . . I went from rehearsing in a car on a borrowed guitar to having the number-one single and album around the world" (*Christian Life,* November 1985).

For the next seven years, God prospered Dan Peek and America. Dan, however, failed to keep his end of the bargain. Not only did he fail to use his pop music platform to influence young people for Jesus but he also slid into the same trap of drug and alcohol addiction that had been the undoing of so many of his peers.

At the height of his financial and artistic success, Dan hit bottom, literally. He was completely smashed one night when he stumbled off a seventy-foot cliff on the property of his home in California. The plunge jolted him back to reality, and the resulting stay in the hospital gave him time to ponder the neglected promise he had made to God.

Dan had committed his life to Christ when he was twelve years old, but he had been living in disobedience most of his adult life. After the fall, he knew he could no longer go only halfway with God. When he returned home from the hospital, he got down on his knees and repented. Dan recalls, "Right after that prayer, I felt like the Lord was telling me, 'Okay, now you're ready to fulfill your end of the bargain.'"

Just because Dan recommitted his life to the Lord, though, things did not suddenly become a fairy tale for the famous singer. On the contrary, Dan still had to struggle through some discouraging, depressing "deserts" the kind he had sung about in "A Horse With No Name"; only these deserts were real!

He and his wife, Catherine, lived in a beautiful, beachfront Malibu home. Shortly after Dan rededicated his life to the Lord, the home burned to the ground in one of California's infamous brushfires.

About the same time, Dan left the band America, which was another traumatic experience. Then the Peeks were sued by the Internal Revenue Service for back taxes. On top of that, they were sued by a neighbor. All of these things, and more, happened after Dan had returned to the Lord. Despite the "desert experiences," Dan remained undaunted; he was determined to hold up his end of the bargain.

The lessons Dan Peek learned are similar to those lived out by Abraham in the Old Testament. Take a minute to follow him through the desert in Genesis 12:1–9. *See also* Genesis 11:31, 32.

God had made some fantastic promises to Abraham (known as Abram in this passage), but He also gave him a command. The Lord promised Abraham that He would make his name great, that he would be the father of a great nation, and that he would be a source of blessing to the world. In return, God expected absolute obedience.

Abraham's part of the bargain was to leave the city of Ur, a wicked, polytheistic city, and begin traveling toward the land that God would indicate (verse 1). He was also to leave his relatives and his father's house.

But Abraham only *partially* obeyed God. Yes, he did leave Ur, but he took along with him Terah, his father, and Lot, his nephew. This was in direct disobedience to God's instructions. He had been commanded to make a clean break with his pagan relatives and environment. Instead, he took the albatrosses with him.

Furthermore, they didn't go to the land God had in mind for Abraham and his future descendants. They stopped at Haran, a relatively short distance away, and a city every bit as wicked as Ur! They stayed at Haran for the next fifteen years! Not until Terah died did Abraham proceed toward Canaan, the place where God wanted him. He wasted fifteen years of his life because of his partial obedience to the Lord.

God eventually got Dan Peek going again, just as He did Abraham. Dan rewrote the words of "Lonely People," pointing people to Jesus Christ as the only solution. In 1986, the revised version of the song topped the charts in Christian music.

Action Trax

1. God is patient, and He will continue to love you no matter what you do, just as He did Abraham and Dan Peek. But why waste time? Determine today that you are going to obey His Word and follow Him completely.
2. Describe a time when God had to bring you through a "desert" experience. What did you learn from it?

42
Against All Odds

In mid-1986, a survey was reported in a small Connecticut newspaper that subsequently shattered marriage hopes for millions of American single young women. The survey was done by Yale sociologists Neil Bennett and Patricia Craig, along with Harvard economist David Bloom, and was innocuously titled, "Marriage Patterns in the United States."

"According to the report, white, college-educated women born in the mid-50s who are still single at 30 have only a 20 percent chance of marrying. By the age of 35, the odds drop to 5 percent. Forty-year-olds are more likely to be killed by a terrorist" than they are to get married (*Newsweek,* June 2, 1986). Pretty depressing statistics, if you are a young woman in search of Mr. Right. Add to this the restriction that you are looking for a mature, *Christian* Mr. Right, and the percentages go off the graph.

Perceiving this to be the pattern, women from sixteen to sixty began to panic. Frantic females, obsessed by the ominous notion that "I'd better get out there and marry somebody ... anybody ... now!" set off corresponding alarms in the hearts of prospective males from New York to Los Angeles. Eligible bachelors suddenly disappeared like rabbits on the first day of hunting season.

For all the fuss, several factors concerning the survey have been overlooked. For one thing, if you were born after 1957, you have a much greater possibility of getting married. The cause of the current "marriage squeeze," as it has come to be known, was the baby boom between 1946 and 1956. If, however, you were born after that time, statistically, there will be a smaller number of women who will be picking husbands from a growing pool of men. As such, the twenty-seven-year-old female has a much greater chance of getting married than the thirty-seven-year-old, and the seventeen-year-old has an even greater chance of getting married. Follow?

Furthermore, another overlooked aspect of the nonconclusive survey is the fact that the researchers discovered eight out of ten female college graduates *will* marry. That ought to give you some incentive for hitting those books a little harder!

Statistics aside for the moment, there was one glaring omission in the sociologists' report: God. Remember what Jesus said in Matthew 19:6? "What therefore God has joined together, let no man separate." Notice, it is what God brings together; not what Aunt Matilda manipulates into getting together or who Computer Dating Service designates as a potentially compatible couple. The Lord wants to be involved in your dating life. If He wants you to be married, regardless of the odds, He will manage to bring you and your mate together.

To reassure you of this, take a minute to read Psalms 37:1–11. Write verses 4 and 5 on a card and carry it with you today. Refer to it often. Notice particularly the verbs in those verses: "Delight yourself in the Lord. . . . Commit your way to the Lord, Trust also in Him." These action words are all to be present-tense realities in your life. God *expects* you to live life to the fullest *today*, not "one of these days." He has not promised you tomorrow but He has blessed you with today. Make the best of it! With His guidance, you can make every day count. And the promise is "He will do it."

That's one survey you can take to the bank.

Action Trax

1. Today, if you want to be married, pray for your husband-to-be. He's out there somewhere, and God can bring the two of you together at the right time.
2. Have you ever gotten angry with God because you are single? Sit down and write God a letter describing your feelings. The post office may not know where to deliver it, but you will.
3. How do you think you can best serve God—as a married person or as a single? Why?

43
Facts of Life

Do you want to know one of the worst words you can say to some people? Okay. Pardon my French, but here it is: W-O-R-K. That's right, *work*. Some people hate it. Others get nauseated at the mere thought of it. Many avoid it with alacrity.

Yet, work is a spiritual principle. The Bible mentions it more than 150 times, with the meaning to "exert one's powers of body or mind . . . to strive, as toward a goal" (*The Zondervan Pictorial Encyclopedia of the Bible*). Work, according to the Bible, is not drudgery. It is an honorable, worthwhile activity in this life. Billy Graham has often stated that he believes Christians will work even in heaven. That shoots down any ideas you may have had about sitting around heaven, strumming upon a harp, while you are adjusting your angel wings. Sorry. That picture is in some painter's fertile imagination, but not in the Scripture.

Occasionally, Christians are tempted to think that simply because they are "saved" they are exempt from work. They assume that they will eventually be going to heaven anyway; therefore, what's the point in working up a sweat? Apparently Paul, too, had a few problems with some Christians at Thessalonica who were "so heavenly-minded, they were no earthly good." Take a look at 2 Thessalonians 3:6–15 to see what the apostle said about sluggardly saints. Mark his order: "If anyone will not work, neither let him eat" (verse 10).

Ouch! Paul, don't hit so hard, you may be thinking. Obviously, the apostle was opposed to moping around, sponging off other people. He doesn't say anything about being overqualified or underqualified for a position; neither does he mention sagging economic conditions or a depressed job market. He just says, "Get to work. Get up and do it!" Stop being undisciplined (verse 11); quit being a busybody and get your body busy. The early Christian welfare system took excellent care of widows, orphans, and others who were in need. But the biblical standard was this: If you are physically able, then you'd better be working at something. Idleness is not allowed in the kingdom of God.

America's teenagers have caught on. "Over a third of the 7.75 million high school students ages 16 to 19 have a job, usually from 15 to 20 hours a week" (*Life,* March 1986). Many young adults work at McDonald's, Wendy's, Burger King, and other fast-food restaurants. A large number of young people work as store clerks, stock boys, gas station attendants, and part-time secretaries. Lawn mowing and baby-sitting are still as popular as ever.

Work. You may get dirty doing it, but it is not a dirty word!

Action Trax

1. Work does wonders for your self-image. It is not how much you get paid, or even getting paid at all. The most important aspect of work is what it does for you on the inside. Today, do some physical or mental work. At the end of the day, jot down what you accomplished.

2. The next time your church is searching for helpers to get some special project done, volunteer your services. You will be the one who is blessed!

44
Back to the Future

Freedom must be personal. It's not enough to live in a free country if you are personally bound. It's insufficient to merely attend a dynamic church or youth group, if you are so inhibited you can't get involved and participate.

Maybe sometimes you feel as if you would love to shout out loud "Amen!" or "Praise the Lord!" or "Hallelujah!" when the Lord uses a speaker or a musician to touch your heart in a special way. But you usually don't. Why?

Because most of us are bound. Bound by tradition. Bound by what your friends will think about you or say about you. Perhaps in your mind you can hear little old ladies in tennis shoes complaining, "We've never done it that way before!"

Lazarus was bound, too. Well, to be honest, he was dead. Take some time right now to read his story in John 11:1–45, and especially notice verse 44.

Wow! Talk about Night of the Living Dead! Jesus called forth Lazarus from the grave after the man had been dead and buried for four days. Think about that for a moment. When Jesus called his name, Lazarus didn't have time to change clothes and spruce up for the family reunion. Lazarus must have had to do the Zombie Shuffle to get to the door of that tomb! Remember, he was bound head to toe in the constricting burial wrappings used by the embalmers of his day. Probably seventy pounds or more of cloth strips were wrapped around his body and sealed with a gooey substance, much like molasses. No wonder when Jesus saw him, the first thing He said was, "Unbind him, and let him go" (John 11:44).

Although Lazarus had miraculously received a second chance at life, he still had to be set free of a lot of the wrappings from the past, the weights that encompassed him when he had been dead. Can you imagine what his life would have been like had he been required to live out the rest of his days as a human mummy? He might as well have stayed in the tomb!

As a Christian, you too have been called to newness of life. Still, there may be some hang-ups from the old life, leftovers from when you were dead in your trespasses and sin, from which you need to be delivered. Maybe you are still bound by drugs, alcohol, or immorality. Perhaps you are still imprisoned by emotional bondage from your past. Whatever it is, Jesus can set you free.

He may do it by merely speaking the word, or He may use some of your concerned friends or family to help you. (Notice: He told *them* to unbind Lazarus.)

However He chooses to grant it, grab onto your personal freedom in Jesus today.

Action Trax

1. Who or what is keeping you from being totally free to be all God wants you to be?

2. Memorize John 8:36. Repeat it to yourself throughout the day.

45
Family Ties

Sheila was a brunette knockout, a gorgeous young woman whose bright blue eyes seemed to dance as she spoke. She was a delightful combination of graceful femininity and youthful effervescence. After I had spoken to her college fellowship group on the subject of forgiveness, Sheila asked to talk with me privately. We sat down on a bench outside the conference room, and I was surprised to see her normally enthusiastic features suddenly turn sullen.

"I have two problems," she began slowly, her voice barely above a whisper. "One is masturbation and the other is homosexuality. I hate men, and to be honest, the only reason I decided to talk to you is that you seem to understand what it's like to have been hurt." Sheila continued to pour out the sordid details of her story.

Much of her problem began as an early-developing pre-teenager, when her father had sexually molested her on several occasions. He would enter her bedroom while she was sleeping, awaken her, and violently abuse her. The next morning, he acted as if everything were normal, especially when Sheila's mom was around. Often, he would berate Sheila or otherwise verbally abuse her, callously calling her obscene names in front of her friends. He made fun of her rapidly developing body, while constantly threatening that she had "better never come home pregnant." Sheila's dad was also hot-tempered, demanding, and had an insatiable ego.

At first, Sheila did not attempt to resist her father's advances. She felt guilty about it, but after all, he was her dad, and perhaps this was simply his way of expressing his affection for her. Gradually, as she grew older and learned that his behavior was abnormal, she became more reticent. Still, she felt powerless to oppose her father's perversion. In fact, she became even more passive, assuming that for some strange, unexplainable reason, she must be deserving of this punishment. She began to see herself as a bad person, and her dad as merely moody.

Her relationships with boys were a bust. She was a pretty girl, and consequently received numerous invitations for dates, but she turned most of them down. Those she accepted were always nightmares. She felt every guy she dated only wanted to abuse her sexually. Many of them did.

When she entered college, Sheila joined the women's tennis team and found the much-needed acceptance she was seeking. Unfortunately, she also found a female lover who treated her with kindness, tenderness, and respect.

When I met Sheila, she had recently committed her life to Jesus. She was attempting to break away from her lesbian affairs by satisfying her own sexual desires. In the process, she had become virtually addicted to masturbation.

We talked for a while about her need to depend upon Christ rather than simply relying upon human remedies for her sexual desires. Then we pressed in to the real nitty-gritty problem in Sheila's life. She needed to be forgiven, but she also desperately needed to forgive her father. The Scripture we looked at was Matthew 18:21–35. Take some time to read this potentially life-changing passage.

Notice, this story told by Jesus, known as the parable of the unforgiving servant, concludes with the angry king turning over to the torturers the fellow who refused to forgive his brother. The point is serious: It is foolish for you to think God will forgive you if you refuse to forgive the person who has offended you. Resentments, hatred, bitterness, and other inner hurts cannot continue to be harbored without causing devastating damage to your emotional health, while ruining your spiritual relationship with Jesus Christ.

Sheila relinquished her deep-seated resentment and forgave her father for inflicting upon her such horrible abuse. As a result, the chains of the past were broken, and she became free. If there are painful incidents in your past from which you have never been released, don't find fault; don't find a scapegoat; find forgiveness and get free!

Action Trax

1. Is there someone you have been holding "on the hook" for a long time? Someone who hurt you deeply and deserves to be punished? Remember, the Lord says, "Vengeance is Mine" (Romans 12:19). Your responsibility is to forgive. Right now, say out loud to yourself and to God, "I choose to forgive _____ for that hurt inflicted upon me."
2. Ask God to forgive you of any resentment or bitterness you have been harboring toward someone who has hurt you.

46
Gonna Harden Your Heart

Steve Green is a possessor of a rare, golden treasure: his voice.

Few vocalists, in secular or Christian music, can sing with such lilting intensity, such clarity, and such sheer power. The secret to his unusual ability lies in two tiny pair of mucous membranes located at the base of his throat, commonly referred to as his vocal cords.

Within months after receiving Christian music's Male Vocalist of the Year Award, an anxious Steve had an appointment with a doctor who specializes in vocal cord examinations. At a concert, the young singer described the doctor's delicate procedure: "He put a probe with a camera on the end of it up through my nasal cavity and down into my throat. Then he asked me to sing! And the song he wanted me to sing was 'A Mighty Fortress Is Our God' [the Martin Luther classic that Steve belts out in an unparalleled a cappella rendition]. While I was singing, the doctor videotaped my vocal cords as they vibrated against each other." Steve paused and whimsically commented, "And for those of you who are interested, we'll have tapes available in the lobby after the concert. . . ."

Why would anyone submit to such an ordeal?

"Because," said Steve, "there is always the danger that small, barely perceptible calluses can develop on your vocal cords if you are not careful. You can't see them, you can't feel them, and they don't really affect your voice. They are called prenodes." These prenodes, if undetected, can develop into full-fledged nodules on a person's vocal cords, and they must be removed. The nodules, or their removal, can greatly alter and sometimes even destroy a person's vocal ability. As a result, some individuals talk or sing with a heavy raspiness for the rest of their lives. Certainly, a few singers have parlayed these raspy sounds into hit records and extremely successful music careers. Kenny Rogers, Phil Driscoll, Kim Carnes, and Joe Crocker are prime examples. But for a crisp, clear singer such as Steve Green, vocal-cord nodules would be a disaster.

The most dangerous aspect of prenodes, remember, is their subtlety; you don't notice them until it is too late. The destructive calluses have already formed. Similarly, the writer to the Hebrews warns us to beware that we don't allow the cords of our heart to become calloused. His prescription for a preventive examination is found in Hebrews 3:12–4:2. It doesn't include a videotape, but it is pretty revealing.

How does a young woman's heart grow calloused? One certain way of becoming hardened and insensitive, says this writer, is through the deceitfulness of sin (verse 13). That word, *deceitfulness,* could be translated "glamour"; you can become blinded by the glamour of sin.

Have you ever noticed that Satan makes sin look mighty enticing? He shows you the commericals on TV, and gets you laughing about two guys who are arguing over whether a certain beer is "less filling" or "tastes great." Or he will show you magazines filled with photos of "the beautiful people" as they sip their drinks.

What he does *not* show you is the teenage couple whose brains are splattered all over the dashboard, after having slammed into a tree on their way home from the party, where the booze was flowing freely, and the coke and pot were being passed from person to person.

The devil will attempt to titillate your senses with pictures of a naked, unmarried couple wrapped in a passionate embrace. What the deceiver does not show you is the guilt and shame of immorality, or the horrors of being infected by herpes or AIDS.

An obviously distraught young women approached me after I had spoken to her state youth conference. "Some people say sin is no fun, but I don't care—my boyfriend and I have sex all the time, and it feels soooo great!"

"Of course it feels good," I answered. "If sin wasn't fun, nobody would do it! But remember, the devil is a liar, and he's out to steal, kill, and destroy you." Don't allow the devil to deceive you through the deceitfulness of sin.

What is the cure for this sort of callousness? Look again at verse 13. It says, "Encourage one another day after day. . . ." Not just once in a while, but daily! The word *encourage* means to support, lift up, strengthen; and that is what God calls each of us to do. You may not be able to sing like Steve Green, but you can use your God-given abilities to be an encouragement. Make it a habit; make it a goal; try to encourage at least one person each day.

Somebody needs your encouragement today. Someone else will need it tomorrow. Don't say, "Well, maybe somebody else will do it." YOU do it! Encourage someone you know today. If you do, you may keep somebody from becoming hardhearted; you may prevent someone from becoming insensitive and calloused; and that someone might just be you!

Action Trax

1. What is a wrong area of thought or action you've allowed yourself to tolerate lately? Ask God to help you get rid of this subtle sin now!
2. Today, encourage someone else who seems discouraged or depressed.

47
Color Green

It was homecoming night and everyone in the stadium was waiting to hear the name of the new queen. Marsha and Chrissy, best friends, sat aloft the backseats of two convertibles as the cars paraded the royal court around the football field. Six other young women were perched atop six other sports cars, but everyone knew that the only true contest was between Marsha and Chrissy.

When the winner was announced, Marsha was named queen. Chrissy smiled sardonically and expressed stilted congratulations, but clearly she was miffed. The following week, rumors began to sweep across campus.

"Marsha was only selected as queen because most of the student body didn't vote."

"She barely made it. She won by the skin of her teeth!"

"Well, she should have won. She slept with half the football team to get their votes."

Most of the rumors were started by Marsha's best friend, Chrissy. She was envious of Marsha's success, and jealous concerning her own potential loss of prestige.

Envy and jealousy. What a deadly combination! They can kill any relationship. They can destroy a friendship, ruin a church or youth group, and cause two lovers' ardor to slowly slip away.

Technically, *envy* is wanting what someone else has, while *jealousy* is a fear of losing something you have. Usually, though, where you find one, you will find the other, along with a soupy mixture of anger, insecurity, resentment, loneliness, selfishness, and pride. Jealousy and envy are the inevitable by-products of a society given over to narcissism. They are the dubious distinctions of the "me" generation.

Surprisingly, some forms of jealousy are permissible and even appropriate. When, for example, you are jealous for God's honor and glory, that is a good form of jealousy. For His part, God is jealous over His people. He loves you and won't stand idly by while the devil attempts to trip you up or steal you away.

Jealousy is most often negative, though, because we are more jealous for our reputations than we are God's. Normally, jealousy grows out of selfishness and possessiveness, and is the direct result of a poor self-image. This attitude charges to the fore when a threat approaches your position, prestige, or something else you deem as your personal domain. You can sense this sort of rivalry when a new kid moves onto the block, or when the boss hires another secretary, or your boyfriend looks twice at another woman. To discover how disastrous this can become, take a minute to look at 1 Samuel 18:5–19.

Jealousy caused King Saul to become a man driven by a phobia. He was afraid of losing his kingdom to David. When the young shepherd slew Goliath with only a slingshot and a few pebbles, Saul was thrilled. But when the women came out in droves to honor their new hero, Saul's joy soon turned to jealousy. It was tough enough for Saul to see and hear the women singing and dancing in the streets, joyfully playing their tambourines and other musical instruments. But when they began chanting, "Saul has slain his thousands And David his ten thousands," it was like rubbing salt in Saul's wounds. Saul took their praise of David as a personal insult and was suspicious of the young hero from that day on. He even tried to kill David as a result of his jealousy and fear (verse 12). He was so threatened by this newcomer that for the remainder of his rule, Saul regarded David as a rival, and was preoccupied with attempts to assassinate his successor.

How can a person cope with jealousy? For one thing, see it for what it is: a sin. Ask God to forgive you, to deliver you, and to give you power over it. Don't keep beating yourself. Remember, most jealousy is the result of an inferiority complex, and condemning yourself will only frustrate your attempts to overcome.

Second, attempt to understand your rival better. Pray for that person, and if possible, pray *with* the object of your jealousy. By communicating with your rival, you can often alleviate the source of your tension. If not, at least you will see that person as another struggling human being rather than as a threat to your security.

Third, seek to develop a strong, positive self-image. People with high self-esteem are rarely jealous. They can cry with those who cry and rejoice with those who rejoice. Individuals with good self-concepts know that their success is dependent upon the Lord and themselves.

Action Trax

1. Today, before leaving the house, tell yourself, "Nothing can shake me because my confidence is based in Jesus Christ."
2. Before the day is over, do something nice for yourself.

48
Something to
Talk About

Brent Lamb stunned the Christian music community a few years ago by singing his song "Quiet, Please" at an Artist Spectacular in Nashville. As Brent sang, a soft hush of conviction fell across the audience. Why was the song so effective? Because it touched a sensitive nerve. The main thrust of the lyric was the old adage, "If you can't say anything good, then say nothing at all."

Gossip. It's one disease that seems to infect each of us at one time or another. It may well be the lowest common denominator on the scale of human sinfulness. Whatever else, it is certainly big business these days. Gossip columnists in newspapers, magazines, and on television are thriving. In

Los Angeles, a service called Phonetalk offers callers a hot line sizzling with sixty seconds' worth of Hollywood sludge. Sad to say, the service is a rousing success.

God has some interesting comments about gossip, too, although Rona Barrett will probably never report His views on television or in a newspaper. God calls gossip sin. You can get His "Inside Track" by sneaking a peek at Proverbs 6:16–19 and Romans 1:18–32. Shh. Don't tell anybody, but I heard He really takes this stuff seriously!

Only one cure exists for the dreaded disease of gossip: total abstinence. You can't play with this; it will burn you before you know what hits you.

Even subtle slander, steeped in "Christianese," is out of bounds for a genuine believer. Have you ever camouflaged gossip with a prayer request? You know how it goes, "Hey, we really need to pray for Jody and Tim. I hear Jody is three months pregnant, and their wedding is still four months away." Of course, you rarely do pray for Jody and Tim. You just *talk* about praying for them, slandering their reputation as you pass on tidbits of gossip.

King David realized the danger of this subtle sin. He wrote, "Whoever secretly slanders his neighbor, him will I destroy" (Psalms 101:5). Jesus, too, reminded us of the eternal consequences of our words. He said:

"Every careless word that men shall speak, they shall render account for it in the day of judgment. For by your words you shall be justified, and by your words you shall be condemned."

Matthew 12:36, 37

Whew! Words like that should cause you to stop and think before spouting off about someone else. Make it a practice never to say anything behind the back of a brother or sister that you have not already said to them face-to-face, or that you could not say while looking them directly in the eye. If you absolutely must comment about a person or a situation, at least have the courage and the courtesy to preface your remark with a qualifier such as, "In my opinion," or "It is my understanding," or "The way I see it." That way, your reputation will be on the line as well.

Better still, attempt to be positive in all your conversations about other people. Place an imaginary "Quiet, please" sticker over your lips. If you can't say anything good, say nothing at all.

Action Trax

1. Whenever you are tempted to gossip today, try to turn the situation around by saying something positive about the target of your gossip. You'll feel a lot better about yourself, and your heavenly Father will be pleased.
2. Make a deliberate attempt to say something positive to somebody today.

49
Halloween Hi-Jinks

Halloween was one of my favorite holidays when I was in high school. What I liked best about the event had nothing to do with witchcraft, goblins, Satan worship, or spiritism. To me, Halloween could be summed up in one word: *nasty*. For one night of the year, my buddies and I could do all sorts of nasty things and not get caught.

We never did anything really bad. We never robbed anybody or destroyed property or did bodily harm. We were merely mischievous. I do recall some rather innovative uses for soap and toilet paper, and oh, yes, we did place some well-seasoned garbage in some precarious places ... but other than a few indiscretions, we were simply considered nasty nuisances by our local police force.

Except for what we did to Mrs. Shambly. Mrs. Shambly was the proud owner of our town's finest outdoor toilet. If you are like most people, you cannot remember a time when you had to go outdoors to get to the bathroom, but undoubtedly you have heard stories about an era in American history in which such structures were commonplace. Mrs. Shambly still lived in that era.

She was a sweet old lady, the kind who would bake cookies for you when you were sick. She never did anything to deserve the treatment she received from us. Maybe it was just because she was such an anachronism that we delighted in picking on her so.

Whatever the reason, I'll never forget that fateful Halloween night. We had planned our mission with the meticulous care of a marine commando raid. Everybody had a task to do, and each man was responsible to perform his operation with speed and expertise. We practiced until we had the plan perfectly implanted in our memories. Finally, it was time.

We crawled through the grass on our bellies. The moon was bright and full, but our dark clothing concealed the shadowy profiles inching toward the target. A little farther, and we would be in position. Stealthily we slithered across the ground. Suddenly, looming up in front of us, there it was! *Mrs. Shambly's outdoor toilet.*

With the moon beaming majestically behind it, the outhouse looked almost regal. For a fleeting moment, I felt a twinge of sadness about what we were planning to do. Nevertheless, a mission was a mission. Besides, there was no time for sentimentality now. Our previously agreed upon signal was coming down the line.

A terse whisper pierced the haunting night silence: "One. Two. Three." The voice paused momentarily, as if to allow our minds one more opportunity to ponder the consequences of our actions. Then came the word we were waiting for . . . *"Heave!"*

With a surge of energy, we attacked that outhouse. In one mighty motion, we lifted the entire structure off its foundation and toppled it over onto its back wall. At precisely the point when the toilet impacted against the ground, I heard the horrifying sound that haunts me to this day.

"Eee-yaahhhhhhhhhh!" The bloodcurdling scream split the night wide open! It was only then that we realized the awful extent of our dastardly deed: Mrs. Shambly was *in* her outhouse!

I was never a fast runner in high school, but I think my buddies and I set a new unofficial record for the mile run that night. We may have scared Mrs. Shambly a little, but, believe me, she scared us *a lot!*

For me, the worst part about our escapade was yet to come. I had to pass Mrs. Shambly's house each morning on my way to catch the bus. The morning following Halloween, I was walking briskly past her place when, from seemingly out of nowhere, she appeared on her front porch.

"Kenny. Kenny Abraham!" she called in her shrill, high-pitched voice. "Come over here."

Oh, no! I thought. *I'm dead. She recognizes me as one of the culprits who tipped over her outhouse last night.*

"Er, ah, hello, Mrs. Shambly," I said haltingly as I approached the woman. She was silent until I came within a few feet of her. Then she clasped me firmly by the shoulders and pulled her nose right up next to mine.

"Kenny," she spoke so closely that I could feel the warmth of her breath, "I want you to stop here after school."

"Ahh, well, sure, Mrs. Shambly. Er, why?"

She spoke more quietly, but clutched my shoulders just as firmly as she said, "Because I just finished baking some cookies and I want you to take some home!"

I exhaled a huge sigh of relief and thought, *She doesn't know! I've gotten away with it.* I continued on toward my bus after promising Mrs. Shambly I would return later for the cookies. I suppose I should have felt relieved and glad. But I didn't.

Strangely, even though Mrs. Shambly had no idea that I had "done her dirty," a relentless guilt gnawed at my insides. She would never have guessed that Kenny Abraham, "that nice little boy who goes to church all the time," had dumped her . . . but I knew. And God knew.

Conviction of sin is like that. Take a moment to read a dozen brief but powerful verses in 1 John 1:5 to 2:6. If there is a secret sin hidden in your Halloween closet, or anywhere else, confess it to the Lord today, before you do another thing. Allow Him to forgive you, to wash the past, and to free you of the grimy guilt that is the inevitable result of sin.

Maybe nobody else knows about it. But you know ... and God knows ... and that's enough. Stop walking in darkness, and start walking in the light!

Action Trax

1. Take a moment right now to ask the Lord to convict you of any sin in your life. It will be the fastest answer to prayer you'll ever receive.
2. When you know you are forgiven by God, then you *must* forgive yourself as well. Do that right now.

50
Never Give Up

Phil Keggy, Mylon LeFevre, Kelly Willard, Dan Willard, several of the staff members from Last Days Ministries, and I were playing water basketball in the pool at Father Heart, the home for girls sponsored by Last Days. Playing in the deep end of the pool, both Phil and I were helpless against Mylon's height. The fun-loving Christian rocker perched himself in the corner of the pool nearest the basket and proceeded to pump in easy set shots.

Finally, in a desperate attempt to block one of Mylon's dead ringers, I went underwater and poised for his next shot. Holding my breath and watching my opponent through the clear water, as soon as I saw Mylon get the ball, I sprang off the bottom of the pool and flung myself, hands raised, into the air. Unfortunately, I had failed to notice how close I was to the basket before I decided to fling. With arms flailing, I crashed right into the hoop, peeling back the fingernail on my middle finger. Big drops of dark, red blood began spotting the water. The injury wasn't serious, but it was enough to give some tired musicians an honorable excuse for calling it quits for the day.

While one of the staff members was getting me a bandage, Phil Keggy came over and asked, "How's the finger, Ken?"

"Oh, it's okay. It's not as bad as it looks," I answered.

"It's not as bad as this, is it?" Phil laughed as he pointed to the middle finger on his right hand. I was surprised to see that half of Phil's finger was gone!

"Phil, how did you do that?" I asked.

"Aw, it's no big deal," he answered almost shyly. "When I was four years old, I caught my finger in a water pump. I guess I just grew up not missing it."

Phil was born ninth in a family of ten children. "I was born as an uncle," he quips. "My sister was nineteen and had a baby when I was born, so I was born an uncle." Despite the usual hardships of a large family and his own personal physical handicap, Phil Keggy wanted to play guitar. He was not about to let the fact that he had only four full fingers keep him from playing the instrument he loved. As a result, today Phil is admired as one of the world's finest guitar players.

Determination. It never comes easily. You have to work at it. Quitting, giving up; that comes easily. The Apostle Paul must have been tempted to give up on numerous occasions, but he didn't. He kept pressing toward the mark. Take a minute to read his testimony in 2 Corinthians 11:23–33.

Action Trax

1. Is there a battle you have been waging? Ask God for help, and determine in your heart, "I will never give up! I'll keep pressing on toward the goal."
2. Do you have a physical handicap? Decide today that it will no longer keep you from being the best you can be!

51
Read for Your Life

Charlie "Tremendous" Jones strode across the baggage-claim area of the Minneapolis airport, smiling and waving at me as he approached. He was wearing a suit bag over each shoulder and a cowboy hat on top of his head. The combination made the big man look like John Wayne swaggering into the saloon, ready to clean up on the outlaws.

"Ken! Ken Abraham!" Charlie roared loudly enough to be heard on the runway. "How are you?" Before I had time to answer. Charlie wrapped me in a huge bear hug that nearly knocked the wind out of me. (Charlie is famous for hugging anything that doesn't move!)

"Fine, Charlie; fine," I answered, when I could manage to breathe again.

Once in the car, Phil, our handsome, soft-spoken driver, concentrated on whisking us through the late-afternoon traffic while Charlie and I talked. He and I were on our way to speak at the International Convention of Successful Living, an organization committed to changing the world through Christian literature. Since Charlie is known nationwide for his moving motivational messages—he has inspired the ranks of the major corporations in America, as well as thousands of church groups and civic clubs—I was anxious to learn what made this guy tick. I discovered that Charlie is having a not-so-secret love affair. The man is madly in love with *books,* and not just any books: Charlie goes for the classics!

The reason he is successful, says Charlie with genuine humility, is that he reads. Reading separates the men from the boys, the women from immature little girls. One of Charlie's favorite sayings is this: "Five years from now you will be exactly the same person you are today, except for the people you meet and the books you read!" How true!

Sadly, though, most people do not read a single book once they graduate from high school, Charles Swindoll tells us in *Come Before Winter.* Only *half* of those who finish college ever read another book. Oh, yes, they will skim through a magazine, quickly peruse the newspaper, gobble up *TV Guide,* but ask your friends if they've read a recent bestseller, and you are likely to hear, "Does it have any pictures?"

Okay. I'm preaching to the choir, I know. The person who needs this message the most ... won't *read* it. Obviously, you are a reader, so give yourself a well-deserved pat on the back. Keep on; allow books to expand your horizons, introducing you to new ideas, some challenging, some controversial, but all to be intelligently considered in the light of your Christian commitment. As you explore new vistas of information, not only will you beat the boredom blahs, you will become a much more interesting person to be around. And that won't hurt your social life.

Take a minute today to read how God blessed Josiah, a young man who came face-to-face with a book, God's Book, and could never be the same. His story is in 2 Kings 22:1–20. Don't wait for the movie!

Action Trax

1. Tonight, turn the TV off for fifteen minutes. Take out a book you have been wanting to read, and begin. Starting is the toughest part about anything, but especially reading. Betcha can't read just one.
2. Start small. Try to read one page per day. Then watch your reading appetite grow!

Power Play

To further see how God used young Josiah to transform the entire nation, read 2 Kings 23:1–28.

52
Rock On!

Is God opposed to certain kinds of music? Some people seem to think He is. Recently I attended a church where the hymns were accompanied by a squeaky old organ, played by a prim, elderly woman. Though never stated, the impression was plainly given that God is only pleased with music that is somber, slow, sedate, or stuffy.

But that's not what the Bible says! Check out Psalm 150 and see how your opinion of music compares to the Master Composer's.

The Book of Psalms was the hymnbook of the Jewish people. Many of these songs were accompanied by trumpets (verse 3), tambourines, stringed instruments, flutes (verse 4), and plenty of percussion (verse 5). Obviously Israel's music was not boring or bland. The songs that Jesus sang (yes, Jesus sang from this hymnal) had life! They had energy; they were exciting songs of praise directed toward our heavenly Father. Even the lamenting psalms have a power and an intensity that we rarely hear today.

Psalm 150 encourages us to "praise the Lord!"

WHERE? You can praise God while you are in church, or praise Him while you are walking through the woods. Both are equally appropriate (verse 1).

WHY? Sometimes you will want to praise God for all the great things He has done for you, such as helping you through that tough situation at school or work. At other times, you can simply praise God because He deserves it. He doesn't have to do anything to earn our praise; He is already worthy of it (verse 2).

HOW? Skim verses 3–5. Here the writer tells us we can praise God with a variety of instruments, including "the harp and lyre" (verse 3) and (are you ready for this?) the loud and resounding cymbals (verse 5). As a drummer, verse 5 just makes my day!

Did you notice that you can also praise God through dancing? "Dancing? Are you sure that's not a misprint?" It's right there in verse 4. Granted, the Psalmist isn't talking about doing the "Beatitudes Boogie" or the "Holy Hebrew Hustle." Still, many Christians are discovering that dancing can be a valid expression of praise unto God. When nobody is looking, give it a try!

WHO? Verse 6 exhorts, "Let everything that has breath praise the Lord." Okay, it's checkup time. Put your hand over your heart. Is it beating? Are you breathing? If you are not breathing, you have an excuse. Otherwise, the Bible says to "praise the Lord!" One other thing: Start today.

Action Trax

1. Today, take a minute to thank God for each of the following: your uniqueness, your parents, and your friends.
2. Praise God for who He is, His greatness, His love, and His comfort.

Re-mix

Mixing down the multiple tracks that comprise a professional recording is always a challenging and exhilarating experience. The multitudinous layers of music must be melded into one unified body, a process similar to the way in which a fine sculptor meticulously hones a rough piece of clay into a masterpiece.

The secret is having the right producer. He is the person who, after listening to a complex musical amalgam, must assimilate, direct, reassemble, then finally decide which combination of sounds will make the best finished product. Often, during the re-mix, you will hear the producer say, "Give me a little more vocal" or "Back that guitar out, then bring it in during the final chorus" or "Let's get a different sound to that snare drum." The wise musician understands and trusts that the producer is not attempting to destroy the song; he is enhancing it.

To mix down all the information you have read in *Hot Trax* is no less a task. Fortunately you have a Master Producer to assist you in the process. It may not always be easy, and at times His decisions might even go against your grain.

Keep in mind, though, that the Master Producer loves you and wants the absolute best for you. Walk in His footsteps. Trust Him totally. Allow Him to turn your timid, tepid tunes into *Hot Trax!*

For information regarding
speaking engagements and seminars,
please write:

Ken Abraham
P.O. Box 218
Clymer, PA 15728

太白山脈

趙廷來 大河小說

太白山脈 6

제3부 분단과 전쟁

해냄

　다시 1년이 저물어가고 있다. 작년 이맘때 제2부를 책으로 묶고 나서 다시 1년 만에 3,200매를 제3부 두 권으로 묶게 되었다. 이제 작품 『太白山脈』의 절반을 끝내게 된 셈이다. 제2부를 내면서 했던 말을 되풀이하는 이유는 처음에 1만 5천 매로 예정했던 것을 5천 매를 더 늘려 2만 매로 계획을 변경했기 때문이다.

　제3부는 1·2부의 '작가의 말'을 통해서 언급한 정신에 투철하면서, 2부가 끝난 직후인 1949년 10월부터 다음해 11월까지 1년 동안을 다루고 있다. 6·25전쟁을 굳이 제3부의 시작으로 잡지 않은 것은 그 전쟁이 분단 상황의 연속선상에서 일어난 큰 사건이기 때문이며, 따라서 사건중심적 구분의 도식성에서 벗어나기 위해서였다.

　6·25전쟁 3년은 그 중대성으로 보아 3부와 4부, 네 권 분량으로 다룰 예정이며, 그 작은 제목도 각각 '분단과 전쟁' '전쟁과 분단'으로 하였다. 그것은 '분단으로 비롯된 전쟁이며, 전쟁으로 보다 굳어진 분단'이란 의미이고, 거기에 6·25라는 전쟁의 전체상을 함축시키고자 한 것이다.

　민중의 실체가 지워진 역사의 진실을 밝혀내는 일도 중요하지만, 그것을 모두의 힘으로 지켜내는 일은 더욱 중요할 것이다. 그리고 역사의 망각연습에 길들여져 깊은 잠에 빠져 있는 의식을 깨우고, 거짓을 진실로 맹신하고 있는 게으른 어리석음에서도 이제는 깨어날 때가 아닌가 싶다.

　우리는 민족주의를 '시대착오적인 촌스러움'이거나, '세계적 조류에 역행하는 쇼비니즘'이라고 대다수의 지식인들이 거침없이 매도해 대는

1960~1970년대를 살아왔다. 인류라는 미명을 내세운 그 강대국논리에 편승한 이 땅의 지식인들이 범한 무책임한 행위가 오늘의 현실에서도 저질러지고 있음을 우리는 묵과해서도 안 되고, 용납해서도 안 될 것이다. 그런 부류들로 인하여 분단사는 다시 왜곡되고, 통일은 저해당하고 있음을 우리는 직시해야 한다.

우리가 더불어 깨어날 때 역사의 힘은 창출되며, 그 힘으로 역사의 모순과 왜곡은 청소된다. 그 청소작업이 곧 민족통일의 길이다.

제3부 출간을 계기로 제1부 세 권과 제2부 두 권의 각 권마다 100매 정도씩 삽입 보충하였다. 1권은 22판, 2권은 20판, 3권은 20판, 4권은 12판, 5권은 11판부터 개정판이 되며, 이를 정본으로 삼고자 한다. 이러한 보충작업으로 독자들의 역사이해를 더 구체적으로 돕고 아울러 작품의 충실도를 더할 수 있도록 정치·사회상황이 달라지고 있는 것을 한없이 기쁘게 생각한다.

1988년 11월
趙廷來

|차 례|

太白山脈 제3부 분단과 전쟁 ❶

6권

1. 니만 사람이냐! 9

2. 접선 실패 40

3. 두 형제의 야행 65

4. 태백산맥에 내린 소개령 88

5. 소화의 씻김굿 120

6. 산중의 엄동설한 152

7. 소작인의 의지 167

8. 어떤 여자 빨치산의 죽음 191

9. 민중의 승리, 2대 국회의원 선거 218

10. 아, 내가 잘못 생각한 것이다 247

11. 1950년 6월 25일 280

12. 산골짜기를 울리는 한밤중의 총소리들 315

13. 사회주의 리얼리즘 342

1
니만 사람이냐!

물빛으로 투명한 10월의 하늘은 날로 넓고 깊어져갔다. 하늘빛이 변해감에 따라 민감하게 옷을 바꾸어 입는 것은 논에 선 벼들이었다. 쑥빛으로 진한 그 윤기 흐르던 초록의 볏잎들은 9월 중순을 넘기면서부터 누르끄리한 빛을 머금기 시작하더니 해가 뜨고 지는 그 무심한 듯한 하루하루를 따라 차츰 농담이 진한 누른색으로 변해갔다. 마치도 화공이 섬세하고 세련된 붓칠을 하는 듯이.

어느 한순간인들 포착할 수는 없으면서도 엄연히 진행되고 있는 자연의 그 은밀하고도 신비로운 변화를 안창민은 날마다 주의 깊게 지켜보아왔다. 날이 바뀔수록 진해져가던 누른빛은 마침내 추석을 고비로 하여 광택 충만한 황금빛의 절정을 이루었다. 모든 절기가 그러하듯 추석도 단순히 농민들이 즐기는 대명절만은 아니라는 사실을 그는 다시금 확인하고 있었다. 자연의 힘에 의하여 벼의 알곡이 양식으로 거둘 수 있게 여무는 시기가 추석이었고, 농민들은 그 시기를 맞아 자연이 베풀어준 고마움과 자신들이 바친 노동의 보람을 동시에 축하하고 음미하는 것이 추석이라는 명절이었다. 수천 년 세월에 걸쳐 이어져내려온 농경사회에서 추수의 기점을 이루는 추석이 제일 큰 명절이 되고, 농사일을 시작해야 하는 정월 대보름이 그와 버금하는 큰 명절로 꼽히는 것은 농경민의 합리성을 나타내는 생활모습의 본보기였다.

안창민이 볏잎들의 색깔 변화를 일삼아 지켜보고 있었던 것은 추석이라는 명절의 의미를 새삼스럽게 확인하기 위해서는 물론 아니었다. 가능한 한 빠른 추수를 해야 할 필요 때문에 그는 날마다 벼가 익어가는 것을 조급한 마음으로 살필 수밖에 없었던 것이다. 추석이 지나자 벼의 황금빛에서는 그 광택이 서서히 스러져가기 시작했다. 추수가 바로 눈앞으로 다가서고 있었다. 그는 나이 든 농부들에게 아침저녁으로 낟알을 깨물어보게 했다. 물론 그 스스로도 농부들 옆에서 낟알 깨물기를 게을리하지 않았다. 낟알을 깨물 때마다 농부들의 태도는 신중했고, 좁혀진 미간의 주름살 사이로는 깊은 탐색의 신경이 모아지고는 했다. 그는 낟알을 깨물기는 하면서도 눈길은 농부들의 그 미묘한 표정 변화에 쏠려 있고는 했다. 농사 경험이 없는 그의 이빨 끝 감각으로써는 하루의 가을볕에 벼가 얼마나 여물어가는지, 그 미세한 차이를 감지해 낼 수가 없었다. 「하먼이라, 가실볕이 오뉴월볕허고 같기야 헐라디요마는 가실볕도 하로가 달브고 이틀이 달브제라.」 농부들은 말로만이 아니라 표정으로도 그 미세한 차이를 나타내보이고는 했다. 농부들의 미심쩍어하는 얼굴이 흐뭇하게 변하고, 가로젓던 고개가 끄덕임으로 바뀌어가고 있을 즈음 안창민은 이지숙으로부터 읍내에서 일어난 소작인들의 대규모 시위를 보고받게 되었다.

'시위투쟁이 지속적으로 전개될 수 있도록 조직화할 것. 주모자 검거에 따른 조사과정에서 배후노출이 될 위험에 대비할 것. 만약 위기가 닥치면 지체 없이 선을 따라 율어로 피신할 것.'

안창민은 이 지시를 이지숙에게 띄웠다. 그리고, 각 초소에 최소한의 병력만 남긴 상태에서 일제히 추수를 시작했다. 벌교에서 일어난 소작인들의 시위는 곧바로 다른 읍면으로 파급될 것이고, 조성이나 보성에서 그런 식의 집단시위가 벌어지게 되면 군 전체가 흔들리는 셈이었다. 군경병력은 그 시위를 진압하느라고 율어에 신경 쓸 여유가 없을 것이고, 그러는 사이에 자신은 병력을 추수에 활용할 계획을 세웠다.

다섯 집씩을 한 반으로 나누고, 전사 두 명씩을 배치시켰다. 반별로 시작된 벼베기는 놀랄 만큼 신속하게 진행되어 갔다. 잠시 총이나 대창을 논두렁에 놓은 전사들은 그 대신 낫을 들고 흥겨운 가락과 함께 일에 신명을 올리고 있었다.

지이화아자 조옴도 조오타아, 어얼씨구나 조옴도 조오타아—.

동헌 마당에 꿇쳐앉았든 춘향이가 고개 번쩍 들고 봉께로, 쩌그 저 슨 것이 누구다냐! 워메, 어사또 되야뿐 서방님 아니당가. 워야, 워야 요것이 꿈이다냐 생시다냐. 춘향이, 이 도령이 기둘리고 섰는 동헌으로 올르는디이! 어허, 얼싸! 오올르아아가은다아, 오올라러얼가은다아……

이 논에서 민요타령이 목청을 맞추어 어우러지는가 하면, 저 논에서는 한 격조 높은 판소리 가락이 대꾸하듯 울려퍼졌다.

농민과 전사들이 한 덩어리가 되어 흥겹게 추수하고 있는 모습을 안창민은 흐뭇한 마음으로 바라보았다. 그러나 한편으로는 슬픈 심사가 마음을 무겁게 했다. 이 땅 전역이 그런 흥겨움으로 차 있는 것이 아니었고, 전사인 것을 잠시 잊은 채 흥에 젖어 있는 그들 대부분은 바로 어제의 농민이었던 것이다. 그들이 농구를 들었던 손에 총이나 대창을 바꿔잡고 논두렁을 벗어나 혁명대열에 선 것은 지금 맛보고 있는 것과 같은 흥겨움을 평생토록 누리고자 하는 욕구 때문이 아니었던가. 율어의 농민들이 저리도 일손에 신명이 붙는 것은 전체 수확에서 2할을 제한 나머지가 다 자기들 차지가 된다는 것을 아는 까닭이었다. 그 사실은 이미 염상진의 입을 통해서 공언된 바였고, 해방구 인민들의 열렬한 환영을 받았던 것이다. 국가기구의 존속을 위한 최소한의 세금만을 내고 전체 인민들이 균등한 삶을 영위할 수 있는 착취가 없는 혁명의 그날은 언제나 올 것인가. 안창민은 가슴 가득 숨을 들이켜며 하늘을 우러러보았다. 「이제부턴 본격적인 무력투쟁의 단계로 접어들었소. 우리의 투쟁에 대전환을 가져온 사실만으로도 여순병란의 의미는 지대하다고 할 수 있을 것이오.」조계산에서 만난 염상진의 말이 떠올랐다.

진트재 터널에서 무기를 탈취해 가지고 산골짜기를 돌고 돌아 조계산에 다다른 것은 해질녘이었다. 주먹밥으로 점심을 때운 시간을 빼고는 잠시도 다리쉼을 하지 않았던 강행군이었다. 하루종일에 걸친 강행군에서 안창민은 줄곧 선두에서 부대를 이끌었다. 이해룡은 중간에서 부하들을 독려했고, 하대치는 대열의 맨 뒤에서 부하들을 추슬렀다. 「잠 으쩌신게라, 다리가?」점심을 먹으며 하대치가 염려스러운 눈길로 나직이 물었다. 「아무렇지도 않아요, 염려 마세요.」그는 꺾어세운 무릎을 흔들어보이며 여유 있게 대꾸했다. 「거야 당연한 일이겠죠.」이해룡이 웃음 띤 얼굴로 고개를 끄덕였고, 「머시가 당연해라?」하대치가 의아해서 물었다. 「대장이란 책임감이 다소 불편한 점이 있다 하더라도 모두 이겨내게 한다 그 말이오.」이해룡의 말에 하대치는 의미 깊게 고개를 끄덕였다. 안창민은 이해룡의 그런 심리파악에 아무런 반응을 보이지 않았다. 그러나 그건 이해룡의 말을 수긍하는 반응이기도 했다. 오판돌·이해룡·하대치가 율어를 지키는 것이 작전에 나서는 것보다 더 중요하다는 이유로 자신의 작전지휘를 만류했을 때, 그들이 속으로는 무슨 말을 삼가고 있는지 안창민은 환히 알고 있었다. 그들이 자신의 다리를 염려하는 것은 순수한 동지애의 발로였다. 그리고, 그들의 권유를 받아들여 작전에 나서지 않는다고 하더라도 군당위원장에 대한 그들의 신뢰가 변질될 리도 없는 일이었다. 또한, 당의 조직상 임무로 보더라도 군책이 위험도가 큰 작전일선에 나가는 것은 삼가게 되어 있었다. 그런데도 그는 작전지휘를 맡고 나섰다. 그것은 순전히 자기 자신과의 문제 때문이었다. 자신은 이미 학교라는 잔잔한 물 속에 숨어 있는 비밀당원이 아니었다. 거기다가 이제 군당을 이끌어야 하는 책임자였다. 그런데 그 군당은 은밀한 지하투쟁을 하는 것이 아니라 적과 맞서 싸우는 전투부대로서 상황에 따라 대처해야 하는 '움직이는 군당'이었다. 그런 현실에 어울리지 않게 자신은 다리에 총상을 입은 경력의 소유자였다. 그 자랑스러울 것 없는 경력은 주위사람들에게 염려를 갖게 할 뿐만 아니라, 평소부터 힘쓰는 데는 도무지 자신감이 없는 스스로를 한층 위축시키고 들었다. 그는 직접 지휘에 나서서 작전을 성공적으로 끝냄으로써 그 위축감을 떨쳐내버리고 스스로의 정신 속에 극기의 말뚝을 단단히 박고자 했던 것이다. 그럼으로써 '움직이는 군당'을 이끌어야 하는 책임자로서 자신감을 확보하고 싶었다. 그가 작전을 지휘하고 있는 것은 1차적으로 자기 자신과의 싸움이었다.

갈대로 완벽할 만큼 위장되어 있는 비트에서 안창민을 맞이한 것은 뜻밖에도 염상진이었다.

「수고했소. 완전한 작전 성공을 축하하오.」

안창민의 손을 덥석 잡으며 염상진이 감격적으로 한 말이었다.

「아, 대장님, 여기서 뵙는군요.」

전혀 예상하지 못했던 만남이라 그 반가움이 너무 커 안창민도 염상진의 손을 있는 힘껏 맞잡았다. 그런데 그 반가움을 떠미는 의문이 있었다. 아직 보고를 하지도 않았는데 염상진이 작전의 성공을 알고 있다는 점이었다. 부대를 이탈해 앞서간 자가 있을 리 없었다. 그렇다면, 누군가를 시켜 미리 알아오게 한 것일까. 염려가 되어 그럴 수도 있는 일이었다.

「작전이 성공했는지 어떻게 아셨습니까? 따로 긴급 선을 놓았습니까?」

추측만으로 넘길 일이 아니었으므로 안창민은 그 대목을 짚었고, 염상진은 위아랫입술이 가려지도록 입을 꾹 다물며 묵직한 웃음을 지었다.

「역시 안 동무다운 눈치요. 작전이 중대하고도 위험했던 만큼 준비도 철저해야 했었소. 그래 내가 열 명을 무장시켜 제2선을 쳤던 것이요.」

「그럼 우리 모르게 진트재에 매복했었단 말입니까?」

놀랍기도 하고 어이없기도 한 감정 탓으로 안창민의 목소리는 크면서도 갈라져나왔다.

「안 동무의 능력을 못 믿어서가 아니니 절대 달리 생각진 마시오. 이 작전의 중대성 때문에 당초부터 그렇게 계획된 것이었소. 이번 작전은 절대적인 성공뿐 실패란 추호도 용납될 수 없는 것이었소.」

염상진이 정색을 하며 말했다.

「아이고, 우리가 작전하는 모양을 다 들켰다니, 그 생각을 하니까 지금 막 진땀이 납니다. 대장님, 그건 너무하셨습니다.」 이해룡이 타박하듯 했고, 「대장님 눈에 우리 허는 꼬라지가 워치케 뵀을꼬? 미꾸랑지 잡니라고 봇도랑 막고 설레발치는 아그덜 꼬라지로 뵀을랑가? 좌우당간 소럴 먹을 따서 잡아묵든, 돼지럴 골통을 쳐서 잡아묵든, 잡아묵기만 험사 배불르기는 매일반잉께, 워쨌그나 간에 작전은 성공헌 것잉께 된 일이여. 대장님, 안 그런게라?」 하대치가 비위 좋게 능치고 들었다.

「그래요, 하 동무.」 염상진이 고개를 끄덕이며 앉음새를 고치고는, 「내가 듣기 좋은 소리 하자는 게 아니라, 모든 작전계획은 치밀하고 정확했소. 바위로 철길을 막은 것이며, 정면사격에 전후협공이며, 신속하게 이루어진 무기탈취며, 계엄군을 탐지하고 앞질러 퇴각한 것이며, 산등성이를 밟지 않고 산골짜기를 이용한 행군이며, 어느 것 하나 빈틈이 없었소. 정말 수고들 했소.」 그는 하대치와 이해룡에게 담배를 권했다.

「헌데, 대장님은 살필 것 다 살피시고도 우리보다 먼저 와 계셨군요.」

이해룡이 담배를 뽑아들며, 어떻게 된 일이냐는 듯 말했다.

「적의 추격을 경계하며 뒤따르다가 안전을 확인한 다음 앞지르기 시작한 거요. 우리야 운반할 짐이 없으니 그만치 걸음이 빨라질밖에 없잖소.」

「워따 대장님, 무정허시기도 허요. 고 징상시럽게 무건 총궤짝 신주단지 모시대끼 받쳐들고 쌩똥 싸는 것 봄시로도 맨몸으로 핑허니 앞질러뿔다니, 대장님이 그리 인정 읎고, 의리 읎는지 나 인자 알아묵었소.」

하대치가 정말 화가 난 듯한 얼굴을 꾸미며 말했고, 다른 세 사람은 모두 소리 내어 웃었다.

「내가 너무 의리 없는 짓을 한 게 미안해서 돼지 한 마리 잡고, 탁주 말이나 준비했으니 그걸로 용서하시오.」

염상진이 분위기에 맞춰 음식 장만한 것을 자연스럽게 알렸다.

「금메, 아까부텀 자꼬 워디서 나는지 몰르게 돼야지고기 냄새가 폴폴

코끝을 간질리는디, 나가 애기가 스는 것도 아니겠고, 잡것이 무신 병이 날라고 헛냄새 맡고 지랄이다냐, 생각험스로 맴이 요상시럽드랑께요, 워쨌그나 고상헌 우리 동지덜 좋아서 입 째지게 생겼구만이라. 요리 맘 쓰시는 대장님이 질이시요.」

하대치는 혼자 돼지고기 다 먹게 된 것처럼 흡족해했다.

뜨신 밥에 돼지고기 잔치가 벌어졌다. 막걸리는 한 사람 앞에 두 사발 정도가 돌아갔다. 다시 율어까지 야간행군을 해야 하기 때문에 통제된 양이었다. 돼지고기는 끓는 물에 삶아낸 채 전혀 요리가 안 된 것이었지만 사람들은 소금에 찍고, 김치에 감고 하여 맛나게들 먹어댔다.

「난 안 동무가 진두지휘하리라곤 생각도 못 했소. 그런데 또 이상하지, 안 동무가 지휘하는 걸 확인한 순간 왜 그리 안심이 되는지. 허나, 앞으론 무리하지 마시오. 우리의 투쟁은 지금부터고, 우리에겐 능력 있는 간부 확보가 무엇보다 중요한 문제요. 우리의 힘은 조직이고, 조직은 간부들의 능력으로 형성되는 것 아니오? 혁명은 조직 없이는 성취되지 않고, 간부가 우선 보호되어야 하는 이유도 그 때문이 아니겠소. 어느 불가피한 상황 아래서 조직이 와해되었다가 그걸 다시 일으키는 데도 간부가 없어서는 불가능한 일 아니오. 일제치하에서 산지 사방으로 흩어졌던 당이 해방과 함께 신속하게 재건될 수 있었던 것이 그 좋은 증거요. 특히, 날이 갈수록 당중앙의 조직이 적들에게 침식, 파괴당해 가고 있는 이 어려운 시점에서 조직의 보존은 또 하나의 투쟁이라는 사실을 중시해얄 거요.」

구석자리에서 염상진이 안창민에게 하는 말이었다.

「명심하겠습니다. 그런데…… 이 비트와 이번 작전, 그리고 대장님과는 무슨 연관이 있는 겁니까?」

「그에 관해 말하려던 참이었소. 당중앙의 최고간부 중의 한 사람인 이현상 동지가 지리산에 입산한 것을 계기로 우리의 투쟁은 보다 새롭게 전개되기 시작했소. 무장투쟁의 본격화와 조직화가 그것이오. 본격적 무장투쟁을 효과적으로 전개하기 위해서는 조직이 통일적이고 체계적으로 짜여져야 하는 건 필수적인 일이오. 물론 그 조직이 기존의 당조직을 기반으로 하는 건 더 말할 게 없소. 당은 이미 오대산지구·지리산지구·태백산지구에 유격대 3개 병단을 구성했고, 각 지구에 따라 조직을 통일시키고 있소. 우리는 물론 제2병단인 지리산지구에 속하며, 이곳 조계산지구는 다른 두 지구와 함께 지리산총사령부 바로 아래 조직이고, 이 지구사령부를 중간조직으로 해서 지역별로 각 군당이 속하게 되어 있소. 이 지구사령부의 역할은 위로는 총사령부와 아래로는 군당조직과 연결지어 상황에 따라 합동작전·지원작전 등을 기동성 있게 전개하여 앞으로의 투쟁에 효과를 배가시키게 될 것이오.」 염상진은 말을 멈추고 담배에 불을 붙이고 나서, 「그러니까, 이번 작전은 각 지구사령부의 화력을 보강시키자는 것이었소. 그뿐만 아니라 인원재편성도 신속하게 마쳐야 할 일이오. 지구사령부가 150에서 200명 정도, 군당사령부가 삼사십 명 정도, 그 아래 각 면당에 칠팔 명이 되도록 조정하는 것이오. 이 계획에 따라 오늘 돌아가는 대로 군당재편성을 끝내고, 이쪽에서 40명을 인수받을 수 있도록 사흘 안으로 조처해 주시오.」

그는 나무밥그릇에 반나마 남아 있던 막걸리를 목젖 울리는 소리를 내며 단숨에 마셨다. 안창민은 그런 염상진의 모습을 물끄러미 바라보며 자신에게 열등감으로 작용하고 있는 건강성과 탄력성을 다시 느끼고 있었다. 그 눈에 익은 나무밥그릇은 작년에 하대치가 장터에서 사온 것이었고, 그가 얼마 전 군당을 떠나면서 손잡이를 반 토막낸 놋숟가락 한 개와 함께 유일한 개인 휴대품으로 챙긴 물건이었다. 바리때는 1년 남짓한 세월 동안에 칠이 벗겨지고 흠이 생기고 해서 꽤나 상해 있었다. 어느 승려의 손에 들어갔더라면 아직도 말짱할 텐데, 우리 생활이 얼마나 거친가를 저것이 말해 주고 있구먼, 하고 안창민은 생각했다.

「무슨 할 말 없소?」

염상진의 말에 안창민은 혼자 생각을 털어냈다.

「예, 별말 없습니다. 그런데, 대장님이 여기서 맡은 직책은 무엇인지요.」

「사령관은 군인으로 따로 있고, 난 정치위원이오. 그럼, 식사가 끝나는 대로 한 시간쯤 휴식시켜 출발하는 게 좋겠소. 우리의 투쟁이 본격화할수록 해방구의 보존은 중대한 문제요.」

안창민은 고개를 끄덕이며, 염상진의 무게를 생각했다. 정치위원은 당일꾼으로서 사령관과 동일한 직책이었다. 염상진의 능력에 합당하다고 생각하며 그는 부하들 쪽을 살펴보았다. 대부분 식사를 마친 상태였고, 누군가는 손잡이 짧은 숟가락을 옷깃에 썩썩 문질러 주머니에 넣고 있었다. 그 숟가락은 산생활에서 무기 다음가는 중요한 상비품이었다. 젓가락이야 나뭇가지나 손가락으로 대신할 수 있었지만 밥을 손으로 퍼먹을 수는 없는 노릇이었다. 그래서 숟가락은 각자가 휴대하게 마련인데, 그 긴 손잡이가 주머니 속에 간수하기에는 거추장스럽기 이를 데 없었다. 간편하게 간수하는 방법을 어느 누군가가 생각하게 되었을 것이고, 결국 긴 손잡이의 반을 잘라내버리면 된다는 간단하고도 지혜로운 방법을 찾아낸 것이다. 들일을 해야 하는 농부들의 담뱃대 길이가 짧아져 곰방대가 생겨난 것이나 마찬가지였다.

안창민은 율어를 향해 야간행군을 하며 염상진이 왜 돼지를 잡고 술을 장만했는지 알 수 있었다. 그리고, 자신이 수행한 작전이 그 중대성으로 보아 사적인 의미는 매몰되어 버리고 공적인 의미가 확산되는 것을 느끼고 있었다. 그 의미의 확산은 묘하게도 가슴 울렁거리게 하고 뼈근하게 하는, 스스로가 되짚어 생각해도 약간은 유치하고 약간은 쑥스러운, 그러면서도 성취감과 자신감을 갖게 하는 이상스러운 힘이 몸속에서 생성됨을 느끼게 했다. 그 이상스러운 힘은 소학교 때부터 공부로는 상을 타면서도 운동회에서는 한 번도 상을 타본 일이 없는 속 깊은 열등감을 씻어내주는 것 같은 소년적 울렁거림 비슷했다. 그리고 당원이 된 이후로 능력껏 사업에 참여했으면서도 비로소 당원으로서의 한몫을 해낸 것 같은 자부심이 들었다.

여순병란을 계기로 무장투쟁이 본격화된 것은 투쟁의 제3단계 전환이라고 안창민은 나름대로 분석하고 있었다. 제1단계가 당의 재건과 함께 이루어진 합법투쟁이었고, 제2단계가 미군정에 의한 활동 불법화로 지하투쟁으로 들어갈 수밖에 없었던 시기였다. 그 일방적 탄압과 파괴의 폭력행사 아래서 당을 지켜나가기 위해서는 제한된 폭력의 방어는 불가피한 것이었다. 손승호는 그 방어적 폭력이 발생할 수밖에 없는 필연성을 납득하지 못했고, 인정하려 하지 않았다. 그건 손승호의 억지였을까, 아둔이었을까, 한계였을까. 그 어느 것도 아니었다. 그는 삶의 가치나 방향을 달리한 관념주의자였다. 그 어떤 주의든 인간의 문제를 해결할 수 없다는 것이 그의 주장이었다. 그것은 현실적인 삶의 모순과 제도의 폐단을 외면한 채 결과부터 끌어다가 부정적 가치관을 설정하여 행동을 포기하는 전형적인 관념론자의 허무적 모습이었다. 손승호가 알면 더욱 싫어하도록 지하투쟁이 무장투쟁으로 전환되었다. 이것 역시 적의 가중되는 폭력에 맞서야 하는 피할 수 없는 투쟁의 변화인 것이다. 다 썩은 토대 위에 자본주의를 세우고, 절대다수 인민의 생존권을 해결해야 할 토지개혁을 결국 농지개혁으로 축소시키고, 거기다가 방법까지 그 지경으로 만든 남쪽의 위정자들은 결국 우리의 혁명을 돕는 어리석고도 고마운 자들이다. 인민은 분명 우리들의 편이다. 이런 시기에 무장투쟁의 본격화는 적절한 선택이다. 안창민은 몸 저 깊은 곳으로부터 샘솟고 있는 새로운 힘으로 진하고 두꺼운 어둠을 헤쳐나가고 있었다.

낟알을 깨물어보는 사람들은 이만하면 풍년이라고 입을 모았다. 그 풍작의 이유가 알맞은 자연조건의 혜택만이 아니라고 안창민은 생각했다. 벼를 베는 손들에 신명이 오르듯 그들은 농사를 짓는 동안에도 줄곧 신명이 올라 있었던 것이다. 힘들여 지은 농사를 억울하게 빼앗기지 않아도 된다는 사실만큼 농부들을 신명나게 하는 일이 어디 또 있을 것인가. 그 신명이 자연조건과 어우러져 풍작을 이루어낸 것이었다. 조계산 사령부로 쌀을 운반해야 할 날짜를 생각하며 안창민은 본부 사무실로 돌아섰다. 벌교에서 일어난 시위투쟁을 내용으로 해서 삐라를 만들 일이 남아 있었다. 내용을 작성해야 하고, 등사원지를 긁어야 하고, 등사를 해서 밤사이 군내에 살포시키려면 시간이 촉박했다. 삐라는 단순히 선전·선동만이 아니었다. 인민의 의식무장이었고, 인민과의 유대강화였다. 러시아 혁명이 성취된 원천적 힘은 끊임없이 배포된 지하 팸플릿이었다는 사실을 안창민은 확실하게 믿고 있었다.

이지숙의 신경은 경찰서로 집중되어 있었다. 농민들의 시위를 폭력으로 진압한 계엄군과 경찰에서는 시위대가 손에 잡히는 대로 100여 명을 끌어갔다. 유치장이 모자라 동척 쌀창고에다 그들을 감금하고 주모자 색출을 한다며 사흘째를 넘기고 있었다. 네댓 명이 풀려나면 두세 명이 끌려들어가고는 했다. 이지숙은 그런 경찰서의 움직임을 주의 깊게 살피는 한편 안창민네 작인들에게 경찰의 손이 뻗치는지도 주시하고 있었다. 그들에게 경찰의 손이 뻗치면 그건 곧 자신의 신변 위험을 의미했다. 물론 그들이 경찰서로 끌려가는 경우에 대비해서 수사망을 피하는 방법을 교육시켰었다. 그러나 감금상태에서 가해지는 폭력 앞에 의식무장이 철저하지 못한 그들의 의지력이 얼마나 견뎌낼 수 있을지는 그 강도를 믿을 수 없는 일이었다.

이지숙은 신변 방어를 하는 한편으로는 안창민네 작인들을 통해서 시위를 다시 일으키도록 작용하고 있었다. 이번 시위는 전과는 달리 죄 없는 사람들을 빨리 석방시키라는 내용이었다. 시위내용을 바꾼 것은 그만한 이유가 있었다. 지난번과 같은 내용으로 시위를 다시 일으키게 하면 우선 시위대 결성부터가 어려운 형편이었다. 시위에 가담했던 사람들은 이미 폭력의 두려움을 맛본 터였다. 몽둥이나 개머리판에 한 번씩이라도 얻어맞은 사람들은 더 말할 것 없고, 더러 발 빠르고 눈치 빨라 그 수라장 속에서 무사히 빠져나온 사람이라 하더라도 폭력의 두려움을 경험한 데는 차이가 있을 수 없었다. 그런 그들을 똑같은 내용의 시위를 벌이게 하기 위해 줄을 세우기란 거의 불가능한 일이었다. 다시 동일한 시위를 벌였을 경우 진압의 폭력이 전보다 가혹해지리라는 것을 그들은 본능적으로 깨달을 것이었다. 아무리 생존문제가 걸려 있는 일이라 하더라도 당장 몸을 부수고 들어오는 폭력 앞에 다시 나선다는 것은 어지간한 정신무장을 갖추지 않고서는 가능한 일이 아니었다. 그리고, 만약 그 일이 가능하다 하더라도 관련자들이 감금상태에 있는 상황에서는 지혜로운 방법이 될 수 없었다. 군경의 신경을 자극시켜 감금되어 있는 사람들에게 더 피해를 입힐 염려마저 있었다. 그렇지만 시위내용을 바꾸게 되면, 똑같은 일을 하고서도 집에서 편한 잠을 자고 있는 사람들의 죄의식을 자극해 시위대로 줄세우기가 쉬울 것이고, 군경이 다시 폭력을 행사한다 해도 전보다 심해지지는 않을 것이었다. 관에 압력을 가해 감금을 하루빨리 풀게 하기 위해서도, 소작권을 주장하는 것은 정당한 권리이지 죄가 아니라는 사실을 다른 수많은 소작인들에게 알리기 위해서도, 악질지주들의 행위를 중단시키기 위해서도, 농민들이 약하지 않다는 것을 관이나 지주들에게 보이기 위해서도 시위는 다시 일어나야 했다.

「갇힌 사람덜헌테는 미안시럽게 생각험스로 입으로는 새로 일어나야 쓰겄다고 허기는 허는디, 니나 나나 실금실금 눈치만 보제 정작 심이 엮어지덜 않는구만이라.」

방 서방이 뒷머리를 긁적이며 말했다.

「저분참에 졸갱이럴 쳐서 그런가 워쩐가 지가 만낸 사람덜도 말방구만 뀌제, 워째 허는 짓은 뜨광허당게요.」

노 서방이 마땅찮아하는 얼굴로 말했다.

이지숙은 예상이 약간 빗나가는 기분을 느꼈다. 그러나 그들의 주저나 망설임에 실망하지는 않았다. 그들이 말로라도 동감을 나타내고 있는 한 그들을 다시 시위대열로 묶을 수 있는 가능성은 얼마든지 있었다. 개개인의 마음속에만 자리 잡고 있는 동감을 행동으로 결속시키는 데는 그 어떤 충동적이거나 자극적인 계기가 필요한 법이었다. 그들이 행동을 일으킬 수 없는 것은 어쩌면 당연한 일일지도 몰랐다. 그들은 며칠 전에 겪은 폭력의 두려움에서 미처 벗어나지 못하고 있는데다, 지난번 시위에서 핵을 이루었던 사람들 거의가 갇혀 있는 형편이었다. 그들의 마음을 행동으로 바꿀 수 있는 자극은 무엇일까……. 이지숙은 고심을 시작했다.

「아무 상관도 읎는 우리가 앞장스고 나설 수도 읎는 일이고, 영판 땁

땁헌 사람덜이여.」

곰방대에 실담배를 우겨넣으며 방 서방이 나직하게 말했다.

「금메 말이여, 무작시럽게 패대는 매가 안 무선 사람이 옳겠지만서도, 그려도 갇힌 사람덜얼 생각허면 그래서야 쓰간디. 아니, 갇힌 사람덜이야 얼굴 맞대허지 않응께 또 그렇다고 쳐. 그 애간장 타는 마누래덜 앞얼 무신 잘난 낯짝덜이라고 뻔뻔하게 들고 댕기는지 원, 고것덜도 붕알 달린, 워메!」

말을 하다 보니 제 기분에 감정이 고조되는 바람에 못할 소리를 쏟아 버린 노 서방은 뒤늦게 이지숙을 의식하고는 입을 막으며 황급히 돌아 앉았다. 방 서방이 그런 노 서방에게 매운 눈총을 쏘며 소리 안 나는 혀를 차고 있었다. 이지숙은 일체의 반응을 보이지 않는 것으로 노 서방의 말을 못 들은 척했다. 어색하거나 쑥스러운 분위기를 자연스럽게 넘기는 데는 그것이 상책이었던 것이다. 그런데, 노 서방의 말 중에서 한 대목이 의식에 부딪쳐오는 걸 그녀는 느끼고 있었다. 그렇지, 여자들을 나서게 하면 된다! 그녀는 어둡게 막혔던 의식이 환하게 뚫리는 것을 느꼈다.

「됐어요, 좋은 방법이 생각났어요.」 이지숙은 두 사람을 향해 얼굴을 들고는, 「그게 뭐냐면 말이죠, 갇혀 있는 사람들 부인네들이 나서서 자기네 남편이 빨리 풀려나게 해달라는 부탁을 하게 하는 거예요. 그리고 그 여자들도 시위에 참가하게 하는 겁니다. 여자들의 사정을 듣고도 그 사람들이 지금처럼 어물거리진 못하겠죠? 이 방법이 어떠세요?」 그녀는 두 사람을 번갈아보았다.

「야아, 우리가 실실 눈치 바감스로 허든 것보담이야 훨씬 좋구만이라.」 방 서방이 밝은 표정을 지었고, 「잉, 인자 우리가 나서덜 말고 예편네덜보고 허라고 허먼 그 새살 까기 좋아허는 입으로 요러타께 일얼 맹글어낼 상싶구만이라.」 노 서방이 눈을 빛내며 말했다.

「그러네요, 여자가 여자를 상대하는 것이 자연스럽고 효과가 크겠어요. 그럼, 부인들을 시켜서 다시 그 일을 추진시키도록 하지요. 근데 부인들한테 일을 맡기되 표나지 않게, 이웃간에 정을 나누는 것처럼 자연스럽게 하도록 하는 걸 잊지 마셔야 합니다.」

「하먼이라.」 노 서방이 빠르게 대답했고, 「그래야제라.」 방 서방이 눈을 껌벅거렸다.

주모자를 한 놈도 남기지 말고 색출하라는 계엄사령관 백남식의 터무니없는 열기에 밀려 경관들은 어쩔 수 없이 조사라는 것을 하면서도 모두 제물에 지쳐 있었다. 경찰의 수에 비해 잡아들인 사람들의 수가 워낙 많았고, 내용이 빤한 사건이라 취조라는 것이 마냥 그 소리가 그 소리였던 것이다.

「왜 그런 짓 했어!」

「허, 몰라서 그런 심 빠지는 말 묻소? 새끼덜 델꼬 안 굶어 죽을라고 그랬제라.」

「그게 아니고, 왜 단체행동을 벌렸냐 그 말이야.」

「허어 참 깝깝허요이, 순사양반. 백지장도 맞들어야 낫고, 작대기도 여러 개 모트먼 말뚝감 된다는 쉽디쉰 말도 몰르시요?」

「시끄러! 아가리 찢어지기 전에 시건방구지게 나불대지 말어. 내 말은 말야, 빨갱이가 드글거리는 이런 비상시국에 떼거리로 몰려 그따위 짓 하는 게 죄가 되는지 알았냐, 몰랐냐 그 말이야.」

「고런 짓거리 누가 허기 좋아서 혔답디여? 지주덜이 논만 안 빼돌렸음사 남새시러바서도 못헐 짓거리랑께라.」

「지주가 논을 빼돌렸으면 개인적으로 따질 일이지 왜 떼거리로 몰려, 몰리길. 너, 빨갱이들 삐라 보고 그런 맘 먹었지!」

「워메, 쌩사람 잡네! 나넌 낫 놓고 기역 자도 몰르는 사람이요.」

「이새끼, 거짓말 마. 눈구멍으로 못 읽는다고 귓구멍으로 못 듣는 건 아니잖아. 너한테 삐라를 읽어주고, 널 선동한 놈이 누구야?」

「아이고메, 사람 복장 터져 죽을 일이시웨. 읎소, 고런 사람 읎소.」

「이새끼, 주모자를 대! 몽둥이찜질당하기 전에 주모자를 대라니까!」

이 대목에서 으레 경관의 주먹은 날아가게 마련이었다.

「니나 나나 다 똑겉은 신세라 서로 의논지게 뜻이 맞은 것이제 무신 주모자가 있고 말고 혀라.」

「이새끼가 정말, 처음에 너한테 그 일 떼거리 모아 해결하자고 한 놈이 있을 거 아냐. 그놈 이름을 대라니까.」

이쯤에서 누군가의 이름을 대면 조사가 끝나지만 그렇지 않고 우물거리거나 그런 사람이 없다고 버티었다가는 얼굴에 주먹다짐을 당하거나 참나무막대기로 어깻죽지를 타작당하게 되었다. 그런 식으로 해서 두 명 이상의 입에 오른 사람들을 추려내고 있었다.

경찰서와 쌀창고 앞에는 아침저녁으로 밥때가 되면 보퉁이를 든 아낙네들이 모여들었다. 잡아들인 수가 너무 많아 경찰서에서 급식을 해결하지 못했으므로 집에서들 밥을 날라오고 있었다. 아낙네들은 한결같이 근심이 찬 맥 빠진 모습으로 모여들었다. 보퉁이를 안으로 들여보내고, 남편들이 밥을 먹는 동안에 서로 얘기를 나누며 그녀들은 생기를 찾아갔다. 그러나 그건 생기가 아니었다. 열기 품은 증오심이 드러나고 있는 것이었다.

「지금꺼지 못 풀려난 사람은 싹 다 빨갱이로 몬담시로?」「워쩌? 고 말 워디서 들었어, 참말이여?」「고런 소문이 딛기네.」「워메, 그리 되면 워쩌께라?」「아, 겁묵지 마씨요. 아무리 문딩이 콧구녕맹키로 썩은 눔에 시상이라고 혀도 되나케나 그 많은 사람 빨갱이로 몰아때리지는 못헐 것이요.」「이 사람아, 장담 말소. 빨갱이죄야 씌우면 써야 허는 삿갓이여. 거 심 대장이란 사람 보소. 그리 권세 뜨르르허든 사람도 빨갱이로 잽혀가 깜깜무소식인 판굿인디 우리 겉은 쭉쟁이 신세들이야 즈그덜 맘때로제.」「정말로! 그 씨받으로 간 여자는 애럴 뱄을께라, 워쩔께라?」「와따, 시끄럽소. 코가 석 자가 빠진 신세에 별걸 다 알고 잡아 그래쌓소.」「너무 그리 왈기지 말소. 그 일도 처녀 애 밴 것맨치나 궁금헌 일이기는 허시, 우리 발등에 불이 떨어져서 그렇제.」「근디 말이시, 빨갱이로 몬다는 그 소문이 참말일랑가?」「지주덜이 그리 몰아치기럴 바래고, 순사들도 그 구녕으로 몰아댄당마.」「잉, 고수에 명창맹키로 짝짜꿍이 자알 맞어돌아가는구마, 잡녀러 인종들.」「그리 짜운맛 뵈서 다시는 들고일어나지 못허게 뿌랑구 뽑을라는 것이겄제. 다른 작인덜헌테도 겁믹이고.」「아이고 가당찮다. 고 문딍이덜이 무시 안 묵을 생각을 안 허고 트름 나오는 것만 막자는 심보구만. 지주고 순사고 싹 다 맷돌에 묶어 선수머리 짚은 갱물에다 처박아뿌러야 써.」「아이고메, 썟바닥 그리 놀리다가 참말로 빨갱이로 몰리겄네. 아서 아서, 맴이야 그리 묵어도 말이야 참어야 써. 작인치고 그런 맘 아닌 사람 하나또 읎어도 다 참고 있응께.」「아이고, 지주고 순사고, 그 징허고 징헌 눔에 인종들.」

아낙네들은 풀 길 없는 증오를 다시 삼켜야 했고, 그건 그녀들의 가슴에 켜켜이 쌓여 돌로 굳어갔다.

「요분 일 당허고 여자덜이 애태우고 발싸심허는 것 옆에서 보자니께 내 가심이 다 씨리씨리허요. 소문 듣자니께 쉽게 풀어주덜 않을 모냥인디, 거그 눈치가 참말 그럽디여?」

방 서방의 아내 가실댁은 유동수의 아내 초지댁에게 근심 어린 정을 보내며 물었다.

「아매 그리 될 모냥인갑소. 아그덜 아부지가 일얼 축대기고 나서서 더 심들게 생겼소.」

기미 낀 얼굴이 울상이 되며 초지댁은 진한 한숨을 토해냈다.

「근디 워쩔라고 요리 날만 보내고 앉었소?」

「무신 소리다요?」

「아, 무신 방도럴 취해야제라.」

「참 답답헌 소리 허요이. 돈이 있으니 방도럴 취허겄소, 연줄이 있으니 뒷손을 쓰겄소. 여자 몸으로 끼니 안 걸르고 밥이나 해날르는 일 말고 무신 일얼 더 헐 수 있겄소.」

「초지댁, 초지댁이 애가 복이다 봉께 맘이 헐크러지고 설크러져 생각도 그리 되는갑소이. 돈이나 연줄 아니고도 효험나게 헐 일이 안 뵈는 것 봉께로.」

가실댁이 안됐다는 표정을 지으며 넌지시 말하고 있었다.

「고것이 무신 소리다요?」

졸다가 꼬집힌 사람처럼 초지댁이 화들짝 반응을 나타냈다.

「금메 봇씨요, 풀어줄 맘 읐는 사람덜이 풀어줄 날만 기둘림서 요리 않었으면 워쩔 것이요. 남정네덜이 논 찾겄다고 나섰다가 그리 갇혔으면, 인자 여자덜이 냄편 찾겄다고 서로 심 모타 경찰서로 줄서서 몰려가야제라. 가서, 죄 읐는 사람덜 풀어내라고 당당허게 소리 질러야 허덜 않겄소. 죄야 논 빼돌린 지주덜이 졌제 작인덜이 진 것이 아닌 것이야 시상이 다 아는 일잉께요.」

「무신 소린가 혔등마 꼭 애기 겉은 소리 허고 앉었소이. 그런다고 그 사람덜이 풀어줄 상불르요? 다 지주허고 한통속인디.」

초지댁은 어깨를 부리며 맥 빠져 했다.

「초지댁, 참 요상허요이. 혀보지도 않고 안 될 생각부텀 허니 될 일도 안 되겄소. 쩌 구름에 비 들었을라디야 허는디 쏘내기 퍼붓는다는 말 몰르요? 이쪽서 그냥 죽은 디끼 있으면 참말로 죄가 있어서 그런 것이 되고, 이쪽서 처분만 바래고 얌전허니 있으면 더 시퍼보고 즈그덜 맘때로 혀뿔 것이요. 나 같음사 폴세 열 분도 더 소매 걷어붙이고 나섰겄소. 냄편은 하늘이고, 여자헌테야 말뚝맹키로라도 있어야 허는 거이 남정넨디, 일이 되고, 안 되고야 일이나 혀보고 나서 따질 문제 아니겄소?」

「금메, 가실댁 이약 듣고 봉께 그요. 우리가 이적지 멍청이짓 허고 자빠졌었소. 일얼 자꼬 시끌시끌허게 맹글면 성가시러서라도 다 풀어줄란지 몰를 일인디.」

「하먼이라, 죄 될 일 헌 것이 아닝께라. 근디 말이요, 안 잽혀들어간 남정네덜 말인디라. 그 사람덜도 에진간히 의리 읐고, 보초 읐소.」

「왜라?」

「아, 일얼 항꾼에 시작혔으면 끝꺼정 혀야제, 누구넌 갇혀서 쎄 빠지게 고상허고 있는디, 구해낼 생각 하나또 안 허고 찍소리가 읐는 것은 어느 시상에 사는 법이랍디여?」

「또 당허는 것이 무서바 그러겄제라. 그려도, 서운허기는 서운헌 일이구만요.」

「서운 안 허먼 사람맘이 아니지라. 여자덜이 일어남스로 그 남정네덜도 항꾼에 일어나자고 허씨요. 심이야 모타질수록 씬 법잉께.」

「금메요, 말얼 들을란지 몰르겄소.」

「여자덜이 일어남스로 심얼 보태도라는디 남자 체면에 워찌 마다겄소. 그런 남정네가 있으먼 두고두고 짜잔허고 쫌팽이 남자로 빙신 맹글어 낯 들고 못살게 허먼 될 일 아니겄소.」

「참말로, 가실댁 말 들은께 땁땁허든 가심이 팍 뚫림서 씨언해지요. 날 새먼 당장에 일얼 얽어야 쓰겄소. 일이나 벌레보고 되고, 안 되고럴 따져야제라, 허먼이라.」

노 서방의 아내는 김종연의 아내를 만나 같은 내용의 이야기를 했고, 임 서방의 아내는 서인출의 아내를 찾아가서 마음을 닭어잡고 있었다.

이틀이 지나 여자들이 앞서고 남자들이 뒤따르는 400여 명의 행렬이 횡계다리 옆을 지나가고 있었다. 대열은 침묵 속에서 극장 쪽으로 빠르게 움직여갔다. 일체의 잡담도 없이 이동하고 있는 행렬은 지난번과는 좋은 대조를 이루고 있었다. 그 행렬이 1개분대의 군인들에게 앞을 막힌 것은 소화다리 입구인 삼거리에서였다.

「이거 뭐하는 짓이야, 해산하라!」

강 상사가 목을 빼며 소리 질렀다.

「죄 없는 사람들 내보내라!」

앞에 선 여자들이 강 상사에게 대답하듯 일제히 외쳤다.

「죄 없는 사람들 내보내라!」

뒤에 선 남자들이 다 같이 복창했다.

「허 참!」

강 상사가 어이없는 얼굴로 쓰게 웃었다. 대열은 앞을 향해 천천히 움직이고 있었다. 경찰서가 200여 미터 앞에 옆모습을 드러내고 있었다.

「해산해, 해산! 말 안 들으면 또 지난번 같은 꼴 당한다!」

강 상사는 좀더 크게 소리 질렀다.

「죄 없는 사람들 내보내라.」

여자들은 조금도 멈추거나 해산할 기미가 없이 같은 구호를 반복하며 느린 걸음을 옮겨놓고 있었다.

「죄 없는 사람들 내보내라!」

아까보다 힘이 들어간 남자들의 복창이었다.

「이거 참 미치겠네.」

강 상사가 뒤로 밀려나며 상을 찡등그렸다.

「그건 안 됩니다. 오늘 시위는 지난번하고 성격이 다르잖습니까. 더군다나 여자들이 끼여 있는데 지난번처럼 했다간 큰일납니다. 전체 읍민들의 반감을 살 게 틀림없고, 그렇게 되면 군경의 입장은 뭐가 되겠습니까.」

권 서장은 전에 없이 단호한 태도를 보이고 있었다. 그의 얼굴은 창백하게 굳어 있었다.

「그럼 어쩌란 말이오!」

백남식이 각진 눈에 더 각을 세우며 내쏘았다.

「그러길래 애초에 많이 잡아들여선 곤란하다고 말씀드리지 않았습니까. 그런 처리는 처음부터 이런 집단적 감정을 유발시키게 되어 있었습니다.」

「아니, 권 서장! 지금 날 힐책하자는 거요, 권 서장이 잘났다고 재는 거요?」

「무슨 말씀을 그리 하십니까!」

권 서장이 백남식을 똑바로 쏘아보았다. 창백하게 굳어진 얼굴이 경련하고 있었다.

「왜들 이러십니까, 점잖으신 체면에 두 분 다 진정하시고 한 발씩 물러스세요. 이거 부하들이 보면 무슨 망신입니까. 개인적인 일도 아니고 공적인 일 좋게 처리하자는 건데, 조금씩 참읍시다.」

토벌대장 임만수가 두 사람 사이로 들어서서 양쪽 팔을 벌리는 바람에 백남식과 권 서장은 감정적으로 한 발짝씩 물러서기에 앞서 행동으로 두어 발짝씩 물러서지 않을 수가 없었다. 권 서장은 물러서며 고개를 떨구었다. 그리고 한숨을 어금니로 깨물어 가늘게 내쉬었다. 그는 자신의 행동을 후회하고 있었다. 그의 처사가 잘못됐더라도 내가 조금 참았어야 하는 건데……. 그러나 그는 자신의 주장을 바꿀 생각은 전혀 없었다. 무조건 지주들의 편을 들고, 소작인들을 무더기로 죄인이라는 투망 속에 몰아넣으려는 백남식의 의도를 용납할 수는 없었다. 백남식은 계속 권 서장을 노려보고 있었지만, 속으로는 임만수가 함께 있어서 다행이었다고 생각했다. 유순하고 자기 주장이 없는 줄 알았던 권 서장이 그렇게 맞대거리를 하고 나서리라고는 전혀 예상하지 못한 일이었다. 내 성질 못 이겨 한 판 갈겨버리기라도 했으면 어찌 됐을 것인가. 그래, 저것도 일정 때부터 순사질해 먹었고, 서장까지 된 놈이 아닌가. 저놈도 겉보기하고는 다르게 속으로 감추고 있는 뭐가 있겠지. 명색이 서장인데 내가 좀 심하긴 심했지. 정면으로 충돌해서 이익될 건 없지. 백남식은 담배를 빼들었다.

그들이 의견충돌을 일으키고 있는 사이에 시위행렬은 경찰서 앞에 다다라 있었다.

「죄 없는 사람들 내보내라!」

그들의 결정을 독촉하듯 밖에서 들려오는 여자들의 외침이었다. 백남식은 서너 모금밖에 빨지 않은 담배를 신경질적으로 비벼 껐다.

「두 분 다 없었던 일로 기분 푸시고, 저 대책이나 어서 강구하도록 하십시다.」

임만수가 화해를 붙이듯 말했다.

「사령관님, 제 행동 사과드립니다.」

권 서장이 먼저 말했다. 공무상 그것이 자신이 취할 태도였기 때문이다.

「권 서장님, 나도 미안하게 됐소.」

백남식이 웃으며 말을 받았다. 저게, 저게 예사 능구렁이가 아니라니까. 그는 마음을 콩그리고 있었다.

「내가 좀 나가보겠습니다.」

임만수가 볼품없이 꺼진 코를 빠르게 벌름거리며 일어섰다.

「뭐 거칠어지진 않을 테니 그냥 두세요.」백남식은 손짓을 하고 나서, 「권 서장님, 아까 하던 말을 계속해 보세요.」그는 새 담배에 불을 붙였다.

「예, 이번 시위는 지난번 일을 정리하기만 하면 저절로 해산하게 되어 있습니다. 어차피 주모자만 색출해 내고 나머지는 다 석방시키기로 했던 우리 계획이 그만 효과를 잃게 되긴 했습니다만, 지금이라도 곧 그 계획을 발표해서 해산시키는 게 어떨까 합니다.」

「그런데 그게 말요, 즈네들이 들고일어나니까 그런 발표를 하는 거라고 생각할 위험이 있지 않겠소? 그건 관을 우습게 보고, 저것들 버릇을 잘못 들이는 이중손해란 말이오.」

「글쎄요, 그런 염려가 없는 건 아닙니다만, 이쪽에서 말을 어떻게 하느냐에 따라 달라질 문제라고 생각합니다. 익히 아시겠지만, 사람들은 관을 싫어하고 무서워했으면 했지 함부로 무시하거나 우습게 보지는 못합니다.」

「그야 그렇기는 하지요. 그런데, 저것들 요구는 전원 석방이 아니겠소?」

「요구야 그렇겠지만 어디 그럴 수야 있겠습니까. 주모자를 내보냈다간 또 들고일어날 텐데요. 이 사건의 근본적인 해결책이야 지주들한테 있는 것이고, 우리 입장에서는 시위 재발을 막기 위해서는 미봉책이나마 주모자들을 처벌하지 않을 수가 없는 일 아닙니까.」

백남식은 턱을 괴고 한동안 말이 없었다.

「좋습니다, 권 서장님 의견대로 해봅시다. 모든 걸 권 서장님한테 위임할 테니 자알 해결해 보십시오.」

백남식이 일어섰다. 그 갑작스러운 말을 들으며 권 서장도 엉거주춤 따라 일어섰다. 약은 녀석, 똥 묻히기 싫고, 내 뒷다리 잡겠다 그것이지. 좋아, 너 같은 녀석은 열이라도 상대해 주지. 권 서장은 비웃고 있었다.

권 서장은 자기 방으로 돌아와 잠시 생각을 정리하려고 했다. 그런데 불현듯 심재모의 얼굴이 떠올랐다. 무사하게 석방되었다는 편지를 받은 뒤로 더는 소식이 없었다. 그가 그리웠다. 그와 근무를 하면서는 감정한 올 다친 일이 없었다. 어떤 일이나 올바로 판단하고, 바르게 처리하려고 노력했고, 또 실천한 사람이었다. 나이에 비해 똑똑하고 진중했고, 당당하고 정직한 군인이었다. 그래서 그는 벌교땅을 떠나야 했다. 나이 어린 그에게 많은 부끄러움을 느꼈고, 많이 깨닫기도 했다. 그가 있었더라면 지난번 시위도 그런 식으로 폭력진압은 하지 않았을 것이다. 그러나 그도 시위가 일어난 근본문제에 대해서는 속수무책이었을 것이다. 상대가 지주들이었고, 지주들의 파렴치한 행위는 개인적인 양심의 문제일 뿐 범법은 아니었다. 그가 이곳으로 다시 올 수는 없는가……. 권 서장은 부질없는 줄 알면서도 탄식처럼 그 생각을 했다.

「죄 없는 사람들 내보내라!」

여자들의 외침이 다시 들려왔다. 권 서장은 그 수십 가닥의 맵고도 싸늘한 소리에 끌리기라도 하듯 자리에서 일어났다. 여자들이 함부로 큰길바닥에 나서거나 분별없이 목청 높이는 것을 큰 흉으로 치부하는 세상에서 누가 저 여자들을 읍내 한복판 큰길에 나서서 목이 터지도록 소리 지르게 만들었는가. 권 서장은 착잡하고 무거운 마음으로 사무실을 뚜벅뚜벅 걸어나갔다.

경찰서 앞 큰길은 사람들로 가득 차 있었다. 시위대와 구경꾼들은 한눈에 구분이 되었다. 시위대는 정연하지는 않았지만 대오를 이루고 선 채 긴장해 있었고, 구경꾼들은 그 둘레로 서너 명씩 모여서 무슨 말들인가를 수군거리고 있었다.

「죄 없는 사람들 내보내라!」

권 서장이 정문을 나서자 여자들의 외침이 카랑하게 터져올랐다. 그 뒤를 남자들의 굵은 외침이 떠받쳤다. 권 서장은 웃음 지어야 한다고 생각하며 그 사람들을 둘러보았다. 하나같이 입성이 남루하고 굶주림에 찌든 얼굴들이었다. 까닭 모를 쓰라림이 그의 가슴을 훑고 지나갔다.

「서장님, 여그, 여그 있구만이라.」

사환아이가 나무걸상을 그의 앞에 갖다놓았다. 권 서장은 걸상 위로 올라섰다.

「여러분, 여러분들은 오늘 이렇게 나오시지 않았어도 되는 걸 괜히 수고들 하셨습니다. 무슨 말인고 하면, 관에서는 그동안 조사를 거의 끝냈기 때문에 내일 중으로 시위자들을 석방할 계획을 세우고 있었습니다. 그런데 여러분들은 그 사실을 모르고 이렇게 나온 겁니다. 여러분, 모두 안심하시고 집으로 돌아가세요. 여러분들이 조용히 돌아가야만 석방을 계획대로 실시할 수 있습니다. 그렇지 않고 여러분들이 여기에 오래 계시면 계실수록 관의 일을 방해해 석방이 늦어지게 됩니다. 그리고 또 중요한 사실은, 여러분들이 이렇게 단체로 행동하는 것이 위법이라는 것을 알아야 합니다. 지금은 좌익 난동 때문에 계엄령이 실시되고 있다는 건 여러분들도 잘 아는 사실이고, 계엄 아래서 이런 단체행동은 모두 법에 걸리게 되어 있습니다. 그러나 우리가 미리 석방계획을 세웠던 것이니 여러분들의 오늘 행동은 없었던 것으로 하겠습니다. 어서 집으로 돌아들 가세요. 돌아가서 바깥주인들 맞을 채비나 하세요.」

권 서장은 말을 마치며, 해산하라는 뜻으로 팔을 저어댔다.

「그 말 참말이다요?」「믿어도 되겠소?」 하는 여자들의 말이 여기저기서 솟았다.

「믿으세요, 틀림없습니다. 자아, 다들 돌아가세요.」

권 서장은 다짐을 했고, 사람들은 다소 밝아지고 약간은 미심쩍은 얼굴로 서로서로 쳐다보다가 차츰 발길을 돌리기 시작했다.

권 서장의 약속대로 다음날 오전에 60여 명이 풀려났다. 그러나 주모자로 지목된 김종연과 유동수 등 일곱 명은 풀어주지 않았다. 그들의 죄목은 계엄하의 집단선동 및 질서교란이었다. 그들은 다른 사람들이 풀려나기 전에 이미 순천으로 넘겨졌던 것이다.

지주들의 논빼돌리기와 그것을 막으려는 소작인들의 힘모으기 싸움은 벌교에서만이 아니라 여기저기서 잇따라 일어나고 있었다. 보성 이부자네 소작인들이 일어나는가 하면, 화순 오 부자네 소작인들이 일어났고, 고흥에서는 김 부자네 소작인들이 일어나는 판이었다. 보성의 이부자는 바로 이해룡의 아버지였다. 그 싸움의 양상은 약간씩 달라서, 그냥 항의시위를 벌이는 데가 있는가 하면, 어느 곳에서는 농기구로 무장을 하고 나서서 진압 군경과 충돌을 일으켜 인명피해를 내는 격렬성을 보이기도 했다. 화순의 오 부자네 소작인들이 그랬다. 소작인들의 시위가 끊이지 않는다고 해서 지주들의 논빼돌리기가 멈추어지지는 않았다. 지주들은 오히려 색다른 방법을 찾아내기에 급급하고 있었다. 땅을 가운데 놓고 계급간에 벌어지는 이 먹이싸움이 살육전으로 치닫는 것을 겨우겨우 막아내고 있는 것이 군경이라는 존재였다. 군경은 멀리 있는 좌익과의 싸움보다는 바로 코앞에서 벌어지는 두 계층의 정면충돌을 막기 위해 소작인들을 상대로 하여 지주들의 대리싸움을 벌이고 있는 형국이었다. 그런 편파성 때문에 군경에 대한 불신과 경원은 날이 갈수록 깊어져갔다.

그런 삭막한 분위기 속에서도 들녘마다 추수는 속빠르게 이루어져나가고 있었다. 아침저녁으로 북쪽 산줄기를 넘어오기 시작하는 썬들썬들한 찬 바람에 쫓기기라도 하듯 농민들이 추수 일손을 서두르는 것은 수확적기를 맞추려는 것도 아니었고, 자기네 지주들을 더 배부르게 해주기 위해서는 더욱 아니었다. 그들은 자기네들의 당장 끼니를 해결하기 위해서 일손을 늦출 수가 없었던 것이다. 당장 목구멍을 채워야 한다는 현실의 절박함 앞에서 지주에 대한 증오나 땅에 대한 불안 같은 것은 꾹꾹 눌러가며 맥 빠진 팔다리에 억지 힘을 돋워올리지 않을 수가 없었다.

「니미럴, 치솟는 성질대로 허자면 요 들판에다 싹 다 불 처질러뿌렀으면 속이 씨이언허겠네.」

「긍께 말이시, 딸린 처자석이 웬수여. 고것덜만 아님사 나가 폴세 불질러뿌렀을 것이시.」

「지주, 그 개잡녀러 새끼덜언 을매꺼지나 처묵어야 배가 다 차 헐랑가.」

「고것이야 말 허나마나제. 욕심배가 끝이 있고 한이 있간디?」

「워메 참말로, 요래 갖고는 더는 못살겠는디 인자 워쩨야 쓰까? 요눔에 논이 딴 눔 앞으로 넘어갔다냐 워쨌다냐 허는 생각이 들먼 자다가도 벌떡 일어나 앉고, 오짐을 누다가도 오짐발이 뚝 끊어지고 헌당께.」

「고것이 워디 자네만 그런당가. 쥔 잘 만낸 멫멫 빼고야 작인이란 작인은 다 그 모냥 그 꼴이제.」

「요런 썩어빠진 눔에 시상얼 덕석에 나락 널고, 잡아채고 허디끼 팍 엎어뿔고 팍 뒤집어뿔고 혀서 새시로 공평허게 맹기는 무슨 존 수가 읎을까.」

「고런 일이야 꿈에서나 있을랑가 날 번헌 시상에서야 어림이나 있는 소리여. 군인이고 경찰이 우리 편이 아닌디 고런 생각이야 다 공염불이제. 총 들고 좌익 허는 사람덜도 못 해내는 일얼 우리가 워쩌크름 허겄어.」

「아이고메, 말 그만 허소. 그 말 들은께 다 아는 소린디도 가심이 또 칵 맥힘시로 눈앞이 깜깜해지네.」

「혹여 자네 그 소문 들었능가?」

「무신?」

「율어 소식 말이시.」

「이, 율어서는 농사진 쌀 다 저저끔 챙겼다는 거 말이제?」

「자네도 들었구마. 고것이 참말일랑가 몰라?」

「하먼, 참말이제. 작년에도 그랬다는디 올해라고 안 그러겄는가.」

「율어사람덜 살판났구마.」

「나야 고것보담 이태나 지주눔덜이 쌀 띠믹힌 것을 생각허믄 고것이 을매나 달고 꼬신지, 씨엉쿠 잘되았다, 씨엉쿠 잘되았다, 허는 소리가 절로 남스로 궁뎅이춤이 일어나는 것이, 똥구녕할라 웃을라고 헌당께.」

「그려, 나도 달고 꼬시기가 깨엿맛이구마. 한식경 쉬었응께 인자 또 시작혀 보드라고, 말도 많이 허면 심만 파헌께.」

그들은 무겁게 몸을 일으켰다. 논으로 들어서면서는 낫을 잡은 손바닥에 두 번, 세 번, 침을 튀겼지만 손아귀에 모아지는 힘은 예년 같지가 않은 느낌이었다. 벼베기를 하는 소작인들은 일손을 쉴 때면 거의가 비슷한 이야기들을 나누며 시름이 깊어갔다.

정현동은 회정리 3구와 맞바라보고 있는 중도방죽의 수문 언저리에 논 200말뚝을 사들였다. 논은 한 마지기가 대개 200평이었는데, 간척을 마친 중도들판을 분할할 때 동척에서는 한 마지기를 300평 단위로 했던 것이다. 그래서 사람들은 낙안벌이나 칠동들의 논은 '마지기'로, 중도들판 논은 '말뚝'으로 구분해서 불렀다. 그러니까 정현동이 사들인 논은 자그마치 6만 평의 넓이였다. 한 집에서 부치는 소작을 다섯 말뚝으로 잡더라도 40가구분이었고, 한 가구당 식구를 다섯으로만 잡더라도 200명의 생계가 매달려 있는 농토였다. 그 농토를 그는 염전으로 둔갑시킬 계획으로 사들인 것이다. 그는 박씨와 안씨, 두 지주에게 그 논들을 사들이면서 값을 모지락스럽게 후려때렸음은 물론이고, 거래도 일체 비밀에 부쳤다. 논을 사들이기 전에 군청과 도청에까지 은밀하게 선을 대서 염전 허가가 나올 수 있도록 뒷손을 쓴 것 또한 물론이었다. 염전이 제대로 되어 술도가처럼 수입이 안정을 이루면 더 말할 것 없고, 만약 민물의 영향으로 소금기가 약해 염전이 제대로 안 될 경우에는 합법적으로 농지개혁을 피했다가 그것이 다 끝나고 나면 다시 논으로 바꿀 심산이었다. 멍텅구리 겉은 자식들, 작인이란 것들이 미친개들맹키로 요리 설레발치는 판에 내가 왜 논을 사들이는지 몰르고 나를 모지래게 봤겠제? 느그가 내 머리를 워찌 따라오겄냐. 다 타고나야 허는 것이다, 타고나야. 자기 생각대로 논을 헐값에 사들인 정현동은 중도방죽을 걸으며 포만감에 넘치는 기분으로 혼자 웃고 또 웃었다.

그는 벼베기가 하루빨리 끝나기를 초조하게 기다리고 있었다. 벼베기가 끝나면 곧바로 논에 바닷물을 끌어들여 채울 작정이었다. 바닷물이 찬 것을 확인해야만 염전 허가를 내줄 수 있다는 것이었다. 아무리 뒷손을 써서 하는 일이었지만 그 절차까지 생략시킬 도리는 없었다. 도둑질에도 최소한의 손발맞추기는 필요했던 것이다.

10월 중순을 고비로 하여 20일에 접어들면서 그리도 풍성하던 들판은 썰렁한 폐허로 변하게 되었다. 벼베기가 끝난 것을 확인한 정현동은 그날로 발동기를 옮기게 했다. 중도방죽을 타고 옮겨진 발동기는 수문 옆에 설치되었다. 그리고 긴 호스 한쪽 끝이 바닷물에 첨벙 담가졌다. 시설이 끝나고 얼마가 지나자 오전 밀물이 밀려들기 시작했다. 맴돌고 휘돌며 밀려드는 물줄기를 방죽 위에 서서 만족스럽게 바라보고 섰던 정현동이 바지주머니에 찌르고 있던 손을 뽑아 번쩍 치켜들며 소리쳤다.

「발도옹 걸엇!」

그의 몸짓은 마치도 전진명령을 내리는 자신만만한 지휘관 같았다.

시쿵, 시시쿵, 시쿵, 시시쿵, 시쿵, 시쿵……

발동기가 숨길이 고르지 못한 듯한 불협화음을 요란하게 터뜨리다가 차츰 고른 소리를 내며 돌아가기 시작했다. 볏짐을 지거나 볏단을 논두렁에 쌓고 있는 농부들의 소리 없는 모습뿐, 적막할 정도로 조용한 들녘에 갑작스럽게 일어난 발동기 소리는 유난히 크게 울려퍼지고 있었다.

「농새 다 끝났는디 저 무신 뜽금읎는 소리여!」

그때까지 일에만 정신을 쏟고 있던 농부가 놀라서 허리를 펴며 건너편 사람에게 말을 던졌다.

「금메 말이시, 무신 발동기까?」

건너편 농부가 고개를 갸웃했다.

「아, 농새철에도 발동기야 워디 귀경이나 헐 수 있는 물건이간디? 멀 허는지 참말로 요상허시.」

다른 농부가 목청을 높이며 끼여들었다.

발동기가 물을 뽑아올리기 시작했다. 발동기의 쇠바퀴가 억세게 돌아가는 것만큼 물줄기도 거세게 호스에서 터져나오고 있었다. 논바닥에 곤두박질쳐진 바닷물은 마치 살아 있는 물체처럼 빠른 기세로 벼그루터기 사이사이를 먹어들어가고 있었다.

「어허 션타, 아하 션타!」

불룩하게 내민 배를 슬슬 쓸어대며 거침없이 쏟아지는 물줄기를 바라보고 서서 정현동이 토하는 소리였다.

「쩌것 보소, 쩌것. 논으로 물이 콸콸 쏟아지지 않는다고?」

한 농부가 팔을 뻗치며 다급하게 말했다.

「저 물 워따가 쓸라고 저리 생뚱헌 짓 허까?」

다른 농부가 의아한 얼굴을 했다.

「늠 논에 물 대고 저러는 삼시랑은 대체 뉘기여? 우리 싸게 가보드라고.」

또다른 농부가 볏단을 던지며 말했다. 자기네들의 논과 가까웠으므로 그들은 그 이해할 수 없는 일을 그냥 지나칠 수가 없었던 것이다.

그들은 일손을 놓고 발동기 쪽으로 빠른 걸음을 옮겨갔다. 논두렁을 타고 발동기 쪽으로 가는 사람들은 그들 셋만이 아니었다. 왼쪽에서도 서너 명이, 오른쪽에서도 네댓 명이 걸음을 서둘러대고 있었다.

그 근방에서 가을걷이를 하고 있는 농부들에게는 벼베기가 끝나버린 논에 발동기까지 들이대 물을 댄다는 것은 그만큼 이해할 수 없는 이상스러운 짓이었던 것이다.

「저것, 짠물 대는 것 아니라고!」

어느 농부가 질겁을 하며 소리 질렀다.

「머시여? 짠물!」

「요 무신 환장헌 짓거리여!」

뒤따르던 사람들의 놀란 소리였다.

「쩌 호스를 보소, 호스를. 쩌것이 워디로 뻗었는가!」

그들은 논바닥으로 뛰어내렸다. 그리고, 발동기를 향해 논을 가로지르며 내닫기 시작했다.

「논에 짠물얼 퍼올리다니, 쩌것이 무신 미친 짓거리여!」

「워메, 조 서방네 논 다 망쳐뿌렀네. 조 서방 워딨어, 조 서방.」

「요런 못된 짓 허는 자가 뉘기여!」

농부들은 숨을 헐떡거리며 한마디씩 터뜨렸다.

「다들 잔소리 말고 자네들 헐 일이나 싸게싸게 혀. 내 논에 내가 짠물을 대든 싱건 물을 대든 워째 그리 말들이 많은가!」

왼손은 조끼주머니에 찌르고 오른팔은 농부들을 향해 내뻗으며 정현 동은 호령했다. 그 당당한 태도에 농부들은 멈칫하지 않을 수가 없었다. 그리고 그들의 머리를 동시에 치고 지나간 것은 알지도 못하는 사람이 갑자기 나타나 거침없이 '내 논'이라고 한 말이었다. 우리가 모르고 있는 사이에 주인이 바뀐 것인가! 이것이 첫 번째 깨달음이었고, 그럼 우리 논에도 짠물이 찰 것이 아닌가! 이것이 두 번째 깨달음이었다.

그 다음으로 이어지는 것은 캄캄한 절망뿐이었다.

「아, 당신이 먼디 여그 논이 당신 꺼여. 여그 논언 봉림 안 부자 것이여, 안 부자.」

어느 농부가 결기를 세우며 소리쳤다.

「아, 시끄러! 아무리 보배운 것 없는 것들이라고 말귀를 그리 못 알아묵어. 척허먼 삼천리라고, 한마디 했으면 눈치 싸게 알아듣고 입 봉해야제. 내가 봉림 안씨, 회정 박씨헌테 200말뚝을 사딜였어, 200말뚝. 쩌그서부텀 쩌얼로 해서 이짝으로 6만 평이다 그것이여.」

정현동은 뒤꿈치까지 세워가며 손가락 끝으로 넓은 네모를 그려나갔다. 그동안 모여든 12명의 농부들 눈은 그 손가락 끝을 따라 움직이며 얼굴들이 흙빛으로 굳어가고 있었다. 그들은 모두 안 부자와 박 부자네 소작을 부치고 있었던 것이다.

「근디 워째 짠물은 채우고 그러시요?」

발동기소리 때문에 농부의 목소리는 높았지만 이미 아까와 같은 힘은 실려 있지 않았다.

「어허, 척 보먼 몰라. 염전을 만들자는 것이제, 염전.」

정현동이 짜증스럽게 내뱉었다.

「염전!」

둘러선 농부들의 입에서 거의 동시에 터져나온 소리였다. 그 소리의 크기는 제각기 달랐지만 절망스러운 색깔은 똑같았다.

「몰라뵙고 즈그가 큰 실수 혔구만이라. 즈그가 다 그 두 집 소작 부치고 사는 것덜인디요, 지끔이라도 생각얼 고쳐묵어주시먼 고맙겠는디요.」

한 농부가 앞으로 나서서 울상이 된 얼굴로 정현동에게 허리를 굽신거리며 말했다.

「야아, 즈그덜이 더 열성으로 농새질 것잉께 그리 혀주시제라.」

다른 농부가 나서며 허리를 굽실거렸다.

「어허, 다 쓰잘디읎는 소리. 나를 팔푼이로 알고 허는 소리여, 반편이로 알고 허는 소리여. 다 시끄러!」

정현동이 양복깃을 내치며 소리 질렀다. 그러는 사이에도 발동기는 바닷물을 거세게 뽑아올리고 있었다.

「여그 논에 딸린 목심이 수백인디요. 그 목심덜 불쌍허니 생각허셔서 생각을 고쳐주시제라, 지발 적선헌다고.」

처음의 농부가 정현동 앞으로 바짝 다가서며 두 손을 맞비볐다.

「아, 딸린 목심이 수백이든 수천이든 나가 알 바 아니여. 성가시럽게 허덜 말고 썩 비켜나라니께.」

정현동이 농부의 어깨를 떠밀었다. 두 손바닥을 맞붙이고 섰던 농부는 미처 몸의 중심을 잡지 못하고 뒤로 벌렁 나둥그러졌다. 그리고 한 바퀴를 더 굴러 바닷물이 차오르고 있는 논으로 철퍼덩 떨어졌다.

「야이 씨부랄 눔아. 니만 사람이냐아!」

한 농부가 쥐어뜯듯이 소리 지르며 앞으로 내닫고 있었다. 그의 치켜 올린 손에는 낫이 들려 있었다. 말리고 어쩌고 할 사이도 없었다. 낫이 정현동의 목덜미를 찍었고, 가슴을 찍었고, 쓰러지자 배를 찍었다.

「워메에, 살인났네에!」

발동기에 매달려 있던 기술자 셋이 혼비백산 방죽 위로 달아나며 소리 지르고 있었다.

「저 씨발눔에 것도 엎어뿌러.」

누군가의 외침에 따라 농부들이 발동기 쪽으로 우르르 몰려갔다. 그들은 맹렬하게 돌아가고 있는 발동기를 한쪽으로 떠받쳐올리더니 그대로 엎어버렸다.

시쿵틀틀, 시쿵틀, 틀틀틀틀⋯⋯.

발동기가 숨 잦아드는 소리를 한참 내다가 멈추었다. 발동기소리가 멎어버리자 들녘에는 생경할 만큼 진한 적막이 밀려들었다. 12명의 농부들은 그 적막 속에 정물처럼 한동안 서 있었다.

「가야제.」

누군가 말했고, 그들은 휘청거리듯 비틀거리듯 하는 걸음걸이들로 논두렁을 따라 줄서서 걸어가고 있었다.

정현동의 피투성이가 된 시체는 눈을 번히 뜬 채 10월 하순의 길고 푸른 하늘을 올려다보고 있었다. 그 발치께에 피를 머금은 낫이 버려져 있었다.

2
접선 실패

고두만의 어머니 감골댁은 며느리를 벌써 한 달째 친정에 숨겨놓고 있었다. 친정이라야 아버지 어머니가 다 세상을 떠버리고, 부모의 흔적으로 남아 있는 것이라곤 낡을 대로 낡아 주저앉기 직전인 초가삼간뿐이었다. 거기에 늙은 오빠가 살고 있었다. 그러니 그곳은 말이 친정이지 오빠네일 뿐이었다. 소작살이를 하는 형편에 입 하나가 더 붙는다는 것은 살림살이에 병 아닌 골병을 들이는 일이라는 것을 알면서도 감골댁은 며느리를 오빠네에 피신시키지 않을 수가 없었다.

「그눔이 시키는 대로 쟈럴 델꼬 갔다가는 그 비얌눈구녕 헌 독헌 눔이 쟈럴 복날 개 패디끼 혀서 필경 그리 에룹게 받은 씨럴 떨콰뿔 것이요. 저 씨가 을매나 에룹고 에룹게 받은 것인지야 오빠도 아시제라? 긍게, 나가 쟈 묵을 것이야 워쩌크름 허든지 간에 뒷댈 팅케 몸 풀 때꺼지 잠 숨콰주씨요. 요것이 다 망자 소원인디, 오빠가 안 거둬주면 누가 거둬주 겄소.」

감골댁은 올케의 눈치가 보이는 것쯤 모른 척하며 오빠한테 매달릴 수밖에 없었다.

「자네 사정이 그리 다급허고 옹색헌디야 나가 워쩌겠는가. 근디, 여그라고 괜찮헐랑가 몰르제?」

「고것이야 쥐도 새도 몰르게 헌 일잉께 안심허시씨요.」

감골댁은 자신 있게 말했다.

감골댁은 경찰서에서 이틀 동안 닦달을 받고 풀려난 다음 며느리가 율어에서 나올 듯한 그 임시가 가까워지자 남모르는 고생을 겪어야 했다. 며느리가 멋모르고 집으로 찾아드는 것을 막기 위해 하루도 거르지 않고 두 길목을 지켰던 것이다. 들몰 쪽은 자기가 지켰고, 칠동 쪽은 딸들을 시켜 번갈이로 지키게 했다. 거리도 가깝고, 전에 들어갔던 길이니까 들몰 쪽으로 나오기가 쉬웠다. 그러나 어떤 사정이 있어서 보성 쪽으로 돌아나올지도 모를 일이라 칠동 길목도 지키게 한 것이다.

「며느리가 애를 배가지고 나오면 그 길로 당장 데려오란 말이오. 내 말 어기면 어찌 되는지 알지요!」

군인 대장인가 백 뭣인가 하는 놈의 그 표독스러운 말을 감골댁은 잠시도 잊은 적이 없었다. 온냐, 이 백가눔아, 니눔이 독새눈깔 해갖고 아무리 독얼 부레봤자 니눔이 날 죽이기밖에 더 허겄냐. 나가 니눔 손에 죽고 말제 내 새끼 씨 담은 메누리럴 니눔 손에 넴게줄 상불르냐. 아나, 요런 징허고 독헌 백가눔아. 감골댁은 날마다 며느리가 나타나기를 눈이 빠지게 지키고 앉아 그 결심을 다지고 다졌던 것이다. 한 달을 넘게 지켜서야 감골댁은 며느리를 만날 수 있었다.

「아가, 워찌 됐냐?」

감골댁이 며느리에게 물은 첫 말이었다. 며느리는 부끄러워하며 고개를 꼬았다.

「꽃이 몇 달이나 안 비쳤드냐?」

감골댁의 절절한 두 번째 물음이었다.

「두 달이구만이라.」

며느리의 가느다란 대답이었다.

「두 달이면 되긴 되았는디.」 감골댁은 혼잣말을 하고는, 「으쩌냐, 니 맴으로는? 영축읎것제?」 며느리의 눈을 들여다보며 확인했다.

「금메라, 지야 첨 일이라 논께…….」

거 무신 얼빙이 겉은 소리여! 바락 소리가 터져나오려는 것을 감골댁은 간신히 눌러 참았다. 며느리의 말대로 첫 임신이라는 것을 인정해서가 아니라 자기가 소리 지르는 것에 놀라 어렵게 실린 씨에 해가 갈까 봐서였다.

「내 지성 짠허고 불쌍히 생각혀서라도 신령님이 자알 태워주셨것제. 가자.」

감골댁은 아들한테 며느리를 보내고 난 다음날 새벽부터 장독대에 정화수를 떠올리고 두 손을 모았던 것이다. 비나이다, 비나이다, 신령님 전 비나이다……. 속에 담긴 소원을 다 풀어내고 나면 얼마나 오래 앉았었는지 무릎을 펴고 일어서기가 어렵고는 했다.

감골댁은 그 길로 며느리를 고흥의 오빠네에 숨긴 것이다. 그러나, 정작 백남식은 감골댁 일 같은 것은 까마득하게 잊어버리고 있었다. 그가 관할하고 있는 군내의 여기저기서 거의 매일이다 싶게 터지는 사건들에 매달리느라고 정신을 못 차리고 있는 백남식이 그 일까지 기억할 리가 없었다. 그런데도 감골댁은 읍내 걸음을 피했고, 장날에 어쩔 수 없이 나오게 되면 경찰서를 멀리멀리 피해 샛길로만 걸었다.

• 그런데 감골댁은 엉뚱한 사람들에게 시달림을 받고 있었다. 동네사람들은 그녀를 만날 때마다 며느리의 소식을 물어댔다. 처음에는 「메누리 안직 안 왔소?」 「오겄제라.」 이런 식으로 넘길 수 있었는데, 날이 갈수록 사람들의 물음은 복잡해졌고 대답하기도 까다로워졌다.

「못헐 말로 메누리가 애초에 애럴 못 밸 몸이 아닐께라?」

「애럴 뱄는디도 염 머시긴가 허는 그 사람이 안 보내는 것 아니겄소?」

「아 요리 까깝허니 앉어서 기둘리지만 말고 판이 워쩌크름 돼가는지 율어로 찾아가보제 그요. 율어가 맘대로 오가는 디는 아니드라도, 무신 방도가 있을 것 아니겄소.」

감골댁은 말을 둘러붙이다 못해 귀찮고 역정이 날 지경이었다. 그렇다고 마음을 써주는 사람들에게 짜증이나 역정을 낼 수는 없는 일이고, 될 수 있는 대로 사람을 피하는 길밖에 없었다. 감골댁이 무엇보다도 괴로운 것은 염 대장이라는 그 고마운 사람이, 약속을 안 지키는 나쁜 사람으로 취급될 때였다. 말이라는 것은 하다 보면 제멋대로 길을 잘못 잡거나 제물에 부풀어오르고 하는 법인데, 사람들은 염 대장이 약속을 어긴 것이라고 자기들 마음대로 규정을 내려놓고, 별의별 말들을 다 해가며 나쁜 사람으로 몰아댔다. 그럴 때마다 감골댁은 변명도 해명도 할 수 없는 채 염 대장에게 죄짓는 마음만 깊어갔다. 그러나 심 사령관에 비하면 염 대장한테 가지는 죄스러움은 아무것도 아니었다. 심 사령관이란 분이 자기네 일로 빨갱이로 몰려 잡혀갔다는 것을 생각하면 감골댁은 아무 데서나 합장을 하며 눈을 내리감았다. 비나이다, 비나이다, 신령님전 비나이다. 심 사령관님언 시상에 둘도 읎는 존 사람입네다. 그 몸 안 다치게, 그 일 잘 풀리게, 보살펴주십소사, 보살펴주십소사. 감골댁은 며느리에게도 심 사령관과 염 대장의 은혜는 평생 잊어서는 안 된다고 그동안 얼마나 곱씹었는지 모른다. 심 사령관님이 순천이나 광주로만 잡혀갔더라도 씨암탉 한 마리 진하게 과가지고 면회를 갈 수 있으련만, 서울로 잡혀갔다는 말을 듣고 감골댁은 가슴 아린 속울음만 울었다.

감골댁이 계속 안타까워하고 있는 것은 심 사령관이 잡혀가고 그 뒤의 소식을 씻은 듯이 알 수 없어서였다. 그 소식을 정통으로 알아낼 수 있는 경찰서는 멀리 피해다니지 않을 수 없는 처지라 장터에서나마 소문을 들으려고 애썼지만 아는 사람은 아무도 없었다. 감골댁이 할 수 있는 일이란 언젠가는 꼭 만나 그 고마움과 죄스러움을 표해야 한다는 마음을 다지며, 그저 무사하기만을 비는 것이었다.

「어야 정님아, 나가 밤잠얼 못 잠시로 생각허고 또 생각혀도 우리 순덕이가 워찌 된 것인지 니만은 알고 있당께. 니가 나 죽는 꼴 안 볼라면 싸게 말얼 혀라.」

「아이고메 아짐니, 하로이틀도 아니고 워째 나럴 요리 잡지고 죽일라고 드요. 몰르니께 몰른다는디, 나도 인자 피가 보트요.」

「아 금메, 그년이 보퉁이 싸기 전날 밤에도 느그 둘이서 만내지 안혔냔 말이여. 사람이 지아무리 독헌 맘 묵었드라도 집 뜨기 전날 밤에 만낸 질로 친헌 동무헌테 말얼 안 혔을 리가 만무허당께로.」

「고것이야 아짐니 생각이제 실지로 순덕이가 암 말도 안 혔는디 나보고 워쩌라고 이래쌓소. 나헌테 죄가 있다면 순덕이허고 친헌 죄밖에, 나가 잘못헌 거이 머시가 있소.」

「니 참말로 나가 니 앞에서 양잿물 묵는 꼴 볼라고 이러냐. 나가 새끼 간수 잘못혔다고 순덕이 애비헌테 날이 날마동 늑신늑신허게 매타작당허는 것 니도 알지야? 나가 순덕이 그 웬수년을 못 찾으면 어채피 맞어 죽게 생긴 판굿이다. 나가 맞어죽느니 니 앞에서 양잿물을 묵을랑께 싸게 말혀.」

「아짐니가 양잿물을 묵기 전에 나럴 죽이고 묵으씨요. 해도해도 너무 허시요.」

정님이는 그만 주르륵 눈물을 쏟았다. 정님이의 눈물을 보자 순덕이의 어머니 나주댁은 미안한 생각이 들었다. 그리고 거짓말을 하는 것 같지도 않았다. 그러나 처녀의 몸으로 집을 나가는 그 큰일을 저지르면서 그리도 옹골차게 한마디 내색도 하지 않았을 리가 없다는 의심은 그대로 남아 있었다. 옹골차기로 하자면 딸 순덕이가 정님이를 당할 수가 없었다. 그 옹골참으로 정님이가 거짓말을 참말처럼 하고 있는지도 모른다는 미심쩍음이었다.

「정님아, 요 일이 꺼꿀로 되야갖고, 니가 집 나가고 느그 엄니가 순덕이 헌테 묻는다고 생각혀도 니가 그리 답헐 수 있었냐?」

「하면이라. 아짐니넌 너무 야박허고 야속허시요이. 워째 나 말언 하나 또 안 믿고 그러시요. 아짐니가 자꼬 그래쌍께 나 맘이 되나케나 그짓말 해 불고 잡을라고 그러요.」

「옳는 말 쌩으로 맹글 것까지야 옳고, 혹여 그년이 바람 든 기색 겉은 것은 안 뵈디야?」

「순덕이가 딸잉께 아짐니가 더 잘 알겄제라. 갸가 워디 새살이나 많이 까는 가시내간디라. 나허고 밤마동 수놈스로도 이약이야 나가 다 허고 순덕이야 짤막허니 답이나 허고 웃기나 허제라.」

「그려, 니가 날 속힐라고 들면 으짤 수 읎는 일이제. 나가 다 늙어감스로 이 무신 변통인지 몰르겄다. 문딩이 가시내, 참말로 웬수가 따로 읎다.」

나주댁은 가슴이 무너져내리는 것 같은 한숨을 토하며 일어났다. 정님이는 나주댁이 멀어지는 것을 유리문을 통해 지켜보다가 코웃음을 치며 혀를 날름했다. 나주댁이 아무리 애를 태우고 못살게 굴어도 순덕이가 어디로 떠나갔는지 발설할 수는 없었다. 순덕이는 어차피 마음 독하게 먹고 집을 떠난 것이고, 찾아서 데리고 온다고 해도 다른 남자에게 시집가기는 이미 틀려 있었다. 미친년, 지 혼자만 떠나뿔고. 정님이는 마음이 텅 비는 외로움을 느끼며 쓸쓸하게 웃었다.

순덕이는 심 사령관을 찾아 보따리를 쌌다. 순덕이는 심 사령관이 갑자기 잡혀가고, 그 모습이 길거리에서 보이지 않게 되자 달라지기 시작했다. 수를 놓다가도 멍한 눈으로 앉아 있기가 예사였고, 옆에서 듣기가 짜증스러울 정도로 한숨을 자주 쉬어댔다. 그러나 정님이는 그러려니 했다. 그 정도의 상심은 자신이 이미 겪어보았던 것이고, 그러다가 시나브로 잦아들려니 했던 것이다. 그런데 순덕이의 상심은 그렇지가 않았다. 날이 갈수록 심해져서 걸핏하면 눈물을 짰고, 허방을 딛는 것처럼 몸짓까지 이상스러워졌다. 평소의 순덕이라고는 믿어지지 않을 정도였다.

「가시내야, 니 워째 이래쌓냐. 이러다가 느그 엄니 아부지꺼지 알아채겄다.」

「금메 말이여, 나 맘얼 나도 몰르겄어. 안 그럴라고 허는디도 뜻맹키로 안 된다니께.」

「안 되면 워쩔 것이냐, 되게 맹글어야제.」

「맹글어짐사 폴세 맹글었제. 나 이대로는 못살겄다.」

「아이고 요 쑹헌 년, 못살겄으면 워쩔 것이냐. 죽을 것이냐, 그 남정네를 찾아나설 것이냐.」

「둘 중에 하나럴 혀야제.」

「워메, 니 참말로 미쳤냐! 니 그 소리 지정신으로 허는 것이여, 시방?」

정님이는 정말 소스라치지 않을 수가 없었다. 그 말을 하는 순덕이는 너무나 태연했던 것이다.

「니가 상사병에 걸려도 오지게 걸렸는갑다. 그 병이야 약도 의원도 읎응께 니 알아서 혀.」

「그래야제, 나 혼자 좋아서 도진 병이니께.」

「음마 가시내, 참말로 쑹허고 쑹허네이.」

그런데 순덕이는 정말로 저 일을 제 혼자 알아서 결정했던 것이다. 경찰서 사환아이를 어떻게 꼬드겼는지 심 사령관의 집주소를 알아왔고, 저희 가게에서 돈을 빼돌린 것이다.

「나 낼 집 떠날란다.」

집을 떠나기 전날 밤 순덕이가 밑도 끝도 없이 한 말이었다.

「머시여, 워디로?」

「심 대장헌트로.」

「거그가 워딘디?」

「경기도 수원.」

「핀지 주고받았냐?」

「아니.」

「허면?」

「찾아나서야제.」

「참말로 속곳 뒤집어쓰는 미친년이시. 연락도 안 취해보고 찾아가기부텀 먼첨 혀?」

「핀지 허면 무신 소양 있다냐. 잽혀간 그 사람이 감옥에 갇혔는지 워쩼는지 알라면 수원집부텀 찾아가얄 것 아니겄냐.」

「감옥에 갇혔으면?」

「면회허고, 뒷수발혀야제.」

「워메, 요런 뻔뻔허고 징헌 년. 춘향이야 하룻밤 임 품에 안겨나 보고, 오리정꺼지 이별걸음이나 헌 처진께 곤장 맞어감스로도 수절헌 것인디, 니야 손 한 분 만쳐보기는새로 얼굴 맞대허고 눈 한 분 못 맞춘 처지에 뒷수발언 무신 뒷수발이다냐.」

「긍께로 더 애가 타고 미치겄는 것이제.」

「고것은 또 무신 소리여. 쟈가 춘향이 찜 쪄 묵을라고 허네.」

「나 맘이 춘향이 맘만 못헐 거이 머시여.」

「음마, 음마, 저어 말 독허고 찰방지게 허는 것 잠 보소. 니 맘이 춘향이 맘보담 더헌께 니넌 천 리 길 찾아나서고 춘향이야 못 그런 것 아니겄냐, 아이고 이 미친년아.」

이렇게 무작정 찾아갔다가 심 사령관이 싫어하면 어쩔 것이냐는 말은 꺼낼 수도 없었다. 이미 굳어질 대로 굳어진 순덕의 결심 앞에서 그 말은 의기만 꺾이게 할 뿐 마음을 돌리게 할 수 있는 말은 아니었던 것이다.

「그려, 니 맘이 그러면 가야겄제. 죽는 것보담이야 나슨 일잉께. 그리 찾어갈 디나 있는 니가 부럽다.」

「무슨 소리다냐?」

「무신 소리기넌. 하섭 씨가 워디 있는지만 알면 나도 니허고 항꾼에 떠뿔 것인디 말이여.」

「금메, 그리 허면 동무 삼아 을매나 좋겄냐.」

「문딩이 가시내.」

순덕이는 나흘 전에 모습을 감추었고, 정님이는 그날부터 나주댁에게 시달림을 당하게 되었다.

정님이는 흩어지지도 않은 책들을 다독거려가며, 정하섭이가 어디 있는 줄 알았다면 정말 순덕이 따라 봇짐을 쌌을까, 생각해 보았다. 그러나 그녀는 고개를 저었다. 그것은 너무나 뜻밖인 순덕이의 말을 듣고 순간적으로 촉발된 감정일 뿐이었다. 그가 작년 10월 난리통에 좌익으로 나타났을 때부터 벌써 엇갈린 인연이었고, 아버지가 자수를 해서 보도연맹위원장이 된 지금에 와서는 완전히 막음한 인연이었다. 정하섭이가 아버지의 행위를 용서할 리가 없었고, 아버지가 정하섭을 받아들일 리도 없는 일이었다. 자신은 그 틈바구니에서 속절없이 정하섭에 대한 그리움을 지워갈 도리밖에 없었다. 그런데 아버지가 보도연맹위원장이 되자 그리도 뻔질나게 드나들며 비릿한 웃음을 능글능글 묻혀내던 솥공장 집 아들 윤태주도 깨끗하게 발을 끊고 말았다. 인물이나 사람됨됨이가 정하섭하고는 댈 것이 못 되지만 그나마 재산이 많으니까 어찌 마음을 줄까도 싶었는데 그것마저 빗나간 것이 틀림없었다. 좌익이라면 이를 갈아대는 그가 좌익에서 몸 돌린 아버지한테 오만정이 다 떨어졌을 것은 더 말할 것도 없었다. 정님이는 그래저래 세상 살맛을 잃어 책장사하는 것도 시들해져 있었다. 그런데 아버지는 보도연맹위원장이란 자리가 뭐 밥 생길 것 있다고 뻔질나게 바깥출입만 하고 다녔다.

정하섭을 생각하면 정님이는 안타까운 것이 한두 가지가 아니었다. 세상에 부러울 것 아무것도 없는 부잣집 아들이 왜 좌익은 해가지고 사서 고생을 하는지 모를 일이었고, 정 사장은 재산이 있을 만큼 있으면서도 무슨 돈 욕심을 또 내 멀쩡한 논에다가 바닷물을 끌어들여 왜 그리 흉악한 죽음을 당해 하고 많은 사람들의 손가락질을 받는지 모를 일이었고, 아버지와 아들이 어쩌면 그렇게도 정반대로 다를 수 있는 것인지 모를 일이었다.

정 사장의 장례를 생각하기만 하면 정님이는 불쌍하기도 했고, 화가 나기도 했고, 한심하기도 해서 감정이 복잡해지고는 했다. 정 사장은 집 밖에서 횡사를 한 연유로 시체가 대문으로 들어가지 못하고 담을 헐어 들어갔고, 안방차지를 못한 채 마당에서 장례를 치렀다. 그 3일 동안 사람들이 수도 없이 모여들었다. 그 사람들은 문상객이 아니라 구경꾼이었다. 사람들은 제각기 혀들을 차댔는데, 그건 죽은 정 사장을 안됐어서가 아니라 그의 과한 돈 욕심을 꾸짖는 것이었다. 농사와는 상관없이 장사만 해먹고 사는 공설시장통 사람들도 하나같이 정 사장을 좋게 말하지 않았다. 그러니 읍내의 소작인이란 소작인은 모두 정 사장을 어떻게 말할 것인지는 들으나마나였다. 「예끼, 인종 중에 질로 못된 인종. 지 혼자 배꼽이 요강 꼭지가 되게 처묵겄다고 쌀 나는 논에다가 짠물을 끌 어대? 죽어서도 불지옥 갈 짓거리다.」 「지 욕심 채우는 것도 좋고, 더 부 자 되는 것도 존디, 시상에 사람 목심 살아가는 디에 워떤 것이 중헌지 그 순차는 따질지 알아야 헐 것 아니겄어? 쌀이야 바로 사람 목심이고, 소금이야 간 아니냐 그 말이여. 고런 간딴헌 이치도 몰른다다가, 소금이 야 소금밭 옳어도 바닷물 떠다가 솥에다 낋이면 나오는 것이제만 쌀이 야 논 아니면 무신 짓거리럴 헌다고 맹글어지는 물건이냔 말이여. 근디 논에다가 짠물을 퍼댔으니, 그리 고약시럽게 죽을 만허제.」 정님이는 책 방 문에 기대서서 정 사장의 마당빈소를 구경하고 돌아가는 것이 분명한 농부들의 그런 투의 말을 계속해서 들었다. 「워쨌거나 살인죄인 되어 재 판소로 넘어간 그 사람덜만 불쌍허게 되았어. 우리가 참말로 재수 존 것 이네.」 「하먼, 하먼. 우리라고 그런 꼴 당혔으먼 가만있었겄어? 낫이 아 니라 도끼로 자근자근 찍었겄제.」 정님이는 이런 말을 듣고는 눈을 질끈 감으며 몸서리를 쳤다. 정 사장의 빈소에 구경꾼이 그리도 많이 몰렸던 것에 비해 정작 장례행렬은 초라하기만 했다. 부자의 장례라고 할 수 없 을 정도로 만장 하나 없었고, 상여 뒤에도 열 명 남짓한 가족뿐 유지라 는 사람들의 모습은 눈을 씻고 찾아도 보이지 않았다. 「저리 죽어갈람서 부자면 멀 혀. 저리 빈손으로 갈람서 논에 짠물은 왜 대. 지길, 즈그 아부 지 저리 숭악허게 죽어나가는 것도 몰르고 장자가 워디서 멀 허고 있는 겨. 인자 저 집안도 다 망해뿐졌네.」 정님이는 들몰 쪽으로 멀어져가고 있는 상여를 눈물 글썽이는 눈으로 바라보며 중얼거리고 있었다.

정하섭은 아버지의 장례날 서울에서 형사들에게 쫓기고 있었다. 전 날 어둠이 짙어진 시간에 서울에 도착한 그는 곧바로 돈암동 신흥사 아 랫동네에 감춰진 고정선을 찾아갔다. 거기서 잠을 자고, 다음 접선장소 와 시간을 지령받은 것이 점심때였다.

접선장소는 안암천의 돈암동으로부터 두 번째 다리 우측, 시간은 오 후 5시. 이쪽에서 걸어갈 방향은 신설동 쪽을 향하여 좌측 천변. 상대방이 걸어올 방향은 돈암동 쪽을 향하여 우측 천변. 1차의 신호는 쌍방이 다리의 5미터 정도 전방에서 담배를 오른손에서 왼손으로 바꿔든다. 위험신호는 쌍방 동일하게 담배를 개천으로 던진다. 2차의 암호는 상대방이 먼저 「백운산 단풍이 곱지요」, 이쪽에서 「감도 맛있습니다.」

정하섭은 그 지령문 내용에서 자기가 다리를 건너가야 한다는 사실을 확인해 냈다. 접선장소는 사전확인이 필요 없을 정도로 머릿속에 환하게 드러났다. 학교를 다니며 자주 오간 길이었다. 안암천이 접선장소인 것을 보면 그 근방 어딘가에 당의 중견간부 비트가 있다는 증거였다. 접선시간이 늦은 것도 만일의 사태에 대비한 것일 터였다.

정하섭은 접선시간 15분 전에 안암천과 돈암동의 교차점을 출발했다. 혁대와 구두끈은 단단히 조여 있었다. 좌측 천변을 따라 한 걸음, 한 걸음 떼어놓았다. 자연스럽게 걸어야 한다는 생각과는 달리 두 다리에는 긴장의 힘이 전류처럼 흘러내리고 있었다. 접선을 앞두고 전신이 두 배나 세 배쯤으로 팽창되는 것 같은 긴장감은 언제나 벗어날 수가 없었다. 그 어떤 일이고 거듭하게 되면 숙달이 되고 쉬워지게 마련일 것이다. 그런데 접선을 하는 일은 아무리 되풀이해도 숙달되지도 쉬워지지도 않았다. 아니, 할수록 긴장감은 커져가고 있었다. 그건 당연한 일이었다. 목숨을 거는 일이기 때문이었다. 사람이 하는 일에 목숨을 걸고 하는 일이 몇 가지나 될 것이며, 목숨을 걸고 하는 일이 숙달되고 쉬워진다면 결국 그것 때문에 목숨을 잃게 될 거라고 정하섭은 생각했다. 접선을 거듭할수록 긴장감이 더해가는 것 또한 당연한 일이었다. 목숨을 노리는 경찰의 수사망이 날로 강화되어 가고 있기 때문이었다.

정하섭은 첫 번째 다리를 지나면서 담배에 불을 붙였다. 불이 꺼지지 않을 정도로 담배를 빨며 걸음을 조정했다 담뱃불을 붙이면서 확인한 시간이 7분 전이었다. 접선이 이루어질 때까지는 시계를 더 보아서는 안 되는 것이다. 접선장소 가까이에서 시계를 자주 보는 것은 정보 미비한 적의 수사망에 결정적 단서를 제공할 위험이 있었다. 그리고, 그 어딘가에 매복되어 있을지 모를 적을 사주경계해야 될 상황에서 시계를 보며 신경을 분산시킨다는 것은 있을 수 없는 일이었다. 시간은 걸음걸이로 조정하고, 육감으로 충분히 헤아릴 수 있었다.

두 번째 다리와의 거리가 30미터쯤으로 가까워졌다. 시간은 3분 정도 남아 있을 터였다. 정하섭은 고개를 약간 숙인 듯하며 눈동자만 굴려 전방 우측 천변으로 시선을 집중시켰다. 양복 차림의 남자가 담배를 피우며 걸어오고 있었다. 정하섭은 가슴의 동요를 가볍게 느끼며 담배를 입으로 가져갔다. 그리고 걸음을 자연스럽게 옮겨 천변으로 좀더 가깝게 이동했다. 다리와의 거리가 10미터쯤으로 좁혀지고, 정하섭은 담배를 바꿔들 준비를 하며 옆눈길로 건너편 남자를 주시하고 있었다. 다리로만 흐르던 것 같은 긴장의 전율이 손끝, 발끝, 머리털 하나하나에까지 뻗치고 있었다. 건너편 남자가 담배를 바꿔드는 듯했다. 그리고 멈칫하는 것 같았다. 그런데 담배를 개천으로 내던졌다. 적이다! 눈앞에 번갯불이 번쩍했고, 그 불빛 사이로 건너편 남자가 급히 돌아서는 것이 보였다. 아뜩하게 막힌 것 같던 시야가 확 트여왔다. 옆골목이 대로처럼 크게 보였다. 정하섭은 전신이 푸드득 경련하는 힘의 충동을 느끼며 골목으로 뛰기 시작했다.

「저놈이다, 저놈 잡아라!」

총소리처럼 뒤에서 터진 소리였다.

절대로 뒤돌아보지 마라. 얼굴을 확인시켜 주고, 주력을 떨어뜨리며, 진로를 방해받고, 공포심을 가중시킨다. 무조건 돌진하라. 최단시간 내에 골목을 선택하라. 그러나 골목을 과신하지 말라. 막다른 골목이 있다. 그건 선택의 여지가 없는 함정이다. 골목에서도 직선 전진을 하지 말라. 좌우 90도씩 방향을 바꿔라. 이삼 회 방향을 바꾼 다음 대로로 나서서 사람들 사이에 섞여라. 방향을 바꿀 골목이 없으면 담을 타넘어라. 첫집에서 은신해선 안 된다. 그건 막다른 골목이나 마찬가지다. 두 번째, 세 번째 집으로 계속 이동해야 한다. 그러므로 당성은 정신무장으로만 이루어지는 것이 아니다. 정신무장과 동일한 비중으로 신체단련이 병행되어야 한다.

정하섭의 의식 속에서 한순간에 확대되었다가 사라지는 말들이었다. 그는 두 번째 골목을 좌측으로 꺾어돌았다. 머릿속에는 돈암동 큰길 쪽으로 방향을 잡고 있었다. 신설동으로 방향을 잡기에는 거리가 너무 멀었다. 그리고 그쪽은 이미 건너편 남자가 택한 방향이었다. 뒤따라오는 발소리가 아직도 들리고 있었다. 실제의 소리인지 환청인지 구분할 수가 없었다. 세 번째, 네 번째의 골목을 좌측으로만 돌았다. 그렇게 되면 90도가 아니라 180도의 방향전환으로, 추적자들과 정면이 되는 셈이었다. 그는 안암천으로 나가려 하고 있었다. 전진만 하려는 도망자의 심리와, 그것을 믿는 추적자의 습관을 역이용하려는 것이었다. 돈암동으로 접근해 가면서 안암천으로 빠지는 작전은 성공이었다. 안암천변에 다다라 사방을 살폈지만 추적자의 발길은 느껴지지 않았다. 그리고, 모든 도망자를 차별 없이 감싸주는 자연의 은혜로운 옷인 어둠이 내리기 시작하고 있었다. 아직 추적자의 발길이 느껴지지 않는다고 하더라도 그 일대는 위험지대였다. 위험지대에서는 신속하게 벗어나라. 정하섭은 돈암동에서부터 첫 번째 다리를 건넜다.

그리고 처음 계획을 바꿔 삼선교 쪽을 향하여 큰길로 직진했다. 큰길을 건너 골목을 타고 삼선교로 빠져나갔다. 삼선교에서 시내로 나가는 전차를 탔다. 밤이 시작되고 있어서 그런지 전차에는 사람이 별로 없었다. 빈자리에 가서 앉고서야 정하섭은 속옷이 땀에 젖어 있는 것을 느꼈다. 긴 숨을 내쉬며 눈을 내리감았다. 번쩍하는 불빛 속에서 황급히 돌아서던 건너편 남자의 모습이 선명하게 떠올랐다. 그 사람은 어찌 되었을까, 그 사람은 어떻게 위험상황을 알았을까, 미행당하고 있었을까, 미행당하면서 나를 구하기 위해 그 지점까지 위험을 무릅쓰며 온 것은 아니었을까, 나는 아무 낌새도 채지 못했었는데, 내가 미숙한 탓인가, 그 사람만 표적이었다면 나는 눈치채지 못할 수도 있다, 미행당한 것이 아니라 매복이었다면 큰 문제다, 조직에 구멍이 뚫려 있다는 증거이기 때문이다. 어쨌거나 그 사람이 무사해야 할 텐데……. 정하섭은 심한 갈증과 함께 허탈감을 느꼈다. 무의식적으로 혁대에 손이 갔다. 혁대 속,

가죽과 가죽 사이에 도당에서 중앙당에 보내는 비밀문서가 들어 있었다. 그 내용이 무엇인지 알 수가 없었다. 또 알 필요도 없었다. 자신의 세포로서의 임무는 도당에서 내준 혁대를 찼듯이 오늘 접선이 성공하면 그 어느 장소에선가 만나게 될 중앙당 간부에게 다시 풀어주면 되는 것이었다. 만약 체포되었더라면 그 순간부터 자신이 혁대를 차고 있다는 사실 자체를 망각해야만 했다. 고문이 가혹하면 가혹할수록. 혁명, 그 실체는 무엇인가. 내가 지금 처하고 있는 상황, 그 상황 속에서 행동하고 있는 나, 그 자체가 바로 혁명이다. 그래서 혁명은 치열하며, 외로우며, 희생의 피를 먹고 피어나는 꽃이라야 하는 것이다. 꽃, 꽃, 혁명을 왜 하필이면 꽃에다 비유한 것일까. 혁명의 투쟁은 지극히 남성적인데 그 성공을 여성적인 꽃에 비유한 무슨 특별한 이유가 있는가. 한 송이 꽃이 피어나기 위해서는 꽃나무도 혁명의 과정과 같은 고통을 겪는다는 분석적인 의미인가. 아니면, 그냥 아름다움으로서의 비교인가. 혁명이 아름다워? 그래 혁명의 과정에서 겪는 쓰라림과 고통과 절망과 아픔 같은 것들의 다음에 오는 혁명의 성공, 그것은 얼마나 기막힌 아름다움이랴. 기쁨의 함성과 승리의 깃발이 한덩어리 되어 물결치는 새 세상, 그것이야말로 얼마나 찬란하고 눈부신 아름다움인가. 그것은 바로 인간들이 피워낸 인간의 꽃이다. 지난 10월 1일 중국땅에는 중화인민공화국이 수립되었다. 그건 중국 공산혁명의 성공이었다. 그날 혁명전사들은 얼마나 기쁨으로 날뛰었을까. 그들은 맘껏 소리치고, 맘껏 웃었을까. 아니다, 그들은 서로를 부둥켜안고 기쁨의 통곡을 했을지도 모른다. 지난날의 고통과 고난을 돌이키며, 앞서 죽어간 동지들을 생각하며, 그들은 아마 통곡을 했을 것이다. 중국혁명의 성공은 26년에 걸친 투쟁의 결과고, 그들이 겪은 온갖 수난 속에 5만 리 대장정이 들어 있는 것이다. 그 위대한 승리를 누가 감히 폄하할 수 있는가. 조선공산당은 24년을 투쟁해오고 있으며, 나는, 나는 고작 1년일 뿐이다. 겨우 1년일 뿐인데 그렇게도 긴 세월이 지나간 것처럼 느껴지다니. 24년의 세월에 비해 1년은 얼마나 짧고, 부끄럽고, 하찮은 시간인가. 조선공산당을 결성했던 분들이 엄연히 살아서 지금도 투쟁을 계속하고 있지 않은가. 그분들이 겪어낸 그 세월을 그분들은 대체 얼마나 길게 느끼고 있을까. 얼굴을 본 일이 없는 그분들은 철인인가, 초인인가. 그분들의 투쟁을 능가하지는 못하더라도 그분들의 투쟁을 훼손하지는 않도록 각오를 새롭게 하자. 혁명의 그날, 하나의 꽃으로 맘껏 통곡할 것을 믿자. 기다리자. 정하섭은 어금니를 꾹 맞물었다.

을지로4가 종점에서 전차를 내렸다. 어둠이 짙어져 있었다. 상가마다 밝혀진 불빛이 거리의 어둠을 밀어내려고 안간힘하고 있었다. 정하섭은 명동 쪽으로 걸음을 옮기기 시작했다. 형사들은 혈안이 되어 돈암동 일대까지 뒤지고 다닐지도 몰랐다. 예상되는 불심검문을 피해 고정트로 가는 시간을 늦춰야 했다. 국도극장을 건너다보았다. 기와를 얹은 주변의 2층건물에 비해 서양식으로 지은 그 건물은 언제나 우뚝 솟아 거만하게 보였다. 정하섭은 피식 웃었다. 송경희가 생각나서였다. 그녀와 함께 꼭 한 번 영화를 보러 들어간 적이 있었다. 무슨 애정영화였는데, 이젠 제목도 생각나지 않았다. 송경희가 굳이 그 영화에 '초대'한 의도가 기억에 떠올라 정하섭은 웃음이 지어졌던 것이다. 그녀는 그 영화를 통해서 자신의 마음을 전하려 했던 것이다. 그건 꽤나 노골적이고 적극적이면서 유치한 방법이었다. 그녀로서는 아주 세련된 방법이라고 생각했는지 모르지만, 자신의 느낌은 솔직하게 그랬다. 그녀는 꽤나 유치하고 껄끄러운 점이 많은 여자였다. 그녀는 자기 자신이 정서적으로 얼마나 세련되고 문화적 수준이 얼마나 높은지를 드러내보이려고 무척이나 애를 썼다. 영화를 보러 가면 어떨까요, 제가 오늘 영화구경시켜 드릴께요, 하면 충분할 걸 가지고, 제가 오늘 미스터 정을 영화에 초대하겠어요, 하는 식이었다. 그리고, 커피는 블랙으로 마셔야 제맛이 난다느니, 마늘냄새가 지독한 우리 음식은 역시 야만적이라느니, 하는 식의 말을 무척 뽐내는 듯한 기분으로 쓰기를 즐겼다. 가정과를 다닌다는 여자가 옆구리에 릴케 시집을 끼고 다니며 시를 쓰겠다고 하는 것도 가증스러운 것이었고, 시를 쓰겠다는 여자가 미국 것이나 서양 것은 무조건 최고로 섬기는 사고방식도 구역질나는 것이었다. 「토지분배를 왜 해야 하나요. 왜 남의 땅을 무조건 나눠갖자는 거예요. 그런 강도 같은 도둑놈 심보가 세상에 어딨어요. 수확을 반반씩 나눴으면 됐지 뭘 더 바라는 거예요. 억울하면 누가 소작질하랬어요.」 그녀는 구제할 길 없는 부르주아 근성의 소유자였고, 서양사대주의에 빠져 있는 썩은 영혼이었다. 그 결론과 함께 그녀와의 만남을 단절하고 말았다. 그녀를 처음 만났을 때는 고향 후배로서의 반가움이 전부였고, 그 다음부터는 조직에 끌어들일 수 있는가를 점검하기 위해서였다. 그녀는 만나는 횟수가 늘어감에 따라 그 감정의 색깔을 현격하게 변화시켜 갔다. 조직의 눈을 통해서가 아니라 평범한 한 남자의 눈으로 보더라도 그녀가 온몸에 덕지덕지 묻히고 있는 속물근성은 추악하고도 경멸적인 것이었다. 그녀의 반닥한 미모마저 천박하게 느껴졌고, 인간으로서의 최소한의 진실도 담겨 있지 않은 그 얼굴은 다만 굴곡이 보기 좋도록 형상된 살덩어리에 지나지 않았다. 그런 타락하고 부패한 기생충적 부르주아 집단을 척결하기 위해서도 혁명은 필연적으로 성취되어야 했다.

「신령님 앞에 약조허실 수 있으신게라?」

물큰 스치는 들꽃냄새에 실려 들리는 소리였다. 소화, 그 그윽하고 슬픈 듯한 고운 얼굴이 선연하게 떠올랐다. 송경희와는 비교가 안 되게 청결하고 순수하고 가식이 없는 희생적인 여자. 소화는 내가 떠나온 뒤로 줄곧 약조를 기다리고 있으리라. 다시 심부름을 시키겠다고 한 약조, 그리고 발걸음을 못 한 것이 벌써 몇 개월이 되었나. 티라고는 찾아볼 수 없이 고운 마음을 간직한 그 여자는, 감옥에서 자기도 내가 하고 있는 좋은 일을 하고 싶은 마음이 생기더라고 했었다. 그때, 그녀의 그런 심정을 혁명의식의 자각이 아니라 사랑이 매개가 된 센티멘털의 산물이라고 규정하고 말았는데, 그건 과연 옳은 판단이었을까. 나를 만나겠다는 단순한 목적만이 아니라 고통을 당하는 동안에 그녀 나름으로 어떤 깨달음을 갖게 되었다면 나의 그런 규정은 얼마나 경솔한 오판이고, 그녀의 인격모독인가. 혁명의 대열에 서게 되는 것은 이론의 선행에 의해서가 아니라 생활 속의 깨달음으로부터 비롯되는 것이고, 혁명의 성취도 이론만으로 되는 것이 아니라 행동의 충전이 뒷받침되어야 하는 것이 아닌가. 나와의 관계를 계기로 그녀가 어떤 인식을 갖게 되고, 그 인식이 또 행동의 필연성을 제공했다면 내 규정은 확실히 경솔이었다. 혁명의식이 매개가 되어 사랑하는 사이가 되는 것하고, 사랑을 매개로 하여 혁명의식이 싹트는 것하고는 어떻게 다른가. 내가 소화에게 그 점을 확인하려고 생각조차 하지 않았던 것은 그녀를 무시해서가 아니라 그녀가 무당이라는 고정관념 때문이었을 것이다. 의식의 강도가 무당 노릇을 팽개칠 수 있을 때, 무당이라고 혁명대열에 못 설 이유는 없는 일이었다. 가만있자, 내 생각이 왜 자꾸 이렇게 몰려가나. 소화가 혁명대열에 서기를 원하나, 소화를 전사로 만들고 싶은 것인가. 아니지, 약조한 것을 생각하다 보니까 생각이 그렇게 이어진 거지. 소화와의 약조를 고의로 피한 것이 아니었다. 지난 5월부터 유난히 임무가 바빠졌다. 서울 왕래를 자주 한 것이다. 잦아진 서울 왕래나, 지리산에 세 차례 잠입했던 것이나, 짐작으로 아는 것이지만 모두 이현상 동지의 지리산 투쟁과 연관이 있는 것 같았다. 세 차례의 지리산 잠입에서도 이현상 동지는 만나지 못했다. 당연한 일인 줄 알면서도 아쉬움은 아쉬움대로 남았다. 조직에 속해 있으면서도 언제나 느끼는 어둠의 차단감을 다시 느꼈다. 도당에서 만난 염상진 위원장이 물었었다. 「이현상 선생님은 만나뵀나?」 「아닙니다, 위원장님께서는요?」 「전국대회 때 멀리서. 언젠가 뵙게 되겠지.」 염상진 위원장이 '동지'나 '동무'라 하지 않고 '선생님'이라고 호칭한 것이 묘한 무게로 가슴을 눌러왔었다.

정하섭은 시공관 네거리에 이르러서야 명동에 와 있다는 것을 알았다. 밝은 동네, 아름답게 상점의 불빛들이 휘황했고, 거기에 어울리게 사람들도 붐볐다. 안전한 피신지대였다. 몇 시간 편안하게 보낼 데를 찾으려고 그는 여기저기 두리번거렸다. 다방이라는 간판을 보자 잊고 있었던 갈증이 생각났고, 시공관의 공연간판을 보자 저기를 휴식처로 정하자는 생각이 들었다. 다방에서 홍차와 물 두 잔을 마시고 바로 극장으로 들어갔다. 정하섭은 신파조 연극을 10분쯤 보다가 시름시름 잠으로 빠져들었다.

정하섭은 10시 반이 넘어 고정트로 접근했다. 먼발치에서 집 주위를 살폈다. 인적은 느껴지지 않았다. 왼쪽 작은 창에는 불이 밝혀져 있었다. 그것이 안전신호였다. 그는 대문을 지나쳐 담을 끼고 뒤로 돌아갔다. 담에 쪽문이 붙어 있었다. 쪽문 틈으로 검지손가락을 넣어 끈을 더듬어 찾았다. 끈을 다섯 번 잡아당겼다. 사람이 나오기를 기다리며 정하섭은 시장기를 느꼈다. 그때서야 저녁을 안 먹었다는 생각이 떠올랐다. 극장에서 박수소리에 잠이 깼고, 저녁 먹을 생각 같은 것은 하지도 못하고 고정트에 안전하게 도착할 방법만 생각했던 것이다. 밥 먹을 생각도 하지 못한 스스로가 어이가 없었고, 또 한편, 상황 앞에서 그렇게 몰두하는 자신이 대견하게 느껴지기도 하는, 영 앞뒤가 안 맞는 묘한 기분이었다.

인기척이 들렸다.

「남녘 기러깁니다.」

정하섭은 낮게 말했고, 바로 쪽문이 열렸다.

「어떻게, 일은 잘됐지요?」

방으로 들어서자마자 주인남자가 물었다. 은행원인 그는 약간 소심한 편이었다.

「실패했습니다. 저쪽에서 먼저 위험신호를 보냈습니다.」

정하섭은 방바닥에 철퍽 앉으며 대답했다.

「아니, 어쩐 일입니까? 그래, 어떻게 됐어요?」

주인남자는 생각보다 심하게 놀라고 있었다.

「형사들에게 쫓겨서 서로 다른 방향으로 도주했고, 돈암동 일대까지 불심검문이 있을까 봐 명동까지 나가서 시간을 보내고 오는 길입니다. 지금까지 여기에 다음 접선의 지령이 없는 걸 보면 그 사람이 체포되었는지도 모르겠군요. 그 사람이 미행을 당하고 있었는지, 정보의 누설로 형사들이 미리 잠복하고 있었는지, 그걸 전혀 알 수가 없습니다.」

정하섭은 미리 사건을 간추려 말해 버려 상대방의 질문을 일일이 받아야 하는 번거로움을 피하고자 했다.

「이것 참 야단났군요. 갈수록 조직의 노출이 심해지고 있어요. 이것 심각한 문젭니다.」 주인남자는 핏기 없이 긴 얼굴이 침울해져 한동안 앉아 있더니, 「참, 저녁은 드셨습니까?」 뒤늦게 생각난 듯이 물었다.

「뭐 그럴 경황이 있었어야지요.」

밤늦게 폐를 끼치는 게 염치없기도 했지만 그러나 체면 차리며 밥을 굶을 생각은 없어 정하섭은 솔직하게 말했다.

「그랬겠지요. 그런 일 당하고도 제때에 밥을 찾아먹는 사람은 철판 같은 강심장이거나, 형편없이 둔한 사람이겠죠. 잠시 기다리세요, 준비해 둔 저녁이 있습니다.」

주인남자는 고개를 주억거리며 방을 나갔다. 그가 불안감을 느끼고 있다는 것을 정하섭은 감지해 내고 있었다. 갈수록 조직의 노출이 심해지고 있다는 그의 말이 정하섭은 새롭게 신경 쓰였다. 쫓고 쫓기는 관계에서 더러 잡히는 것이야 불가피한 일이지만 그것이 산발적인 것이 아니고 연쇄적이어서 조직의 줄기가 드러나게 된다면 보통 심각한 문제가 아닐 수 없었다. 그런 낌새는 이미 두세 달 전부터 느껴졌던 것이다.

「이거 찬이 없어서, 세상살이가 갈수록 꼬여가니……」

주인남자는 소반을 놓으며 중얼거리듯이 말했다.

「갈수록 검거가 심해지는 모양이죠?」

정하섭은 숟가락을 들며 예사롭게 물었다.

「예에, 여기도 언제 형사들이 덮치고 들지 불안한 심정입니다. 나야 은행원 신분이니까 개인적으로야 위장이 완전한 편이지만 어떤 선이 붙어 버리면 그땐 끝장이죠. 경찰력은 날이 갈수록 강화되지, 수사는 수단방법을 가리지 않지, 참 문젭니다.」

「그놈들 방법이야 얼마나 잔인하고 악랄하겠어요. 일본놈들한테 전수받은 온갖 고문을 총동원할 텐데요.」

「고문만이 아니라는 소문입니다. 고문을 해대면서 돈으로 매수를 하고, 좋은 자리를 놓고 회유도 하고 그러는 모양입니다. 어떤 면에서 그런 건 고문보다 더 무서운 방법일 수 있지요. 그런 미끼에 걸려 마음을 팔아버린 사람들은 적의 스파이가 되어 조직을 야금야금 파먹고 드는 독충이 됩니다. 우리 조직의 특성인 점조직화는 강점이면서도 약점입니다. 조직을 전체적으로 은폐시키는 데는 강점이지만, 그런 자들마저 은폐되어 있다는 점에서는 약점이지요.」

「한 선생 생각으로는 그런 자들이 많다고 보십니까?」

집안아이들에게 신분을 감추기 위해 '선생'이라는 호칭을 쓰게 되어 있었다.

「그거야 알 수 있습니까만, 시당의 조직이 계속 무너져가고 있는 건 그런 자들의 소행이 아니고서는 이해가 안 갑니다.」

「당중앙은 그런 사실을 알고 있겠죠?」

「물론이겠죠. 나 같은 하부가 알고 있는 사실을 당중앙이 모를 리가 있습니까. 그 대책에 부심하고 있겠죠.」

「도무지 이해가 안 됩니다. 당원으로서 투쟁을 각오한 사람들이 돈이나 자리의 유혹에 넘어가다니 말입니다.」

정하섭은 밥맛이 다 떨어지고 말았다.

「글쎄요, 그걸 그렇게 간단하게 생각할 문제가 아닙니다. 체포가 되고, 며칠 죽을 고문을 당했습니다. 그때 거액의 돈이나 좋은 자리를 내놓고 회유를 시작합니다. 죽겠느냐, 협조하겠느냐, 협조하면 신변과 비밀은 절대 보장한다, 이런 식으로 말입니다. 죽음의 공포에 사로잡혀 있는 사람에게 생존의 보장은 물론 거액의 돈까지 내민 것입니다. 그때 어떻게 되겠어요. 가난하게 산 사람일수록 십중팔구 넘어가게 돼 있습니다. 계급혁명을 계급상승과 바꿔버리는 것이죠. 인간의 생존본능과 함께 돈의 마력이란 생각보다 큰 겁니다.」

부의 편중으로 무산자를 속출시키는 자본주의를 척결하기 위한 공산혁명이 자본주의의 돈에 매수된 무산자에 의해 방해받는다는 웃지 못할 모순이었다. 정하섭은 더 할 말이 없었다. 그런 반당분자들이 현실적으로 존재하는 한 그건 하루속히 색출 처단해야 할 대상이었지 비판할 대상이 못 되었던 것이다.

「이거 늦게 폐가 많았습니다. 잘 먹었습니다.」

정하섭은 상을 물렸다.

「그만 쉬세요, 선은 내일 중으로 다시 댈 테니까.」

주인남자는 상을 들어올리며 말했다. 정하섭은 벽에 몸을 부리며 두 다리를 뻗었다. 피곤이 전신을 무겁게 눌러왔다. 눈을 감았다. 전신이 무거운 피로감에 젖은 것과는 달리 의식은 유리알처럼 투명하기만 했다. 서울시당이 위협받고 있다면 그건 당중앙에 직결되는 위협이 아닌가. 중앙의 그런 상황과 지방의 무장투쟁 본격화와는 무슨 연관이 있는 것일까. 소극적 지하투쟁에서 적극적 무장투쟁으로 방향을 전환하면서 무슨 돌파구를 찾아내려는 것일까. 염상진 위원장이나 안창민 선생이 이런 사실을 전해들으면 뭐라고 할까. 아, 그분들은 이제 직책이 바뀌었지. 안창민 위원장, 제대로 어울리는 것 같기도 하고, 잘 어울리지 않는 것 같기도 하고, 어떻게 느낌이 이상해. 판단이 빠르고, 염상진 위원장이 하는 걸 보아왔으니까 어느 군보다 센 보성군당의 전통을 지키겠지. 보성군당이 막강하다는 건 경찰에서 먼저 인정하는 사실이고, 안창민 위원장한테는 그게 부담이 될지도 모르지. 안창민 선생도 생긴 것하고는 달리 보통 독한 분이 아냐. 총상을 입고도 잡히지 않고 끝내 살아난 것을 보면. 나도 그 두 분 밑에서 무장투쟁이나 했으면 좋겠구먼. 정하섭은 무슨 그리움처럼 그런 생각을 하며 무거운 손놀림으로 담뱃갑을 꺼냈다.

식량운반조를 이끌고 조계산지구로 간 하대치는 예정대로 이틀 만에 돌아왔다. 하대치는 염상진의 지령을 가지고 왔다. 중대장급으로 강동식을 포함해 세 명을 뽑아 보내달라는 내용이었다. 안창민은 그 지령에서 지구사령부 중심의 무장병력화를 다시 실감할 수 있었다. 며칠 전인 27일에 무장부대 300여 명이 진주 시내를 기습했다는 사실을 신문은 요란하게 보도하고 있었다. 그것도 다 새 계획의 일환으로 이루어진 작전임을 알 수 있었던 것이다.

안창민은 사흘의 시한을 맞추기 위해 곧 회의를 소집했다. 인원차출에 따른 차질 없는 근무배치와 차출자의 준비를 고려해 다소의 시간 여유를 가져야 했던 것이다. 중대장급이라고 대상이 명시되었고, 강동식은 이미 지목되었으므로 나머지 두 사람을 고르는 데는 별로 시간이 걸리지 않았다.

「위원장님 말입니다. 위에서 다 알아 할 줄 생각합니다만. 전번에 보고했다시피 군경병력이 강화되고 있는 형편인데 계속해서 인원차출은 곤란하지 않을까요. 우리도 율어를 지켜야 하니 말입니다.」

이해룡이 신중하게 입을 뗐다.

「맞구만이라. 요런 헹펜으로는 보성 벌교 양쪽에서 밀고 들어오는 판에는 당해내기가 에롭지 않겠는가요.」

오판돌이 심각한 얼굴로 말했다.

「예, 말씀들 잘 알겠습니다. 제 생각으로는 도당이 그런 점들을 종합적으로 다 살펴 작전을 꾸며가고 있다고 믿고 있습니다. 우리 군당만을 놓고 생각하면 두 분의 말씀은 틀림이 없습니다. 그러나 우리 군당은 독립된 조직이나 부대가 아니라 어디까지나 도당의 지령을 받아 움직이는 도당 조직의 일붑니다. 적의 동태에 대해서 우리가 이미 보고를 했듯, 도당은 다른 군당들을 통해서도 보고를 받았을 것이고, 도당 자체조직을 통해서도, 중앙당을 통해서도 세밀한 정보를 확보하고, 그것을 토대로 종합적인 작전계획을 세우고 있습니다. 우리 군당의 군경병력이 얼마인지, 우리 병력이 얼마인지 다 파악하고 있기 때문에 현재 우리 상태도 언제 변할지 모릅니다. 걱정들 마시고 하루하루에 충실하십시다.」

안창민은 차분하게 말해 나갔다.

「그럴 거이다 힘스로도 사람 수가 푹 쫄어뿐디다가 또 빠져나가니께 맴이 껄쩍지근헌 것이제라.」

오판돌이 여유 있게 웃으며 어깨를 폈다.

「그건 당연히 생기게 되는 염렵니다. 그럼, 회의는 이만 끝내도록 하지요.」

하대치는 말을 하지 않았지만 그도 같은 걱정을 했으리라고 안창민은 생각했다. 그 불안감은 자신도 가지고 있었던 것이다.

「위원장님, 불르셨는가요?」

강동식이 제일 먼저 나타났다.

「예, 강 동무, 이쪽으로 앉으세요.」

안창민은 의자에서 일어나 강동식을 맞았다. 그리고 담배를 권했다. 그는 담배를 피우지 않으면서도 일부러 손수 말아 준비해 놓고 있었다. 위원장이 된 다음부터 시작한 일이었다.

「다른 게 아니라, 당에서는 강 동무가 군당을 떠나 투쟁사업을 하도록 결정했습니다.」

「야아? 거, 거그가 워딘게라?」

강동식은 빨아들이던 담배를 입에서 다급하게 떼며 물었다.

「염상진 대장 부대가 될 것 같소.」

「허먼, 은제 떠야 허는가요?」

「모렙니다. 그동안 임무도 교대해야 하고, 움직일 준비도 갖추도록 해야지요.」

「모레, 모레…….」

강동식은 무슨 생각인가를 하는 얼굴로 중얼거리고 있었다.

「시일이 좀 촉박한 감이 없지 않습니다. 허나 우린 계속적으로 투쟁 중에 있습니다. 상황에 신속하게 대처할 수밖에 없는 형편이지요.」

「알겠구만이라. 당에서 결정헌 일인디요.」

강동식은 사무실을 나왔다. 그는 걸음을 멈추고 산등성이를 둘러보았다. 언제나 힘센 모습을 한 산들의 억센 줄기가 가을볕을 받아 선명할 뿐 사람의 움직임이라곤 보이지 않았다. 동기가 시방 워디에 있을랑고, 그는 큰 동그라미를 그리며 이어져나간 산줄기들을 바라보며 망연하게 생각했다. 오늘 밤 안으로야 만내지게 되겠제. 그는 자기 초소를 향해서 걸음을 옮기기 시작했다. 기엉코 염 대장님께서 나럴 불르시는구나. 그려, 여그보담이야 염 대장님 밑으로 가는 것이 낫제. 여그야 이래저래 맴이 껄쩍지근허고 지랄 겉응께. 맴이 요리 찌푸르등등혀갖고야 혁명투쟁이고 머시고 지대로 될 리가 읎제. 멀찍허니 떨어져나가 기왕지사 헐라면 쌈빡허니 한바탕 혀야제. 강동식의 걸음은 차츰 빨라지고 있었다.

강동식은 밤이 늦어서야 동생 동기를 만날 수 있었다.

「헹펜이 그리 급허게 되았응께 워쩌겄냐. 낼 저녁에 그 일얼 해치워뿌러야 쓰겄다.」

강동식이 낮게 속삭였다. 강동기는 형의 입에서 뿜어져나오는 열기를 옆볼에 느꼈다.

「시일로야 그렇기는 헌디, 근디, 위원장님헌테넌 허가 맡었소?」

강동기는 가슴이 두근거려오는 걸 느끼며 물었다.

「야가 시방 무신 새 날아가는 소리럴 허는 겨. 허가 맡었음사 멀라고 니럴 요리 시앙쥐맹키로 찾아왔을 것이냐. 니 그리 실답잖언 소리 허는 것 봉께로 날 돕겠다는 맴이 읎어져뿐 것 아녀?」

「와따, 억지소리 에진간히 허씨요. 전에 성님이 말혔디끼 그 자석이 악질반동인 것이야 틀림읎는 일잉께, 일얼 허자면 정당허니 허락 맡고 허는 것이 워쩌겄냐 그 말이제라.」

「그려, 니 말도 맞는 말이기야 헌디, 새중간에 찡긴 안창민 위원장이 입장이 곤란해 갖고, 냅둬라, 혀뿔면 워쩔 것이냐. 니 생각에넌 허락이 날 것 겉으냐?」

「금메요, 우리헌테 갤치고 우리가 배운 학습대로 허자면 응당 허락이 떨어져야 헐 일인디, 고것이 워쩌크름 될란지 자신얼 못허겄소.」

「글씨, 그러탕께로. 우리 간딴허니 니허고 나허고럴 놓고 생각혀 보자. 나가 염상진 대장님이라 혀도 그렇고, 안창민 위원장이라 혀도 그렇고, 니가 염상구라면, 누가 와서 고것이 악질반동잉께 처치혀 뿔게 허락해 주씨요 허먼, 나넌 그래라 허고 대답 못허겄다. 누가 처치해 뿔먼 몰른 칙끼는 혀도. 꺼꿀로 나가 염상구고 니가 염 대장님이나 안 위원장이라먼, 니넌 워쩌겄냐?」

「영 옹색시런 것얼 묻고 그요잉. 나도 성님맹키로 혀야제 무신 수가 있겄소.」

「바로 고것이여. 우리가 사춘성제간인디도 그런디 친성제간이먼 고것이 워쩌겄냐. 고것이 사람 사는 일이고, 사람 맴이라는 것이여. 사람 맴이 그리 돌아가는 것이야 당성허고도, 사상무장허고도 또 달븐 문젠 것이여. 칼로 무시 치대끼 안 되는 것이 사람 맴잉께. 니 워쩔 심판이냐.」

「워쩌기넌 워쩌라. 악질반동 옳애고, 성님 웬수도 갚고 허는, 이중으로 존 일인디 으당 나서야제라.」

「동상, 고맙네.」

「고맙기는이라. 근디, 은제 나설라요?」

「낼 저녁에.」

「천상 그래야겄제라. 맘 단단허니 묵어놓겄구만이라.」

「잉, 나가 또 연락험세.」

3
두 형제의 야행

　기차에서 내리는 김범우의 시야에 고깔 모양의 첨산이 제일 먼저 들어왔다. 언제 보아도 단아하고 말쑥한 그 모습이 맑고 푸른 하늘을 배경으로 유난히 선명하게 가까워보였다. 아아…… 김범우는 어떤 아늑함과 따스함과 편안함, 그런 것들이 고루 섞인 감정의 흔들림을 느끼며 한껏 숨을 들이켰다. 그건 고향을 떠났다가 돌아올 때만 느낄 수 있는 형용하기 어려운 감정의 파장이었다. 그는 숨을 들이켤 때 스르르 감겨진 눈을 그대로 감은 채 숨을 토해내며 고향의 냄새를 음미하고 있었다. 갯내음과 땅내음이 어우러진 그 미묘한 냄새도 고향만이 주는 특이한 냄새였다. 그 냄새 속에는 이상하게도 바람에 갈대잎 쏠리는 소리, 기러기 울음소리 같은 것도 섞여 있는 듯 느껴지기도 했다. 분명 갯가이면서도 포구가 한정도 없이 길어 정작 바다는 멀리 밀쳐두고, 민물줄기를 따라 올라가면 반원을 그린 산줄기에 그 넓은 낙안벌을 품고 있는 고향은 언제나 두 가지 정취를 함께 느끼게 하는 풍광 아름다운 곳이었다. 숨을 들이켰다가 내쉬는 그 짧은 시간만은 머릿속을 깨끗하게 비울 수가 있었다. 아버지가 입원을 했다는 사실까지도.

끼룩, 끼룩, 끼룩…….

기러기떼의 맑은 울음소리가 피아노의 높은음 건반을 빠르게 두들기는 것처럼 섞바뀌며 들려왔다. 김범우는 습관적으로 왼쪽 포구의 하늘로 눈길을 던졌다. 언제나 정연하게 줄서서 나는 깔끔한 기러기떼의 모습이 먼 거기에 있었다. 아, 벌써……. 감정의 여울이 일었고, 그것이 뒤늦은 감상이라는 것을 깨달으며 김범우는 혼자 멋쩍게 웃었다. 11월 상순이면 기러기가 먼 길을 날아와 갈밭에 깃을 친 지도 한 달이었다. 사람만 크게 보이고, 사람들이 만들어내는 사건들은 더 크게 보이는 도시에서 비비적거리다 보니 계절의 바뀜을 마음에 담을 여유가 없었던 것이다.

역을 벗어난 김범우의 발길은 빨라지기 시작했다. 차부를 지나 평소에는 별로 다니지 않는 샛길로 접어들었다. 한 걸음이라도 더 빨리 병원으로 가려는 서두름이었다. 그는 아버지가 입원했다는 전보를 받고 내려오는 길이었다. 전보는 으레 좋은 일보다는 궂은일에 사용되는 빈도수가 많았고, 그럴 경우 그것은 터무니없이 냉정하고 거만하게 마련이었다. 그가 받아든 전보 역시 예외가 아니었다. '부친급입원급래요망모.' 살점이라고는 하나도 없이 골격만으로 된 인체도와 같은 열 개의 글자. 그 생략될 대로 생략되어 버린 열 개의 글자 중에 두 개나 들어 있는 '급'자는 사람을 턱없이 허둥거리게 만들어 기차로 떠밀어넣었고, 아홉 시간이나 넘게 걸리는 기차는 전보내용을 곱씹고 곱씹으며 온갖 불길한 생각을 지칠 때까지 할 수 있도록 지겹게 긴 시간을 제공했던 것이다.

「어찌 되셨습니까?」

김범우는 전 원장을 보자마자 인사를 차릴 겨를도 없이 이렇게 물었다.

「김 선생, 오랜만입니다.」

전 원장은 언제나 식물적인 느낌의 안온하고 순박한 얼굴에 웃음을 지으며 손을 내밀었다. 김범우는 그 손을 잡으며 전보 내용이 과장되었거나, 아니면 그동안에 어떤 위기를 넘기게 되었을 거라고 직감했다.

「걱정 마세요. 무사하십니다.」

전 원장이 눈짓으로 입원실 쪽을 가리켰다.

「감사합니다. 저는 일 당하는 줄 알았습니다.」

김범우는 비로소 웃음을 지었다.

「앉으십시다. 주무실지 모르니까 간호원보고 다녀오게 하죠.」전 원장은 자리를 권하고는「아마 급체를 하셨던 모양입니다. 노쇠로 체력이 약하신데다 급체를 하다 보니 호흡곤란이 겹쳐져서 한때 당황하기도 했었어요. 원체 어르신께서 정신력이 강건하셔서 무사히 고빌 넘기셨습니다.」경과를 설명하고 나서, 간호원을 불러 입원실을 살피고 오라고 지시했다.

「원장님 의술이 저희 집안을 구해주셨습니다. 정말 고맙습니다.」

김범우는 고개를 숙여 감사를 표하고 담뱃갑을 꺼냈다.

「아닙니다, 제 의술이 변변찮아 김 선생을 이렇게 내려오게 만들었는 걸요. 그런데, 서울생활 재미는 어떠십니까?」

전 원장이 쑥스러워하며 화제를 바꾸었다.

「글쎄요, 여기 있을 때는 신문만 가지고는 세상 돌아가는 것을 제대로 알 수 없어 뭔가 답답하고 궁금하고 그래 서울 가면 그런 마음이 풀릴 줄 알았는데, 정작 서울에 가서 보니 잔뜩 어수선하고 소란스럽고 한 게 복잡하기만 합니다. 여긴 그동안 별일 없었습니까?」

「웬걸요, 정신을 차릴 수가 없도록 날마다 사건이 터지고 있어요. 농지개혁법이 공포되고 난 다음부터 일정 때 소작쟁의보다 더 심하게 소작인들이 들고일어나고 있습니다. 여기 벌교만이 아니라 곳곳에서 일어나는데, 일정 때야 사람이 죽는 일까지야 없었지 않아요.」

「누가 죽기도 했습니까?」

김범우는 담배를 입으로 가져가려다 말고 눈을 크게 떴다.

「예, 술도가 하던 정 사장이 얼마 전에 소작인들 낫에 찍혀 죽었습니다.」

「정현동 씨가요?」

김범우의 뇌리에는 정현동과 정하섭이 동시에 떠올랐다.

전 원장은 정현동이 죽게 된 경위를 소문으로 귀동냥한 그대로 전했다. 김범우는 한참을 고개를 끄덕이고 앉았다가 불쑥 말했다.

「그 사람, 죽을 짓을 했군요. 죽음을 자초했어요.」

「내 생각에도 그분이 너무 과욕을 부렸던 것 같아요. 그나저나 세상이 이렇게 반으로 갈라져 다투다간 무슨 큰일이 벌어지게 생겼어요. 농지 개혁법을 새로 바꾸든지, 지주들의 그런 행동을 법으로 단속하든지 해야지, 소작인들을 나쁘다고 할 수가 없는 형편 아닙니까.」

「정당한 권리를 주장하는 소작인들이 나쁠 리가 없지요. 그렇다고 정부가 법을 바꿀 리도 없고, 지주들이 그런 못된 짓을 멈출 리도 없고요.」

김범우는 쓰게 웃으며 고개를 저었다.

「그럼 세상이 어찌 돼가겠어요. 소작인들은 점점 한 덩어리가 돼가면서 거칠어지고 있는데.」

「지주들 편에 선 정부는 끄떡도 안 합니다. 군인이나 경찰이 있는데 소작들 정도 무서워할 리가 있습니까.」

「실제 형편은 그렇지가 않은데두요.」

「정치하는 자들이 깨닫지 못하는, 아닙니다, 알면서도 억눌러대면 된다는 생각을 갖고 있는 한 도리 없는 일입니다. 전국적으로 소작인들 난리가 일어나고, 정부가 엎어져야만 해결될 일입니다. 내란은 괜히 일어나는 게 아닙니다. 지금 정치하는 꼴은 내란을 조장하고 있는 거나 마찬가집니다. 갑오난이 괜히 일어난 게 아니듯이 이대로 가다간 또 그런 농민난리가 일어나게 돼 있습니다. 그때는 동학사상이 농민들을 일으키는 불씨가 됐고, 이번에는 공산주의가 불씨가 되는 것만 다를 뿐이겠죠.」

「나 같은 사람 생각으로도 안 될 일을 정치하는 사람들이 범하다니, 이거 참 큰일날 일입니다.」

전 원장은 불안스런 안색으로 손바닥을 맞비볐다.

「저어 원장님, 방금 잠에서 깨셨습니다.」

간호원이 두 손을 흰 가운 앞에 모으며 말했다.

「응, 수고했어요. 김 선생, 가보실까요?」

전 원장을 따라 김범우도 일어섰다. 실금이 간 백자항아리에는 작년처럼 송이가 작은 보랏빛 들국화들이 구름덩이처럼 풍성하게 꽂혀 있었다.

「어르신, 접니다. 서울에서 둘째아드님이 내려왔습니다.」

전 원장이 나직하게 말하며 일본식 문을 옆으로 밀었다.

「아닙니다, 그대로 뉘 계십시요.」

전 원장이 팔을 들며 말했고, 그 겨드랑이 사이로 몸을 일으키려는 아버지의 모습이 김범우의 눈에 들어왔다.

「아버님, 그냥 계십시요. 접니다.」

김범우는 아버지 옆에 무릎 꿇어 앉으며 말했다.

「그래, 먼 길 멀라고 이리 왔냐.」

일어나기를 작파한 김사용은 아들에게로 눈길을 돌렸다. 김범우는 아버지의 모습을 대하는 순간 가슴이 섬뜩해지는 긴장을 느꼈다. 여월 대로 여윈 아버지는 전혀 딴 모습을 하고 있었다. 살이라고는 없는 얼굴에 저승꽃이 부쩍 늘어나 있었다. 정말 일 당할 뻔했다는 것을 다시 느껴야 했다.

「전 원장님한테 경과는 들었습니다. 좀 어떠신지요.」

「이만허면 다 나았다. 전 원장님이 큰 애럴 쓰시고말고. 그래, 공부는 어찌 자리가 잽혔냐?」

「예에, 그냥 그만합니다.」

김범우는 이 짧은 대답이 목에 가시로 걸려 쉽게 나오지가 않았다. 이학송의 알선으로 통신사에 나가기 시작한 것이 벌써 두 달 가까이 되었던 것이다.

「그래, 세상이 이리 갈피를 못 잡게 어지러울수록 진중해야 하니라. 니, 어무니는 뵈었냐?」

「아닙니다, 역에서 바로 이리 왔습니다.」

「되었다, 날 봤으니 인자 어무니 가서 뵈어라. 니럴 봐야 맘을 놓을 것이다.」

그렇게 말하는 아버지의 얼굴에 희미한 웃음이 스치는 걸 김범우는 보았다. 그 웃음이 안도라는 것을 알 수 있었다. 아이들 커나는 것이 오뉴월 하루볕 다르고, 노인네 기력 쇠하는 것이 하룻밤새 다르다는 말을 김범우는 실감하지 않을 수 없었다.

「어여 가봐, 어무니 애탄다.」

「예에, 그럼 일어나겠습니다.」

김범우는 두 팔로 방바닥을 밀며 느리게 몸을 일으켰다. 가슴에 가득한 우수가 몸을 무겁게 눌렀다.

「어르신, 마음 편히 잡수시고, 잠이 오는 대로 많이 주무십시오. 회복에는 잠이 약보다 훨씬 좋습니다.」

전 원장이 요 밑에 손을 넣어보고 일어섰다.

「아버님이 어디 다른 데 이상이 있으신 건 아닙니까?」

긴 마루를 걸으며 김범우가 물었다.

「이번 기회에 진찰을 다 해봤는데, 그런 것 같진 않았어요. 워낙 연세가 많으셔서 체력저하가 심하신 거지요.」

김범우는 더 할 말이 없었다. 노쇠현상은 의술의 능력 밖이었다. 생명 있는 모든 것이 피할 도리가 없는 자연법칙이었다. 그것이 아무리 거역할 수 없는 자연의 힘이라 하더라도 김범우는 감정적으로 강한 거부를 느끼고 있었다. 그것이 육친의 정에 따른 부질없는 감정이라는 것을 알면서도.

김범우는 아버지의 발병과 치료경과에 대해서 한 시간 남짓 어머니에게 세세하게 들었다. 여자로서 과묵한 편인 어머니가 그리도 이야기가 긴 것은 그만큼 충격이 컸다는 말이기도 할 것이다. 김범우가 손발을 씻고 잠시 자리에 누우려는데 전화가 걸려왔다. 의외로 경찰서장 권병제였다.

「예, 오랜만입니다. 권 서장님. 헌데, 제가 온 걸 어떻게 아셨습니까?」

「아 예에, 경찰서장쯤 돼가지고 그걸 몰라서야 되겠습니까?」

권 서장의 웃음기 섞은 농담이었다.

「허, 정보망이 읍내에 쫙 깔렸다는 얘긴데, 그거 별로 기분 좋은 일 아닌데요. 전화, 어쩐 일이십니까?」·

「예, 죄송합니다. 다름이 아니라 계엄사령관이 잠깐 뵈었으면 하는 군요.」

「저를요? 용건이 뭔가요?」

김범우는 순간적으로 거부감을 느꼈다.

「글쎄요, 제가 그걸 미리 물었는데도 말을 안 하는군요. 김 선생이 오셨다는 것도 실은 거기서 먼저 알고 있었습니다. 이건 순전히 제 예측인데, 누가 김 선생과 손 선생 관곌 알려주고, 손 선생이 서울 김 선생한테가 있는지도 모른다고 귀뜸하지 않았나 싶습니다. 그렇지 않고서야 일면식도 없는 김 선생을 무조건 만나자고 할 이유가 없는 일이거든요.」

「아니, 손승호가 뭘 어쨌다는 겁니까? 그 사람한테 무슨 일 생겼습니까?」

김범우는 권 서장한테까지 시침을 뗄 필요를 느꼈다.

「아 예, 뭐 그럴 일이 좀 있었습니다. 김 선생은 전혀 모르시고 계시군요.」

권 서장은 자신의 말을 믿는 어투였다. 김범우는 다소 미안한 생각이 들었지만 그의 직책상 그것이 오히려 낫다고 생각했다.

「아까 말씀하신 걸 보니 손승호가 여기 없는 것 같은데, 무슨 일입니까?」

못을 치기 위해 재차 물었다.

「아닙니다, 전화로 말씀드리긴 좀 곤란하구요, 어떻게, 좀 나와주시겠습니까?」

「글쎄요, 제가 전연 알지도 못하는 일에 조사를 받으러 나가는 건 좀 곤란하지 않겠습니까? 조사 협조라면 그쪽에서 절 찾아와야 절차에 맞는 공무집행 태도고요.」

「김 선생님, 아까 말씀드린 대로 그건 순전히 제 추측일 뿐이구요, 무슨 일인지 알 수 없으니까 절 만나신다 생각하시고 잠시 나와주십시요. 심재모 사령관님 소식도 자세히 좀 들을 겸, 저도 김 선생을 뵙고 싶습니다. 어떻게, 절 좀 도와주십시요.」

김범우는 심재모라는 말에 그만 마음을 굽히고 말았다.

「알겠습니다, 나가도록 하지요.」

김범우는 전화를 끊으며 염상구의 얼굴을 지울 수가 없었다. 권 서장의 추측이 맞는다면, 그런 식의 제보를 할 수 있는 건 염상구뿐이었던 것이다.

「선생, 혹시 서울에 손승호란 자의 은신처를 제공하고 있는 거 아닙니까?」

형식적인 인사가 끝나자마자 백남식이 대뜸 던진 말이었다. 수사관의 입장에서 완전한 혐의자를 다루는 태도였다.

「그게 갑자기 무슨 말입니까?」

김범우는 백남식의 눈길을 맞쏘아보고 반문했다.

이런 식으로 시작된 백남식과의 대화는 끝내 기분이 언짢게 끝이 났다. 손승호가 자취를 감춘 뒤로 백남식은 그를 위장전향한 빨갱이로 못박고 있었으므로 김범우를 곱게 대할 리가 없었고, 김범우 또한 서민영 선생을 통해서 백남식의 됨됨이를 다 들은 터라 태도가 좋을 리 없었던 것이다.

「빨갱이 은닉죄는 빨갱이와 똑같이 취급된다는 걸 아시오!」

「그 정도야 자알 알고 있으니 걱정 마시오.」

두 사람의 대좌는 이렇게 끝났다.

「기분 나쁘게 생각지 마세요. 성질이 좀 그렇습니다.」

권 서장이 정문을 나서며 말했다.

「그건 성질이 아니라 일본놈 장교 그대롭니다. 관동군에서 독립군 등에 총질이나 하던 저런 놈들이 장교라고 드글대며 판을 치고 있으니 원.」

김범우는 말을 중단하고 말았다. 권 서장의 전력도 마찬가지였던 것이다.

「그만 들어가시지요.」

「바쁘시잖으면 저기 다방에 가서 차나 한 잔 하실까요?」

권 서장이 어색스러운 얼굴로 말했다. 김범우는 웃음으로 대답해 보였다.

「저 백 사령관이 요새 신경이 날카로워져 있습니다. 여기 와서 얼마 안 되는 동안 끝없이 사건이 터졌고, 그중에는 상부의 문책을 받은 일도 있는데다 요새는 지주들 등쌀에 성질이 날 대로 나 있습니다.」

걸어가면서 권 서장이 말했다.

「지주들이 뭘 어쩝니까?」

「양조장 하던 정현동 씨가 소작인들한테 살해된 사건이 있었는데, 그 사건 뒤로 지주들이 좌익척결위원횐가 뭔가로 뭉쳐져가지고, 소작인들을 가차 없이 다뤄라, 율어에서 당장 빨갱이를 몰아내라, 요구사항인지 압력인지가 대단합니다.」

「자기들도 당할까 봐 몸들이 달았군요.」

「참 중간에서 이러지도 저러지도 못할 입장입니다.」

권 서장은 다방에 자리를 잡고 앉자 심재모에 대해서 물었다.

「별일 없이 풀려난 것은 아시겠고, 그 뒤에 그러니까, 단양으로 떠나기 직전에 만나 술을 한잔 했었습니다. 그 자리에서 벌교의 잊을 수 없는 기억들을 얘기했는데, 서장님을 '점잖았던 권 서장님'이라고 말하며 그리워하더군요. 그 뒤론 소식이 없었습니다. 아마 새 근무지에서 일이 바쁜 모양이지요.」

「제가 점잖긴요, 점잖기로 하자면 그분이 나이에 비해 점잖았고, 생각도 깊었지요. 단양이라면 거기가 태백산지구니까 여기 지리산지구와 똑같이 위험지구로군요. 결국 그 일로 그렇게 밀린 것이겠지요.」

권 서장이 침울하게 말했다.

「대대적인 동계토벌작전을 개시한다 어쩐다 하는 소문인데, 어찌 될 것 같습니까?」

「그게 좌익들을 상대로 한 심리전만은 아닐 겁니다. 징병의무제에 따른 징병검사가 아마 곧 실시될 모양이고, 그렇게 되면 병력보충이 지금과는 완전히 달라지니까 대대적인 작전이 가능하지요. 벌써 제주도 병력이 이동해서 지리산 일대에 투입되고 있습니다. 좌익들은 겨울이라는 악조건에다가 증강된 병력의 공격을 받게 되면 오래 견디지는 못할 겁니다.」

「그렇겠군요. 제가 좀 피곤해서…….」

「아 예, 가시지요. 제가 너무 죄송스럽기도 하고, 반갑기도 하고 해서 그만…….」

두 사람은 경찰서 앞에서 헤어졌다. 김범우는 집으로 가면서, 오래 견디지는 못할 겁니다, 한 권 서장의 말이 곱씹히고 있었다. 그럼 염상진이고 안창민이고 이번 겨울에 죽어가게 될 거란 말인가. 만약 그들이 죽으면, 죽으면……. 김범우는 소름이 끼치는 걸 느끼며 몸을 부르르 떨었다.

염상구는 그들이 다방에서 나와 헤어질 때까지 가게 안에서 지켜보고 있었다. 김범우 저것이 암것도 몰르드라는디, 백남식이 그 빙신이 필경 김범우 수에 놀아나뿐 것일 끼여. 김범우 저것이 눈치 빨르고 대그빡 핑핑 돌아가는 백여신디, 백남식 지가 소리나 빠락빠락 질르고 주먹질이나 헐지 알었지 김범우 저것을 워찌 다루겄어. 나만 헛지랄헌 것이제. 김범우 저것이 틀림읎이 손승호 그눔얼 끼고 있을 껴. 글안허먼, 머리크락 빼갖고 지 구녕에 도로 박을 손승호 그 촌눔이 워디 가서 멀 묵음시로 요리 오래 전디겄어. 나가 저눔 뒤럴 볿아 서울로 치고 올라가뿌러? 염상구는 아무래도 마음이 개운하지가 않았다.

염상구는 차부에 배치해 놓은 부하한테서 김범우가 돌아왔다는 보고를 받았던 것이다. 그 보고를 받는 순간 손승호가 김범우한테 피해 있을지도 모른다는 생각이 스쳐갔다. 그래서 바로 백남식에게 전화를 걸었던 것이다. 마침내 자기 능력을 인정받을 만한 기회가 왔다고 생각하면서. 그런데 김범우는 미꾸라지처럼 백남식의 손아귀를 빠져나가고 만 것이다.

「어이, 담배 한 갑 내.」

염상구가 소리치며 팔을 뒤로 뻗쳤고, 주인여자가 서두르는 몸짓으로 담배를 가져다가 그 손에 쥐여주었다. 염상구는 돈도 안 내고 가게 문을 밀치고 나갔다.

「썩을 눔, 지리산 호랭이는 멀 묵고 사는고!」

두꺼운 입술을 오므려붙이며 주인여자가 눈을 째지라고 흘겨댔다.

별들이 초롱초롱했다. 두 개의 그림자가 소리 없이 담을 넘었다. 짙게 드리운 어둠 속 어디에선가 벌레 우는 소리가 차갑게 흐르고 있었다. 두 그림자가 어둠을 헤치며 뒤란을 돌아가고 있었다. 멀리서 개 짖는 소리가 들려왔다. 그림자가 처마 밑을 따라 빠르게 움직였다. 가까이서 아기 우는 소리가 카랑했다. 그림자가 토방으로 성큼성큼 올라섰다. 그림자 하나가 왼쪽 방을 손가락질했다. 다른 그림자가 고개를 끄덕였다. 두 그림자가 마루로 올라섰다. 마루가 가늘게 신음했다. 두 그림자가 다급하게 벽으로 붙어섰다.

「거, 거그 뉘, 뉘기여!」

겁에 질린 늙은 여자의 목소리가 비어져나왔다. 벽에 붙은 두 그림자가 꼼짝을 하지 않았다.

「거그, 바깥에 누구냐니께?」

여자의 목소리가 조금 더 분명해지고 커졌다.

「니가 저 노친네 맡어라.」

그림자 하나가 성급하게 속삭였다.

「워쩌게라?」

다른 그림자가 빠르게 물었다.

「가서 주딩이 틀어막어.」

그때였다.

「상구야, 일나그라아!」

늙은 여자의 통곡 같은 외침이 터져나왔다. 그와 함께 두 그림자가 방문 하나씩을 걷어찼다. 그리고 총성이 울리기 시작했다. 느닷없이 어둠을 찢어댄 총소리가 이내 뚝 끊겼다. 여자의 방문을 걷어찼던 그림자가 허둥지둥 옆방으로 옮겨갔다. 어둠에 익은 그의 눈에 두 사람이 쓰러져 있는 것이 금방 들어왔다.

「성님, 성님, 정신 채리씨요.」

그는 문 가까이에 쓰러진 사람을 흔들었다.

「저눔이 꼬꾸라짐스로 나럴 쐈다……. 저눔이 뒤졌응께…… 인자 되았다…….」

「성님, 싸게 일나씨요, 총소리 냈응께 순사덜이 금방 쫓아올 것이구만요.」

그는 쓰러진 사람을 일으켜 세우며 숨을 몰아쉬었다.

「나넌 가심얼 맞었응께…… 니나, 니나 가아…… 나 총도 갖고…….」

그가 몸을 떠받쳤지만 쓰러진 사람은 몸을 가누지 못한 채 숨을 헉헉댔다.

「금메 성님, 기운 채리씨요. 안창민 동무 생각허고 기운만 채리먼 사요. 업히씨요, 일로 업히씨요.」

그는 총 두 자루를 한쪽 어깨에 몰아서 멘 채 총 맞은 사람을 들쳐업었다. 그리고 고샅의 어둠 속으로 사라졌다.

벽에 붙어서서 밖의 동정을 살피고 있던 호산댁은 그림자가 사립을 나가는 것을 보고야 아들방으로 내달았다. 등잔불을 밝히자 배를 움켜잡은 아들이 모로 쓰러져 있었다.

「상구야, 상구야!」

호산댁은 아들에게로 달려들었다.

「워메, 요 피!」

호산댁은 질겁을 했다. 배를 움켜잡고 있는 아들의 두 손은 피범벅이었고, 방바닥에도 피가 흥건하게 고여 있었다.

「어엄니, 마당에다 싸게 불 피우씨요, 불. 군인덜이 여근지 알게 싸게 싸게 마당에 불 피우씨요.」

눈을 치뜬 염상구가 빠득빠득 이빨을 갈며 말했다.

「인냐, 알었다.」

호산댁은 맨발로 마루를 뛰어내려 헛간으로 달려갔다. 짚단을 한 아를 안고 나와 마당 가운데다 내던졌다. 그리고 아들방으로 뛰어들어 성냥을 가지고 나왔다. 그 동작은 번개 치듯이 빨랐다. 짚단에 불이 붙으며 마당이 금방 환해졌다. 호산댁은 연상 짚단쪽을 날라다가 불길을 키우고 있었다.

염상구는 흐려져가는 의식 속에서 마당의 불길이 방에까지 미치는 것을 느끼고 있었다. 문이 박살나면서 잠이 깬 그는 머리맡의 권총을 집어들었고, 눈에서 불이 번쩍 튀는 것을 느끼며 그림자를 향해 방아쇠를 당겼던 것이다. 그리고 쓰러졌는데 또 하나가 방으로 뛰어들었다. 그는 손에 권총이 들려 있지 않다는 것을 그때서야 알았다. 배가 찢어져나가는 고통 속에서도 손에 권총만 들려 있으면 새로 들어온 놈을 쏠 수 있다는 생각을 하고 있었다. 그러나 어디에 떨어졌는지 모를 권총을 찾아 몸을 움직일 수는 없었다. 상대방이 먼저 총질을 해버릴 것이었다. 죽은 듯이 있을 수밖에 없었다. 그는 배를 움켜잡은 채 신음소리가 새나지 않게 이빨을 응등물었던 것이다.

여럿이서 뛰는 구둣발소리가 고샅을 울려왔다. 짚단을 풀어 거센 불길 속에 던지고 있던 호산댁은 사립으로 달려가며 소리쳤다.

「여그요, 여그!」

「무슨 일이요, 무슨 일!」

군인들이 마당으로 뛰어들었다.

「우리 아덜이 청년단 감찰부장 염상구요. 총 맞고 방에 나자빠져 있는디 싸게 병원으로 델다주씨요. 피럴 철철 흘리고 있소.」

호산댁은 방을 가리키고, 군인들을 쳐다보고 하며 정신이 없었다.

「야, 너희들 네 명, 부상잘 빨리 병원으로 옮기고,」 강 상사가 신속하게 부하들을 지목하고는, 「아주머니, 그놈들이 몇이고, 어디로 도망갔습니까?」 호산댁 앞으로 다가서며 물었다.

「둘이었는디, 쩌그 저 산얼 탔겄제라.」

호산댁은 어둠 속에 가뭇없이 묻힌 부용산 쪽을 손가락질하고는 부리나케 돌아섰다.

강동기는 부용산 자락을 타고 홍태거리께의 뒷산에 이르러 뒤따라오는 총소리를 들었다. 총소리를 듣게 되자 새로운 기운으로 어둠을 헤쳐 나갔다. 등에 업힌 형은 부용산을 벗어나기도 전에 이미 숨이 끊어졌다. 「나가, 나가 이리 죽을란 거이…… 아닌디…… 대장님헌티…… 대장님헌티…….」 그리고 숨을 거두었다. 땅이 끌어당기는 것이었을까, 아니면 편히 누워 죽으려는 것이었을까, 그것도 아니면 자기를 버려두고 가라는 뜻이었을까, 숨을 거두기 직전에 형은 이상스런 소리를 내며 버둥거렸다. 마음은 율어로 치닫고 있으면서도 형을 내려놓을 수밖에 없었다. 숨을 거두자 한결 무거워진 형을 다시 업은 강동기는 눈을 부릅뜨며 율어 쪽으로만 기를 쓰며 걸었다. 「혁명전사에게는 목숨을 아까워하지 않는 용맹스러운 투쟁 외에도 절대적으로 지켜야 하는 두 가지 사항이 있다. 첫째는 동지의 목숨은 바로 내 목숨이므로 서로서로 아끼고 받들어 동지애를 키워야 한다. 평소에 사소한 개인적 문제로 다투는 것, 뒤에서 흉보고 헐뜯는 것, 특히 투쟁 중에 전사한 동지를 적진에 버리고 오는 것, 이런 것은 절대로 용서될 수 없는 일이다. 전사한 동지의 시체는 반드시 옮겨다가 우리 손으로 장사 지내야 한다. 만약 거리상으로 너무 멀거나, 적의 추격이 다급한 경우 같은 때는 적당한 자리를 골라 매장시켜 주어야 한다. 둘째는 총을 내 생명과 똑같이 귀하게 보존해야 한다. 평소에 총을 함부로 다루는 것, 총을 잃어버리는 것, 특히 자기 총이 아니라고 적진에 총을 버리는 것, 이런 것도 절대로 용서할 수 없는 일이다. 총을 적에게 한 자루 넘겨주는 것은 하나가 아니라 네 자루를 넘겨주는 것이 된다. 왜 그런가 하면, 적은 전부가 총으로 무장을 했는데 우린 반에 반 정도밖에 무장이 되지 않았기 때문이다.」 염상진 대장이 학습 때마다 강조한 가르침이었다. 그 가르침이 아니었더라도 강동기는 형의 시체를 차마 적진에 버리고 갈 수는 없었다. 시체가 적의 수중에 들어가면 형은 보나마나 또 거적 위에 눕혀져 역 앞마당이나 장터거리 빈터에서 며칠이고 구경거리가 될 것이었다. 그건 형을 두 번 죽게 하는 일이었다. 그리고, 형수에게 그 꼴을 보게 할 수는 없는 일이었다.

　지곡리에 이르렀을 즈음에야 뒤를 쫓아오던 총소리가 사라졌다. 총소리가 들리지 않자 강동기는 몸이 허물어지는 것을 느꼈다. 그는 시체의 무게에 눌리며 주저앉았다. 온몸이 땀으로 젖어 있었고, 목이 찢어지는 것처럼 갈증이 심했다. 그는 물소리를 따라 엉금엉금 기었다. 자신이 주저앉은 것은 총소리가 그쳐서가 아니라 물소리를 들었기 때문인지도 모른다고 그는 생각했다. 개울에 얼굴을 박고 물을 들이켰다. 한 번이 아니라 서너 번을 들이켜고 나서야 그는 긴 숨을 토해냈다. 비로소 정신이 드는 것 같았다. 그는 무심결에 주머니를 더듬었다. 그러나 쌈지가 잡히는 순간 담배를 피워서는 안 된다는 사실을 깨달았다. 「야간활동시에 담배를 피우는 것은, 나를 죽여주시요, 하는 것과 똑같은 일이다. 담배를 잡는 그 손가락을 깨물어라. 피가 나도록 깨물어라.」 그리고 또 떠오르는 말이 있었다. 「추격을 당하면서 총소리가 그쳤다고 해서 방심하면 절대 안 된다. 방심하고 쉬는 사이에 적에게 포위당하거나, 기습당한다. 완전한 안전지대에 들어서기 전에는 계속 걸어야 한다. 5분 쉬는 동안 적은 코앞으로 들이닥친다.」 강동기는 벌떡 일어섰다. 안전지대까지는 아직 멀었다. 산을 두 개는 더 돌아야 했다. 그는 벌써 뻣뻣한 느낌뿐인 형을 들쳐업었다. 그가 백동마을의 임시초소에 다다른 것은 닭이 울고도 한참이나 지난, 날이 희번하게 밝아올 무렵이었다.

　「누구냐, 서라!」

　「까마구, 까마구……」

　강동기는 있는 힘을 다 짜내 암호를 대고는 혀를 빼문 채 피그르르 쓰러져버렸다. 그의 등에서 시체가 먼저 땅으로 굴러 떨어졌다.

　호산댁은 병원 진찰실 구석에 조그맣게 옹송그리고 앉아 있었다. 밤새워 한 수술이 진작 끝났고, 생명에는 지장이 없을 것 같다는 의사의 말을 들었으면서도 호산댁은 한자리를 그렇게 줄기차게 지키고 있었다. 생명에 지장이 없을 것 같다고는 했지만 아들은 아직 정신이 깨나지 않고 있는데 호산댁으로서는 발을 한 걸음도 병원 밖으로 내놓을 수가 없었다. 정신이 든 아들 얼굴을 직접 보지 않고서는 병원을 뜨지 않을 작정을 하고 있었다.

「할무니, 가서 아침 잡수고 오세요.」

간호원이 소독기를 들여다보고 돌아서다가 말했다.

「일읂어.」

호산댁은 마룻바닥만 내려다본 채 대꾸했다.

「다녀오셔도 상관없어요. 깨날려면 아직도 한참 걸릴 거니께요.」

「일읂다니께.」

「차암, 그럼 여기서 저하고 함께 식사를 좀 하세요.」

「나 배 하나또 안 고프시. 말이나 씹혀쌓지 말소.」

간호원은 그만 어이없는 표정을 지으며 돌아섰다.

신령님이 살피시니라고 총알이 창시 하나 안 건디리고 피해갔제. 항, 저것이 워쩐 자석인디. 저것을 뱄을 적에 희연헌 도야지꿈얼 꿨는디, 고 것이 워디 예사 꿈인간디. 자석 많이 낳고, 묵을 것 안 기룹게 부자로 살 길몽 중에 길몽이었제. 워디 그뿐인간디. 껌댕이 도야지도 태몽으로는 치는디, 거그다가 희연헌 도야지가 아니었능감. 고것이 유명허게도 된다는 뜻인디. 신령님이 태와준 고런 기맥힌 태몽 타고난 내 자석얼 총알이 워찌 안 피해갈 것이여. 안직 장개도 못 가고, 태몽대로 되자면 당아당아 멀었는디, 총알이 지가 안 피해가고 워쩌겠어.

호산댁은 수십 번 되풀이한 생각을 또 하고 있었다. 총알이 왼쪽 옆구리를 뚫고 나갔는데 다행히 내장은 하나도 다치지 않아 생명에는 지장이 없을 것 같다고 수술을 끝내고 난 의사가 말했다. 호산댁은 그 아슬아슬함에 한동안 진저리치지 않을 수 없었다. 총알이 한두 치 더 안 쪽으로 박히고, 내장을 상하게 했더라면……. 생각만으로도 가슴이 벌떡거리고 전신으로 찬바람이 휘돌았다. 그러다가 문득 태몽을 떠올리게 되었다. 그러자 그 아슬아슬함은 요행수가 아니라 신령님의 보살핌이라고 여겨지면서 마음의 안정을 찾게 되었다.

잉, 그려도 저것이 시상얼 헛살 것이 아니여. 청년단이란 것이 순전허니 왈패덜 못자리판이고 사람 못된 것덜 집합손지 알었등마 요분참에 보니께 고것이 아니여. 즈그 오야붕이 총맞었다니께 그 밤중에 벌떼맹 키로 되든 것허고, 피가 모질랜다니께 니도 나도 폴 걷어붙이고 서로 피 뽑겠다고 나서는디, 그 젊은것덜이 그런 의리 안 보였음사 수술이 워찌 됐을 것이여. 젊은것덜 의리도 고맙제만, 다 지가 인심 사게 오야붕 노 룻 혔으니께 밑에서도 그런 의리 부리는 것 아니겄어. 항시 불화로 옆에 둔 아그맹키고, 물가에 세운 철읎는 아덜 같등마 다 지 앞감당혀감스로 또록또록허니 산 것이랑께.

염상구가 총을 맞었다는 사실을 민간인으로서 제일 먼저 안 것은 외 서댁이었다. 한밤중에 들이닥친 군인과 경찰들에게 외서댁은 속곳 바람 으로 끌려나왔고, 집안을 샅샅이 뒤짐당해야 했다.

「니 남편 강동식이 어딨어?」

「무신 소리다요, 그림자도 안 비쳤는디라.」

외서댁은 눈물이 배도록 눈이 부신 전짓불빛이 쏟아지는 속에서 한사 코 배를 가리려고 애썼다. 부풀어오를 대로 부풀어오른 만삭의 배는 속 곳 바람이라 하나도 감춰지지 않고 그대로 드러나고 있었다.

「그새끼가 초저녁에 여기 왔었지.」

「아니구만이라, 아니어라.」

외서댁은 머리까지 홰홰 저었다.

「바른 대로 말해, 당하기 전에.」

어떤 손이 머리채를 낚아챘다.

「그 남정네 본 지가 원제라고라. 안 왔응께 안 왔다고 허는디 왜 이래 쌓소.」

외서댁의 목소리가 메어들었다.

「그새끼가 틀림없겠지?」

손이 외서댁의 머리채를 놓으며 누구에겐가 말했다.

「염상구가 병원으로 실려가면서 강동식이라고 했다니까 틀림없겠지.」

「여긴 발길을 안 한 것 같은데, 어떻게 하지?」

「글쎄에, 염상구는 총상이 어느 정돈가? 살아날 가망은 있는가?」

「배에 맞은 모양인데, 두고 봐야지. 근데, 여기다 두어 명 잠복시키면 어떨까? 만일을 위해서.」

「그게 좋겠군. 그리 허세.」

남편이 나타나기를 기다리며 총을 겨누고 있는 두 사람을 밖에다 둔 외서댁은 방구석에 쪼그리고 앉아 뜬눈으로 밤을 새웠다. 그녀가 밤새 도록 되풀이한 소리는, 지발 오지 마씨요, 뒤져뿌러라 칵 뒤져뿌러라, 두 가지였다.

날이 밝아 나가보니 잠복했던 사람들은 떠나고 없었다. 외서댁은 마음 같아서는 병원 쪽으로 직접 나가 수소문을 하고 싶었다. 그러나 흉거리가 분명한 불러오른 배로 읍내걸음을 할 용기가 생기지 않았다. 그래서 동서를 찾아갔다.

「하먼이라, 펑허니 댕게오제라.」 외서댁의 이야기를 다 듣고 난 남양댁은 혼쾌하게 대답하고는, 「참말로 시아주버니가 질이시요. 성님 원수 갚음 헐라고 그놈얼 쏴제킨 것인디, 서럽고 기맥힌 꼴 당혔드락도 고런 장헌 냄편 뫼셨으니 성님이사 을매나 좋겄소. 시상에나, 그그 읍내 안통이 을매나 험헌지 다 암스로도 원수갚음 헐라고 뛰들었으니, 시아주버니가 질이시요.」 탄복을 거듭했다.

그러나 동서가 가지고 온 소식은 외서댁의 무릎을 꺾이게 했다. 그리고 나흘이 지나서 은밀하게 전해진 소식에 외서댁은 혼절을 하고 말았다.

김범우는 긴 나무의자에 앉아 기차표를 만지작거리며 아낙네들의 말에 귀를 기울이고 있었다.

「워쩌크름 배때지에다 총을 맞고도 안 뒤지고 살아났꼬이.」

「금메, 원체로 악헌 인종이 명이 찔긴 법이랑께로. 고것이 한 방이 아니라 시 방을 맞고도 살아날 인종 아니드라고?」

「아니시, 그 병원 원장님이 원체로 기술이 좋아논께 그 인종얼 살려낸 것이네. 거 장 순경인가 먼가는 시 방을 맞었는디도 살려내는 판인디 그

까징 거 한 방짜리야 식은 죽 묵기 아니겄어?」

「옳여, 그 말이 옳여. 그 인종이 살아난 것은 그 고진인 원장님 덕이시.」

「그 원장님은 너무 고진이라서 탈이랑께. 염가고 장 순경이고, 고런 인종덜헌테넌 기술을 써도 쪼깐썩만 쓰고 말어야는디, 판판이 살려논께로 씨언혀질라고 허든 우리덜 속이 요리 되갱기는 것 아니겄능가.」

「워따, 누가 듣겄네웨. 말얼 참든지, 소리럴 살살허든지 허소.」

「나가 못헐 말 허간디? 바로 뚫린 입 갖고 말이야 바로 혀야제.」

「바른말 허고 살 시상이 아닝께 허는 소리시.」

「좌우당간에 요분 일로 땅 치고 통곡헐 사람언 원수 갚자고 총질헌 그 남정네허고, 염가눔 새끼 밴 그 사람 마누래, 둘이여. 우리야 다 배불른 소리 허는 것이고.」

「그리 따지자면 그렇제. 근디, 술도가집 일로 잡혀 들어간 사람덜 뒷소식은 누가 들었능가?」

「재판을 받아야 헌다니께 안직 알 사람이 있겄다고?」

「다 살인죄인으로 몰아때레 넘게뿌렀으니 그 사람덜 워찌 될라능고?」

「살인죄인이야 재판받아 봐야 사형당헌다고 허든디, 그 열두 사람이 싹 다 사형받을랑가?」

「고 무신 미친 소리여. 아무리 시상이 있는 눔덜 차지고, 즈그덜 맘때로 헌다 혀도 워쩌크름 한 목심허고 열두 목심허고 바꾸었어.」

「누가 안당가, 부자 한 목심허고 작인 열두 목심허고 바꿀란지. 작인덜 기 뿐질러놀라고 그리 헐란지도 누가 안당가.」

「금메, 그 말 듣고 봉께 그럴 만도 허시. 글먼 그 사람덜 으쩌까?」

「죽어야제 워째, 애초에 작인인 것이 죈께로.」

「참말로 드런 눔에 시상이여.」

「순천행 개찰이요오, 순천행!」

발뒤꿈치를 세운데다 목까지 잡아늘인 역원이 대합실을 휘둘러보며 외치고 있었다. 김범우는 나무의자를 등으로 밀며 일어섰다. 네 명의 아낙네들은 언제 그런 얘기들을 했느냐 싶게 빠른 몸놀림으로 그를 앞질러갔다. 보퉁이를 하나씩 든 가난한 입성들이었다.

김범우도 누구보다 빠르게 염상구가 당한 소식을 알았던 것이다. 아버지 문안으로 매일 병원에 드나들며 그의 회복상태도 비교적 자세하게 알 수 있었다. 그러나 김범우는 한 번도 그의 병실을 들여다보지 않았다. 별로 내키지 않은 일인데다가, 그의 병실 앞에는 인상이 그다지 좋아보이지 않는 청년들이 둘씩 서 있었던 것이다. 무슨 장한 일하다 당했다고, 하는 생각과 함께 거부감이 일어나게 되었다.「그럴 필요 없다고 해도 자기들 마음대로군요. 병원 분위기 생각해서라도 빨리 회복됐으면 좋겠어요.」언짢은 기색을 드러내는 전 원장의 말이었다. 퇴원을 하게 되면 그가 더 열렬한 반공주의자가 되리라는 점만은 명백했다. 선우진 이나 서북청년단원들처럼. 김범우는 씁쓰레하게 웃으며 기차에 올랐다.

법일스님은 퇴원해 있었다. 그러나 엎드린 채로 김범우를 맞았다. 김범우가 서울에서 받은 편지에는, 집행유예로 나와서 병원에 입원 중이라고 적혀 있었다.

「아직도 불편하신 모양인데, 어디가…….」

김범우는 법일스님의 어깨를 살피며 물었다.

「뭐, 다 나았어요. 지금 새살이 돋아나면서 아무는 상태니까 엎드려 있어야 한다고 의사 선생께서 어찌나 당부신지 이렇게 지내고 있지요. 이것도 득도고행 방법 중의 하나가 될 만하군요.」

법일스님은 전보다 많이 상한 얼굴에 여유 있는 웃음을 지으며 그렇게 말했는데, 그건 엎드려 지내는 고통스러움에 대한 우회적 표현인 것을 김범우는 알아들었다.

「혹시 둔부에 이상이 있으신 거 아닌가요?」

「그리 됐어요. 그 무지스런 사람들이 터진 데가 아물 만하면 때려서 터쳐놓고, 아물 만하면 또 때려서 터치고 하는데다, 날이 더워놓으니 그 자리가 덧나고 곪을 수밖에요. 그런데 거기다가 어느새 파리라는 놈이 쉬를 깔겼는지 썩어들어가는 살 속에 구더기가 끓기 시작한 것이지요. 의사 선생 말씀으로는 살이 깊어서 그런다는데, 이번에 내가 구더기들한테 생전 처음으로 그야말로 육보시를 한 셈이지요.」

「그것참 큰 고생하셨군요. 어깨는 어찌 되셨습니까?」

허벅지나 팔을 동여맨 붕대 속에서 구더기를 파내야 했던 버마 전선의 부상자들을 김범우는 떠올렸다.

「어깨야 더 부러뜨리지 않았으니까 저절로 치료가 됐지요.」

법일스님이 스산한 느낌의 웃음을 지었다.

「집행유예라서 기분이 좋지는 않습니다만 우선 그렇게라도 나오셔서 다행입니다.」

「바른 생각, 바른말이면 다 죄가 되는 이런 아수라 지옥에서는 그럴 수도 있어요. 내가 관직을 탐할 것도 아니고, 집행유예라고 기분이 나쁠 것도 없지요.」

「사찰 일은 어떻게 해결이 되었습니까? 앞으로 거취문제도…….」

「종교가 타락하면 자체의 자율적인 법을 버리고 세간법을 이용하거나 의탁하게 되는 법입니다. 농지개혁법이라는 것이 그 모양인데 사답을 작인들에게 그냥 넘겨줄 리가 없지요. 그리고 나는 집행유예를 선고받은 엄연한 죄인이니 더 이상 불문에 머무를 수 없다는 해석입니다. 그래서 내가 먼저 불문을 떠나기로 했습니다.」

「아니, 어찌 그럴 수가 있습니까!」

김범우의 목소리가 높아졌다. 그때 여자아이가 과일을 내왔다.

「이것 좀 드시지요. 손님이 사오신 걸로 손님대접을 하는 모양입니다.」

법일스님이 과일접시를 김범우 앞으로 밀어놓으며 또 스산하게 웃었다.

「아무래도 그분들 처사가 좀 지나친 것 같습니다.」

「그게 아니라도 어차피 불문은 떠나야 할 형편에 와 있습니다. 나오자마자 보도연맹엔가 어딘가 가입하라고 저리도 강압이니, 그런 곳에 가입한 몸으로 가사장삼이야 걸칠 수 없는 노릇 아닌가요.」

「아니, 스님한테도 말입니까?」

김범우는 아연하지 않을 수 없었다. 손승호가 서울로 떠나오지 않을 수 없었던 상황을 다시 실감하는 기분이었다.

「집권자들의 입장에서는 공산주의자들만 잡자는 것이 아니라 성가신 존재들까지 잡자는 목적하에 만든 법이니까 나 같은 사람한테도 그 혜택이 올 수밖에요. 그래서, 이건 아직 발설할 단계는 아닙니다만, 나와 가까운 신도 한 분이 비용을 대겠으니 연고 없는 곳으로 이사를 가라고 권하는데, 폐도 되고, 어찌해야 좋을는지…….」

「스님, 떠나도록 하십시오. 어차피 불문도 떠나신 마당에 여기 더 머무실 이유는 없는 것 아닙니까. 제 생각으로는 떠나시는 게 좋을 것 같습니다. 강압 때문이라 하더라도 일단 거기 가입하시게 되면 공산주의자를 자인한 결과가 되고, 그 다음부터 가해지는 정치보복은 어떤 것도 피할수가 없게 될 겁니다.」

「나도 그러리라 생각하고 있어요.」

법일스님은 왼손으로 허리를 받치며 힘겹게 몸을 옆으로 뒤척였다. 그 얼굴에 고통스러워하는 빛이 역연하게 드러났다. 엎드려 있자니까 허리가 많이 아픈 모양이었다.

「이학송 군과는 친교가 계속되고 있다고요?」

법일스님은 고통을 감추려는 듯 웃음을 지으며 물었다.

「예에, 시간이 나는 대로 자주 만나고 있습니다. 스님 덕분에 아주 좋은 선배를 갖게 되었습니다.」

「다행한 일이오. 그 사람 참 바르고 똑똑하지.」

법일스님은 회상적인 얼굴이 되었다.

「예, 식견이 남다르고, 배울 점이 많습니다. 그런데, 한 가지 이상한 점이 있습니다. 과거에 대해선 의식적인 것처럼 전혀 말을 하지 않습니다.」

김범우는 그동안 궁금하게 생각해 왔던 점을 털어놓았다.

「그렇던가요. 아마 그랬을 것이오. 자아, 과일 좀 들어요.」 법일스님은 사과 한 쪽을 조금 깨물어 천천히 씹으며 무슨 생각엔가 잠겨 있더니, 「요즈음 방식으로 두 쪽으로만 편가르기를 하자면 그 사람도 천생 공산주의자일밖에 없지요. 허나 공산주의자는 아니고, 좀더 엄밀하게 구분하자면, 뭐라고 해야 할까, 민족적 사회주의자라고 하면 어떨까요.

그 사람, 학생 때부터 일본에 대한 저항감이 대단했고, 사상서적도 많이 읽었고, 웅변도 잘했는가 하면, 글재주도 상당했지요. 그런 생각이나 다능함이 대학공부를 거치면서 더 깊고 넓어졌을 것은 자명한 일이고, 그래 해방 전해에 공산주의자로 몰려 징역을 살다가 해방을 맞았는데, 바로 고향 강진으로 가서 젊은이들을 모아 자치대를 만들어 활동을 시작했지요. 그 사람이 제일 먼저 시작한 것이 민족반역자들을 가려내서 처벌하는 것이었는데, 전체 주민들의 비밀투표 결과 제일 악하게 굴었던 두 사람을 죽였지요. 그런데 그게, 군정이 실시되면서 친일반역자들이 다시 득세하게 되니까 그 사람을 살인자로 몰아 죽이려 들었어요. 그래서 서울로 몸을 피할 도리밖에 없게 된 게지요. 이런 과거를 그 사람이 입에 올리기 좋아할 리 없겠지요. 그 사람이 기자생활을 하는 건 그 사람 자신을 위해서나, 우리 사회를 위해서나 아주 잘된 일이 아닌가 생각하고 있어요. 그런 사람들 힘으로 우리 사회가 조금씩이나마 바르게 지켜져야 할 테니 말이오.」

김범우는 미루어둔 말을 해야 되겠다고 생각했다.

「아직 말씀을 못 드리고 있었는데, 실은 제가 이 선배님 알선으로 통신사에 근무하고 있습니다. 한 두어 달 됐습니다.」

「아니, 어찌 된 연고로요?」

법일스님이 사뭇 놀라는 표정을 지었다.

「예, 서울에 가서 보니 다 늦은 공부에 애착을·가질 분위기도 아니고, 저 자신도 의미를 찾을 수도 없고 그랬습니다. 기자생활 같은 걸 통해서 현실 속에서 뭔가 바른 것을 찾고, 뭔가 실천하는 것이 더 낫지 않을까 하는 생각에서 이 선배님한테 자릴 부탁했던 겁니다.」

「그리 되었군요. 아주 잘된 일인 것 같군요. 공부는 아무 데서나 책으로 하는 거지 학교에서만 하는 것이 아니니까요.」

법일스님은 예상외로 반가워했다. 김범우는 그 반응에서 아버지에게 감추고 있는 죄의식을 다소나마 씻어내고 있었다.

4
태백산맥에 내린 소개령

    강원도의 산들은 전라도의 산들과는 사뭇 달랐다. 전라도의 산들이 나지막하면서 둥그스름한 모양새로 유연하게 흐르며 이어지는 것에 비해 강원도의 산들은 드높으면서 날이 선 모양새로 억세게 각을 이루며 솟구치고 있었다. 전라도의 산들은 평야를 거느리고 멀리 풍경으로 잡히는 데 비해 강원도의 산들은 평야를 제 몸으로 다 차지하고 앉아 바로 눈앞을 가로막았다. 전라도의 산들이 부드럽게 출렁거리는 물결이라면 강원도의 산들은 폭풍을 타고 내달아오는 겹겹의 성난 파도였다.

    심재모는 살이 많은 전라도의 산에서는 푸근한 친근감을 느꼈지만 뼈가 많은 강원도의 산에서는 살벌한 위압감을 느꼈다. 지역에 따라 말이나 풍습만이 아니라 산도 달라진다는 사실 앞에서 그는 경기도의 산들을 떠올리지 않을 수 없었다. 경기도의 산들은 어떤 모습이던가? 강원도와 전라도의 중간모습이던가? 그렇지 않았다. 지역적으로는 강원도와 가까우면서도 평야를 끼고 있는 탓인지 오히려 전라도의 산을 닮아 있었다. 어렸을 때부터 산을 먼발치로만 보고 살며 어쩌다가 오르고 했으므로 그에게 산은 익숙한 대상이 아니었다. 대학시절에 금강산을 거쳐 설악산을 구경한 일이 있었다. 그때는 기암괴석들의 신기한 아름다움에 눈이 팔려 그저 앞산이라는 정도로 생각했을 뿐 지역에 따른 비교의 눈은 갖지 못했었다. 그런데 산이 구경의 대상이 아니라 목숨을 내건 싸움터로 변하고 보니 그 다른 점이 확연하게 구분되었다.

강원도는 산만이 아니라 사람들도 전라도와 달랐다. 험하고 깊은 산으로만 이루어지다시피 한 땅에서 그나마 좁은 평지나 경사 덜 급한 비탈에 밭을 일구어 사는 대부분의 사람들은 양순하고 소박한 듯했고, 한편으로는 둔감하고 단순해 보이기도 했다. 전라도사람들이 무슨 말인가를 감춘 채 적의를 품고 있는 것 같은 무표정한 얼굴과, 눈을 내리깔거나 옆걸음질을 치면서도 세상 돌아가는 것은 예민하게 파악하고 있는 것처럼 순간순간 번뜩이는 불만에 찬 눈동자들에 비하면 강원도 사람들은 그저 덤덤하고 묵묵했다. 말도 전라도는 알아듣기가 어려울 지경으로 사투리가 독특한데 강원도는 경기도말 비슷해서 별다른 특색이 없었다. 강원도사람들을 대하면 마음이 편안하면서도 사람냄새를 진하게 느꼈던 것이다. 그 심한 차이의 원인을 찾아내는 데는 손승호가 진작 했던 말이 열쇠가 되어주었다. 그것은 소작의 관계에서 비롯되는 것이었다. 전라도사람들은 논밭이 넓은 땅에 살면서도 거의가 소작인이었고, 강원도사람들은 비록 산골의 비탈밭이나 돌투성이밭을 일구어도 그것이 자기네 소유였다. 빼앗기며 사는 사람들과 빼앗기지 않고 사는 사람들과의 차이는 그처럼 현격했던 것이다.

그런데 강원도사람들을 전라도사람들처럼 변하게 만들어야 하고 바로 그 일로 하여 심재모는 고심하지 않을 수 없었다. 그가 짊어지고 있는 임무는 인민해방투쟁이란 이름으로 이북에서 넘어와 태백산맥 줄기를 따라 산재한 적을 소탕하는 것만이 아니었다. 그 작전을 효과적으로 달성시키기 위해서는 적들의 식량 보급원과 잠자리 제공처가 되고 있는 산골 마을사람들을 가까운 읍이나 면으로 소개시켜야 하는 것이 또 하나 임무였다. 보급원을 차단시켜 적을 산중에 고립시킴으로써 섬멸하고자 하는 동계대공세를 전개하려는 작전계획 앞에서 소개는 전투보다 더 중요한 선결문제이기도 했다. 그러나 그 일이 계속적으로 난관에 부딪히고 있었다. 어느 산마을사람들이고 간에 소개령을 순순히 따르려 하지 않았다. 소개시한을 못박아놓은 상부에서는 매일 불 같은 닦달을 해댔고, 이미 겨울이 닥쳐온 강원도의 11월에 한사코 집을 떠나지 않으려고 버티는 산마을사람들 사이에 끼여 심재모가 겪어야 하는 곤혹은 말이 아니었다. 효과적인 작전수행을 위해서는 소개시키는 것이 불가피했고, 따스한 겨우살이 준비를 다 끝내놓은 마당에 느닷없이 집을 비우고 낯선 곳으로 옮겨가라는 말에 사람들이 저항하는 것 또한 당연한 일이었다.

「뭘 꾸물거리고 있는 거야, 무조건 몰아내라니까. 기한 내에 나오지 않는 것들은 모두 통비분자로 간주해 사살당하게 될 거라는 사실을 주지시키라 그 말이오.」

연대장은 날마다 전화통 속에서 열 받친 소리를 질러댔다. 그 '무조건 몰아내라'는 우격다짐이 심재모의 입장을 곤혹스럽게 만들고 있다. 소개령을 내렸으면 그에 따르는 최소한의 대비책은 마련되어 있어야 했다. 사람이 살아가기 위해서는 먹는 것만이 아니라 입을 것이 있어야 하고, 잠잘 곳이 있어야 하는 것은 상식도 못 되는 철칙이었다. 먹을 것과 입을 것은 당사자들의 것으로 해결한다 하더라도 잠잘 곳은 마땅히 소개시키는 쪽에서 해결해야 할 문제였다. 더구나 계절은 여름이 아니라 겨울이었다. 그런데 정부에서는 아무런 대비도 없었고, 상부에서는 무조건 몰아내라고 닦치고 있었다.

문제는 그것만이 아니었다. 시골사람들일수록 낯선 도시에 대해 두려움을 갖거나 꺼리게 마련이듯 산골사람들은 하나같이 집을 떠나면 금방 죽게 되는 것으로 생각하고 있었다. 읍이나 면은 어쩌다가 장이나 보러 나가는 곳이지 자기네들 같은 것들이 살 곳이 아니라는 굳은 생각을 돌릴 길이 막연했다. 그뿐만 아니라 좌익 때문에 자기네들이 마을을 떠나야 한다는 사실 자체를 그 사람들은 이해하지 못했다.

「그 사람들, 하나도 안 나쁘데유. 예의 차려 밥 좀 달라고 허구, 잠 좀

재워달라고 허구, 그뿐인걸유.」

어떤 남자는 이렇게 말하며 눈을 껌벅거렸다.

「살기 좋은 나라 만든다는 같은 동포 아닌가유. 살기 좋은 나라 된다고 해도 우리 같은 사람 살기야 그게 그것이겠지만서도, 고생하는 사람들 밥 좀 주는 것이 무슨 잘못이겠어유.」

다른 마을 남자가 태평스럽게 하는 말이었다.

전라도 소작인들이 좌익에 대해 상당한 호감을 가지고 있으면서도 그 감정을 감추는 것과는 대조적인 현상이었다. 강원도 산골사람들은 단순하고 소박한 인간적 감정으로 좌익을 대하는 것이었고, 전라도 소작인들은 좌익이 세상을 뒤바꿔주기를 기대하며 공범의식을 느끼고 있는 결과라고 할 수밖에 없었다. 그것도 빼앗기지 않고 사는 사람들과 빼앗기고 사는 사람들이 보이는 차이라고 할 수 있었다.

「총은 장난감으로 가지고 다니는 거야, 뭐야! 빨랑빨랑 몰아내라구, 빨랑빨랑. 작전 날짜가 코앞으로 닥치고 있소, 코앞으로.」

총으로 협박을 해서라도 사람들을 소개시키라는 성화였다. 그 악의 없는 사람들을 상대로 험악한 얼굴을 만들어보이고, 총을 들이대고 하는 짓을 할 수밖에 없는 괴로움을 심재모는 혼자 씹었다. 집을 떠나기 두려워하는 그들의 속성이나, 집을 떠나야 하는 이유를 납득하지 못하는 그들의 기준 따위는 얼마든지 강압으로 묵살할 수 있었다. 그러나, 거처 해결이 전혀 안 된 상태인 것을 뻔히 알면서 그들을 엄동의 추위 속으로 내모는 짓을 앞장서서 지휘해야 한다는 것은 사람으로서 차마 못할 일이라 여겨졌다. 물론 소개령이 내려진 즉시 사령부에 그 문제에 관해 문의를 안 한 것이 아니었다.

「그건 심 중위가 염려할 문제가 아뇨. 우리 군은 소개만 시키면 되는 것이고, 천막을 치든 움막을 치든, 그거야 각 읍면이나 도청에서 알아서 할 일이오.」

그 불분명한 책임한계 속에서 강행된 소개는 벌써부터 말썽을 일으키고 있었다. 먼저 소개당한 사람들에게 천막 한 장씩을 나눠주다가 사람들의 수가 계속 불어나게 되니까 그것마저 줄 수가 없게 되고 말았다. 천막을 치고 겨울을 난다는 것도 말이 아닌데다가, 그것마저 지급이 중단된 것은 사람들보고 다 얼어죽으라는 말이나 다를 것이 없었다. 그 행정의 무책임 앞에서 사람들은 먼저 집으로 되돌아가려는 시도를 했고, 그것을 저지당하자 그 다음으로 집단행동을 감행했다. 읍사무소나 면사무소로 떼지어 몰려가서 언행이 난폭해지는 것은 극한상황에 몰린 사람들로서 당연히 취하게 되는 자구책이었다. 살 집을 내놓든지, 집으로 돌아가게 해주든지 하라는 것이 그들의 요구였다. 그러나 그들이 돌아갈 집은 이미 불타 없어지고 말았다는 것을 그들은 모르고 있었다. 논농사가 거의 없는 까닭에 짚을 구하기가 어려워 흔한 나무를 얇게 켜서 지붕을 덮은 그들의 너와집은 그들이 소개당한 다음에 말끔하게 불태워지고는 했던 것이다. 고립섬멸작전을 감행해야 하는 마당에 적에게 유리할 뿐인 은신처를 하나라도 더 남겨둘 이유가 없었던 것이다.

심재모는 사령부의 성화를 더는 견뎌낼 수가 없어 소대 선임하사를 불러모았다.

「인제 더는 방법이 없소. 우리 관할구역 내에서 아직 소개가 안 되고 있는 마을은 앞으로 사오 일 안으로 완전히 소개시키도록 하시오. 사령부의 최후명령이니까 반드시 완료해야 하오. 사람을 다치게 하지 않는 범위 내에서 강압적으로라도 시행해야 하고, 특히 식량과 옷은 전량을 옮길 수 있도록 장병들이 철저하게 협조해 주도록 지휘해야 할 것이오. 그리고, 집을 소각하는 것은 당사자들에게 절대 비밀에 부칠 것이며, 소각시에 산불이 일어나지 않도록 경계를 철저히 하는 걸 잊어서는 안 될 것이오. 만약 집을 소각한다는 사실이 그들에게 미리 알려지면 그들은 사생결단 덤비게 될 것이고, 그리 되면 예상하지 못한 불상사가 일어날 위험이 있으니 그 점 특히 명심들 하시오. 질문 있으면 하시오.」

심재모의 단호하게 달라진 태도를 다 헤아린다는 듯 선임하사들은 묵묵히 앉아 있기만 했다.

「질문이 없으면 좋습니다. 곧 실시들 해주기 바랍니다.」

그런데, 면마다 읍마다 일어난 말썽은 현지에서 해결을 보지 못하고 위로위로 행정조직을 타고 번져올라 마침내 도청의 문젯거리로 등장하기에 이르렀다. 면사무소나 읍사무소는 물론이고 도청이라고 해서 그 많은 사람들의 주거를 해결할 수 있는 예산이 있을 리 없었다. 그렇다고 멀쩡한 사람들을 얼어죽게 만들어놓은 사태를 모른 척할 수도 없는 상황이었다. 도지사는 토벌사령관을 향해 그 무계획적이고 무모한 행위를 비난하는 동시에 그 책임을 떠넘기고 들었다. 토벌사령관이라고 당하고 있을 리 없었다. 국토방위의 신성한 임무와 국가 백년대계를 지키기 위한 군작전의 효과적인 수행을 함에 있어서는, 하는 식의 거창한 대응으로 군과 행정부의 불편한 관계가 마찰을 일으키기 시작했다. 그 마찰열은 도의 경계선을 넘어 중앙에까지 끼치게 되었다. 그 열전도체 역할을 한 것은 물론 신문이었다. 좌익 무장병들을 섬멸하는 것은 좋으나 수많은 양민들의 생존을 위협하는 일을 저지르는 것은 있을 수 없는 일이라는 여론이 전국화되었고, 결국 그 문제는 국회의 안건으로 채택되기에 이르렀다. 심재모는 그 과정을 지켜보면서 선임하사들에게 소개작전을 잠시 중단하라고 명령을 수정했다. 그러나 국회에서는 투표를 통해 소개령의 발동이 타당하다는 결정을 내리고 말았다. 그런 결정을 내렸으면 의당 뒤따라야 할 소개당한 사람들의 주거문제 해결에 대해서는 아무런 대책도 세워지지 않았다. 국민의 손으로 뽑혀 국민을 위해 일한다는 국회에서 그 지경을 하는 것을 보며 심재모는 어지러운 가치 혼란과 함께 자신이 하고 있는 일에 다시금 회의를 느끼지 않을 수 없었다. 좌익 무장병력을 없애기 위해서는 그보다 훨씬 많은 양민들은 희생되어도 상관없다는 논리 앞에서 국민의 생존보호가 먼저냐 좌익척결이 먼저냐를 놓고 우선순위를 따지려는 자가 오히려 어리석을 뿐이었다. 대통령의 이름으로 세계반공투쟁에 한국의 참가를 선언한 반공국가다운 모습이 아닐 수 없었다.

소개령이 일단 국회의 결정을 거치게 되자 그 강압적 실시는 박차를 가하기 시작했다. 심재모는 관할구역의 책임완수를 위해 군인으로 행동할 수밖에 없었다. 기둥을 붙들고 늘어지는 사람들의 몸부림을 외면한 채 공포를 쏘게 했고, 불길에 휩싸이는 너와집들을 바라보며 무의식적으로 담배를 빼물었다. 심재모의 그런 공적인 고심 한편으로는 사적인 근심거리가 께름칙하게 자리 잡고 있었다. 순덕이의 문제가 그것이었다.

「지가…… 지가 그 손수건을…… 수, 순덕이라고…….」

시골티가 역력한 한 처녀가 얼굴을 들지 못하고 더듬거렸을 때 심재모는 다섯 장의 손수건이 떠오름과 동시에 '사령관님을 멀리서 등대불로 삼고 있는 못난 여자'가 바로 그 여자라는 사실을 깨달았다. 너무 갑작스러운 여자의 출현으로 심재모는 잠시 멍멍해져 있었다. 그 먼 벌교라는 거리감과, 자신이 거쳐온 길을 저 여자가 어떻게 더듬어 찾아온 것인지 도무지 믿어지지가 않았다. 그러나 그 얼굴 몰랐던 여자는 엄연히 자신 앞에 서 있었던 것이고, 그건 사건이 아닐 수가 없었다. 알지도 못하는 먼 길을 온 사람답지 않게 별로 지친 기색이 없는 여자는 붉게 물든 얼굴을 숙인 채 몸을 움츠리고 서 있었다. 이쪽에서 무슨 방도를 강구하지 않는 한 그 여자는 언제까지고 그렇게 서 있을 것만 같았다. 그러나 심재모는 그 방도가 무엇인지 당황스럽고 난감할 뿐이었다. 무슨 말인가부터 하긴 해야 되겠는데 마땅한 말이 전혀 떠오르지 않았다. 왜 왔느냐고 물을 것인가. 그건 대답이 필요 없는 바보 같고 피차에 쑥스러운 물음일 뿐이었다. 그녀는 이미 행동으로 '임 찾아 불원천리'라는 대답을 해놓고 있었다. 일제시대를 거치고 해방이 되면서 세상이 아무리 급속도로 달라지고 있다고 해도 어찌 여자가 남자를 찾아 그 먼 길을 나설 수 있단 말인가. 그 적극성과 과감성에 이해가 미치지 않는 놀라움과 함께 앞에 선 여자의 품행이 슬그머니 의심스러워지기도 했다. 그러나 고개를 숙인 채 몸을 잔뜩 움츠리고 있는 여자의 모습에서는 처녀로서 갖는 부끄러움과 두려움 같은 것이 무슨 진한 향기처럼 드러나고 있었다.

「어떻게 여기까지 찾아오셨나요?」

심재모는 겨우 이렇게 입을 뗐다.

「야아…… 수원 주소럴 알아내갖고…… 거그서부텀 물어 물어 찾아왔구만요.」

「수원집에는,」 심재모는 문득 말을 끊었다가, 「어떻게 내가 단양으로 갔다는 걸 알아내셨소.」 그는 '우리가 어떤 사이라고 말했소' 하는 말을 재빨리 바꾸었던 것이다.

「워찌 헐 수가 읈어서…… 심바람얼 가는 질이라고 둘러붙였구만이라.」

순덕이라는 처녀―보통 키에 수더분한 생김을 한 여자. 눈에 이끌리는 미모는 아니었지만 그렇다고 결코 못난 얼굴이 아닌 여자. 부끄러움을 잘 타는 포근한 느낌의 평범한 얼굴에서 눈만은 유난히 검고 선량해 보였다.

「지는 인자 집으로는 못 들어가는구만요. 아부지 손에 맞어죽을 것잉마요. 참말로 지 맘얼 워찌헐 수가 읈어서 죽기럴 작정허고 나슨 것인디…… 지발 가라고만 허지 마시씨요. 그냥 요렇게…… 더 바래는 것 읈이 그냥 요렇게 있으면 된께요, 가라고만 허지 마시씨요.」

말수가 적은 그녀는 이 말만은 힘 꽁꽁 써가며 다지듯이 해나갔다. 그런 그녀의 눈은 애원의 빛으로 가득 찬 채 눈물이 그렁그렁했다.

그 말과 눈물 앞에서 심재모는 그녀를 모질게 돌려세우지 못하고 말았다. 어물어물 하숙집 딸네 방에서 기거하게 되었다. 양순하고 말수가 적은 그녀를 대할 때마다 심재모는 그녀의 어디에 집을 뛰쳐나올 수 있는 강단진 마음이 감추어져 있는 것인지 이해하기가 어려웠다. 그리고, 자기 하나만을 보고 그런 행동을 감행한 그녀를 어떻게 대해야 할지 날이 갈수록 심적인 무게가 더해감을 느끼고 있었다. 여자로서의 품행이나 성품을 의심할 데가 없는 그녀를 심재모는 가끔씩 먼 눈길로 바라보며 '역시 벌교여자'라는 생각을 떠올리고는 했다. 벌교의 그 도회적이고 개방된 분위기와 활달하면서도 억센 것 같은 사람들의 기질이 그녀에게도 숨겨져 있을 듯싶었다. 그곳은 지주들까지도 의외로 신식물이 많이 들어 있었다. 옷부터 양복 차림이 대부분이었고, 재산도 논만 가진 것이 아니라 이런저런 사업체들도 하나씩 가지고 있었다. 그들은 논만 믿고 장죽 물고 앉아 헛기침하는 옛날식 양반지주가 아니라 사업의 손익을 재빨리 계산하고 돈 버는 요령을 아는 사업가이면서 지주였다. 물론 그들은 가문이니 양반이니 하는 말을 입버릇처럼 했지만 그건 자기네들을 과시하려는 거드름에 지나지 않았고, 그들의 언행에는 이미 양반다운 품격도 체통도 찾아보기가 어려웠다. 그 대표적인 인물들이 최익달·윤삼걸·정현동이었다. 양반다운 언행으로 품격을 지키고 있는 사람들은 김사용이나 서민영 정도였다.

순덕이는 언제부턴가 자신의 빨래를 하숙집 주인여자의 손에서 모두 넘겨받는 모양이었고, 하숙집 식구들은 자연스럽게 애인 취급을 하려 들었다. 심재모는 엉거주춤한 상태로 나날을 보내고 있었다. 그녀와의 문제를 골똘히 생각하기에는 공무에 쫓기는 나날이 너무 번잡스러웠고, 한편으로 그녀의 존재가 공무를 제치고 장가를 생각하게끔 충동적이지 못했다. 저만치 거리를 유지한 채 순덕이라는 처녀와 언제까지 지내야 할 것인지 심재모는 마음 무거운 고민을 안고 있었다.

지리산지구 일대에서도 소개작전은 본격적으로 벌어지고 있었다. 하루가 다르게 심해져가는 추위와 함께 소개되는 마을이 나날이 늘어가고 있는 것을 확인하며 염상진은 전망이 밝지 못한 위기감을 느끼고 있었다. 군경의 소개작전은 단순한 인명의 소개가 아니라 산골마을의 초토화작전이었다. 염상진은 부대를 분산시켜 가며 소개작전을 벌이고 있는 군경부대를 기습하는 데 총력을 기울이고 있었다. 그건 전투를 겸한 산마을을 보존하려는 이중작전이었다. 그러나 그건 거의 실효를 거둘 수가 없었다. 수적으로 우세한 군경이 여기저기서 작전을 펴는데다가, 일단 불붙기 시작한 집들은 손을 쓸 길이 없었다. 옹달샘이나 실개울이 고작인 산마을에서 불길을 잡을 만한 물을 구할 수가 없었던 것이다. 대여섯 채 또는 예닐곱 채씩 모여 있는 산골마을들은 산중투쟁에서, 특히나 겨울투쟁에는 활용도가 큰 소중한 임시거점이었다. 주간보다는 야간투쟁을 주로 하는 자신들에게 산마을은 이모저모로 도움을 얻을 수 있는 독점 시설물 같은 것이었다. 그쯤은 상식으로 알고 있는 적들은 겨울을 맞으면서 산마을의 초토화를 본격화시키고 있었다. 동계대공세를 감행한다는 것이 소문만이 아니라 현실로 육박해 오는 것을 염상진은 실감하고 있었다. 야생동물도 한파가 몰아치거나 폭설이 내리면 마을로 접근하게 마련이었다. 하물며 사람이 겨울산중에 고립된다는 것은 더 말할 필요도 없는 위기였다. 적들은 이번 겨울을 이용해서 끝장을 보겠다는 속셈이 분명했다. 적들의 작전방법이 훤히 드러난 이상 거기에 맞서는 작전계획을 수립하는 것은 간단한 일이었다. 적들이 고립섬멸작전을 세웠다면 이쪽에서는 소조분산투쟁으로 대응하는 것이었다. 다만, 산마을들이 초토화되어 가는 상황 속에서 적보다 더 무서운 것은 자연의 악조건이었다. 앞으로의 투쟁은 적과 싸우고, 자연의 악조건과 싸우며 어떻게 해서든 살아남아야 한다는 점이었다. 생존유지투쟁, 그것은 혁명의 과정에서 그 무엇보다도 선행되고, 중요시되어야 할 투쟁이었다. 제주도의 투쟁처럼 비극적 종결이 되어서는 안 되었다. 적들은 제주도에서처럼 다시 승전가를 부르고 싶어하는 모양이었다. 그러나, 그건 어림없는 일이었다. 어리석은 몽상이었다. 제주도는 고립된 섬이었다. 그래서 물량작전과 고립작전이 성공할 수 있었다. 그러나 이 지리산지구는 제주도가 아닌 것이다. 끝없이 이어지고 뻗어가는 산들이 있었고, 소조분산투쟁을 전개하면 그 산줄기들을 따라 수만 개의 비트를 만들어가며 얼마든지 안전을 도모할 수가 있었다.

「대장님! 또 경찰이 뵌다는 보고구만이라.」

한 사람이 비트로 뛰어들며 알렸다.

「거기가 어디요?」

염상진은 지체 없이 몸을 일으켰다.

「쩌 신학리 쪽으로 두 골짝 너메라는구만요.」

「갑시다, 거긴 분명 우리 관할이오.」

염상진은 총을 들고 비트를 나섰다. 지구사령부는 각기 30명씩, 6개 중대로 분산배치되어 있었다. 정치위원인 그는 부대를 직접 지휘할 책임은 없었다. 그러나 군당에서도 그랬던 것처럼 물러나앉아 있기를 원하지 않았다. 갈수록 상황의 불리가 심화되고 있는 형편에 앞으로 나설 수밖에 없었다. 그래서 정치위원으로서 직무를 소홀히 하지 않으면서 부대를 지휘하기 위해 사령부 본부중대와 제일 가까운 부대를 맡은 것이다. 그리고 사령관과는 매일 한두 차례씩 만나도록 하고 있었다.

염상진은 부대를 일렬종대로 이끌며 구보시켰다. 산을 구보한다는 것이 신체적으로는 무리였지만, 그 무리를 정신력과 숙달로 극복하고 체질화시키는 것만이 빨치산활동을 극대화할 수 있는 동시에 살아남을 수 있는 길이었다. 그는 부대이동에는 언제나 구보를 시켰다. 휴식이라는 것이 보통속도로 걷는 것이었다. 물론 그 방법은 자신의 부대에만 국한된 것이 아니었다. 정치위원의 발언으로서 전 사령부병력에 똑같이 시행되고 있었다.

두 개의 산등성이를 넘어섰을 때 염상진의 눈에 잡힌 것은 연기와 불길이었다. 산골짜기 저 아래 오목한 평지에 자리 잡은 서너 채의 오두막이 불붙고 있었다.

「워메, 한발 늦어뿌렀구만이라.」

1소대장이 숨을 몰아쉬며 안타까운 듯 말했다. 군경은 불을 지르고 즉시 퇴각해 버리는 작전을 썼으므로, 집이 불타고 있는 것은 공격의 기회도 놓치고, 산마을 보호도 못한 결과만을 남기는 것이다. 염상진은 연기와 불길을 응시하고 있었다.

「대장님, 워째야 헐께라? 부대럴 돌릴께라?」

「아니오, 가봅시다.」

염상진은 아래를 향해 뛰기 시작했다. 그 뒤를 따라 한 줄을 이룬 병력이 무서운 속력으로 비탈을 뛰어내려가고 있었다. 30여 명이 그리도 빨리 뛰고 있는데도 땅을 차는 발소리는 의외로 작았다.

네 채의 집은 손쓸 가망이 없도록 불길이 처마 밑을 휘돌고 있었다. 염상진은 맹렬한 기세로 타오르는 불길을 응시한 채 똑바로 서 있었다. 피가 그러하듯 불길도 언제나 그의 가슴벽을 치는 신선한 자극이었고, 가슴의 바다를 끓게 하는 뜨거운 충동이었다. 적에 대한 증오에 탄력을,

혁명의 의지에 열기를 가해 가슴을 끓게 했다. 피가 그렇듯이 불길도 분명 살아 있는 생명체였다. 살아 있는 생명이 무형체의 재로 변해가는 마지막 모습이 불길이었다. 피가 그리도 농도 짙은 아름다움이고, 불길이 그리도 현란한 아름다움인 것은 거기에 들어 있는 생명력 때문은 아닐까. 이 세상에서 가장 아름답게 느껴지는 색깔은 피와 불길이었다. 그것은 바로 혁명의 상징이었다.

「대장님, 닭장에 달구새끼덜도 그대로 있고, 무시구뎅이도 그대로 있는디 고것덜얼 워째야 쓸랑가요?」

염상진은 생각에서 깨어났다.

「무슨 말이오?」

「야아, 정신윲이 닭달얼 해대는 통에 급히 뜨니라고 그랬는지 달구새끼덜도 닭장에 그대로고, 무시구뎅이도 멀쩡허당께요. 인자 임자가 윲어져뿐 것인디 우리가 차지혀도 안 될랑가 말씸디리는구만이라.」

「임자가 있기야 있지요.」

염상진은 중얼거리듯 말했다.

「저 달구새끼덜, 모시 안 주먼 시나부로 비틀어져 죽든지, 여시 밥이 되든지 헐 것인디요?」

선임소대장은 의아한 눈길로 염상진을 올려다보았다.

「아마 그럴 거요. 주인한테는 미안한 일이지만 우리가 먹도록 합시다.」

「야아, 알겠구만이라.」

선임소대장은 신바람나게 몸을 돌렸다. 그리고 손나팔을 만들어대고 뛰며 목소리를 높였다.

「어이 보소, 동무더얼, 대장님 허락이 떨어졌응게 달구새끼고 무시고, 묵을 것 있으면 싹 다 찾어내드라고잉. 싹 다 찾아내여.」

불길 속에서 통나무며 살림살이들이 튀는 소리에 닭들이 꼬꼬댁거리고 날개 퍼득이는 소란스러운 소리가 섞이고 있었다. 거기에 부하들의 들뜬 소리까지 섞여 출렁거리는 것을 들으며 염상진은 사방을 경계하고 있었다.

「대장님, 다 되야구만이라.」

선임소대장의 흡족한 얼굴이 염상진의 시야를 막았다.

「출발합시다.」

돌아서던 염상진은 주춤했다. 부하들은 제각기 무언가를 들고, 지고 있었던 것이다.

「뭐가 저리 많소?」

「야아, 고구마도 찾아내고, 된장, 꼬치장도 아까바서 퍼담고 그랬구만이라.」

「횡재했소. 그만 갑시다.」

염상진이 걸음을 떼어놓았다. 불길들은 여전히 맹렬한 기세로 타오르고 있었다.

벌교의 고읍들 둘레로 흩어져 있는 동네 언저리나 회정리 3구와 장양리의 산자락에는 하늘만 겨우 가린 급조한 움막들이 쉽게 눈에 띄었다. 옥산 너머에서 소개당한 사람들은 고읍들에 자리 잡았고, 제석산 뒷골에서 소개당한 사람들은 회정리 3구나 장양리에 움막을 친 것이다. 그들이 거처하는 움막은 대나무로 얼기설기 뼈대를 엮고, 이엉을 둘러쳐 간신히 바람막이 시늉을 해놓고 있었다. 이엉이라도 네댓 겹으로 둘렀으면 통바람이 제멋대로 드나드는 것을 다소나마 막을 수 있었을 텐데, 겨우 두 겹 정도 두르고 만 움막 안은 한데나 다름이 없었다. 구들이 놓였을 리 없는 바닥에도 짚이나 가마니가 깔렸을 뿐이었다. 그러나 그런 정도나마 움막을 칠 수 있었던 것은 집집마다 짚단을 추렴했기 때문이었다. 지붕갈이를 끝낸 농가들이 쌓아두고 있는 짚가리는 대부분 겨울땔감으로도 부족한 양이었다. 거기서 움막 지을 짚단을 빼낸다는 것 자체가 무리였다. 읍사무소 직원과 경찰은 그들의 버릇대로 터무니없이 으름장을 놓고 다녔다.

졸지에 집을 잃은 산마을사람들은 그 움막 안에서 오들오들 떨며 두고 온 집을 그리워하고 있었다. 겨울나기는 배부르고 추운 것보다는 배 덜 부르고 등 뜨신 것이 한결 낫다는 것을 그들은 체험으로 알고 있었다. 산밭을 일군 양식이라서 비록 넉넉하게 먹고 살지는 못했지만 나무는 흔해 겨울이 끝날 때까지 구들을 식히지 않고 살아온 살림살이였다. 양식이고 이부자리고 챙길 수 있는 데까지 챙겼지만 경황이 없기도 했고, 힘이 부치기도 해서 두고 온 것들이 더 많았다. 마당가에 갈무리한 무도 손도 못 댔고, 아랫방의 고구마도 그대로 두었고, 도토리가마니도 헐지 않은 채였고, 가지가지 산나물말림도 헛간벽에 그대로 걸려 있었다. 세간살이도 긴요한 것이 한두 가지가 아니었다. 물동이가 필요한가 하면 바가지가 없었고, 불덩이를 오래 간수하려고 보면 화로가 없었다. 앞으로 살아갈 일이 막막하고 캄캄하여 산마을사람들은 모여앉으나 혼자 있으나 한숨이었다. 그들은 용기를 내서 읍사무소를 찾아보기도 했으나 냉대만 받고 발길을 돌려야만 했다.

읍사무소에서는 유지들로 얽어진 후원회의 눈치 살펴가며 계엄군이나 토벌대의 뒷수발을 하기에도 힘이 부치는 판에 그들의 생계문제에까지 관심 써줄 리가 없었다. 더구나 동계대토벌작전을 앞두고 있는 경찰에서는 그들의 존재 같은 것은 아예 거들떠보지도 않았다. 소관업무가 한발 멀어진데다가, 새 작전에 대한 상부의 지시가 전에 없이 강력해 그 대비에 신경을 집중시키기에도 정신이 없었다. 그러나 경찰이 아무리 긴장상태에 있다고 해도 작전의 주도권을 행사해야 하는 계엄군에는 비할 것이 못 되었다. 계엄군이나 지휘관들이 긴장하지 않을 수 없는 것은 강도 높은 상부의 명령이 매일 전통되기 때문만이 아니었다. 전사자나 중부상자로 그동안 생긴 결원이 보충되고 있었던 것이다. 그 병력보충은 새 작전이 임박하고 있음을 전화로 하달하는 명령보다 더 강하게 실감시켰다.

보충병을 부대에 배치시켜 가며 백남식은 식욕도 성욕도 차츰 떨어져 가는 기분이었다. 그동안 몇 달을 편하게 지낸 방어근무가 위험을 무릅쓰는 전투태세로 바뀌어서가 아니었다. 동계고립이라는 작전 자체가 마음에 들지 않았던 것이다. 어차피 빨갱이들은 깨끗하게 씨를 말려야 될 일이지만 꼭 겨울에 공격전을 벌일 이유가 뭐냐는 것이 그의 생각이었다. 적에게 불리한 상황이 꼭 아군에게 유리한 상황일 수만은 없었다. 특히 자연조건의 경우에는 적에게 불리한 만큼 아군에게도 불리했고, 어떤 경우에는 적이 당하는 불리보다 아군이 당하는 불리가 더 크기도 했다. 이번 작전이 그런 경우였다. 산촌들을 소개시켜 보급을 차단하고 은신처를 없애는 것까지는 좋았지만, 거기다가 적극적인 소탕전을 벌인다는 것은 무모하고 무리한 일이었다. 그렇게 고립을 시켜놓은 상태에서 산속으로 파고드는 적극전을 펼 것이 아니라 산 가까운 마을들에 병력배치만 하면 되었다. 보급원이 고갈된 적들은 마을로 접근하게 마련이고, 그때를 포착해 공격을 가하는 것이다. 그런 유인작전으로 겨울을 넘기면 적들은 얼어죽고, 굶어죽고, 총 맞아 죽어 힘들이지 않고도 반 정도는 없앨 수 있는 것이다. 그런 다음 봄을 이용해서 잔당을 섬멸해 버리는 것이다. 이런 여유만만한 작전을 세우지 못하고 상부에서는 번갯불에 콩 볶아 먹을 생각만으로 무조건 밀어붙이기를 해대고 있었다. 개도 막다른 골목으로 쫓지 말라, 적을 포위하되 최소한의 퇴로까지 차단하지 말라, 하는 전법의 기초도 모르는 자들이 윗자리를 차지하고 앉아서 하는 꼴들인 것이다. 산속으로 파고드는 공격에서 유리한 위치에 있는 것이 어느 쪽인가쯤은 알아야 할 일이 아닐 것인가. 산에 익숙한 것으로 치자면 적에 비해 아군은 어른과 아이의 차이가 나는 것이다. 그리고 적은 토끼나 노루가 아니라 엄연히 무장을 갖춘 병력이었다. 그런데 마치 토끼몰이라도 하는 것처럼 산속으로 병력을 투입할 계획을 세우고 있었다. 산에 익숙한데다, 악조건에 처한 적들은 발악적으로 대항할 것이다. 적이 발악할수록 아군의 피해는 커지는 법이었다. 성질 급하기로 이름난 일본놈들 군대도 이따위 식의 작전은 하지 않았다. 아군이 불필요한 피해를 입어가며 겨울 안으로 토벌을 끝내는 것하고, 아군의 피해를 최소한 줄여가며 봄까지 토벌을 연장하는 것하고, 어떤 것이 더 현명한 방법인가. 그 몇 개월 차이가 무슨 그리 대수라고 우격다짐으로 몰아치는 것인가. 이 대통령이 해를 넘기지 않고 빨갱이들을 완전 소탕하겠다고 국민들 앞에 약속했다고? 이승만이 대통령이면 대통령이었지 군인은 아니지 않는가. 전투작전이라고는 쥐꼬리만치도 모르는 영감탱이가 멋대로 한 장담을 들어주기 위해 작전도 아닌 작전을 작전이라고 세워 밀어붙이다니, 다 간신배 같은 놈들이다. 백남식은 생각할수록 울화가 치밀어 걸핏하면 짜증을 터뜨렸다.

「어엄니! 엄니, 나 죽어!」
목이 터지도록 솟구쳐오르는 이 소리를 외서댁은 이빨을 갈아붙이며 짓씹었다. 전신이 비비 틀리고 정신이 오락가락하는 속에서도 소리가 문밖으로 새나가서는 안 된다는 생각만은 그녀는 놓치지 않고 있었다. 이 눔아, 웬수야, 내 웬수야. 염상구에 대한 증오를 질겅질겅 씹는 것과 마찬가지로.
「잉, 그려, 쪼깐만 더 심써라, 잉 쪼깐만 더!」
외서댁의 손을 잡고 힘을 북돋우고 있는 어머니의 목소리가 더 크게 울렸다.
「워메, 이눔아, 웬수야, 으으윽…….」
외서댁은 눈을 부릅뜨며 이빨을 맞갈았다. 염상구 그놈이 남편을 죽이고 있었다. 칼로 남편의 가슴을 찍고 있었다. 남편이 시뻘건 피를 철철 흘리며 죽고 있었다.
「안 뒤야! 안 뒤야아!」
외서댁은 염상구의 목을 낚아채려고 모든 힘을 모았다. 그런데 염상구도 남편도 간 곳이 없고, 아래로 내장이 쏟아져내리는 휑 빈 기분과 함께 반짝 정신이 들었다.
「와따, 되았다! 불거져부렀다!」
어머니의 기쁨에 찬 소리가 외서댁의 귀를 때렸다. 웬수놈에 씨가 인자사 떨어져나갔구마. 외서댁은 왈칵 울음이 솟구치며, 온몸이 한정 없이 아래로 까라지는 것을 느끼고 있었다.
「안직 정신 놓덜 말어.」
아이 울음소리가 울리면서 뒤따라 어머니가 한 말이었다. 눈을 감은 외서댁은 양쪽 관자놀이께로 눈물이 흘러내리는 서늘한 감촉을 느끼고 있었다. 첫아이를 낳았을 때도 까닭 모르게 눈물이 흘렀지만 그때는 서늘한 감촉이 아니었다. 따뜻하고도 아늑한 감촉이었다. 그때는 남편이 문밖에서 지키고 있었다. 자신은 아이 울음소리가 울리기도 전에 뭐냐고 물었다. 「염병허고, 가시내다.」 어머니가 낮게 말하며 혀를 찼고, 「워쩔께라!」 자신은 너무 실망스러워 몸을 벌떡 일으키려 했다. 그러나 기운을 다 써버려 풀려버린 몸은 일으켜지지 않았다. 「젊다나 젊은 나이에 무신 걱정이다냐. 자꼬 나면 되제.」 어머니의 태평한 말이었다. 아이 울음소리가 울리자 남편의 목소리가 밖에서 먼저 들려왔다. 「머신게라?」 「잉……」 어머니는 잠시 말을 끊었다가, 「조갑지구마」 했다. 「잘 되았구만요, 첫딸언 살림밑천이라는디.」 남편의 흔쾌한 대꾸였고, 자신은 안도의 숨을 내쉬었던 것이다.

「이쪽서 헐 말얼 먼첨 혀뿌네.」 어머니는 중얼거리고는, 「안 섭헌가?」 하고 물었다. 「섭허기는라. 이만 낳고 말란간다라?」 주저 없이 넘어온 남편의 대꾸였다. 「하면, 하면. 앞으로 을매든지 나면 되제. 자네가 장부는 장부시.」 어머니의 홀가분해하는 말을 들으며 자신은 떠밀려오는 잠속으로 묻혔던 것이다. 그런데, 그런 남편은 끝내 아들을 보지 못한 채 이제 가고 없고, 자신은 남의 자식을 낳아놓고 있었다.

「염병허고, 꼬치다와.」

어머니의 말이 외서댁의 가슴을 심하게 쳐왔다. 그녀는 가슴의 벌떡거림을 느끼며 아랫입술을 깨물었다. 엄니, 그 말얼 멀라고 허요, 생김도 보지 말고 갖다주기로 해놓고. 그녀는 남편에 대한 죄가 다시 사무쳐오는 걸 느끼며 흐느끼기 시작했다.

「아가, 울지 마라. 나가 하도 기가 차서 안 헐 말얼 혔다.」

어머니의 손이 이마를 쓰다듬었다. 외서댁은 흐느낌을 삼키려고 애썼지만 가슴에 가득한 서러움은 자꾸 위로만 솟아올랐다.

「다 끝냈응께 한숨 자그라.」

어머니의 손이 이마를 떠났다. 허전함이 찬바람처럼 섬뜩하게 밀려들었다. 엄니, 이년 신세가 워찌 요리 끠일께라. 인자 워쩌크름 한평상을 산당가요. 외서댁은 주체할 수 없는 서러움과 외로움으로 몸을 비꼬았다. 남편이 염상구가 쏜 총을 맞고 죽었다는 소식을 들었을 때 혼절했고, 정신을 되찾고는 딸을 데리고 다시 죽을 생각밖에는 하지 않았다. 남편이 없는 세상을 더 살아야 할 이유가 없었다. 그리고 남편의 그 허망한 죽음이 자기 때문이라는 것을 생각하면 더욱 살아서는 안 된다는 마음뿐이었다. 그런데 친정에서는 그런 눈치를 챈 것이었을까. 어머니는 집으로 돌아가지 않고 눌러앉았다. 그리고 여자의 세상살이에 대한 아리고 쓰린 이야기들을 이모저모 들려주었다.

「아가, 아가.」

외서댁은 어렴풋이 눈을 떴다. 어느 사이엔가 잠이 들었던 모양이었다.

「일나그라, 식기 전에 멱국 묵어야제.」

「무신 잘난 일 혔다고 멱국할라 묵고 그래라.」

외서댁은 얼굴을 돌렸다.

「무신 소리다냐. 씨야 워쨌그나 간에 니가 겪근 고상이야 이때나 저때나 매일반이제. 염가눔 씨 좋으라고 묵는 것이 아니고 니 몸 건지자고 묵는 것잉께 어여 일나그라.」

어머니가 등을 받쳐주는 대로 외서댁은 몸을 일으켰다. 자신도 모르게 방 안을 둘러보았다. 넓지도 않은 방 그 어디에도 아이의 모습은 없었다. 벌써 데려다준 것일까? 내가 그리 오래 잔 것일까? 그녀는 다시 방 안을 두리번거렸다.

「자아, 얼렁 밥이나 묵어라. 아그넌 목간시켜 아랫방에 뉘어놨응께 걱정 말고.」

어머니가 외서댁의 손에 숟가락을 들려주며 쯧쯧 혀를 찼다.

「걱정이야 무신…….」

외서댁은 굳이 이 말을 했다. 어머니와 한 약속을 잊지 않고 있다는 것을 보이기 위해서였다. 젖을 빨리지 말고 아이를 낳자마자 염가네집으로 갖다줘야 한다는 것이 이모의 의견이었다. 어머니는 그 말에 찬성

하면서, 얼굴도 볼 필요가 없다며, 이모를 앞지르는 의견을 내놓았다. 외서댁은 군말 없이 어머니의 생각을 따르기로 약속했다. 낙태를 시키려고 온갖 방법을 다 썼지만 허사였고, 결국 낳을 수밖에 없게 되었을 때 그것을 포구 썰물에다 띄울 것인지, 뻘밭에다 묻을 것인지, 절간 앞에다 버릴 것인지, 별의별 궁리를 다했던 것이다. 어차피 핏줄의 연을 이을 수 없는 처지에 그 얼굴은 볼 필요가 없는 일이었다. 방 안을 두리번거렸던 것은 아이의 얼굴을 보고 싶어서가 아니라 첫아이 때 익힌 습관일 뿐이었다. 배를 그득하게 채우고 묵직하게 눌렀던 포만감과 무게감이 갑자기 없어져버리게 되자 몸 가벼운 상쾌감을 느끼는 동시에 무언가 잃어버린 것 같은 허전감이 정신을 엇갈리게 하기도 했던 것이다.

「저 액물이 니 몸에서 떨어져나감스로 니 팔자 액운도 항꾼에 떨어져나간 것잉께 인자 다 잊어뿔고 몸 보존이나 잘혀야 쓴다.」

어머니가 젓가락으로 미역 건더기를 외서댁의 숟가락에 올려놓아주며 말했다. 엄니, 암 말도 마씨요. 냄편꺼지 잡아묵은 이 팔자 그른 년이요 일로 액운 때웠다고 앞질에 무신 신신헌 꼴 있겠소. 그녀는 목이 메어 밥을 넘길 수가 없었다.

외서댁의 어머니 밤골댁은 딸이 깊은 잠에 빠진 것을 보고 나서 아이를 안고 총총히 집을 나섰다. 사람들을 피하느라고 신작로를 버리고 철길을 따라 걸었다. 요런 찔기고 모진 목심아, 무신 영화, 무신 공명 얻을 것 있다고 그리 악착시리 이 시상으로 왔을끄나와. 태어남스로 에미품 떠야 허는 기구헌 팔자에, 애비라고 막돼묵은 왈패 오야붕인디, 니 전정이 막막허다. 바람막이를 하느라고 얼굴까지 덮은 포대기 속에서 기척 없이 자고 있는 아이를 고쳐안아가며 밤골댁은 이런 심난스런 생각을 떼칠 수가 없었다.

「손지 받으씨요.」

염상구의 어머니 호산댁 앞에 아이를 내려놓으며 밤골댁이 한 첫마디였다. 그 얼굴만큼이나 냉기 서린 말이었다.

「워메!」

호산댁은 소스라치며 입을 헤벌린 채 굳어졌다. 요 일얼 워쩔 것이다냐, 요 일얼 워쩔 것이다냐. 막연하게 걱정해 왔던 일이 막상 눈앞에 닥치자 호산댁의 생각은 딱 정지해서 제자리만을 맴돌았다.

「나 가겄소.」

밤골댁은 선 자리에서 그대로 돌아섰다.

「못씨요, 쪼깐만 있으씨요.」

호산댁은 질겁을 해서 일어나며 밤골댁의 저고리 소매를 붙들었다.

「나 헐 말 읎소.」

밤골댁의 싸늘한 내침이었다.

「고 맘 나가 다 아요. 나도 딸자석얼 키우고, 여운 사람인디 워찌 그 기맥히고 절통헌 속얼 몰르겄소. 나야 입이 열 개, 백 개라도 헐 말이 읎는 사람이요. 근디 말이요, 저 핏뎅이럴 요리 덜퍽 놓고 가불면 이 늙은 것이 워쩌겄소.」

호산댁의 늙은 얼굴은 더 많은 주름이 잡히며 울고 있었다.

「무신 소리요, 시방. 죽이든지 살리든지 거그서 맘때로 헐 일이제 우리야 몰를 일이요.」

밤골댁이 소매를 뿌리쳤다.

「워메 나 잠 봇씨요.」 소매를 놓치며 비틀하던 호산댁은 후닥닥 다시 소매를 붙들고는, 「아요, 인자부텀 우리가 맡을 책음인 것 다 아요. 근디, 애비란 것이 병원에 뉘 있는디다가, 쩌것이 뱃속에서 나온 지 삼칠일도 안 지낸 핏뎅인디, 이 늙은 것이 무신 수로 쩌것 멩 보존얼 시키겄소. 우리 아덜이 병원에서 나올 날이 오늘낼허고 있응께, 존 일 헌다고 그때꺼정만이라도 명줄을 이어주씨요.」 그녀는 침 마르게 애원했다.

「아덜만 불량시런지 알었등마 엄씨할라 뻔뻔시럽소이. 거그서도 아그 낳고, 키우고 혔담시로, 씨가 문딩이 씨든 개잡눔에 씨든 여자가 지 속으로 빼낸 새끼헌티 젖꼭지 한분 물려뿌렀다 허면 그 정 띠기가 삭신 짤라내는 것만치 에롭다는 것을 몰라서 고런 소리 뻔뻔허게 허고 앉었소, 시방? 우리 딸 신세 그리 진창 맹글어놓고도 머시가 또 모지래서 정붙인 핏줄 끊는 한꺼지 가심에 박아줄라고 허요. 시상이 드러바서 나가 가심에 든 말 하나또 못허고 있다는 것이나 똑똑허니 알아두씨요.」

밤골댁이 팔을 세차게 뿌리쳤고, 소매를 놓친 호산댁은 비틀거리다가 문지방을 넘어섰다.

「봇씨요, 나가 다 잘못혔소. 나 맘 급허다 봉께로 짚이 생각 못허고 그리 말이 잘못 나갔소. 무신 욕얼 묵어도 싸요. 근디 말이요, 아그 엄씨는 몰르게, 우리 나이 든 사람찌리 한 가지만 도와주씨요. 아그가 젖얼 안 뽈아도 엄씨 젖이야 불어나는 법인디, 그 아까운 젖 짜내 암다나 찌끄러뿔지 말고 나헌테 살짝허니 넘게주씨요. 애비 소퉁이가 밉제 새끼가 무신 죄가 있겄소. 새끼헌테야 에미젖이 질인디, 나가 쥐도 새도 모르게 걸음헐 것잉께 이 늙은 것 불쌍허니 생각혀서 짜낸 젖 윫애지 말고 넘게주씨요.」

호산댁은 밤골댁을 따라 종종걸음치며 애원하고 있었다.

「몰르겄소, 워째야 쓸란지.」

매정하게 끊어야 된다고 생각하면서도 상대방의 그저 사죄뿐인 태도와, 기왕 내버릴 젖일 바에야 하는 마음이 들어 밤골댁은 그런 대꾸를 하게 되었다.

「고맙구만이라, 고맙구만이라. 나가 눈감을 때꺼정 그 은혜 안 잊어뿔겄소.」

호산댁은 굽어진 허리를 몇 번이고 더 깊이 굽혀보였다. 호산댁의 그 눈치 빠른 대처에 밤골댁은 아무 말도 안 함으로써 두 사람 사이에 그 일은 약속이 이루어졌다.

「산모는 탈이 윫소?」

호산댁은 굽어진 허리를 편다고 펴며 처음으로 밤골댁을 바로 쳐다보았다. 그 얼굴에 슬픈 울음 같기도 하고, 죄스러운 울음 같기도 한 수심이 서려 있었고, 눈에는 물기가 번지고 있었다.

「그냥 그만허요.」

밤골댁은 고개를 끄덕여보이고 걸음을 옮겨놓았다.

「나가 죄인이요.」

호산댁은 밤골댁의 뒤에다 대고 중얼거리듯이 말했다. 그 목소리가 메어 있었다.

밤골댁이 고샅을 벗어나는 것을 보고 호산댁은 부산하게 돌아섰다. 혼자가 되자 갑자기 마음이 집으로 쏠려갔다. 꼭 무엇이 끌어당기는 것만 같은 이끌림이었다. 부정하게 얻은 핏줄이라도 핏줄은 핏줄이었다. 사립을 들어서는데 아이 울음소리가 들렸다.

「워메, 잠이 깼는갑네!」

호산댁은 멈칫 섰다가 치맛귀를 거머잡으며 잰 걸음을 쳤다. 순간적으로 터져나온 그녀의 목소리에는 아까와는 다른 탄력이 실려 있었고, 얼굴에도 밝은 기운이 드러나 있었다. 좁은 마당을 가로지르는데도 그녀의 마음은 조급하기만 했다. 죄를 빌고, 젖을 얻어내고 하느라고 아이가 어느 쪽인지를 아직 모르고 있었던 것이다. 방으로 들어선 호산댁은 서둘러 포대기를 젖히기 시작했다.

「아이고메 꼬치시, 꼬치!」

아이가 가늘고 작은 팔다리를 꼼지락거리며 숨차게 울어대는 것도 아랑곳하지 않고 호산댁은 감격적으로 소리쳤다. 하먼, 우리 상구가 을매나 야물딱지다고. 요러크름 태인 새낄수록 꼬치럴 달고 나와야제 넘 보기도 덜 숭허고, 지 신상도 덜 에롭제.

그러나 아들손자라는 반가움이나 다행감은 별로 오래가지 못하고 호산댁의 마음에는 걱정이 커가기 시작했다. 아들에게 이 소식을 알려야 된다고 생각하면서 시작된 걱정이었다. 아들이 어떻게 받아들일 것인지 짐작이 가지 않았다. 아니, 잘했다고 할 것 같지가 않은 예감이 차츰차츰 부풀고 있었다. 그래서야 안 되제, 지가 사람으로 낯 들고 살라면 인륜을 거실러서는 안 되제. 지가 뿌린 씨께 고마웁게 받아 고이 거둬야제. 지가 저질른 잘못 시상이 다 아는 일인디, 지가 딴 맘 묵어서야 죄 받고 벌 받제. 나가 쪼깐만 덜 늙었어도 졸 것인디. 호산댁은 마음이 초조하기만 했다.

아이를 다독거려 재운 호산댁은 부엌으로 나갔다. 아직 시간은 일렀지만 병원으로 가져갈 아들 점심을 서둘렀다. 아이를 위해서도 방이 따뜻해야 했다. 아궁이에 불을 지핀 호산댁은 뒤란으로 나섰다. 판자울 너머로 뒷집여자를 불렀다.

「헐 말이 있는디 우리 집으로 잠 올 수 있겄소?」

「그러제라.」

뒷집여자는 두말없이 고개를 끄덕였던 것처럼 금세 사립을 들어섰다.

「나가 핑허니 빙원에 댕게올 동안에 방 안에 앉어서 아그럴 잠 봐주씨요.」

「아그라고라?」

뒷집여자가 무슨 소리냐는 얼굴이 되었다.

「소문 들어 다 알겄제만 우리 작은아덜 애 밴 여자 안 있습디여. 그 여자가 몸 풀어 아럴 보냈소.」

「고것이 원젭디여?」

뒷집여자가 마른침을 삼키며 호산댁 옆으로 바싹 다가앉았다.

「을매 안 지냈소.」

「멋입디여?」

「꼬치요.」

「워메 아까와라.」

그 말이 걸렸지만 호산댁은 그냥 지나쳤다. 부정한 짓을 했기에 듣는 말이었던 것이다.

「글먼 작은아덜언 안직 몰르고 있는 것 아니겄소?」

「인자 가서 알려야제라.」

「아덜이 워쩔께라? 워째, 반가와라 헐랑게라?」

「안 반가와도 워쩔 것이요. 지 새끼 지가 건사허는 것이사 당연지사제.」

「아이고메, 총각아부지 되야부렀소이. 장개가자면 쪼깐 말씸허게 생겼는디라?」

「환영이야 받겄소만 남잔께 워찌 되겄제라.」

「그래저래 남자가 좋긴 존디, 그리 흠 있음시롱도 처녀장개 들라고 허겄제라?」

그 입바른 소리에 호산댁의 심사가 꿈틀 꼬였다. 그러나 내색을 해서는 안 된다고 생각했다. 그것 또한 내 아들이 부정한 짓을 해서 듣는 말이었다.

「고것이 이 시상 남자가 지닌 도적눔 심뽀 아니겄소.」

호산댁은 자기가 먼저 이렇게 말해 뒷집여자의 말을 막고자 했다. 그 말은 얼핏 들으면 아들을 욕하는 것 같았지만, 따지고 보면 그건 아들에 대한 철저한 변호였다. 어디 내 아들만 그러느냐, 하는 말이 감추어진.

「그렇제라. 옛적부텀 여자야 실금이 가도 안 되고, 남자야 한쪽이 떨어져나가도 암시랑 안 헌 것이 이 시상 법칙잉께요.」

호산댁은 무심한 듯 고개만 끄덕였다. 그러나 속으로는 자기가 생각한 대로 아들이 욕을 피하게 돼 적이 만족을 느끼고 있었다.

호산댁은 밥보퉁이를 작은아들 옆에 놓고 앉았다. 그리고 방바닥을 내려다본 채 불쑥 말했다.

「니가 오늘부텀 아부지가 되았다.」

「야아? 그 무신 뜽금읎는 소리다요?」

벽에 등을 기대고 앉았던 염상구가 윗몸을 벌떡 세웠다.

「뜽금읎기넌. 니, 외서댁이란 여자가 니 씨 담고 있다는 것 잊어뿔고 살었냐!」

호산댁은 고개를 빳빳하게 세우고 아들을 쏘아보았다.

「잊어뿔기야 혔겄소만…… 워째, 일이 워찌 되았소?」

몇 년 동안에 볼 수 없었던 어머니의 기운찬 태도에서 염상구는 젊었을 때의 어머니 모습을 보며 마음이 켕기는 것을 느꼈다.

「일이 워찌 되기넌…… 외서댁 친정엄니가 품고 왔드라.」

그래 받었소? 하는 말이 곧 터져나가려고 했지만 염상구는 꾹 눌러 참았다. 약간 기분이 묘한 것뿐 새삼스러울 것 없는 일이었고, 기를 세우고 있는 어머니를 상대로 긴말을 엮고 싶지가 않았다.

「워째 암 말도 옰냐.」

호산댁은 불안한 기색으로 아들을 살폈다.

「품고 온 것 받았으면 되았제 무신 말얼 더 혀라.」

염상구는 요 밑에서 담뱃갑을 꺼냈다.

「니 담배 텔라고 그냐? 의사선상님이 담배넌 입에도 대지 말라고 그리 당부허시든디, 병 도지면 워쩔라고 그러는겨.」

「와따, 그리 말혀 갖고 원장헌테 딛기겄소? 더 크게크게 말허씨요.」

염상구는 거침없이 성냥을 그어댔다.

「아이고메 저 징헌 삼시랑. 워째 시상에서 무선 것이 암것도 옰으까이. 딴 것이야 다 몰라도 아플 적만이라도 의사선상님 무서바힐 줄은 알어야제.」

호산댁은 빠르고 길게 혀를 차댔다.

「의사 말대로 혔다가는 병 더 도지요. 실밥 뽑았으면 빵꾸야 다 때와진 것인디 담배럴 워째 못 꼬실리게 혀라. 나가 다 알어서 허니께 엄니넌 가만 잠 있으씨요.」

염상구는 상을 찡그리며 푸우 소리가 나게 연기를 내뿜었다.

「아덜이다.」

호산댁이 불쑥 말했다. 염상구는 어머니를 멀거니 쳐다보았다.

「꼬치여.」

염상구는 어이가 없어 어머니를 쳐다보았던 것인데, 호산댁은 아들이 자기 말을 잘못 알아들은 것으로 생각하고 재차 말했던 것이다.

「밥 묵게 보퉁이 끌르씨요.」

염상구는 손바닥으로 상처 부위를 누르며 자리를 고쳐 앉았다.

호산댁은 밥보퉁이의 매듭을 빠른 손놀림으로 풀면서 가슴에 차 있던 불안감을 소리 안 나는 숨결에 실어 내보내고 있었다. 아이를 받아들인 것을 트집 잡을까 봐 처음부터 마음을 콩그리고 아들을 대했던 것인데, 아들은 의외로 순순하게 넘어갔던 것이다. 그런 아들이 고맙고, 전에 없이 실해보였다.

염상구는 밥을 건성으로 먹으며 외서댁을 그리고 강동식을 생각하고 있었다. 강동식이 죽었다는 소식을 부하가 물고 왔을 때 이상하게도 먼저 떠오른 것은 외서댁이었다. 그것도, 그 여자를 마음 놓고 가질 수 있다는 탐심이 아니었고 그 여자의 가슴에 너무 큰 못을 박았다는 죄책감이었다. 그 여자를 놀이개 삼으면서 강동식도 잡자고 마음먹었을 때는 생각지도 못했던 감정이 막상 일이 계획대로 되어 강동식이 없어지게 되자 엉뚱한 마음이 생겨난 것이었다. 왜 그런 마음이 생겨나는지는 자기의 마음이면서도 스스로도 알 도리가 없다. 그저 놀이로 몸을 섞으면서도 무슨 정이 들었던 것인가. 내 씨를 품고 있어서 나도 모르게 마음이 쓰였던 것인가. 하긴, 저수지에 빠져서 되살아났을 때 겉으로야 아무렇지도 않은 척 더 당당하게 행세했지만 속으로는 놀라고, 병원을 한 번쯤 들여다보고 싶은 마음도 없지는 않았었다. 그러나 꼭 그런 것 때문도 아니었다. 그렇다면, 강동식을 내 손으로 직접 쏴죽여서 그런 것인가. 아무리 생각해 보아도 그 어느 것도 흡족한 이유가 되지 못한 채 그녀에 대한 마음쓰임은 가슴 한구석에 박혀 있었다. 그런데 아이를 보내왔다는 말을 듣자 그 마음은 더 확실하게 모양을 드러냈다.

「손지 이쁩디여?」

염상구는 숟가락을 놓으며 불쑥 물었다.

「무신 소리 헐라고 그리 묻냐?」 호산댁은 경계하는 눈빛으로 아들을 쳐다보고는, 「사람 시늉만 헌 핏뎅이가 이쁘고 밉고가 워딨다냐. 핏줄이라고 헌께 중히 생각키고 맴이 씨이고 허제 그냥 핏뎅이로만 봄사 모다 정내미 떨어지고 징상시럽제.」 불안스러움으로 말을 길게 했다.

「멀 믹에 키울라요?」

염상구는 성냥을 칙 그어대며 물었다.

「산 목심 죽이기야 허겄냐.」

호산댁은 보퉁이를 싸며 대답을 피했다. 아들이 훼방을 놓을지도 몰라 그 이야기를 하고 싶지 않았다. 그야말로 쥐도 새도 모르게 그 일을 하려고 했다.

염상구는 나흘이 지나 퇴원했다. 그동안 그도 아이에 대해 묻지 않았고, 호산댁도 말을 꺼내지 않았다. 퇴원을 한 그는 집으로 가지 않고 경찰서 쪽으로 발길을 돌렸다.

「집에 가서 뉘여제 걸음이 그래갖고 워디로 간다냐와. 높은 양반덜헌테 인사야 쪼깐 더 있다가 채레도 안 되겄냐?」

호산댁이 안타까운 얼굴로 앞을 막아섰다.

「참말로, 걱정도 팔자요이. 엄니가 좋아라 허는 의사선상님이 머라고 협디여? 자꼬 방구가 나와야 얼렁 낫고, 방구가 나오게 헐라먼 심드는 것 참음시로 걸어댕게야 헌다고 안 그럽디여? 나가 방구 뽕뽕 나오게 혀서 얼렁 나슬라고 그러는 것잉게 나넌 냅두고 엄니나 집으로 가씨요.」

「잉, 의사선상님이 그리 말씸허시기넌 허셨는디, 글먼 니 혼자 댕기지 말고 니 꼬붕 한둘 델꼬 댕게라.」

「나도 그럴라고 혔소.」

그렇게 어머니와 헤어진 염상구는 경찰서로 가지 않고 소화다리를 건넜다. 그는 느리고 힘겨운 걸음걸이로 도래등을 넘어 회정리 3구로 들어섰다.

「워메!」

방문을 열었다가 토방에 선 염상구와 눈이 마주치자 외서댁은 질겁을 하며 문을 닫아버렸다.

「대낮에 사람얼 보고 워째 그리 놀래고 그러요.」

염상구는 부드럽고도 점잖은 어조로 말하며 마루에 한 발을 올려놓았다. 그러나 생각처럼 선뜻 올라가지지가 않았다. 상처자리가 묵지근하게 당기면서 무릎에 힘이 모아지지 않았다. 조금 무리해서 걸어온 길이었다. 그는 다리를 내리고 손부터 마루를 짚고 한 다리씩 올려놓았다. 문고리를 잡아당겼다. 열리지 않았다.

「봇씨요, 문 끌르씨요. 나가 시방 퇴원허는 질인디, 걷기가 몰뚝잖은 디도 헐 말이 있어서 역부러 왔소.」

염상구는 문을 질벅였다. 지게문이 힘없이 삐꺼덕거렸다.

「들을 말 읎소.」

방에서 나온 말이었다. 그 짧고 차가운 말에서 염상구는 자기가 너무 빨리 찾아왔는지도 모른다고 생각했다.

「몹쓸 말 허잔 것이 아니오.」

「들을 말 읎소. 」

「외서댁 위허는 말이오.」

「……별 징헌 말 다 있소.」

염상구는 울컥 화가 치밀려고 했다. 그러나 참아야 한다고 생각했다. 좋게 마음 쓰려고 찾아와서 일을 그르쳐서는 안 되었다.

「워메, 무신 남정네다냐!」

등 뒤에서 바락 소리치는 여자의 목소리였다. 염상구는 반사적으로 고개를 돌렸다.

「워메, 요것이 뉘기여!」

밤골댁이 홉 숨길을 멈추며 우뚝 섰다.

「염상군디요, 헐 말이 있어서 퇴원허는 질에 역부러 찾아왔는디 문얼 안 열어서 이러고 있구만이라.」

파리한 안색의 염상구는 변명처럼 말했다. 마당에 선 여자가 외서댁의 친정어머니라는 걸 직감한 염상구는 한마디로 자신의 입장을 밝힐 필요를 느꼈고, 몸이 불편하다 보니 목소리까지 기운이 없었던 것이다.

「헐 말언 무신 헐 말!」

상대방의 맥없는 태도를 보고 놀라움을 말끔히 씻어낸 밤골댁은 목을 꼿꼿하게 세우고 토방으로 올라섰다.

「외서댁허고 의논지게 이약헐란 것이었는디, 가야 쓰겄소.」

염상구는 마루를 내려서려 했다.

「음마, 요상허시? 딸헌테 의논지게 헐 이약이면 워째 엄씨가 있다고 못허까? 그리 꽁댕이 실실 숨킬라고 허는 것 봉께 필경 의논지게 헐 이약이 아니고 또 못된 짓 헐라고 온 것 아니여? 인자 우리도 청년단 감투 하나또 무서바허지 않는다는 것을 똑똑허니 알아야 써. 강 서방이 죽어뿌렀응께 인자 우리넌 좌익집안도 빨갱이집안도 아니다 그것이여.」

밤골댁의 목소리는 점점 열이 받치고 있었다. 그 억지소리에 염상구의 성질은 날을 세웠다. 그러나 끝말이 이상하게 가슴을 찔러왔다. 그 말은 강동식을 죽인 죄책감을 느끼게 한 것이 아니라 묘한 슬픔을 느끼게 했다. 그는 참자고 마음을 눌렀다.

「맘 한분 좋게 묵어보자고 배창새기 땡기고 꾀이는디도 참아감스로 도래등 넘어온 놈 놓고 그리 애맨소리 혀서 오기 도지게 헐라요? 나가 못된 짓거리 또 헐라고 왔는디, 아짐씨 눈에넌 시방 나 꼬라지가 못된 짓거리 혀질 상불르요?」

염상구는 밤골댁을 쳐다보며 쓰게 웃었다.

「병색이야 맥질혔구마……」 밤골댁은 말을 얼버무리고는, 「시상이 다 아는 못된 속아지에 맘 한분 좋게 묵자고 혔어도 을매나 좋게 묵어지겄어. 까마구가 지아무리 목간헌다고 황새 되간디?」 그녀는 얼굴을 하늘로 쳐들고 콧방귀를 뀌었다.

「무신 말인지 들어보도 않고 그리 오기 질를라요!」

염상구는 버럭 소리를 질렀다. 그리고 입을 딱 벌리며 상처 부위를 감싸안았다.

「나가 듣게는 말 안 헌담스로?」

밤골댁은 아파하는 염상구를 보며, 아이고 꼬시다, 배창시나 팍 터져 뿌러라, 저주하고 있었다.

「못헐 것 읎소. 어디 들어봇씨요.」

염상구는 결기를 세웠다. 세상살이에 닳아진 저런 늙은이가 있으면 이야기가 더 쉽게 풀릴지도 모른다는 생각이 들기도 했다.

「기왕 뚫린 귄디 못 들을 것 읎제. 어멈아, 방문 따그라.」

어떤 자신감에 찬 밤골댁은 기세 좋게 마루로 올라섰다.

자리를 잡고 앉은 염상구는 담배부터 피워물었다. 담배연기를 두어 번 뿜어내며 가느다란 눈으로 외서댁을 빠르게 훑었다. 애 낳은 여자들한테서 공통적으로 느낄 수 있는 희멀건하면서도 푸석푸석한 부기가 외서댁한테서도 느껴졌다.

「나가 배운 것 읎이 무식헌다다가, 요런 일로 말얼 허기로는 생전 첨이라서 나가 묵은 맘얼 말로 지대로 전허게 될란지 워쩔란지 몰르겄소만 이약허기로 된 마댕잉께 있는 대로 혀보겄소. 긍께, 나도 총 맞고 병원에 눠서 강동식이, 아니, 아그아부지가 죽었다는 소식얼 들었는디, 그 소식얼 듣고 봉께 영판 맴이 요상시럽고 지랄 겉습디다. 그짓말 안 허고 말허자면, 그 사람이 죽어뿔면 속이 씨언헐지 알었는디, 정작 죽었다는 말얼 듣고 봉께 씨언허덜 않고, 긍께 고것얼 머시라고 혀야 헐끄나. 껄쩍찌근헌 것도 아니고, 미안시런 것도 아니고, 몰뚝잖은 것도 아니고, 하여튼지 간에 요상시럽고 지랄 겉드란 말이요. 나 맴이 워째 그러는지 아무리 되작되작 생각혀 봐도 딱 잽히는 것 읎이 몰르겄고, 그런 맴허고는 또 달브게, 나가 외서댁 가심에 너무 큰 못얼 쳤구나, 허는 죄시런 맴이 생깁디다. 나가 아짐씨헌테 말 안 헐라고 헌 것이 요런 대목 말허기가 옹색시러바서 그런 것⋯⋯.」

「아니시, 아녀. 암시랑토 안 헌께 헐 말 다 허소.」

염상구의 말을 미심쩍은 얼굴로 그러나 유심히 듣고 있던 밤골댁이 말허리를 자르고 들었다.

「근디, 아그럴 나서 보냈다는 말얼 들은께 그 생각이 더 커지드랑께요. 나가 헐라는 말은 우선, 아그아부지가 죽은 문제로 나럴 원수 삼지 말고 나가 허는 이약얼 들어도라 허는 것이요. 요것이 무신 말인고 허니, 그 사람이 좌익으로 나서서 우리덜 가심에다 총구녕 종그는 것이나, 우리가 좌익 막을라고 좌익 가심에다 총구녕 종그는 것이나 피장파장이고, 서로 죽기로 작정허고 나선 쌈잉께 누구 손에 죽으나 죽기는 매일반인디, 으쩌다 봉께 그 사람허고 나허고 맞붙은 것뿐이다 그것이요. 그것이야, 그리 가차이서 맞붙지 안 허고 멀리서 총질허다가 나가 쏜 총알에 그 사람이 죽은 것이나 달븐 것이 암것도 읎다 그 말이요. 그라고, 나도 그 사람 총에 맞어 요 꼬라지가 되았소. 나가 살아난 것은 병원이 가차운 덕이었제, 나가 좌익얼 허고 그 사람이 우익얼 혔드람사 나가 죽고 그 사람이 살아났을 것 아니겠소. 죽기 아니면 살기로 벌린 쌈판에서 나가 쏜 총에 우리 성님이 죽을 수도 있고, 우리 성님이 쏜 총에 나가 죽을 수도 있응께, 그 사람이 죽은 것이야 지 좋아서 허든 일 끝막음이 그렇다고 치고, 그 담 나가 허는 이약얼 들어도라는 말이요.」

염상구가 다시 담배에 불을 붙였다.

「자칭 무식허다등마 말만 청산유수시.」

밤골댁이 중얼거리며 입을 삐쭉했다.

「나가 진짜배기로 헐라는 말언 지끔부텀 허는 외서댁 이약인디, 사내 자석이 속에 든 말 세세허니 허면 짜잔허고, 한 말로 딱 짤라 말혀서 나도 사람새긴디 미안시럽고 죄시럽고 혀서 앞일얼 워찌 잠 도왔으먼 허는 맴이다 그것이요.」

「허먼, 우리 딸헌테 장개라도 들겄다는 것잉감?」

밤골댁이 엇지르고 나왔다.

「와따, 나 꼬라지가 문딩이 상호맹키로 뵈기 싫어도 화질르는 애맨소리 자꼬 허지 마씨요. 사람이 속에 든 참말 험스로 사람 노릇 허겄다는디 워찌 그리 삐까닥허게 나가고 그래쌓소. 나도 삐까닥허니 나가볼께라?」

「항, 왈패 곤조 워디 가겄어?」

밤골댁이 정색을 하며 곧바로 앉았다.

「허 참, 왈패 곤조통 부릴 디가 읎어서 요런 디서 부려라? 나가 헐라는 삐까닥헌 소리가 먼고 허니, 나가 외서댁 그리 맹근 것은 나 죄가 아니라 나 홀린 외서댁 죄다 그 말이요.」

「아니 요런 빌어묵을 늠이!」

밤골댁이 눈을 부릅뜨며 팔을 치켜들었다.

「으쩌요, 애맨소리 들을 만허요?」

염상구는 능청스럽게 웃으며 담배를 빨았다.

「아, 싸게싸게 헐 말이나 혀!」

「다 초 치고 짐 뺄 것이 누구요? 나가 간딴허게 말허겄는디, 외서댁얼 평상 믹여살릴 수는 읎는 일이고, 무신 장시라도 험시로 살 밑천얼 장만

허 줬으면 허는구만요.」

「잉, 그렇게 새끼럴 맡아도라 고것이구만? 아이고메, 우뭉허고 숭허고 징헌 거, 사람얼 멀로 보고.」

「시끄럽소, 시끄러!」

염상구가 손바닥으로 방바닥을 내리치며 외쳤다. 핏기 없는 얼굴이 험상궂게 일그러졌고, 가늘게 째진 눈은 밤골댁을 노려보고 있었다.

「사람이 허는 참말얼 끝꺼정 그리 비비 틀어서 듣는 것이야 당신 맘때로요. 헌디, 나가 고런 생각얼 묵고 여그 찾어왔으면 개아덜이요. 외서댁이 술집여자도 아니겄고, 나가 그냥 재미로만 헌 짓이 외서댁얼 망치게 허고, 냄편할라 죽어뿌러 아럴 델꼬 앞날 살기가 각다분허겄다 싶어 쪼깐 맘 써볼라고 헌 것이다 그 말이요. 내 새끼야 엄니가 키우는 것이고, 고것 있다고 나 살기에 불편시런 것 하나또 읎소. 청년단 감찰부장 자리가 떨어지겄소, 처녀장개럴 못 가겄소? 나가 원체로 불량허다고 소문나서 나가 허는 말언 다 못 믿겄는 모냥인디, 나도 양심 쪼가리넌 쪼께 있는 사람새끼요. 나가 허고 잡은 말 다 끝냈고, 거그서 나 말 안 믿은께, 가겄소.」

염상구는 일어섰다. 밤골댁이 무슨 말인가를 하려 했고, 외서댁이 빠르게 어머니의 소매를 잡아끌었다. 염상구는 지게문을 거칠게 밀고 나갔다.

5
소화의 씻김굿

굿은 이틀 앞으로 다가와 있었다. 길닦음에 쓸 작은 꽃상여의 네 기둥에 노란 붕어를 매다는 것으로 소화는 굿 준비를 모두 끝냈다. 언제나 그러는 것처럼 홀가분하면서도 뿌듯한 기분과 함께 아득하면서도 상그러운 피로감이 전신을 적셔들었다. 첫 고비의 큰 짐을 부린 만족감과 안도감이 겹치면서 맛보게 되는 기쁨이었다. 굿을 잘 치르려면 준비물 마련부터 순조로워야 했다. 눈썰미 좋고 일손이 엽렵한 들몰댁 덕에 일을 쉽게 마무리 짓게 되자, 처음에 다소 내키지 않았던 기분도 말끔히 가시게 되었다. 이제 남은 것은 몸을 편히 갖고 마음을 정히 해 굿풀이 사설을 처음부터 끝까지 암독하는 일이었다.

「들몰댁, 고상허시었소.」

소화는 밝으면서 잔잔한 웃음을 지으며 들몰댁을 바라보았다.

「아니구만이라, 지야 무신, 기자님이 다 애쓰셨제라.」

색색의 종이조각들을 치우던 들몰댁은 쑥스러워하며 눈길을 피했다. 그녀의 얼굴에도 밝은 웃음이 번지고 있었다.

「길남이가 안직도 서운해헐란지 몰르겄소. 그 고마운 맘얼 그리 무질 러뿌렀으니 미안허기도 허고 짠허기도 허고, 영 맘에 걸리요.」

소화가 생각에 잠기며 나직나직하게 말하고 있었다.

「무신 말씸이신게라. 다 지 전정 생각허시는 짚은 맘으로 허신 일인디라. 기자님이 그리 짚은 맘으로 지 자석덜 대혀주신게 지가 을매나 고마운지…….」

들몰댁은 말끝을 맺지 못하고 손을 코로 가져갔다.

지전이며 지화 등속으로 준비물에는 한지를 가위질하는 일이 많았다. 무엇이든 만들기를 즐기는 손재주 좋은 길남이는 그 일을 돕겠다고 나섰다. 그러나 소화는 그것을 허락하지 않았다. 이유는 단 하나, 사내아이에게 무당이나 굿이 너무 친숙해지는 걸 막기 위해서였다. 어렸을 적에 예사롭게 넘긴 보배움이 장성한 다음에 잘못될까 봐 저어했던 것이다. 「후제 커서 장헌 일 해야 헐 남자넌 어려서부텀 요런 짜잔헌 일에 손대는 것이 아닌 법이다.」 소화는 일부러 엄하게 꾸짖었다. 길남이가 픽이나 무색해하며 입술이 실룩이고 코가 벌름거리도록 울음을 물었지만 달래거나 풀어주지 않았다. 평소에 꼭 살붙이처럼 따르는 그 아이의 정 어린 눈이 가슴을 싸아하게 만들었지만 애써 고개를 돌렸던 것이다.

「들몰댁, 곤허드라도 술도가집 잠 댕게오실라요. 여그 일이 다 막음되었다고 알리고, 거그 일 단도리 영축읎이 허라고 새참으로 일러두는 것이 좋겄소. 큰일 앞에 놓고 맘들만 바뻐 두세두세허다 보면 빠치는 것이 더러 있는 법이요.」

소화는 그 생김과 나이에 걸맞지 않게 침착하고 무거웠다. 평소의 그녀와는 꽤나 다른 모습이었다. 큰 굿을 앞두고 생긴 변화였다.

「아아, 펑허니 가서 말씸 전허겄구만이라. 무신 딴 말씸은 읎으신게라?」

「금메, 떡이나 잠 푸지게 혀서 여그저그 널리 돌렸으면 좋겄는디, 너무 실인심 혔응께요. 근디, 그 말얼 혀야 좋을란지 어쩔란지 몰르겄소.」

「알겄구만이라. 지가 요령지게 그 말얼 전허겄구만이라. 댕게오겄구만이라.」

「찬찬허니 댕기씨요.」

소화는 사르르 눈을 내리감았다. 그녀의 얼굴은 발그레한 화색이 맑은 살 속으로부터 돋아오르고 있었다. 건강을 되찾은 그녀의 얼굴은 생생한 탄력과 싱그러운 아름다움을 담고 안온하게 안정되어 있었다. 그러나 그녀의 마음도 그런 것은 아니었다. 그녀의 가슴은 항시 기다림으로 출렁이고 있었고, 마음은 지향 없는 길을 헤매어 산을 굽이굽이 넘고 하늘 끝 그 멀리에 이르고 있었다. 마음은 수만 가닥이 되어 당신을 찾아 더듬고, 가닥가닥 나뉘고 쪼개지는 마음 하나로 묶으려 하나 내 뜻으로 이루어질 일 아니고, 당신 오시며 거두어오실 길 잃은 마음입니다. 당신을 기다림이 턱없이 큰 욕심임을 아는 까닭에, 마음을 묶어 신당에 가두어두어도, 마음은 어느새 바람이 되어 당신을 찾아 산을 넘고 강을 건너 수천 리를 갑니다. 그녀가 가슴벽에 새기는 기다림이었다.

내키지 않았던 이번 굿을 받아들였던 것도 순전히 그분의 아버지였던 까닭이었다. 처음에 낙안댁이 찾아왔을 때는 말도 다 듣기 전에 퇴하고 말았던 것이다.

「보소, 밤마동 그 양반이 그 험헌 꼴로 찾어와서나 사람얼 괴롭히는디, 나럴 잠 살레주소. 그리 흉헌 죽음을 했으니 워찌 이승에 한이 옰겄는가. 그 한얼 풀어줘야 고이 저승으로 갈 것이 아니겄는가.」

이 애원에도 소화는 고개를 저었다.

「그리 흉사혀서 넘보담 많고 많은 한이 끌어댕게서 이승을 못 뜨고 저리 발싸심허는 원혼의 썻김굿이 훨썩 에롭다는 것을 나 다 아네. 굿 모시는 택이야 원허는 대로 다 치를 것잉께 나 잠 살레주소.」

이 말에도 소화는 고개를 저었다.

「자네가 지낸 일로 나럴 사람으로 안 보는갑는디, 그때 나가 잠시잠깐 맘 잘못 묵었든 거 신령님 전에 사죄허고, 자네허고 헌 약조도 어김읎이 지키지 안혔등가. 자네가 하섭이럴 보드라도 워찌 이럴 수가 있겄는가. 망자가 딴 사람이 아니라 바로 하섭이 아부지란 말이시, 하섭이 아부지.」

이 말 앞에서 소화는 마음에 걸었던 빗장을 풀지 않을 수가 없었다. 처음부터 그분의 아버지라는 사실이 마음의 빗장을 흔드는 것을 가까스로 막아내고 있었던 것인데 결국 그 말까지 듣게 되자 더는 고개를 저을 수 없었던 것이다. 그래서 사십구재에 씻김굿을 하기로 한 것이다.

「소화 씨, 계신가요?」

조심스러운 목소리였다. 소화는 눈을 떴다. 자신을 '소화 씨'라고 부르는 것은 이지숙뿐이었다.

「이 선생님.」

소화는 반갑게 문을 열었다. 다른 말은 몰라도 '선생님'만은 이지숙 앞에서 '선상님'이라고 하고 싶지 않아 일부러 신경 써가며 고쳤던 것이다.

「계셨군요. 일이 바쁘지 않으세요?」

이지숙이 방에 눈길을 보내며 웃음 지었다. 그녀가 굿을 한다는 걸 알고 있음을 소화는 직감했다.

「다 끝냈구만요, 들어오시씨요.」

소화는 어색하게 웃으며 한쪽으로 비켜섰다. 소화는 이지숙을 대하면 인간적인 신뢰감과 친근감을 느끼면서도 한편으로는 열등감과 비애감도 느끼고 있었다. 아는 것이 너무나 많은 이지숙 앞에서 자기는 얼마나 무식한 못난이인가를 알았고, 남자들이나 하는 줄 알았던 좌익을 이지숙이 하고 있다는 사실에서 생전 처음으로 자신이 하고 있는 무당 노릇에 대하여 서글픔을 느꼈던 것이다. 그 서글픔은 정하섭이 자신의 무당 노릇을 어떻게 생각하고 있을까를 생각하면 더 진해지고 커졌다. 사람은 다 제각기 맡아 하는 일이 다르다는 사실로 자신이 선 자리를 단단하게 해보려고도 했지만 그 열등감과 비애감을 없앨 수는 없었다. 아무리 생각해도 좌익하는 일과 무당 노릇이 똑같은 무게로 여겨지지 않았던 것이다. 그래서 이지숙이 가끔 찾아와 목소리 낮추어 하는 말을 한마디도 놓치지 않고 마음에 새기려고 애쓰는지도 몰랐다.

「정현동 씨네 굿을 하는 모양이지요?」

이지숙이 앉으며 친근한 웃음을 지었다.

「흉사라서 굿을 허겄다능마요.」

「씻김굿이겠죠?」

「워찌 고런 것꺼지 아신당가요?」

소화의 큰 눈이 더 커졌다.

「조선사람이면 그 정도는 당연히 알아야죠. 그래요, 너무 흉악한 꼴로 죽은데다가 초상도 마당에서 치렀으니 유족들이야 당연히 굿을 하고 싶겠죠.」

「생전에 정 사장님도 굿을 좋아했구만요.」

무심코 말을 해놓고 소화는 금방 실없는 소리를 한 자신을 나무랐다. 망자를 놓고 할 소리가 아니었던 것이다.

「한 가지 물어볼 말이 있는데요, 몰라서 그러는 거니까 조금도 이상하게 생각지 말고 대답해 주세요.」

이지숙은 검지손가락을 입술로 물며 생각하는 얼굴이 되었다. 소화는 등줄기가 꼿꼿해지는 긴장을 느꼈다.

「굿 중에 망자의 혼을 불러 가족에게 망자의 소원인가 뜻을 전하는 대목이 있지요?」

「예, 손대잡이라고 허능마요.」

「그래요, 손대잡이. 시누대가 막 떨리지요. 그때 말예요, 당골은 자기 정신이 없이 망령이 시키는 말만 하는 건가요 아니면, 자기 뜻대로 하고 싶은 말을 하는 건가요?」

이지숙은 신중을 기해 말해 나갔다.

「워찌 그러시는디요?」

사르르 냉기가 도는 얼굴로 소화가 반문했다. 이지숙은 소화의 거부를 강하게 느꼈다. 불가침을 향한 어렵고 위험한 질문인 것을 다시 확인하며 이지숙은 다음 말을 서둘렀다.

「제가 하는 말은 그 내용을 알자는 게 아니라 한 가지 부탁이 있어서 그걸 물은 거예요. 그 부탁은 다름이 아니라, 만약 소화 씨가 어느 한 대목이라도 뜻대로 할 수 있다면, 정 사장이 이번에 바닷물을 채우려고 했던 논들을 그대로 뒀다가 농지개혁 때 작인들에게 넘겨주라는 내용의 말을 끼워넣어달라는 거예요. 그렇게만 되면 가족들이 망자의 말인데 안 들을 수가 없을 것이고, 그 논들이 작인들의 손으로 넘어가게 되면 자그만치 200명 이상이나 되는 사람들의 생계문제가 해결되는 거예요. 그렇지 않고 가족이 딴 사람 앞으로 명의변경을 해버리거나, 사방으로 처분해 버리면 지금 소작을 부치고 있는 사람들은 어찌 되겠어요. 소화 씨도 아다시피 그 논 때문에 지금 열두 사람이 잡혀들어가 있잖아요.」

이지숙은 숨이 가쁠 정도로 빠르게 말을 해댔다.

「진작에 그 말씀부텀 허실 일이제라. 지가 워치케든지 혀보도록 허겄구만요.」

소화는 쑥스러운 듯 부끄러운 듯 가만히 웃으며 고개를 끄덕였다.

「소화 씨, 잘 좀 부탁드려요.」

이지숙은 의미 깊은 눈길로 소화를 쳐다보며 그 손등에 손을 포갰다. 그려라, 아메 그 일언 그분이 허고 잡아 허는 일일 것잉게라. 소화는 정하섭의 체취를 물큰 냄새 맡고 있었다.

12월이 중순 고비를 넘기면서 해는 완연히 짧아지고 조계산 쪽에서 불어오는 바람은 시리고 거칠었다. 어둠살이 번지고 있는 정 사장네 마당에는 차일이 높게 쳐졌다. 그 안에는 임시로 내건 두 개의 알전구가 내쏘는 밝은 불빛 아래 굿판을 벌일 준비가 다 갖추어져 있었다. 중간 높이의 여덟 폭 병풍이 집 쪽으로 둘렸고, 그 앞에 굿상이 기다랗게 차려져 있었다. 굿상은 오른쪽에서 왼쪽으로 고조부 내외·증조부 내외·조부 내외 순서로 차려졌고, 위치에 따라 병풍에는 지방만 붙어 있었다. 정현동의 굿상은 왼쪽 끝이었는데, 병풍에는 지방만 붙은 것이 아니라 그 위에 한지를 오려서 사람형상을 만든 넋전이 붙어 있었다. 그리고 옥색 모본단으로 지은 남자 한복이 발목에 하얀 버선까지 매달고 병풍에 걸쳐져 있었다. 병풍에는 묵으로만 친 여러 가지 화초들이 폭마다 쌍을 이루고 있었다. 굿상 앞엔 액상·향로·손대가 나란히 놓여 있었다. 그 앞으로 잇대어 깔린 덕석 왼쪽 한옆으로는 무명 두루마기에 갓까지 받쳐쓴 네 남자가 앉아 있었다. 그들 앞에는 북·장구·징·아쟁 같은 악기가 줄 맞춰 놓여 있었다. 여느 때와는 달리 대문이 활짝 열어젖혀져 사람들은 아무나 마음대로 들락거리고 있었다. 덕석 가장자리를 경계로 벌써 굿 구경을 온 사람들이 서너 겹을 이루었고, 병풍 뒤로도 빼곡하게 몰려 있었다. 그들은 끼리끼리 입을 맞추고 있었지만 머릿수에 비해 별로 소란스럽거나 시끄럽지는 않았다. 굿이란 원래 권하는 사람이 없어도 구경할 만한 것이었고, 그렇지 않고도 굿판이 벌어지면 이웃이나 근동에서 마음 써 보아주는 것으로 되어 있었다. 경사굿은 경사굿대로, 흉사굿은 흉사굿대로 서로 한자리에 마음을 모아 축하를 하며 즐기고, 애도를 하며 즐겼다. 아무리 가슴 아픈 흉사굿이라 하더라도 무당의 혼신을 다한 매듭매듭 풀이를 따라 굿은 흥겨움으로 막음하게 마련이어서, 가슴 미어지는 슬픔이나 아픔으로 시작된 굿도 어깨춤 내쉬며 더덩실 춤추는 기쁨을 서로 나누고 즐기는 것으로 끝이 났다. 그렇게 만들어주는 것이 무당의 신통력이었고, 사람들은 그 신통력을 믿었고, 의지했다. 한바탕 흐드러진 굿판을 통해서 사람들은 평소의 미움도 삭이고 삶의 고단함도 위안받았던 것이다. 그러므로 굿판에 모여들 때는 어떤 기대감으로 가슴이 흔들리면서도 자기도 모르게 옷깃을 여미게 되었다. 다만 보이지 않는 건 오늘의 당골네인 소화와 굿주인 낙안댁이었다. 「참말로 상다리 뿌러지게 채렸네잉.」「워째 안 글컸능가. 재산 많이 냉게놓고 비명횡사헌 냄편 한 풀어줄라는 것인디 아까운 것이 머시가 있겄어.」「그렇제, 재산이 지아무리 중혀도 목심만은 못헌 법잉께.」「근디, 굿값얼 앞돈만도 엄칭이 줬담시로?」「잉, 나도 그 소문 듣기야 들었는디, 뒷돈이 또 건너갈 것잉께 고것이 을맨지 알 수가 있겄다고. 다 줄만 헌께 주겠제.」「그려, 원체로 엄니 때부텀 뼉다구 실헌 물림잉께로. 그러다가 그 처녀무당 금세 부자 되야불겄네.」「와따 별걱정 다 허네. 거그도 잽이덜에다가, 조무에다가, 딸린 입이 수십이여. 무당질혀서 부자 됐다는 말 들었는가, 자네?」「그러시, 우리야 옛말 이른 대로, 굿이나 보고 떡이나 얻어묵으먼 그만이제.」

소화는 안방에서 일어날 채비를 하며 두 손으로 머리를 쓰다듬었다. 오동도 동백기름 발라 빗은 머리는 머리카락 한 올 빠져나옴 없이 단정하고 정갈했다. 검은 머리는 반지르르 윤기가 흘렀고, 하얗게 곧은 가르마는 인중과 일직선을 이루면서 차가운 위엄이 서린 미모의 얼굴을 더욱 돋아올리고 있었다. 쪽진 머리에는 평소와는 달리 긴 은비녀가 꽂혀 있었다.

「들으씨요.」 소화는 마주 앉은 낙안댁을 향해 눈길을 모으고는 「굿은 나 혼자서 모시는 것이 아니요. 나허고 항꾼에 맘이 뫼져야 망자가 왕생극락을 이룰 수 있을 것이요. 딴 맘, 딴생각 묵지 말고 온 지성으로 나럴 따르씨요.」 그녀는 냉정하고 엄하게 일렀다.

「하면, 하면이라.」

낙안댁은 합장을 하며 머리를 조아렸다. 소화도 낙안댁도 평소와는 판이한 모습이고 태도였다.

소화는 폭넓은 치마를 살짝 들고 일어섰다. 그녀의 몸 전체에는 범접할 수 없는 어떤 기운이 서려 있었다.

소화가 병풍 오른쪽으로 모습을 드러냈다. 일시에 사람들의 수군거림이 뚝 멎었고, 잡이 네 남자가 앉음새를 고쳐 똑바로 앉았다. 치맛귀를 잡은 소화는 고개를 약간 수그린 자세로 굿상 앞으로 옮겨갔다. 길게 끌리는 치마로 발이 보이지 않는 그녀의 가비얍은 움직임은 걷는 것이 아니라 마치도 사르르 떠가는 듯싶었다. 낙안댁과 상주인 아들은 병풍 오른쪽으로 자리 잡았다.

「참말로 이쁘시잉. 쾌자럴 안 걸친께로 훨썩 이쁜 것 아니라고?」「쾌자 걸치면 걸친 대로 또 이쁘겄제, 동백꽃맨치로. 쪼깐 선무당맹키로 뵈서 탈이겄제만.」「하면, 지대로 된 당골네가 쾌자 걸치고 설레발쳐서야 되간디. 굿맛 떨어지게.」「참말이제 무당해묵기 아깝게 꽃맹키로 이쁘시. 작약이 저리 이뿔랑가?」「아니시, 작약이야 너무 야허고, 머시다냐, 저리 깨끔허고 복시럽게 생긴 꽃 안 있드라고? 잉, 대웅전 앞에 핀 수국이시.」「와따, 용케도 찍어내네웨.」

소화는 하얀 모본단 치마저고리 차림이었고, 저고리섶·소매깃·고름을 남색으로 받치고 있었다. 하얀 모본단의 우아한 색조 속에서 남색은 유난히 두드러져 보이며 소화의 얼굴을 떠받치고 있었다.

소화는 굿상을 향해 조용히 앉았다. 그리고, 징을 왼손으로 받쳐잡고 징채를 오른손에 들었다. 굿의 시작을 아뢰는 안당이었다. 풍악의 전주가 울리면서 소화가 징을 가볍게 가볍게 두들기며 가락에 실은 주문이 시작되었다.

「아! 인금아 공심은 젊어지고 남산은 본이로세. 조선은 국이옵고 발 많은 사두세경 세경두 본서울은 경성부 동불산 집터 잡아 삼십삼천 내리굴러 이십팔숙 허궁천 비비천 삼화도리천 열시왕 이덕마련 하옵실쩍, 오십삼관 칠십칠골 충청도 오십오관 오십오골 돌아들어 관은 곽나주, 나주는 대모관, 승주는 군수구관, 낙안은 선지선관이요, 존제산 아래 보성은 지관이요, 골은 벌교골이요, 앉으신 읍의 지덕은 해동조선 전라도 보성군 벌교읍 벌교리, 그 한 지덕은 정씨 가문이요, 정중은 정씨 정중이요 정씨 가문 정정중께서 정성이 지극하여 대궐 같은 성주님을 모셔 놓고 원근 선영님을 모셔놓고 이 잔치를 나서자 상책 놓고 상날 가려 중책 놓고 중날 가리고 생기복 덕일을 받아서 이 잔치를 나섰습니다. 찬독 술 원독술에 산해진미 장만하여 마당삼기 뜰삼기 염천도우 시우삼기 야력잔치 나서서 불쌍하신 망제님을 씻겨서나 천도하자 이 잔치를 나섰습니다…….」

장구·피리·북·아쟁이 반주를 하는 가운데 징이 동동 동동동 울리며 소화의 주문이 가락을 타고 흐르고 있었다.

「소리가 심이 좋네.」「하먼, 젊은디.」「말도 멍청허니 받네. 젊다고 다 소리가 심지간디?」「와따 귀도 볽네. 소리 심 알라면 당아 멀었어. 제석굿 쯤에나 가야 지대로 알아지게. 씻김굿 열두 거리 중에서 안당거리 허는 소리 듣고 심 좋다는 소리 나 생전 첨 듣는 소리시.」「어허! 에진간히 넘어가제 위째 그리 찝어뜯고그려.」 두 남자가 시비하고 있었다.

몸을 일으킨 소화는 굿상을 향해 가볍게 읍하고 돌아섰다. 웃음기 없는 소화의 얼굴은 발그레하게 물들어 있었다. 감정이 깃을 세우기 시작한 증거였다. 소화는 정면을 바라보며 똑바로 걸어나갔다. 그 뒤를 잡이들이 악기를 들고 따랐다.

「질 잠 틔우씨요! 질.」

어떤 여자가 대문 쪽으로 선 사람들을 헤치고 있었다. 손에 흰 고무신을 든 들몰댁이었다.

「워째 쩔로 가까?」 젊은 여자가 말했고, 「혼맞이헐란 것이제.」 좀더 나이 먹은 여자가 말했다. 「혼맞이라?」 「이 집 망자가 워찌 죽었는지 몰러? 집 밖에서 객사혔으니 혼이 공중에 떠돔스로 집으로 못 들어온께 당골이 질 틔워 맞어딜이야 굿이 될 거 아니겄어. 오늘 굿에서 저것이 질로 중헌 대목 아닌갑네.」 「맞소, 인자 알아묵겄소.」

대문 밖에서 소화의 가락이 다시 들리기 시작했다. 아까보다 흐름의 폭이 넓어지고 음색이 진해져 있었다. 사람들은 움직임 없이 숙연한 얼굴들로 그 소리흐름에 귀 기울이고 있었다. 액상에 놓인 세 개의 쌀주발에 꽂힌 세 개의 촛불이 타고, 향로에서는 긴 연기가 파르스름하게 피어오르고 있었다.

소화는 틔어 있는 길을 따라 조용조용 걸어들어와 덕석으로 올라섰다. 뒤따르던 들몰댁이 흰 고무신을 재빨리 집어들었다. 사람들이 자리를 차지하려고 우르르 사태를 이루었다.

소화는 잡이들 쪽에 자리 잡고, 조무가 굿상 앞으로 나섰다. 살이 오른 몸피에 얼굴이 펑퍼짐한 조무는 손대소쿠리에 담아두었던 지전을 들고 가벼운 몸짓을 시작했다. 하나하나에 정성 들인 가위질을 해서 돈을 상징한 수십 가닥의 지전묶음은 작은 움직임에도 긴 꼬리들을 제각기 예민하게 흔들고 떨었다. 그것은 마치도 흰빛의 커다란 꽃송이 같기도 했고, 부풀어 오르는 하이얀 구름덩이 같기도 했다. 조무는 가벼운 춤사위로 흔들던 지전을 팔을 굽혀 어깨에 올린 듯한 모습으로 가락을 시작했다. 상을 차린 조상과 그 친구들의 영혼을 불러들이는 초가망석이었다.

「……굿을 불러 외야보고, 석을 불러 다녀보세. 굿은 한님에 굿이요,

석은 단님에 석이로세. 선영님네 오시라고 두대바지 챌을 치고, 화초병풍 둘러치고, 선영님께 축원하네…….」

조무는 이음동작으로 손대소쿠리에서 혼대를 집어들었다. 한 자 정도 길이의 시누대 끝에는 네댓 개의 댓이파리가 붙어 있었고, 그 밑을 한지를 겹 접어 홀묶음을 했는데, 망자의 넋은 그 대를 타고 내려오는 것이었다. 조무는 혼대를 지전으로 감싸 춤사위와 함께 가락을 계속했다. 모신 넋들을 즐겁게 해드리고, 맘껏 흠향하게 하는 쳐올리기로 넘어가고 있었다.

쳐올리기가 끝나자 상복을 입은 두 상제가 나가 절을 올렸다.

「으쩌끄나와, 정작 장자가 욻으니.」 한 여자가 혀를 찼다. 「장례 때도 장자 배웅 못 받었는디 머. 고것이 다 정 사장 팔자제.」 옆의 여자가 입을 삐쭉했다.

장구가 세워져 덕석의 가운데 놓여졌다. 혼대가 장구의 숫바줄 부전에 끼워져 있었다. 소화가 나와 장구를 왼손으로 살짝 들고 징채로 가볍게 두들기며 가락을 시작했다. 잡이들의 반주가 없이 당골 혼자서 하는 손님굿이었다.

「손님네 본을 받고 대신에 안철을 받세. 손님네 나오실제 손님네 근본이 어디메가 근본인가. 강남나래…… 손님네 나올실제 청기 한 쌍 홍기 한 쌍 쌍쌍이 거느리고, 조선국 나오실제 선두거리 나오셔서, 궁아 사공아…….」

공포의 병이었던 마마를 두려워해 그 신을 손님처럼 후하게 대접하여 다시 바다 건너로 물러가게 하는 것이었다. 「은제나 저 동드랑 동동, 동드랑 동동 허는 장단얼 들으면 맴이 요상시러바진당께. 자네넌 안 궁가?」 어느 남자가 물었다. 「나도 귀가 있는디 워째 안 그렇었어. 손님얼 고향으로 보내잔께 손님네 쪽 장단을 쳐야겠제. 자네 맴이 워떤디?」 「잉, 저 귀 선 소리만 들으면 펄떡펄떡 뛰고도 잡고, 어깨가 들썩들썩 심쓰고도 잡고, 하여튼지 요상시러.」 「나도 그렁마. 저것을 보고 무장단이라고 허든디, 필시 우리 장단이 아닐 껴. 우리 장단이야 들으면 덩실덩실, 두리둥실 춤추고 잡제 워디 그러간디.」

소화는 장구를 놓고, 지전과 혼대를 들고 흐드러진 가락을 한동안 뽑았다. 그리고 지전을 두 손에 나눠들고 춤사위를 처음으로 펼쳐보였다. 두 팔을 수평으로 벌리고, 손목의 움직임만으로 두 지전묶음이 허공에서 휘돌고 맴돌게 하며 몸은 느리게 앞뒤로 또는 동그라미를 그리고 있었다. 그 단순한 듯한 몸놀림 속에서 지전다발만은 맘껏 꽃피움 하듯 펼쳐지고, 비행하듯 수십 개의 꼬리를 파드득거렸다. 두 팔을 벌린 조용한 춤동작은 마치 학이 흰 날개를 펼치고 느린 선회를 하듯 우아하면서도 아름다웠다.

「와따, 저 이쁜 인물에 저 조신헌 춤솜씨 바라. 참말로 기맥히다.」「지끔부텀 그리 탄복허덜 말어. 이따가 제석굿이 나오면 워쩔라고 그려. 저것이야 맛뵈기제, 맛뵈기.」「이 사람이 춤 볼지 멀 안당가. 저 눈 사르르 내레감은 인물 보고 환장이제.」「이눔아, 거저 뚫린 구녕이라고 막 내질르면 다 말인지 알어? 이눔이 베락 맞을라고 굿날 당골님 놓고 무신 잡소리여.」 이지숙은 소화에게 눈길을 모은 채 남자들의 말에 웃음 지었다. 여자의 눈으로도 소화는 탐나도록 신비롭고 고왔다. 이지숙은 물론 굿 자체를 부정하는 입장이었지만, 밥술깨나 뜨는 사람들의 지극히 이기적인 욕구에 의해 벌어지는 큰 굿판에 꼭 손님굿이 끼는 것을 신기하게 여겼다. 마마신을 위무하는 손님굿은 굿주와 상관이 없었기 때문이다. 그건 언제 누구에게 닥칠지 모를 마마병을 예방하고자 하는 모든 사람을 위한 굿이었다. 개인적인 욕구를 채우면서도 이웃의 안위를 빌고 유대감을 가지려 한 삶의 슬기라고 긍정적으로 볼 수도 있었고, 굿판을 벌이자고 해도 경제적 능력이 없는 더 많은 사람들의 질시에 찬 감정을 해체시키려는 방편이라고 부정적으로 볼 수도 있었다. 소작인이 논두렁에 콩을 심고, 밭가장자리를 따라 고추를 심어도 지주들이 모르는 척하는 것과 동일한 성질의 문제로 그녀는 파악했다. 지주들의 그 행위는 퍽 관대한 것 같지만 실은 자기네들을 보호하기 위한 소작인들의 숨통 틔워주기의 교활이었던 것이다.

소화는 어느새 치장을 달리하고 모습을 드러냈다. 머리에는 한지고깔을 쓰고, 반소매 얇은 장삼을 입은 위에 금박의 부적이 줄줄이 찍힌 손바닥 너비의 빨간 띠를 오른쪽 어깨로부터 왼쪽 아래로 엇지게 두르고 있었다. 굿을 주관할 제석님을 인도하여 모시는 제석굿의 시작이었다. 서장이 끝나고 본굿으로 넘어오고 있었다. 지전을 두 손에 든 소화는 잡이들의 반주를 받으며 전보다 더 고조된 가락을 뽑기 시작했다.

「오시드라 오시드라 천황지석 일월지석 불의지석이 나려를 왔네 에이야아 에헤에 지석이 왔네 에이야. 지석님이 오실 적에 해가 돋아 일광지석 달이 돋아 월광지석 낙산관악 제불제천 원불지석이 오실 적에 명줌치 목에 걸고 자손줌치 품에 안고 복줌치는 팔에다 걸고 산중지석이 나려를 왔네 에이야아 에헤에 지석이 왔네 에이야아…….」

판소리장단에다가 굿장단까지 합한 소화의 가락은 지전다발의 흔들림을 타고 하늘로 끝없이 솟기며 나부끼다가 느닷없이 쏟아져내려 땅속으로 스며들다가, 출렁이고 내닫고 자지러지고 속살거리며 제석님을 맞고 있었다.

「저 맑음시로도 틉지고, 살랑기림스로도 짚은 저 소리 보소.」 여자 노인네가 고갯장단을 맞추며 그윽한 얼굴이었다. 「그 인물에 그 소리, 제석님이 홀까닥 반해 걸음이 바쁘시겠소.」 옆의 노인네가 받았다. 「아서, 아서, 제석님 귀가 을매나 붉다고.」 먼저 노인네가 얼굴을 찡그리며 고개를 저었다.

가락을 마친 소화의 춤이 시작되었다. 손님굿에서보다 한결 다양해지고 폭넓고 빠른 동작이었다. 소화의 휘돌이에 따라 두 개의 지전다발은 무수히 나부끼는 깃발이 되고, 앞으로 나아가듯 하다가 멈추듯 반회전하며 손목 꺾어 쳐올리면 지전다발은 활짝 피어나는 흰 꽃송이였다. 지전다발을 놓고 소화의 춤은 새로운 고비를 넘고 있었다. 발을 빨리 움직이되 쿵덕쿵덕 뛰는 법이 없었고, 버선발이 치마 밖으로 벗어나도록 발을 치켜드는 법도 없었다. 춤은 오로지 윗몸과 두 팔로 추어지고 있었는데, 장삼자락의 펄럭임과 붉은 띠의 나부낌이 두 팔의 뿌리치고 감아돌리고 휘어져 감기는 움직임과 조화되어 야하거나 천박하지 않고 우아하고 아름다운 춤을 꽃피워내고 있었다. '제석'이라는 굿이름이 그러하듯 복장이며 춤이 승무를 연상시키고 있었다.

소화는 몸부림치듯 흐느끼듯 하는 절절한 몸놀림으로 앉은 춤을 추다가 바라를 들고 일어섰다. 팔과 손목의 동작에 따라 바라는 제각기 엎어지며 땅을 굽어보고, 뒤집어지며 하늘을 받치다가, 챠앙창 차장창 맞울어 인간고를 쫓고 있었다. 바라를 든 채 잡이들과 마주 앉은 소화는 중사설을 풀어가기 시작했다.

「……이 중은 근본 있는 중으로서 가실등봄등 춘추양등으로 동냥 다니는 중도 아니요, 법당 앞에 준양허는 화기중도 아니니 이 중에 근본을 잠깐 들어보기를 바랍니다그려. 중에 근본을 찾자면…….」

긴 사설을 또랑또랑하고 생기 넘치는 목소리로 숨도 쉬지 않는 듯 빠르게 늘어놓고 있었다.

「아이고메 총기도 존 거.」「맨날 허는 것잉께 총기야 뒷전치고 저 또록또록헌 소리 들은께 속이 씨언허시.」 여자들의 말이었다.

중사설이 끝나고 소화가 춤동작을 하며 일어서자 한 여자가 쌀을 시주했고, 그 쌀을 받은 소화는 손대소쿠리에 담겨 있던 쌀을 한 주발 퍼서 그 여자가 벌린 치마폭에 부어주었다. 여자는 황송한 듯 깊은 절을 했다.

소화가 굿상에서 명태를 들고 춤사위와 함께 가락을 읊어나가며 병풍에 붙은 지방을 차례로 떼내 소지를 했다. 흠향 넉넉히 하셨으니 조상님들은 먼저 가시라는 대목이었다. 그 대목이 다 끝나자 병풍 뒤에서 작은 소란이 일어났다. 긴 작대기 끝에 칼을 매달아 굿상의 과일이며 떡을 찍어올리고 있었다. 그러나 그 일은 쉽게 이루어지지 않았다. 과일이나 떡은 그 무게 때문에 반쯤 올라가다가 떨어져내리기 일쑤였다. 성공을 해서 떡이나 과일을 갖게 된 사람은 좋아서 덩실덩실 춤을 추었다. 서로가 그것을 가지려고 다투었으므로 찍어올린 사람이 꼭 갖는다는 보장이 없는 흥겨운 일이었다. 물론 그것은 조상상에 놓인 제물에 한해 허용되는 일이었고, 제사 지낸 음식은 널리 나눠먹는다는 풍속에 따른 것이었다. 그러나 그것도 다음 굿이 시작되면 중지해야 되는 놀이였다.

소화는 액맥이상에서 놋쇠주발 두 개를 양손에 들었다. 굿주의 자손들에게 미칠 액을 막고, 살펴달라는 액맥이굿이었다. 쌀이 소복하게 담긴 주발 가운데 초가 꽂혔고, 초를 감싸고 아들들의 나이만큼 감긴 실타래와 돈이 끼워져 있었다. 실타래의 크기로 보아 소화의 오른손에 들린 것이 정하섭이었다. 소화는 겉으로는 막힘 없이 굿을 해나가고 있으면서 속으로는 정하섭의 액맥이를 따로 하고 있었다. 막으소사 막으소사 온갖 액을 막으소사. 구액일랑 털어내고 신액대액 막으소사, 정씨 장손 가는 길에 천중광휘 다 비치어 신액대액 막으소사. 소화는 목이 메어옴을 느꼈다.

차일의 높은 기둥에서부터 덕석까지 필로 드리워진 무명에 한 자 정도 간격으로 20여 개의 홑매듭이 지워져 있었다. 그 매듭들 탓인지 길게 드리워진 무명은 천 같지 않은 무게감을 묵직하게 담고 있었다. 마침내 정현동을 위한 씻김굿이 본격적으로 시작되는 참이었다. 제석굿으로 흥겨워졌던 분위기가 싸늘하게 식고 있었다. 고깔이며 장삼을 벗어버린 소화는 처음의 모습으로 무명 끝을 잡았다. 이승에서 맺힌 고로 왕생극락을 못한 망자의 한을 풀어내리는 고풀이였다.

「……불쌍헌 망제님 천고에 가 맺혔는가 만고에 맺혔는가. 천고만고에 맺혔으면 천고만고 풀 것이요…….」

진양조로 시작된 가락은 기구한 사연을 애절한 떨림소리에 실어 찬바람 속에 파문을 일구며 흐름가락으로 넘어가고, 흐르듯 유연한 춤사위가 문득 허공을 쳐올리면 매듭 하나가 풀리고, 쓰다듬듯 부드러운 춤사위가 문득 허공을 헤집으면 또 하나 매듭이 풀려나갔다. 팔이 허공을 가르며 난해한 선을 그려낼 때마다 맺힌 매듭이 풀려나가는 무명폭은 한을 토하듯 바람을 품고 공중에 뜨고, 끝없는 창공에 한을 다 삭인 듯 무명폭이 서서히 날려내리는 사이 망자의 편안해진 넋을 거두듯 이미 풀린 쪽을 접어나가는 자연스러운 연속동작은 절절한 가락과 어우러진 슬프고도 아름다운 춤이었다. 차일의 기둥에 묶인 매듭까지 다 풀어낸 소화는 무명을 두 손에 받쳐올려 하늘을 우러렀다. 그녀의 큰 눈은 먼 하늘의 별빛을 담고, 고풀이가 시작될 때부터 손을 맞비비기 시작한 낙안댁은 매듭이 풀릴 때마다 점점 더 빨리 비벼대던 손을 이제 모으고 소화를 향해 연신 머리를 조아렸다. 무릎 꿇어 앉은 그녀의 볼에는 줄줄이 눈물이 흐르고 있었다.

병풍에 걸쳐졌던 망자의 옷이 내려져 돗자리 위로 옮겨졌다. 그리고 돗자리가 둘둘 말렸다. 다시 돗자리가 일곱 매듭으로 묶여졌다. 돗자리를 세웠다. 그건 망자의 몸이었다. 그 위에 머리를 상징하는 누룩을 올렸다. 누룩 위에 병풍에서 떼낸 넋전과 저승노자인 돈을 넣은 놋쇠주발인 행기를 올렸다. 행기를 솥뚜껑으로 덮었다. 영돈말이 곧 이슬털기의 준비였다. 망자가 왕생극락을 하려면 이승에 한을 남기지 않고 깨끗해야 하는데, 망자의 원한이 이승에 이슬이 되어 맺혀 있기 때문에 그것을 깨끗하게 씻어주는 그야말로 '씻김굿'이었다.

눈물을 훔치며 나온 낙안댁이 솥뚜껑을 잡았고, 다른 여자가 돗자리를 붙들었다.

「……불쌍한 금일망제 넋이 되야 오시고 혼이 돼 오셨으니 넋방에 모시고 혼방에 모시고 비린내도 가시고 단내도 가시게 씻겨서나 천도를 허옵시면…….」

소화의 주문은 엄중머리가락을 타고 흐르며, 지전다발은 솥뚜껑을 쓰다듬다가 낙안댁 머리를 어루만지다가 하며 춤사위를 그려냈다. 지전춤에 이어 지전다발과 함께 신칼을 들고 신칼춤이 한바탕 어우러졌다. 두 개의 신칼은 서로 엇갈리며 허공을 가르다가 모아져 솥뚜껑을 다드락 두들기고는 했다. 놋쇠와 무쇠가 맞부딪는 소리가 무겁게 울렸다.

춤과 가락이 끝나고 씻김이 시작되었다. 쑥을 담근 쑥물을 빗자루로 찍어 솥뚜껑부터 몸체까지 씻어내렸다. 다음에 향을 담근 향물로 씻어내렸다. 끝으로 청계수로 씻어내렸다. 그리고 수건으로 닦은 다음 지전다발로 솥뚜껑을 감싸 들었다. 그것을 하늘로 받쳐올리고 춤을 추었다.

행기를 내려 다시 청계수로 씻어 닦은 다음 뚜껑을 열어 넋전을 꺼내어 춤을 추었다. 누룩이 내려지고, 소화는 몸체를 받쳐들고 하늘을 향해 절을 올렸다.

줄기차게 노랫가락으로 주문을 외고, 쉼 없이 춤을 춰가며 그 긴 예식을 지치는 기색 하나 없이 치러내고 있는 소화를 지켜보며 이지숙은 오히려 자기가 지칠 지경에 이르고 있었다.

쌀이 수북하게 쌓인 소쿠리 가운데 혼대가 꽂혀 있었다. 혼대를 낙안댁이 조심스럽게 잡았다. 망자의 혼이 혼대를 타고 내리면 혼대를 잡은 사람의 손이 떨리고, 망자는 무당의 입을 빌려 소원을 말하는 손대잡이였다.

지전다발이 혼대를 감싸돌고, 낙안댁을 휩싸고 돌며 바람을 일으켰다. 그 바람을 타고 주문이 흘렀다. 낙안댁의 손이 조금씩 조금씩 떨리기 시작했다. 지전다발은 더욱 격렬하게 바람을 일으켰고, 낙안댁의 팔도 따라서 심하게 떨려댔다.

「임자임자 나가 왔네, 임자 보러 나가 왔네. 엄동설한 설한풍에 오도가도 못험스로 망망창공 떠도는디 임자가 불러 요리 왔네. 이승 이별하였으면 저승길로 가야는디 내가 워째 망망창공 울고울고 떠도는지 그 연유사 임자 알제. 그 연유를 못 풀으면 이내 몸은 영겁토록 불망귀신 못 면허니 임자가 풀어주소.」

「말씸허시씨요, 말씸허시씨요. 무신 말이든 다 들을 팅께 싸게싸게 말씸허시씨요.」 팔을 무섭게 떨어대는 낙안댁은 눈물을 줄줄 흘리며 애타게 말했다. 「워메 용허기도 용헌 거. 저 눈 깜짝헐 새에 신 내리게 허는 것 잠 보소.」「아니시, 고것보담도 저 목청 잠 들오보소. 영축읎이 정 사장 아니라고.」 여자들은 끼리끼리 속달거렸다.

「듣소 듣소 내 말 듣소, 이내 몸이 죽어서도 저승길이 맥혀서나 암흑천지 망망창공 끝도 없이 떠도는 건 낫에 찍힌 비명횡사 그 까닭이 아니라네. 임자임자 내 말 듣소, 듣고 나서 명심허고, 명심혀서 실행해야 이내 몸이 죄 면혀서 옥황상제 알현허고 왕생극락 원 푼다네.」

「싸게싸게 말씸허씨요, 싸게싸게.」

「나가 죽은 그 연고가 나가 지은 죄업인디, 그 죄업을 안 풀먼은 왕생극락 못 이루네. 임자임자 내 말 듣소, 염전 혈란 그 논배미 처분 말고 두었다가 농지개혁 허거들랑 작인헌테 넘게주소. 그 죄업을 풀어야만 왕생극락 이루는디, 임자 맘은 워쩌는가. 나 소원을 들을랑가.」

「하먼이라, 열 분도 약조허제라.」

「고맙고도 또 고맙네. 그 약조가 지켜지면 이내 몸은 죄업 씻고 왕생극락 헐 것이네. 왕생극락 성취하면 두루두루 집안살림 알뜰살뜰 자식 사랑 저승에서 살필 거니 걱정 말고 평안하소. 가네가네 나는 가네, 임자 믿고 나는 가네.」

「여엉가암!」 낙안댁은 벌떡 일어서며 두 팔을 뻗쳐 하늘을 향해 울부짖었고, 「여엉가암……」 흐느끼며 허물어지듯 덕석 위에 쓰러졌다.

이지숙은 아랫입술을 지그시 물며 긴 숨을 내쉬었다. 꼼짝을 하지 않고 망자의 소리에 귀를 모으고 있던 사람들은 웅성대기 시작했다.

사람들의 술렁거림에는 아랑곳없이 소화는 다음 굿으로 넘어갔다. 낙안댁은 주체할 수 없이 터져오르는 울음을 가까스로 어금니로 물며 소화 앞에 무릎을 꿇고 앉았다. 서러움에 앞서 남편을 왕생극락부터 시켜야 했던 것이다. 망자의 모습을 한지로 오린 넋전이 낙안댁의 머리 위에 올려졌다. 지전다발로 그것을 달아올리면 망자의 왕생극락이 이루어지는 것이었다. 손대잡이의 신내림과 함께 무당의 신통력을 판가름하는 굿이기도 한 넋풀이였다. 소화의 춤사위는 어느 때 없이 짧고 힘찼으며, 따라서 지전다발도 격렬한 몸부림으로 가닥가닥이 서로 엉키듯 쥐어뜯듯 하며 허공을 어지럽혔다. 그러기를 20여 차례, 소화는 지전다발을 낙안댁의 머리 위로 가만히 내려놓고서, 잠시 머물러 조심스럽게 들어올렸다. 숨소리도 들리지 않던 사람들 사이에서 화하! 하는 감탄의 소리가 터져나왔다. 낙안댁의 머리 위에 놓였던 넋전은 간 곳이 없었고, 그것은 소화가 지전다발을 살랑살랑 흔들자 그 속에서 떨어져내렸다. 그 넋전을 확인한 사람들의 입에서 햐아! 하는 탄성이 다시 일어났다. 소화가 지전다발을 낙안댁의 머리로 내릴 때 가슴이 조마조마했던 이지숙은 이제 편안해져 있었다. 그건 전기의 원리였던 것이다. 지전다발을 세게 흔들어대 전기를 일으켰고, 그 힘에 동질의 가벼운 넋전은 끌어올려지게 되어 있었다. 손대잡이 신내림이 심리최면인 것처럼. 그러나, 이지숙은 자신도 모르는 사이에 이런 식의 분석을 하고 있는 스스로의 어쭙잖은 이성에 경멸을 느꼈다. 그건 자신의 부탁을 어김없이 들어준 소화의 노력마저 모독하는 행위 같았기 때문이다.

영돈말이 때의 돗자리를 펼쳐놓고, 망자의 옷 위에 넋전을 올려놓은 다음 당골 혼자서 그 옆에 앉아 장구를 동동 치며 회심곡 가락으로 굿을 꾸몄다. 왕생극락한 넋을 저승에 고하고, 이승육갑과 저승육갑을 맞춰 넋의 거처를 정하는 희설이었다.

무명베를 두 사람이 큰방 쪽에서 대문 쪽으로 팽팽하게 잡고 섰다. 그 질배 위에 작은 꽃상여가 올려졌다. 남색 포장과 노란 몸띠, 포장 네 귀퉁이에 달린 흰 꽃술과 빨간 댕기, 빨간 실에 매달린 노랑 붕어 — 작은 꽃상여는 흰 무명 위에서 더욱 앙징스러웠다. 영돈말이 때 쓴 행기를 써도 그만이었지만 소화는 일부러 정성 들여 그 꽃상여를 만들었던 것이다. 그 성실은 어머니의 물림이었다. 망자가 극락으로 천도해 가는 길닦음이었다. 낙안댁을 선두로 친척들이 줄지어 질배 위에 저승노자를 놓았다. 소화는 꽃상여를 나지막하게 들고 질배 위를 느리게 느리게 움직이며 가락을 시작했다. 꽃상여가 질배 위를 왕복할수록 가락은 경쾌해져 가고 있었다. 저승노자를 놓는 사람마다 덩실덩실 춤을 추었고, 구경하는 여자들도 춤을 추었다. 왕생극락해서 떠나는 망자에게 모두가 보내는 축하였다. 굿이 끝나가고 있었다. 꽃상여가 내려지고, 돈이 모아졌다. 질배 위에 망자의 옷을 올리고, 그 위에 꽃상여를 올려 질배가 접어졌다.

지전이 불붙어 타고, 넋전이 타고, 망자의 옷이 타고, 꽃상여가 타고, 그 불빛을 온몸으로 받으며 별빛들이 멀고 먼 어두운 하늘을 우러르고 홀로 선 소화는 징징 징을 울려대고 있었다. 굿을 막음하는 종천맥이였다.

떡을 나눠받느라고 사람들이 일으키는 소란의 한구석에서 이지숙은 먼발치로 소화를 바라보고 있었다. 저 고운 여자가 간직하고 있는 지칠 줄 모르는 열정은 무엇일까. 내가 혁명에 쏟는 열정과 어떻게 다를까. 혁명이 성취된 땅에서 혁명은 저 여자가 담당하고 있는 몫까지를 해결할 수 있을 것인가. 스스로의 질문에 이지숙은 멋쩍게 웃었다. 무슨 까닭인지 소화를 아는 체할 수가 없었다. 이지숙은 소화가 일을 끝내고 돌아서는 것을 기다려 그 집 대문을 바삐 벗어났다.

굿을 치른 이틀 뒤였다. 소화는 이지숙과 마주 앉았다가 의외의 사람들을 맞이하게 되었다.

「즈그덜언 쩌그 3구에 사는 사람덜인디라, 요분참에 굿풀이럴 잘혀주신 덕분에 살아나게 된, 그 논 부치고 있는 작인덜이구만이라.」

소화와 이지숙의 눈이 순간적으로 마주쳤다.

「어지께 저녁참에 그 소문이 마실에 퍼졌는디, 하도 요상시럽고 얄궂어서 니나 나나 믿덜 못허는디, 쌩쌩헌 논얼 염전 맹글겄다고 나선 그 독허고 징헌 인종이 아무리 불지옥 못 면허게 헹펜이 똥줄 타게 급해졌다 혀도 그리 손바닥 뒤집대끼 회개헌 거이 요상시럽고, 설혹 이승에서 욕심 많던 그 인종이 저승에 가서도 왕생극락 헐 욕심으로 그리 사설얼 깠다 혀도 그 예편네가 그 말얼 그대로 지키겄다고 약조혔다는 것이 아무리 생각혀도 얄궂드라 그것이구만이라. 그리혀서, 헛소문이라도 존께 알아나 보자, 허고 뜻이 뫼져 멫멫이 읍내로 나가 알아봉께, 워따 고것이 참말 아니드랑가요. 살판난 작인덜이 한바탕 얼씨구야럴 허고 나서 지정신덜 채레갖고 고것이 대체 워찌 된 연고인지럴 되작되작 생각혀 봉께로, 고것이 바로 신통력 씨기로 소문 짜아헌 우리 당골님이 그 씬 신통력으로 그런 인종도 회개허게 맹그시고, 그 마누래도 개심허게 굿풀이럴 자알 혀주신 덕분이란 것을 알게 되았구만이라. 우리럴 살레주신 그 음덕 갚을 질언 막연허고, 글타고 몰른 칙끼 입 딲아부는 것도 사람도리가 아니라서 즈그덜찌리 쪼깐썩 쌀추렴혀서 떡 한 시루 해갖고 요리 찾아뵙구만요.」

앞으로 나선 남자가 연습이라도 하고 온 듯 줄줄이 엮어댔다. 그 남자의 뒤로는 네 남자가 하나같이 손을 앞으로 모아 잡고 서 있었고, 그 옆에 받쳐진 지게에는 커다란 시루가 올려져 있었다.

「멀라고 떡꺼정…….」

얼굴이 붉어진 소화는 민망해하며 이지숙에게로 눈길을 돌렸다. 기분 좋은 얼굴인 이지숙은 소화를 빤히 쳐다보며 그저 웃음만 짓고 있었다. 소화는 바로 얼마 전에 이지숙에게 치하를 받은데다 또 이런 일이 겹쳐서 마음이 흐뭇하면서도 쑥스러움을 이기기가 어려웠다.

「저, 서로가 마음이면 되는 것이제 살림살기 에로운 헹펜에 떡은 멀라고 해오시고 그러신당가요. 지야 묵을 입도 많잖고 헌께 그냥 가지가서 아그덜헌테 갈라믹이씨요. 지야 묵은 것이나 매일반잉께요.」

소화가 조용히 말했다.

「아이고메 고것이 무신 당치 않은 말씸이당가요? 절집허고 당골네집서 부지깽이 하나락도 집어내서는 10년 재수에 흥 낀다는 것 몰르시는 않겄제라. 당골집 울안에 들어온 물건이야 응당 당골집 것잉께, 즈그덜이야 10년 재수 생각혀서라도 그리 못허겄구만이라.」 남자는 능란하게 말을 받아내고는, 「아, 멋덜 허고 섰냐! 싸게 떡시루 쩌그 말래다 안 내레놓고.」 뒤에다 대고 버럭 소리쳤다. 뒤에 섰던 남자들이 황급히 지게를 잡는다, 떡시루를 내린다, 부산하게 움직였다. 소화는 난감한 얼굴로 다시 이지숙을 쳐다보았다.

「받아두는 수밖에 옳구만요. 들몰댁 아그덜 믹일 만치 냉게놓고 선생님이 가지가셔서 야학 학생들헌티 믹이면 어쩌겠는가요?」

「그거참 좋은 생각이네요. 그렇게까지 마음 써줘서 고마워요.」

이지숙은 반가움을 표하고는 눈길을 밖으로 돌렸다.

「저는 야학 선생 이지숙이라고 합니다. 아저씨들께서는 저를 모르시겠지만.」

「아니구만이라, 지는 알어뵜구만요. 지 자석눔얼 갤차주시는디, 진작에 인사 못 여쭙고 여그서 불시에 뵙께 면목이 옲어서 그냥 몰른 칙끼 허고 있었구만요. 용서허시씨요.」

한 남자가 허리를 구부렸다.

「아, 그러세요. 학생 이름이 뭔가요?」

「야아, 지가 지점동이 애비구만요.」

「네에, 점동이 착하고 공부 열심히 합니다.」

「아이구메, 그 멍청헌 자석얼 그리 말씸해 주시니, 참말로 황송시럽구 만요.」

그 남자는 금방 얼굴이 환해지는 웃음을 담으며 또 허리를 굽혔다.

「선상님, 무신 허실 말씸이 있으신 것 아니었는가요?」

처음의 남자가 눈치 빠르게 말했다.

「네에, 한 가지 알아볼 게 있어서 그랬습니다. 혹시 정 사장 문제로 잡혀 들어간 분들 어떻게 되고 있는지 알고 계신가 해서요.」

「야아, 집집마동 면회럴 왔다 갔다 헌께 소식이야 듣는디, 사람이 죽어뿌러논께 법얼 피헐 방도도 옳고, 옆에만 섰든 사람덜꺼지 싹 다 살인 죄인으로 몰린 것은 복통해 죽을 일이고, 재판만 기둘리고 있는디 고것이 깝깝헌 일이제라. 돈이 있으니 변호사럴 대겄는가요, 배운 것이 있으니 손수 나서 법얼 따지겄는가요. 옆에서 보기만 허자도 잔뜩 심이 들고 한숨만 나온다니께요.」

「혹시 그 일을 해결해 보려고 오늘 떡을 해오는 것처럼 서로 의견을 모아본 적이 있으신가요?」

「글씨요…… 그러덜 못혔구만요.」

남자는 기가 죽으며 말을 어물거렸다.

「제 생각으론 말입니다, 여러분들께서 소작을 잃을 염려 없이 농지개혁을 받게 된 건 여기 당골님 덕이 큰 것은 틀림없습니다. 그러나 당골님이 그런 좋은 굿풀이를 할 수 있게 된 건 정 사장이 죽었기 때문입니다. 다시 말해, 잡혀 들어간 열두 분이 없었으면 여러분들께 오늘과 같은 기쁜 날이 오지 않았다는 겁니다. 그러니까 그 열두 분은 정 사장을 그냥 죽인 살인자가 아니라 여러분들의 논을 지켜주기 위해서 여러분들 대신 싸우다가 감옥에 갇힌 여러분들의 은인이라는 것을 알아야 합니다. 그런데 여러분들은 어찌 여기에 떡을 해오는 것처럼 은인들을 구해낼 힘은 합치지 않는 겁니까. 여러분들이 그분들 입장이 되었다고 생각해 보십시요. 그리고 여러분들의 가족들이 굿소식을 들었다고 생각해 보십시요. 그런데 사람들이 자기네들만 좋아하면서 여러분들의 일은 거들떠보지도 않았을 때 여러분들의 가족들 심정이 어떨지 생각해 보십시요. 분하고 억울하고 낙담되어 세상 살맛이 나겠습니까? 여러분, 그래서는 안 됩니다. 그건 사람의 도리가 아닙니다. 지금이라도 늦지 않았습니다. 쌀을 추렴해서 오늘 떡을 해왔듯이 모두 그분들을 구해내자고 굳게 마음을 모아 변호사 댈 비용을 장만하십시요. 농지개혁을 못 받게 될지도 모를 형편에서 농지개혁을 틀림없이 받도록 되었는데, 쌀 한 가마니가 아깝습니까? 아니, 쌀 두 가마니가 아깝습니까? 제 생각으로 쌀 한두 가마니씩만 모으면 첫 번째 재판의 변호사를 댈 수 있습니다. 재판은 첫 번째가 중요합니다. 분명히 정 사장이 잘못한 것이 있으니까 변호사만 대면, 한 분은 어떨지 몰라도 다른 열한 분은 틀림없이 살려낼 수 있습니다. 여러분, 당장 변호사 비용을 모으세요. 그걸 모아가지고 야학을 운영하시는 서민영 선생님을 찾아가 도와달라고 하세요. 그분은 발벗고 도와주실 겁니다. 저도 말씀드리겠어요. 만약 여러분들이 쌀 한두 가마니가 아까워 그 일을 하지 않는다면, 여러분들은 멀쩡한 논에다가 바닷물을 끌어댄 정 사장보다 더 나쁜 사람들입니다. 제가 진작부터 몇 분을 만나려고 마음먹고 있었는데 마침 이렇게 만나게 돼서 말씀드리는 겁니다. 제 생각이 어떻습니까?」

이지숙은 팽팽한 눈길로 처음의 남자를 쳐다보았다.

「말씸 듣고 봉께 즈그덜이 사람이 아니구만요. 즈그덜이 소견이 짧어 미처 생각허지 못헌 것을 말씸해 주셔서 고맙고, 그 말씸이 가심얼 찡허니 찔르는구만이라. 선상님 말씸대로 당장 일얼 꾸밀 것잉께 선상님께서도 뒤럴 잠 봐주시면 좋겄구만요.」

남자의 태도는 사뭇 진지했다.

「네에, 아주 잘 생각하셨어요. 저는 얼마든지 돕겠어요.」

이지숙의 목소리가 떨려나왔다.

「고맙구만이라. 글먼 즈그넌 이만 물러가겠구만요.」

그들은 고개를 꾸벅거리고 돌아섰다.

이지숙은 또 하나의 성취감을 맛보며 남자들의 뒷모습에 눈길을 박고 있었다.

「또 존 일 하나 더 보태셨구만요. 선생님 맘언 워찌 그리 넘 위허는 디로만 열렸는지 몰르겠구만요.」

소화의 조용한 말이었다.

「남을 위하긴요, 옳은 것은 옳고, 틀린 것은 틀리다고 생각하고, 틀린 것을 바르게 잡으며 사는 것이 사람으로 제대로 사는 거라는 생각에서 하는 작은 일일 뿐인걸요.」

「워째 고것이 작은 일이당가요. 시상에서 질로 허기 심든 일이겠지요.」

「소화 씨는 저보다 훨씬 더 남을 위해 사는지도 몰라요. 그날 굿을 보고 그런 생각을 했어요.」

「무신 그런 말씸얼…… 지는 선생님을 가차이험서부텀 요런저런 생각얼 많이 되작이게 됐구만요. 워찌 넘만 위허는 일에 저리 열성일끄나, 워쩌면 저런 맘이 묵어지는고, 나가 원제 저래 본 일이 있는가, 나가 헛살고 있는 것이 아닌가, 그런 생각얼 허다 보면 선생님은 관음보살 현신 맹키로 높아뵈고, 지는 지 혼자만 배불리고 사는 벌거지맹키로 천해뵈고 그렁마요. 워찌 고런 귀헌 맘이 묵어지는 것인지, 좌익을 허면 그리 되는가요?」

이번 굿을 치르고 나서 그런 생각을 더욱 구체적으로 하게 된 소화는 숨김없이 마음을 털어놓았다.

「소화 씨와 저는 조금치도 차이가 나지 않게 똑같은 입장에 있는 겁니다. 이번 굿에서 제 부탁을 들어준 게 바로 그 증겁니다. 저는 굿을 전혀 모르니까 그 일을 해내는 것이 얼마나 어렵고 힘드는지에 대해서도 또

한 모릅니다. 그러나 소화 씨가 한 일은 얼마나 놀라운 결과를 가져왔습니까. 그건 제가 칠팔 년 동안 한 일보다 더 큰 성과입니다. 세상에 어느 당골이 그런 부탁을 받아들이겠어요. 그런 부탁을 선뜻 받아들이고, 실행에 옮긴 소화 씨는 이미 우리의 동지입니다. 그런 행동의 실천은 억압받는 사람, 착취당하는 사람, 그래서 억울하고 가난하고 비참하게 살아야 하는 수많은 사람들의 편이 되려는 자각이 없이는 할 수 없는 일입니다. 소화 씨는 앞으로도 계속 그 마음을 키워나가고 넓혀나가면 저와도 더 친한 동무가 될 수 있습니다.」

이지숙은 어느새 소화의 손을 꼭 잡고 말하고 있었다.

「지 겉은 무당이 워찌…….」

「소화 씨, 스스로를 자꾸 그렇게 낮춰서 생각하지 마세요. 우린 사람의 직업을 차별하거나 가리지 않습니다. 전에도 말했다시피 우린 기본 출을 더 필요로 합니다. 지금 전사들 중에 당골의 아들이나 백정의 아들이 얼마나 많고 그들이 또 얼마나 당당하게 투쟁하고 있는지 아십니까. 천대와 차별이 없는 세상을 만들기 위해 얼마나 열성으로 일하느냐가 중요할 뿐입니다. 소화 씨는 자각에 따라 벌써 그 일을 해냈고, 앞으로도 더욱 열심히 하면 됩니다. 소화 씨의 그런 자각적 행동을 알면 정하섭 씨도 아주 반가워하고 기뻐할 겁니다.」

이지숙은 일부러 정하섭을 연결시켰다. 그리고 아직 익숙하지 못할 소화의 감정을 생각해서 '동지'나 '동무'라는 호칭을 피했다. 소화의 얼굴은 금방 발갛게 물들며 고개를 떨구었다. 소화가 정하섭을 얼마나 마음에 깊이 담고 있는지를 이지숙은 여자로서 직감할 수 있었다. 내가 안창민을 놓고 저럴 수가 있는가. 이지숙은 고개를 저었다. 소화가 품은 농도에는 비교가 될 것 같지 않았다. 소화의 반응이 생각보다 훨씬 강해 자신이 마치 상처라도 건드린 것 같은 기분이 들며 이지숙은 약간 당황스러웠다.

「들몰댁은 무슨 볼일이 있어서 친정엘 갔나요?」

이지숙은 일부러 화제를 바꾸었다.

「친정에 우환이 생겼는디, 들몰댁 심으로야 워쩔 방도가 읎는 일이기 넌 해도, 굿이 끝나고 해서 댕게오라고 혔구만요.」

「무슨 우환인가요?」

말이 이어져 다행이라고 이지숙은 생각했다.

「긍께, 두어 달 전에 지주덜이 논 뒤로 빼돌리는 것 막자고 들몰 작인 수백 명이 들고일어난 것, 선생님도 아시제라?」

이야기의 흐름에 따라 소화는 그때서야 이지숙을 쳐다보았다.

「예, 알지요.」

「그 일에 친정동상이 주동헌 죄럴 쓰고 순천으로 넘어갔구만요.」

「그렇군요, 그 사람들 속에 들몰댁 동생도 끼여 있었군요.」

이지숙으로서는 전혀 모르고 있었던 일이었다.

「사우가 그런다다가, 아덜꺼정 그리 되고 봉께 친정엄니 애태우는 것이 예사가 아닌 모냥이드만요. 그 일이 워찌 될란지, 선생님은 멀 잠 아시고 기신가요?」

정하섭에 대한 감정이 다 사그라진 소화의 얼굴에는 이제 걱정이 가득했다.

「너무 걱정들 안 해도 괜찮을 거예요. 좌익을 한 것도 아니고 소작인들의 정당한 권리를 주장한 일이니까 아마 얼마 안 가 풀려나게 될 겁니다. 큰 벌을 줄 수 없는, 억지로 만들어낸 죄니까요.」

이지숙은 자신 있게 말했다.

「어서 그리 됐으면 좋겠구만요. 갇힌 사람이나 기둘리는 사람이나 하로가 천 날일 것인디. 일정 때나 지끔이나 말자리나 허고 똑똑헌 사람언 죽기 아니면 감옥살이니 원.」

소화는 근심스럽게 중얼거렸다.

「그러니까 이런 잘못된 세상은 바꾸지 않으면 안 되지요. 모두가 공평하게 사람대접을 받으며 사는 나라를 만드는 것, 그것이 우리가 하고 있는 일예요. 이번에 소작인들을 돕게 되어 소화 씨가 그렇게 기뻐했는데, 우리가 하는 일로 온 세상 소작인들이 전부 골고루 잘살게 되었다고 생각해 보세요. 그때의 기쁨은 천 배, 만 배가 될 거예요.」

이지숙의 목소리는 나지막하면서도 진득거렸다. 소화는 생각에 잠긴 얼굴로 느리게 고개를 끄덕이고 있었다.

「아니, 뭐가 어쩌고 어째!」

전화기를 잡은 백남식은 구둣발로 마룻장을 굴러대며 목을 찢어대고 있었다.

「요런 병신 같은 새끼야, 한 놈도 아니고 세 놈씩이나 행방불명이라니, 너 이새끼 그게 말이라고 아가리 놀려대는 거야! 당장 찾아내, 당장.」

「다섯 시간 이상 수색을 했지만 못 찾아서 이렇게…….」

「이새끼야, 아가리 닥치라니까! 너 마빡에 바람구멍 뚫리고 싶지 않으면 그새끼들을 꼭 찾아내. 그렇지 않으면 넌 당장 총살이야, 총살! 계엄 하에서 부하를 세 놈씩이나 잃어먹는 너 같은 새낀 직결처분이다, 직결처분! 내일 아침까지 다시 보고해.」

백남식은 전화통이 깨져라 하고 수화기를 난폭하게 걸고는 숨을 헐떡거렸다. 이거야말로 보통 문제가 아니었다. 기껏 병력보충을 받아놓고 작전개시를 하기도 전에 이런 일이 발생한 것이다. 재수 없다는 생각과 함께 중사가 앞에 있다면 당장 쏴죽이고 말 것만 같았다. 말이 행방불명이지 다섯 시간 동안이나 그 좁은 바닥을 뒤졌는데도 찾지 못했다면 그건 분명 계획적인 탈영이었다. 탈영이라면 그놈들이 어디로 갔을까. 백남식은 이 대목에서 암담해졌다. 그것들이 집으로 갔을 것 같지가 않았던 것이다. 이상하게도 직감은 불길한 쪽으로 쏠렸고, 아무리 반대쪽으로 돌리려 해도 돌려지지 않았다. 직감대로 그놈들이 적진으로 도주했다면 예삿일이 아니었다. 병력 잃고, 화력 잃고, 사기 잃고, 군기 잃고…… 잃는 것이 한두 가지가 아닌데다가 책임문제까지 뒤따르고 있었다. 여순반란 이후 1년 동안 장교와 하사관들을 대상으로 무자비한 숙군을 단행해 장교와 하사관의 기근현상이 벌어질 정도로 군부 안의 좌익을 뿌리 뽑으려 했지만 사병들까지 그렇게 철저한 조사를 할 수는 없었다. 그래서, 이미 좌익의식을 가진 자, 좌익성향을 가진 자를 골라내기 위한 사병들의 동태파악과 좌익세력 침투를 막아야 하는 건 작전에 앞서서 상하급 지휘관들에게 주어진 임무였다. 그런데 세 명이 무기를 가진 채 행방불명이 되어버렸다. 그들이 적에게로 넘어가 이쪽을 공격하게 된다면, 병력보충을 받지 못할 경우 이쪽의 손실은 여섯 명, 거의 1개분대를 잃게 되는 셈이었다. 이런 계산을 할수록 백남식은 속이 뒤집어지고 있었다.

「또 무슨 사곱니까?」

권 서장이 백남식의 눈치를 살피며 들어섰다.

「이거 참 골치 아픈 일이 생겼소. 조성에서 세 놈이 탈영을 한 모양이오.」

「세 명씩이나?」

권 서장의 얼굴이 어두워졌다.

「다섯 시간을 뒤져도 못 찾았다는데, 어찌 됐을 것 같소?」

「글쎄요, 집단행동인 걸 보니…… 아무래도 심상치가 않군요.」

권 서장은 신경 써서 자극적인 말을 피했다.

「서장님 생각도 그렇다면 틀림이 없습니다. 이새끼들이 여태까지 숨죽이고 박혀 있다가 본격적인 작전이 개시될 눈칠 채고 적진으로 내뺀 겁니다. 요런 찢어죽일 새끼들!」

백남식은 두 눈에 세모진 각을 세우며 빠드드득 이빨을 갈아붙였다. 권 서장은 이 끝도 없는 진흙구덩이 같은 현실에 현기증을 느끼며 돌아섰다.

그들 두 사람의 예측대로 부대를 이탈한 세 명은 조성책 오판돌의 선을 따라 주월산을 넘었다. 세 사람 중에 둘은 작년 12월에 염상진이 율어를 장악하고 첫 번째 조성을 공격했을 때 염상진 앞에 모습을 드러냈던 병사들이었다. 그들은 염상진의 명령에 따라 다시 부대 안에 잠적했고, 그 선은 오판돌과 연결되었던 것이다. 그들은 1년 동안 오판돌의 지시에 따라 움직이다가 노출 위험에 직면해 긴급조치를 요구했고, 오판돌은 부대탈출을 지시했다.

「위원장 동무, 새 동지 한동일얼 소개드리겠습니다.」

「아, 한동일 동무, 어서 오씨요. 선얼 통해 보고 받고는 기둘리고 있었소.」

오판돌이 힘차게 손을 내밀었다. 앳된 얼굴의 한동일이 왼손으로 팔을 받치며 오른손을 내밀었다.

「한 동무넌 집이 워디고, 멫 살 묵었소?」

오판돌은 기운차게 팔을 흔들어대며 물었다.

「집은 해남이고, 시물두 살이구만요.」

「장개는 갔소?」

「안직⋯⋯.」

「집안어런언 멀 허시요?」

「농새꾼인디요.」

「아, 전사로서 아조 찍어낸 절편이오. 앞으로 항꾼에 피나는 투쟁얼 혀봅씨다, 한 동무.」

「열성으로 허겄구만요.」

그때서야 오판돌은 한동일의 손을 놓았다. 오판돌의 힘이 넘치는 악수는 이미 부대 안에서 유명했다. 손아귀의 힘이 유난히 센 그는 상대방의 손을 우악스러울 정도로 힘껏 잡는데다가, 마구 팔을 흔들어대면서 한 매듭의 말을 하는 습관까지 가지고 있었다. 그런 그의 습관을 모르는 사람은 그의 손아귀에서 손이 구겨지는 꼴을 꼼짝없이 당할 수밖에 없었다. 그의 악수를 제일 질색하는 사람이 안창민이었다. 그렇다고 악수를 마다할 수도 없는 일이라서 안창민은 그의 얼굴만 보면 미리 심호흡을 하며 손과 팔에 힘을 모았다. 그러나 손이 작은 안창민으로서는 매번 손이 구겨지는 기분을 떼칠 수가 없었다. 「오 동무, 투쟁할 기운을 악수할 때 다 써버리는 것 아뇨?」 이해룡의 가시 박힌 말에도 오판돌은 전혀 그 버릇을 고칠 눈치가 아니었다. 「악수야 반가운 정 나누자고 허는 것인디, 그리 짱짱허니 잡고 짤짤 흔들어야 씨언허제, 헐렁허니 잡고 손바

닥이 닿는지 안 닿는지도 모르게 허고 마는 악수가 무신 악숩디여? 그
럴라면 허덜 말아야제.」 오판돌의 말에 찬동하는 것은 하대치였고, 염상
진은 그저 웃기만 했다. 그의 말대로라면 그가 하는 악수는 바로 '독립
군 악수'였던 것이다. 생사를 걸고 싸우다가 다시 만나게 된 독립군들은
서로 반가움을 이기지 못해 그런 식으로 열렬한 악수를 나누었다는 것
이다. 유일하게 간도살이를 한 그의 말을 부인할 사람은 아무도 없었고,
그 거창한 이름의 악수는 차츰차츰 '빨치산 악수'로 부대 안에 퍼져나가
고 있었다. 생사를 걸기는 독립군이나 마찬가지인 그들 사이에서 싱거
운 악수보다는 그런 기운찬 악수가 더 동지애를 실감시켰던 것이다.

「여그, 총도 두 자리 더 갖고 왔구만이라.」

오판돌 앞으로 총 두 자루가 불쑥 내밀어졌다.

「잉, 요것 에무왕 아니라고?」 오판돌은 눈을 크게 뜨며 반색을 하고
는, 「와따, 두 동무넌 더 볼 것 읎이 영웅이오. 1년 동안 적진 속에서 암
약헌디다가, 새 동지럴 포섭허고, 거그다가 요 존 에무왕꺼지 두 자리썩
이나 더 갖고 오는 공얼 세왔응께 말이오. 참말이제 장허요, 장해. 총 한
자리가 사람 하나 택인 판에 두 자리나 더 챙게왔이니.」 그는 M1 두 자
루를 껴안다시피 하고 쓰다듬으며 감격스러워했다. 갑자기 사람이 셋
에, 총이 다섯 자루나 생겼으니 그럴 만도 했다.

「근디, 그짝 기운이 더 달라진 것 읎었소?」

오판돌이 총을 옆구리에 낀 채 물었다.

「판이 아조 급허게 돌아가고 있구만이라. 그 날짜가 원젠지는 몰르겄
는디, 을매 안 있어 율어를 밀어붙인다는 소리가 부쩍 심해지고, 웃사람
덜이 부하 닦달허는 것도 달라진 것 봉께로 무신 일얼 한바탕 벌리기는
벌릴 눈치드만이라.」

「알겄소. 애썼는디 푹 쉬씨요.」

오판돌은 세 사람을 내보낸 다음 담배를 피워물었다. 안창민에게 보
낸 선요원이 돌아올 때가 가까워져 있었다. 지리산 일대에서는 벌써 새
로운 전투가 치열하게 벌어지기 시작했다는 것은 지난번 회의 때 들었

다. 그 회의에서 군경의 움직임에 대해 정보가 모아졌고, 그 결과 군경이 율어를 칠 계획이라는 점에 의견이 일치되었다. 현재의 병력으로 군경을 막아낼 수 있느냐가 그 다음 토의사항이었다. 그러나 누구도 선뜻 입을 열지 않았다. 지구사령부 결성을 거친 군당병력은 이미 그 전의 병력이 아니었던 것이다. 「좋습니다, 여러분들이 말하기를 주저하는 그 침묵이 바로 정확한 대답입니다. 현재 우리의 병력으로는 군경을 막아낼 수가 없습니다. 군경의 작전에 우리가 어떻게 대처해야 할 것인지는 저 혼자서도, 이 자리에서도 결정할 수 없는 중요한 문젭니다. 적들은 벌써 지리산 일대에서 전투를 개시했고, 이제 지방별로 전투를 개시할 작정을 하고 있습니다. 여순병란의 주력은 주력대로, 각 지방당 야산대는 야산대대로 공격하겠다는, 왈 동계대토벌작전의 시작인 것입니다. 우리를 포함한 지리산 일대의 지방당 야산대들은 등뒤로 적을, 눈앞으로 적을 두게 된 상황입니다. 이런 상황에 대처해야 할 기본전략이 곧 당에서 하달될 것입니다. 그 전략을 바탕으로 우린 세부작전을 상황에 따라 세우게 될 겁니다. 우리 군당의 전체상황을 긴급보고하고, 당의 지시를 기다립시다.」 안창민의 말로 회의는 끝났다. 그리고 아직까지 회의소집이나 당의 지시를 받지 못하고 있었다. 오늘쯤은 무슨 소식이 있겠지, 하고 생각했던 오판돌은 세 사람을 맞이하고 나자 마음이 더 급해지고 있었다. 날로 추위가 심해져가는데 지금까지 유지해 온 공격상황이 수비상황으로 바뀌려하고 있었다. 수비상황이 꼭 불리한 것은 아니더라도 적의 강세에 따른 여건의 변화인 것만은 분명했다.

「긴급회의 소집인디요, 당장 뜨셔야 되겠구만요.」

서너 시간이 지나 도착한 선요원의 보고였다. 오판돌은 잠시도 지체하지 않고 두 명의 부하와 함께 어둠살이 내리는 산굽이를 타기 시작했다.

「도당은 적의 공격으로부터 율어를 포기하라는 결정을 내렸습니다.」 안창민의 첫마디에 세 사람은 긴장했고, 「이는 앞으로의 투쟁방법이 전면적으로 달라진다는 걸 의미합니다. 우리는 당분간 생산력이 중단된 해방구를 지키기보다는 적이 유발시킨 긴급상황에 대처하도록 되어 있습니다. 그에 따라 당이 결정한 바는, 첫째 군당 전지역의 사수, 둘째 효과적 투쟁을 위한 읍·면당 단위의 독립투쟁입니다. 이 원칙 아래 지금부터 우리 군당의 투쟁조직을 의논하고자 합니다.」 그는 하대치·이해룡·오판돌을 차례로 훑어보았다.

6
산중의 엄동설한

　백남식이 휘하의 200명 병력과 각 읍면의 경찰·청년단 병력까지 총동
원해서 벌교와 보성 양쪽에서 율어에 대한 협공작전을 개시한 것은 북서
풍이 강하게 몰아치는 12월 18일이었다.

　「나의 작전에는 후퇴가 없다. 일단 작전이 시작되면 전진이 있을 뿐이
다. 오늘 우리는 무조건 전진만 한다. 명령 없이 적에게 등을 보이고 후퇴
하는 자는 가차 없이 즉결처분이다. 단 한 사람이 남을 때까지 싸워 오늘
우리는 반드시 율어를 점령해야 한다. 오늘 점령하지 못하면 점령할 때
까지 산에서 버틸 것이다. 제군들은 단단히 각오하고 작전에 임하도록!」

　백남식이 부하들을 북국민학교 운동장에 모아놓고 한 말이었다. 같은
내용을 보성의 하사관과 서장 남인태에게도 전화로 지시했던 것이다. 그
건 지휘관으로서 허풍이나 협박적 독려가 아니었다. 그에게 떨어지고 있
는 상부의 지시가 그만큼 강력했던 것이다. 어떤 수단과 방법을 동원해
서라도 '해방구'라는 것을 일단 없애라는 것이 상부의 신경질적인 지시
였다.

백남식의 부대는 백동마을이 눈에 띄면서부터 사격을 가하기 시작했다. 물론 백남식의 명령에 따른 것이었다. 적정을 탐지해서가 아니었다. 물량작전을 과시하려는 위협사격이었다. 군경과 청년단까지 가세한 200명 가까이가 일제히 쏘아대는 총소리는 그야말로 산이라도 무너뜨릴 것처럼 크고도 요란스러웠다.

안창민과 하대치는 산등성이 바위 뒤에서 그런 식으로 몰려 올라오는 적들을 내려다보고 있었다.

「우린 총을 쏠 필요도 없겠소.」

안창민이 쓰게 웃으며 말했다.

「금메 말이요. 저리 하늘에다 대고 쏴질러대니 즈그 총소리에 즈그 귀창 터져나가서 우리가 몇 방 쏘는 소리가 워디 딛기기야 허겄는가요. 공연시 아까운 총알이나 허실허제라.」

하대치가 고개를 끄덕이며 동의했다.

「갑시다, 우리 계획을 자기들이 미리 알고 저리 도와주니 우리는 이래저래 이익을 봤소.」

안창민이 뒤로 앉은걸음을 쳤다.

「니기럴, 저 꼬라지덜 참말로 눈 뜨고 못 보겄네. 대포 몇 방만 있으면 저 빙신덜헌테 팡팡 쏴질러뿌렀으면 속이 씨언허겄네.」

하대치가 침을 퉤퉤 뱉으며 뒷걸음질을 했다. 이미 병력을 분산배치시켜 율어를 비워버린 그들은 적진을 교란시켜 적이 화력이나 소모하게 하면서 뒤로 빠질 계획을 세웠던 것이다.

백남식의 부대는 긴 공격선에 걸쳐서 아무런 적의 저항도 받지 않고 산등성이를 넘어섰다.

「이게 어찌 된 일일까요?」

백남식이 불안한 기색으로 권 서장에게 물었다.

「글쎄요…….」

권 서장도 고개를 갸웃거리며 아래쪽으로 신중한 눈길을 모으고 있었다. 둥그스름한 분지의 가운데로 여기저기 모인 마을이 멀리 보였고, 분지에 이르는 경사를 따라 구불구불한 길과 밭, 그리고 논들이 아스라하게 펼쳐져나가고 있었다. 거기 어딘가에 적들이 판 함정은 얼마든지 있을 수 있었다.

「적들이 무슨 유인작전을 쓰는 것 아니겠소?」

「글쎄요……」

「그게 아니면, 우리가 작전을 짠 대로 우리 위세에 밀려 다 도망쳐버린 것 아니겠소?」

「글쎄요……」

「권 서장, 말끝마다 글쎄요, 글쎄요가 뭐요 도대체!」

백남식이 버럭 소리를 질렀다.

「이거 죄송합니다. 너무 뜻밖의 상황이라 아무렇게나 판단할 수도 없고, 신중을 기한다는 것이 그리 됐습니다.」

「좋소, 이것도 저것도 알 수가 없는 형편이니 처음 작전대로 아래 동네까지 밀어붙입시다.」

그래서 가로줄서기를 한 군경은 비탈을 내려가면서도, 평지의 논밭을 가로지르면서도 총을 갈겨대고 있었다. 산으로 둥그렇게 에워싸인 율어에는 수많은 총이 계속 토해내는 총소리와 그 소리를 산들이 되뱉어내는 소리가 얽히고설켜 날벼락을 치는 형국이 되고 있었다.

「워메, 저 총알 아까운 거, 참말로 아까운 거.」

하대치는 아래를 내려다보며 안타까워하고 있었다.

「그만 아까워하고 어서 뜹시다. 저자들은 하나도 아까워하지 않는, 얼마든지 있는 물건입니다.」

안창민이 칼빈총을 고쳐 멨다.

「계산얼 안 혀봤응께 똑떨어지게야 몰르겄제만, 좌우당간 쩌 총알 한 개 값이 보리쌀 한 됫박 값이야 넘을 것이구만요. 저것이 결국은 다 인민의 핀디, 저리 헛방질로 쏴제끼는 걸 보자니께 속이 뒤집어질라고 허느만요.」

「그렇지요, 인민의 피지요.」 안창민은 그 분명한 인식에 하대치를 새삼스럽게 쳐다보며, 「아마 저자들은 그 사실을 죽을 때까지 모를 겁니다. 알려고도 하지 않을 거구요.」그는 다정하게 웃었고, 하대치도 따라 웃었다.

안창민과 하대치는 부하들을 이끌고 총소리만 들볶아대는 율어를 등졌다.

결국 아무런 저항도 받지 않고 지서까지 점령하고 나서 백남식은 허탈에 빠졌다. 그리고 부하들에게 창피스러움을 느꼈다. 적의 그림자도 찾을 수 없는 곳에 대고 줄기차게 헛총질을 했다는 것은 여러모로 그의 감정을 상하게 만들었다. 사람들은 쉬쉬해가며, 군경 앞에서 끄떡없이 버티고 있는 율어를 '모스크바'라고 하고, 염상진을 '작은 스탈린'으로 부른다는 것을 최근에서야 알게 되었다. 그는 심한 모독감과 함께 부글거리는 울화를 참아왔던 것인데 이렇게 속고 보니 감정은 더욱 뒤집히고 있었다.

「면민들을 하나도 빠짐없이 몰아내서 운동장에 집결시키시오. 여기 사람들은 빨갱이와 오래 붙어살았으니까 사상조사를 철저히 할 필요가 있소. 그리고, 그놈들이 떠나면서 틀림없이 세포를 박았을 테니까 그것도 깨끗하게 색출해 내야 하겠소.」

백남식의 비꼬인 감정은 면민들을 향해 화살을 겨누고 있었다.

「사령관님, 제 생각으론 말입니다, 그보다 더 급한 문제가 있습니다. 먼저 적에 대한 대비책부터 세워야 하지 않을까 합니다. 적이 이렇게 물러가버린 데는 분명 우리가 모르는 이유가 있을 겁니다. 힘이 모자라서 미리 피했다고만 볼 것이 아니라 어떤 작전을 위한 방법으로 여길 일부러 비웠다고 보는 게 좋을 것 같습니다. 적이 어떤 목적을 가지고 있든 간에 일단 여길 장악한 우리 입장에선 다시 적에게 넘겨줄 수는 없는 일 아닙니까. 그러자면 여길 완전하게 지켜낼 수 있는 병력배치부터 서둘러야 되지 않을까 합니다. 적은 오늘 밤에라도 기습공격을 가해올 수도 있는 일입니다. 벌써 지도로 확인하셨다시피 이곳을 장악하지 못하면 북서쪽으로 위치한 다른 면들에 대해서는 또 속수무책이 됩니다. 면민들의 문제는 그 다음 단계로 처리해도 늦지 않으리라 생각합니다. 어차피 그들은 이 겨울에 여기서 살 도리밖에 없는 사람들이니까요.」

권 서장의 아귀가 맞는 말에 백남식은 달리 대꾸할 말이 없었다.

「물론이요, 나도 그 문제쯤은 다 생각하고 있소. 두 가지 문젤 동시에 처리할 작정이니까 빨리 면민들부터 모이게 하시오.」

백남식은 위신과 체면을 지키기 위해 빠르게 둘러댔다.

「그리고 말입니다, 면민들을 다루는 데도 강경책보다는 유화책이 어떨까 합니다. 아시다시피 적들은 여길 장악하고 있는 동안 면민들에게 선심공세를 취했습니다. 그렇다고 면민들을 다 좌익취급할 수도 없는 일이고, 또 의심하지 않을 수도 없는 일입니다. 지금 우리 입장에서 필요한 건 그들을 우리 편에 서게 하는 일 아니겠습니까. 그러니까 일단 전체적으로 부드럽게 대하면서 조사할 것은 철저하게 조사하는 이중방식을 쓰면 어떨까 합니다. 우리의 강경책이 적의 선심공세와 비교되어 오히려 역효과가 날 염려가 있는데다, 적과 함께 살아온 면민들은 모두 어떤 두려움을 가지고 있을 게 분명한데, 이때 부드럽게 나가면 오히려 협조를 얻을 수 있는 일 아니겠습니까.」

권 서장의 말에 백남식은 고개를 끄덕이지 않을 수 없었다. 그러면서도 전적인 동의를 하고 싶지는 않았다.

「권 서장님의 말씀을 참작하도록 하겠습니다. 일단 면민들부터 모이게 합시다. 그런데, 남 서장은 뭘 하길래 이렇게 꾸물거리고 있는 거요!」

백남식은 보성 쪽의 지휘를 맡은 남인태를 향해 짜증을 부렸다.

면민들을 모이게 하라는 명령을 내려놓고 백남식은 권 서장과 부대배치에 대해 의논하고 있었다. 남인태는 그때서야 모습을 드러냈다.

「적정도 없는데 왜 이렇게 늦었소?」

백남식은 남인태를 보자마자 대뜸 쏴질렀다.

「예상했던 적정이 없을수록 경계를 더 철저하게 해야 하는 것 아닙니까?」

남인태는 담배를 빨며 태연하게 응수하고 있었다.

「해당 경찰서에선 도대체 뭘 하고 있었소. 끈 하나도 제대로 박아놓지 못하고 말이오.」

「글쎄요, 내가 벌교를 떠나기 전에는 분명 율어는 빨갱이들 손에 들어가지 않았었고, 보성으로 다시 부임해 와서 보니 빨갱이들이 차지하고 있었소.」

「그래, 남 서장한테는 아무 책임도 없다, 그런 말이오?」

백남식이 눈에 각을 세웠다.

「사실이 그렇지 않소. 끈이라는 거야 전부터 계속 박아져서 움직이는 거지 갑자기 적 속으로 파고들어 박아지는 건 아니잖소.」

「됐습니다. 그건 다 지나간 문젭니다. 적들이 무슨 생각으로 여길 미리 떠났든 간에 한 가지 분명한 사실은 있잖습니까. 적이 우리와 맞서 싸울 힘이 없다는 사실 말입니다. 그렇지 않고서야 그들이 이 겨울에 스스로 물러갈 리가 없는 일 아닙니까. 우린 일단 피 한 방울 흘리지 않고 우리의 목적을 달성했습니다. 이것도 우리가 갖춘 힘 때문인 것은 틀림없는 사실입니다. 그러니 지난 일 더 따지지 말고 앞으로 일이나 잘해나가도록 마음을 합치는 것이 급선무라고 생각합니다.」

권 서장은 두 사람 사이에 끼어들어 감정충돌이 일어나지 않도록 조정했다.

「나도 지난 일 가지고 왈가왈부하고 싶은 사람이 아니오.」

남인태가 얼른 권 서장의 말에 동의했다. 백남식은 구겨진 얼굴로 담배만 빨아대고 있었다.

율어를 계속 장악하는 동시에 서북쪽 산간을 따라 자리 잡은 면들을 중심으로 토벌작전을 전개하기 위해 율어에 군병력을 반 정도 배치하기로 했다. 병력의 재배치에 따라 군사령부가 이동하는 것은 자연스러운 일인데도 불구하고 백남식은 상부와의 긴밀한 연락 등을 이유로 사령부를 벌교에 그대로 두기로 결정했다. 남인태도 권 서장도 그 점을 그냥 지나칠 수밖에 없었다.

「친애하는 면민 여러분, 그동안 좌익들의 등쌀에 얼마나 고초가 많았습니까. 진작에 좌익들을 몰아내서 여러분들이 편안하게 살 수 있도록 조처했어야 하는데 여러 가지 형편이 여의치 못하여 이렇게 늦어진 점, 죄송스럽게 생각하는 바입니다. 앞으로는……」

백남식의 연설은 이런 식으로 겸손하고도 부드럽게 끝났다. 잔뜩 겁 질리고 두려움에 차 있던 면민들은 그 의외의 연설에 손바닥이 얼얼하도록 박수를 쳐댔다.

그런데 군경의 조사를 앞질러 다음날로 면민들을 괴롭히기 시작한 것은 윤삼걸을 위시한 지주들이었다. 그들은 제각기 소작인들을 모아놓고 2년치 소작료에 대해서 닦달을 해대고 있었다. 그들의 열기 받친 목소리가 점점 커가면서, 소작을 영영 떼겠다, 경찰에 넘기겠다, 살림살이나 집을 빼앗겠다, 동원할 수 있는 공갈이나 협박을 다 동원했지만 소작인들은 기운 빠지고 무표정한 얼굴로 똑같은 말만 되풀이했다.

「싹 다 좌익덜이 가지가뿌렀구만이라.」

그 말은 안창민이 떠나면서 그렇게 하라고 가르쳐준 말이었다. 「여러분, 모든 걸 우리한테 떠넘기십시요. 군경이나 지주들한테 우리가 욕먹는 건 아무렇지도 않습니다. 여러분들이 편할 수 있으면 무엇이든지 우리한테 떠넘기십시요.」 안창민이 면민들에게 남기고 간 말이었다.

어찌할 수가 없게 된 지주들은 마름 닦달에 나섰다. 그러나 마름들의 말도 한결같았다.

「맞구만이라, 빨갱이덜이 가실허는 대로 다 몰아가뿌렀구만이라.」

마름들은 안창민에게 따로 불려가 들은 말이 있어서 그렇게 대답할 수밖에 없었다. 「이 면에서 지주들 편을 들 사람은 당신네들밖에 없소. 만약 작인들이 당하게 되면 그땐 당신네들을 살려두지 않겠소. 우린 여길 아주 떠나는 게 아니요. 싸움을 위해 잠시 비우는 것뿐이오. 우린 계속 당신네들 옆에서 움직인다는 사실을 잊지 마시오.」 안경 속에서 그들을 차갑게 쏘아보며 안창민이 한 말이었다.

자력으로 어떻게 할 수가 없게 된 지주들은 백남식을 찾아가 협조를 부탁했다. 그러나, 면민들에게 열렬한 박수를 받은 데다가, 권 서장의 귀띔을 들은 백남식은 아주 그럴듯하게 거절을 하고 말았다.

「저도 도와드리고 싶지만 그건 어디까지나 개인적인 재산문제라 관이 개입할 수 없는 성질 아닙니까. 더구나 거기는 좌익이 오래 진을 친 곳이라 우리 입장에서는 대민관계를 인상 좋게 해야 하고, 그 점에 대해서는 상부에서도 특별히 지시를 내리고 있는 실정입니다.」

일이 이렇게 되자 더 이상 분을 참지 못하게 된 지주들은 벌교에서 사람들을 몰고 가 집뒤짐을 시작했다. 그러나 그들이 원하는 것만큼 곡식이 나올 리 없었다. 소작인들은 이미 오래 전에 곡식을 멀찍멀찍 떨어진 장소에다 감춰두고 한두 말씩 가져다먹고 있었던 것이다.

1월로 접어들면서 산중 추위는 혹독하게 변했다. 거기다가 가을에 준비해서 여러 비트에 보관했던 양식은 이미 바닥나고 없었다. 그리고 군경의 공격은 예상했던 것보다 한결 강하고 적극적이었다. 낮에만 공격을 하고 어두워지기 전에 서둘러 퇴각을 하곤 하던 몇 달 전까지의 방법을 완전히 버리고 밤중에도 산에다 천막을 칠 정도로 변했다. 자연조건·자체여건·적진상황, 그 어느 것도 유리한 것이라곤 없었다. 날이 갈수록 동상자가 늘어났고, 하루에 한 끼를 먹기에도 힘들 지경이었고, 분산된 적정으로 돌발전을 계속하다 보니 인원은 날로 줄어들고 있었다. 적들이라고 사상자가 안 생기는 것은 아니었지만 그쪽은 끝없이 보충을 받고 있기 때문에 힘은 날이 갈수록 차이가 벌어지고 있었다.

염상진은 사그러드는 불덩이들을 하염없이 바라본 채 말이담배를 느리게 빨고 있었다.

「무신 생각얼 그리 허시요?」

옆에 앉은 남자가 옷 위로 허벅지를 긁적이며 낮은 소리로 물었다.

「뭐…… 우리 투쟁이 앞으로 어떻게 돼야 할 건지를 더듬어보고 있었지요.」

염상진은 그 남자에게로 천천히 고개를 돌렸다. 그는 지구사령관 주문철이었다.

「무신 존 방법이 있으시요?」

「글쎄요, 무슨 방법이 강구되긴 돼야겠는데…… 이러다간 겨울 넘기기가 어려울 것 같지 않습니까?」

「문제야 문제지요잉. 근디, 우리 둘이가 생각혀도 똑별난 수가 없는디, 지리산이나 도당이라고 무신 수가 있겠소? 지리산도 우리보담 더 에로우면 에로왔제 낫덜 않을 것이요.」

주문철은 지리산의 투쟁경험을 가진 사람답게 말했다. 집중표적이 되고 있는 그곳이 더 어려우리라는 건 당연한 일이었다.

「우리의 투쟁은 지금 막대한 소모전으로 계속되고 있습니다. 이걸 벗어날 수 있는 어떤 구체적인 방안이 생겨야 당에 보고를 해서 시행할 수 있을 텐데, 답답하게 그게 생각나지 않으니 말입니다.」

「지리산총사에서도, 도당에서도 아무 지령이 없는 걸 보면 지끔 투쟁이 최선이라는 뜻이 아니겠소.」

「그건 압니다만, 이래 가지고서야 해동까지 몇이나 살아남겠습니까. 우리 부대만 하더라도 벌써 반 가깝게 인원이 줄어들었습니다. 그건 너무 많은 희생입니다. 앞으로도 그런 희생이 계속될 텐데, 문제 아닌가요?」

「문제야 문젠디, 어쩌겠소. 묘수묘안이 없는 바에야 지끔 상황이 최악임스로도 최선이란 뜻 아니겠소?」

말은 아무런 진전이 없이 제자리만을 맴돌고 있었다. 염상진은 이런 의미 없는 말을 되풀이하려고 대꾸를 시작하고, 말을 묻고 했던 것이 아니었다. 마음에는 한 가지 방법이 있었다. 그것을 당에 건의하기 전에 주문철에게 타진해 볼까 하는 생각이 들었던 것이다. 그런데 역시 주문철은 총을 귀신처럼 잘 쏘고, 산토끼처럼 몸이 빠른 것만큼 상부의 지시나 충실히 따르는 군인이었지 생각의 여유나 폭을 가진 사람이 아니었다. 그런 사람에게 모험성이 강한 생각을 꺼냈다가 괜히 불필요한 오해나 사게 되는 번거로움을 겪고 싶지 않았다. 주문철은 그 나름의 긍지와 투철성을 가지고 있는 공산주의자였다. 그는 여순병란의 주력인 14연대

출신 중사라는 사실과 지리산투쟁을 전개했다는 사실을 언제나 가슴에 쌍기둥으로 세우고 있었다. 그런 그는 평소에도 자신이 무언가 생각에 빠져 있는 것을 별로 달가워하지 않음을 염상진은 알고 있었다. 「염 동무는 다 존디, 무신 생각얼 앉으나 스나 그리 해쌓소? 말이 많으면 못쓸 말이 많드라고, 쌈터에서 생각이 많으면 총알 피허기가 에로와지는 법이오. 따른 것이야 다 쌈터에 제격인디, 당일꾼이라서 그런가 그 생각 많은 것은 틀려묵었소.」 서슴없이 말하는 그는 자신보다 한 살이 위인 고흥 출신이었다. 지리산에 비하면 조계산 언저리의 산들은 묏등밖에 안 된다며 그는 지리산을 그리워하고는 했다.

그런 그에게 장기투쟁을 위한 전사의 보호를 위해 위장자수나 위장전향을 시키는 게 어떻겠느냐는 의견을 타진할 수는 없었다. 새로운 전략 전술의 모색을 전제로 한 자유로운 의견개진이 보장된 발언이 아니었던 것이다. 그러나 자멸이 빤히 내다보이는 이중삼중의 악조건 속에서 당의 운명과 투쟁방법을 생각하지 않을 수가 없었다. 이런 극한투쟁의 끝에 당의 소멸이 있다면 투쟁의 의미는 무엇인가. 투쟁은 1차적으로 당의 존속을, 당은 혁명을 위해 복무하는 것이 아닌가. 투쟁이 당을 소멸시키면 혁명은 어디서 찾아야 하는가. 산속의 이런 극한투쟁은 혁명을 위한 투쟁이 아니라 투쟁을 위한 투쟁이 아닐까. 인민과 유리되고 격리된 투쟁, 적이 원하는 바대로 신분을 노출시켜 산악지대로 싸움터를 확정한 투쟁, 이것이 과연 현명한 것인가. 중국공산당의 5만 리 대장정이 비겁한 후퇴였는가, 아니다, 그건 현명한 선택이고 용감한 전진이었다. 그리고, 홍군의 깃발을 내리고 국민당군의 일부인 팔로군이 된 것은 비굴한 항복이었는가, 아니다, 그거야말로 슬기로운 전략이고 지혜로운 전술이었다. 이런 생각만으로 위장자수나 위장전향을 구상하게 된 것이 아니었다. 날이 갈수록 전사들이 줄어들고 있는 것은 사상자 때문만이 아니었던 것이다. 그중에 3할은 이탈자였다. 투쟁의 악조건을 더는 견디지 못하고 그들은 산을 등지고 말았던 것이다. 그들을 사상무장의 빈약이나 투쟁의식의 결여라는 도식적인 말로 비판할 수는 없었다. 그건 당원에게나 해당되는 단죄의 기준이었다. 그들은 당원이 아니라 전사였을 뿐이다. 결과만으로 그들을 배반자 취급하기 전에 그들이 갖는 한계성을 파악하고 최소한의 투쟁여건을 유지시켜야 하는 것은 당의 책임이었다. 당이 처한 상황이 그것마저 할 수 없을 때 그들을 무작정 적으로 돌리고 있을 수만은 없는 일 아닌가. 등을 돌린 그들은 이쪽에서 반동으로 낙인찍기 전에 벌써 자신들이 먼저 죄인이라는 사실을 깨닫고 이쪽과 적이 되는 것이다. 그들이 집을 떠나 혁명의 대열에 섰을 때 그들이 그들 나름대로 품었을 각오와 용기와 정열과 기대의 순수함을 과소평가해서는 안 된다. 그리고 그들이 그런 모든 것을 버리고 적진을 향해서 떠나가는 고통과 괴로움도 치지도외해서는 안 된다. 최소한의 투쟁여건이 유지되었을 때 그들은 과연 등을 돌렸을 것인가부터 검토, 반성되어야 한다. 그리고 당이 그 문제를 해결할 수 없을 때 그들을 죄인 만들어 등 돌리게 방치할 것이 아니라 어떤 긴급조치를 취해야만 마땅할 것이 아닌가. 장기투쟁에 대비한 전사의 보호를 위한 위장자수나 위장전향이란 생각은 그래서 생겨나게 된 것이다.

「대장님, 대장님, 보급사업 끝내고 부대가 돌아왔구만요.」

비트 밖에서 들리는 보초의 조심스러운 보고였다.

「그려, 중대장 거그 와 있소?」

주문철이 급히 몸을 일으켰다.

「야아, 여그 왔구만이라.」

「언녕 들오씨요, 추운디.」

중대장이 거적을 들추고 들어섰다.

「욜로 앉으씨요. 사업은 잘 끝냈소?」

주문철이 자리를 권하며 물었다.

「대장님, 면목 읎이 되았습니다.」

중대장이 선 채로 주눅 든 소리로 말했다.

「워째, 무신 일 났소?」

주문철이 윗몸을 곧추세우며 눈을 부릅떴다.

「한 눔이 째부렀구만요.」

「또!」 주문철이 이빨을 빠드득 갈더니, 「긍께 아까 떠날 적에 나가 머시라고 당부혔소.」 그의 목소리가 갑자기 커졌다.

「사령관 동무, 중대장이 책임은 있지만 너무 나무라진 마십시요. 보급 사업하랴, 적을 경계하랴, 부하들 살피랴, 하다 보니 어둠 속으로 내빼 버린 것인데, 그걸 어쩌겠습니까. 열 사람이 한 도둑 못 지킨다고, 내빼기로 작정한 그 사람은 오늘이 아니라도 언젠가는 가게 되어 있습니다.」

염상진은 거의 다 사그라진 불덩이의 흔적인 흰 재에 눈길을 보낸 채 담담하게 말했다.

「사업은 워찌 되았소?」

「무사허니 끝냈구만요.」

「되았소, 가서 쉬씨요.」

중대장이 나가자 주문철이 불쑥 말했다.

「요거 영판 난리요. 학습얼 더 철저허니 시켜야 되덜 않겄소.」

「그래야지요.」

염상진은 심드렁하게 대꾸하고는 팔베개를 하고 몸을 눕혔다. 나뭇가지와 솔잎들을 회초리질하는 바람소리가 세차게 울리고 있었다. 눈을 감았다. 군당의 얼굴얼굴들이 한꺼번에 떠올랐다. 율어를 버리고 분산 투쟁으로 들어간 그들이 어떻게 견디고 있는지 걱정이었다. 군당의 경계 안에서 투쟁해야 하는 그들은 그만큼 불리를 안고 있었다. 그 불리를 극복하는 방법은 기동성밖에 없었다. 적의 예상을 앞지르는 기동성으로 끝없이 트를 옮겨야 하고, 그사이에 기회를 엿보아 적을 기습하고 빠지는 작전을 펴야 하는 것이다. 그게 아니라면 아예 땅속으로 비트를 파고 들어가서 겨울이 지나갈 동안 동면투쟁을 할 수도 있었다. 그러나 그 경우는 식량의 사전확보가 문제였고, 발각되는 경우 몰살을 면치 못하게 되었다. 그건 비전투요원에게나 용납되는 방법이었고, 전투요원인 경우에는 적은 수가 위장을 위해서 짧은 기간 동안 활용할 수는 있었다. 그들에게 한 가지 유리한 것이 있다면 식량조달이었다. 그러나 마을이 가깝다는 것뿐 그건 적의 덫이 도사리고 있는 함정일 위험도 컸다. 이 살을 찢어대는 추위 속에서 안창민의 다리 상처는 말썽을 부리지나 않는지. 모두 살아남아야 한다, 이 몰악스럽고 혹독한 겨울이 끝날 때까지. 투쟁여건이 현격하게 차이가 나는 상황 속에서 겨울은 또 하나의 무자비한 적이었다. 겨울은 추위만을 주는 것이 아니라 병 아닌 병인 동상까지 주었다. 동상예방에 대해서는 수시로 교육하고 주의를 환기시켰지만 말로만 동상을 막을 수 있는 것이 아니었다. 가죽구두는 고사하고 운동화도 못 신은 발들은 고무신이나 짚신이 태반이었다. 거기에 발싸개인 버선이나 양말마저 신통치 않아 발은 언제나 동상 걸릴 준비나 하고 있는 것 같은 형편이었다. 그런데다가 발이나 매일 씻어 청결을 유지하면 또 모르겠는데, 언제 어디서 일어날지 모르는 돌발상황에 대비하느라고 자면서도 신발조차 벗을 수 없었던 것이다. 염상진은 발가락을 꼼지락거렸다. 따끔거리면서 아릿한 가려움이 다 헐어빠진 일본군 지카타비 속에서 부풀어오르고 있었다. 오른쪽 새끼발가락과 왼쪽 넷째발가락에 얼음이 박혀 있었던 것이다. 매일같이 몇 십 리인지 계산할 틈도 없이 산길을 걸어야 하는 자신들의 입장에서는 신발문제가 양식문제만큼이나 중대하고 절실했다. 염상진은 무의식 중에 사타구니께를 옷 위로 긁적였다. 움직임을 멈추자 이들이 기동을 시작한 모양이었다. 가만가만 스멀거리고 살금살금 간질거리는 이들의 꼼지락거림은 언제나 짜증스럽고 기분 나빴다. 여름에는 자취도 없던 것들이 겨울만 되면 어디서 그렇게 생겨나 번창을 하는지 모를 일이었다. 아무리 깊은 산중이라도 물 있는 곳에는 고기가 있듯 겨울철만 되면 번식하는 이도 불가사의한 생명현상 중의 하나였다. 도저히 퇴치가 불가능한 이들도 산중생활의 또 다른 적이었다. 제대로 먹지도 못하는 몸뚱어리에 달라붙어 극성스럽게 번창하는 그것들의 끈질긴 흡혈은 지주들의 지칠 줄 모르는 탐욕적 착취와 너무나 닮아 있었다. 착취계급을 다 쳐없애는 혁명의 그날에나 이 놈들도 박멸되려나…… 염상진은 긴 꼬리를 늘이며 쉼 없이 불어대는 매운 바람소리를 들으며 쓸쓰레한 웃음을 입가에 물었다. 등을 파고들던 따갑도록 아린 냉기는 이제 별 감각이 없었다.

그 시간에 하대치와 안창민은 제석산 상봉 가까운 비트에서 머리를 마주 대하고 있었다. 안창민은 군당병력을 5개 소대로 편성하고, 1개 소대가 두 개씩의 면을 관할하도록 했다. 이해룡과 오판돌은 규모가 작은 산간면을 하나씩 더 맡고 있었다. 독립사업을 전개하되 필요에 따라 협동작전을 편다는 원칙을 정하고, 안창민은 주기적으로 중대장들과 선을 대고 있었다.

「읍내를 치는 문제는 좀더 생각해 보도록 합시다. 벌교는 한쪽이 갯가라 보성하고는 조건이 다르거든요. 더구나 율어에 병력이 있어서 퇴로를 차단당할 위험도 있습니다.」

안창민이 신중하게 하대치의 제의를 눌렀다.

「그렇기사 헌디, 벌교에 병력이 을매 읎응께 번개치기로 치고 빼먼 안될랑가요? 자꼬 쫓겨댕기다 봉께 동무덜 사기도 처지고, 쩌눔덜헌테도 시퍼 뵈고 허는디요.」

하대치는 그냥 주저물러앉고 싶지는 않았던 것이다. 이해룡이 보성을 한바탕 뒤집어엎은 것처럼 자기도 벌교를 멋들어지게 들쑤셔놓고 싶었던 것이다.

「그 이유야 충분히 압니다. 그러나 지금은 적에게 피해를 입히기보다는 우리가 입을 피해부터 먼저 생각해얄 땝니다. 적은 우리를 이 겨울 동안에 다 없애겠다고 하지만 우리의 투쟁은 계속되어야 합니다. 그러기 위해서는 한 사람의 전사라도 지키는 쪽으로 우리 사업은 진행되어야 합니다. 그리고 머지않아 전부 힘을 모아 율어를 다시 칠 계획을 세우고 있습니다.」

「율어요? 고것 좋구만이라. 고것이야 우리 땅잉께 또 뺏어야지라.」

하대치는 누런 이빨을 드러내며 만족스러운 소웃음을 웃었다. 그의 팽팽하던 얼굴도 많이 수척해져 있었다

「염상진 대장님은 어쩌고 계신지 모르겠소.」

안창민이 고개를 뒤로 젖혔다.

「고상허시겄제라. 지는 사흘거리로 꿈에서 뵈는구만이라.」

「잠도 얼마 못 자면서 꿈까지 꾸나요?」

안창민이 하대치를 보며 빙긋이 웃었다.

「금메 말이요, 마누래나 새끼덜언 꿈에 안 뵈는디 대장님언 자꼬 뵌당께요.」

안창민은 콧등이 찡 울리는 걸 느끼며 고개만 끄덕였다.

며칠이 지나 염상진은 도당의 연락을 받았다. 도당이 장흥 유치구로 이동한다는 것이었다. 도당의 이동은 상황의 긴박성을 단적으로 입증하고 있었다. 끝까지 살아남아야 한다, 염상진은 어금니를 맞물며 휘몰아쳐오는 북풍을 맞바라보고 섰다.

7
소작인의 의지

군당 야산대의 세력이 약화되어 감에 따라 율어면에 전진기지를 구축하고 있던 백남식의 부대는 각 면으로 분산배치되었다. 전에 볼 수 없었던 적극작전이 펼쳐지고 있었다. 그건 상황변화에 따른 자신감 때문만이 아니라 상부의 명령이 불길 같았던 것이다. 어떠한 희생을 치르더라도 겨울 안으로 산중 빨갱이들의 씨를 말리라고 성화였다. 백남식은 병력을 분대단위로 분산시켜 산골짜기마다 투입하는 전략을 썼다. 이틀 간격으로 교대시키는 그 작전은 기동성 빠르게 이동저항하는 적들을 추격하고, 적들 상호간의 연결을 차단시키기 위해서는 더없이 효과적이었다. 물론 효과에 비해 위험부담이 없는 게 아니었다. 그러나 적의 섬멸을 위해서는 어떠한 희생도 불사한다는 상부의 방침이 일단 선 이상 백남식으로서는 효과 있는 방법이라면 그 어떤 것도 시행을 주저할 이유가 없었다. 희생된 병력은 보충되어 오게 마련이었으므로 그의 관심은 오로지 자신의 관할구역 안에서 어떤 방법으로든 무장빨갱이들을 쓸어없애는 것에 집중되어 있었다. 그는 우선 분대장들의 입만 놀리는 전과

보고를 믿지 않았다. 전과보다는 증거제일주의를 채택했다. 첫째가 적살해였고, 둘째가 무기노획이었다. 첫 번째의 증거로는 코나 귀 한 짝을 제시해야 했고, 두 번째의 증거는 원시무기가 아닌 총에 한했다. 그건 일본 군대에서 배운 방법이었다. 그런 전과를 올린 장병에게 계급특진이나 표창장이 수여된다는 단서가 붙은 것은 물론이었다.

「남 서장님, 아, 나 백남식이오. 그 문젠 어찌 됐소? 아직도 못 정하고 있는 거요?」

전화에 대고 목소리를 높이고 있는 백남식의 어조는 찡그려진 얼굴만큼이나 거칠고 시비조였다.

「아, 그 문젠 걱정 안 해도 됩니다. 마땅한 사람을 정해서 그저께 배치시켰소.」

전화기에서 울리는 남인태의 목소리에도 어떤 성깔이 묻어 있었다.

「그럼 미리 알려줘얄 것 아니오. 대체 그 사람은 어떤 사람이오?」

백남식은 남인태의 처사나 현재의 태도에 그만 배알이 뒤틀려서 어조는 더욱 거칠어졌다. 그러면서도 '보고'라는 말은 신경 써서 피하고 있었다.

「그새끼들이 또 전화선을 절취해 가서 전화가 불통된 걸 몰라서 허는 소리요, 시방?」

백남식은 느닷없이 볼때기를 쥐어질린 기분이었다. 그는 머쓱해진 기분이었고, 저쪽에서는 공격에 만족이라도 하는 듯 잠시 말이 없었다.

「이근술이라고, 회천면에 근무하던 사람을 옮겼소.」

「늦었지만, 잘됐소. 근무 철저히 하도록 지시해 주시오.」

백남식은 먼저 전화를 끊어버렸다. 한바탕 몰아치려던 계획이 빗나가 버려 화가 나기도 했고, 맥이 빠지기도 했다. 아직도 지서주임 자리를 못 채우고 있으리라고 생각했는데 어떤 얼빠진 놈을 잡아다 앉힌 것이었다.

「하! 개애자석, 지랄허고 여물통 돌리고 자빠졌네. 워따가 대고 지눔이 잘난 칙이여, 잘난 칙이. 지눔이 앞으로 멫 조금이나 가겠다고.」

남인태는 화가 나거나 마음이 급해지면 자신도 모르게 터져 나오는 사투리를 내뱉으며 수화기를 내동댕이쳤다. 그러나 그는 겉마음만 화가 났을 뿐이지 속마음까지 화가 난 것은 아니었다. 그는 그 일에 얽힌 남 모르는 수확을 가슴 뻐근하게 즐겨왔던 것이고, 멋모르고 설쳐대는 백 남식 같은 존재를 향해서는 통쾌감까지 만끽하고 있었다.

율어면 지서장 자리를 놓고 보름 남짓한 사이에 거둬들인 옹골찬 수 입을 생각하면 남인태는 자다가도 입이 벙긋 벌어질 지경이었다. 율어 면을 싱겁게 되찾은 다음 당연히 경찰력 배치가 뒤따랐다. 그는 아무 생 각 없이 전에 근무했던 사람들을 복귀시키려고 했다. 그건 자연스럽고 도 바른 조처였다. 그런데 그날 밤 전 지서장이 집을 찾아들었다.

「서장님, 지발 저를 좀 살려주시씨요. 제가 거그서 반란사건 터지기 전부텀 근무했응께 연한으로 보드라도 자리바꿈헐 만치 된디다가 저번 참에 구사일생으로 살아나왔는디 워찌 또 그 징헌 지옥으로 들어가겄는 가요. 서장님 권한으로 다 되는 일잉께 이놈 불쌍허니 생각허시고 한분 만 살려주시씨요. 요건 얼마 안 되는디…….」

지서장은 품 안에서 종이에 싼 것을 꺼내 어려운 몸짓으로 방바닥에 밀어놓았다. 한눈에 그건 돈뭉치였고, 그 크기로 보아 예사 액수가 아닐 것이 분명했다. 남인태는 순간적으로 심장이 찌르르 울리며 어금니 사 이에서 신 침이 솟는 것을 느꼈다. 그러나 그는 애써 감정을 누르며 고 개를 틀어 눈길을 멀리 보냈다.

「그게 거 난처한 일 아니겠소. 김 주임이 가기 싫어하는 것은 거기가 위험허기 때문인데, 그렇다면 다른 사람이라고 가려고 하겠소? 목숨 아 까운 거야 누구나 다 똑같고, 나는 일을 공평하게 처리해야 할 입장에 있는 사람이오.」

있는껏 거드름을 피우며 말하고 있는 남인태의 머릿속은 빠른 계산으 로 부산하게 움직이고 있었다. 우선, 생각지도 못했던 돈벌이 기회를 십 분 활용해야 한다는 생각이었고, 그러기 위해서는 휘하의 면단위 지서 장 모두를 한 차례씩 돌려가며 먹이로 삼아야 된다고 생각했고, 그러면

광양에서 빠져나오느라고 속 쓰리게 탕진한 재산을 벌충할 수 있으리라
는 계산을 했으며, 목숨을 담보로 하는 인사청탁을 받으며 그 액수를 확
인하지 않고 대답할 수 없다는 생각을 하고 있었다.

「그래서 제가 이렇게…….」

김 지서장은 머리를 조아리며 돈뭉치를 남인태 앞으로 조금 더 밀었다.

「글쎄올시다, 나라의 존망이 위태로운 이 비상시국에 이런 인사청탁
이나 하다가 소문이 나는 날에는…….」

남인태는 엄하고도 냉정한 어조로 말하며 담배를 집어들었다.

「그럴 리가 있겠습니까. 쥐도 새도 몰르게 허니라고 마누래헌테도 입
을 봉헌 일이구만요.」

김 지서장이 더 목소리를 낮추어 말했다.

「내가 밤새 생각해 볼 것이니 내일 아침 일찍 와보시오.」

「고맙구만이라, 서장님만 믿겄습니다.」

김 지서장은 비굴한 웃음을 흘리며 연신 굽신거리면서 물러갔다. 남
인태는 곧바로 종이를 찢어발겼다. 돈다발 네 개가 허물어지며 모습을
드러냈다. 한 다발을 덥석 집어든 남인태는 오른손 엄지와 검지 끝에 퉤
퉤 침을 튀겨 세기 시작했다. 빠르게 넘어가는 돈을 응시하고 있는 그의
눈은 야릇한 열기와 함께 윤기가 번들거리고 있었다. 그는 숨 돌릴 틈도
없이 돈 네 다발을 다 세었다. 그리고 쩝쩝 입맛을 다시며 담배를 빼들
었다. 생각지도 못했던 것에 비하면 결코 적은 액수가 아니었지만 일단
딴마음을 먹은 그의 심사에는 어딘가 미흡한 액수였다. 물론 서장 자리
와 지서장 자리는 하늘과 땅 차이이긴 하지만, 자신이 쓴 비용에 비하면
너무 차이가 나 남인태는 슬그머니 화가 치밀려고도 했다. 목숨을 안전
하게 지키려는 목적은 다를 것이 없었던 것이다.

「쌀 다섯 가마니 값이면 적은 돈은 아니다만 요것 갖고는 안되겠다.
하나뿐인 모가지 온전허게 보존헐라먼 그 곱쟁이는 내야 쓸 거이다.」

남인태는 스스로에게 다짐하듯 혼잣말을 또렷하게 하고는 오른손으
로는 입을 야무지게 훔쳤다. 그는 이미 목숨을 담보로 잡은 투전놀이를

각 지서장을 상대로 비밀리에 벌일 작정을 하고 있었다. 열 가마니씩만 후려내면 자신이 쓴 비용을 벌충하고도 또 그만큼을 챙길 수 있었던 것이다. 그는 돈 네 다발을 꼼꼼하게 쌌다.

「세상에는 비밀이 읎는 법인디, 그런 돈으로 도에 어그러지는 일을 허고 잡지 않소. 서장이란 자리가 오뉴월 참외 익대끼 해서 따낸 자리도 아니겠고.」

다음날 아침 김 지서장 앞으로 돈뭉치를 밀어놓으며 남인태가 무겁고도 싸늘하게 한 말이었다.

「아이고 서장님, 알겠구만요.」 무릎 꿇어앉은 앉음새를 고치며 김 지서장은 억지웃음을 지어내고는, 「지가 생각이 짧았구만요, 긍께, 여그다가 을매나 더 보태야 될란지……」 억지웃음이 굳어지며 그의 얼굴은 일그러지고 있었다.

「어허, 점잖찮게 고것이 무슨 소리요. 장바닥 장사치 흥정도 아니겠고, 서로 체면 생각해서 눈치껏 곱쟁이로 채우든 말든 헐 일이제, 원 그리 짜잔헌 뱃보로 어디 관리로 출세허겄소?」

남인태는 먼눈을 팔며 혀끝에 힘이 잔뜩 들어간 혀차기를 해댔다.

「죄송시럽구만이라. 지가 다 알아서, 이따가 저녁참에 다시 찾아뵙겄구만요.」

김 지서장은 허둥거리며 옆걸음질을 쳐 방을 나갔다.

남인태는 출근을 하자마자 안전지대에 있는 면부터 골라 전화를 걸기 시작했다.

「아아, 다름이 아니라, 율어에서 빨갱이들을 몰아낸 걸 박 주임도 알지요? 거기 지서가 비어서 사람을 채워야 되겠는데, 아무래도 박 주임이 가줘야 될 것 같소.」

남인태는 지극히 사무적인 듯 건조한 소리로 이렇게 운을 떼었고, 상대방 쪽에서는 즉각적인 반응이 나타났다.

「아니 서장님, 그게 무슨 말씀입니까. 율어로 저를 보내시다니요. 쪼끔만, 쪼끔만 기다려주십시요. 오늘 안으로 당장 찾아 뵙겠습니다.」

그래서 남인태는 서로 다른 날을 잡아가며 지서장들을 하나씩 하나씩 요리해 나갔다. 그러는 사이에 벌교의 백남식으로부터는 왜 빨리 경찰 병력을 배치하지 않느냐는 독촉전화가 사흘거리로 걸려왔다. 이미 차석 이하의 경찰은 배치시켜 놓고 있었으므로 남인태는 이런저런 이유를 그 럴싸하게 붙여대며 여유만만하게 목적달성을 해나갔다. 그러던 중에 이 근술 지서장이 엉뚱하게도 자원을 하고 나섰다.

「저런 얼빠진 새끼 봤나. 누가 지 공 알아줄까 봐 나서는 건가, 나서긴.」

남인태는 담배꽁초를 내던지며 혼자 역정을 냈다. 아직 접촉하지 못 한 지서장이 두어 명 남아 있었던 것이다. 그러나 지원자가 나서버린 이 상 그 일을 계속할 수는 없는 노릇이었다. 그놈이 쥐어지르고 싶도록 밉 고, 느닷없이 날아가버린 돈이 아까워 배가 아팠지만 남인태는 꾹꾹 눌 러 참을 수밖에 없었다. 그놈이 초장에 자원을 하고 나섰으면 어떻게 할 뻔했을까를 생각하며.

한편, 그런저런 내막을 전혀 모른 채 율어면으로 자리를 옮긴 이근술 지서장은 그날부터 빙그레 웃는 얼굴을 하고 집집마다 찾아다니기 시작 했다. 그는 껑충하게 큰 키에 얼굴마저 펑퍼짐하면서 길었다. 그래서 키 는 더 커보이는데다, 얼굴 전체에 담긴 선하디선한 웃음은 큰 키와 함께 그 인상을 그야말로 싱겁게 보이도록 하고 있었다. 「회천면에서 새로 온 이 주임이라고 허느만요. 요 북새통에 사시기는 좀 워떠신게라?」 그는 이런 식으로 집집을 들여다보며 인사를 하고 다녔다. 더러 그를 알아보 는 남자들도 있었다. 「아이고메, 그 말로만 들든 미륵주임님이시구만이 라!」 이런 말로 반색을 하는가 하면, 「오랴, 그 고진인 말……, 아니 쩌 머시냐, 욜로 잠 앉으시제라.」 어떤 남자는 계면쩍은 얼굴로 마루를 더 듬거리기도 했다. 그 남자가 당황스럽게 삼켜버린 말이 무엇인지 알면 서 이 주임은 그저 사람 좋은 웃음을 얼굴에 담고 있었다. 자신에게 붙 여진 점잖은 별명이 미륵주임이었고, 장난스러운 별명은 말자지주임이 었다. 허우대가 크니까 그것도 크리라고 생각해서 그런 별명을 붙인 모 양인데, 듣기가 좀 쑥스럽고 민망해서 그렇지, 그는 속으로는 만족스럽게 여기고 있었다. 남자의 뿌리고 기둥이고 중심인 그것이 크고 실하다는 것만큼 더 좋은 일이 어디 있을 것인가. 그는 '말자지'라는 상스러운 듯한 별명에서 사람들이 자신에게 보내는 호감이 깃들어 있음을 느끼고 있었다. 만약 개자지도 아니고 토끼자지나 쥐자지라고 몰아댔더라면 어쩔 것인가. 그런 악의에 맞서서 그것을 내보일 수 없는 이상 자신은 영락없이 큰 덩치에 어울리지 않는 볼품없는 연장을 매단 병신꼴을 면할수 없게 될 것이었다. 그것에 비하면 말자지라는 별명은 얼마나 호의에넘치는 것이냐며 그는 내심으로 흡족해하고 있었다. 덩칫값 하느라고그는 남들보다 큰 그것을 달고 있는 게 사실이었다. 그가 자신의 별명을다행스럽게 여기는 까닭은 농업학교 시절의 훈육주임을 생각해서였는지도 모른다. 일제치하의 모든 학교 훈육주임들은 일본놈이면서 악바리였듯이 그가 다닌 농업학교의 훈육주임도 예외가 아니었다. 그런데 훈육주임의 별명은 악바리에 어울리지 않게 '백자지'였다. 훈육주임은 먼발치로라도 그 별명을 들으면 그야말로 부들부들 치를 떨었다. 서너 학생이 얼굴을 알아볼 수 없는 거리에 떨어져 「후쿠다 자지는 백자지, 민숭민숭 털이 없는 백자지」를 장타령조로 합창을 해대다가 훈육주임에게추격을 당해 순천 오리정 뒷산 세 개를 넘으며 쫓겨야 했던 일은 너무나유명했다. 그때 만약 그들 중에 하나라도 훈육주임에게 잡혔더라면 그자리에서 즉사했을 거라는 것은 학생들 사이에서 웃음기 없이 수긍된사실이었다. 그 일이 벌어진 다음부터 훈육주임의 별명은 없어진 것이아니라 더욱 확실한 백자지가 되고 말았다. 소문이 그렇듯이 별명이라는 것도 진원지나 발설자가 모호하게 마련이었다. 그리고, 별명이라는것은 대개 얼굴 생김새나 성질 또는 유별난 버릇 등을 놓고 지어지는 것이지 남성의 그것이 대상이 되는 일은 그리 흔하지 않았다. 그런데 어째서 훈육주임이 하필이면 그런 별명을 얻었는지 알 수 없는 노릇이었다.그 근거를 따지자면 그는 딸만 셋이었다. 조선인 학생들이 그에게 앙갚음하는 심정으로 딸만 셋인 것을 빙자해 그런 모욕적인 별명을 붙였을확률이 컸다. 그는 네 번째에도 딸을 낳음으로써 백자지인 것을 확고하게 증명하고 말았다. 조선인 학생들은 그 흉사를 더없는 경사로 받아들이며 서로서로 숨죽여 웃으며 고소해하고 통쾌해했던 것이다.

그런데, 이근술의 자기 별명에 대한 이해도 다소 빗나가 있었다. 그 별명에 사람들의 악의가 포함되어 있지 않은 것은 분명했지만, 그가 해석하는 것처럼 그렇게 그 의미가 단순하지 않았다. 그는 허우대가 큰 사람처럼 행동이 민첩하지 못했으며, 특히 그 목소리는 평균 이하로 느릿거리면서 얼굴만큼이나 부드러웠던 것이다. 태평스럽도록 느린 목소리가 부드럽기까지 해서 그의 행동은 더욱 느려보였다. 별명은 여기서 비롯되고 있었다. 그의 별명 앞에는 '늘어진'이란 말이 생략되어 있었다. 그러나 이근술은 그런 것을 개의치 않았다. 그는 매사를 좋은 쪽으로 해석하고, 순조롭게 받아들이려는 심성의 사람이었다.

그가 모든 지서장들이 싫어하는 율어 근무를 자원한 것도 기회주의적 공명심이나 영웅주의적 객기 같은 것이 발동해서가 아니었다. 그는 지서장들이 서로 그곳으로 가지 않으려고 발뺌을 하고 있다는 소식을 듣게 되었다. 그런 행위가 경찰로서 추하고 창피스럽게 느껴졌고, 머지않아 자신에게도 차례가 오리라는 생각이 들었다. 누가 가도 가야 할 자리였고, 지목을 당하고 가느니 차라리 자원을 해서 그 추하고 창피스러운 소문을 하루라도 빨리 지우고 싶었던 것이다. 그곳이 지형적으로 다소 불리할 뿐이었지 좌익무장대가 사방에 분산되어 있는 상황에서 다른 면들에 비해 특별히 위험할 까닭도 없었던 것이다.

「주임님, 날도 추운디 멀라고 그리 집집마동 다니시는게라.」

「그렇구만요, 위신을 생각해서라도 안 좋구만요. 버리장머리도 옳어지고요.」

차석 이하 경찰들의 반응이었다.

「그려, 다들 앉어보드라고.」 이근술은 느리게 몸을 돌려 자리를 잡고는, 「자네들, 앞으로 나허고 일헐라면 나가 허는 말 똑똑허니 들어두드라고. 우리 경찰이란 것이 머신지 다들 알겄제? 민중의 지팡이 아니드라고. 말만 뻰지르르허게 내걸지 말고 실지 행동도 그렇기를 이 자리서 당부허는 바이여. 나는 일정 때부텀 순사질얼 힘스로도 순사가 사람들 위에 올라스는 것이라고 생각혀 본 일이 읎는 사람이여. 인자 일정 때도 아닌디다가, 이름도 '순사'가 아니라 '경찰'로 달라졌응게 우리 생각도 달라져야 된다 그 말이네. 경찰이 사람들을 올라타고 앉어 욱대기고 잡지고 왈기먼 된다는 생각을 싹 읎애라는 말이시. 긴말 더 헐 것 읎고, 그리 못헐 사람은 나허고 일 못헌다는 것만 알아두더라고.」 그의 얼굴에는 여전히 웃음기가 감돌고 있었으며, 그 목소리도 느릿하면서 부드러웠다. 그런데 부하들은 꼼짝을 못하고 앉아 있었다.

해방이 되고 나서 조선인 순사들이 앞을 다투어 몸을 숨기는 속에서 그런 짓을 하지 않은 군내의 유일한 사람이 이근술이었다. 그런데도 그는 아무런 해코지를 당하지 않았다. 그가 부끄럽게 생각하는 순사질도 전혀 그의 뜻으로 한 일이 아니었다. 그를 농업학교에 보내준 문중의 뜻에 밀려 순사질을 할 수밖에 없었다. 그의 아버지는 남다른 뼈대에만 의지해 평생을 가난하게 산 심덕 좋고, 술 좋아한 무능자였다. 그의 아버지가 일곱 형제를 남겨놓고 죽게 되자 장남인 그를 문중에서 공부시켜 주었다. 그는 농업학교의 배움을 실천하려고 했지만 현실적 여건은 그의 뜻을 용납하지 않았던 것이다.

서민영은 순천에서 넘어오고 있었다. 그는 기차의 창밖으로 하염없는 눈길을 보내고 있었다. 1월의 추위만 가득한 황량한 들판이 연이어 지나가고 있었다. 그의 가슴에도 들판의 추위가 그대로 옮겨와 있었다. 그의 의식 속에는 겁에 질릴 대로 질린 12명의 핏기 없는 모습이 얼어붙어 있었다. 법정의 구형 장면이었다. 낫을 들었던 농부는 사형이었고, 나머지 11명은 5년 징역이었다. 살인죄와 살인방조죄가 각각 적용된 것이다. 「너무 서운해하지 마십시요. 저로선 최선을 다한 겁니다.」 변호사의 말에 그는 아무 대꾸도 하지 않았다. 그나마 변호사를 대지 않았더라면 모두가 사형을 구형받았을지 모른다는 사실을 그는 잘 알고 있었다. 그의 우울은 형량에 있는 것이 아니라 그들이 모두 피해자이면서 법정에 섰다는 사실에 있었다. 지주라는 부류들이 어떤 각성을 하지 않는 한 소작인들과의 관계는 계속 그런 식으로 끝판을 보게 될 것이고, 이중피해자는 늘어날 수밖에 없는 일이었다. 그런 세상이 어떤 꼴로 되어갈 것인지는 보나마나 한 일이었다.

「상소를 하시겠습니까?」

변호사의 이 말에도 그는 아무 대꾸를 하지 않았다. 기각을 밥 먹듯이 하고 있는 법원 실정에 상소는 엄청난 비용을 필요로 했고, 아무리 많은 돈을 쓴다고 해도 지주를 살해한 작인을 사형에서 구해내기란 거의 불가능한 것이 법원 분위기이기도 했다. 판검사들은 공정한 법의 집행에 앞서 심정적으로나 실질적으로 지주들의 편이었다. 거기다가 그 작인들도 더는 재판비용을 댈 형편이 못 된다는 것은 그는 이미 알고 있는 처지였다.

서민영은 우울과 함께 깊은 허탈에 빠져 있었다. 일을 부탁 받고 최선을 다한 결과치고는 자신의 능력이 얼마나 미약한가를 다시 확인한 것에 지나지 않았던 것이다. 이제 자신에게 남겨진 것은 가족들에게 형량을 알려주는 곤혹스러운 일뿐이었다. 가족들이 겪을 마음고생을 생각해서 재판 날짜를 가르쳐주지 않았으므로 그건 자신이 짊어져야 할 어쩔 수 없는 짐이었다. 그는 얼굴을 본 일이 없는 소화라는 무당을 생각했다. 이지숙에게 들은 말로는, 그 무당이 해낸 일에 비하면 자신이 한 일은 정말 하잘 것이 없었다. 그들은 비록 실형을 받았지만 무당의 덕으로 농토는 잃지 않게 되었으니 그것으로 다행을 삼을 도리밖에 없었다.

서민영은 절름거리며 역 앞마당을 걸어가고 있었다.

「안녕허신게라? 또 순천 댕게오시는구만요.」

누군가가 말을 걸어오며 앞을 막아서듯 했다. 서민영은 걸음을 멈추며 무거운 듯 고개를 더디게 들었다.

「지구만요. 재판은 워찌 돼가고 있당가요?」

염상구는 고개를 꾸벅해보이며 물었다. 바로 앞에 있는 염상구를 아주 먼 눈길로 바라보듯 하며 서민영은 고개를 저었다. 그리고 염상구를 헤치듯 하며 걷기 시작했다.

저 쩔뚝발이 빙신이 저것, 사람 알기럴 쥐좆만도 못허게 안단 말이여. 저것을 팍 그냥……. 염상구는 침을 내뱉었다. 그러나 그건 오기였을 뿐 그의 마음에 서민영은 언제나 어려운 존재였다. 풍채도 없고, 입성도 꾀죄죄하고, 권세도 없는데다, 다리는 절름거리는 병신인데도 왜 그 앞에만 서면 기가 죽고 주눅이 드는지 모를 일이었다. 학식이 많이 들어서 그런가, 뼈대 있는 양반이라서 그런가, 남에게 흠잡힐 일을 안 해서 그런가, 그의 몸에서 풍기는 냉기 같기도 하고 찬바람 같기도 한 그 범접하기 어려운 기운은 도대체 무엇인지 알 수가 없었다.

「에라, 쩔뚝발이 서민영이야 서민영이고, 나넌 난께로.」

염상구는 이빨 사이로 침을 찍 내깔기다 말고 옆구리로 손바닥을 갖다댔다. 상처가 완전히 아물었는데도 총 맞은 자리가 문득문득 맞바람이 통하는 것 같은 시린 느낌이 들어 그때마다 손바닥으로 옆구리를 누르고는 했다. 그러지 않으려고 했지만 그 생각은 번번이 손이 옮겨진 다음에 떠오르고는 했다. 물론 전 원장을 찾아가서 따져보기도 했다.

「이거 수술이 잘못된 것 아니다요?」

전 원장은 사람을 무시하는 것처럼 이상스럽게 웃기만 하다가 한참만에 입을 열었다.

「다른 큰 병원에 가서 알아봐도 좋지만, 수술엔 이상이 없어요. 총을 맞고, 수술을 하고 했으니 아무리 완치가 된다고 해도 다치기 전 상태로 돌아갈 수는 없는 일인데다, 총을 맞은 충격 때문에 정신적으로 그 부분에 맞바람이 통하는 것 같은 착각을 일으키는 겁니다. 정신적인 충격이 회복되고, 신경이 안정될 때까지는 어쩔 방법이 없는 일입니다.」

염상구는 옆구리에서 손을 떼며 걸음을 옮겼다. 그 자리는 맞바람만 통하는 것 같은 것이 아니라 귀나 코보다도 추위를 먼저 타서 시리고 아린가 하면, 꿈에서는 거기로 창자가 다 흘러나오기도 했다. 강동식을 죽인 대가가 자신의 몸에 그렇게 분명히 찍혀 있었던 것이다. 그건 강동식 이놈의 귀신이 붙은 것처럼 기분 나쁘고 재수 없는 일이면서, 사사로운 원한이 없는 입장에서 더없이 죄스러움을 갖게도 했다. 그런 면에서도 외서댁에게 쌀 열 가마니 값을 줘서 장흥으로 떠나보낸 것은 가슴 편안하고도 마음 홀가분한 일이었다.

그가 외서댁을 찾아갔다 돌아온 다음 며칠이 지나 외서댁의 어머니 밤골댁이 그의 집을 찾아왔다.

「자네 말 듣고 요리조리 많이 생각혀 보고 이리 찾아왔네. 내 딸년 신세 저리 된 것이야 다 지 팔자소관으로 치고, 앞일만 생각혀 보드락도 딸린 새끼가 있으니 재가나 지대로 될 것이며, 재가럴 헌다 혀도 아시 팔자 그른 년이 무신 팔자치례가 지대로 되겠어. 나 생각이나 자네 생각이나 매일반인디, 그려, 워쩌크름 뒤럴 봐줄 심산인지 자네 생각얼 들어보세.」

「어허, 실답잖소. 나 맴이 폴세 변해뿌렀소.」

고개를 외로 꼰 염상구의 대꾸였다.

「워쩌?」

밤골댁은 몸을 들먹할 정도로 놀라며 소리쳤다.

「와따, 배때지 빵꾸 포도시 때와는께 인자 귀창에 빵꾸 낼라고 그리 소리 질르고 그요, 시방?」

「맴이 변해뿔다니, 그 무신 쎄 빠질 새 날아가는 소리여. 니가 사람얼 멀로 보고 이 지랄이여, 지랄이!」

밤골댁은 곧 염상구의 눈을 찌를 듯이 삿대질을 해대며 소리쳤다.

「으쩌요, 애맨 소리 듣는 맛이. 가심에 콩 없으면 톡톡 튀겄제라?」

눈을 가느스름하게 뜬 염상구는 밤골댁을 쳐다보며 능글맞게 웃고 있었다.

「무신 소리여?」

밤골댁은 그때서야 자신이 지난번에 염상구에게 했던 억지소리의 갚음을 받고 있다는 것을 알았다.

「근디, 외서댁도 맘이 통헌 것이요?」

「맴이 통허나마나, 지 신세 각다분헌께 자네허고 일 매듭 짓고, 나가 살살 달게면 말 듣겄제 워째.」

「고것이야 장모님이 알어서 허씨요.」

염상구가 담배를 뽑아들며 불쑥 말했고, 「위메, 염병헌다 문딩이!」 밤 골댁이 화들짝 놀랐고, 「야아야, 니 쩌 집으로 장개들기로 혔다냐?」 그때까지 바짝 쪼그리고 앉아 말의 내용을 알아내려고 눈만 깜박거리고 있던 호산댁이 아들의 팔을 덥석 붙들었다.

「머 질게 말헐 것 읎이, 쌀 닷 가마니로는 터 잡고 해묵을 만헌 장시가 읗고, 이왕 맘 쓰는 짐에 열 가마니럴 주기로 혔소.」

밤골댁은 잠시 어리둥절해졌다. 기껏해야 네댓 가마니를 생각하고 있었던 것이다. 그 갑작스러움에 고맙다고 할 수도 없고, 놀라움을 드러낼 수도 없어 밤골댁은 난감해져 있었다.

「워째, 심에 안 차시요?」

염상구가 눈을 치뜨며 물었다.

「아니시, 아녀. 그만허먼 된 상싶으네.」

밤골댁은 서둘러 대답했다.

염상구가 쌀 열 가마니를 선뜻 내놓겠다는 것하고, 밤골댁이 많아야 네댓 가마니를 기대했던 것하고는 어찌할 수 없는 현실적 경제수준의 차이에서 비롯된 것이었다. 힘 안 들이고 모은 돈으로 장터에서 고리대금까지 하고 있는 염상구의 입장에서는 쌀 열 가마니 정도는 손쉬운 것이었고, 시집가기 전까지 쌀 한 말을 먹었으면 잘 얻어먹고 산 것으로 치부되는 소작인의 빈한을 벗어나본 적이 없는 밤골댁에게 쌀 열 가마니는 어마어마한 재산이 아닐 수 없었다.

「아이고 상구야, 니 맘 한분 잘 묵었다. 죈년 진 대로 가고 공은 닦은 대로 가드라고, 하먼 그리 맘 써서 니가 헌 일 깨끔허게 뒷감당혀야제 복 받제. 나가 인자사 허는 말이다만, 그간에 저 맘씨 너른 밤골댁이 아 그 엄씨가 짜내는 젖얼 안 내뿔고 고이 받아갖고 쥐도 새도 몰르게 나헌테 넴게줘서 니 새끼럴 키웠니라. 그리 허는 것도 하로이틀이제 질게는 못헐 일이고, 사람이나 즘생이나 새끼야 에미가 품고 키우는 것이 순리고 법칙잉께, 쌀 열 가마니 아까와라 허지 않고 니 참말로 맘 잘 썼다.

시상사람덜이 다 니 잘혔다고 헐 거이다.」

　호산댁은 쌀 열 가마니가 어린것의 양육비로 건너가는 줄 알고 진정
으로 기뻐하며 말하는 것이었고, 염상구는 어머니의 그 장님 문고리 잡
듯 하는 말이 별로 손해될 것 없다 싶어 막지 않고 그대로 있었고, 밤골
댁은 염상구가 침묵하고 있는 속마음을 어머니가 대신 말하는 것이라
헤아리면서 평생 살 밑천을 장만한 마당에 애 하나 더 키우는 것쯤이야
어려울 것 없다고 작정하고 있었다.

　그래서 쌀 열 가마니 값과 함께 아이도 데려갔고, 외서댁이 벌교를 떠
나기를 원해 염상구는 백남식에게 강동식이가 이미 죽어버렸다는 사실
을 환기시켜 그녀가 장흥으로 떠나도록 길을 터주었다.

　염상구는 다방으로 들어가려다 말고 또 옆구리로 손을 옮기며 회정리
3구 쪽으로 먼 눈길을 보냈다. 찬 바람 속에서 진하고도 끈끈한 외서댁
의 체취가 물큰 맡아졌다. 그는 무의식적으로 콧날개를 벌름거렸다. 그
러나 그 육감적인 냄새는 어디론가 사라지고 없었다. 꼬막맛이 제철인
이 깊은 겨울에 그 꼬막맛처럼 짠득짠득하고 쫄깃쫄깃한 그 맛에 전신
을 찌릿찌릿 녹아내리며 따스한 아랫목에 눕고 싶었다. 그녀의 풍성한
젖가슴과 탄력 좋은 알몸이 눈앞에 어릿거렸다. 그 맛만을 생각한다면
외서댁을 마누라로 삼을 수도 있었다. 그러나 그 맛만으로 세상살이를
끝낼 수는 없었다. 언제까지나 청년단에 빌붙어 살 수는 없는 노릇이었
고, 벌교바닥의 이렇다 할 유지가 될 꿈을 포기할 수는 없었다. 어쨌거나
겹겹으로 막을 친데다가 쉴 새 없이 옴죽거리면서 쫄깃거리는 외서댁의
니노지는 명물 중의 명물이었다. 그 명물이 가까이에 없다고 생각하자
허전하고도 서운했다. 그러나 그녀가 떠난 것은 잘한 일이었다. 그녀가
그대로 있었다 해도 강동식이가 밟혀 당분간 가까이할 수 없는 기분이
었고, 그리고 강동식이 죽어버린 이상 그녀도 전처럼 그렇게 몸을 허락
할 이유가 없었던 것이다. 아무려나 그녀는 떠났지만 장흥은 엎어지면
코 닿을 데였다.

「가만있거라, 그 장관눔 이름이 머시더라?」

최익달이 젓가락을 두어 번 상바닥에서 들었다 놓았다 하며 미간을 찌푸렸다.

「애치슨이지요.」

유주상이 불고기를 질경거리며 말했다.

「맞소, 애치슨이. 그 애치슨인가 먼가 허는 미국눔이 영판 느자구읎는 놈이요. 지까진 눔이 먼디 쪽집게로 흰 털 뽑디끼 우리나라만 쏙 빼놓냐 그 말이여. 수수만 리 바깥에 앉아서 빨갱이덜이 요리 난리판굿 꾸미는지도 몰르믄서 말이여.」

최익달은 열이 받치고 있었다.

「위원장님 말이 맞으시요. 태평양 그 너메에 태평치고 앉아서 여그 위태헌 사정 몰른께 고런 시건방진 결정을 내린 것이요. 빨갱이덜이 저리 죽자사자 지독시럽게 뎀비는 것을 알았음사 워찌 그런 결정을 내렸 겄소.」

윤삼걸이 잔뜩 찌푸린 얼굴로 동조하고 나섰다.

「글쎄요, 문제는 애치슨이란 한 장관이 아니라 우리나라에 대한 미국의 정책이 문제 아니겠어요? 그런 결정을 내린 것은 애치슨이 아니라 미국정부고, 애치슨이야 담당장관으로 발표만 한 것뿐이지요.」

유주상이 표정 없이 말했다.

「그리 되면 그거 더 큰 문제 아니오! 미국이 우리나라럴 나 몰라라 허는 것인디, 그리 되면 이 나라 꼬라지가 머가 되겄소!」

최익달은 두려움을 드러낸 채 흥분한 어조였다.

「보나마나 빨갱이덜이 더 날칠 것이고, 종당에넌 빨갱이 손에 나라 엎어묵는 것 아니겄소.」

윤삼걸이 화를 터뜨리듯 말했다.

「요것 참 예삿일이 아니시. 미국이 워쩔라고 맴이 그리 변해뿌렀으까? 미국이 지키는디도 빨갱이덜이 그리 악착시럽게 나댔는디, 미국이 손 띠는 날에넌 더 말헐 것 머 있다고. 그나저나 우리 신세가 큰탈나게 생게뿌렀네.」

최익달이 금방 풀 죽은 소리로 중얼거렸다.

「미국이 갑작시리 도망을 허는 것도 아니겠고, 워째 우리럴 서자 보디끼 허는 것 겉으요?」

윤삼걸이 불안한 낯빛으로 유주상에게 물었다. 그때까지 고기만 씹고 앉았던 유주상은 끄응 힘을 쓰며 자리를 고쳤다.

「그것을 두 가지로 볼 수가 있겠지요. 하나, 미국이 우리나라 공산당 정도는 자신 있다 허는, 좋은 쪽으로 보는 것이고, 다른 하나, 미국이 우리나라 정도는 지켜줄 필요가 없다 허는, 나쁜 쪽으로 보는 것이지요.」

유주상은 여기서 입을 다물었다. 더 말이 계속될 줄 알았던 두 사람의 가슴에는 그만 돌이 얹히는 답답함이 밀려들었다.

「허먼, 유 조합장 생각으로는 어떤 쪽일 것 겉으요?」

윤삼걸이 다급하게 물었다.

「글쎄요, 그걸 알 도리가 있나요. 신문을 아무리 읽어봐도 시끄럽기만 허지 나라에서도 미국 속을 모르고 있는 눈치거든요.」

유주상의 목소리는 맥 빠졌고, 두 사람의 가슴은 와르르 무너져내리고 있었다.

「미국도 넋 나간 눔에 나라여. 아, 우리나라가 그 쪼깐헌 대만만도 못허다 그것이여!」

윤삼걸이 버릇대로 밥상을 내리쳤다.

「가만있어 봇씨요.」 최익달이 윤삼걸을 제지하며, 「만일에 미국이 우리럴 더는 지켜줄 필요가 읎다 혔을 적에 나라에서는 워쩔 심판일 것 같소?」 고개를 늘여빼며 유주상에게 물었다.

「그거야 나라 다스리는 사람들이 다 우리와 같은 입장이니까 미국을 향해 그 결정을 바꿔달라고 말하겠지요. 허나 떡을 줄 사람이 줘야 먹는 것이지 안 주기로 작정을 해버리면 아무리 졸라도 무슨 소용이 있겠습니까.」

「하아 이것 참, 미국이 뜽금읎이 워쩐 일이까? 사람 복통해 죽을 일이시.」

최익달이 검은 연기 같은 한숨을 토하며 어깨를 늘어뜨렸다.

「가만있으시요, 나헌테 존 생각이 있소.」윤삼걸이 목을 늘여 마른침을 넘기고는, 「우리가 요리 탁상공론만 허고 앉었을 것이 아니라 미국이 그 못돼묵은 정책을 바꾸라고 좌익척결위원회가 중심이 되어 군단위로 궐기대회럴 대대적으로 엽시다.」자신의 생각이 어떠냐는 듯 그는 두 사람을 번갈아 보았고, 최익달은 유주상에게 눈길을 보냈다. 유주상은 벌써 쓴웃음을 입에 물고 있었다.

「좋은 생각이긴 합니다만 이런 촌구석에서 그래봤자 우리 목만 아픈, 김칫국만 마시는 일이라니까요.」

「그러허면, 우리넌 아무 방책도 읎이 빨갱이덜 손에 목심이고 재산이고 다 뺏길 때꺼정 기둘리자 그 말이요?」

윤삼걸이 눈을 부릅떴다.

「그럴 리야 있나요. 미국 생각이 아직 어떤 것인지 알 수가 없으니 나쁜 쪽으로만 생각해서 마음 다급하게 먹을 것이 아니라 좀더 기다려봐야겠지요. 우리만 걱정이 아니라 우리보다 더 몸 다는 사람들이 높은 자리에 얼마든지 있으니까 무슨 방책을 세워도 세우겠지요.」

「그나저나 미국이 우리럴 이쁘게 보고 그 안전보장선인가 방어선인가에 우리나라도 끼워넣어줘야제, 글안허고 미국이 손얼 띠는 날에넌 우리덜 신세는 참말로 동냥아치 쪽박신세가 되는 것 아니겄소. 해방되고 작인이고 상것들헌테 당헌 꼴을 또 당해서야 워찌 살겄소. 그때도 미국심 아니었음사 우리가 워찌 되얐겄소. 미국이야 우리 은인이고, 빨갱이덜 씨럴 몰릴 때꺼정은 변심 말고 우리럴 지케줘야 헐 것인디, 요것 참말로 큰탈이요, 큰탈.」

최익달이 또 뭉텅이진 한숨을 토해냈고, 윤삼걸도 따라서 한숨을 쉬었다. 그들은 애치슨 국무장관이 미국의 태평양 안전보장을 알래스카·일본·오키나와·대만·필리핀 선으로 한다는 언명에 따라 한국이 제외되자 새로운 근심거리를 안게 된 것이다.

「그것이야 아직 멀리 있는 문제니까 너무 걱정들 마시고 바로 코앞으로 닥친 농지개혁에나 손해보지 않도록 단속들 잘하십시요. 이번에 정신 똑바로 못 차리고 어물어물하는 지주들은 정말이지 거렁뱅이 쪽박신세가 될 겁니다. 앞으로 세상은 때 낀 족보나 떠받들던 옛날하고는 물론이고 일정 때하고도 또 다릅니다. 자본주의 세상이다 이겁니다. 자본이 뭡니까. 돈입니다. 돈이 제일인 세상이 된 겁니다. 옛날에도 돈으로 양반을 사고팔고 했으니 돈이야 사람 사는 세상에서 안 중한 때가 없었습니다마는, 앞으로는 더욱더 돈이 판치는 세상이 될 겁니다. 벌써 세상이 얼마나 변했습니까. 요새 젊은 작인놈들 나대는 꼴 보세요. 양반 우습게 알고, 뼈대 안 부러워하지 않던가요. 그게 다 기본출을 높게 보아주는 좌익사상에 물들고, 인간평등이라고 떠들어대는 자유주의 사상에 물들고 해서 그런 겁니다. 그런 놈들한테 돈푼께나 생겨봐요, 양반위세나 뼈대자랑이 통하겠어요? 위신도 체면도 힘도 다 돈이 결정하는 자본주의 세상이 오는데 이번 농지개혁에서 정신 못 차린 지주들은 볼 것도 없이 상놈이 되는 겁니다.」

유주상은 금융조합장답게 말하고 있었다.

최익달은 태연하게 앉아서 큼큼 목을 다듬었고, 윤삼걸은 불안한 기색을 드러냈다.

「나가 글안해도 유 조합장헌테 상의헐라고 혔었는디 말이요, 명의변경을 시키고 어쩌고 허고도 안직 남은 논이 솔찬헌디, 고것얼 싼값에라도 작인눔덜헌테 찢어서 폴아야 헐 것인지, 그냥 농지개혁얼 당혀야 헐 것인지, 워떤 것이 더 유리허겄소?」

윤삼걸이 무슨 쓴 것이라도 씹는 것 같은 얼굴로 물었다.

「글쎄요, 싼값이라는 게 얼만지가 문제 아니겠습니까? 그 가격 결정이 지주 입장에서는 시기적으로 아주 불리합니다. 명의변경 날짜를 작년으로 소급작성하는 것이야 담당직원한테 몇 푼 집어주면 되니까 하등 문제가 아닙니다만, 농지개혁이 곧 실시될 거라는 소문이 이리 자자한데 값이 아주 싸지 않고서야 작인들이 사려 하겠어요? 농민들도 얼마나 귀가 밝고 똑똑해졌습니까. 시기적으로 가격 결정권이 작인들한테 있는 형편이니 뭐라고 말씀드리기가 곤란하군요.」

「빌어묵을 것, 나도 염전을 맹글 수도 읎고.」

윤삼걸은 신경질적으로 성냥을 그어댔다.

「그보담도 더 중헌 문제가 있소. 작년 10월에 잽혀 들어갔든 들몰 것들이 풀려나갖고 또 들고일어날 것이라든디, 그 소식 들었소?」

「그려라?」

최익달의 말끝과 윤삼걸의 놀라는 소리가 겹쳐지고 있었다.

「고것덜이 또 난장판을 지기먼 애써 숨콰둔 논할라 뺏기게 될 판이요. 고것덜이 다시 일어나딜 못허게 막는 방도가 급선무요.」

최익달이 구겨진 얼굴로 짭짭 입맛을 다셨다.

「그눔덜이 물줄기니 둑을 쌓겄소, 바람이니 포장을 치겄소. 또 일어나게 냅둡시다. 또 일어나기만 허먼 그때는 주모자눔덜얼 빨갱이로 몰아치도록 손을 쓰는 것이오. 한분 잽혀 들어갔다가 풀려난 눔덜이 또 그 짓거리 헐 때넌 빨갱이로 몰아치기가 딱 좋소.」

윤삼걸이 단호하게 말했다.

「고것 한분 쓸 만헌 방법이요.」

최익달이 폭 넓게 고개를 끄덕였고, 유주상은 의미모호한 웃음을 흘리고 있었다.

김종연과 서인출 등 일곱 명은 집행유예로 풀려났다. 한 번의 시위로 석 달 동안이나 옥살이를 한 셈이었다. 계엄하의 집단시위를 주동하여 공공질서를 파괴하고 민심을 교란하였으며, 로 계속된 거창한 내용의 조서 탓도 있었지만, 변호사가 붙지 않는 소작쟁의사건에 대해서는 법원에서 자꾸 뒤로 미룬 탓이 더 컸다. 살인이나 방화가 동반되지 않은 단순 소작쟁의사건에 대해서는 그런 식으로 시일을 끌어 집행유예로 내보냄으로써 소작쟁의를 막고자 하는 판검사들의 의도가 작용하고 있다는 인상을 지우기가 어려웠다. 그런 눈치는 당사자들이 먼저 알아챘고, 그래서 그들의 기는 꺾인 게 아니라 오히려 더 살아올랐다. 지주만이 아니라 판검사한테까지 당했다는 억울함이 그들의 가슴에 또 하나의 켜를 만들었던 것이다.

「우리가 진작에 다 알고 있었든 일이지만서도 요분에 당해봉께로 법얼 맹근다는 국회의원눔덜이나 법얼 공평하게 시행헌다는 판검사눔덜이나 모다 지주눔덜허고 한통속이란 것이 더 확연해졌소. 거그다가 관리에 군경꺼지 한울타리럴 치고 있는 판이니 우리 편이라고는 눈 씻고 찾아도 읎는 것이요. 요런 판굿에서 우리가 우리 밥통얼 지대로 찾아묵자면 워째야 쓰겄소. 우리찌리 뭉치는 방도밖에 읎소. 선수머리 뻘맹키로 찐득찐득허게, 상답서 난 찹쌀떡맹키로 쫀득쫀득허게 우리찌리 똘똘한 덩어리가 돼야 쓴다 그것이요. 우리가 요분참에 우리 밥통 못 찾으면 배꼽이 등짝에 들러붙는 신세 영영 못 면허게 될 것이요.」

약간 수척한 모습인 김종연의 눈에서는 전과 다른 힘이 뻗쳐나오고 있었다.

「우리가 이 시상얼 삼스로 질로 중헌 것이 머시요! 밥얼 지대로 묵고 사는 것 아니겄소. 근디, 작인덜 살기 좋게 혀준다는 농지개혁이 벌어지는 판에 우리넌 지주덜 드럽게 만내 소작신세만도 못허게 굶어죽게 생겼소. 안 굶어죽을라면 워째야 쓰겄소.」

평소에 별로 말이 없던 서인출도 말재주 좋은 김종연의 열기에 못지 않았다. 그는 자형 하대치 때문에 언행을 될 수 있는 대로 조심을 해온 처지였는데 이번 일을 당하고는 분함과 오기가 한꺼번에 뻗질러올라 어느 면에서는 김종연보다 더 강한 발언으로 사람들의 마음을 모으고 있었다.

두 사람보다 나이가 많은 유동수도 마음이 달라져 있었다. 그는 앞에 나서서 자극적인 말은 하지 않았지만 뒤에서 두 사람의 행동을 응원하고 있었다. 평소에 늘 온건한 태도로 조심스럽게 살아온 그로서는 큰 변화가 아닐 수 없었다.

그들이 이번에 계획하는 것은 전과 다른 방법이었다. 관을 상대로 지주들의 불법행위를 고발해 보았자 아무 소용이 없이 이쪽만 당하므로 각기 소작인별로 뭉쳐 지주 집으로 직접 치고 들어가기로 한 것이다. 작년 하반기에 실시한 농가실태조사라는 것이 농지개혁에는 아무런 영향도 미치지 못한다는 사실을 갇혀 있는 동안에 알게 되어 그들의 분노는 한층 더 뜨거워졌다. 농가실태조사를 해간 그대로 자기네들이 소작하고 있는 논이 농지개혁을 통해 분배되리라 믿었던 것이고, 읍사무소 직원이나 이장도 그런 식으로 말했던 것이다. 그래서 지주들의 논 빼돌리기를 읍사무소에서 막아달라고 시위를 벌였던 것이다. 그런데 그게 참고조사일 뿐이라는 것이었다. 그것은 사실이었다. 농가실태조사가 그러한 오해유발을 할 염려가 있었기 때문에 그 무관성을 홍보하라는 지시가 뒤따랐지만 좌익문제에 정신을 팔고 있던 군에서부터 그 문제를 소홀히 지나치게 되어 줄줄이 그냥 넘어가고 말았던 것이다.

시래기죽을 한 사발 비우고 트림을 한차례 하고 나서 담배를 말고 있는데 누가 찾아왔다는 말에 김종연은 지게문을 팔굽으로 밀쳤다.

「아재, 울 아부지가 쪼깐 오시라고 그요.」

문이 열리자마자 계집아이의 카랑한 목소리가 울렸다.

「니가 누구냐?」

짙어진 어둠 속에 선 계집아이를 향해 김종연은 눈길을 모았다.

「나요, 숙자도 모르요?」

계집아이의 목소리가 더 야물게 카랑했다.

「잉, 니가 워쩐 일이냐?」

저 쥐망울만 한 것꺼지 애비 탁해서 느자구읎기년. 김종연은 싸악 기분이 상하고 있었다.

「아부지가 불른당께라.」

「무신 일로?」

「나가 아요.」

「니 여그 말고 딴 디도 심바람 댕기냐?」

김종연은 이상한 생각이 스쳐서 물었다.

「동수 아재헌테 말혔고, 인자 인출이 아재헌테 갈 참이어라.」

「알었다.」

자기 혼자만이 아닐 거라는 예감의 적중에 김종연은 이상스러운 거부감을 느꼈다. 이제 마름 오동평은 필요한 존재도, 두려운 존재도 아니었다. 그는 오직 지주의 편에 서 있는 또 하나의 간사한 적일 뿐이었다. 그의 꼴은 보기도 싫었지만 그렇다고 만나는 것을 기피할 이유는 없었다. 좋지 않은 예감이 들긴 했지만 김종연은 담배에 불을 붙이고 일어났다.

「자네덜이 나헌테꺼정 유감을 묵은 모냥이제? 풀려고 나서 낮이라도 비칠지 알었등마 나가 요리 뫼셔서야 대면덜얼 허게 되네잉.」

오동평이 마뜩찮은 얼굴로 세 사람을 둘러보았다.

「오라고 호출을 해놓고, 뫼셔라?」

김종연이 툭 쏴질렀다.

「아아니, 술 한잔썩 허자고 헌 말이 자네 귀에는 호출로 딛기든가?」

「그런 말 못 들었소.」

「요런 빙신 겉은 가시내, 워야, 숙자야아!」

오동평은 방문을 떠다밀며 고함을 질렀다.

「다 끝난 일, 냅두씨요. 어린것이 어둔디 심바람헌 것만도 고상혔소.」

유동수가 말했다.

김종연이 이상하지 않느냐는 눈길을 서인출과 유동수에게 빠르게 옮겼다. 동감을 표시하는 세 사람의 눈길이 등잔불빛으로 흐린 허공에서 순간적으로 합해졌다.

「숙자야아, 술상 싸게 내오니라아.」

오동평은 어딘가 허풍기가 섞인 듯한 소리를 높이고 있었다.

곧 술상이 나왔다. 겸상소반에는 음식이 그득했다. 상 가운데 놓인 통째로 삶아낸 닭이 유별나게 눈길을 끌었다. 오동평이 전에는 한 번도 차려낸 바 없는 걸고 푸진 술상이었다.

「짜아, 고상덜 허고 나왔는디 한잔썩 허드라고 우리.」

오동평이 포개진 술사발을 하나씩 건네며 상으로 바싹 다가들었다.

「요것을 그냥 목으로 넘게서는 안 된다는 무신 냄새가 폴폴 나는디라?」

김종연이 오동평을 똑바로 쳐다보며 말했다.

「이?」 주전자를 들던 오동평이 멈칫하더니, 「아니시, 아녀, 냄새넌 무신 냄새가 폴폴 나? 고상덜 허고 나왔응께 그냥 한잔 허잔 것이제.」

그는 태연한 척하며 손까지 내저었다. 그러나 세 사람은 그 어색스런 몸짓에 담긴 그 어떤 목적을 동시에 읽어냈다.

「그러덜 말고 용건부텀 내놔봇씨요. 술 다 묵어불고 우리가 아재 말 못 들어주먼 본전 생각나 배창시 꾀일 것잉께요.」

김종연은 농담 같은 말을 딱딱한 표정으로 하고 있었다.

「자네 시방 나럴 멀로 보고 허는 소리여. 나가 요까징 것 아까와 배창시 꾀일 쫌팽이고 빙신으로 뵌가?」

오동평은 화를 내는 척 호기를 부렸다.

「그러면 되얐소. 토해낼 때 토해내드락도 말대접혀야 쓴께 묵고 보드라고.」

서인출이 가시 박힌 소리를 하며 김종연의 무릎을 툭 쳤다.

「어이, 하면 그래야제.」

오동평이 기세 좋게 주전자를 들어올렸다. 김종연은 서인출에게 눈총을 쏘며 웃었고, 유동수는 헛기침을 하며 술상 앞으로 다가앉고 있었다.

막걸리 한 사발씩을 단숨에 비웠다. 그리고 닭부터 뜯기 시작했다. 시래기죽을 먹었을 뿐인 세 사람의 손에서 닭 한 마리는 금방 자취를 감추었다. 게걸스럽게 먹어대는 세 사람의 모습을 오동평은 경멸하듯 천시하듯 바라보고 있었다. 막걸리를 다시 한 잔씩 비우고 나자 오동평이 입을 열었다.

「자네덜이 각단지게 지주 집으로 밀고 들어갈 심판이람시로?」

「그러요.」

기다렸다는 듯 김종연이 말을 받았다.

「근디 말이시, 글안허고는 안 될랑가아?」

오동평은 낮으면서 끈적한 목소리로 말했다. 거기에 무슨 뜻인가를 담고 있는 은근함이었다.

「글안허게 헐라먼 빼돌린 논얼 도로 지자리에 갖다놔야제라.」

이미 막보기로 작정을 해버린 김종연의 말은 거침이 없었다.

「어허, 그리 대꼬챙이맹키로 말허덜 말고 말시, 나 말 잠 들어보드라고.」 오동평은 목소리를 더 낮추며 어깨를 숙이고는 「시상일이란 것이 말시, 그리 무대뽀로 몰아때린다고 되는 것이 아니시. 워쨌그나 간에 자네덜이 그리 발싸심허는 것도 다 한평상 살아보자고 허는 짓인디, 워쩐가, 나가 새중간에 서서 자네덜이 지끔 부치고 있는 논얼 반값에 넴게 주게 헐 텐께, 자네덜언 앞장스는 일에서 발얼 빼는 것이.」 그의 은밀한 말이었다.

방 안에 잠시 침묵이 흘렀다. 김종연은, 에라이 잡새끼야, 뒈져서도 마름질이나 해처묵어라, 하는 말을 참아내고 있었고, 서인출은 가소롭다는 생각을 하고 있었고, 유동수는 심장의 박동이 갑자기 빨라지는 것을 느끼고 있었다.

「반값이 아니라 공짜로 줘도 우리넌 그리 못허겄소!」

서인출의 말이었다. 김종연이 아니고 서인출인 것에 유동수는 놀라며, 쟈가 즈그 자형을 탁해간다냐 어쩐다냐, 생각하며 머쓱하게 건너다보고 있었다.

「아니 이 사람아, 공짜로도 그리 못허겄다니, 고것이 무신 심뽀여?」

오동평이 어이없다는 얼굴이었다.

「우리넌 그런 드런 짓거리 힘스로 살고 잡지 않소. 빼돌린 논얼 지자리로 안 돌려노먼 우리넌 끝꺼정 한 덩어리로 뭉쳐 뎀빌 것잉께 그리 아씨요. 이약 끝났소.」

김종연이 자리를 차고 일어났다. 서인출이 일어났고, 유동수도 따라 일어났다.

8
어떤 여자 빨치산의 죽음

「대장님, 대장님, 저기 빨치산 시, 시체가 있습니다.」

하사 하나가 숨을 몰아쉬며 뛰어왔다.

「시체 한두 번 봤나.」

심재모는 모자 속에서 이맛살을 찌푸렸다.

「아닙니다, 여잔데, 아주 이상하게 죽어 있습니다.」

「어떻게 말인가?」

「잠자는 것처럼 앉아서 죽어 있는데, 아주 희한합니다.」

「그래? 가보자.」

무르춤해 있던 하사는 얼굴이 밝아지며 앞장섰다.

등성이에는 분대원들이 둘러서서 시끌덤벙하게 떠들고 있었다.

「야, 비켜, 비켜. 대장님 오신다.」

하사의 외침에 떠들던 소리가 뚝 멎으며 사병들이 양쪽으로 갈라졌다. 그 사이로 시체가 드러났다. 심재모는 긴 다리의 보폭을 넓히며 다가갔다.

하사의 말마따나 여자는 마치 잠이라도 든 것처럼 앉아서 죽어 있었다. 목 높이의 돌덩이가 그 여자의 등을 받쳐주고 있었다. 여자는 광목 누비저고리에 낡은 몸뻬를 입고 있었고, 때 긴 버선발에 코 째진 검정 고무신을 새끼줄로 감발하고 있었다. 목에는 얼금얼금 짜인 무명 목도리가 겹으로 감겨 있었고, 이미 돌의 차갑고도 딱딱한 느낌처럼 굳은 핏기 없는 얼굴은 의외로 앳되어 보였다. 어딘가 배운 티가 나는 얼굴에는 묘한 웃음기가 서려 있었다. 그 웃음기를 느끼는 순간 심재모의 가슴은 섬뜩해졌다. 그의 눈은 재빨리 여자가 뻗치고 있는 왼쪽 다리로 다시 옮겨갔다. 허벅지와 무릎 위가 새끼줄로 두 겹씩 묶여 있었고, 그 가운데 총상이 나 있었다. 그 여자가 죽게 된 근본적 원인이었고, 그 고통 속에 죽어가면서도 웃음을 머금을 수 있었다는 것이 심재모의 가슴에 차가운 전율을 일으켰다. 심재모의 눈길은 앞으로 모아잡은 그 여자의 손으로 옮겨졌다. 자그마한 두 손은 산중 추위를 견뎌내느라고 수없이 많은 실금이 피를 물고 터 있었고, 그 손은 무슨 책인가를 감싸잡고 있었다. 심재모는 고개를 이리저리 돌려가며 그것이 무슨 책인가를 알아내려고 했다. 여자의 손가락 사이로 해득되는 글씨는 '선·공·산'자였고 다른 것은 가려서 더 보이지 않았다. 그렇다고 일삼아 책을 빼내 확인하고 싶지는 않았다. 책을 감싸잡고 있는 손의 모양으로 보아 책이 쉽게 빠질 것 같지 않았고, 억지로 빼내려고 하면 손가락 마디마디를 뚝뚝 부러뜨려야 될 것만 같았던 것이다.

선·공·산? 선·공·산……? 연이어진 그 세 글자를 곱씹으며 심재모는 고개를 갸웃거렸다. 선·공·산……? 그때 머리를 치는 것이 있었다. '조선공산당사'였다. 총상과 『조선공산당사』와 미묘한 웃음이 일직선으로 연결되었다. 심재모는 다시 한줄기 찬바람이 가슴을 훑는 걸 느끼며 새삼스럽게 여자의 앳된 얼굴을 바라보았다.

「지독한 여자야. 저 아랫동네를 내려다보고 앉아서 죽은 거야.」

어느 사병의 말이었다. 그 말이 심재모의 귀에 잡혔다. 그는 여자한테서 눈을 돌려 산 아래 여기저기를 살폈다. 여자가 앉은 정면 저 아래 골짜기로 이삼십 호의 마을이 아득하게 내려다보였다. 비로소 심재모의 머리에서는 하나의 이야기가 엮어졌다.

여자는 어디선가 총을 맞고 낙오되어 부대를 찾아 이 지점까지 와서 주저앉은 것이다. 그리고, 마을로 내려가고 싶은 유혹을 당사를 껴안고 이겨내며 혼자 죽어간 것이다. 빨치산은 세 번 죽는다고 했다. 얼어죽고, 굶어죽고, 총 맞아 죽는 것이 그것이다. 그들은 그것을 투쟁의 긍지로 삼고 있었다. 그런데, 이 여자야말로 그 세 가지 죽음을 차례로 죽어간 것이다. 당사를 감싸잡고 묘한 웃음까지 피우며. 어찌 그럴 수 있을까, 하는 불가사의함에 심재모는 가슴이 조여드는 것 같은 압박을 느꼈다. 총을 맞고 죽어가는 순간에「조선인민공화국 만세」를 외치는 남자들을 보았을 때보다 몇 갑절 더 불가사의함이 컸다. 사상이라는 것과 인간의 믿음이라는 것에 대해서 갈수록 알 수가 없이 난해해지는 것 같았다.

「이걸 어쩔까요?」

처음의 하사가 물었다.

「그대로 두고, 다들 능선에서 내려서라. 작전 계속이다.」

심재모는 앞쪽을 향해 팔을 뻗었다. 시체를 그대로 두게 한 건, 묻어주기도 이상했을 뿐만 아니라, 그렇게 죽기로 작정한 여자의 마음을 조금이라도 다치고 싶지 않았던 것이다. 그것이 이미 적일 수 없는 죽은 자에 대한 예의라고 생각되었던 것이다.

「저 여잔 어느 부대였을까?」

「보나마나 김달삼 부대지.」

「그럼 여자도 넘어왔단 말야?」

「그야 지방 빨갱이로 합세한 거겠지.」

「저런 여자한테 걸렸다간 국물도 없었겠다.」

「저런 여자한테 장가들면 더 난리지.」

「왜?」

「저리 독한 여자가 좆뿌리를 그냥 남겨놓겠어?」

「히히히…….」

「잡담 마라!」

심재모가 내쏘았다. 말소리가 뚝 끊기고, 1월 하순의 살 찢어지는 추위를 실어나르는 거센 바람 속에 어디선가 쏜 총소리가 메아리와 함께 묻어왔다.

염상진은 비상선의 전갈을 받았다. 급히 도당을 구하라는 내용이었다. 더 이상의 사족도 설명도 붙어 있지 않은 그 짧은 구원요청은 도당이 위기에 몰려 있다는 사실과, 신속한 행동만을 필요로 하고 있었다. 염상진은 부대원을 모두 모았다. 스물일곱이었다. 동상이 심하거나 몸이 불편한 사람 아홉을 뺐다. 거기에 사령관 주문철도 포함되었다. 그는 장딴지에 총상을 입고 있었다.

「나가 꼭 가야는디 요걸 워째야 쓰겄소.」 주문철은 염상진의 팔을 꽉 붙들며 아랫입술을 물고 한동안 있더니, 「도당꺼지 당허는 판에 게우 열여덟으로……」 침통한 얼굴로 말을 잇지 못했다.

「다녀올 동안 몸이나 잘 간수하세요. 가다가 군당병력이라도 만나게 되면 포함시켜야죠.」

염상진은 일부러 기운차게 말했다.

「그리라도 되면 좋겠소. 조심허씨요.」

선요원을 앞세운 염상진은 잠시도 쉬지 않고 강행군을 했다. 혹독한 추위에 손가락은 마비가 되는데도 가슴팍에서는 땀이 내뱀 지경이었다.

가장 안전하게 보존되어야 할 도당까지 위기에 빠지는 상황이었다. 이건 피할 수 없는 당연한 귀결인지 몰랐다. 이쪽의 병력이 줄어들면 그만큼 적의 세력은 강해지고, 활동범위도 넓어지게 마련이었다. 소모된 병력을 계속 보충하는 적과 그렇지 못한 이쪽과의 힘의 상대성이었다. 도당이 위기에 빠진 것은 상징적인 의미에서만이 아니라 현실적으로도 투쟁의 절망상태를 의식하게 했다. 조계산지구에 국한하더라도 석 달 동안의 병력손실이 150여 명이었다. 정확한 파악은 할 수 없지만 다른 지구도 비슷한 모양이었다. 그런 결과는 더 말할 것 없는 참담함이었다.

지금 살아 있는 군당이 몇 개나 되는지도 의문이었다. 여순병란을 기점으로 지하투쟁으로 전환된 지 1년 3개월 만의 결과였다. 지리산을 거점으로 삼은 병란의 주력부대와 공개투쟁으로 들어간 지방당의 병력은 현재 얼마나 살아남아 있을까. 염상진은 눈을 질끈 감았다 떴다. 그 생각에 제동을 걸거나, 떼쳐내려는 순간적인 행위였다. 그 생각만 하면 가슴이 터질 것만 같은 괴로움과 고통과 회의가 밀어닥쳤던 것이다. 투쟁에 따르는 육체적 고통이야 오히려 혁명의욕을 고취시켜 주는 자극이고 보람일 수 있었다. 그러나 수많은 인명손실은 견딜 수 없는 안타까움이고 아픔이었다. 그건 승리가 보장된 희생일 수 없었던 것이다. 그러나 회의를 키우지 않기 위하여 그 생각을 의식적으로 지우고 몰아내려 했다.

도당의 피해는 또다시 염상진을 참담한 늪으로 빠뜨렸다. 도당 보위병력은 거의 전사상태였고, 간부들은 겨우 위기를 모면해 있었다. 왼쪽어깨를 크게 다친 정하섭이 그 속에 끼여 있었다.

「어떻게 된 건가?」

염상진이 정하섭의 손을 잡았다.

「수류탄 파편에 맞았습니다.」

「아직 손을 못 썼겠지?」

「예에……」

「많이 아픈가?」

「그저 참을 만합니다.」

정하섭이 고통스러움이 역연한 얼굴로 웃어보였다. 그 억지웃음이 염상진의 가슴을 긁어내렸다.

「조금만 더 참게, 내가 어찌 해볼 것이니.」

염상진은 불쑥 말했다. 그러나 어떤 구체적인 방법이 있는 것이 아니었다. 무슨 수를 써서라도 정하섭을 치료시켜야 된다는 생각이 그런 말을 하게 만들었다.

「다시 백운산으로 이동합시다.」

도당위원장의 결정이었다. 아무도 다른 의견을 내놓지 않았다. 도당은 어차피 옮기지 않을 수 없는 형편이었다. 적에게 그 위치가 일단 노출된 이상 신속한 대처를 하지 않을 수 없는 데다, 치명적인 피해를 입었으므로 적이 다시 공격해 오는 경우 방어능력도 없었던 것이다. 이미 떠나왔던 백운산으로 다시 돌아가는 것은 현명한 방법은 아닐지 몰라도 현재로선 최선의 방법이었다. 도당의 비트를 정하는 데에는 백운산만한 산이 없었고, 그곳은 적의 관심으로부터 이미 떠나 있었던 것이다.

　염상진은 정하섭을 부축하고 걸었다. 정하섭은 고통을 드러내지 않으려고 안간힘을 썼다. 그는 염상진 위원장을 만나게 되자 더없이 마음의 위안을 얻으면서도 한편으론 부담을 느끼고 있었다. 염상진의 직책이 어떻게 바뀌든 그의 의식 속에서는 항시 '위원장'이었고, 존경감과 어려움도 중학교 시절 그대로였다. 염상진 위원장 역시 자신에 대한 정이 그때와 조금도 달라지지 않았음을 확인할 수 있었다. 당원은 그 직책 여하를 막론하고 같은 당원 사이는 물론 일반전사에게도 존대를 쓰도록 당규는 엄연히 규정하고 있었다. 그런데, 당이론에 밝고, 당규 준수에 철저한 염상진 위원장은 자신에게만은 중학생 때처럼 반말을 쓰고 있었다. 당원이 되고 난 다음에 만약 그분이 존대를 썼으면 얼마나 서운하고 쑥스럽고 거리감을 느꼈을 것인가.

　「자네 어떤가, 하 동무 부인과 함께 사는 그 무당이 믿을 만한가?」

　염상진 위원장이 왜 이런 말을 묻는지 정하섭은 직감적으로 깨달았다.

　「예, 그렇게 생각하고 있습니다.」

　「당원의 이성으로 말인가?」

　순간 정하섭은 오른쪽 볼에 찬 기운이 끼치는 것을 느꼈다. 그 말은 곧, 사사로운 감정으로 오판하는 것은 아니겠지? 하는 말을 바꾼 것이었다.

　「그렇습니다.」

　정하섭은 힘주어 대답했고, 염상진 쪽에서는 잠시 말이 없었다. 어둠이 짙었는데도 정하섭은 염상진 위원장 쪽으로 고개를 돌릴 수가 없었다.

「다 아는 말이지만, 자네 목숨은 자네 혼자만의 것이 아니네. 분명 인민의 것이야. 이 말을 자칭 자유주의자라는 것들은 비웃고 비난하네. 계급주의의 비인간성에 대해서, 다수의 삶의 쓰라림에 대해서 단 한 번도 생각해 본 적이 없는 파렴치한 이기주의자들의 의식으로는 당연히 실감할 수 없는 말이지. 그러나 우리는 달라. 나를 버리고 인민의 혁명을 성취하고자 나선 우리에겐 굶주림 앞의 밥처럼 절실하게 실감나는 말 아닌가. 그렇지 않은가?」

「그렇습니다.」

부축하고 부축당하느라고 몸을 밀착시킨 두 사람은 속삭이듯이 그 목소리가 낮았다.

염상진 쪽에서는 또 잠시 말이 없었다. 염상진 위원장이 유격대의 행군 중 3대 소리수칙을 어겨가며 왜 이런 말을 하는지 정하섭은 그 뜻을 익히 알아차리고 있었다. 부상을 당해 자신의 마음이 행여 약해지거나 허물어질까 봐서였다. 그러니까 그건 소리수칙의 위반이 아니라 긴급한 사상교육 실시였던 것이다. 그 소리는 물론 4보 간격으로 걷고 있는 앞뒤 사람에게 들리지 않도록 낮고 낮았다. 행군도중, 특히 야간행군에서 총소리·발소리·말소리는 절대로 내서는 안 되는 규칙이었다. 이쪽을 노출시키지 않음과 동시에 적에게 탐지되지 않으려면 스스로의 목숨을 지키듯 그 규칙을 지켜야 했다. 그 규칙을 어기면 혼자만 죽는 것이 아니라 부대원 전부가 몰살당할 수도 있었다. 그건 모택동 동지의 십육자 전법과 함께 입산자들에게 제일 먼저 주입시키는 교육이었다. 그 규칙을 위반한 자에게는 당연히 엄중처벌이 내려졌다.

「우리 도당이 특히 규율이 엄한 것은 공개투쟁을 하기 때문이네. 그러나 그동안 이성문제로 투쟁사업을 파괴해 처형된 사람은 하나도 없었고, 규정된 시간을 어겨 처형된 선요원은 꼭 한 사람일세.」

염상진이 또 말을 끊었다. 나뭇가지들이 세찬 바람에 시달림당하는 소리가 비명처럼, 신음처럼 꼬리에 꼬리를 물고 있었다.

「도당위원장님한테 허락을 받을 테니 그 무당집에서 치료를 받도록 하게.」

정하섭은 묵묵히 발만 떼어놓았다. 염상진 위원장은 결국 이 말에 이르기 위하여 앞의 말들을 한 것이었다.

정하섭은 조계산 비트에서 도당사람들과 분리되었다.

「이걸 자애병원 전 원장님한테 전하게.」

염상진은 손가락 매듭만큼 작게 접은 종이를 정하섭에게 내밀었다.

정하섭은 선요원을 따라 하대치에게 연결되었다. 하대치는 네 명의 부하와 함께 제석산 중턱을 무질러 도래등 뒷산을 넘었다. 기진맥진한 정하섭을 번갈아가며 업었다. 정하섭은 업히지 않고 제 발로 걸으려고 몸부림을 쳤지만 다리는 다리대로 휘청거리며 접혀졌고, 의식은 의식대로 흔들리며 흩어졌다.

「정 동무, 기운 채리씨요. 인자 다 왔소.」

하대치가 정하섭을 흔들었다. 정하섭은 정신을 다잡았다. 바로 눈앞에 제각이 보였다.

「여그 둘이서 그 집 문앞꺼정 델다줄 텡께 거그서부텀은 정 동무가 알아서 혀야 쓰겄소.」

「아닙니다. 다시 이 제각으로 옮겨야 하니까 누가 한 사람 가서 무당을 불러오는 게 빠를 겁니다. 부인과 아이들을 잠시라도 만나볼 겸 하동무가 가시는 게 어떻겠어요?」

「아니요, 고런 말 마씨요. 처자석 만낼 생각 눈꼽째가리만치도 읎소. 나가 떠난 담에라도 왔다 갔다는 말 뻥긋도 허지 마씨요.」

하대치의 단호함에 정하섭은 그만 민망해지고 말았다. 어두워서 다행이다 싶었다.

「강 동무, 핑허니 댕게오씨요.」

하대치의 말에 강동기가 재빨리 앞으로 나섰다.

「담을 넘어가서 두 번째 방 봉창을 두들기고, 장독대 옆에 섰다가 무당이 나오면 정하섭이가 와 있다고 말하시오.」

정하섭은 서둘러 말했다.

남녀의 모습이 어둠 속에서 드러나자 하대치는 몸조리 잘하라는 말을 남기고 뒷걸음질을 하기 시작했다.

「을매나 다치셨소.」

정하섭을 부축하며 소화가 울음처럼 토해낸 말이었다.

「별 거 아니요. 그간 잘 있었소?」

정하섭은 가까워진 소화의 몸에서 들꽃냄새와 온기를 함께 느꼈다.

「얼렁 들어가 누셔야제라.」

소화의 부축을 받으며 정하섭은 오래전부터 시달려온 한기와 함께 온몸의 무게가 아래로만 쏠리는 것 같은 현기증에 휘둘리고 있었다.

「추워, 불을 때 불…….」

이불 위로 무너져내리며 정하섭은 신음처럼 소리를 흘렸다. 부상당한 몸으로 그는 이틀 동안 산길 150리를 걸어댔던 것이다. 부들부들 떨어대는 그의 몸이 불덩이로 뜨거운 것을 안 소화는 미친 것처럼 부엌으로 내달았다. 아궁이 가득 불을 지피고 방으로 들어와 정하섭의 부상을 확인한 그녀는 입을 가리며 소스라쳤고, 그리고 하얗게 굳어져갔다. 왼쪽 어깨를 싸맨 헝겊과 옷은 굳어진 피로 떡덩어리가 되어 있었다. 얼마나 심하게 다치고, 얼마나 피를 많이 흘렸으면 누비솜옷의 왼쪽 등판이 피범벅으로 굳어졌을 것인가. 소화는 주체할 수 없도록 울음이 솟구쳐올랐다. 입술을 깨물며 울음을 참았지만 울음은 코로 새나오고 눈물로 쏟아져내렸다. 두 손을 포개 입을 가리고 참으려 해도 참아지지 않는 울음이고 눈물이었다. 무릎을 꿇은 소화는 허리를 다 굽혀 얼굴을 무릎께에 묻어 두 손으로 감쌌다. 그녀의 머리카락이 울고, 어깨가 울고, 등줄기가 울고, 마침내 조그맣게 오그라뜨린 몸 전체가 울기 시작했다. 그녀는 한참을 울다가 그분을 이대로 두어서는 안 된다고 생각했고, 의사를 불러올 수 없는 깊은 밤이라는 것을 깨달았고, 어찌해야 좋을지 모를 절박감에 떠밀리며 부엌으로 가서 나무를 다시 밀어넣었다.

그분은 자는 것인지 정신을 잃은 것인지 구별을 할 수 없는 채 몸이 심하게 떨리고 있었다. 아랫목을 더듬어봐도 아직 냉기가 가시지 않고 있었다. 소화는 입을 꾹 다물었다. 부끄러움을 가릴 때가 아니었다. 사람을 살려야 했다. 옛날이야기에서 들은 방법이 있었다. 그렇게 해서 남편을 살려 열녀문이 세워졌다고 했다. 소화는 옷을 벗기 시작했다. 치마가 흘러내리고, 저고리가 떨어져내렸다. 솜바지를 벗자 속곳이 드러났다. 잠시 머뭇거렸다. 그러나 곧 속곳까지 벗어던졌다. 알몸이 된 그녀는 이불을 들추고 몸을 디밀었다. 그리고, 때에 절고 냄새나는 옷을 입은 채 떨고 있는 정하섭의 몸을 거침없이 그러나 소중하게 감싸안았다.

신령님, 신령님, 신령님…… 전신으로 전해져오는 정하섭의 몸떨림을 수없이 많은 바늘에 찔리는 아픔으로 느끼며 소화는 피 마르게 신령님만을 불렀다. 그러다가 다시 옷을 꿰입고 부엌으로 내달아 불을 돋우어 지폈고, 밥을 안치다가 먹지 못하리라는 생각이 떠올라 물을 더 부어 죽을 끓이기도 했고, 뜨거운 물을 떠다가 수건에 적셔 정하섭의 수척하고 핏기 없는 얼굴을 조금조금 닦아냈다. 바싹 마르고 터진 입술에는 실피가 맺혀 있었고, 헤벌어진 입에서는 단내가 뿜어져나왔다. 베개에도, 요에도 소화의 눈물이 뚝뚝 떨어져내렸다.

아랫목 장판이 눈도록 불을 땠다. 그분의 몸떨림은 가라앉았지만 몸은 여전히 불덩어리였다. 죽을 끓여놓고 깨웠지만 그분은 알아듣지 못했다. 그분은 자는 것이 아니었다. 정신을 놓치고 있었다. 찬물을 떠다가 이마에 물수건을 갈아얹었으며 소화는 가슴을 쥐어짰다. 신령님, 신령님, 어서어서 날이 새게, 닭이 울게 해주십소사…….

해가 떠오를 무렵 정하섭이 눈을 떴다. 한 대접의 물을 다 마시고 난 그는 속주머니에서 작게 접은 종이를 꺼내 소화에게 건넸다.

「표 안 나게 병원에 전하시오.」

그리고 다시 스르르 눈을 감았다.

면목 없습니다. 다시 한 번 도와주십시오. 술도가집 아들이 어깨에 파편상을 입었습니다. 相

전 원장은 쪽지를 내려다본 채 굳은 듯 말이 없었다. 손을 앞으로 모아잡고 고개를 약간 수그리고 선 소화는 올려뜬 눈으로 그런 전 원장을 응시하고 있었다.

「가 계세요, 뒤따라갈 테니.」

전 원장의 목소리가 낮고 무거웠고, 「아아……」 떨려나오는 소리와 함께 소화의 허리가 반으로 접어졌다.

이틀이 지나 계엄령이 해제되었다. 1950년 2월 5일이었다.

계엄령 해제를 현실감 있게 알린 것은 극장의 스피커였다. 닷새가 못 가 악극단이 밀려들었고, 변사는 그동안 목에 곰팡이라도 슬었다는 듯 멋대로 감정치장을 한 어조로 신바람나게 떠들어댔다. 볼륨을 한껏 높여댄 스피커의 소리는 장터거리를 넘치고, 읍내 안통을 찌렁찌렁 울려댔다.

「친애하고 친애하는 읍민 여어러분, 마침내 바야흐로 계엄령이 해제되어 우리 읍내에 고대하고 고대하던 평화와 자유가 찾아왔습니다. 계엄령 해제를 축하하고, 그동안 읍민 여어러분들께서 겪으신 고생과 불편을 위로하기 위하야 당 극장에서는 오늘 밤 7시부터 동방악극단의 이수일과 심순애를 무대에 올려 여러분들을 모시기로 한 거딥니다. 돈에 울고 사랑에 울고, 아아, 사랑이란 그다지도 열매 맺기 어려운 쓰라린 형벌이었더란 말이냐. 돈을 따르자니 사랑이 울고, 사랑을 따르자니 돈이 운다. 사랑만으로 살 수 없는 인생, 돈만으로도 살 수 없는 인생, 아아 어차피 인생은 쓰라린 고통이 아니더냐. 눈물 없이는 볼 수 없는 사랑의 거편, 3막 5장 이수일과 심수운애. 오세요, 오세요, 남녀노소 가릴 것 없이 손에 손을 잡고 오시어 이 청춘남녀의 기구하고도 한 많은 사랑의 쌍곡선을 감상하시라. 두 번 다시 볼 수 없는 눈물의 호화 무대, 미남미녀 배우들의 애간장 녹이는 명연기, 백문이 불여일견이라, 이번 기회를 놓치면 일생일대의 대실수, 저승에 가서도 후회하고 또 후회할 거딥니다. 연극만 있느냐, 그렇지 않습니다. 만담도 있고, 노래도 있습니다. 눈물 없이는 볼 수 없는 3막 5장의 연극, 배꼽 빠지고 오줌 질금거리게 하는 만담, 가슴 사리살짝 녹여주는 노래로 이어지는 다채로운 무대의 입장료는 단돈 100원, 계엄령 해제 특별할인요금, 봉사가격 단돈 100원으로…….」

변사의 사설은 끝도 없이 이어지고 있었다.

계엄령이 해제되었지만 군인들은 떠날 기미를 보이지 않고 있었다. 아직도 만족하고 안심할 만큼 '공비소탕'이 이루어지지 않았다는 판단이었다. '공산비적'을 줄인 '공비'라는 말은 지난 1월 초순에 강원도 경찰 책임자가 신문기자를 상대로 쓰게 되면서 '빨갱이'란 말을 제치고 급속히 퍼져나가기 시작했고, 공식용어화하고 있었다. 따라서 '반란도배'라는 말의 준말인 '반도'도 자취를 감추게 되었다.

염상진은 옥산 비트에서 안창민을 만나고 있었다. 염상진은 수염이 더부룩했고, 안창민의 오른쪽 안경다리는 언제 부러져 나갔는지 삼끈을 꼬아 귀에 걸고 있었다.

「아무 곡기도 안 하고 물만 마셔가며 열 시간에 걸쳐 계속된 도당회의 결과는,」 염상진은 말을 끊고 담배를 깊이 빨아 천천히 연기를 내뿜고는, 「지금까지의 투쟁사업을 방법적으로 변경하기로 했소. 적극투쟁을 피한 조직의 보존·유지투쟁으로 바꿨소. 열 시간 동안이나 걸린 회의 결과로는 싱거울지 모르나, 회의는 그 결과를 찾기 위해서 열 시간을 소모한 것이 아니라 그동안의 투쟁방법의 문제점이나 모순점 등에 대한 강한 비판토론이 벌어졌던 것이오.」

「대개 어떤 점들이었나요?」

「여러 이야기가 많았는데 큰 줄기를 간추리자면, 투쟁의 실패 원인은 무엇이냐, 이런 지역적 무장투쟁은 옳은 것이었느냐, 당원과 전사를 잃은 것만큼 얻은 것은 무엇이냐, 당의 무력투쟁 채택은 모험주의가 아니었느냐, 하는 것들이었소.」

「제기될 만한 문제들이긴 하군요. 그러나 시기가 잘 안 맞는 것 같군요. 그런 것들이 제기되었으려면 여순병란 직후 야산대투쟁으로 접어들기 전에 제기했어야 한다는 생각이 듭니다. 지금으로서는 결과론밖에 나올 게 없을 것 같습니다. 그동안의 투쟁을 실패로 규정하는 것도 그렇고, 당의 무력투쟁노선을 모험주의로 보려는 것도 그렇습니다. 과오에 대한 비판은 마땅히 행해지고 그 책임도 져야 하겠지만, 과오에 대한 명백한 상대적 대안 없이 결과론에만 입각한 과오의 지적이나 비판은 그것이 또 책임전가적 기회주의의 과오를 범하는 행위가 될 겁니다. 불가항력적인 상황 속에서 더 이상의 방법이 없이 최선을 다하다가 좌절된 투쟁을 실패로 볼 것이냐, 성공으로 볼 것이냐는 신중에 신중을 기해야 될 문젭니다. 이번 투쟁을 실패로 보는 경우 저로선 도저히 용납할 수가 없습니다. 엄연히 대장님도, 저도 이렇게 살아 있고, 몇 안 되지만 우리 동지들도 살아 있어 군당이 존재하고 있습니다. 그리고 투쟁은 중단되어 버린 것이 아니라 계속되고 있습니다. 만약 실패로 단정하는 자가 있다면 그건 먼저 죽어간 동지들의 죽음을 모독하고, 살아 있는 사람들의 존재를 짓밟는 반동적 무책임이라고 생각합니다. 그러니까 지금은 앞으로의 전략전술을 세울 때지 결론적 비판을 내릴 시기가 아니라고 생각합니다. 물론 무장의 부족은 말할 것 없고, 투쟁방법이나 요령 같은 것이 얼마나 효과적이었나 하는 것은 별개로 검토되어야 할 문제입니다만.」 안창민은 숨을 돌리고는, 「도당의 조직이나 생존자는 얼마나 파악이 되었습니까?」 슬픔이 낀 듯한 눈으로 염상진을 쳐다보았다.

「안 동무 의견에 찬동이요.」 염상진은 안창민에게 그윽한 눈길을 보내며, 「두어 군데를 빼고는 모든 군당이 살아 있소. 도당 전체의 생존자가 200여 명, 지리산지구가 120여 명쯤인 것으로 파악되어 있소. 그리고, 우리의 투쟁방법이나 요령은 우리가 최선을 다했다고 하더라도 경험부족으로 미숙한 점이 없지 않았을 거요. 그 해결은 더욱 철저한 연구와 경험축적밖에 없을 것 같소.」 그는 곤혹스러운 심정으로 말했다.

「참 많이들 죽었군요.」

안창민은 눈길을 떨어뜨리며 중얼거렸다.

염상진은 담배를 새로 말기 시작했다. 의식 속에는 안창민의 논리적인 말이 그대로 남아 있었다. 그 말에서 안창민의 그동안의 변모를 선명하게 감지할 수가 있었다. 언제나 정연하던 논리는 그대로였지만 그 어조나 태도가 완연히 달라져 있었다. 그의 어조는 신념에 찬 강인성이 느껴지게 탄력을 품고 있었고, 그 태도는 유격투쟁으로 단련된 강건성이 느껴지게 완강함을 드러내고 있었다. 그는 유격투쟁을 통해서 이론에 살을 붙이고, 피가 돌게 한 것이었다. 지금까지의 투쟁이 실패로 규정되는 것을 그가 거부하고자 하는 것은 혁명의식의 새로운 무장이기도 했고, 자기 존재의 부정에 대한 대응이기도 할 거라고 염상진은 생각했다.

「이지숙 동무의 사업은 어떻소?」

「무사하게 해나가고 있습니다.」

「장한 일이오, 애로가 많을 텐데.」

「대장님은 앞으로 어떻게 하실 겁니까?」

「지구사령부도 자연히 해체된 형편이니 당분간 도당에 머무를 것 같소. 율어의 조직은 어떻소?」

「아직까지 별 노출 없이 보존되고 있습니다.」

「군민들이 붙여준 영광스러운 이름 '모스코바'가 끝까지 지켜졌으면 좋겠소. 벌교는 어떻소?」

「이 동무 관리 아래 피해 없습니다.」

「다행이오. 그만하면 우리 군당이 유지되기는 별 어려움이 없지 않겠소?」

「적극대응만 피한다면 유지는 얼마든지 가능합니다.」

「유지시키면서, 확대도 꾀하는 거요.」

「알겠습니다.」

두 사람은 서로 맞쳐다보았다.

「엄니, 설에 우리 무신 떡 헐랑가?」

어머니를 향해 베틀 옆에 배를 깔고 엎드린 광조가 소리를 높여 말했다. 쉼 없이 달가닥거리고 철거덕거리는 베틀 움직이는 소리와 바디 치는 소리를 이기려는 것이었다. 머리칼이 흘러내리고 얼굴이 부석부석한 죽산댁은 무표정인 채 기계적으로 손발만 움직이고 있었다.

「어이 엄니, 요분 설에 무신 떡 허냐니께.」

광조는 바락 소리를 질렀다. 공부 안 헐라면 자빠져 자그라! 하는 꾸짖음이 터지려 했지만 죽산댁은 꾹 눌러 참았다. 애비 정도 몰르게 배곯려 키움시로, 하는 죄된 마음과 안쓰러움이 앞을 막았던 것이다. 그나마 기죽지 않고, 병치레하지 않으며 저리 커가는 것만으로도 황감하고도 고마운 일이 아닐 수 없었다. 두 자식을 싸안고 있는 그녀의 마음은 언제나 축축하게 젖어 있었다.

「워째 그래쌓냐, 또 쑥떡이나 쪼깐 허제 무신 떡얼 더 허겄냐.」

죽산댁은 일손을 놓으며 머리카락을 쓸어넘겼다.

「엄니, 우리넌 은제나 찰떡 해묵을랑가?」

광조와 마주 보고 쪼그려앉아 글씨를 쓰고 있던 덕순이가 고개를 들어 동생을 향해 눈을 흘기며 입을 삐쭉했다. 광조는 어머니를 올려다보고 있어서 그런 누나의 눈치꾸중을 느끼지 못하고 있었다.

「금메 말이다, 이 엄씨도 잘 몰르겄다.」

죽산댁은 시름겹게 말했다. 빈말로라도, 아부지가 오먼, 하는 말을 할 수 없는 것이 그녀의 가슴에 어둠이 차게 했다. 남편은 돈벌이를 떠난 것도 아니었고, 징용을 끌려간 것도 아니었다. 그 장래가 아무 기약도 없는 일에 미쳐 언제 돌아올지, 언제 죽었다는 소식을 듣게 될지 모를 사람이었다.

「엄니, 나 소원이 먼지 안가?」

「광조야, 니 방학숙제 하나또 안 해놓고 무신 실답잖은 소리만 그리해쌓냐.」

덕순이가 동생의 약점을 찌르며 말을 막고 나섰다. 동생이 철없는 소리를 자꾸만 해대면 어머니 속만 상할 뿐이었다.

「찰떡 한 가마니럴 묵는 것이여.」

광조는 오기스럽게 제 할 말을 해치웠다. 아이고메, 저 기 승헌 거, 천상 즈 애비여, 죽산댁은 끌끌 혀를 차며 다시 일손을 잡았다.

「아이고 빙신아, 학교럴 댕기기 시작했으면 남자가 좀 똑똑해져라. 니넌 워째 맨날 묵는 생각밖에 못허냐.」

「배가 고픈게 그러제 위째.」

「그런 생각헌다고 배가 불러지냐? 멍청이.」

「누나넌 몰러서 그랴. 고런 생각얼 허면 배가 고픔스로도 불러.」

「하이고 참, 요상헌 말도 다 듣겄다.」

덕순이는 어이없는 코웃음을 치고는 공책으로 고개를 숙여버렸다. 광조는 불만스러운 얼굴로 누나를 쏘아보다가 어머니 쪽으로 고개를 돌렸다. 어머니의 눈치를 살살 살폈다. 어머니는 언제나처럼 무뚝뚝한 얼굴로 베짜기만 하고 있었다. 그런 어머니의 얼굴은 화가 난 것도 같고, 배가 살살 아픈 것도 같고 해서 진짜 기분이 어떤지 알아내기가 아주 어려웠다. 어머니는 화는 잘 냈지만 웃는 일은 별로 없었다. 배고프게 사는 것도, 어머니가 그러는 것도 다 아버지가 없기 때문이었다. 그러나 그 말은 누나한테도 하지 않았다.

「엄니이…….」

어머니는 들었는지 못 들었는지 베만 짜고 있었다. 그만둘까 하는 생각도 들었지만 죽 먹은 것이 다 꺼져버려 그냥 잘 수가 없었다. 배가 고프면 잠도 잘 오지 않았다.

「엄니, 나 배고파 죽겄는디 무시 하나 꺼내다 묵세.」

광조는 눈을 질끈 감으며 말을 쏟아냈다. 덕순이가 고개를 발딱 들며 상체를 세웠다.

「니 정신 있냐, 읎냐. 반찬 해묵을 무시도 읎어. 배고프면 물 떠다줄 것잉께 한 사발 묵고 자.」

덕순이의 야무진 말이었다.

죽산댁은 스산한 마음으로 웃음 지었다. 자기에게 동생이 야단맞을까 봐 덕순이는 미리 막고 나서고 있었다. 그 동기간의 정이 더 가슴 아리게 했다.

「멫 개나 남었는지 몰르겄다. 한나 꺼내다가 묵어라.」

「야아, 우리 엄니 질이다!」

광조가 벌떡 일어나 앉으며 두 팔을 뻗쳐올렸다. 덕순이는 배시시 웃으며 어느새 일어서고 있었다. 광조도 따라 일어났다.

무는 광조가 받쳐들고, 칼과 도마는 덕순이가 들고 들어왔다. 껍질을 깎아내지 않고 먹을 수 있도록 찬물에 무를 깨끗하게 씻느라고 덕순이의 손은 바알갛게 얼어 있었다. 배고픔을 줄이기 위해 똥도 매일 누지 못하게 하는 빈궁 속에서 무껍질을 깎아낸다는 것은 상상도 안 되는 일이었다.

무를 도마 위에다 올렸다. 무는 노오란 순을 꽃모자인 양 달고 있었다. 무는 움 속에서 봄을 맞을 채비를 하고 있었던 것이다. 덕순이는 칼을 들어 순 밑에 바짝 칼질을 했다. 덕순이는 그 노오란 순을 볼 때마다 꽃보다 곱다는 생각을 했고, 두리뭉실하게 생긴 무에서 어쩌면 그리도 예쁜 노란색의 순이 돋아나는지 신기하기 이를 데 없었다. 무순을 도마 끝에 바로 세웠다. 내일 아침 죽을 끓일 때 넣을 것이었다. 무 옆구리를 광조가 잡았고, 덕순이는 입술을 오므려붙여가며 힘을 써 길게 반 토막을 냈다. 반을 다시 반씩으로 칼질했다. 길게 네 토막이 난 무를 하나씩 나누어 들었다. 마침 바람이 들지 않아 그렇게 기분이 좋을 수가 없었다. 바람이 든 무는 퍼석거리는 게 싱거워 먹으나마나였다.

「남은 것은 느그 둘이 갈라묵어라.」

죽산댁이 말했고, 덕순이는 재빨리 동생의 다리를 툭 치며 눈짓을 했다. 광조는 무를 볼이 미어지게 넣은 채 입술을 쑥 빼물었다. 남아 있는 한 쪽은 당연히 어머니 몫이어야 했다. 자기들은 아무 일도 하는 것이 없는데도 그리 배가 고픈데, 베짜기를 쉬지 않는 어머니는 얼마나 더 배가 고프고 기운이 없을 것인가. 자기는 동생 나이 때 그렇지 않았던 것 같은데, 그런 눈치를 전혀 모르는 동생이 덕순이는 밉고도 야속했다. 어쩌면 동생은 알면서도 당장 먹고 싶은 욕심에 모르는 척하는지도 모를 일이었다. 가끔 엉뚱한 소리를 잘하는 걸 보면 속이 멀쩡하기도 했던 것이다.

「달고 맛나제?」

광조가 덕순이에게 눈웃음을 쳤다. 남아 있는 한 쪽이 자기 차지가 될 수 없다는 것을 안 광조는 무를 아껴 먹고 있었다.

「이빨이 시렵다.」

「긍께로 더 맛나제.」

「잉.」

덕순이도 웃으며 고개를 끄덕였다.

문덩이, 계엄인가 먼가가 풀렸다는디 살았는지 죽었는지 소식이나 전헐 일이제, 죽산댁은 두 어린것들한테서 애써 신경을 돌리며 일손을 더 재게 놀렸다.

이중과세 폐지조치를 본격적으로 시행하며 설을 맞았다. 철시하는 상점에 대해서는 영업정지 처분을 내리겠다는 통보를 미리미리 했지만 문을 연 상점은 읍내에 하나도 없었다. 작년처럼 관공서만 문을 열어놓고 썰렁하게 자리들을 지키고 앉아 있었다. 그것이야말로 민심을 완전히 무시하고 오랜 풍습을 도외시한 강압적 행정의 본보기였다.

아무리 가난에 찌들어도 설은 설이었다. 헌 옷이나마 빨고 기워 입혀 아이들의 입성은 깨끔했고, 쑥떡이나마 손에 들고 깡충거리는 아이들이 많았다. 이웃에 세배를 가서 세뱃돈 대신 받은 떡이었다. 아이들은 양지쪽을 골라 팽이치기를 하거나, 둑길에서 연을 날려올렸다. 팽이싸움에서 이기면 떡이 한 개에다 1년 재수가 좋았고, 연끊어먹기에서 이기면 소원성취가 되는 것이었다. 아이들은 설날만은 말타기 놀이나 닭싸움 같은 험한 놀이는 하지 않았다. 설날에는 그래야 복을 받는다는 어른들의 말을 지켜 아이들은 얌전한 놀이만으로 싸우거나 다치는 일 없이 하루를 보냈다. 어른들이 아이들의 버릇을 바로잡으려 하거나 금기시하는 일을 훈계하는 말에는 으레 '가난하게 산다'거나 '재수가 없다'거나 '부자로 산다'거나 '복 받는다'거나 하는 말들이 뒤따라 붙었다. 다리를 꼬고 자면 가난하게 산다, 낯을 푸푸거리며 소리 내서 씻으면 재수가 없다, 다리를 까불어대면 복이 달아난다, 밥을 께질께질 먹으면 가난하게 산다, 문턱을 밟고 다니면 복이 깨진다, 어른을 보면 꼬박꼬박 절을 잘 해야 복 받는다, 밥을 한 알도 흘리지 않고 먹어야 부자로 산다. 가난에 진저리가 난 아이들은 더 가난하게 산다는 것을 두려워했고, 어른들의 말은 주문처럼 먹혀들었다. 그 다음으로 많은 말이 부모에게 피해가 미친다는 내용이었다.

강동기의 아내 남양댁은 혼자 차례상을 차려놓고 방구석에 오두마니 앉아 있었다. 볼품없는 차례상이나마 차렸는데 절을 올릴 사람이 없었던 것이다. 남편이 없다는 것이 어느 때보다도 절절하게 가슴에 사무치고, 외로움과 서러움으로 목이 메었다. 남자가 없다고 하여 여자가 감히 절을 올릴 수도 없는 일이었고, 남양댁은 울음이 가득 찬 가슴으로 차례상을 바라보고 앉아 간절하게 빌고 있었다. 다 아시대끼 아그아부지가 집 나가 해럴 넴겠십니다. 워디서 멀 허고 사는지, 그저 무사허게 살펴주십소사. 워디서고 무사허게 살어만 있으먼 더 바랄 거이 읎응께, 살펴주십소사, 살펴주십소사……

남양댁은 차례상을 물리고도 남편 생각에 가슴이 막혀 밥을 넘길 수가 없었다. 설이 되면 날짐승 들짐승도 한자리에 모인다는데 남편은 어느 하늘 아래를 떠돌고 있는 것일까. 발단이야 어찌 됐든 간에 멀쩡한 사람을, 그것도 예삿사람이 아니라 지체가 높은 양반이고 지주를 숨길 만 붙어 있지 죽은 것이나 다름없이 만들고 말았으니 언제나 그 죄가 풀려 만나게 될지 앞날이 막막할 뿐이었다. 좌익하는 사람들은 군인에 경찰에 청년단까지 눈에 불을 켜고 지키는 속에서도 사람이 죽으면 죽었다는 소식을 전하기도 하건만 남편은 어디서 무슨 일을 하기에 그리도 까마득히 소식이 없는지 몰랐다.

부쩍 가슴이 삼동 응달처럼 된 것은 동서 외서댁마저 옆에서 떠나버린 탓이었다. 동서가 장흥 이모네로 떠나는 것이 못내 싫었지만 옷깃 한 번 잡아 만류해 보지 못하고 말았다. 동서는 사람들의 눈을 피해 떠날 수밖에 없는 기박한 처지였다. 부정한 씨를 낳자마자 갖다주었다가 다시 데려온 것도 그랬지만, 그 자식을 사람들 눈총 받아가며 키운다는 것은 얼마나 바늘방석일 것인가. 남 말하기 좋아하는 사람들은 벌써 열 가마니 쌀이면 팔자 고쳤다느니, 남편 노릇 제대로 못하더니 죽으면서 부조하고 갔다느니, 입들을 놀려대는 판이었다. 아이를 다시 데려온 것이 잘한 일인지 잘못한 일인지 분간이 어려운 채로 동서의 팔자를 생각하면 기막히고 안쓰러워 남의 일 같지가 않았다. 자신도 신령님이 보살피고 조상님이 도우사 임신을 피했기에 망정이지 만약 허가놈의 씨가 달라붙었더라면 어찌 됐을 것인가를 생각하면 등줄기에 얼음이 맺혔다. 그러나 허가놈과의 일은 과거지사만이 아니었다. 남편이 이리 소식이 없고 빚이 남아 있는 한 그놈은 언제 또 지게문에 구멍을 뚫을지 몰랐다.

그러고 보면 장흥댁 남편과 목골댁 남편은 그 의리 단단하기가 제석산 바윗덩어리요, 그 마음 깊고 넓기가 오동도 앞바다였다. 내색 한 번 없이 두 마지기 농사를 나눠 짓고 타작까지 해서 마루에 부려놓았던 것이다. 인정사정없는 세상인심 속에서 부처님이 따로 없고, 신령님이 따로 없었다.

「그저 몰른 디끼 있으시요. 공연시 소문나면 허가눔이 그 핑계 허고 소작얼 띨라고 헐 것잉께요.」 장흥댁의 남편 김복동의 말이었고, 「동기가 당허는 고초에 비허면 우리가 헌 고상이 무신 고상이간디라. 우리가 헐 일 동기가 대신 허고 당허는 것잉께 우리도 이만헌 일이야 응당 혀야제라.」 목골댁의 남편 마삼수의 말이었다.

남양댁은 아이를 업고 보퉁이를 챙겨들었다. 나이가 더 많은 김복동이네부터 들르기로 했다. 서너네댓씩 패를 지은 아이들이 다람쥐처럼 빠르게 뛰며 고샅을 오갔다. 아이들은 그들 특유의 해맑고 싱그러운 목소리들을 고운 꽃잎이듯 낭자하게 뿌리고 다녔다. 얼굴이 익숙한 아이들은 「과세 안녕허신게라?」 하고 인사했고, 그럴 때마다 「인냐, 한 살 더 묵었응께 쑥쑥 더 커라이」 하며 남양댁은 새해 덕담을 보냈다.

「아이고, 요런 것얼 멀라고 챙기고 이러시요. 요래불면 고마운 것이 아니라 섭해지요.」

남양댁이 내놓은 흰고무신을 보고 김복동은 정색을 하고 말했다.

「자네 맘얼 알제만, 안 이래도 되는 것을 그랬네. 나도 가실이 다 되야 서야 그 이약얼 듣고, 허든 일 중에 잘헌 일이라고 생각혔네. 우리 아덜 아부지가 그런 처지 당허면 자네 서방이 그런 일 안 맡고 나서겄는가. 긍께 인자 요런 인사 채릴라 말고 빚버텀 끄도록 허소.」

장흥댁의 말이었다. 그 말이 가슴의 추운 외로움과 그늘진 적막감을 걷어내는 걸 느끼며 남양댁은 눈물을 찍어냈다. 설은 닥치고 그 고마움을 어찌 표할 수가 없어서 마음 써가며 대목장에서 두 내외의 흰 고무신 한 켤레씩을 준비했던 것이다.

「기왕 사온 것잉께 고맙게 신겄소마는 인자 당최 요런 맘 묵지 마씨요. 나가 동기 생각만 허먼 미안시럽기도 허고, 나잇값얼 못헌 것 겉기도 허고 혀서 똑 죽을 것 같은 맴이요. 동기도 고상이고 아짐씨도 고상이제만 다 참고 기둘리씨요. 요런 사람 못살 눔에 시상이 은제꺼정 가는 것도 아니겄고, 동기가 워낙에 강단지고 똑똑헌께 워디서고 아무 탈 읎이 지내고 있을 것잉께요.」

김복동의 말이 남양댁의 마음에 훈훈하게 담겨왔다.

마삼수 내외는 한결 더 그녀의 행동을 꾸짖듯 했다.

「참말로 아짐씨가 영판 요상허요이. 못헐 말로 그 나이에 노망이 든 것도 아니겄고, 요것이 멋 허는 짓이다요. 고런 일 쪼깐 허고 고무신 받아 신은 것 동기가 알면 나럴 멀로 보겄소. 참 아새끼 드럽게 짜잔허고 보초 읎다고 사람 취급을 안 헐 것이요. 긍께 싸게 갖고 가서 도로 바꾸씨요. 아짐씨가 몰라서 그렇제 동기허고 나허고는 성만 달랐제 성제간이요, 성제간.」

「아는구만요.」

「아, 암스로도 요런 짓 혔소!」

마삼수는 벌컥 소리를 질렀다.

「아이고메, 자는 아그 경기 들리겄소.」 목골댁이 놀라 남편을 향해 허공을 쳤고, 「잘못혔응께 한 분만 용서허시씨요.」 남양댁은 오랜만에 사는 맛을 느끼며 과장되게 고개까지 숙여보였다. 목골댁과는 그만큼 가까운 사이이기도 했던 것이다.

「자네가 섭헌 짓 허기넌 혔네. 요분 일 봉께 남정네덜이 우리 여자덜 허고 워찌 달븐지 새시로 알겠드랑께. 남정네란 것이 그냥 생김만 달버서 남정네가 아니드란 말이시.」

목골댁이 정겨운 눈길로 한 말이었다.

남양댁은 편안한 마음으로 눌러앉아 이런저런 이야기를 나누었다. 그러다가 보도연맹 이야기까지 나오게 되었다.

「계엄령을 풀었으면 그만이제 워쩔 심판으로 동네마동 지부럴 맹근다고 그 북새질얼 치는지 몰르겄데.」

목골댁의 말에 남양댁은 금방 샘골댁을 떠올렸다. 며칠 전에 샘골댁이 청년단원에게 시달리는 것을 목격했던 것이다.

「미친눔에 새끼덜이 있는 좌익얼 잡는 것이 아니라 읎는 좌익얼 맹그니라고 그 염병이제 워째.」

마삼수가 굴뚝처럼 코로 연기를 내뿜으며 불퉁스럽게 말했다.

「와따, 담배 잠 에진간히 꼬실리씨요. 숨 맥히겄소.」

「연기 타박 말고 자네도 담배럴 배와뿔소.」

「아이고메 저 징헌 심뽀. 나 땀세 그러는 거이 아니라 아그 땀세 그러요.」

목골댁이 내지르는 말에 마삼수는 멋쩍은 얼굴로 남양댁과 자는 아이를 번갈아 쳐다보다가 슬며시 일어섰다.

「나 나가야겄네. 놀다 가시씨요.」

「존 일 헌다고 싸게 나가씨요.」

목골댁은 기다렸다는 듯 새 쫓는 손짓을 했다. 남편은 사랑방을 찾아갈 구실이 생겨서 좋고, 아내는 남편을 내몰 기회를 잡아서 좋았다.

「인자 다리 쭈욱 뻗고 앉소. 오늘이야 세상천지가 다 쉬는 날잉께.」

목골댁이 남양댁의 무릎을 눌렀다.

「나가 말이시, 보도연맹에 가입허라고 청년단원덜이 샘골댁얼 왈기는 것을 봤는디, 그 억지춘향이놀음이 사람 못 당헐 일이등마.」

남양댁이 고개를 저었다.

「그런 고초 당허는 것이 워디 샘골댁뿐이겄는가. 읍내 좌익헌 남정네 마누래덜이야 다 당허는 것이제.」

「금메 말이시, 워찌 그리 쌩사람덜얼 잡을라고 그까?」

「다 베락 맞을 짓거리덜 허니라고 그러제. 좌익 마누래로 몸고상 맘고 상 쪄은 것도 워디 헌디.」

남양댁의 눈에는 샘골댁이 시달림당하는 모습이 선하게 떠오르고, 귀 에서는 악쓰는 소리도 들리고 있었다. 샘골댁이 당하는 것을 일삼아 열 심히 보았던 것은 남편이 몸을 숨기고 나서 자신이 시달렸던 기억이 되 살아나서 샘골댁이 딱하게 여겨졌기 때문인지도 몰랐다.

「여러 말 말고 여그에 손도장 눌르씨요.」

청년단원 둘이 버티고 서서 샘골댁 눈앞에다 종이를 흔들어댔다.

「아 금메 나넌 빨갱이질헌 일이 읎당께로 워째 이래쌓냐니께.」

샘골댁이 같은 말을 되풀이하며 답답해서 미치겠다는 듯 짚신발을 굴 렀다.

「와따 그 아짐씨 고집 드럽게 씨네. 빨갱이 마누래먼 그것이 그것인디 워째 그리 말이 많소. 싸게 눌르씨요.」

「머시가 워쩌고 워쩌? 느그가 먼디 나럴 빨갱이 맹글고 지랄이여, 지 랄이. 나가 좌익이고 빨갱이라면 치가 떨리고 피가 꺼꿀로 솟기는 사람 이여. 헌디, 빨갱이 마누래먼 그것이 그것이라고? 고것이 워따 대고 놀 리는 주딩이여, 주딩이가.」

샘골댁은 분을 참지 못해 마구 삿대질을 하며 소리소리 질러댔다.

「어허, 그 아짐씨 참말로 땁땁허시. 보도연맹이 빨갱이 잡자는 디니께 빨갱이가 그리 싫으면 더 잘된 일 아니겄소. 여그에 손도장 팍 눌러뿔고 빨갱이 잡는 일에 협조허면 을매나 좋소.」

「염병허고 사람 홀기지 말어. 나가 아무리 무식혀도 그런 소리에넌 안 넘어간다.」

두 주먹을 말아쥔 샘골댁이 부르르 떨었다.

「아짐씨, 참말로 말 안 들을라요? 정 그리 뻐시게 나가면 우리가 완력을 써서 그까징 손도장 하나 못 눌르게 헐 성불르요?」

두 청년단원은 샘골댁을 곧 덮칠 것처럼 한 발짝씩 다가섰다. 샘골댁은 질린 얼굴로 뒷걸음질을 쳤다. 그러다가 느닷없이 옆으로 내달았다. 청년단원들이 주춤하다가 뒤쫓았다. 샘골댁은 담 가까이에서 무엇인가를 집어들었다.

「그려, 완력으로 혀라. 느그덜 죽고 나 죽고 허자. 뎀베라, 뎀베. 요눔에 시상 더 살고 잡은 생각 읎응께 느그랑 나랑 항꾼에 죽자!」

샘골댁은 악을 쓰며 도끼를 휘둘러대고 있었다. 그 몸에 기운이 펄펄했고, 눈에는 파란 불이 켜져 있었다. 돌발사태를 당한 두 청년단원은 허둥지둥 뒷걸음질을 치다가 사립이 가까워지자 다투어 도망질을 쳤다. 샘골댁은 소리소리 지르며 사립 밖까지 달려나갔다. 짚신이 벗겨지고 옷고름이 풀어진 채 그녀는 도끼를 휘둘러대고 있었다.

그 즈음까지 보도연맹에 가입된 사람들의 수는 전국적으로 30만 명을 헤아리고 있었다. 그리고 좌익세력 제거에 어느 만큼 실효를 거두고 있기도 했다.

2월이 저물고 있었다. 읍사무소에서는 지난 2월 10일에 공포된 법에 따라 농지위원회를 구성하느라고 분주했다. 먼저 읍단위 농지위원회를 만들고, 그 아래로 각 이·동 단위 농지위원회를 조직하는 일이었다. 그야말로 농지개혁 실시가 현실로 나타난 것이다.

농지위원회의 구성 소식을 듣고 먼저 움직임을 보인 것이 좌익척결위원회였다. 임시총회라는 명목으로 소집된 회의에는 회원으로 가입된 읍내 지주들이 빠짐없이 참석하고 있었다. 유일하게 빠진 사람이 김사용이었다. 열 명이 미처 못 되는 그들이 가결한 사항은, 무슨 방법을 써서든 농지위원회를 장악해야 한다는 것이었다. 그들의 뜻은 일사불란하게 하나로 합해졌다. 제일 중요한 읍농지위원회 장악을 위해서 좌익척결위원회 위원장 최익달, 부위원장 윤삼걸, 총무 유주상이 읍장을 만난다는 것도 결정했다. 그 비용은 전체가 분담한다는 것도 뒤따랐다.

그날 밤 남원장에 술자리가 차려졌다.

「세상이 못쓰게 변혀서 결국 나라가 지주 읎애는 농지개혁인가 먼가럴 허게 되는 모양인디, 읍장님은 농지위원회럴 워떤 식으로 꾸밀 요량이시요?」

최익달은 그 성질대로 직사포를 쏘아대고 있었다.

「예, 읍장님께서도 다 헤아리고 계실 줄 압니다만 이번 일이 국가대사라 공평무사하게 성사돼얄 것 아니겠습니까. 그런 견지에서 볼 때 작인들은 너무 안하무인으로 난동을 일삼고, 지주들은 이익보호를 받기가 어렵게 되어 있습니다. 이래 가지고서야 나라 기강이나 장래가 우심하지 않습니까. 이 난국을 타개하는 데 있어서 농지위원회의 소임이 지대할 것으로 보는데, 읍장님 생각은 어떠신지요.」

유주상이 직사포의 방향을 곡사포로 돌리고 있었다. 그러나 읍장 이병주의 입장에서 들으면 그 말이 그 말이었다. 술자리를 마련한 그들의 의중을 이미 알고 있었으므로 들으나마나 한 소리였다. 그리고 농지위원회 구성 규정에는 그들이 요구하는 바가 명시되어 있어서 아무 고심 없이 인심 쓰기가 좋았다.

「내가 무슨 힘이 있겠습니까마는, 하시는 말씀들 뜻을 익히 알았으니 너무 걱정들 안 하셔도 될 겁니다.」

읍장은 확답을 슬쩍 피해 섰다.

「그리 말씀 허신께 고맙기는 헌디, 워째 기분이 만족시럽지는 못허구만요.」

윤삼걸은 읍장이 사린 꼬리를 잡아채려는 듯 말했다.

「여긴 사석이니까 공적인 얘기는 이 정도로 끝내는 게 어떨까 합니다. 나머지 일이야 읍장님이 선처하실 것이고, 이렇게 자리한 지도 꽤 오래된 것 같은데 이제 기생들 불러들여 술맛 돋우게 하십시다.」

유주상이 윤삼걸에게 눈짓하며 가로막고 나섰다.

「그리헙씨다. 단출허니 술맛나게 생겼소.」

최익달이 맞장구를 쳤다.

각급 농지위원회의 위원장은 지방행정기관의 장으로 하며 그 위원은 농지사정을 숙지하며 학식과 명망이 있고 공평무사한 인격을 겸비한 관민 중에서 선임한다……. 읍장은 농지위원회 규정의 한 대목을 떠올리고 있었다. 그들이 그 규정에 얼마나 합당한 인물일지는 모르나 전혀 해당사항이 없는 것도 아니니까 끼워넣기로 하자면 별로 어려울 것도 없는 문제였다. 그리고 막상 그 조건에 맞는 인물을 찾아낸다는 것도 용이한 일이 아니었다. 어차피 농지개혁은 추진될 것이고, 그들이 농지위원회에 자리를 차지한다 해도 이미 자기네 뜻대로 마음대로 일을 주무르기는 어렵게 되어 있었다. 정부는 어디까지나 행정관리의 책임 아래 농지개혁을 시행하도록 방침을 정해놓고 있었다. 왜냐하면 농지개혁의 성패는 바로 정부의 존립에 직결되어 있는 문제였던 것이다. 대다수 소작인들은 좌익의 선전선동에 쏠려 있는 위태로운 상황이었고, 소작인들을 좌익으로부터 떼어내 그 위기를 넘기는 방법은, 비록 이북에서 이미 행한 조건에는 못 미친다 하더라도 농지개혁밖에는 없는 실정이었다. 미군정이 자기네들의 점령지가 자본주의 사회가 아니라 사회주의 사회가 되어버릴 위기를 막기 위하여 어쩔 수 없이 귀속농지를 분배했던 것과 똑같은 상황의 계속이었다. 군정이 그때 동척 소유의 귀속농지만이 아니라 모든 농지를 분배할 수 없었던 것은 물론 지주들의 조직적인 반대와 방해 때문이었다. 그러나 이제 형편은 많이 달라져 정부는 농지위원회의 권리를 형식적인 면에서 허용하고 있을 정도로 지주들은 현실적인 권력의 버림을 받아가고 있는 처지였다. 정부권력이 튼튼해야만 자기자리도 튼튼해진다는 사실을 누구보다도 잘 알고 있는 읍장은 농지개혁에 대한 태도 결정을 진작 끝내놓고 있었다. 눈치 빠른 지주들은 벌써 반이상, 그렇지 못한 지주라 하더라도 평균 3할씩은 매각했거나 명의변경을 한 것을 생각하면 읍장 이병주의 마음은 편하지가 못했다. 농지개혁은 하나마나 실패가 아닐까 하는 회의가 생겼던 것이다.

「자아, 한 잔 쭈욱 드십시다아.」

최익달이 왼쪽에 기생을 품은 채 정종잔을 들었다.

「고맙습니다, 쭈욱 드십시다.」

읍장도 흔쾌한 척 술잔을 높였다.

9
민중의 승리, 2대 국회의원 선거

　남로당의 최고급간부 김삼룡과 이주하가 검거되었다. 3월 27일이었다. 그 사실은 신문들을 요란하게 장식하는 사건이었고, 누구에게나 충격적인 소식이었다. 우익은 우익대로 충격을 받았고, 좌익은 좌익대로 충격을 받았다. 다만 그 충격의 색깔이 다를 뿐이었다. 우익이나 그 동조자들 입장에서는, 마침내 남로당이 괴멸되었다! 하는 환희적 충격이었고, 좌익이나 그 동조자들 입장에서는, 아니 이럴 수가! 하는 절망적 충격이었다. 다만 두 쪽에 공통점이 있다면, 그들이 어떻게 잡혔을까, 하는 의문이었다. 물론 그 의문도 좌·우익의 입장에 따라 감정의 색깔이나 모양이 다른 것은 분명했다. 우익의 입장에서는 호기심이나 흥미가 유발한 의문이었고, 좌익의 입장에서는 낙망이나 안타까움이 유발한 의문이었다. 그러나 한 가지 일치점은 있었다. 그 의문의 주체가 경찰이 아니라 그들 두 사람이라는 점이었다. 그만큼 그들은 어떤 일이 있어도 잡히지 않는 사람, 그 누구도 잡을 수 없는 사람으로 세상에 알려져 있었고, 세상사람들은 그들을 에워싸고 있는 신비스런 소문들을 별다른 의문 없이 믿어왔던 것이다.

그들은 축지법을 써서 동대문에 나타났다가 5분 뒤면 서대문에 나타난다. 무술이 능해 기합도 넣지 않고 기와집을 뛰어넘는다. 기운이 임격정만 해서 장정 열이 당하지 못한다. 신통술이 기막혀 자기 모습을 마음대로 지웠다가 나타냈다가 한다. 이런 소문들이 오래전부터 항간에 떠돌았던 것이고, 경찰들마저 그런 소문들을 완강히 부인하지 못했으므로 그 신빙성은 더 커져갔다. 그들이 그러한 신화적 인물이 된 데는 그럴만한 이유가 있기도 했다. 그들은 일제치하에서부터 사회주의 운동을 해오면서 그 지독한 일본 경찰에게 잡힌 적이 없었고, 오랜 세월 동안 일부러 사진을 찍지 않아 얼굴을 아는 사람이 거의 없었고, 점조직과 가명 사용으로 자체 당원들도 바로 옆에 앉았더라도 알아볼 도리가 없었고, 조직화된 지하활동으로 경찰의 수사망을 숱하게 기만시켜 왔던 것이다.

그러나 김삼룡과 이주하가 잡혔다고 하여 그들의 신화가 깨어진 것이 아니었다. 왜냐하면 그들 중의 하나인 이현상이 지리산에 엄연히 살아 있었던 것이다. 계곡과 계곡을 날아다니고, 날아오는 총알을 떨어뜨린다는 소문과 함께.

그러나 무엇보다도 중요한 의문은 그런 두 사람이 어떻게 해서 잡혔느냐는 점이었다. 그건 얼핏 생각하면 퍽 풀기 어려운 수수께끼 같았지만 그들의 완벽성을 뒤집어 생각하면 그 답은 의외로 쉽게 풀렸다. 그들의 완벽성을 완벽하게 알고 있는 그 누구—결국 조직 내부의 배신자에 의해 그들은 체포된 것이었다.

이학송이 체포된 것은 그로부터 나흘 뒤인 31일이었다. 김범우와는 업무관계로도 매일 한 차례씩은 전화를 주고받는 까닭에 그의 체포는 당일로 알 수 있었다.

「무슨 일입니까?」

「김 형도 거 왜 아시죠? 김·이 두 사람을 검거하고 나서 경찰들이 기고만장해서 기세 올리고 있는 것 말요. '점수따기'에다 '판쓸이'가 벌어지고 있는 난장판에 이 형도 휩쓸려 들어간 거지요.」

「그래도 무슨 근거가 있어야 할 것 아닙니까?」

「경찰 눈으로 보자면 근거야 충분하겠죠. 내가 알기로 이 형은 한때 문학가동맹에도 가입했고, 그간 그가 쓴 기사들이 여러 차례 경찰의 비위를 뒤틀리게 만들었어요.」

「어디로 갔는지 아십니까?」

「시경이요.」

김범우는 전화를 끊으면서도 문학가동맹이란 엉뚱한 말에 놀란 기분이 그대로 남아 있었다. 그러나 그건 엉뚱한 말이 아니었고 이학송이 시를 썼다고 한 사실과 연결되고 있었다. 그는 문학가동맹에 가입할 정도로 사회주의에 열정을 가지고 있었구나…… 김범우는 새삼스러운 기분으로 이학송을 되짚어 생각하고 있었다. 그는 전향을 한 것일까, 아니면 지금까지 활동을 해온 것일까. 그동안의 언행을 더듬어보았지만 그 구분을 명확히 하기가 어려웠다. 다만, 그를 가리켜 민족적 사회주의자라고 한 법일스님의 말이 무슨 응답처럼 떠올랐다.

바로 시경으로 갔다. 그러나 면회가 되지 않았다.

「당신, 그자하고 어떤 사이야!」

「선배요.」

「선배? 당신 신분증 내놔.」

김범우는 어이가 없어 지갑을 꺼내 그대로 내밀었다. 형사는 지갑을 받아들며 고약한 눈초리로 김범우의 위아래를 훑었다.

「기자? 이것들 시건방지고 재수 없는 종자들이야. 수사 중이니까 면회 안 돼.」

형사는 지갑을 책상 위에 내던지며 쏘아댔다. 김범우는 한마디 할까 하다가 그냥 돌아섰다.

혁대를 압수당한 이학송은 취조실에서 시달리고 있었다.

「점잖게 좋은 말로 할 때 불어, 저 소리 들리지? 진작 저 꼴 만들었을 텐데 그래도 기자라고 봐주고 있는 거야. 다시 묻겠다, 남로당의 직책을 대.」

이학송은 숨을 들이켜며 눈을 감았다. 고문당하는 비명소리가 핏빛으로 의식을 덮어왔다. 벌써 네 번째의 같은 추궁이었고, 네 번째로 같은 대답을 할 차례였다.

「더 할 말 없소.」

이학송은 눈을 뜨며 말했다.

「이새끼, 너 정말 까불 거야! 뚜렷한 증거가 있는데두 오리발을 내밀어!」

형사는 눈을 부라리며 경찰봉으로 책상을 내리쳤다.

「증거가 있으면 대시요.」

「하! 새끼 이거 허여멀쑥하게 생겨가지고 순 악질이네. 이새끼야, 문학가동맹에는 왜 가입했어! 그래도 빨갱이가 아니라고 개소리칠 거야.」

형사는 기운이라도 돋우듯 끝말을 소리쳐 하며 책상 밑으로 이학송의 정강이를 냅다 걷어찼다.

「어쿠!」

이학송의 입에서는 비명이 울컥 터지며 고개가 휘청 굽어졌다. 그는 숨이 멎는 통증 속에서 문학가동맹에 가입했던 시기를 생각했다. 아 그때, 해방의 감격과 흥분 속에서 시까지 긁적거렸던 열정은 열 번이라도 가입서를 쓸 수 있었다. 모든 반민족적인 요소를 제거한 사회주의 사회의 건설, 그것만이 민족이 살 길이고, 민족을 복되게 하는 방법이라고 확신했었다.

「그건 이미 옛날 일이오. 시 쓰기를 포기하면서 거기서도 발을 끊었소.」

「나, 그렇게 씨부릴 줄 알았어. 그럼, 왜 전향문을 신문에 안 냈나. 유진오고 김팔봉이고 내는 걸 못 봤어? 기자님이시니까 못 봤다고는 못하겠지?」

형사는 포획의 만족감을 드러내며 입가에 비웃음을 물고 있었다.

「어떻게 들어도 좋소만, 그런 거물들에 비해 난 피라미였소. 사회적으로 그런 거물 문사들의 전향문을 필요로 했지 나 같은 것이 신문에 그런 것을 내면 웃음거리밖에 안 되는 일이었소.」

「이새끼 이거, 주둥아리 한번 그럴싸하게 놀려대네. 너 정말 뼉다구 금가고 싶어!」

형사는 또 책상을 내리쳤다.

「그럼 왜 경찰에선 그때 당장 문제 삼지 않고 이제 와서 이러는 거요.」

「이새끼 말이 많아!」

형사의 외침과 함께 경찰봉이 이학송의 왼쪽 어깨를 내리쳤다. 이학송의 몸이 불끈 솟기듯 하다가 왼쪽으로 폭 기울어졌다. 이학송은 정신이 아뜩하게 멀어지는 걸 느끼며 어금니를 맞물었다. 아, 그때, 미군정이 인공을 부인하며 식민지화의 의도를 노골적으로 드러내고, 그 다음 단계로 좌익세력 제거를 목적으로 삼았을 때 감지한 어둠. 민족은 두 강대국 이데올로기 앞에 분열을 면할 수가 없게 된 상황이고, 민족이 살아날 길은 남북이 공동으로 두 외세에 대항해야 한다는 결론을 내릴 수밖에 없었다. 그건 단기적인 싸움일 수 없었고, 폭력에 의한 정면대결로 될 일이 아니었다. 조직적인 민족의식 고취와 외세축출 의식을 심어 민족적인 대항을 전개해야 된다고 믿었다. 좌익의 정면대결은 아까운 인명 손실과 함께 자멸을 초래하는 길이라 여겨졌던 것이다.

「이새끼 발딱 일어나. 너 같은 악질은 말로 되는 게 아냐. 따라와!」

형사는 이학송의 멱살을 거칠게 잡아챘다. 그리고 우악스럽게 끌어당겼다. 이학송은 흘러내리는 바지를 붙잡고 뒤뚱거리며, 이런 미친 새끼들아, 네놈들 같은 민족반역자들을 다 쳐없애고 순수한 민족만이 모인 민족사회주의를 건설해야 한다는 내 생각엔 변함이 없어, 어디 네놈 맘대로 해봐, 이렇게 소리 없이 외치며 비명소리 낭자하게 퍼지는 복도를 끌려가고 있었다.

「아이고오오, 아이고오오, 원통허고 절통해라아, 우리 서방 불쌍혀서 워쩔끄나 워쩔끄나. 소작질에 골 빠지고, 배곯아서 골 빠지고, 묵을 것 못 묵음서 허천나게 산 것만도 서럽고도 원통헌디, 요것이 머시다냐, 생목심 졸라 쥑이는 요것이 머시다냐. 아이고메 불쌍헌 것, 우리 서방 불쌍헌 것, 시물아홉 시퍼런 나이에 요것이 웬일이어. 이눔덜아 이눔덜아, 우리 서방 살려내라아.」

마룻바닥을 치며 통곡을 해대던 예당댁은 제물에 겨워 눈을 뒤집으며 입에 거품을 물었다.

「싸게 찬물 믹이소.」

토방 아래 둘러섰던 열댓 명의 여자들 중에서 나이 지긋한 여자가 일렀다. 젊은 두 여자가 재빠르게 움직여 하나는 예당댁을 뒤에서 떠받쳤고, 다른 여자는 마루 끝에 놓아둔 물사발을 들어다가 손끝으로 물을 찍어 예당댁의 얼굴에 서너 차례 뿌리고는 사발을 입에다 갖다댔다. 물이 입으로 흘러들어가고, 잠시 뒤에 예당댁은 긴 숨을 토해내며 잠에서 깨나듯이 부시시 눈을 떴다. 그리고 다시 통곡을 시작했다.

「아이고메 아이고메 서럽고도 원통허다, 기맥히고 절통허다. 아이고오오, 아이고오오, 워쩔끄나 워쩔끄나 이내 신세 워쩔끄나. 서방 있어도 심든 시상얼 서방 읎이 워쩔끄나. 뻥아리 겉은 새끼덜 셋얼 나 혼자서 워쩔끄나. 예말이요 눈뜨씨요, 새끼덜 보고 눈뜨씨요, 이 새끼덜 불쌍치도 안혀 혼자서 떠나시요. 아이고오오, 아이고오오, 가지 마씨요, 가지 마씨요, 이년 혼자 못 사니께 혼자서는 가지 마씨요. 갈라먼 나도 델꼬, 나도 델꼬 가줏씨요오ー.」

예당댁은 다시 거품을 물었다.

「되얐네. 인자 말기소.」

아까 여자가 말했다. 두 여자가 다시 다급하게 마루로 올라갔다. 둘러섰던 여자들은 그때서야 쯧쯧 혀를 차고, 눈물을 찍어내고 하며 지금까지의 숙연한 긴장에서 풀려났다. 그건 남편의 죽음을 당한 아내가 치르게 마련인 1차적 예식이었다. 죽음치고 허망한 죽음 아닌 것이 없고, 남편을 앞세운 아내에게 그건 충격이고 서러움이 아닐 수 없었다. 그리고 지난날 살 비비고 살며 겪고 넘겼던 괴롭고 고통스럽고 안쓰러웠던 삶의 여러 기억들이 돌이킬 수 없는 회한으로 뭉쳐지며 커지게 마련이고, 그러다 보면 홀로 남겨진 자기 삶에 대한 두려움이나 고적감 같은 것도 올올이 사무쳐와 자기 설움까지 키우게 마련이었다. 그런 여러 가지 감정의 매듭매듭을 맘껏 풀어놓은 통곡에 실어 굽이굽이 엮어내리게 해 가슴에 맺힌 것 없이 풀게 하는 것이었고, 이웃들은 옆에서 지켜보아줌으로써 미망인의 슬픔과 서러움을 함께 나누고 마음을 위로하는 정표로 삼았다. 그래서 미망인의 통곡이나 사연은 평소부터 몸에 밴 판소리 가락이나 사설을 예외 없이 닮아 있었고, 기운이 좋거나 말엮음이 좋은 여인의 경우에는 그 통곡의 길기가 반나절을 족히 가는, 전라도 특유의 서러움과 가슴풀이였다.

예당댁의 남편은 정현동을 살해한 죄로 사형을 당함으로써 예당댁의 한스러움은 물론이고 이웃들의 가슴아픔도 그만큼 컸다.

예당댁의 남편 초상이 치러지고 있는 가운데 소작인들의 집에는 읍장 명의로 된 '분배예정지 통지서'가 발급되고 있었다. 진달래꽃은 이미 졌고, 들녘에는 아지랑이가 현기증 나도록 아롱거리고 있는 4월 중순이었다. 그 통지서가 발급되면서 동네마다 뒤집히기 시작했다. 소작인들의 불만이 터진 것은 두 가지 이유 때문이었다. 첫째는 예상했던 것보다 분배농지가 형편없이 적었던 것이고, 둘째는 분배된 농지가 자기네가 소작을 부치고 있던 것이 아니고 엉뚱한 곳에 있는 것들이었다. 그것은 당연한 결과였다. 지주들이 이미 매각을 했거나 명의변경 또는 지목변경 등을 해서 분배대상농지가 줄어들어 있었고, 그것을 가지고 행정상의 책임을 모면하기 위해 균등분배를 하다 보니 분배량이 적은데다 위치변동이 야기될 수밖에 없었다.

소작인들은 제각기 분배예정지 통지서를 들고 읍사무소로 달려갔다. 그러다 보니 소작인들은 읍사무소 앞에 떼를 이루게 되었다. 그들이 떼를 이룰수록 군경은 읍사무소를 단단하게 에워쌌다. 총 앞에서 그들의 항의는 무참하게 묵살당했다. 성질 급하게 안으로 뛰어들던 사람들은 개머리판에 맞아 이마가 깨지고, 볼이 터지고, 이빨이 부러져나갔다.

「일단 빠짐없이 농지를 분배한 이상 개인적인 사소한 불만은 관이 책임질 수 없는 일입니다. 관은 공명정대하게 공평무사하게 일을 처리했다고 자부합니다. 그런데도 불만이 있는 사람은 각 동네마다 있는 농지위원회를 통해서 정식으로 이의를 제기하시고, 법적으로 재판을 통해서 해결하기 바랍니다. 그렇지 않고 이런 식으로 난동을 부리게 되면 일도 해결이 안될 뿐 아니라, 여러분들은 국법을 어기는 범법자로 취급할 수밖에 없습니다. 용공행위가 뭐 딴 것인 줄 압니까. 정부의 혜택을 고맙게 받아들이지 않고 이런 식으로 난동을 부리는 것이 바로 용공행윕니다.」

읍장의 연설이었다.

소작인들은 사지가 풀리고 말았다. 농지위원회라는 것도 자기네들 편이 못 되었고, 더구나 나라를 상대로 재판을 걸어 어느 장사가 이기랴 싶었던 것이다. 농지위원회는 대개 예닐곱 명으로 짜여졌는데, 이장을 선두로 지주가 한둘, 자작농이 둘 정도, 그리고 똑똑하다는 소작인이 한둘이었다. 그러나 소작인이 제아무리 똑똑하다 해도 우선 수적으로 부족해서 작인들의 권익을 도모할 수가 없게 되어 있었다. 소작인들은 그저 구색에 지나지 않았다.

그런 소작인들 뒤에서 소작인들보다 몇 갑절 큰 불만을 품고 있는 사람들이 있었다. 머슴들이었다. 그들은 소작인이 아니라는 이유로 아예 분배대상에서 제외되고 말았던 것이다. 그러나 그들에게도 처자식이 딸려 있었고, 농지소유에 대한 열망은 소작인들이나 마찬가지였다. 주인의 배려로 농지를 얻게 된 것은 김범우네 머슴 천 서방 정도였다.

「요런 드런 눔에 시상얼 으째야 쓰까? 머심살이허는 것도 원통헌디 사람대접할라 못 받음서 요대로 참고만 있어야 쓰것어?」

「그리넌 안 되제. 무신 사단을 내도 내야 헐 일이시. 우리도 사람이란 것얼 뵈야 헌단 말이시.」

「근디, 그 방도가 머시제?」

말은 여기서 끊기게 마련이었다. 상대는 개인이 아니라 나라였고, 수많은 소작인들이 뭉쳤다가 군경에게 무참히 당하는 꼴을 일제 때부터 지금까지 수없이 보아왔던 것이다.

「우리 무시허는 나라라는 것도 개녀러 것이제만, 우리 쾬이라는 것들도 사람새끼덜이 아니여. 그리 쎄 빠지게 부려묵었으면 요런 때 응당 도 와줘야 되는 것 아니겄어. 그런디 입 싹 씻거뿌는 그 심뽀가 나라보담 더 나쁘단 말이시.」

「그려, 그려, 나라야 그리 세세헌 것꺼정 몰를 수도 있는 일이제. 근디 쥔덜이야 우리가 바로 눈앞에 있는 사람덜 아니드라고.」

「긍께 말이시. 웬수가 멀리 있는 것이 아니여.」

「맞구마, 그 웬수갚음을 워치케 헐꼬!」

「누가 듣겄네.」

머슴들의 헛바람 새는 분노였다.

농지를 분배받은 소작인들은 농지값으로 평년작 생산량의 한 배 반을 5년 간 분할상환하고, 정부는 지주들에게도 같은 조건으로 지가증권을 교부해 주기로 한 유상몰수 유상분배의 농지개혁은 대다수 소작인들의 불만과 실망을 그대로 남겨둔 채 그 막을 내려가고 있었다.

금년부터 모든 학교의 학년도 시작이 4월로 바뀌었다. 양효석의 뒤를 따라 육군사관학교에 진학한 현오봉은 부자연스럽기 그지없는 생활 한 달째를 맞고 있었다. 말이 서울이지 보이는 것이라고는 넓지도 않은 논밭과 끝없이 이어지고 있는 산줄기뿐이었다. 신입생이라서 외출도 허용되지 않은 채 새로운 규율을 익히느라고 매일같이 시달리며 보낸 한 달이었다. 현오봉은 조그만 상자 속에 틀어박힌 것 같은 답답증에서 벗어날 수가 없었고, 자기 몸이 규율이라는 틀에 맞춰져 네모꼴이 되는 듯한 착각이 생기기도 했다. 규율의 기본은 직선과 직각이었다. 서는 것도 직립자세라 했고, 걷는 것도 직각보행이라 했다. 밥 먹을 때 앉는 것도 직립자세요, 숟가락질도 직각이어야 했다. 갑자기 소화시킬 수 없는 그런 강압적 규율들이 고향생각을 더욱 간절하게 만들었다.

「야 오봉아, 멀 허고 있냐?」

창밖을 내다보고 있던 현오봉이 천천히 고개를 돌렸다.

「이, 효석이 성……」

현오봉이 어색스럽게 웃어보였다.

「니 또 집생각 허고 있었냐?」

양효석이 어이없다는 얼굴로 물었다.

「나, 아무리 생각해도 육사럴 잘못 온 것 겉은디. 안 그럴라고 해도 꼭 미칠 것맹키로 집생각이 나서 못살것다니께.」

현오봉이 자리에 털썩 주저앉았다.

「니만 그런 것이 아녀. 서울 아덜만 빼고는 1학년이먼 다 똑같어. 나도 작년에 미치는 줄 알았다. 그것이 다 촌놈병이라는 것이다. 그 고비만 넘기면 지절로 낫는 병이다.」

「아녀, 나넌 달버. 밥맛도 떨어지고, 잠도 안 오고 허는 것이. 나 보따리 싸갖고 집으로 가야 될랑가 부네.」

「임마, 니 정신 채려!」 양효석이 느닷없이 소리치며 현오봉을 똑바로 노려보면서, 「니 육사에 멀라고 왔냐? 구경 왔냐, 원족 왔냐. 원수 갚을라고 오지 안혔냔 말여, 원수! 빨갱이덜 손에 억울하고 분허게 돌아가신 아부지덜 원수 갚을라고 말여. 니 그 결심 개 췄냐, 돼지 췄냐. 니 그런 꼬라지 저승에서 느그 아부지가 내레다보고 머시라고 허겄냐. 그려도 니넌 나보담 훨썩 나슨 거여. 나라도 옆에 있지 않느냔 말여. 작년에 나넌 혼자서 집생각이 날 때마동 팔뚝을 물어뜯음서 참아냈다. 다 니 알어서 혀.」 그는 얼굴이 벌겋게 달아오르도록 열을 내서 말하고 있었다.

현오봉은 고개를 떨어뜨린 채 아무 말도 못했다. 아버지께 부끄러웠고, 양효석에게 창피스러웠다. 혼자서 아버지를 생각하며 스스로를 다스리려 했던 때와 남에게 그런 말을 들은 것과는 그 차이가 상상 밖으로 컸다. 나가 다시 그런 못난 생각얼 허먼 개자석이다! 현오봉은 주먹을 말아쥐었다.

「성 말이 맞구만. 나야 성이 옆에 있응께로 훨썩 낫제.」

현오봉의 낮은 목소리였다.

「그려, 나 말 야속허니 생각허지 말고 맘 단단허니 묵어라. 니넌 몸집도 크고 기운도 씬께 맘만 단단허니 묵으면 군인으로 아조 적격 아니냐.

아부지 원수도 갚고, 군인으로도 크게 출세헐 수 있다. 장군으로 말여, 장군.」

양효석이 현오봉의 어깨를 툭툭 쳤다. 현오봉이 멋쩍게 웃으며 양효석을 쳐다보았다.

「나가 집생각이 그리 나는 것은 꼭 맘이 덜 야물어 그런 것만이 아니시. 한 가지 근심이 있어서 그러네.」

「왜, 애인이라도 띠놓고 왔냐?」

양효석의 밝아진 음성이었다.

「글먼 좋기나 허게. 요분 농지개혁얼 엄니 혼자 워찌 넘겠는지, 손해는 안 봤는지, 걱정이 태산이시.」

「아니, 느그 집 논이 그리 많앴디야?」

아버지가 장사와 돈만을 최고로 알았던 탓에 논밭이라고는 하나도 없는 양효석으로서는 관심조차 쓰지 않은 문제였다.

「많은 지주들에 비허먼 하품나는 것이제만, 300석은 했응께 농지개혁이야 당허고도 남을 농사제.」

「전답얼 그냥 뺏기는 거이 아니라 나라에서 무신 증권인지 먼지럴 준담시로?」

양효석은 귀동냥한 말을 했다.

「그것 받으면 머 혀. 폴기 싫은 논 강제로 폰 것잉께 뺏긴 것이나 한가지제.」

「나라도 한심허고 답답허다. 원체로 농지개혁이란 것이 빨갱이덜 법 아니겄냐? 근디 워째 빨갱이물이 든 작인눔덜이 원허는 그대로 혀주냐 그것이여.」

「긍께로 말이여.」

「워쨌그나 끝난 일잉께 잊어뿌러라. 그라고, 느그 집언 농새로 돈 버는 것이 아니라 여관으로 돈 버는 것 아니냐?」

「큰돈이야 그렇제.」

「글먼 되았다. 여관이 외상이 있냐, 에누리가 있냐. 문만 열어놓고 앉었으면 즈그덜 발로 찾아들어 돈 떨구고 가는 그런 편헌 장사도 이 시상에 읎다. 다 잊어뿌러. 군인언 앞으로 전진만 헌다!」

「결국은 그래야겄제. 근디, 워디 나갈라는 참인가?」

현오봉은 정장 차림의 양효석을 부러운 듯한 눈길로 쳐다보았다.

「이, 니 땀세 그 존 이약이 늦어져뿌렀다. 성일이 누님 송경희 약속을 기엉코 받아내뿌렀다 그 말이다.」

양효석이 좋아죽겠다는 몸짓을 했다.

「와따 좋겄네. 소원성취혔구만.」

현오봉은 맥이 빠지는 걸 느꼈다. 서울대학으로 진학을 한 성일이의 주소를 알려줄 때만 해도 가당치도 않은 일이라고 코웃음을 쳤던 것이다. 그리고 사흘거리로 편지를 보낼 때도 마찬가지였다. 감히 양가가 송씨한테, 하고 비웃었다. 그건 보부상 내력의 양효석을 동급으로 취급해 줄 수 없음이었고, 같은 양반을 옹호하고자 하는 자존심이었다. 겉으로는 전혀 내색을 하지 않았지만 마음 한구석에 도사리고 있는 감정이었다. 그런데 성일이의 누님은 어찌 된 일일까. 현오봉은 도무지 이해할 수가 없었다.

「이 기맥힌 5월 호시절 일요일에 절세미인을 만내로 가는디 워째 기분이 안 좋겄냐. 근사헌 음식점에서 고급 요리도 묵고, 다꾸시럴 타고 뚝섬으로 나가 뽀트도 탈 참이다. 춘풍 살랑기리는디 뽀트럴 탐스로 사랑을 속삭인다, 고것이 을매나 기맥히겄냐.」

「급허기도 허시, 첨 만내서 사랑을 속삭이게. 아매 성일이 누님이 한 살이 더 많을 것인디?」

「두 살이 더 많으면 무신 걱정이냐. 고것이 우리 풍습으로야 지대로 맞아떨어지는 것인디.」

현오봉은 기분이 불쾌해져서 더 말하고 싶지가 않았다. 그래서 안부 전하라는 말도 하지 않았다.

양효석은 송경희가 지정한 장소인 반도호텔을 찾아갔다. 먼발치로만 서너 번 바라본 반도호텔 앞에 서자 어찌나 크고 높아보이는지 그는 선뜻 들어가지를 못하고 머뭇거렸다. 까닭 모르게 몸이 움츠러들고 주눅이 들었다. 건물의 크기도 크기였지만 들고나는 사람들 중에 서양인들이 섞여 있는 것도 적잖이 신경 쓰였다. 빌어묵을, 워째 해필허고 요런 디서 만내자고 해갖고…… 그는 입맛을 다셨다. 아니제, 나가 얼렁 찾기 좋으라고 그랬을 것잉만…… 그는 생각을 고쳤다. 그리고 심호흡을 하고 직립자세로 척척 걸음을 옮겼다. 그러나 안으로 들어가서 그는 완전히 기가 죽고 말았다. 구둣발로 밟아서 될지 안 될지 모를 푹신푹신한 양탄자, 생전 처음 보는 호화로운 실내, 실내를 떠도는 향기로운 것도 느끼한 것도 아닌 냄새, 그 별천지 속에서 어찌해야 할지를 알 수가 없었다. 어리뜩하고 쭈뼛거리며 어찌어찌 커피숍이라는 데를 찾아갔다. 구석자리를 찾아 앉고 나서야 그는 가슴팍에서 땀이 흐르고 있는 것을 의식했다. 땀은 손바닥에도 끈적하게 배어 있었다.

송경희는 10분이 지나도 오지 않았다. 15분이 지나도 오지 않았다. 20분이 지나도 오지 않았다. 그녀는 25분이 다 되어서 나타났다.

「안녕허십니까.」

양효석은 벌떡 일어서며 거수경례를 올려붙였다.

「어머머, 창피하게 이게 무슨 짓예요. 빨랑 앉아요, 빨랑.」

송경희는 얼굴이 싹 굳어지며 차갑게 내쏘았다. 양효석은 얼른 의자에 앉았다. 그러면서 송경희가 무지무지하게 예뻐졌다고 생각했다.

「군인은 실내에서도 모자를 안 벗는 건가요?」

송경희가 다시 내쏘았다.

「아, 아니구만요. 벗어야제라.」

양효석은 황급히 손을 모자로 올렸다. 그는 그때까지 자신이 모자를 그대로 쓰고 있다는 것을 의식하지 못했다.

「무얼 드시겠습니까?」

남자가 와서 허리를 굽혔다.

「커피, 블랙.」

송경희가 말했다.

「나도요.」

양효석이 잇따라 말했다. 송경희의 입가에 경멸적인 웃음이 스치고 지나갔다. 그녀는 물방울무늬가 찍힌 하얀 원피스를 목이 다 드러나게 입었고, 목에는 실오라기처럼 가는 금목걸이를 하고 있었다. 윤기 흐르는 머리칼은 어깨에 닿을 듯 말 듯했다. 달걀형인 얼굴과 긴 편인 목은 윤기나는 검은 머리칼을 배경 삼고, 하얀 원피스와 가는 금목걸이에 받쳐져 그 윤곽을 뚜렷하게 드러내며 그녀의 미모를 한결 돋워올리고 있었다.

「서울생활 몇 년이죠?」

「예에, 1년이구만요.」

「전라도사람인 게 그리 자랑스러워요?」

「무신 말씀이시다요?」

「징그럽게 쓰는군요, 그 사투리. 창피하지도 않아요?」

양효석은 처음으로 창피함을 느꼈다. 같은 전라도 여자 앞에서.

커피를 가져왔다. 눈을 내리깐 송경희가 커피잔을 입으로 가져갔다. 양효석도 따라서 했다. 한 모금을 입에 머금은 순간 그는 벌떡 일어서며 소리를 지를 뻔했다. 눈이 뒤집힐 정도로 뜨거웠던 것이다. 그렇다고 도로 뱉어낼 수도 없었다. 그냥 꿀떡 넘기고 말았다. 커피가 흘러내리는 대로 목이 화끈거리고, 가슴이 얼얼했다. 쓰디쓴 맛은 그 다음에 느껴졌다.

「묻겠어요. 송씨하고 양가하고 지체가 같다고 생각하나요?」

송경희는 독기 서린 매서운 눈초리로 양효석을 쏘아보며 물었다.

「아니, 고것이 무신 말씀이요. 요새 겉은 신식 세상에 고런 것이 무신 소양 있소.」

양효석은 당황한 속에서도 비위가 뒤틀리는 것을 느끼고 있었다. 그건 어렸을 때부터 눈치 받아와 그의 가슴 한편을 어둡게 적시고 있는 문제였던 것이다.

「그렇지 않아요. 소용이 없다고 생각하는 건 지체가 낮은 쪽일 뿐예요. 분명히 말하겠어요. 앞으론 절대 편지 보내지 마세요. 동생 보기에 창피하고, 나도 기분 나빠요. 이 말 하려고 여길 나온 거예요. 그만 가겠어요.」

송경희는 자리를 차고 일어섰다. 그리고 꼿꼿하게 걸어나갔다. 양효석은 멍하니 앉아 있었다. 가슴이 무너져내리고, 똥바가지를 뒤집어쓴 기분이었다.

송경희가 문 쪽으로 사라지고 있었다. 양효석은 벌떡 일어났다. 다 허물어진 가슴에서 불기둥이 솟고 있었다.

밖으로 나온 양효석은 좌우를 살폈다. 송경희는 시청 쪽을 향하여 한창 유행하고 있는 폭 넓은 플레어 원피스를 팔랑거리며 눈부시게 밝은 봄 햇살 속을 걸어가고 있었다.

「요씨, 워디 보자. 쌍놈 좆이 양반년 보지럴 뚫나, 못 뚫나.」

양효석은 침을 내뱉고는 이빨을 뿌드득 갈았다.

「그 매운 삼동 잘 보내고 저 무신 조환지 몰르겠네웨. 무신 늦감기가 저리 찔기고 독허까이.」

콩나물시루에서 콩나물을 한 움큼 뽑아내며 들몰댁은 구시렁거리고 있었다. 그 말에 화답이라도 하듯 작은아들이 또 기침을 토하기 시작했다. 들몰댁은 소쿠리를 내던지듯 놓고 아랫목의 작은아들에게로 돌아섰다.

「아가, 아가…….」

숨 잦아지도록 기침을 해대는 작은아들을 붙들고 들몰댁은 안절부절 못하고 있었다. 등을 쓸어줄 수도 없었고, 품에 안을 수도 없었고, 터지기 시작한 기침을 멈추게 해줄 방도가 없었던 것이다. 기침이 한번 터지기 시작하면 머리가 사타구니 사이에 박힐 지경으로 심해서 작은아들은 하얗게 죽어가고는 했다. 작은 몸뚱이가 당하는 그 괴로움을 지켜보면서 들몰댁은 피가 마르고 있었다. 기침감기에 효험이 좋은 갱엿물을 두 번이나 내서 먹였지만 어찌 된 일인지 기침은 떠나가지 않고 오히려 심해지고 있었다. 그래서 세 번째로 만들려고 콩나물을 뽑고 있던 참이었다

「야아야, 쩔로 비켜나그라.」

간신히 기침을 잡은 작은아들을 품은 들몰댁은 퍼질러 엎드려 무언가를 쓰고 있는 큰아들의 다리를 밀어붙였다. 큰아들이 공부에 정신을 팔고 있다는 걸 알면서도 자신도 모르게 쏟아지는 짜증이었다. 작은아들을 조심스럽게 눕히고 있는 들몰댁의 눈에는 눈물이 그렁그렁했다. 흐려진 눈앞에 문득 남편의 모습이 떠올랐다. 작은아들 때문에 애가 타는 만큼 외로움이 깊어졌고, 외로움이 깊은 만큼 생각나는 남편이었다. 워디로 쫓겨댕기는고⋯⋯. 들몰댁은 볼을 작은아들의 볼에 갖다댔다. 눈물이 쏟아지려고 했다. 며칠 전에도 또 보도연맹에 가입하라는 시달림을 당했다. 소화가 다시 돈을 쥐어줘서 보냈다. 이제 돈맛이 들려 언제 또 올지 모를 일이었다. 소화에게 미안하고 면목 없는 일이었다.

작은아들이 잠이 든 것을 보고 들몰댁은 소쿠리를 가지고 밖으로 나갔다. 햇살이 든 마루에 자리 잡고 앉아 콩나물을 다듬기 시작했다. 대가리를 따고 뿌리를 잘랐다. 몸체만이 남게 다듬어 그것들을 놋쇠주발에 넣고, 그 위에 갱엿 덩어리를 놓고 뚜껑을 닫아 따뜻한 아랫목 이불 속에 묻어두는 것이다. 네댓 시간이 지나면 갱엿이 녹아내리며 콩나물에 담긴 수분을 다 빨아내 주발 아래는 맑은 갱엿물이 고였다. 수분이 다 빠진 콩나물은 마치 실오라기처럼 가늘어져 있었다. 그 갱엿물을 서너 시간 간격으로 먹여 하루가 지나면 어지간한 기침감기는 떨어지게 마련이었다.

「또 엿물을 맨들라고요. 종남이가 지침헌 지 메칠 되았제라?」

언제 나왔는지 모르게 소화가 옆에 서 있었다.

「긍께, 저어⋯⋯ 닷새 되는갑만요.」

「금세 닷새나. 고것 맹글지 말고 싸게 병원 델꼬 가씨요.」

들몰댁은 손을 멈추고 소화를 올려다보았다.

「고것 믹여서 날 병이 아니요. 아까 들어봉께 지침이 너무 심허요.」

「지침 갖고 병원에넌 무신⋯⋯.」

들몰댁은 돈 생각부터 하며 얼버무렸다.

「얼렁 업으씨요. 아그덜헌테넌 지침이 큰병인 것잉께라.」

들몰댁은 결국 소화에게 떠밀려 집을 나섰다. 소화는 멀어지는 들몰댁의 뒷모습에서 진한 외로움을 보고 있었다. 언뜻 들몰댁의 모습이 자기모습으로 바뀌어 보이기도 했다. 지난번에 유산을 하지 않았더라면 들몰댁의 아이 업은 그 외로운 모습은 천생 자신의 모습이 아닐 수 없었다.

소화의 눈앞에는 정하섭의 모습이 어렸다. 갈수록 정이 깊어지면서도 어렵기는 마찬가지인 사람. 한 달 동안의 치료를 받고 무사하게 떠날 때까지 한시도 마음을 놓지 못했던 그 긴장과 초조. 그러나, 그분이 다시 떠나버린 지금은 그게 바로 행복이고 보람이었다. 상처가 아물고, 예전의 준수한 얼굴을 되찾으면서 그분이 자신의 몸을 품게 되었을 때, 어디론가 도망쳐 가 살자는 말을 하고 싶었던 욕심, 그게 안 되면 산으로 따라들어가고 싶었던 마음. 그러나 그분은 자신의 몸에 수많은 손자국만 찍어놓고 떠나갔고, 그 손자국이 지워지는 것이 아까워 목욕마저 하기가 싫었다. 그분은 산같이 무겁고 큰 남자였다. 전 원장의 입으로 아버지의 흉사를 알게 되었는데도 끄떡도 하지 않았다. 「그렇게 돌아가실 줄 알았어요.」 이 한마디뿐이었다. 산으로 보이는 그분과 살을 맞댄다는 것이 더욱 황감하게 느껴졌다. 「소화, 난 소화한테 아무것도 줄 게 없군. 소화의 고생이 너무 컸는데.」 그분이 떠나기 전날 밤 한 말이었다. 마음을 주셨는데 무엇을 더 바라겠습니까. 마음, 그보다 더 소중한 것이 무엇이겠습니까. 차마 소리 내 말하지 못하고 그분의 넓은 가슴 한 귀퉁이를 눈물로 적실 수밖에 없었다. 그분은 그리도 과분하게 말했지만 정작고생을 한 사람은 전 원장이었다. 전 원장은 마치 산보를 하는 것 같은 차림을 하고 찾아오고는 했다. 그래도 눈이 무서워 매일 올 수 없는 그분은 간호원을 보내기도 했다. 작년에 그 고생을 겪었으면서도 치료를마다지 않고 또 위험을 무릅쓰는 전 원장과 간호원을 대하며 사람 사는 뜻의 소중함을 새롭게 되새기지 않을 수 없었다. 날마다 망을 보느라고 들몰댁도 고생깨나 했다. 어디로 가느냐고 묻지 않았고, 언제 오겠다는 말 없이 그분은 어둠이 되어 어둠 속으로 떠나갔다.

소화는 고무신을 신었다. 하면 할수록 빨려드는 그분 생각에서 벗어나기 위해 길남이하고 이야기라도 해야 될 것 같았다. 약간 우울한 듯하면서도 가끔 엉뚱한 것을 묻기도 하는 길남이는 만만찮은 이야기 상대였다.

「길남아, 머 허냐.」

기척이 없었다. 살며시 방문을 열었다. 길남이는 손가락에 연필을 낀 채 엎드려 잠들어 있었다. 자신을 그윽하게 쳐다보고는 하는 평소의 눈처럼 잠든 얼굴도 착하다고 생각하며 문을 닫으려다가 소화는 멈칫했다. 눈자위가 이상해 보였던 것이다. 고개를 디밀고 유심히 살펴보았다. 운 흔적이 분명했다. 소화는 머리맡에 펼쳐진 공책에 이끌리듯 방으로 들어섰다. 살금살금 걸어 공책 옆에 쪼그려앉았다.

글짓기. 우리 아버지. 4학년 1반 19번 하길남.

나는 아버지가 없는 것이나 마찬가집니다. 아주 오래오래 식구들하고 같이 살지 않아서 그렇습니다. 나는 아버지 얼굴을 잘 모릅니다. 어떤 때는 똑똑하게 생각나다가도 어떤 때는 영 생각이 안 나기도 합니다. 동생 종남이는 더 그럴 것입니다.

아버지하고 왜 떨어져 사는지 말할 수는 없습니다. 비밀입니다. 나는 아버지가 보고 싶습니다. 같이 살고 싶습니다. 동생 종남이도 똑같은 마음입니다. 그래도 우리는 엄니한테 그런 말을 죽어도 하지 않습니다. 동생이 그런 말을 했다가 엄니가 운 일이 있습니다. 동생은 나한테 반 죽게 맞은 담부터 그런 말은 죽어도 안 하게 되었습니다.

동생은 썰매를 탄다고 겨울을 좋아합니다. 그런다고 동생을 때릴 수는 없습니다. 동생도 더 나이 먹으면 나처럼 겨울을 싫어하게 될 것입니다. 겨울이 되면 아버지가 더 보고 싶고, 더 걱정됩니다. 엄니도 한숨을 더 자주 쉽니다.

나는 이 세상에서 제일 무서운 것이 순사입니다. 제일 미운 것도 순사입니다. (이 대목은 두 줄을 그어 지워놓고 있었다) 나는 아버지라는 글짓기가 싫습니다. 쓸 것은 많아도 마음대로 쓸 수가 없습니다. 아버지 생각만 하면 눈물이 납니다. 엄니가 불쌍하고 동생이 불쌍하고 나도 불쌍.

글짓기는 여기서 중단되었고, 공책에는 눈물방울 떨어진 흔적이 그대로 남아 있었다. 곧 눈물이 쏟아지려고 해서 소화는 입술을 안으로 끌어당겨 위아랫니로 꼬옥 물며 손등으로 눈을 차례로 눌렀다. 길남이의 우울한 기색이 아버지 탓이라는 건 짐작하고 있었지만 속에 그런 어른스런 생각을 감추고 있는 줄은 몰랐던 것이다. 소화는 눈물 젖은 눈으로 잠든 길남이를 물끄러미 바라보다가 가만히 끌어안았다.

하대치는 징광산으로 이동하기 위해 조계산 줄기를 뒤로 등지고 외서면이 내려다보이는 비트에서 안창민과 밤이 오기를 기다리고 있었다. 조성책 오판돌과 보성책 이해룡을 만나 보급사업을 일으키기로 계획되어 있었다.
「쩌, 무신 소리 들리제라?」
하대치가 오른쪽 귀에다가 손바닥을 오그려붙이며 주의를 밖으로 모았다. 안창민도 안경을 밀어올리며 눈에 힘이 모아졌다.
「비행기 소리 같소.」
안창민이 먼저 말했다.
「그렁마요. 넋 빠진 자석덜이 잊어뿔만 헝께 또 삐라 뿌리로 오는구만이라.」
「그럴 거요. 국회의원 선거가 눈앞으로 다가왔으니 자꾸 뿌려대야겠지요.」
「빌어묵을 늠덜, 삐라 보고 산 내레갈 사람 워디 있다고 돈지랄 에진간히 허고 자빠졌네.」
하대치가 쓴 얼굴로 등을 기댔다. 비행기 소리는 한결 뚜렷하게 들렸다.
「저게 꼭 귀순시키기 위해서만 뿌려지는 게 아닐 거요.」
「허먼 무신 딴 뜻이 또 있소?」

「저자들은 우리가 대체 산속에 있나, 없나를 알아내고 싶어하는 거요. 우리가 직접대응을 피한 뒤로 우리의 남은 수가 얼마인지, 어디서 무엇을 하는지 알 수 없게 되었거든요. 다 죽어 없어졌다고 생각하자니 불안하고, 얼마가 살아 있는지 모르니 답답하고, 그런 거지요.」

하대치는 길지도 못한 고개를 빼듯 해서 끄덕거렸다. 그는 다시 안창민의 말을 새겨듣고 있었다. 자신이 미처 생각하지 못한 말이었기 때문이다. 그는 언제나 안창민의 생각 깊은 말을 소홀하게 들어넘기지 않았다. 공부하는 마음으로 유심히 듣고 되짚어 따져보고는 했다. 자신도 안창민처럼 남보다 빠르게 사태를 파악하고, 남다르게 어떤 일에 감추어진 뜻을 찾아내고, 그래서 세상 전부가 돌아가는 판세를 상하좌우로 환하게 내다볼 수 있는 눈을 갖고 싶었다.

비행기는 바로 머리 위를 날고 있는 것처럼 그 소리가 요란했다. 안창민은 일어나 비트를 위장한 갈대 사이를 약간 헤쳤다. 비행기는 어느 쪽을 날고 있는지 보이지 않았다. 약간 더 시야를 넓혔다. 왼쪽 산줄기를 따라 날고 있는 비행기의 옆모습이 선명하게 보였다. 비행기의 몸통 뒷부분에 찍힌 눈에 익은 표지도 보였다. 미국 비행기라는 표시였다. 저것들이 왜 우리 하늘을 제멋대로 날아다니는가. 비행기만 보면 반사적으로 떠오르는 생각을 안창민은 또 했다. 제주도의 하늘을, 여수·순천의 하늘을 저런 식으로 멋대로 날아다니며 저것들은 무차별로 폭탄을 투하했다. 자주적 생존을 찾으려는 인민들을 학살하고 저희들의 썩은 자본주의를 세우기 위해. 안창민은 오른쪽으로 선회하는 비행기에 증오에 찬 눈길을 박고 있었다.

비행기는 산줄기를 따라 낮게 날며 일정한 간격으로 수많은 종이쪽을 토해내고 있었다. 높낮이가 제각각 다른 종이쪽들이 석양빛을 받아 해뜩거리며 봄기운 무르익은 산으로 떨어져내리고 있었다. 계엄령이 해제되면서 드문드문 나타나기 시작한 비행기는 언제나 지리산 쪽에서 넘어와 지리산 쪽으로 넘어갔다. 삐라에는, 전향하면 일체의 전과를 묻지 않고 용서할 것이니 어서 산을 내려와 자유대한의 품에 안겨 부모형제와

처자식과 행복하고 안락하게 살라는 내용이 적혀 있었다. 그러나 그 말을 믿는 빨치산은 아무도 없었다. 그들은 암행 중에 줍게 되는 삐라로 담배를 말아 피우거나, 뒷닦개종이로 유용하게 쓸 뿐이었다.

비행기가 사라지는 것을 보고야 안창민은 자리에 앉았다.

「계엄이 풀렸는디도 워째 군인덜언 그대로 있을께라? 선거가 남었응께 그러는 것 아닐랑가요? 재작년 선거 때맹키로 우리헌테 방해당헐까 무서바서 말이어라.」

하대치는 조심스럽게 자기의 의견을 덧붙였다.

「예, 정확하게 보신 겁니다. 그렇지 않고서야 군대를 그대로 주둔시킬 다른 이유가 없습니다.」

안창민의 전적인 수긍에 하대치는 너무 기분이 좋았다. 자기 판단의 옳음을 확인하는 기쁨이었다. 아까도 마음으로는 계엄령 '해제'라고 말하고 싶은데 결국 입으로 나온 것은 '풀렸다'였다. 무산자 대중, 혁명적 정열, 역사의 현단계, 영웅적 투쟁, 전사의 순결, 혁명의 복무, 역사의 주역, 이데올로기 투쟁, 민족적 자주, 계급의 모순 같은 유식한 말들이 마음속에서는 들끓으면서도 막상 말로는 쉽게 되어 나오지를 않았다. 그렇다고 그 뜻을 모르는 것도 아니었다. 염상진 대장이나 안창민 선생 앞에서는 더욱 그랬다. 보란 듯이 그런 말들을 써보고 싶었지만 그럴 때마다 공자 앞에서 문자 쓴다는 말이 떠올라 입이 얼어붙고는 했다.

「요분 선거에서는 투쟁사업얼 못 벌이겄제라?」

「그렇겠지요. 지금은 적극투쟁단계가 아니라 조직의 보호육성단계니까요.」

「눈 잠 붙이시씨요. 나가 지킬 것잉께요.」

하대치는 바깥쪽으로 돌아앉았다. 그들의 옷은 때가 낄 대로 끼고, 해질 대로 해져 있었다. 얼굴도 옷만큼 지저분하고 말라 있었다. 벌써 몇 개월째 하루 두 끼를 제대로 먹지 못하고 살아낸 것이다. 그러나 눈들은 맑고 깨끗하게 형형한 빛으로 살아 있었다.

읍내에서는 벌써 선거판이 한창 벌어지고 있었다. 큰길에는 후보자들의 현수막이 가로걸이로 내걸렸고, 각 동네의 토담 벽에까지 후보자들의 사진을 박은 선전장들이 다닥다닥 붙어 있었다. 입후보자들은 자그마치 여섯이었다. 그중에 무소속은 셋이었다.

국회의원 최익승은 세무서 옆에 선거사무실을 차려놓고 20여 일 남은 선거를 진두지휘하고 있었다. 그는 서울에서 내려오자마자 서민영을 찾아갔다.

「서 선생, 어떻게, 딱 한 번만 찬조연설을 해주시오. 내 그 은혜 평생 안 잊겠소.」

최익승은 머리를 조아리듯이 조심스럽게 말했다. 서민영은 눈을 내리깐 채 거들떠보지도 않았다.

「꼭 좀 부탁합니다. 이거 얼마 안 되는데, 야학에 기부하는 거요.」

최익승이 한지에 싼 것을 내밀었다.

「가져가시오. 우리 야학은 돈이 모자라지 않소.」

무겁고도 찬 서민영의 말이었다.

「어디 두고 봅시다. 이 세상이 혼자서만 살아지나.」

최익승은 자리를 박차고 일어나며 내뱉었다.

최익승은 초장부터 속이 뒤집혀 있었다. 일진이 더러웠든지 어쨌는지 기호 제비뽑기에서 하필이면 '4번'이 나오고 말았던 것이다. 그가 못내 바랐던 것은 지난번과 같은 '2번'이었다. 그것은 당선을 안겨다준 행운의 번호였을 뿐만 아니라 눈도 둘이요, 귀도 둘이요, 손도 둘이요, 기호는 둘 최익승…… 하는 노래식 선전문구가 유권자들의 귀에 박혀 있었던 것이다. 그걸 그대로 이용하면 얼마나 좋았을 것인가. 그는 재수 없고 불길한 생각으로 뒤집어진 속이 가라앉지 않았지만 그런 기분을 드러낼 수는 없었다. 운동원들의 사기나 경쟁자들의 입질 등, 긁어 부스럼이 될 따름이었다. 넉 사야, 넉 사! 그는 아무래도 개운해지지 않는 기분을 청소하기라도 하듯 매일 아침 잠이 깨면 속으로 외치고는 했다. 그런데 그 외침에는 생략된 말이 있었다. 그것이 제대로 아귀가 맞으려면, 죽을 사가 아니라 넉 사야, 넉 사!가 되어야 하는데 그는 그놈의 '죽을

사'라는 말은 입에 올리기조차 끔찍해 '넉 사'만을 외쳐댔던 것이다.

그런데 최익승의 고민은 또 한 가지가 있었다. '4번' 기호를 가지고는 '2번' 때처럼 사람들의 귀에 쏙쏙 박히는 쉽고 그럴 듯한 선전문구를 만들어낼 수 없었던 것이다. 머리 좀 돌아간다 하는 고급참모들에게 지난번과 같은 선전문구를 빨리 지어내라고 닦달을 놓았지만 날만 계속 흘러가고 있었다. 자신이 생각해도, 팔다리는 넷이요, 돼지 다리도 넷이요, 개 다리도 넷이요, 소 다리도 넷이요, 책상다리도 넷이라, 기호는 넷 최익승, 어쩌고 할 도리가 없었던 것이다. 어떻게 된 놈의 것이 전부 아랫도리인데다가, 천한 짐승들이 태반이었다. 아무리 형편이 급하다 해도 자신의 이름 앞에 그런 것들을 끌어다붙일 수는 없는 노릇이었다. 그런 것들처럼 자신이 천해지는 기분이었다.

몸도 다 회복이 되었겠다, 제철을 만난 염상구는 물론 최익승의 편으로 신바람을 일으키고 있었다. 여섯 명이나 난립한 상황은 그의 주가를 십분 높여주었다. 그는 또한 그 상황을 자신에게 유리하게 이용할 줄도 알았다. 「하면이라, 지가 의원님 각하럴 위해 일 안 허고 누구럴 위해 일 허겠는가요. 지가 발 벗고 나섰다 허면 우리 아그덜 싹 다 발동 걸어서 싹수머리읎이 나대는 딴 후보 운동원덜부텀 쳐읊애고, 멋떨어지게 헐 수는 있는디, 근디…….」「근디?」최익승이 눈을 키웠다. 「청년단장이 아니라 감찰부장이라는께 체면이 영…….」「아, 그건 염려 말아. 내가 당장 뜯어고치게 할 거니께.」「그리 혀주시면 백골난망이고 분골쇄신허겄구만요.」염상구는 이제 막힘 없이 말했다. 「쪼오아, 쪼아.」최익승이 만족스럽게 웃어제쳤다. 「근디 보성 아그덜꺼정 다 싸잡어서 맘대로 휘둘르자면 고것이…….」「암, 알았어. 기름이 있어야 차가 가고, 석탄이 있어야 기차가 가지.」

그래서 염상구는 잃었던 청년단장 자리를 되찾았고, 거금을 받아 반을 뚝 잘라서 챙겨넣었던 것이다.

벌교·보성의 오일장은 대목장보다 더 흥청거렸다. 여기저기서 신나는 먹자판이 벌어졌다. 후보마다 술판을 벌여놓았던 것이고, 투표권을 가진 남자라는 남자는 다 장터로 몰려나와 아무 데서나 맘껏 술을 마셔 댔다. 「주는 술잉께 묵고 보드라고.」「하먼, 돈 많은 눔덜이 즈그 좋아서 돈 쓰겄다는디 쓰게 혀줘야제.」「그렇제, 우리가 술 안 묵어주먼 돈 못 쓰게 혔다고 원수 살라고?」남자들은 이 자리에서 마시고 얼큰해지고, 저 자리에서 마시고 알딸딸해지고, 다음 자리에서 마시고 곤드레가 되고, 장터를 떠날 때는 거의가 취할 대로 취해 있었다. 서너네댓씩 몰려 집으로 돌아가며 그들은 장터에서 감추었던 속을 비로소 털어놓기 시작 했다. 「하, 호로자석덜, 애국자 아닌 눔은 하나또 읎데.」「힝, 농민 안 위 허는 눔은 워디 있고?」「다 좆이나 뽈 씨벌눔덜이여. 전분에 입 달린 새 끼덜이 다 머시라고 떠벌렸어. 토지는 싹 다 농민헌테 준다, 농민언 나 라의 쥔이다, 허고 떠든 눔덜이 그눔덜이여. 근디 농지개혁은 워치케 혔 냐 그것이여, 개잡녀러 새끼덜.」「긍께 말이여. 그럼시로 또 농민얼 위 허겄다는디, 순 도적눔덜이제 머시여.」「술 얻어묵고 요런 소리 허기넌 안되얐다마넌, 찍어줄 눔 하나또 읎드라.」「말 그리 빙신맹키로 허덜 말 어. 술 얻어묵고 안되얐다니, 안되기넌 머시가 안되야, 우리넌 술얼 얻 어묵은 것이 아니라 우리 술 찾아묵은 것이여. 그눔덜이 지닌 돈이 다 머시여. 불쌍헌 우리 피 뽈고 등까죽 벳게서 모은 것이다 그것이여. 후 보자 중에 당당허니 돈 번 눔이 있으면 대부아. 싹 다 지주 아니먼 지주 네 새끼덜이 아니냔 말여. 술언 묵었어도 정신언 똑똑허니 채려, 또 당 허기 전에.」「어허이, 그 말 한분 쌈빡허니 잘혔네. 하먼, 우리 술 우리 가 찾아묵은 것이제.」「그나저나 최익승이럴 으째야 쓰까?」「으쩌기넌 으째, 요분에 야물딱지게 원수갚음 혀야제. 그눔이고 한민당이고 우리 원순께.」「하먼, 요분에 워디서나 우리 농민덜이 똘똘 뭉쳐갖고 한민당 눔덜 다 떨어띠레뿔어 짜운맛 뵈고, 우리 농민덜이 빙신이 아니란 걸 갤 차줘야 허네.」「잉, 공자님 말씸이시. 최익승이가 요분참에 당선되기넌 애시당초 글러묵었네. 그 기호럴 보소, 기호.」「그 뒤질 사짜? 하먼, 기 호맹키로 칵 뒤져야제.」「고것이 다 하늘이 미리미리 알어서 정헌 것이 시.」「최익승이 그눔언 참말로 양심이 터럭 끝맨치도 읎는 개자석이여.

우리 쉑인 것도 머시헌디, 그것도 모지래서 국회의원 권세 갖고 술도가 맹근 것 보드라고. 고것이 워디 사람이여!」

어느 후보가 집집마다 고무신을 돌리면, 다른 후보가 질세라 빨랫비누를 돌리고, 뒤따라 또다른 후보가 세수수건을 돌려댔다. 술인심만큼 후한 것이 담배인심이었고, 거렁뱅이들도 한바탕 호시절을 맞고 있었다. 그런데 누구보다도 살판이 난 것은 작년 늦가을부터 소개를 당했던 산골사람들이었다. 그들에게 뇌물공세가 집중된 것이다. 겨울을 움막에서 난 그 사람들은 하나같이 거지꼴이었고, 지칠 대로 지쳐 있었다. 추위에 아이를 얼어죽인 사람이 있는가 하면, 돈벌이 일자리를 찾지 못해 아이를 굶겨죽인 사람도 있었고, 해동이 되면서 그들이 끼니때에 맞춰 쪽박을 들고 읍내 안통으로 몰려든 것은 거의가 아는 일이었다.

그런데 술판도 벌이지 않고, 물건도 돌리지 않는 유일한 사람이 있었다. 기호 '3번'인 무소속의 안창배였다. 입후보자들 중에서 나이가 제일 젊은 그는 낙안벌의 안씨 문중을 배경으로 삼고 있었다. 안창민과 같은 항렬인 그는 광주에서 변호사를 하다가 이번에 고향을 찾아내려와 출마를 한 것이다. 그도 물론 지주의 아들이었지만 그의 아버지 재산은 500석 정도라서 큰기침하는 지주축에 들 수가 없었다. 낫에 찔려 죽기 직전에 정현동이 소작인들 앞에서 손가락 끝으로 넓은 네모를 당당하게 그려보이며 「봉림 안씨, 회정 박씨헌테 200말뚝을 사딜였다」고 한 봉림 안씨가 바로 그의 아버지였다. 그러나 광주에서 사는 그는 농지개혁을 앞두고 자기 아버지가 그런 거래를 했는지 몰랐고, 그 여파로 살인사건이 벌어졌다는 것은 더구나 모르고 있었다. 출마를 결정하고 나서 벌교에 내려와 그 사실을 알게 된 그는 난감해지지 않을 수 없었다. 그렇다고 그 일로 출마를 포기할 수도 없는 일이었다. 그 일이 자기에게 미칠 영향이 어느 정도인지 그는 직접 나서서 조사했다. 그 동네사람들은 죽은 정현동만 욕해댈 뿐 자기 아버지나 또다른 지주 박씨에 대해서는 별다른 관심이 없었다. 지주들이 너무 잘못을 저질러 자기 아버지의 잘못 정도는 덮어지는 것인지, 농지개혁으로 그나마 농지를 분배받아 사람들은 그 일을 잊어버린 것인지, 그는 변호사다운 분석력을 동원했지만 속 시원한 까닭을 찾아낼 수 없었다. 소화의 굿판에서 일어난 일을 모르고 있는 그로서는 당연한 일이었다. 어쨌거나 그는 큰 다행으로 여기고 선거운동에 열중할 수 있었다.

그가 유권자들 앞에 내세울 수 있는 것은, 하늘의 별 따기보다 어려워 누구나 두세 번 낙방은 예사로 하는 법관시험을 한 번으로 합격했다는 것이고, 검사생활 1년 만에 변호사로 돌아서 친일을 하지 않았다는 것이고, 새 나라의 정치를 바르게 하려면 때묻지 않은 새 사람을 국회로 보내야 한다는 것이었다. 그러나, 머리 좋다는 것은 어린애들 같은 촌스러움이고, 친일행위를 하지 않은 건 분명하지만 투쟁적인 변호사 노릇을 한 것은 아니었고, 새 사람이라고 강조하고 있지만 장유유서의 인습 사회에서 젊다는 것이 약점이라는 것까지 그는 알고 있는 터였다. 그는 '새 사람'을 자칭한 이상 술판을 벌이거나 선물공세를 할 수가 없었고, 다섯 명의 경쟁자들 행위를 역공세함으로써 자신의 입장을 만회하는 작전을 쓰고 있었다. 그는 운동원들에게 그저 '기호 3번 새 일꾼 안창배'만을 외고 다니게 하는 한편 자신은 젊은 기운을 쏟아 동네마다 집집마다 한 집도 빼놓지 않고 찾아다녔다. 깊이 인사했고, 손을 잡았다. 그리고, 주는 건 무엇이고 다 받아쓰고 받아먹으라고 했다. 그러나 찍을 때만은 진짜 깨끗한 사람, 일할 사람을 찍으라고 했다. 그래야만 받아먹고 받아쓴 것이 잘못이 안 되는 거라고 역설했다. 술판도 벌이지 않고, 선물도 돌리지 않는 그는 분명 다른 후보들에 비해 이색적으로 보이긴 했지만 중반을 넘어서고 있는 고비에서 역시 판세를 장악하고 있는 것은 현역인 최익승이었다.

안창배는 초조해지기 시작했다. 출마할 때 꼭 당선되리라는 생각은 없었다. 다음을 위한 연습이라는 생각이 반은 차지하고 있었다. 그런데 막상 뛰어들고 보니 날이 갈수록 승부욕은 커져 연습이라는 생각을 잡아먹어갔다. 승부욕은 꼭 당선되어야 한다는 욕심으로 바뀌었고, 그 욕심은 또 강박감으로 바뀌어 그를 괴롭혔다. 질 때 지더라도 최선을 다해

보고 져얄 것 아니냐, 서민영 선생을 찾아가라, 어서 찾아가! 강박감은 그를 떠밀어댔다. 그는 고민고민하다가 마침내 찾아가기로 결심했다.

「선생님, 저를 좀 도와주십시오.」

서민영의 성질을 아는 까닭에 안창배는 여러 말 앞뒤에 붙이지 않고 솔직하게 필요한 말만 했다.

「자네 소식 듣고 있네. 정치로 나서다니, 어쩌려고?」

서민영의 느리고 낮은 말이었다.

「변호사로 돌아설 때와 같은 심정입니다.」

서민영의 눈길이 서서히 안창배에게로 옮겨졌다. 안창배는 포박당하는 느낌으로 무릎 위에 올린 주먹 쥔 손에 더 힘을 주었다. 검사의 괴로움을 토로해 왔을 때, 조선사람으로 괴로운 건 당연한 것이고, 괴로움을 느꼈으면 돌아서게, 했던 자신의 말과, 지체 없이 결행을 했던 청년 안창배를 서민영은 떠올리고 있었다.

「정치에 자신이 있는가?」

「없습니다.」

「헌데 무얼 어쩌려고?」

「제 몫만이라도 지켜볼 작정입니다.」

독서모임에서와 야학을 돕던 안창배를 기억 속에서 더듬으며 서민영은 보일 듯 말 듯 고개를 끄덕이고 있었다.

「왜, 최익승을 이기기 어렵겠나?」

「그런 느낌이 듭니다.」

「내가 어찌 도우라는 것인가?」

「제가 어찌 그것까지…….」

서민영은 고개를 숙였다. 한참 동안 침묵이 흘렀다.

「그래, 한몫만 제대로 해내도 큰 힘이지. 이런 타락, 협잡선거에서 올바른 방법으로 이기는 것부터가 그 일을 하는 것이지. 기왕 나서는 김에 내가 자네 찬조연설을 하지.」

「선생님!」

안창배는 두 손으로 방바닥을 짚으며 허리를 꺾었다.

「내가 연락을 해둘 테니 병원 전 원장님을 찾아뵙게.」

「예에…….」

선거전 양상은 후반으로 접어들면서 뒤집히기 시작했다. 사람들 입에서 기호 3번이 빈번하게 오르내렸고, 반대로 아이들 입에서까지 '죽을 사 최익승, 뒤질 사 최익승'이란 말이 가락을 맞추게 되었다. 여기저기서 폭력사태가 일어난 것은 그 즈음부터였다. 김종연이 술기운에 입바른 소리를 해대다가 서너 명에게 둘러싸여 매타작을 당해 이빨이 두 개나 부러져나갔다. 마삼수도 최익승의 험담을 늘어놓은 다음날 끌려나가 몰매를 맞고 논바닥에 처박혔다. 자애병원 전 원장은 하루에도 열 번이 넘게 전화로 공갈협박을 당했다. 그럴수록 전 원장은 환자들을 상대로 선거운동에 열을 올렸다.

그런 사태가 벌어질 때마다 민심이 돌아서고 있는 속에서 최익승은 돈을 그야말로 물 쓰듯이 하고 있었다. 돈으로 표를 사려는 마지막 몸부림이었다. 그런 치열한 대결의 닷새가 지나고 마침내 5월 30일이 다가왔다. 제2대 국회의원 선거날이었다.

투표가 실시되는 두 국민학교 운동장까지 막걸리통이 즐비했다. 남자들은 너나없이 막걸리를 서너 사발씩 들이켰고, 어김없이 '기호 넷 최익승'이란 말을 듣고 고개를 끄덕이며 투표장으로 들어갔다. 그 술판은 투표가 끝나는 해질녘까지 계속되었다. 아침부터 다른 후보들의 항의가 강력했지만 전혀 먹혀들지 않았다. 투표장의 분위기로 보아 최익승의 재선은 의심할 여지조차 없었다.

개표가 군청에서 시작되었다. 초반부터 안창배와 최익승의 싸움으로 판도가 드러났다. 서로 앞서거니 뒤서거니 하던 표는 10시가 넘으면서부터 안창배 쪽으로 말뚝을 박기 시작했다. 그리고 새벽 2시에 완료된 개표결과는 안창배의 당선이었다. 1,200표의 차이였다. 안창배는 압승을 한 것이고, 최익승은 참패를 한 것이었다. 다음날 아침 이 소식이 읍내 전체에 퍼지자 읍민들은 기다리기라도 했다는 듯 목소리 높여 최익승을 향해 욕을 퍼부었다. 그러기는 보성에서도 마찬가지였다.

「선생님, 다 선생님의 덕이었습니다.」

안창배가 머리를 조아렸다.

「무슨 소린가, 민심의 심판일세.」

서민영은 지그시 웃음 짓고 있었다.

신문들은 전국의 선거결과를 보도했다. 먼저 돌출시킨 것이 여당인 대한국민당의 참패였다. 국민당은, 대통령이 되고 나서 한민당에 등을 돌려버린 이승만을 옹립하며 결성된 의석 70석을 차지하고 있었던 여당이었다. 그런데 이번 선거에서는 겨우 22명의 당선자를 냈을 뿐이다. 그다음으로 주목을 끄는 것이 한민당계였다. 절대다수 대중들에게 배척을 당하는 가운데 이승만한테까지 버림을 받게 된 한민당은 궁여지책으로 민주국민당으로 변신을 꾀했다. 그런데 선거결과는 고작 23명의 당선이었다. 거기에 맞서서 무소속의 당선자는 자그마치 126명이나 되었다. 선거결과는 대통령 이승만에 대한 불신과 친일지주 중심인 한민당 계열의 배척을 분명하고도 선명하게 드러내보이고 있었다. 이변은 벌교·보성지구에서만 일어난 것이 아니라 전국에 걸쳐서 일어났던 것이다. 그리고 그건 이변이 아니라 서민영의 말마따나 '민심의 심판'이었다.

10
아, 내가 잘못 생각한 것이다

　손승호가 경찰에 끌려갔다. 그리고 그가 근무하던 출판사가 문을 닫았다. 사상적으로 불온한 서적을 출판했다는 혐의를 받고 있었다.

　김범우는 면회를 시도했지만 뜻대로 되지 않았다. 일단 '사상'에 관계되는 한 경찰의 통제와 폐쇄는 철저했다. 그리고, 경찰은 기자라는 존재를 '주의자'만큼이나 적대하고 꺼렸다. 담당형사를 아무리 회유하려 했지만 손승호의 면회는 가망이 없었다. 담당형사의 태도는 사무적인 책임감 때문만이 아니라 개인적인 감정으로도 주의자들을 사람 취급할 수 없다는 뜻이 확고했다. 경찰 거의가 품고 있는 그런 감정은 이북체제에서 친일경력의 경찰들을 절대 용납하지 않았다는 사실과 맥을 함께하고 있었다. 그러기는 대부분의 군인 장교들도 마찬가지였다. 면회할 길이 막혀버린 김범우는 막연한 기분으로 자신의 주변을 두리번거렸다. 서대문구치소 미결감으로 넘겨진 이학송의 면회도 안 되고, 그 길을 뚫을 만한 사람이 자신의 주위에서는 쉽게 찾아지지 않았다. 김범우가 궁색하게 생각해 낸 사람은 《서울신문》의 민기홍이었다. 그가 사회부 기자니까 혹시 선이 닿는 형사가 있을지도 모른다는 생각이 들었다.

「나도 이 형의 면회 두어 번 시도했었지만 실패였소.」

민기홍이 고개를 저었다. 그 쓴웃음이 어린 얼굴을 바라본 채 김범우는 더 할 말이 없어지고 말았다. 반공세력화한 막강한 경찰력과 사상범죄가 그 어떤 범죄보다 혹독하게 다루어지고 있는 현실을 다시 실감할 뿐이었다.

「손승호 씨가 어떤 조직에 가담해서 활동한 것이 아니고 출판사 직원으로 잡혀 들어간 것이면 그다지 염려하지 않아도 되지 않겠소? 다 검열받을 것을 전제로 하고 있는 출판물이 불온하면 얼마나 불온하겠소. 경찰들의 건수 올리기 과잉 단속일 테지요.」

「글쎄요, 경찰들의 행위야 그렇지만 일단 사상적으로 혐의를 받은 이상 경찰에서 두들기기부터 할 것이고, 어떤 사건이라도 조작해서 얽어 넣으려고 하지 않겠습니까?」

김범우는, 이학송의 소개로 손승호가 그 출판사에 취직한 것이 혹시 문제가 될지도 모르지 않느냐는 말은 하지 않았다. 너무 비약인 것 같고, 또 민기홍의 관심을 끌 만한 이야기도 아닐 듯싶기도 했던 것이다. 민기홍은 사회부 기자를 하면서도 세상 돌아가는 현상에 대해서는 언제나 일정한 거리 밖에서 바라보고, 그리고 조소를 보내고 있는 것 같은 냉담한 태도를 드러내고 있었다. 비웃는 것도 같고, 무시하는 것도 같은 미묘한 그의 코웃음은 사색적인 얼굴과 함께 그런 인상을 더 진하게 했다.

「그야 뻔한 일 아니겠소. 그자들이야 다시 일정시대 같은 권력을 확보하는 게 목적이니까요.」

「도대체 이놈의 세상을 어찌해야 좋을지, 환멸스러워 살 수가 없는 노릇이군요.」

「글쎄요, 일말의 양심을 가진 지식인치고 해방 이후의 현실에 대해 환멸하지 않은 사람이 없겠지만, 환멸은 환멸일 뿐이지 무슨 방도가 되겠소? 김 형이나 나나, 뭘 좀 배우고 생각할 줄 안다는 식자층들은 현실

속에서 이미 허수아비요. 이것이냐, 저것이냐 하는 이분론적 선택밖에 없는 현실 속에서 이러지도 저러지도 못하는 지식인들이 할 일이란 아무것도 없소. 혼자 고민해 봤자 공염불이고, 서넛이 모여앉아 고민해 봐도 공염불이오. 양심상 현실세력에 가담할 수도 없고, 그렇다고 대항하자니 좌익으로 몰아치는 정치적 올가미가 목을 낚아채고, 이런 상황 속에서는 아무짝에도 쓸모없는 지식인적 고민은 할 필요가 없소. 다만 한 가지 방법이 있다면, 대중의 한 존재로서 현실을 올바로 지켜보는 일밖에 없다는 생각이오.」

민기홍은 가운뎃손가락으로 안경의 코걸이를 밀어올리며 김범우를 쳐다보고 있었다.

「그게…… 대중의 앞에 서지 못할 바에는 대중의 삶이나 제대로 살라는 뜻인가요?」

「뭐, 꼭 그런 뜻이라기보다…… 내 생각으로는 이놈의 세상이 달라지는 데는 한 가지 방법밖에 없을 것 같소. 그게 뭔가 하면, 기왕 썩은 세상이니까 한 이삼 년 더 푹푹 썩게 내버려두는 거요. 권력이 썩을 대로 썩다 보면 제물에 무너지게 될 거고, 그러는 동안에 대중들의 불만과 불신은 쌓일 대로 쌓여 폭발하고, 그렇게 되면 자연스럽게 세상이 뒤집어질 것 아니겠소. 종기야 곪을 대로 곪아야 뿌리가 빠지는 법이니까요.」

「글쎄요, 그게 이삼 년이 아니라 이삼십 년이 걸리면 어찌 됩니까?」

「글쎄, 장담할 수 없는 일이긴 하지만, 돌아가는 형편으로 보아 이런 식의 권력의 횡포와 부패를 대중들이 그렇게 오래 참으리라 생각되진 않소.」

민기홍은 묘한 웃음을 흘리며 물잔을 입으로 가져갔다.

경찰력으로 대표되는 안하무인격인 권력의 횡포는 갈수록 대중들의 원성의 대상이었고, 돈이면 안 되는 것이 없는 각종 관공서의 부패는 점점 더 심해지고 있는 실정이었다. 그렇다고는 하나 민기홍의 말은 막연한 것이었다. 그러나 또 틀린 말도 아니었다. 권력지배층에 대한 대중의 반감이 고조되면서 광범위하게 일체감을 이루게 되고, 그러면서 권력이 부패하고 타락해서 자체 균형을 상실하게 되면, 그건 사회혁명이 일어날 수밖에 없는 필연적인 계기가 되는 셈이었다. 역사의 많은 사례가 그 것을 입증하고 있었다. 그런데, 민기홍이 그 시기를 이삼 년으로 점치고 있는 것에 대해 김범우는 다소 놀라움과 함께 의문을 갖지 않을 수 없었다. 어떤 예감이나 예견이 꼭 객관적 구체성을 띠는 것은 아니라 하더라도 그 나름의 근거는 있게 마련이었다. 민기홍은 사회부 기자였고, 그 나름의 판단력을 가진 사람이었다. 더구나 그가 흘린 묘한 웃음은 어떤 자신감의 표현처럼 느껴졌던 것이다.

「이삼 년이라고 한 데는 무슨 근거라도 있으신 겁니까?」

김범우는 신중하게 물었다.

「있소, 지난번 국회의원 선거요.」

민기홍의 어조는 확신에 차 있었고, 김범우는 선거결과를 한순간에 떠올렸다.

「그 선거결과가 현 정권을 전적으로 부정하는 놀랄 만한 결과였던 건 분명합니다. 그런데…….」

「김 형은 어찌 생각하는지 모르지만 나는 지난번 선거가 이성적 대중혁명이라고 생각하고 있소. 선거결과는 대중들이 얼마나 제대로 된 정치를 원하고 있는가를 표현한 것임과 동시에 현 정권에 보내는 마지막 경고인 것이오. 현 정권이 그 민의를 제대로 파악하지 못하고, 각성하지 못할 때 대중들은 어떻게 하겠소. 그때는 행동적 대중혁명을 일으키는 일밖에 남지 않았소. 권력의 횡포와 부패가 시정되지 않고 이런 식으로 계속되었다간 대중들은 다음 선거 때까지 기다리지 않을 거라는 게 내 생각이오. 여당이나 한민당 계열의 공공연한 금품매수를 물리치고 선거결과가 그렇게도 의외였던 것은 그만큼 대중들의 정치의식이 높고, 정치욕구가 강하다는 증거 아니겠소. 그런 대중들은 정치인들의 타락이나 전력의 배신을 용납하지 않을 것이오.」

그러니 해결도 되지 않을 쓸데없는 지식인적 고민 집어치우고 대중의 한 사람으로 정신이나 똑바로 차리고 살아가다가 그런 시기가 닥치면 행동이나 제대로 하라는 민기홍의 생략된 말을 김범우는 찾아내고 있었다.

「민 선배님 말씀에 수긍이 갑니다.」

「하여튼 고민스런 세상인 건 틀림없고, 이대로는 안 된다는 사실 또한 틀림없는 것 아니겠소. 이 형이나 손승호 씨 문제도 다 그 테두리 안에서 야기되는 권력의 폭력이오. 나로서도 당장 어쩔 수가 없으니 좀 두고 봅시다.」

민기홍은 시계를 들여다보았다.

「바쁘실 텐데 이거 시간을 너무 지체했습니다.」

김범우는 먼저 몸을 일으켰다.

「피차일반인 직업 아뇨.」

민기홍이 웃음 지으며 일어섰다. 김범우는 그 웃음에 왠지 적막함을 느꼈다.

멍이 든 손승호의 얼굴은 퉁퉁 부어올라 있었다. 어제 취조를 받으면서 양쪽 볼을 어찌나 얻어맞았던지 밤을 새고 나니 코가 없어질 정도로 얼굴이 부어오른 것이다.

「밤새 잘 생각했겠지? 오늘은 바른 대로 대. 느네 사장 남로당 직책이 뭐야.」

형사는 나직하지만 질긴 목소리로 물었다.

「어제 말한 대로, 모릅니다.」

손승호는 눈길은 떨어뜨린 채 대답했다.

「이쌔애에끼! 뒈지고 싶어!」

형사가 책상을 내려침과 동시에 소리를 질러댔다. 손승호는 이를 악물며 눈을 질끈 감았다. 또 볼을 칠까 봐 일어난 반사작용이었다. 그러나 그는 신음을 삼키며 맞물었던 어금니를 떼어버렸다. 뺨을 너무 맞아 이뿌리가 모두 들떴는지 갑자기 솟는 시고 아린 통증을 견딜 수 없었던 것이다.

「너, 볼 다 터지고, 이빨 다 빠지기 전에 순순히 불어. 느네 사장 남로당 직책이 뭐였어.」

「정말 모릅…….」

「개애새끼!」

말을 끝내기도 전에 형사의 손바닥이 손승호의 왼쪽 볼을 후려쳤다. 눈에 불이 번쩍 일며 비명이 울컥 솟아올랐다. 그러나 비명이 입 밖으로 터져나오지 못하도록 손승호는 주먹을 부르쥐며 참아냈다. 어제부터 꼭 따귀만을 때리는 형사놈에게 첫 번부터 비명을 들려주고 싶지는 않았던 것이다. 그러나 볼에 느껴지는 통증은 어제와는 사뭇 달랐다. 어제는 타격이 가해지는 순간의 아픔이 지나면 얼얼하고 화끈거리는 통증이 남았는데, 오늘은 타격당하는 순간의 아픔도 어제보다 훨씬 심할 뿐 아니라 뒤에 남는 통증도 쏙쏙 아리고 속살을 후벼파는 것 같아 견디기가 어려울 지경이었다.

「이새끼, 그럼 네놈 직책은 뭐였어?」

「직원일 뿐…….」

「닥쳐!」

이번에는 오른쪽 볼에 주먹이 날아왔다. 손승호는 코로 신음을 흘리며 손바닥으로 볼을 감쌌다. 어제부터 형사는 오른손으로 손승호의 왼쪽 볼을, 왼쪽 주먹으로 오른쪽 볼을 번갈아가며 후려치고, 갈겨대고 했다. 그래서 주먹으로 맞은 손승호의 오른쪽 볼에는 멍이 더 많이 잡혀 있었다. 저 죽일 놈이 어쩌자고 얼굴만 이리 때리는 것인가. 이놈아, 차라리 몽둥이질을 해라. 손승호는 통증과 함께 끓어오르는 모욕감으로 가슴이 푸들거리는 증오에 떨고 있었다.

「이새끼, 엄살 떨지 말고 똑바로 앉아. 빨갱이새끼들이 아무리 독하다 해도 우리 손에 안 잡혔을 때나 통하는 얘기지 일단 우리 손에 잡힌 이상 그 독기 안 꺾이는 놈들 하나도 없어. 느네놈들 독기 빼는 방법이야 얼마든지 있어. 골병 다 들고 나서 불지 말고 피차에 좋게 어서 불어, 남로당 직책이 뭐야.」

「…….」

손승호는 더 대꾸할 필요를 느끼지 않았다.

「이새끼, 내 말 안 들려!」

형사가 벌떡 일어서며 손승호의 왼쪽 뺨을 후려갈겼다.

「어크으으으…….」

손승호의 입에서 비명이 터지며 몸이 오그라들었다. 그리고 책상 위로 피가 뚝 뚝 뚝 떨어져내렸다. 그 선연하게 새빨간 핏방울들의 떨어져내림을 손승호는 꼼짝도 하지 않고 내려다보고 있었다. 아아, 너 같은 친일파놈에게 내가 이런 치욕을 당하다니, 너 같은 민족반역자들이 이 땅에 도대체 몇이냐. 내가 이렇게 견딜 수 없을 때, 독립운동을 한 사람들이 공산주의자라는 이유로 네놈들한테 이런 꼴을 당한 그 심정이 어떠했을까. 아, 도대체 이게 무슨 꼴이냐, 이게 무슨 나라냐. 내가 잘못 생각한 것이다, 내가 잘못 생각한 것이다. 해방이 되자마자 너 같은 놈 하나를 죽이고 나도 죽었더라면 얼마나 의미 있는 죽음이었을 것이냐. 너 같은 종자들이 150만, 나 같은 생각을 하는 사람이 150만이라면 이 땅은 깨끗해지는 것이 아니냐. 네놈을 죽일 무기만 있다면 네놈을 당장 죽이고 나도 죽고 말겠다, 정말이지 죽고 말겠다.

「이새끼, 고개 쳐들고 코 막어!」

형사가 손승호의 머리카락을 움켜잡아 고개를 뒤로 젖혔다. 그리고 손승호의 손에 솜뭉치를 쥐어주었다.

『친일문학과 민족정신의 훼손』이란 책이 어쨌단 말이냐. 그것이 얼마나 중요하고 잘 쓴 내용의 책인데, 네놈들이 빨갱이 짓으로 몰아친단 말이냐. 이거야말로 친일파놈들이 작당해서 꾸며대는 가당찮은 연극이다. 각계각층에 도사리고 있는 친일파·민족반역자들은 저희놈들을 서로서로 보호하기 위해 이런 식으로 작당을 하고 있는 것이다.

아, 편집을 하고 교정을 보았을 뿐인 나를 이렇게 다룰 때 정작 필자와 사장은 어떻게 다루고 있을 것인가. 그들은 이미 사경을 헤매고 있는 건 아닐까. 나보다 나이가 아래였던 필자 신기식, 그는 원고를 쓸 때 이런 수난이 닥칠 것을 예상했고, 각오했던 것일까. 책으로 남겨질 이유가 분명한 그 내용과, 나보다 나이 적은 사람이 그런 막중한 일을 해냈다는 사실 앞에서 나는 얼마나 부끄러움과 열등감을 느꼈던가. 신기식이여, 당신이 해낸 그 장한 일에 비하면 이까짓 수난쯤 아무것도 아닌 것이다. 마땅히 칭송을 받아야 될 일을 해놓고도 정작 범죄 당사자들 손에 이런 꼴을 당하는 어처구니없는 현실이지만 현실이 이럴수록 그런 책은 더 필요한 것 아니겠소. 견디시오, 꿋꿋하게 견디시오. 나도 당신의 책을 만든 보람만으로 이 수모와 분함을 견딜 이유가 충분하다고 생각하오.

손승호는 건건하고 비릿한 피를 자꾸 목으로 넘기며 신기식이 해낸 일의 의미를 되새기고 있었다.

「요런 시건방진 새끼, 친일파가 느네 할애비를 죽였냐, 애비를 죽였냐, 어디다 대고 시비냐 시비가. 내가 친일을 하고 싶어서 한 것이 아니다, 내 한 몸 버려 민족과 나라에 다소나마 이익이 될 수 있다면 나를 희생해도 좋다는 생각으로 나선 것이다. 이런 유명한 이광수 선생의 말씀을 니놈은 듣지도 못했어! 바로 그런 애국자들을 친일파다, 민족반역자다, 하고 물어뜯는 놈들은 다 빨갱이새끼들이야. 너 이새끼, 코피 그칠 동안에 자백할 생각이나 해둬.」

형사가 손승호의 머리를 쥐어박고 돌아섰다.

가지가지 봄꽃들이 시새움하듯 제각기 맘껏 꽃피움했다가 시나브로 시나브로 시든 꽃잎들을 떨어뜨리면서 파릇파릇 새 잎들을 피워내며 봄을 떠나보내고 6월이 시작되면 들녘의 훈기는 여름을 알리면서 봇도랑 온기 품은 물속에는 배불뚝이 올챙이들이 하나뿐인 꼬리를 부산스레 흔들어대며 용케도 헤엄질을 치고 있었다. 갓 깨어난 병아리들이 노오란 주둥이들을 열어 삐약거리며 어미닭을 좇아 종종걸음을 치고, 북으로 북으로 추위를 몰아내는 남풍에 실려온 제비가 집짓기에 분주한 날갯짓을 쉴 틈이 없을 즈음이면 모든 농가들도 일손이 모자라 토방에서 게으른 낮잠을 자고 있는 검둥이의 엉덩이도 차서 일으킬 지경이었다.

고읍들녘이고 중도들판이고 모내기가 한창이었다. 논 여기저기에 머리를 맞댄 사람들이 열댓 명씩 오글거리고, 「어허어이, 담 줄을 놓세그려어!」「얼싸 조옿네, 심얼 쓰소오!」 모내기줄을 맞들어 옮기느라고 화답하는 소리가 어기차게 울려퍼지며 긴 여운을 남기는 들녘에는 모의 초록빛만큼이나 싱싱한 생기가 살아올랐다. 추수를 앞둔 들녘이 온통 황금빛으로 물들어 가비얍은 바람결에 넘실거리는 것이 장관이라면, 넓다나 넓은 흙덩이일 뿐인 땅에 사람들의 생기가 어우러져 푸른빛으로 채워져가는 모내기도 그에 못지않은 장관이 아닐 수 없었다.

소작인들은 비록 장리변을 내서 치르는 모내기였지만, 모내기를 하는 마당에서는 빚걱정 말끔히 잊고 일손에만 신명이 올랐다. 빚에 쪼들릴 때 쪼들리고, 소작료를 빼앗길 때 빼앗기더라도 그들은 하늘의 뜻에 따른 일의 즐거움에 만취하는 것이었다. 장인이 일 자체의 의미에 몰입하는 것처럼. 그런데 금년의 모내기는 예년과 달랐다. 농지개혁이란 것이 비록 기대했던 것만큼 논마지기가 많지 않았고, 생각했던 것보다 위치가 달라지긴 했지만, 이제 자기네 논밭에 자기네 농사를 짓게 된 것이다. 앞으로 5년 동안 상환금이 남아 있기는 했지만, 끝도 한정도 없이 빼앗겨야 하는 소작료에 비하면 그건 전혀 근심거리일 수가 없었다. 그래서 금년의 모내기는 어느 때 없이 활기차고 신바람났고, 그 기운이 들녘마다 넘쳐 들녘에는 팽팽한 꽹과리 소리가 파문을 짓고, 탄력 좋은 잡가타령이 물여울을 이루었다.

계엄군 병력 반이 역 앞마당에 집결해 있었다. 그들은 마침내 주둔지 보성군을 떠나는 참이었다. 송별식을 마친 100여 명은 차례로 역을 빠져나갔다. 그들의 뒤를 읍장을 위시한 관공서 장들과 유지들이 따랐다.

기차가 성난 황소처럼 검은 몸체를 플랫폼으로 디밀어왔다.

「중대에, 차려우왓! 사령관님을 향하야 받드러으총!」

인솔자 강 상사가 구령을 붙였다. 사병들이 기계처럼 동작을 하고, 백남식이 경례를 받았다.

「장병 제군, 목적지까지 질서정연하게 행동하기 바란다. 이상.」

다시 받들어총의 경례가 끝나고, 강 상사가 사병들을 향해 소리쳤다.

「1분대부터 승차!」

군인들은 빠른 동작으로 줄지어 기차에 오르기 시작했다. 그들이 다 타자 기차는 곧 출발했다. 읍장 이하 유지들은 멀어지는 기차를 향해 손들을 흔들었다. 그러나 백남식 혼자만은 꼿꼿이 선 채 기차를 응시하고 있었다. 그의 단단한 체구는 더 야무져보이고, 그 미동도 하지 않는 똑바른 자세는 그 누구도 감히 범접할 수 없도록 엄격성을 지닌 표본적인 군인의 모습이었다. 그러나 그의 속은 겉과는 정반대였다. 계엄령이 해제되면서 계엄사령관이란 직책이 주둔군지휘관으로 변했고, 그에 따라 손아귀에 쥐고 있던 막강한 권한이 하루아침에 사라지는 허망한 꼴을 당했는데, 이제 병력마저 반으로 줄어들고 말았으니 꼴은 더욱 초라하게 되고, 그는 허전함과 함께 누구에겐지 모를 울화를 씹어대고 있었다. 내가 저 기차로 떠났어야만 체면 유지가 되는 건데……

그는 중도들판을 가로지르고 있는 기차를 바라보며 어금니를 물었다. 그런데 연대의 명령은 '별명이 있을 때까지 주둔하라'는 막연하고 울화통 치미는 것이었다. 빨갱이놈들은 눈 씻고 찾아도 없다고, 다 섬멸된 것이 틀림없다고 보고했지만 상부에는 먹혀들지 않았다.

백남식은 자신의 속이 그럴수록 더 당당하게 걸어 역을 나갔다. 그러면서 그는, 할 일도 별로 없는데 그 일이나 해치울까 하는 생각을 했다. 그건 아무리 생각해도 꿩 먹고 알 먹는 일임에 틀림이 없었던 것이다. 마음만 먹으면 당장에라도 해치울 수 있게 되어 있는 일이었다. 그는 살이 부푸는 걸 느끼며 침을 꿀떡 삼켰다.

토벌대장 임만수는 국회의원 선거가 끝난 직후 떠나갔다. 그는 떠나기 전에 남들에게 웃음거리가 된 곤욕을 한바탕 치렀다. 남원장 춘심이가 애를 뱄다며 그의 옷깃을 틀어잡은 것이다.

「아니 요런 미친년 봤나. 기생년 뱃속에 든 아새끼가 누구 새낀지 알게 뭐야. 내 새끼라는 증거를 대, 이년아!」

임만수는 푹 꺼진 콧등에 있는 대로 주름을 잡으며 눈을 부릅떴다. 여자를 곧 걷어차기라도 할 기세였다.

「고것이 무신 복장 터지는 억울헌 소리다요. 나가 임 대장님 봄서부텀은 몸 깨끔허니 간수헌 것이야 우리 식구덜이 다 아는 일인디, 위째 인자 와서 나럴 잡년 맹글고 그요. 분허고 억울허요.」

춘심이는 몸을 사려가며 눈물 젖은 목청을 뽑아냈다. 그녀의 말은 전혀 거짓이 아니었다.

「이년아, 아가리 닥쳐! 너희들이야 다 한패거리니까 네년 편드는 것이야 뻔한 일이고, 요새 기생년이 한 남자만 보는 년이 어디 있어. 그것도 말이라고 씨부리면서 날 골탕 먹일려고 해? 이년을 그냥!」

임만수는 얼굴을 험악하게 일그러뜨리며 주먹을 치켜들었다.

「음마, 음마, 고것이 무신 쌍시런 소리다요. 잡기생만 드글드글헌 서울서 살다 봉께 나도 잡년으로 뵈는갑는디, 여그넌 전라도땅이요, 전라도땅. 시상이 지아무리 변혀도 안직꺼정은 시퍼런 춘향이 절개 지킴서 기생질해묵는다 그 말이요.」

새침해진 춘심이는 주인여자 옆에 붙어서서 야무지게 입을 놀렸다.

「와따 우리 춘심이 말 한분 찰방지고 쌈빡허니 자알헌다. 하면, 전라도라 춘향이골 기생이면 절개 하나야 평양기생이 당허겄냐, 진주기생이 당허겄냐. 그 절개 깨끔헌 것이야 나 염상구가 보징 스제.」

염상구가 과장된 몸짓을 하고 들어서며 목청을 드높이고 있었다. 그는 주인여자가 뒤로 보낸 사람의 연락을 받고 오는 길이었다.

「아 염 단장, 마침 잘 왔소. 아 글쎄 저년이 재수 없게 내 새낄 뱄다고 저 억지니 어떻게 좀 해보시오.」

임만수는 아무 영문도 모르고 반색을 했다.

「워메, 아무리 천헌 기생이라도 이년 저년 허지 마씨요. 나도 어메 아베 있는 몸이고, 투표권도 있는 몸이요.」

어느새 춘심이가 기를 세우며 내쏘는 말이었고, 둘러선 기생들도 안심이 된 얼굴로 킥킥거리며 웃었다.

「나가 묻겄는디,」 염상구가 임만수와 춘심이의 중간쯤으로 들어서며 목청을 가다듬고는, 「춘심이 니 참말로 임 대장님 애럴 뱄냐?」 마치 재판관 같은 태도로 물었다.

「야아, 하늘이 내레다보고 있구만요.」

춘심이가 공손하게 대답했다.

「어이 월매, 쟈가 그동안에 임 대장님 한 사람만 본 것을 자네가 보징슬 수 있겠는가?」

염상구는 주인여자에게 물었다.

「하면이라, 열 분이라도 스제라.」

「아니 염 단장, 지금 뭘 하는 거요?」

임만수가 염상구의 팔을 붙들었다.

「어허, 멀 허는지 보면 몰르겠소? 꾀인 일 잘 해결 보자는 것 아니겄소?」

염상구가 가는 눈으로 임만수를 쏘아보듯 했다. 임만수가 무슨 말을 하려다가 고개를 돌렸다.

「허면, 춘심이 뱃속에 든 것이 임 대장 씨가 영축읎는디, 그려, 춘심이 니년 멀 워째 도라는 것이냐.」

「긍께, 머시냐…… 법도대로 머리 올레갖고 서울로 딜고 가든지, 그리 못허먼 아그 키우고 살 밑천얼 장만해 내든지 혀야제라.」

춘심이는 작은 목소리로 그러나 모두가 다 듣게 또박또박 말했다.

「아니, 저년 뻔뻔하기가 소가죽 낯짝이네. 이년아, 할 때마다 화대 꼬박꼬박 받아챙겼으면 애새끼 배고, 안 배고는 니년이 책임질 문제 아니냔 말야. 이런 쌍년이 어디다 대고 개소리 치고 지랄이야, 이거.」

임만수는 곧 춘심이에게로 내닫을 기세였다.

「어허, 점잖찮게 이러덜 마씨요. 임 대장이 하로밤 번개썹을 헌 것도 아니겄고, 얼굴이 맘에 들었든지 니노지가 맘에 들었든지 간에 춘심이가 맘에 들어 멫 달이고 끼고 자다가 애럴 밴 것잉께 뒤끝을 깨끔허니 허고 떠나는 것이 남자 도리가 아니겄소?」

염상구는 임만수에게 정색을 하고 말했다.

「아니, 염 단장. 당신 지금 불난 집에 부채질하기요! 난 그리 못하겄소.」

임만수는 얼굴색이 싹 변하며 염상구에게 적의를 드러냈다.

「그리 못허겄으먼 여그 못 떠나요.」

염상구의 얼굴도 살벌하게 변했다.

「뭐라고?」

「나 말 똑똑허니 들으씨요. 인자 계엄도 풀려뿔고, 당신언 토벌대장도 쥐좆도 아닌 타향에 떨어져나온 순사여, 순사. 그리고 여그가 워디냐 허면 전라도허고도 남도고, 남도허고도 벌교여, 벌교. 전라도밥 1년 넘게 묵었으면, 순천 가서 인물자랑 말고, 여수 가서 멋자랑 말고, 벌교 가서 주먹자랑 말라는 말 정도야 귀동냥허셨겠제. 여그가 바로 그 벌교고, 벌교주먹 오야붕이 바로 이 염상구여. 이 염상구 비우짱 긁덜 말어. 그 좆 겉은 계엄령 땜세 쪼깐 죽어지내는 칙혔는디, 인자는 요 벌교바닥이 싹 다 내 것이여. 순사 한나 쥐도 새도 몰르게 쥑여서 통통배로 여수꺼지 실어내는 디 한나절이고, 돌뎅이 매달아 바다에 처박아뿔면 깨끔허니 괴기밥이여. 처자석 있는 서울로 고이 살아갈라면 춘심이가 말헌 두 가지 중에 하나럴 골라야 쓸 것이여. 워쩌시겠어?」

염상구는 목소리를 높이는 일 없이 말해 나갔다. 그러나 그 어조는 싸늘했고, 잔인함이 서려 있었다.

「염 단장, 어찌 나를 이렇게 대할 수가 있소.」

임만수는 완연히 당황한 기색이었다.

「나도 고런 막보는 말 안 허고 웃는 낯으로 작별허고 잡은 사람이여. 근디 당신이 나보고 그런 말허게 맹글었어. 드럽고 짜잔허게 꼬랑댕이 빼라고 허덜 말고 남자답게 싸게 하나럴 골라. 워떤 것으로 골르시겠어?」

「데려갈 수는 없고, 돈을 줄 수밖에 없는데, 얼마면 되겠소?」

임만수는 완전히 염상구에게 덜미를 잡혀 끌리고 있었다.

「쌀 열 가마니 값.」

「뭐요? 그 많은 돈을!」

「허면, 을매럴 내실라는디?」

「그 반에 반이요.」

「허 참, 좆겉이 나오네.」 염상구는 하늘을 쳐다보며 코웃음을 치고는, 「하로밤 씹값허고 애 밴 값허고는 달브다 이거시여. 기생질도 못 해묵게 생긴 판에 쌀 두 가마니 반 묵고 떨어져라 그 말이여?」 그는 침을 내뱉었다. 고개를 신경질적으로 내두르는 그는 금방 무슨 일을 저지를 것 같은 위기감을 풍기고 있었다.

임만수는 권총을 차고 오지 않은 것을 후회하고 있었다. 저놈이 만약 칼을 던지는 경우 꼼짝없이 맞을 판이었다. 창피에 앞서 몸을 상하게 될 위험에 빠져 있었다. 제 기분에 맞지 않으면 얼마든지 칼을 던질 놈이었다. 생돈을 뜯기는 것이 아깝지만 위기는 벗어나고 볼 일이었다.

「다섯 가마니요.」

「아 시끄럽소. 나가 열 가마니럴 불른 것은 되나케나 불른 것이 아니다 그 말이요. 다 먼첨 헌 기준에 맞춘 것인디, 나가 외서댁헌테 그리 혔다는 것 듣지도 못혔소? 요것이 장바닥 홍정도 아니겄고, 사람 한평상이 걸린 문젠디, 열 가마니냐 아니냐 딱 짤라 말허씨요.」

염상구는 감정이 가라앉았는지 다시 존대를 쓰고 있었다.

「염 단장, 그게 내가 가진 돈 전부요. 내 편도 좀 들어보시오.」

임만수의 꼴이 더없이 초라했다.

「저것이 새끼 델꼬 묵고살자면 지 재주에 보나마나 술장시럴 헐 것인디, 그 돈 갖고는 셋방 하나 얻기도 택도 읎소. 남치기야 다 채울 방도가 있응께, 열 가마니 값얼 내겄소 워쩌겄소.」

「채울 방도라니?」

「아, 고것이야 이따가 말헐 것잉께 대답부텀 싸게 허씨요.」

「그럽시다, 열 가마니 값을 내기로 헙시다.」

임만수는 염상구를 쳐다본 채 눈을 껌벅이며 어물어물 대답했다.

「되얐소, 열 가마니!」 염상구는 모두가 들으라는 듯 큰 소리로 외치고는, 「춘심아, 니 맘언 워쩌냐.」 마루 쪽으로 고개를 돌렸다.

주인여자 뒤에 몸을 반쯤 숨기고 선 춘심이는 얼굴을 두 손바닥에 묻고 있었고, 주인여자가 대신해서 고개를 끄덕였다.

임만수는 나머지 쌀 다섯 가마니 값을 채우기 위해서 관공서의 장들이나 유지들을 찾아다니는 망신을 감수해야 했다. 권 서장이 한 가마니 값, 유주상이 한 가마니 값, 하는 식으로 나머지 돈을 마련했다. 그러나 염상구는 임만수를 냉담하게 외면했다. 임만수는 약속한 돈을 남원장에 치르고서야 부하들을 데리고 벌교를 떠나갔다. 기차가 중도들판을 지날 때 그는 문에 매달려 뭐라고 욕을 퍼부으며 권총을 쏘아댔지만 그 소리를 들은 사람은 아무도 없었다.

벌교중·상업고등학교가 정식으로 개교되었다. 지난 4월에 문교부가 전국에 고등학교를 설치한다고 발표한 데 따른 것이었다. 새 학제 변경에 따라 중·고등학교를 분리시키는 법은 이미 작년말에 공포되었던 것이다.

벌교중학교와 벌교상업고등학교가 정식으로 개교되었다고 하지만 어떤 새로운 모습을 갖춘 것이 아니라 기존하는 상업학원에다 뒤늦게 새 간판을 바꿔 단 정도에 지나지 않았다. 새 교육법만 만들었을 뿐 예산이 없어 학교 건물을 새로 지을 수 없는 가난한 나라살림을 단적으로 드러내는 예였다. 그러나 벌교에 중·고등학교가 생겼다는 것은 적잖은 사건이었다. 우선 군청소재지인 보성을 덮어눌렀다는 것이 벌교사람들의 기분을 좋게 했고, 다음으로 벌교도 이제 순천만 못지않다는 자부심을 갖게 했다. 일정시대가 끝나면서 표나게 활기가 꺾였던 판에 중·고등학교의 정식인가는 무언가 새로운 활력소가 되는 것만은 분명했다. 그러나 고등학교가 '상업'이라는 사실에 다소 논란이 생겼다. 일정 때야 일정 때니까 경리인력이 필요했지만, 일정 때의 호경기가 거의 없어져버린 지금에 와서 상업고등학교 공부 시켜 어디다 써먹을 것이냐는 문제제기였다. 차라리 농업학교로 바꾸는 것이 낫다는 의견이었다. 그러나 그 이의는 흐지부지 꼬리를 감추고 말았다. 어디 벌교에서만 써먹을 것이냐. 순천·여수·광주까지 써먹을 데는 많고, 실력만 있으면 서울까지라도 못 올라갈 게 뭐 있느냐. 벌교의 인재들을 여러 곳으로 많이 퍼뜨릴수록 좋은 일 아니냐. 교감이 된 조한규의 이런 주장이 주효했던 탓이다.

국회의원 선거가 끝나고 일어난 그런 여러 가지 변화를 아는지 모르는지 안창민네는 흔적도 보이지 않았다. 그리 열성스럽게 뿌려대던 삐라도 볼 수가 없었고, 그 어디에 나타났었다는 소문 한 가닥 들리지 않았다. 농사일에 바삐 쫓기는 사람들은 그들을 생각할 겨를이 없었고, 군경마저 그들이 완전 소탕된 것인지 모른다는 생각을 갖게 했다. 그들의 소식이 감감할수록 가족들만이 속이 타고 있었다. 언제부터인가 미군 비행기가 삐라를 뿌리는 일도 없어지게 되었다.

그러나 그들은 산속에 엄연히 살아 있었다. 소조로 분산된 그들은 산마다 비트를 틀고 앉아 서로 선을 대고, 이동을 하고, 은밀하게 활동을 계속하고 있었다. 동면상태를 지속시키는 한편으로 조직의 복구로 그들은 전략을 바꾼 것이다. 일체 흔적을 보이지 않음으로써 자신들이 다 섬멸당한 것으로 적을 속이고, 그래서 모든 상황을 여순병란 전으로 돌려놓자는 계획이었다. 그것은 곧 자신들의 활동범위를 넓히고, 조직복구를 용이하게 하는 방법이었다.

권 서장은 새로운 문제로 골치를 앓고 있었다. 소개를 당해 있던 산골사람들이 집으로 돌아가게 해달라고 매일같이 떼지어 몰려들고 있었다. 좌익의 준동이 전혀 없는데다가 마침 농사철이 되었으므로 그들의 요구는 타당하고 옳았다. 그러나 상부에서는 여전히 그들의 요구를 허락하지 않았다. 아무런 생계대책도 세워주지 않은 채 방치해 오면서 타당한 요구를 묵살한다는 것은 여간 곤혹스러운 일이 아니었다. 권 서장은 행정력의 강압에 한계를 느끼며, 하는 일 없이 나날을 빈둥거리며 지내는 백남식이 부러울 지경이었다. 그런데 행정력의 한계는 곧 드러나고 말았다. 밤을 이용해 그들이 도망치기 시작한 것이다. 뒤늦게 보고를 받고 조사를 해보니 벌써 3할 정도가 짐을 싼 다음이었다. 권 서장은 남은 사람들에게 산속의 상황을 다소 과장되게 설명하고, 도망간 사람들은 다시 잡혀와서 처벌을 받을 거라는 말을 잊지 않았다. 그러나 제 삶터를 찾아 이미 떠난 사람들을 다시 잡아올 생각은 없었다.

백남식은 순천을 다녀오겠다며 일요일 아침 일찍 집을 나섰다.

「해 전에 오시겄제라?」

사복 차림인 백남식의 옷에서 무엇을 떼주는 척하며 송씨는 눈웃음을 쳤다. 나이는 속일 수가 없어 그녀의 눈꼬리에는 서너 개의 잔주름이 부챗살로 일어났다.

「당연하지요.」

백남식은 사복 속에 찬 권총을 추스르며 무뚝뚝하게 대꾸했다. 권위를 세우고, 두 사람의 관계를 자식들에게 감추기 위해서 백남식은 그동안 송씨를 대하면서 일부러 거드름을 피워왔던 것이다. 그런데 막상 그 일을 해치우기로 작정하고 나자 송씨의 늙음이 갑자기 확대되어 보였고, 늙은 교태가 징그럽게 느껴져 그의 감정은 진짜로 무뚝뚝하게 변해 있었다.

백남식은 역으로 가지 않고 다방으로 들어갔다. 그리고 차부로 전화를 걸었다.

「아, 나 사령관인데, 녹동 표 두 장만 남겨놔.」

자리를 잡고 앉은 백남식은 느긋한 마음으로 커피 한 모금을 입에 머금었다. 말자의 얼굴이 떠올랐다. 어머니를 닮아 펑퍼짐한 얼굴이 예쁘다고는 할 수 없었지만 그렇다고 미운 얼굴은 결코 아니었다. 가늘면서 진한 눈썹이 고왔고, 언제나 물기가 밴 것처럼 윤기가 흐르는 싱싱하게 붉은 입술이 탐욕을 일으키게 했다. 볼우물 깊거나 눈자위에 그늘 짙은 여자가 그렇듯, 도도록한 입술에 혈색 붉은 여자도 그 음기 세기로는 족보에 오를 만했다. 그래서 그런지 스물한 살 말자의 눈짓이며 몸짓은 날이 지날수록 달라져갔던 것이다. 어머니의 눈을 피해 살랑거리는 것이나, 단둘이 있기를 원하는 눈치나, 그 속셈이 무엇인지는 유리알 들여다보듯 환했다. 「소록도 경치가 아주 좋다던데, 우리 일요일날 구경갈까?」 이 한마디로 말자와의 약속은 이루어졌다. 「여럿이서 가는 건 싫어요.」 여학교까지 나왔다고 서울말을 흉내내며 그녀가 먼저 한 말이었다. 「당연하지, 우리 단둘이 가는 거지.」 그녀는 못내 부끄러워하며 이빨로 아랫입술을 물었다. 하이얀 이빨에 살짝 물린 붉은 입술, 그것은 본능에 불을 붙이는 더할 수 없는 자극이었다. 하얀 이빨은 더 하얗게 보이고, 붉은 입술은 더 붉어보이는 그 묘한 성적 조화를 보면서, 여자의 입은 또 하나의 그것이라는 말을 새삼스럽게 떠올렸다. 여자의 입이 또 하나의 그것인 것은 이미 관동군 시절에 경험한 바였다. 중국 여자들, 특히 화류계 여자들은 입이 말을 하고, 밥을 먹는 데만 쓰이는 것이 아니라는 사실을 유감없이 보여주었다. 그들은 발이 큰 여자는 치지 않듯 입술이 푸르거나 메마른 여자도 치지 않았다. 입술이 푸른 여자는 거기가 차고 습하며, 입술이 메마른 여자는 거기가 무디고 보드랍지 못하다고 했다. 그러니까 꽃빛으로 붉으면서 윤기 흐르는 입술이 상급일 수밖에 없었다.

「저어, 사령관님…….」

낮고 조심스러운 목소리였다. 백남식은 음탕한 생각을 후닥닥 털어냈다.

「응 나왔군. 거기 앉지.」

흰 블라우스에 연보랏빛 플레어 스커트 차림인 말자를 백남식은 새삼스러운 눈길로 바라보았다. 하, 저거 입맛 돌게 하네. 그녀는 집에서보다 훨씬 예쁘고 탐스러워보였던 것이다.

「저어…… 차시간이 다 됐는데요.」

말자는 다방 안을 조심하는 눈길로 살폈다. 그녀가 남들의 눈을 의식한다는 것을 백남식은 금방 알아차렸다.

「그렇구면, 나가지.」

백남식은 시계를 건성으로 보며 일어섰다.

차가 뱀골재를 더디게 올라가고 있었다. 창밖으로 멀리 보이는 중도들판에는 일을 하고 있는 사람들의 모습이 흰 점으로 찍혀 있었다. 그리고 밀물이 실린 포구와 무성해진 갈대밭이 일직선을 이루고 있는 방죽과 함께 중도들판을 벗하고 있었다.

「아, 경치 한번 근사허다.」

백남식이 불쑥 말했다.

「어디가요?」

무슨 말을 해야 좋을지 몰라 옹색스럽게 앉아 있던 말자는 기다렸다는 듯 말을 받았다.

「저기 저 포구하고 들, 얼마나 경치가 좋아.」

백남식은 굳이 손가락질까지 해보였다.

「그렇군요, 아주 멋있어요.」

「저 경치에 사람들이 없었다면 얼마나 싱거웠겠어. 사람들이 있으니까 경치가 더 근사해졌지. 꼭 한 폭의 그림이야.」

「그래요, 사람들이 없었으면 심심했을 거예요. 경치를 보시는 눈이 아주 높으시네요.」

「아 뭘, 그저 그렇지.」

차가 굽이를 돌면서 경치는 그들의 시야에서 사라졌다. 백남식은 고개를 돌리며 거만스러운 표정을 지어보였다.

「그런데 말야, 말자라는 이름의 뜻이 뭐지?」

말자는 금방 얼굴이 붉어지며 고개를 떨어뜨리고 말았다. 그리고 대답이 없었다.

「왜, 내가 물어선 안 될 말을 물었나?」

「아니에요. 전 이름만 생각하면 세상을 살고 싶지가 않아요.」

말자의 목소리는 물기가 젖어 있었다.

「여자 이름으로 별로 좋진 않지만, 그렇게까지 생각할 거 뭐 있나. 이름이야 맘에 안 들면 백 번이라도 갈면 되니까 어서 그 뜻부터 말해 봐.」

백남식은 더없이 다정스럽게 말하며 그녀의 손을 슬그머니 잡았다. 그녀는 흠칫 놀랐고, 손을 오그리며 빼내려고 했다. 백남식은 그녀의 손을 더 꽉 쥐며 말했다.

「어서 말하라니까.」

「저어…… 아부지가 저까지 딸만 셋을 낳게 되니까 더는 딸을 낳지 말라고 그렇게 지었어요.」

「으아하하하…….」

백남식은 느닷없이 웃음을 터뜨렸다. 그 소리가 어찌나 큰지 차 안을 온통 흔들어댔다. 사람들의 눈이 전부 자기에게 쏠리는 것을 느끼며 말자는 어쩔 줄을 모르고 있었다. 백남식은 대강 짐작은 하고 있었는데 그

것이 적중한데다가, 딸에게 그런 고약스런 이름을 붙이고도 딸을 줄줄
이 셋이나 더 낳은 꼴을 생각하며, 넷째딸을 또말자, 다섯째 딸은 또또
말자, 여섯째딸은 또또또말자라고 이름 지었으면 좋았을걸 그랬다는 생
각까지 해가며 제풀에 신이 나고 있었다.

「뭐가 그리 우스우세요?」

뾰로통해진 말자가 눈을 흘겼다.

「왜, 화났어? 내 말 들어봐, 셋째딸한테 말자라고 이름을 붙였으면 넷
째딸한테는 또말자, 다섯째딸한테는 또또말자, 여섯째딸한테는 또또또
말자, 그렇게 붙여얄 것 아닌가. 그런데 그러지 않았으니 말자만 억울하
게 손해본 것 아닌가 말야. 그 생각하고 웃었지.」

말자는 그만 픽 웃음을 흘렸다.

「그래서 제가 새로 이름을 지었어요.」

「뭐라고?」

「연희라고요.」

「연희?」

「연꽃 연자에 계집 희자예요.」

「연꽃 같은 여자? 좋군, 아주 어울려.」

「앞으론 그 이름으로 불러주세요.」

「아, 그러지.」

백남식은 담배를 피워물었고, 연희는 창밖으로 눈길을 던지며 손에
그대로 남아 있는 남자의 감촉과 체온을 음미하고 있었다. 온몸을 불붙
이는 뜨거움과 온몸을 흔드는 저릿거림이 아직도 정신을 아득한 혼미함
속에 가둬놓고 있었다.

「소록도가 정말 그리 경치가 좋은가?」

백남식이 다시 연희의 손을 잡으며 물었다. 연희는 처음처럼 놀라지
않았고, 그리 자연스러울 수 있는 자신에게 놀랐다. 그리고, 남녀관계란
이런 것인가, 하고 얼핏 생각했다.

「네, 나환자들이 살아서 그렇지 아주 아름다워요. 섬이야 다 아름답지

만요.」

「나환자들은 한쪽에만 산다면서?」

「네, 의사들이 사는 데하고는 완전히 구분되어 있어요.」

「해수욕장이 아주 좋다던데?」

「다 아시네요. 그 해수욕장 모래가 모래가 아니라 조개껍질 부서진 것이라고 해서 유명해요. 그걸 덮고 찜질을 하면 신경통이고 풍이고 다 낫는데요.」

「옴도 낫고, 습진도 낫고, 만병통치겠지.」

연희는 쿡쿡 웃었다.

차는 고흥반도의 황톳길을 덜컹거리며 달리고 있었다. 논밭에서 일손을 놀리고 있는 농부들의 모습이 차의 움직임에 따라 멀어지기도 하고 가까워지기도 하며 계속 스쳐지나갔다.

소록도는 녹동 부두에서 건너뛸 수 있을 것처럼 가까웠다. 섬을 뒤덮은 무성한 소나무숲 사이사이로 흰 건물들이 숨바꼭질하듯 숨어 있었고, 맑고 푸른 바닷물이 섬을 에워싸고 있었다. 투명하고 강한 6월의 햇살 속에 전신을 드러내고 있는 소록도는 마치 부자들의 별장지대 같을 뿐 그 안에 한 많은 나병환자들을 품고 있는 슬픈 섬처럼 보이지 않았다. 소록도 뒤로는 여러 섬들이 바닷물을 깔고 앉은 그 층과 색깔을 달리하며 멀어지고 있었다.

「듣던 대로 경치가 아주 좋구면, 물도 맑고.」

백남식이 배로 오르며 말했다.

「이 바닷물이나 저 섬이나 다 슬퍼요.」

연희가 뒤따르며 말했다.

「슬퍼?」

「네에, 저 섬에 있는 나환자들이 이 바닷물에 많이 빠져 죽거든요.」

「그건 슬픈 게 아니라 기분 나쁘고 재수 없는 일이군. 그럼 이 물에 어떻게 해수욕을 해.」

백남식이 퉁명스럽게 말했고, 눈을 크게 뜬 연희는 그의 뒷모습을 어이없다는 얼굴로 쳐다보았다.

아직 해수욕 철이 일러서 그런지 사람은 거의 없었다. 두 사람은 잘 자란 소나무숲 속에 있는 병원이며 학교를 거쳐 해수욕장에 이르렀다. 거기서 잠깐 발길을 멈추고 가까운 바다와 먼 바다를 바라보았다. 그리고 숲을 따라 걸음을 옮겼다. 얼마를 걸었는지 인적 없는 숲속에서 새소리만 들리고 있었다.

「좀 쉬도록 하지.」

백남식이 풀숲에 자리를 잡고 앉았다. 연희도 약간 간격을 띄워 그 옆에 앉았다. 백남식은 담배에 불을 붙였다.

「연희는 시집 안 가나?」

백남식은 불쑥 말해 놓고 하늘을 향해 담배연기를 푸우 내뿜었다. 나무숲의 초록빛으로 하여 햇빛마저 초록빛으로 물든 숲그늘 속을 담배연기가 어지럽게 흩어졌다. 연희는 고개를 숙인 채 말없이 풀만 쥐어뜯었다.

「난 어때.」

연희는 담배냄새에 섞인 남자냄새가 왈칵 끼쳐오는 것을 느꼈다. 그리고 몸이 뒤로 벌렁 넘어가는 것도 느꼈다. 남자의 입과 몸이 자신의 입과 몸을 동시에 덮쳐왔다. 그녀는 버둥거리며 남자를 떠밀었다. 그러나 그건 마음속에서뿐이었다. 어느새 두 팔은 남자에게 붙들려 있었다. 남자의 입술이 무서운 기세로 자신의 입술을 빨아댔다. 그녀는 눈을 감은 채 남자의 행위가 그것으로 끝나기만을 빌었다. 그러나 남자의 욕심은 거기서 끝나지 않았다. 남자의 입술이 떨어지는가 싶더니 손이 치마를 헤집고 들었다. 남자의 손이 허벅지에 감촉되는 순간 그녀는 어둠이 끼쳐오는 것을 느꼈다. 그녀는 그제야, 이 남자가 말만 총각이었지 이런 식으로 수없이 많은 여자들을 다루었을 거라는 생각을 했다. 그녀는 어둠에서 벗어나려고 몸부림을 쳤다. 그러나 그럴수록 자신의 팔다리는 어디로 갔는지 꼼짝을 할 수가 없었다. 「왜 이래요, 왜.」 그녀의 절박한 소리는 눈물방울로 떨어졌다. 「결혼하자니까.」 「안 돼요, 결혼하기 전에는 안 돼요.」 「내가 괜찮으면 괜찮아.」 「여기선 싫어요, 누가 와요.」 「오면 총으로 쏴버리지.」「제발 여기선 싫어요.」「방구석보다 이 숲속이 얼마나 근사해.」 이런 실랑이를 하는 사이에 그녀의 팬티는 벗겨져나갔다. 맑고 푸른 숲 그늘 아래 그녀의 연갈빛을 품은 흰 하체가 드러났다. 그 위에 털투성이의 억센 두 다리가 겹쳐졌다.

「참말로 끝꺼정 거짓말허겄어!」

한 차석이 소리 지르며 싸리회초리를 휘둘렀다. 싸리회초리는 허공을 가르는 싸늘한 소리를 뿌리며 남자의 등줄기를 후려쳤다.

「워메!」

남자의 몸이 들썩 솟았다가 내려앉았다.

「너도 왜 거짓말해!」

싸리회초리가 다시 날아갔다.

「어이쿠메!」

옆의 남자도 몸을 솟구쳤다. 삼베저고리를 걸쳤을 뿐인 두 남자의 몸은 싸리회초리 앞에 알몸이나 다름없었다. 질기고 낭창낭창한 싸리회초리는 여지없이 그들의 몸을 파고들어 눈에서 불똥이 튕기는 아픔을 심었다. 몽둥이나 가죽혁대나 그 어느 것이 맞을 만할까마는 싸리회초리의 매맛은 특히나 맵고 독하기가 명이 나 있었다. 몽둥이처럼 얼병도 들게 하지 않고, 가죽혁대처럼 살을 찢지 않으면서도 싸리회초리는 몸에 찰싹 감겼다가 튕겨나가며 번갯불이 이는 아픔을 남겼고, 그 아픔은 살이 푸득푸득 뛰면서 비비 틀리는 새로운 아픔으로 바뀌어 살 속으로 파고들었다. 싸리회초리는 초보단계의 고문도구인데도 그 효과가 아주 좋았다. 어지간한 사람이 아니고서는 싸리회초리질 20번 이상을 견디지 못했다. 그래서 그랬는지 일본놈들은 싸리회초리질을 즐겼다.

「싸게 말혀. 느그 빨갱이제!」

「아니랑께라, 그냥 당혔당께라.」

「하먼이라, 총 앞에서 워쩔 것이요.」

두 남자는 다투듯이 말했다.

「이새끼덜, 시끄러! 글면 워째 신고를 안 혀!」

한 차석은 또 연거푸 회초리질을 해댔다. 두 남자가 박자를 맞추듯 비명을 토하며 몸을 들썩들썩했다.

「허기 존 말로 당했다는 것이제 느그덜언 틀림읎이 빨갱이 세포여. 여그 율어눔덜언 하나또 믿을 눔덜이 읎어. 싸릿대야 을매든지 있응께 워디 누가 이기는가 보드라고. 느그 빨갱이제!」

한 차석은 갑자기 소리치며 싸리회초리를 휘둘렀다. 공평한 배급을 하듯 한 차례에 두 번씩이었다.

「워메 미치겄는거, 아니랑께라.」

「워째 쌩사람 잡고 이러요.」

「시끄러, 빨갱이제!」

다시 싸리회초리가 날아갔다.

「참말로 아니랑께요.」

「너무허시오.」

「싸게 불어, 빨갱이제!」

또 싸리회초리가 바람을 일으켰다. 한번 매질을 하기 시작한 한 차석의 감정은 점점 뜨겁고 거칠어지고 있었다. 그리고 상대방에 대한 어떤 확신도 더 뚜렷해지고 있었다.

「어허, 어허, 요것이 무신 난리판굿이여, 한 차석!」

느릿한 어조이긴 했으나 커다란 목소리가 지서 안을 울렸다. 때마침 회초리를 내려치던 한 차석은 후닥딱 몸을 일으켰다. 지서장 이근술의 웃음기 가신 얼굴이 그의 눈앞을 막았다. 한 차석은 싸리회초리를 든 손아귀에서 스르르 힘이 풀려나가는 것을 느꼈다. 지서장의 얼굴에서 웃음기가 가셨다는 것은 무지무지하게 화가 났다는 표시였고, 지서장이 본서에서 돌아오기 전에 기어코 자백을 받아내려던 계획은 수포로 돌아가고 말았다.

「아이구메 지서장님, 우리 잠 살려주시씨요.」

두 남자는 지서장에게로 쭈르르 달려가 그 앞에 엎드렸다.

「얼렁 일어들 나씨요. 일어나서 걸상에들 앉으씨요.」 이근술은 두 남자에게 이르고는, 「워쩐 매질이오.」 한 차석을 엄한 얼굴로 쳐다보았다.

「산빨갱이헌테 보리쌀을 장만해 준 빨갱이혐의구만요.」

한 차석은 공비도 아니고 빨치산도 아니고 '산빨갱이'라고 했다.

「확실헌 좌익이라도 법으로 처리허면 될 일인디, 민간인을 혐의만 갖고 매질은 무슨 매질이여. 나가 있으씨요.」

이근술이 한 차석을 외면해 버렸다.

빙신 팔푼이 겉은 새끼, 니 겉은 늠만 있다가는 빨갱이새끼덜헌테 나라 폴세 망해묵었다. 한 차석은 끄응 힘을 쓰며 문을 박차고 나갔다. 이근술 밑에서 이근술식으로 했다가는 도대체 빨갱이 세포 하나 잡아낼수 없고, 그러다가는 점수 따기는 다 글러 승진이고 뭐고 없이 차석으로만 한평생을 보내야 할 판이었다. 그래서 이근술이 없는 사이에 한 건을하려고 했던 것인데, 내일이나 올 줄 알았던 그 물건이 예상보다 빨리들이닥치고 말았던 것이다.

「자아, 요쪽으로 오씨요.」

이근술이 자기 자리에 앉으며 말했다. 두 남자는 앉았던 걸상을 들고이근술의 책상 앞으로 옮겨갔다.

「워째, 많이 맞었소?」

이근술이 평소의 웃음기 담긴 얼굴로 부드럽게 물었다.

「야, 그냥 그리…….」

한 남자가 어물거렸고, 다른 남자는 그저 고개만 끄덕거렸다.

「너무 섭허게 생각덜 마씨요. 한 차석도 맘이 나뻐서 그런 것이 아니고, 좌익을 막을라다 봉께 그리 된 것이요.」

「알겄구만이라.」

「하먼이라.」

두 남자는 거의 동시에 대꾸했다. 이근술은 두 남자의 재빠른 동의가진심이 아니라고 생각했다. 죄가 있으면 있는 대로, 없으면 없는 대로자기의 살이 아픈 매질을 당하고, 그 아픔이 미처 가시기도 전에 매질당한 감정을 풀 수는 없는 일이었다. 다만 그들은 경찰에 대한 두려움 때문에 감정을 가장할 뿐이었다. 그는 그 허약한 가식을 보는 것이 무엇보다 괴로웠다. 그래서 그는 일정 때부터 때리는 짓을 하지 않았다. 그 억지는 생사람을 잡기 일쑤였고, 그렇게 해서 밥 빌어먹고 싶지는 않았던 것이다. 매질하지 않아서 잡아야 될 범인 못 잡은 일 없었고, 풀어야 할 사건 못 푼 일 없었다. 마음의 아픔은 살의 아픔보다 몇십 갑절 진하고 질겨서 평생을 가는 것이었다. 대를 물리는 원한은 마음에 담긴 것이지 살에 박힌 것이 아니었다.

「보리쌀을 가지간 것은 은제요?」

「어지께 밤이구만이라.」

「얼매나 가지갔소?」

「우리 집서 한 말, 이 사람 집서 한 말, 그렇구만이라.」

「몇 사람이 왔습디여?」

「시 사람이드만요.」

「아는 사람덜입디여?」

「둘은 몰르겄고, 키가 땅딸막헌 대장은 금시 알아보겄드만이라.」

「키가 땅딸막헌 대장?」

「야아, 이름은 몰르겄고, 벌교사람인디라.」

「혹여 하대치란 사람 아닙디여?」

「잉, 이름얼 듣고 봉께 그런 상싶구만이라.」

「어지께로 몇 분째 왔습디여?」

「여그 떠난 뒤로 첨이구만이라.」

「무신 말허고 간 것 읎소?」

「새 시상 되면 꼭 갚는다고라.」

「그 말을 믿소?」

「안 갚겄다는 말보담이야 낫제만 워째 믿기야 허간디라.」

「보리쌀 뺏긴 것 억울허덜 않소?」

「금메라…….」

「고것이 무신 소리요?」

「지서장님 앞인께 그짓말언 못허겄고, 그 사람덜이 여그 차지허고 있을 동안에 우리헌테 워낙이 잘해줘논게로 억울허단 맴은 벨로 안 드는구만이라.」

「다 됐구만요. 인자 돌아가시씨요.」

이근술은, 왜 신고를 하지 않았느냐고 묻지는 않았다. 그것은 괜한 트집일 뿐이었다. 유도심문이 섞여 있는 자신의 질문에 남자는 아무런 대비 없이 솔직하게 대답했다. 그 대답에는 그가 좌익이라는 혐의나 세포라는 의심이 전혀 가지 않았다. 그의 솔직은 오히려 의심을 살 정도였다. 그걸 안 믿으면 무엇을 믿을 것인가. 다만 그 남자의 좌익에 대한 호감은 경찰의 감정을 긁기에 딱 좋았다. 그러나 그건 그의 잘못이 아니었다. 그건 정치행위를 하고 있는 사람들이 전적으로 책임질 문제였다. 좌익이 호감을 산 것은 좌익의 노력의 결과였고, 경찰이 호감을 사지 못한 것은 경찰의 책임이었다. 경찰이고 군인이고 정치하는 사람들이고 그 엄연한 사실을 냉정하게 판단하고 받아들이려 하지 않는 데에 근본적인 문제점이 있었다. 말단에서부터 위에까지, 층층이 우격다짐이고 억지춘향이일 뿐이었다. 한 차석은 좌익의 호감을 우익의 호감으로 바꿀 생각은 않고 오히려 매질을 해서 괜한 사람들을 좌익으로 만들어주고 있었다. 이근술은 그런 사람들과의 경찰 노릇에 또다시 염증을 느꼈다.

병력을 다시 반으로 줄이면서 백남식도 벌교를 떠나게 되었다. 출근을 하면서 송씨에게 이틀 후에 떠나게 되었음을 알렸는데 바로 그날 밤으로 셋째딸과의 관계가 문젯거리로 등장했다. 그리 되리라고 다 예상하고 있었던 것이다. 자신이 떠난다는 어머니의 말을 듣고 연희는 그동안 감추어왔던 자신과의 관계를 털어놓았을 것이다. 딸의 말을 듣고 송씨의 속이 어떻게 되었을지는 또한 뻔한 것이었다. 그런 것은 이미 계산속에 다 들어 있었던 것이어서 백남식은 여유만만하게 송씨를 상대할 수가 있었다.

「아이고메 요런 숭헌 인종, 몸이 안 좋아 기운이 떨어진 줄 알었등마

그것허고 딴 짓 허니라고 그랬었드마. 나넌 그런 줄도 몰르고 나가 잘못
믹여서 그런 줄만 알고 괴기반찬 해대니라고 발싸심만 혔제. 그것허고
그리 되았으면 얼렁 그 소식 알리고 나허고넌 그 짓얼 끊었어야제 사람
도리제, 무신 징허고 드런 맘뽀로 그럴 수가 있는 일이여, 금메.」

　송씨는 목소리도 높이지 못한 채 자신의 가슴을 치다가 백남식에게
삿대질을 하다가 했다. 그러나 백남식은 그런 송씨는 아랑곳없이 비시
식하게 웃으며 담배연기만 풀풀 날리고 있었다.

　「아, 말 쫌 혀봐. 고것이 무신 심뽄지.」

　「그 말을 꼭 들어야 하겠소? 지금 중요한 건 딸을 어떻게 할 것이냐
하는 것이지 그까짓 말이 무슨 소용 있소.」

　「아녀, 그 심뽀가 하도 드럽고 요상혀서 듣고 넘어가야 쓰것어. 고런
행투 허는 남자헌테 내 딸얼 워찌 맽기겄어.」

　「아, 안 맽기면 나도 좋소. 나야 손해볼 것 하나도 없으니까. 딸이야
처녀 아니란 소문나면 시집가기 곤란하겠지만.」

　「워메 잡것, 고것이 사람이 헐 소리여?」

　송씨는 또 자기의 가슴을 쳤다.

　「그 말도 듣고 싶다니까 하겠소.」

　「아녀, 아녀, 안 듣고 잡어.」

　송씨는 그만 우는 얼굴이 되어 두 손을 저어대고 고개를 흔들었다.

　두 사람은 한동안 말이 없었다.

　「그려, 우리 딸언 워쩔 심판이여?」

　송씨가 한숨을 토해냈다.

　「어째야 좋겠소?」

　「머시여!」

　송씨는 정신이 번쩍 들며 가슴이 쿵 내려앉았다. 응당 결혼을 하겠다
는 말이 나올 줄 알았다. 저눔이 나럴 우습게 보는구나. 그 망헐 눔에 음
기가 딸년 신세 망치게 맹글었구나. 송씨는 뒤늦은 후회에 발등을 찍고
싶었다. 그리고 백남식을 당장에 와드득 쥐어뜯고 싶었다. 그러나 그나

마 딸년의 신세를 생각해야 했다. 자신과의 관계를 덮기 위해서도, 딸년을 위해서도 백남식을 사위로 맞아들일 수밖에 없는 일이었다. 만약 그의 비위를 거슬려 그가 돌아서서 입을 놀려대는 날에는 자기는 자기대로, 딸년은 딸년대로 죽게 될 판이었다. 에미와 딸년이 같은 남자한테 놀아났다는 소문 앞에서 살아날 길은 없었다. 그건 곧 집안이 끝장나 버리는 일이었다. 저놈은 그것을 환히 다 알고 배짱을 부리고 있는 것이다. 송씨는 참담한 마음으로 그러나 현실적인 손익 앞에서 침착을 회복했다.

「내 딸얼 맡어주소.」

송씨는 처음으로 확실하게 하대를 쓰며 목소리를 가다듬었다. 그리고 백남식을 똑바로 쳐다보았다.

「그것이야 좋소. 그런데 한 가지 문제가 있소.」

「무신?」

「내가 군인으로 떠돌다 보니 무일푼이오.」

「고것이야 나가 알어서 허겄네.」

어차피 기대했던 것이 아니었으므로 송씨는 선뜻 말했다.

「아니, 장가갈 밑천을 말하는 게 아니오. 장가를 들어 처자를 거느리자면 나도 남들을 앞질러 빨리빨리 출세도 해야 하고, 위험하게 앞에 나서서 싸우는 자리가 아니라 안전하게 뒤로 빠지는 자리에 앉어야 하는데, 그러자면 톡톡한 재산이 있어야 된다 그 말이요.」

「그래서, 우리 재산얼 띠도라고?」

송씨는 긴 꼬챙이로 머릿속을 깊이 쑤시는 것 같은 날카로운 현기증에 휘둘렸다. 저것이 생김새맹키로 독허고 징헌 도적눔이로구나. 내년이 독새헌테 물렸구나. 송씨는 헝클어진 감정을 가다듬으려고 속입술을 씹었다.

「반은 너무 많고, 반에 반만 주시오.」

「워쩌!」

마침내 송씨가 소리쳤다.

「싫으면 그만두시오. 나 혼자 좋자는 게 아니라 딸년도 좋자고 한 말인데, 싫으면 별수 없지요. 사위도 자식인데 재산 좀 나눠줘서 뭐 나쁠 것 있겠소. 하여튼 싫다니까 나도 다 싫소. 결혼 얘긴 없었던 걸로 하고, 나 그만 자야겠소.」

백남식은 벌렁 누워버렸다.

「반에 반은 너무 많고, 그 반이면 워쩌겠는가.」

송씨의 다급한 말이었다.

「관두시오, 다 필요 없소.」

백남식이 버럭 소리 질렀다. 송씨는 머리를 방바닥에 박치고 싶었다. 딸년 주고, 재산 뺏기고, 그러나 어찌 할 수 없는 일이었다.

「알었네, 그리 허세.」

송씨는 맥이 탁 풀린 소리를 흘리며 일어섰다.

「서로서로 좋도록 일이 잘 풀렸으니까 인자 연희나 들여보내시오.」

방문을 옆으로 밀려던 송씨는 문득 고개를 돌렸다.

「연희?」

「말자 새 이름이 연희요.」

송씨는 전신을 후들후들 떨며 간신히 방문을 밀치고 있었다.

6월 중순을 넘기면서 더위는 완연해지고 있었다. 날씨처럼 김범우의 마음도 나날이 후텁지근할 뿐이었다. 일요일이라서 늦은 아침을 먹은 그는 문턱에 다리를 걸친 채 편지를 읽고 있었다. 심재모한테서 온 것이었다. 심재모의 편지는 앞의 안부를 빼고는 순덕이라는 여자 이야기로 채워져 있었다. 다섯 장의 손수건을 보냈던 미지의 주인공이 자기를 찾아온 연유와, 함께 지내게 된 사연을 자세하게 적어놓고 있었다. 아직 잔당이 남아 있긴 하지만 그 수가 극소수여서 토벌작전은 끝난 것이나 마찬가진데, 머지않아 있을 부대이동에 그 여자를 어찌했으면 좋을지 몰라 고민 중이라는 말로 편지를 끝맺고 있었다. 그 여자를 고향으로 돌려보내는 데 도움을 청하는 것인지, 특별한 용건이 없는 안부편지에 그냥 자기의 생활을 적은 것인지, 구분하기가 모호했다.

김범우는 편지를 문턱 위에 놓고 담배에 불을 붙였다. 별로 싫지 않으면 결혼할 일이지, 그는 담배를 빨며 생각했다. 심재모가 그 여자를 몇 개월 동안이나 옆에 두고 있다는 것은 단순히 동정만의 행위 같지는 않았던 것이다. 남녀관계라는 것은 묘한 것이었다. 자신의 경우를 보더라도 결혼 전에 딱히 마음 사로잡게 좋은 게 없이 중매로 결혼을 했어도 살 붙이고 살다보니 부부만 아는 깊고 얕은 정이 생겨나고 쌓이고 했던 것이다. 그래서 정은 만들며 사는 것이라고 했고, 만들면서 살아지는 정은 있어도 까먹으면서 살아지는 정은 없다고 했는지도 몰랐다. 아버지의 필요가 앞섰던 자신의 결혼도 아무 탈 없이 세월을 쌓아가며 자신을 어느덧 세 아이의 아버지로 만들어놓고 있었다. 남녀관계의 묘함은 혈연관계나 우정관계와는 다르게 육체라는 것이 접착제 역할을 함으로써 그 농도나 밀도가 우정관계는 물론이고 혈연관계보다도 강하고 진해지는 것 같았다. 자유연애라는 말이 떠돈 지는 꽤나 오래되었지만 그것은 말뿐이었고 세상은 아직도 중매로 결혼을 이루고 있었다. 그런데 임을 찾아 그 먼 길을 찾아간 고향 처녀의 과감성이 놀랍고, 그러지 않을 수 없었을 마음이 측은하게 여겨지기도 했다. 어지간하면 심재모가 그 처녀를 아내로 맞기를 바랐다. 그러나, 한자리에 앉았으면 농담 삼아 할 수 있는 말이었지만 편지로 쓰기는 난처한 내용이었다. 말과 글의 차이 때문이었다.

김범우는 담배를 빨며 화단에 하염없는 눈길을 보내고 있었다. 비좁은 화단에는 분꽃, 채송화, 맨드라미, 칸나, 접시꽃 같은 여름꽃들이 그득 피어 있었다. 감방에서 얼마나 답답하고 더울까, 그는 이학송과 손승호를 생각했다. 그들의 면회는 계속해서 되지 않았다.

「선생님, 계셨군요. 안녕하세요.」

김범우는 눈길을 모았다. 송경희가 화사하게 웃고 서 있었다.

「엉, 어쩐 일인가?」

「어쩐 일이긴요, 선생님. 손 선생님 일이 걱정돼서 또 왔죠.」

「그런가, 면회 아직도 안 되네.」

「아이 선생님, 앉으라는 말씀부터 좀 해보세요.」

송경희는 서운한 척 표정을 바꾸며 눈을 흘겼다.

「응, 앉지 앉어.」

앉고 싶으면 앉을 일이지 꼭 권해서 앉아야만 맛인가. 김범우는 또 달 갑지 않은 생각을 하며 담배를 비벼 껐다. 그 서양식을 흉내내는 언행도 마땅찮았고, 입으로는 '선생님'이라고 하면서도 대접은 '여자'로 받기를 원하는 태도도 마땅찮았다.

「편질 읽으셨던가 보죠?」

송경희 눈길이 편지에 꽂혀 있었다. 김범우는 새 담배에 불을 붙이며 건성으로 고개를 끄덕였다.

「이거 집에서 온 거예요?」

송경희는 채듯이 빠르게 편지를 집어갔다. 원, 저렇게 무교양하고 천 박할 수가 있나. 절제라고는 없이 풍겨대는 그녀의 여자냄새에 김범우 는 역겨움을 느꼈다. 그녀가 풍기는 여자냄새를 감지한 것은 두 번째 만 나게 되면서부터였다. 처음에 그녀를 집으로 데려온 것은 손승호였다. 아니, 좀더 정확하게 말하자면, 자신이 손승호와 함께 살아가고 있다는 것을 알게 된 그녀가 '존경하는 선생님을 만나뵙겠다'며 굳이 따라온 것 이었다. 사무실이 화신백화점 뒷골목인 손승호가 종로통에서 그녀와 마 주쳤고, 그녀의 아는 체에 따라 다방으로 갔고, 이야기를 하다 보니 자 신과 함께 살고 있다는 말이 나온 것까지는 하등 이상할 게 없었다. 그 런데, 자신은 그녀가 누구인지 알아볼 수도 없는 입장인데, 그녀가 왜 자신을 존경한다는 것인지 그 까닭을 알 수가 없었다. 죽은 금융조합장 딸이라는 말에 그저 아는 척했을 뿐이고, 존경함이란 10대 후반의 나이 에 흔하게 갖게 되는 감상이겠거니 하고 말았다. 그런데 그녀는 두 번째 부터 당돌할 만큼 노골적으로 여자냄새를 풍김으로써 존경이란 뜻을 확 실하게 깨닫게 했다. 그런 다음 그녀는 회사로든 집으로든 불쑥불쑥 찾 아왔다. 오늘도 그녀는 손승호를 빙자해서 찾아든 것이다.

「집에서 온 편지가 아닌데요?」

다행이라는 뜻인지 어쩐지 송경희는 얄궂은 웃음을 흘리며 편지를 던지듯 놓았다. 그게 실례된 일인 줄 모르느냐고 나무랄까 하다가 김범우는 마음을 닫아버렸다. 그럴 만한 관심도 없었고, 그녀가 자신의 말을 제대로 받아들일 것 같지도 않았던 것이다.

「선생님, 오늘 무슨 요일인지 아세요?」

송경희는 영양 좋은 복숭아빛 얼굴에 여자냄새 진한 웃음을 환하고도 야하게 피워올리며 감겨드는 콧소리를 섞어 물었다.

「일요일 아닌가.」

「아시는군요. 선생님, 집에만 계시지 말고 정릉이나 우이동 골짜기로 나가요. 손 선생님 땜에 상하시는 속 제가 위로해 드릴께요. 제가 새로 쓴 시도 들어주시구요.」

「난 곧 회사로 나가야 돼. 사건취재를 떠나야 하니까.」

김범우는 무뚝뚝하게 말하며 불끈 일어섰다.

11
1950년 6월 25일

　이지숙은 눈이 뜨이자마자 여느 날과 마찬가지로 앉은뱅이 책상으로 기어갔다. 그리고 라디오를 켰다.
　「……북괴군들이 삼팔선 전역에 걸쳐 대거 남침을 강행해왔습니다.」
　잡음과 함께 라디오가 토하는 말이었다. 태평스럽게 하품을 하고 있던 이지숙의 동작이 순간적으로 딱 멎었다.
　「이 불법남침을 격퇴하기 위하여 국군은 즉각 반격에 나서고 있습니다. 그러므로 서울시민과 국민 여러분들께서는 추호도 동요하지 마시고 생업에 종사하시기 바…….」
　충격을 겨우 수습한 이지숙은 허겁지겁 라디오 볼륨을 낮추었다. 아나운서의 소리가 도망치듯 까마득하게 멀어지면서 지글지글 끓는 잡음만 더 소란스러워졌다. 자신도 모르게 일어난 그런 반사적인 행동이 오히려 이상하게 느껴질 것이라는 판단은 그 다음에 왔다. 그것은 틀림없는 남쪽의 국영방송이었던 것이다. 정신을 바로잡은 이지숙은 조심스럽게 볼륨을 다시 높였다.

「……전국의 국민 여러분들께 다시 알려드립니다. 오늘 새벽 4시를 기하여 북괴군들이 삼팔선 전역에 걸쳐 대거 남침을 감행해 왔습니다. 이 불법……」

두 무릎을 깍지 끼어 쪼그리고 앉아 있는 이지숙의 가슴은 계속 벌떡거리고 있었다. 처음에 가슴을 쳐온 충격은 예비되지 않은 갑작스러움 때문이었고, 되풀이되는 방송을 따라 그 충격은 감격으로 바뀌며 가슴에 거센 물줄기를 일구고 있었다. 평소와는 판이하게 긴장감과 다급함이 역력하게 드러나는 아나운서의 목소리가 그녀의 가슴에 통쾌감과 승리감을 일으키고 있었다. 아아, 마침내 인민해방을 위해 일어났구나! 드디어 인민해방의 날은 오는구나! 그녀는 푸들거리는 가슴 가득 숨을 들이켜며 눈을 내리감았다. 아아, 얼마나 목마르게 기다렸던가! 아아, 얼마나 애타게 고대했던가! 이제 본격적 투쟁은 시작되었다. 미제국주의자들을 척결하고 그 앞잡이 친일파와 민족반역자들을 처단하여 진정한 인민해방의 나라, 참된 민족통일의 나라를 이룩할 투쟁이! 가죽혁대로 온몸을 고문당했던 그 살 찢어지는 고통이 비로소 저릿저릿한 환희로 바뀌는 것을 그녀는 여실히 느끼고 있었다. 그녀의 두 볼에는 눈물이 흘러내렸다. 줄줄이 흘러내리는 눈물은 얼굴의 굴곡을 따라 턱에 이르러 방울져 떨어지면서 턱 아래를 타고 흘렀다. 그녀는 눈물이 목까지 타고 내리는 것을 느끼며, 투쟁하리라, 끝까지 투쟁하리라, 싸우리라, 끝까지 싸우리라, 마음 다져 속입술을 깨물고 있었다.

라디오에서는 쉴 새 없이 똑같은 말이 되풀이되고 있었다. 이지숙은 단호한 몸짓으로 라디오를 꺼버렸다.

이지숙은 아침밥을 뜨는 둥 마는 둥 하고 집을 나섰다. 칠동 쪽으로 길을 잡았다. 고정선을 찾아나선 것이다. 라디오가 있을 리 없는 안창민에게 이 소식을 제일 먼저 알릴 필요가 있었다. 도당이나 다른 어떤 선을 이용해서 알게 되는 것과는 별개로 그것은 자신이 수행해야 할 임무였다.

이지숙은 사람들의 동정을 유심히 살피면서 걸었다. 오가는 사람들의 모습에서는 아무런 변화도 느낄 수가 없었다. 그도 그럴 것이 라디오라는 물건은 전화나 축음기처럼 귀한 물건이었다. 어지간한 살림살이가 아니고서는 아무나 가질 수 있는 물건이 아니었다. 대부분의 사람들이 아직 그 소식을 모르고 있는 것은 당연한 일이고, 지금쯤 지주 몇몇이 알고 있을지 몰랐다.

뻔뻔스럽고 가증스러운 것들, 어디다 대고 불법남침이라고 떠들어대고 있는가. 친일파·민족반역자라는 민족적 죄목도 모자라서 미제국주의자들에게 붙어 나라와 민족을 또다시 팔아먹는 신식민주의자들이 어디다 대고 그따위 소릴 지껄이고 있는가. 일제시대에 저지른 죄과에다가 해방 5년 동안에 다시 저지른 죄과까지 합치면 그 집단은 마땅히 하나도 남기지 말고 처단해 버려야 한다. 가차 없는 그놈들의 처단 없이는 인민해방도, 민족 일체도, 통일조국도 성취되지 않는다. 인민을 착취하고, 민족을 배반하고, 나라를 팔아먹은 자들이 아무런 속죄도 처벌도 받지 않고 외국군대의 폭력으로 보호를 받아가며 또다시 군림하는 역사, 그 더럽고 추악한 역사를 때려부수고 새로운 역사를 창조하기 위해 혁명의 피흘림은 기필코 필요한 것이다. 오라, 인민의 군대여, 혁명의 붉은 깃발을 나부끼며 어서 치달아오라!

이지숙은 줄기차게 뛰는 심장의 격렬한 박동을 느끼며 칠동의 당산나무 아래를 지나고 있었다.

배 동무네 사립 왼쪽에는 고추와 숯이 새끼줄에 끼워진 묵은 금줄타래가 걸려 있었다. 안전신호였다. 이지숙은 민첩하게 주위를 살폈다. 의심스러운 인적은 없었다. 그녀는 사립 안으로 자취를 감추었다.

권 서장은 숙직근무자한테서 라디오의 보도내용을 보고 받고 부랴부랴 경찰서로 나왔다. 마음이 다급한 것처럼 생각에도 아무 질정이 없었다. 빨치산만 제거한다고 일이 해결될까, 하는 평소부터 미심쩍고 꺼림칙하게 남아 있던 생각이 들어맞았다는 것만이 분명할 뿐이었다.

「보성에서는 무슨 연락이 없었소?」

권 서장은 라디오에 신경을 모으며 물었다.

「없습니다. 연락을 취해볼까요?」

권 서장은 잠시 생각하다가, 「관두시오, 기다립시다.」 고개를 저었다. 이런 긴급사태에 대비해서 상부에서 어떤 명령하달이 없을 리 없었고, 그걸 기다리지 못하고 하부에서 괜히 미리 설쳐 일을 번거롭게 만들 이유가 없었던 것이다.

「빨리들 출근하도록 연락을 취하고, 김 중사도 이쪽으로 부르시오.」

백남식도 떠나버리고 없는 지금 1개 분대로 줄어든 군병력도 자신의 지휘책임 아래 있다는 것을 권 서장은 환기하고 있었다.

권 서장은 라디오를 들으며 고개를 갸웃거리고 있었다. 아무리 시간이 지나도 똑같은 내용만 되풀이하고 있는 보도를 그대로 놓고 보자면, 전쟁은 북쪽에서 먼저 도발한 것이고, 그 양상은 전면적이고, 상황은 이쪽이 불리하다는 인상이었다. 그가 의문을 갖지 않을 수 없는 것은, 대통령이 멸공통일·북진통일을 당당하게 내세운 것이 언제부터였으며, 대통령의 그 힘찬 주장에 발맞추어 국방장관이고 참모총장이 입을 모아, 한시라도 명령만 내리시면 점심밥은 평양에서 먹고 저녁밥은 신의주에서 먹을 수 있도록 만반의 준비가 다 갖추어져 있다는 호언장담은 그 얼마나 자주 했던 것인가. 그 장담은 마치 무슨 노랫가락처럼 유행된 말이 아니던가. 그런데 북쪽한테 먼저 공격을 당하는 것은 뭐며, 상황이 불리해진 것은 또 뭐란 말인가. 국방장관이고 참모총장이고 정작 별다른 실속도 없으면서 대통령이 듣기 좋도록 허풍만 떨어댔단 말인가. 알 수 없는 노릇이었다. 그리고, 더 이해가 안 되는 것은 북쪽의 행위를 놓고 '불법남침' 운운하는 점이었다. 주의를 달리하는 두 정권 사이에 상호협약한 무슨 법이라도 있었던 것인가. 그런 법이란 애초에 없었던 상태로 이쪽에서는 멸공북진통일을 내세우며 남쪽의 빨갱이들을 소탕해 왔고, 저쪽에서는 공산혁명통일을 내세우며 남쪽의 자기편을 지원하는 상태로 싸움은 벌써 몇 년 동안이나 계속되고 있는 것이 아닌가. 그런데 이제 와서 '불법'이라는 것은 도대체 무슨 소린가. 상황이 불리해지니까 다급해서 그런 엉뚱한 소리를 하게 되는 것인가. 아니면, 이쪽의 멸공북진통일은 '합법'이고 저쪽의 공산혁명통일은 '불법'이라는 것인가. 도대체가 모를 소리다. 불법을 따지자면 2차대전 때 일본이 선전포고 없이 진주만을 폭격한 경우 같은 것이 아닌가. 그런데, 우리 쪽에서는 저쪽 공산정권을 하나의 국가로 인정한 일이 없지 않은가. 그러면서 무엇을 근거로 해서 따지고 있는 불법인가. 이쪽의 정권을 하나의 국가로 인정하지 않는 저쪽에서도 이쪽이 북진통일을 감행하는 경우 불법을 따질 근거가 없기는 매일반 아닌가. 그동안 공산혁명을 하겠다고 태백산맥을 통해 지속적으로 남파시킨 빨치산과 이번의 도발과는 뭐가 다른가. 수의 많고 적음이 다를 뿐이 아닌가. 싸움의 규모가 크고 작음이 다를 뿐이 아닌가. 그런데 왜 그때는 불법이라고 하지 않고 이제 와서는 불법이라고 하는 것인가. 도대체 앞뒤가 안 맞는 소리다. 싸움이 크게 벌어졌으면 그에 맞서 싸우는 일뿐이 없지 않은가. 잠꼬대 같은 엉뚱한 소리 지껄여봤자 무슨 소용이 있는가. 싸움은 총으로 하는 것이지 말로 하는 것이 아니잖은가. 빌어먹을……

권 서장은 울화가 치미는 걸 느끼며 라디오 앞에서 돌아섰다.

「서장님, 전화 왔습니다.」

권 서장은 바삐 전화기 쪽으로 갔다.

「전화 바꿨습니다. 권 서장입니다.」

「아, 이거 대체 워치케 된 사태요!」

전화기에서 터져나온 소리였다.

「거기 누구십니까!」

보성경찰서인지도 모른다고 생각하며 전화를 받았던 권 서장은 상대방의 무례함으로 그만 속이 뒤집히고 말았다. 상대방이 유지 중의 한 사람이라는 것을 번연히 알면서도 그는 감정이 솟기는 대로 내쏘았다.

「아, 나 최익달이오.」

「예, 우리도 방송 외에는 더 이상 아는 게 없습니다.」

권 서장은 전화를 짧게 끊으려고 이렇게 말을 무질렀다.

「아아니, 고게 무신 무책임헌 소리요. 빨갱이덜 난리가 터졌는디 경찰에서 몰르다니, 고것도 말이라고 허고 앉었소, 시방?」

권 서장은 울컥 솟기는 울화를 애써 억눌렀다. 돈에서 비롯되고 있는 그의 상습적 무례를 견디거나 받아줘야 할 이유는 하등 없었다. 그러나 그가 갖게 된 당연한 불안감이나 초조감은 어느 정도 이해해야 한다는 생각이 들었던 것이다. 경찰인 자신이 갖는 답답함이나 궁금함을 감안한다면 최익달을 비롯한 유지라는 사람들의 심정이 어떠할 것인지는 충분히 헤아려지기도 했다. 공산주의자들이 일으킨 전쟁 앞에서 경찰이나 그들이 동일한 표적이기는 피할 수 없는 일이었다.

「자아, 최 위원장님, 마음을 조금 가라앉히십시오. 우리 경찰이나 유지들이나 좌익 앞에서는 다 똑같은 입장 아닙니까. 난리가 천 리 밖에서 터지다 보니 아직 구체적인 지시가 없고, 여긴 위험하지도 않은 상태 아닙니까. 아마 상부에서 무슨 지시가 곧 내려올 것 같으니 다시 연락하도록 하십시다.」

「서장님 말도 알아듣겄소만, 여그가 위험허지 않다는 말은 틀린 말이오. 산중에 안직도 헌다허는 빨갱이덜이 그대로 살어 있는 판인디, 그것덜이 요 몇 달맨치로 가만있을 성불르요? 때는 요때다 허고 설레발치고 나설 것 아니겄소? 천 리 밖에서 진을 친 수많은 빨갱이야 안직 무서울 것 읎지만 바로 옆구리에 붙어 있는 빨갱이가 문제다 그것이요. 고것덜이 예삿것들이 아닌디다가, 군인도 수가 꽉 줄어불지 안했냐 말이오.」

「그래서 군경은 벌써 비상근무에 들어갔습니다.」

「비상근무고 머시고 다 존디, 으쩌요 권 서장님이 보기로는, 빨갱이덜이 여그꺼지 밀고 내레올 것 겉으요?」

「아까 말한 대로 그건 전혀 알 수가 없습니다. 저러다가 그냥 쫓겨올라갈 수도 있는 일이고, 어쨌거나 우리 쪽에서 하기에 달린 것 아니겠습니까.」

「고것이야 봉사 문고리 더듬디끼 허는 소리고, 산중 빨갱이덜언 워찌 움직기릴 것 겉소?」

「아마 무작정 덤비지는 못할 겁니다. 눈치 보아가며, 상황에 따라 움직이겠지요.」

「그것참, 농지개혁도 그냥저냥 지내가고, 인자 다리 뻗고 살 만혀겠는갑다 혔등마 요것이 또 무신 일인지 몰르겄소. 좌우간에 빨갱이넌 우리 철천지웬수요, 웬수.」

한숨을 내쉬는 최익달의 말에 맥이 빠져 있었다.

「그럼 다시 연락하도록 하지요.」

권 서장은 전화를 끊는 쪽으로 말을 매듭 지었다.

「그리헙씨다, 그나저나 피난얼 가야 헐란지 워쩔란지 원.」

최익달은 끝말을 혼잣말처럼 중얼거렸고, 그 말은 권 서장의 가슴에 묘한 느낌으로 엉켜들었다. 경찰이나 유지들은 공산주의자들 앞에서는 동일한 표적이면서 그 행동의 방향은 정반대였다. 경찰은 공산주의자들과 맞서야 하는 의무뿐이었고, 유지라는 사람들은 공산주의자들을 피해 얼마든지 도망칠 자유가 있었다. 그 당연한 사실을 그는 무슨 어려운 문제나 되는 것처럼 그때서야 깨우쳤던 것이다.

「어이 박 순경, 앞으로 보성경찰서가 아니면 전화 바꾸지 마시오.」

권 서장은 다시 라디오 쪽으로 가면서 일렀다.

방송에서 알리는 새로운 소식은 없는 채로 유지들의 전화만 줄을 잇대고 있었다.

보성경찰서에서 전화가 온 것은 10시쯤이었다.

「24시간 비상근무에 돌입하시오.」

남인태의 말이었다.

「알겠습니다. 다른 사항은 없습니까?」

「도경의 명령은 현재로선 그것뿐이오. 도경에서도 아직 정신이 없을 테니까 새로운 지시가 있으면 아마 수시로 하달하게 될 거요.」

「전황을 뭘 좀 아시는 게 있습니까? 아무래도 간단할 것 같지가 않은데요.」

「권 서장, 아무 염려할 것 없소. 간단하지 않으면 제놈들이 뭘 어쩌겠소. 여순반란사건을 좀 보시오. 지금 그놈들 꼴이 어찌 돼 있소? 이번 도발도 여순반란사건이나 마찬가지 결과가 될 거요. 이북놈들이 직접 일으켰고, 규모가 좀 크다는 차이뿐이지.」

「그랬으면 좋겠습니다만 꼭 그렇게 간단하게 해결될지가 문제로군요.」

「그거야 걱정할 게 없는 문제 아뇨. 미군이 다 알아서 해줄 텐데 무슨 걱정이오. 여순반란사건 때처럼 미군의 화력으로 박살을 내기 시작하면 그놈들 신세도 잠시잠깐이오. 미국을 믿어요, 미국을.」

「미국이 또 손을 써준다는 보장이 없지 않습니까.」

「권 서장, 참 별걱정 다 하시오. 미국이란 나라는 우리하고는 다르잖소? 얼마나 의리 있고, 인정 있고, 책임감 있소. 우리 경찰들한테 해준 것하며, 빨갱이들을 몰아친 걸 보시오. 이번에도 여순반란을 진압해 버린 것처럼 간단하게 해치우고 말 거요. 미국은 문자 그대로 위대한 나라 아니겠소. 그러니까 우린 안심하고 그 그늘에서 시키는 대로 하기만 하면 되는 거요.」

「예에, 여기 딴 전화가 와서 이만 실례해야 되겠습니다.」

권 서장은 서둘러 전화를 끊어버렸다. 그는 머리가 멍한 것을 느꼈다. 자신은 그때까지 미국은 생각지도 못하고 있었다. 자신의 의식 속에서는 미국은 이미 떠나버린 나라로 되어 있었다. 미국에 대해서 그렇게까지 생각할 수 있는 남 서장이 참으로 용하게만 느껴졌다. 공산주의가 싫은 건 사실이지만 그렇다고 미국에 대해서 남 서장처럼 감지덕지하고 우러러볼 수는 없었다. 일본에 그랬던 것 한 번이었으면 됐지 다시 미국을 향해 그럴 수는 없는 노릇이었다. 민족이니 양심이니 하기 이전에 스스로 부끄러워 차마 못할 짓이었다. 남 서장이 미국을 들먹이는 것은 사적인 생각에 지나지 않았다. 그러나 그 생각이 전혀 엉뚱하다고 할 수는 없었고, 어쨌거나 미국이 다시 나서기만 한다면 이번 도발도 별 어려움 없이 해결될 것 같았다.

난리가 났다는 소문은 점심나절까지 읍내 안통을 휘돌아 남쪽마을로는 된바람이 되어 퍼지고, 북쪽마을로는 마파람이 되어 퍼지고, 동쪽마을로는 하늬바람이 되어 퍼지고, 서쪽마을로는 샛바람이 되어 퍼져나갔다. 소문은 빠르게 퍼져나갔지만 그것을 놓고 입을 모으는 사람들은 별로 없었다. 워낙 놀라운 소식이기도 한데다가, 입을 함부로 놀릴 수 없는 성질의 일이었기 때문이다. 사람들의 의식 속에는 사상문제 하면 좌익을 떠올렸고, 좌익 하면 아는 척도 들은 척도 본 척도 하지 말아야 된다고 못 박혀 있었다. 똑똑한 사람치고 좌익 안 한 사람 없고, 좌익 안 해가지고는 똑똑하다는 말 못 듣는다는 말은 해방이 되고 얼마 동안까지만 통한 말이었고, 경찰에서 본격적으로 잡아들이기 시작하면서부터는 좌익 해서 남아나는 집 없고 좌익 해서 목숨 부지하는 사람 없다는 말로 변하게 되었다. 속마음이야 어떠하든 간에 좌익에 관한 것이면 일체 내색을 하지 않는 것으로 사람들 사이에서는 묵계되어 있었다.

이지숙은 사람들의 반응을 살피는 한편으로 경찰의 움직임에 신경을 집중하며 하루를 보냈다. 보도연맹에 가입된 것이 아무래도 신경을 자극했던 것이다. 그들은 겉으로 내세운 것과는 달리 보도연맹 가입자들을 줄기차게 의심했고, 감시했다. 1주일에 한 번씩은 이·동 단위로 모이게 해서 점검을 했고, 예고 없이 찾아들어 이런저런 흰소리를 지껄이다 가고는 했다. 모임이 있을 때마다 자애병원 전 원장을 대하는 것이 그녀로서는 큰 괴로움이었다. 언제나 목례만 했을 뿐 그런 감정표현을 물론 말로 하지는 못했다. 전 원장은 아무 표정이 없는 얼굴로 앉아 있다가 돌아가고는 했다. 도저히 공산주의자일 수 없는 전 원장을 그들은 끈질기게 괴롭히고 있었다. 그런 그들이 보도연맹 가입자들을 그냥 둘 것 같지 않은 예감이 머릿속을 떠나지 않고 있었다. 상황이 자기네들에게 불리해지면 반드시 보복행위를 취할 것 같았던 것이다. 앞으로 어떻게 해야 할 것인가를 생각하며 이지숙은 자정을 넘겼다. 혹시나 하고 기다렸던 안창민의 소식은 오지 않았다.

다음날 오전에 보도연맹 가입자들 소집이 있었다. 다른 때와는 달리 읍내 전체 가입자들을 남국민학교 운동장에 집결시켰다. 동네별로 줄을 선 사람들은 80여 명이었다. 모두 침울하거나 불안한 얼굴들이었다. 이지숙은 먼발치로 소화를 찾아냈다. 모시 치마저고리를 입은 그녀는 다소곳이 땅만 내려다보고 있었다.

「오늘 이렇게 여러분을 모이게 한 것은 여러분도 다 아시다시피 목하 야기된 긴급사태 때문입니다. 어제 삼팔선 전역에서 남침을 도발한 북괴군들은 지금 현재도 쏘련제 탱크를 앞세우고 우리 자유대한의 땅을 유린하고 있습니다. 이런 비상시국에 처하여 여러분들은 추호도 경거망동해서는 안 될 것이며, 과거의 죄를 일소하여 불문에 부친 조국의 은전에 재삼 감사하면서, 북괴도당을 물리치고 자유대한이 승리할 수 있는 애국의 길에 나서야 할 것이며…….」

권 서장의 목청 돋운 연설이었다.

「……우리는 조국 대한민국이 베풀어준 은전에 대하여 골수에 사무치게 감사함을 느끼면서, 멸공전선에 용맹스럽게 나서 북진통일을 완수하고, 백두산 영봉에 태극기 날리는 그날까지 분골쇄신 충성을 다 바칠 것을 맹세하면서, 우리 다 같이 만세삼창을 합시다!」

보도연맹위원장 문기수의 핏발 세운 낭독이었다.

「대한민국 만세!」

문기수의 선창에 따라 80여 명은 만세삼창을 하고 있었다.

이지숙은 소화를 아는 체하지 않고 운동장을 벗어났다. 전 원장에게도 처음부터 눈길을 보내지 않았다. 보도연맹의 소집은 생각보다 빨랐고, 좋지 않은 예감은 더 확실하게 자리를 잡았다.

이지숙은 대문의 네모난 기둥 왼쪽면을 살펴보았다. X표지가 새로 그어져 있었다. 지령이 있으니 선을 대라는 뜻이었다. 그녀는 되돌아서 칠동으로 걸음을 서둘렀다.

보도연맹 위험, 선 따라 입산 요망.

배 동무가 곰방대 물부리 속에서 꺼내준 종이에 적힌 안창민의 글씨였다. 이지숙은 종이를 입에 넣고 잘근잘근 씹으며 가슴 뭉클해오는 감동을 느끼고 있었다. 그 생각의 일치가 순간적으로 유발시킨 감정의 떨림이었다. 그 일치는 군당위원장의 직무수행뿐만이 아니라 그것을 넘어서는 어떤 교감으로 이루어진 것이라고 느끼고 있었다. 안창민이 가슴의 바다를 이처럼 격렬하게 출렁거리도록 한 것은 처음이었다.

그래요, 그러잖아도 당신을 찾아가려 하고 있었어요. 이지숙은 일부러 '당신'이라고 해보며, 자신의 말에 부끄러워져 자신의 가슴이 붉게 물드는 것을 느끼고 있었다. 그리고 그동안의 투쟁생활이 피로감과 함께 긍지감을 갖게 했다.

「이삼 일 안으로 다시 선을 대겠어요.」

씹고 있던 종이를 뱉어낸 이지숙이 말했다.

이지숙은 5리가 넘는 길을 걸으면서도 전 원장을 찾아갈지 말지를 결정하지 못하고 있었다. 안창민을 살려준 은혜를 생각하면 찾아가서 피신을 권유해야 했다. 그러나, 전 원장이 그 호의를 받아들이지 않으면 이쪽의 신분만 노출시키는 결과가 될 뿐이었다. 그렇다고 권유를 받아들이지 않으리라는 것을 전제로 찾아가는 것 자체를 그만둘 수도 없는 일이었다. 그랬다가 어떤 피해를 당해버리면 그것이야말로 씻을 수 없는 죄를 짓는 일이었다. 이지숙은 전 원장을 찾아가기로 결심했다. 다만 신분이 노출되지 않도록 눈치껏 말을 하기로 했다. 전 원장이 어떻게 받아들이든 자신으로서는 사람의 도리를 다하고자 한 것이다. 치료해 주고, 재판을 받는 고초를 겪고, 그것도 모자라서 보도연맹이라는 것에까지 강제로 끌려들어간 전 원장을 생각하면 언제나 가슴이 막혔다.

「원장님 바쁘신데 몇 말씀만 드리고 가겠습니다. 전세는 어제보다 더 나빠진 것 같은데, 전세가 자꾸 나빠지면 경찰에서 보도연맹 사람들을 어떻게 할지 모르겠군요.」

이지숙은 전 원장을 쳐다보며 말을 하려고 애썼다. 그런데 전 원장이 오히려 눈길을 피하고 있었다. 말보다는 얼굴로 더 많은 의미를 전달하고 싶었던 것이다.

「어떻게 하긴요.」

전 원장은 그저 부드럽게 웃었다. 자기 마음같이만 생각하고 있는 것이 분명했다.

「원장님, 여자의 직감이라는 게 있다고 하지 않습니까. 원장님 앞에서 주제넘은 말씀인지 모르겠습니다만, 제 생각으로는 꼭 무슨 보복을 할 것 같은 기분이 자꾸 듭니다.」

「그러세요?」

전 원장이 이지숙을 쳐다보았다. 그 얼굴에 약간 놀란 기색이 드러났다.

「네, 무슨 근거가 있는 생각은 아니지만, 겁을 먹고 한 생각도 아닙니다.」

전 원장은 고개를 끄덕였다. 이지숙이 겁먹는 여자가 아니라는 것은 같이 재판을 받으며 알았던 것이다.

「보복이라면……?」

전 원장이 중얼거리듯이 말했다.

「전시의 보복은 죽이는 것밖에 더 있겠습니까.」

이지숙은 일부러 차갑게 말했고, 전 원장은 그녀를 놀란 듯 다시 쳐다보았다.

「그 많은 사람을 그럴 수 있을까요? 이제 좌익도 아닌 사람들을.」

「원장님께서는 경찰이 보도연맹 사람들을 전적으로 믿는다고 생각하시나요? 지금까지 계속 의심하고 감시해 왔지 않아요. 그들은 보도연맹 사람들이 언제라도 좌익이 될 수 있다고 생각하고 있습니다.」

전 원장은 어두워진 얼굴로 한참이나 고개를 끄덕였다.

「내가 생각하지 못했던 걸 알려줘서 고맙소.」

이지숙은 고개를 숙여보이고 일어섰다. 전 원장은 말없이 이지숙을 배웅했다. 이지숙은 전 원장에게 피신하라는 말을 하지 않았고, 전 원장은 이지숙에게 어떻게 할 거냐는 말을 묻지 않았다.

이지숙은 그 길로 소화를 찾아갔다.

「어디 좀 멀리 떨어진 곳에 몸을 피할 데가 없나요?」

「무신 말씸이신지?」

소화는 금방 겁이 실린 눈을 크게 떴다.

「아무래도 보도연맹에 가입된 게 위험해요. 한 이삼백 리 밖에 몸을 피할 데가 있으면 피해야 되겠어요.」

「워치케 위험헌디요?」

「잘못하면 죽게 돼요.」

이지숙은 일부러 강하게 말했다.

「워메, 그런 소문이 났등가요?」

「아니, 나 혼자 생각이에요.」

「하메 그럴란지도 몰르제라.」 소화는 창백해진 얼굴을 두 손으로 감싸며, 「글먼 선생님도 항군에 가시는가요?」 기대에 찬 눈길을 보냈다.

「아니에요. 이런 때 서로 짐이 되면 안 돼요. 소화 씨는 나 아니라도 식구가 넷이에요.」

「들몰댁은 가입이 안 됐는디도 떠야 허는가요?」

「소화 씨가 자취를 감추면 들몰댁이 끌려가 얼마나 고생을 하겠어요.」

「그렇구만이라.」

「여유가 없어요. 내일이나 모레, 이틀 사이에 피하도록 하세요.」

처음에는 함께 입산할까 했었지만 두 아이들 때문에 불가능한 일이었다.

「허먼, 은제꺼정 피해 있어야 헐께라?」

「인민군이 여길 해방시키면 바로 돌아오세요.」

이지숙이 목소리를 더 낮추었다.

「그리 될께라?」

「그게 무슨 말이에요. 틀림없이 그렇게 됩니다.」

이지숙의 말은 단호했고, 소화는 그 단호함에 압도되고 말았다.

「근디, 딴 사람은 몰라도 의사선생님만은 피허시게 혀얄 것인디요.」

「병원에 들렀다가 오는 길이에요.」

「워메, 고맙구만이라.」

소화는 자신도 모르게 고개를 숙였다. 정하섭을 치료해 준 그 은공은 평생토록 갚아야 될 고마움으로 가슴에 담아두고 있었다.

「시골도 괜찮지만 광주 같은 도시도 좋을 거예요. 여러 가지 소식을 빨리 들을 수 있을 테니까요.」

「찬찬허니 생각혀 보겠구만요. 근디, 선생님은 가실 디 정허셨는게라?」

「오늘 저녁 안으로 정해야지요.」

서로를 위해서 그렇게 대답했다.

「피허기 전에 또 만낼 수 있을랑가요?」

「아니에요, 자주 만나는 건 위험해요. 만나는 건 이것으로 끝내는 게 좋을 거예요. 짐 같은 건 크게 싸들지 말고, 누구 눈에나 나들이 가는 것처럼 보이도록 하세요. 네 식구가 한꺼번에 움직이지도 말구요. 그만 가봐야겠어요. 모든 걸 잘 알아서 하세요.」

이지숙이 소화의 손을 잡았다. 소화는 손을 맞잡으며 일어섰다.

「무사허시씨요.」

「소화 씨두요.」

6월 하순의 비가 어둠 속에서 억세게 쏟아지고 있었다. 비오는 밤이나 눈 내리는 밤의 어둠은 유난스레 짙게 마련이지만, 거칠게 퍼부어대는 빗줄기 소리가 요란해 어둠은 더욱 진하게 장막을 친 것 같았다. 자정을 넘기고 28일이 시작되어 두 시간 반이 지나고 있는 시각이었다. 어마어마한 폭음과 함께 불기둥이 치솟았다. 그리고 굉음이 뒤따랐다. 한강인도교가 폭파되고 있었다. 비는 줄기차게 쏟아지고 있었다.

그 시간에 김범우는 손승호와 마주 앉아 있었다. 손승호는 어제 점심나절에 서대문형무소를 나와 하숙집으로 돌아왔다. 인민군의 선발 탱크부대가 형무소 문을 밀어붙인 것이다.

「내일 이 선배를 만나보는 것이 어떻겠나?」

꽁초 서너 개를 까서 신문지쪽에 말며 김범우가 말했다.

「그렇게 하지.」

손승호는 그동안 많이 말라 광대뼈가 불거지고 볼이 패어 있었다. 그러나 얼굴 모습과는 달리 목소리에는 탄력이 느껴졌다.

김범우는 담배에 불을 붙이며 옆눈길로 손승호를 보았다. 그의 눈이나 얼굴에는 무슨 끈끈한 기름처럼 피곤이 묻어 있었다. 그런데도 그는 잘 기미를 보이지 않고 무엇을 응시하듯이 앉아 있었다. 그는 달라져 있었다. 이번에 잡혀 들어가서 무슨 일을 당했는지 모르지만 심적 변화를 일으킨 것만은 확실해 보였다. 그는 성급하게도 이번 전쟁의 의미를 규명하려고 들었다. 물론 부정이 아니라 긍정의 입장에서였다. 그런 손승호의 모습은 전향했던 고향에서의 손승호가 아니었다. 물론 손승호의 태도변화가 갑작스럽게 일어난 것이라고 할 수는 없었다. 교직을 떠날 생각을 했고, 보도연맹 가입을 피해 고향을 등졌고, 서울생활을 새롭게 체험했고, 잡혀 들어갔고…… 그의 속을 구체적으로 알 수는 없으나 심경의 변화를 일으킬 수 있는 가능성은 어느 만큼 헤아려지지 않은 것도 아니었다. 그러나 그 이유를 따져묻지는 않았다. 급변한 상황에 어떻게 대처해야 할지 자신의 머리부터 혼란했기 때문이었다. 묻지 않아서 그런지 그도 이유를 말하지 않았다.

「그만 자세. 너무 피곤해 보여.」

김범우는 담뱃불을 껐다.

「자야지, 내일이 또 있으니까.」

손승호는 무슨 생각에서 깨어나듯이 하며 앉음새를 고쳤다. 김범우는 바지를 벗고 호롱불을 껐다. 그리고 방문에 쳤던 담요를 떼내고 방문을 열었다. 누가 시킨 것도 아닌데 밤이 깊어지자 방문에 담요를 쳤던 것이다. 일제시대부터 몸에 익은 방어습관이었다. 깊은 밤의 시원함과 함께 세차게 쏟아지는 빗소리가 방 안으로 몰려들었다. 김범우는 숨을 깊이 들이켰다. 아, 이제 어떻게 되려는가. 곧 말이 되어 나올 것처럼 그 생각은 의식의 표면으로 떠올랐다. 그리고, 깊게 들이켠 숨은 한숨으로 변해 나왔다.

김범우는 자리에 누웠다. 빗소리에 섞여 또 총소리가 들렸다. 이 비오는 깊은 밤에도 전쟁은 진행되고 있었다. 날이 새면 서울은 인민군이 완전히 점령하게 될 것이다. 회사는 오늘 오전, 아니 시간을 정확하게 따져 말하자면 어제 오전에 문을 닫았다. 그때까지 접수된 외신은 유엔 안전보장이사회에서 한국군에 원조를 하기로 결의했다는 것이었다. 그건 바로 미국의 참전을 의미했다. 짧은 시간 동안에 기자들의 찬반이 격렬하게 엇갈렸다. 그 논쟁은 이번 전쟁의 견해차이와 직결되는 문제였다. 그 다음 소식이 정부의 대전 이전이었다. 회사가 하루를 다 채우지 않고 부리나케 문을 닫은 것은 그 소식의 충격 때문이었다. 서너 시간 전까지도 회사에서는 '국군이 서울을 사수한다'는 소식을 각 신문사에 응답하고 있었던 것이다. 회사는 문을 닫으면서 '각자가 알아서 행동하라'고 했을 뿐이다. 정부는 서울을 포기하고 시민을 버렸고, 회사는 통신업무를 포기하고 기자를 버렸다. 그런데도 '서울사수' 방송은 하루종일 계속되고 있었다. 쫓겨나듯이 회사를 나왔을 때 시내의 모습은 어제와는 확연히 달라져 있었다. 어제까지 장병들의 부대복귀를 외치고 다니던 군용차량들이 보이지 않는 대신 어제까지는 눈에 띄지 않던 피난짐을 싼 사람들이 부쩍 늘어나 있었다. 그리고 사람들도 불안한 기색을 완연히 드러냈고, 문을 닫은 가게들도 꽤나 많은데다가, 은행 앞에서 사람들이 들끓고 있었다. 은행에 돈을 맡겨두고 살 만한 형편인 그 사람들은 이번 전쟁을 필히 피해야 될 사람들일지도 몰랐다. '각자가 알아서 행동하라'는 무책임에 대해서 스스로를 책임질 행동결정을 내릴 수가 없었다. 공산주의 치하에서 살지 못할 무슨 죄를 진 것도 아니었고, 손승호를 만나지도 못한 채로 서울을 허겁지겁 떠나야 할 이유도 없었던 것이다.

 잠이 오지 않았다. 손승호도 자는 것 같지가 않았다. 세상이 달라지려하고 있다. 역사가 바뀌려 하고 있다. 역사가 세 번째로 요동치려 하고 있다. 해방이 되었고, 남북에 서로 다른 정권이 섰고, 이제 그것을 하나로 만들기 위한 전면전쟁이 벌어지고 있다. 그런데 미국이 참전을 결정하고 나섰다. 그렇게 되면 어떻게 될 것인가. 그보다 먼저, 유엔의 이름을 앞세운 미국의 참전은 어디에 근거하고 있는 것인가. 남쪽에 대한민국 정부를 세우는 것으로 그들이 주장하는 신탁통치의 권한은 이미 끝나지 않았는가. 아니, 신탁통치 기한이 5년이었으니까 아직 잔여기간이 남았다고 하는 것인가. 그게 아니라면, 대통령이 도움을 청해서 그것에 근거하는가. 현실적으로 거의 불가능한 일이지만, 만약 남쪽 사람들 절대다수가 이번 전쟁은 민족 자체의 문제니까 개입하지 말라고 의견을 모으면 미국은 어떻게 할까. 참전을 중단할까? 포기할까? 아닐 것이다. 미국은 우리의 뜻을 가차 없이 묵살하고 참전을 감행할 것이다. 한반도 전체가 사회주의화하여 소련의 영향권 아래 들어가는 것을 원하지 않았던 당초의 계획을 그들은 결코 포기하지 않을 것이다. 그들은 철저한 실리추구의 자본주의 계산법에다가, 2차대전에 이겨 세계최강이라는 권위주의 자만심까지 가지고 있다. 그런 그들이 그동안 남쪽에 한 투자를 포기할 리가 없고, 자기네의 권위를 심은 땅을 남이 넘보게 방관할 리가 없는 것이다. 그들은 군정기간을 통하여 공산당을 철저히 파괴하고, 친일반민족세력을 철저히 옹호함으로써 자신들의 실리추구와 권위주의 실천을 얼마나 잘 증명해 보였던 것인가. 그때 이미 남쪽사람들의 의사는 가차 없이 묵살되지 않았던가. 친일반민족세력의 옹호에 대하여 당사자와 그 가족을 빼놓고 모든 사람들의 반발과 항의가 그 얼마나 노골적이고 적극적으로 일어났던가. 그러나 끝내 친일반민족세력의 정권은 세워지고 말았던 것이 아닌가. 미국은 자기네의 이익을 지키고, 충복인 그들을 다시 보호하기 위해서 참전할 이유가 충분할 것이다. 미국이 참전한 전쟁의 결과는 어떻게 될까…….

김범우는 더 생각하고 싶지 않았다. 가슴에 바윗덩이가 얹힌 것처럼 답답했다. 벽 쪽으로 돌아누웠다. 별로 덥지도 않은데 땀이 끈적거렸다.

비는 말끔히 개어 있었다. 집안의 침울한 분위기와는 반대로 화단의 화초들은 싱싱한 생기로 살아오르고 있었다. 하숙생들로 아침이면 시끌덤벙하던 집안이 절간 같은 적막에 싸여 있었다. 그렇다고 하숙생들이 다 떠난 것도 아니었다. 한두 명 줄었는지는 몰라도 그들은 전과 다름없이 변소를 오갔고, 세수들을 했고, 방마다 밥상이 들고 났다. 모든 것은 전과 같이 움직여지고 있었지만 그 움직임에서 소리가 제거되고 없었던 것이다. 그것이 전쟁의 한 모습이었다.

아침을 간단하게 먹고 김범우와 손승호는 집을 나섰다. 큰길로 나와 가게에 들어간 김범우는 담배부터 샀다. 담배가 진작 떨어지기도 했지만 전화를 빌려쓰기 위한 비위맞춤이었다. 이학송은 고참기자답게 귀한 전화까지 회사에서 가설해 주고 있었다.

「이 선배님이십니까, 저 김범웁니다.」

「어, 김 형! 그동안 어찌 지냈소, 별일 없지요?」

그동안 고생을 겪은 사람답지 않게 이학송의 목소리에서는 힘이 느껴졌다.

「차암, 제가 할 인사를 그렇게 급하게 하실 건 뭡니까.」

이학송이 껄껄거리고 웃었다.

「건강은 좀 어떠십니까?」

「좋아요, 경찰서에서 맞은 것 형무소 밥으로 다 치료했소.」

「손 형이 어제 서대문에서 풀려난 걸 보고 선배님도 나오신 걸 알았지만 일부러 연락드리지 않았습니다.」

「아니, 손 형이 서대문에서 풀려나다니?」

「도통 면회가 안 돼서 소식을 전하지 못했었는데, 그럴 일이 있었습니다. 손 형과 함께 뵙고 싶은데 시간이 어떠십니까.」

「만납시다. 시내 돌아가는 걸 보려던 참이었으니까. 보신각 뒤 그 다방에서 봅시다.」

김범우는 가게를 나서며 담배를 빼물었다. 기다리고 있던 손승호가 불쑥 말했다.

「자네 짐작이 맞네, 어젯밤에 한강다리가 끊겼다는군.」

「그거 난리났군.」

성냥을 그어대며 김범우는 코웃음 섞어 말했다.

「뭐가?」

「뭐긴 뭔가, 인민공화국 치하에서 살아남기 어려운 사람들 말이지. 전국적인 비율로 따져보자면 친일파나 민족반역자들이 제일 많이 못자리판을 이룬 곳이 서울 아닌가. 그런데 서울을 사수하겠다고 해놓고 갑자기 다리를 끊어버렸으니 그 사람들 다 독 안에 든 쥐가 됐으니 말야.」

「잘된 일이지 뭐. 그래도 빠져나갈 놈들은 다 정부 따라 빠져나간 거 아닌가.」

전과 다른 손승호의 모습을 김범우는 또 느끼고 있었다.

「그래 봤자 그 숫자는 얼마 안 될 거네.」

「서울 못 떠난 놈들은 지금쯤 이승만한테 욕을 퍼부어대며 한강으로 몰려나가고 있겠군.」

손승호가 코웃음을 쳤다.

「가면 뭘 하나, 한강이 개울이 아닌데.」

「저기 한 집이 도망치고 있구먼.」

손승호가 턱으로 가리킨 쪽에는 피난짐을 이고 진 한 가족이 길을 건너고 있었다.

「저래가지고 언제 한강까지 가겠나. 어쨌거나 이북에서 그랬던 것처럼 친일파나 민족반역자들은 용납하지 않을 테니 서울에서 일어날 인명피해가 극심하게 생겼어.」

「자네 지금 인명피해라고 했나? 마땅히 죽어야 될 놈들을 죽이는 건데 피해는 무슨 피해란 말인가.」

「너무 그리 들이대지 말게, 내가 민망해지네. 그자들을 편들자는 게 아니라 상황을 말한 것뿐이네.」

손승호가 저리도 격렬해질 만큼 이번에 잡혀 들어가 못 당할 일을 당한 게 분명하다고 김범우는 생각했다.

「자넬 민망하게 만들자는 게 아니라, 이번 전쟁은 사회주의혁명을 통한 민족통일을 달성하려는 세력과 친일민족반역으로도 부족해서 다시 나라를 팔아먹고 있는 신식민주의자들과의 싸움이라는 것을 말하고 싶은 거네.」

「그게 자네가 정의한 이번 전쟁의 의민가?」

「그렇다고 할 수 있네.」

「좋은데, 너무 민족 내부문제로 국한시켜 보는 것 아닌가? 우리를 강제로 분단시킨 미쏘의 책임과 영향도 무시할 수 없는 것 아닐까?」

「당연하지. 그건…….」

「그만하세. 길바닥에서 길게 할 얘기가 아닌 것 같네. 이따가 이 선배 만나서 계속하세.」

「그러지.」

손승호는 손바닥으로 입을 훔쳤다. 그 몸짓에서 김범우는 보도연맹가입을 피해 자신을 찾아들었을 때의 손승호를 떠올렸다. 서울로 도망쳐 온 경위를 대충 이야기하고 나서 그는 그때도 입을 야무지게 훔쳤던 것이다. 어쩌면 그때부터 심정의 변화를 일으키기 시작한 게 아닌가 하는 생각이 다시금 들었다. 부양가족이 많은 형편에 직장을 버리고 친구 하나만을 믿고 서울로 피신을 하면서 남달리 생각이 많은 그가 얼마나 여러 가지 생각을 했을 것인가는 짐작이 어렵지 않았다.

예상했던 대로 시내는 인민군에게 점령되어 있었다. 원남동 로터리에서부터 탱크와 인민군들이 눈에 띄기 시작했다. 억새풀이나 나뭇가지 같은 것으로 위장하고 있는 인민군 병사들의 모습에서 전장의 폭음과 화약냄새가 그대로 느껴져왔다. 김범우의 의식 속에서는 아무 시차 없이 버마 전선이 다가들었고, 이 전쟁에서 나는 무엇이어야 하는가 하는 생각이 또 고개를 들었다.

「많이 수척해지셨습니다. 개라도 한 마리 잡아야 되겠는데요.」

김범우는 이학송에게 인사했다. 이학송은 그 좋던 얼굴이 형편없이 망가져 있었다.

「좋지, 보신에야 개장국 당할 게 뭐 있겠소. 더구나 여름인데. 그런데, 손 형은 어떻게 된 일이요, 도대체.」

이학송은 대뜸 손승호에게 관심을 드러냈다.

「네, 그게 일종의 필화사건인데요…….」

손승호는 될 수 있는 대로 사건 내용을 자세하게 이야기해 나갔다.

「……결국 저는 고문을 견디지 못하고 그자들이 작성한 조서에 지장을 눌렀습니다. 그래서 출판사는 남로당 비밀 아지트로 둔갑하고, 저는 남로당 프락치가 되어 서대문으로 넘어갔습니다. 사장님도 지장을 찍은 걸 보면 고문을 더 당할 필요 없이 재판에서 진술을 번복하려 했거나, 아니면 고문으로 자포자기했거나, 둘 중의 하날 겁니다. 재판을 기다리다가 어제 나오게 된 겁니다.」

「그것참, 이 시대의 전형적인 조작극이로군요.」

이학송은 쓴 입맛을 다시고는 담배를 깊이 빨았다. 온갖 방법의 고문 앞에서 휘이거나 꺾이는 것, 그건 분명 인간의 육체적 한계를 이겨내지 못한 굴욕이고, 그 시간이 지나가면 자기혐오를 일으키는 괴로움이고 고통이다. 그러나 그건 패배는 아니다. 이학송은 자기도 전향서를 썼다는 말을 차마 하기가 어려웠다.

「이 선배님, 이렇게 말씀드리면 손 형이 어떻게 생각할지 모르겠습니다만, 손 형은 이번 사건으로 생각이 완전히 변해버린 것 같습니다. 그전의 탈사상적이랄까, 순수인간주의랄까 하는 입장에서 또다시 좌파의식으로 돌아선 게 아닌가 합니다. 전향에서 재전향이라고나 할까요. 이번 전쟁에 대해서도 사회주의 혁명을 통한 민족통일 추구세력과 친일민족반역자에서 신식민주의자로 바뀐 매국적 세력과의 싸움이라고 규정할 정도로 적극적 입장이 됐습니다. 손 형의 태도에 대해서 선배님은 어떻게 생각하십니까?」

손승호가 이학송을 만나고자 한 뜻을 헤아리려 김범우는 대신 말을 했고, 손승호는 입가에 미묘한 웃음을 칠한 채 듣고만 있었다.

「허어! 손 형은 이번 전쟁을 그렇게 보시오?」

이학송은 손승호를 이윽히 쳐다보았고, 손승호는 쑥스러운 듯 웃음을 흘렸다.

「손 형의 생각은 어느 국면의 정곡을 찌른 판단인 것 같소. 내 생각으로는 이번 전쟁의 양상이랄까, 이유 그리고 목적 같은 것을 제대로 파악하기에는 복잡한 점이 많이 있소. 지금은 해방 직후의 단계가 아니고, 양쪽 정권이 수립되기 직전의 단계도 아니고, 서로 적대하는 두 정권이 나름대로 기반을 구축한 단계이기 때문이오. 그러니까 보는 각도에 따라, 관점의 차이에 따라 판단이 달라지게 되어 있소. 그러나 보다 올바른 판단은 있게 마련이고, 착오를 줄이고 올바른 판단을 하기 위해서는 사건의 주체를 제대로 파악하는 데서부터 시작해야 하지 않을까 싶소. 먼저, 우리를 분단시키고 오늘의 대립상황을 주도한 미쏘를 주체로 하는 시각인데, 상반된 이데올로기로 대립하고 있는 두 강대국이 뒤에서 영향력을 행사해서 전쟁을 일으키게 하고, 우리는 그들의 냉전을 실전으로 대신 싸울, 왈 이데올로기 대리전쟁이라는 판단이오. 미쏘의 관계와 우리의 분단현상과의 관계에서 볼 때 아주 그럴듯한 판단이 아닐 수 없소. 그러나 그 판단에 따르면 우리 민족은 아무 뜻도 생각도 없는 바보나 천치로, 그야말로 괴뢰 노릇이나 했다는 뜻이 되오. 물론 그 판단에는 두 나라에게 이 땅의 강점과 분단의 책임을 따져야 한다는 뜻이 강하게 작용하고 있지만, 그러나 그에 못지않게 우리 민족을 스스로 비하시키고 모멸하고, 민족의 삶이나 존재를 부정하는 허점을 가지고 있소. 그와는 달리 우리 자신을 주체로 하는 시각인데, 그러자면 해방의 시점을 연장해서 우리를 보아야 할 것이오. 해방은 어쩔 수 없이 우리에게 커다란 역사변동의 계기나 전환점인 것이 분명했는데, 미쏘가 강점하지 않고 해방을 맞이했다면 우리 사회는 어떻게 변했을 것이냐 하는 점이요. 사회혁명이나 사회개혁은 필연적이고 불가피한 것이었소. 그것은 계급적으로 지주제도를 척결하는 것이었고, 민족적으로 친일반민족세력들을 처단하는 것 아니었겠소. 그런 역사적 욕구 앞에서 이데올로기라는 건 그것이 무엇이건 상관이 없소. 그 욕구를 효과적으로 해결할 수 있는 것이라면 무엇이든 이데올로기로 채택되고, 빛을 내게 되어 있소. 그런데 그 욕구가 강대국 점령하에서 중단되고 좌절된 것이 바로 남쪽 땅이오. 그 욕구는 어쩔 수 없는 폭력 앞에서 숨을 죽인 것이지 소멸되거나 해소된 것이 아니고, 자유민주주의가 설득력을 잃고 불신의 대상이 된 것에 반해 사회주의는 상대적으로 빛을 발하게 되었소. 그런 상태로 두 정권은 대치하면서 이데올로기의 정치적 실현을 위해 '통일'을 우선과제로 내세우게 되었소. 한쪽은 무조건 공산주의를 없애자는 통일이고, 다른 쪽은 사회혁명을 이루자는 통일인데, 어느 쪽이나 그 방법으로는 전쟁을 전제로 한 것이었소. 바로 이 대목에서 미국이라는 나라가 우리 민족에게 저지른 죄를 다시 거론하지 않을 수 없소. 미국이 아니었으면 해방이 되고 깨끗하게 처단당했을 자들에게 미국이 국가정치권력을 만들어주고, 무장을 시켜주고 해서 이제 그 반민족세력들이 제놈들의 권력유지를 위해 오히려 민족을 강제동원해서 제물로 써먹게 되었다 그것이오. 그리고 그놈들의 권력을 무너뜨리기까지 무고한 민중들이 수없이 피를 흘리지 않을 수 없게 되어 있소. 이것이 다 미국이 저지른 죄요. 그러나 무고한 사람들이 억울한 피를 흘리더라도 역사는 바로잡아야 하는 것이오. 이번 전쟁은 우리 민족의 삶에 박힌 모든 갈등과 모순을 일소시키기 위해서 외세와 반민족세력을 동시에 척결하는 계기가 될 것이오.」

김범우는 이학송을 그저 놀란 눈으로 쳐다보고 있었다. 이학송은 손승호보다 한술 더 뜨고 있었던 것이다.

「그럼 선배님은 어쩌겠다는 겁니까?」

우문이라고 생각하면서도 김범우는 묻지 않을 수 없었다.

「내가 취할 입장도 함께 말이 된 것 같은데…….」

무슨 새삼스러운 소리를 하느냐는 듯이 이학송이 떫은 표정을 지었다.

「현명한 판단이라고 생각하십니까?」

「현명이고 우둔이고가 없소. 선택의 여지가 없으니까.」

「선택의 여지가 없다니요?」

「얘기 서두에서 말했지만 지금은 해방 직후도, 두 정권수립 직전도 아니오. 제3의 입장이란 있을 수 없소.」

김범우는 가슴이 막히는 걸 느꼈다.

「미국이 참전하게 되어 있습니다. 이 전쟁이 어떻게 될 것 같습니까?」

「그러니까 더욱 내 입장은 분명해지오.」

「전쟁이 어떻게 되다니, 질 게 뻔하니까 좌에 서지 말라 그 말인가? 그거야말로 기회주의적 결과론이네.」

손승호가 정면으로 내쏘았다.

「아니, 자넨 왜 그리 달라졌나. 도대체 알 수가 없어.」

김범우는 참아왔던 말을 꺼내고 말았다.

「글쎄 뭐라고 할까, 변한 게 아니라 저 멀리 가 있던 생각을 가깝게 끌어당긴 것뿐이네. 난 일방적 반공교육을 시키면서 괴로움을 당하기 시작했고, 내 생각이 환상이라는 것을 스스로 시인했네. 그러면서 교직을 떠나야 되겠다는 생각이 커져갔지. 그 고민을 자네한테 비쳤는데, 기억하나 몰라. 그 생각이 커져가면서, 서로 맞선 두 정권 사이에 전쟁이 벌어진다면 난 어느 편에 서야 하나 하는 구체적인 고민까지 하게 됐지. 그 말을 자네한테 물으려다가 그만뒀었지. 그리고 보도연맹 때문에 서울로 도망 오며 그 구체성은 더 강해졌고, 이번 사건으로 고문을 당하면서 나는 내 생각의 잘못과 내가 해야 할 일이 무엇인가를 확실히 알게, 아니야, 정하게 되었네. 그것이 뭔 줄 아나? 나를 고문하는 형사놈을 향해, 네놈 같은 민족반역자를 한 놈만 죽이고 나도 죽을 수 있다면 내 목숨을 아까워하지 않겠다는 치떨림이었네. 단순하고 유치한가? 그러나 명쾌하고 확실하네. 관념이 아니고 체험이니까. 그 결심을 지킬 좋은 기회가 온 거네.」

김범우는 손승호를 물끄러미 바라보고만 있었다. 어떤 신념에 찬 손승호는 한 10년쯤은 더 젊어보이는 것 같았고, 책을 탐하던 그가 새로운 지식을 얻을 때면 얼굴이 상기되곤 했던 사범학생 때의 모습이 떠올랐다. 김범우는 손승호에게도, 이학송에게도 아무 할 말이 없었다. 손승호의 경우는 그의 말따나 관념이 아니라 체험이었고, 이학송의 경우는 그 나름의 논리에 빈틈이라고는 없었던 것이다. 이제 제3의 입장이란 있을 수 없다는 그의 말은 무서운 데가 있었다. 그 말은 다른 말을 용납하지 않으면서, 행동을 촉구하는 것이었다. 김범우는 자신의 생각을 좀더 구체적으로 정리할 필요를 느꼈다.

「한강다리가 폭파됐는데 서울은 어찌 되겠습니까?」

손승호가 이학송에게 물었다.

「이승만이 어지간히 다급했던 모양인데, 글쎄요, 인민군 입장에서는 좋고도 나쁘게 된 게 아닌가 싶소. 전국에서 집합해서 드글거리고 있는 친일반역세력들의 발을 일시에 묶게 된 것은 좋을 것이고, 얼마 동안이라도 전진이 중단된 것은 나쁘고, 그렇지 않겠소?」

「그런데, 서울에 몰려 있는 친일반역세력들은 얼마나 되고, 그것들은 앞으로 어떻게 처리하게 될까요?」

「손 형이 아주 심각한 문제에 관심을 두는군요. 글쎄요, 나도 오래전부터 서울에 몰린 친일반역세력들이 대체 얼마나 될까를 생각해 보고는 했었소. 한마디로 서울은 친일반역자들의 도시라고 해도 지나친 말은 아닐 거요. 서울의 구조를 따져보고, 사건들을 점검해 보면 그 답은 금방 나오게 되어 있소. 서울은 조선시대부터 수도였으니 정치도시고 양반도시고 소비도시였소. 그 양반님네들이 경복궁 가까운 팔판동·제동·가회동·안국동·인사동까지 자리 잡아 양반동네를 이루었고, 그 아래 종로통을 중심으로 그들의 소비생활을 받치고 있는 상인들이 자리 잡았소. 그런데 일정시대가 되잖았소. 일본놈들은 경복궁 안에다가 총독부 건물을 들어앉히고는, 옛날 양반들과 맞대거리라도 하겠다는 듯 북악산과 맞바라보고 있는 남산 아래 필동·회현동부터 시작해서 반원을 그리며 원효로·만리동·효자동까지 진을 쳤고, 그들의 상권은 을지로를 중심으로 형성되었소. 필동에서 효자동까지 적산가옥이 그리 많은 게 그 까닭이오. 그런데, 일본놈들은 조선시대가 무색하게 강력한 중앙집권제를 실시했고, 그 바람에 양반님네들은 나라 팔아먹고 대신 얻은 감투만이 아니라 실질적인 관리생활을 거의가 했소. 거기다가 출세욕을 가진 지방지주나, 그 자식들이 또 하나 부자촌을 만들었는데, 그게 명륜동이고 혜화동이오. 그들이 서울 양반동네 옆으로 자기네들 집을 이어붙인 게 재미있소. 순경이나 여러 종류의 하급관리들은 여기저기 흩어져 살았을 것이고. 해방되기 직전까지 그 인구가 대략 55만 정도였는데, 해방이 되고 1947년 중반까지 그 배 이상이 늘어나고 말았소. 귀환동포, 지방의 상경자 등도 있지만, 그 절대적인 수는 50만이 넘는 월남자들이었소. 우리가 친일반역자들을 130만에서 150만으로 추산하는데, 이북에 퍼져 있던 친일반역자들은 그때 모두 몰려내려온 셈이오. 물론 그중에 그렇지 않은 사람들도 몇 퍼센트는 있소. 자아, 이렇게 볼 때 현재 서울 인구 백사오십만 중에서 친일반역자 아닌 깨끗한 사람이 얼마나 되겠소. 어림잡아 친일반역자들이 반을 넘지 않을까 싶소. 그자들을 어떻게 처리할 것인가, 그건 앞으로 두고 볼 일이오.」

이학송이 물잔을 들었다.

「예, 중대한 문제로군요.」

손승호가 심각하게 고개를 끄덕였다.

「난 좀 가볼 데가 있는데, 우리 또 만나기로 합시다.」

이학송이 시계를 들여다보며 말했다.

「또 연락드리겠습니다.」

손승호가 말했다. 자기와 이학송 사이를 손승호가 비집고 끼어든 것 같아 김범우는 서먹한 듯한 묘한 기분을 느꼈다.

밖은 여름햇살이 따가웠다. 시가지는 달라진 것이 하나도 없었다. 시가전을 치르지 않은 도시는 부서진 곳 없이 말짱해서 건물들만으로는 전시라는 것을 전혀 느낄 수가 없었다. 그러나 전시는 역시 전시였다. 사람들의 두서없는 듯한 발걸음, 불안하고 두려움에 찬 눈빛, 문을 닫은 상점들, 평소보다 많이 줄어든 행인들, 그런 것들이 합쳐져 썰렁하고 휑 뎅그렁한 분위기를 만들어내고 있었다. 인민군 병사 20여 명이 두 줄로 발을 맞춰 광화문 쪽으로 걸어가고 있었다. 손승호는 그 낯선 복장의 군인들을 눈여겨 바라보고 있었다.

「어디로 갈까?」

김범우가 물었다.

「당장 할 일이 없으니 집으로 가야지.」

두 사람은 안국동 쪽으로 길을 건넜다.

그들이 집에 도착해 보니 송경희가 와 있었다.

「선생님!」

마루에 걸터앉아 있던 그녀는 그들을 보자 울음을 터뜨리듯이 하며 내달아왔다. 그녀는 김범우 앞에 우뚝 멈춰서더니 두 손으로 얼굴을 가렸다. 그리고 어깨가 들먹거렸다.

「어쩐 일이오?」

김범우는 난처한 눈길로 손승호를 쳐다보며 물었다. 손승호는 씨익 웃고는 관심 없다는 듯 발을 옮겼다.

「선생님, 절 좀 도와주세요.」

그녀는 얼굴을 가린 채 울음 섞어 말했다.

「뭘 말이오?」

「한강다리가 끊겼어요.」

김범우는 일그러지는 얼굴을 하늘로 들었다. 그러니 한강을 건너게 해달라는 말인 것이다.

「덥소, 우선 안으로 들어갑시다.」

김범우는 이상하게 짜증이 나는 것을 꾹 누르며 앞장섰다. 짜증은 그녀의 탓이 아니라 그녀를 짜증받이로 삼으려 하는지도 모른다고 그는 생각했다.

송경희는 손수건으로 눈물을 찍어내며 문 옆에 앉았다.

「다리가 끊긴 건 나도 아는데, 내가 도울 방법이 막연하잖소.」

「선생님, 절 도와주실 분은 선생님밖에 안 계세요.」

송경희는 눈물로 붉어진 눈으로 목소리보다 더 절박하게 말하고 있었다.

「친척집에 있다면서 거긴 어떻소?」

「밥하는 노인네하고 중학생 둘뿐예요.」

「대학생 동생은 어떻게 됐소?」

「한강을 헤엄쳐 건너는 걸 보고 이리 왔어요.」

「저런 못된 사람이 있나. 누나를 떼놓고 혼자 가버리다니.」

책을 뒤적이고 있던 손승호가 불쑥 말했다.

「그게 아녜요. 혼자 안 가겠다고 하는 걸 제가 막 물속으로 밀어넣었어요. 난 김 선생님한테 부탁해서 건널 테니까 먼저 떠나라고 한 거예요. 동생은 그 말을 듣고서야 떠났어요.」

김범우는 자신도 모르게 올가미가 씌워진 것을 느꼈다.

「왜 꼭 서울을 떠나려고 그러오?」

「어머 선생님, 서울은 빨갱이 세상이잖아요!」

김범우는 무의식적으로 손승호를 보았다. 손승호는 책장만 넘기고 있었다.

「한강은 폭이 넓은데다 곳곳에 물살이 세서 내 힘으론 돕기가 어렵소. 딴 데 도움을 청할 데가 없으면 그냥 서울에 있으시오.」

「선생님, 거짓말하지 마세요. 선생님이 수영을 얼마나 잘하시는지는 누구나 다 알고 있어요. 선생님은 만성리 앞바다에서 학생을 둘이나 구해내셨잖아요. 선생님은 우리 여학생들의 호프였어요. 동경이었구요. 그리고, 전 빨갱이는 죽어도 싫어요. 그것들 생각은 무경우하고 뻔뻔스럽고, 하는 짓은 징그럽고 더러워요.」

「이봐 학생, 무슨 말을 그리 막 하나.」

손승호가 책을 탁 덮으며 송경희의 얼굴에 시선을 꽂았다.

「제가 무슨 말을 막 했어요. 있는 그대로 말했을 뿐예요. 무엇 때문에 지주나 부자들의 재산을 뺏으려고 들어요. 그게 무경우하고 뻔뻔스럽지 않으면 뭐예요. 그리고 사람들을 왜 자기들 멋대로 죽이는 거예요. 그 짓이 징그럽고 더럽지 않단 말예요? 염상진 제까짓 게 뭔데 우리 아버질 죽여요. 우리 아버지가 제놈한테 잘못한 게 뭐가 있어요. 빨갱이는 제 평생, 아니에요, 우리 식구 평생 원수예요.」

송경희의 곱상하게 생긴 얼굴은 표독스럽게 변해 있었다. 손승호는 눈길을 거두며 고개를 저었다. 김범우는 또 하나의 선우진을 보고 있었다.

「어이 범우, 저 학생은 구제불능일세. 새로워진 서울에서 단 하루도 더 살 자격이 없네. 날도 더운데 수영도 할 겸 당장 건네다줘버리게.」

손승호의 화난 목소리였다.

「알고 보니 선생님은 사상이 아주 불온하시군요.」

「어허, 그렇게 함부로 말하는 게 아니오.」 김범우는 엄한 얼굴로 송경희를 꾸짖고는,「한강은 어떤 형편이었소?」 말을 바꾸었다.

「네에, 사람들은 몰려들어 들끓는데 배는 없었어요. 젊은 남자들은 더러 동생처럼 헤엄을 쳤구요. 강 복판에서 떠내려가는 사람도 있었어요.」

「그런 것 말고, 도강을 막는 경비 같은 건 없었소?」

「그때까진 없었어요.」

「어디, 건너보도록 합시다.」

「선생님, 고맙습니다.」

송경희는 두 손을 가슴에 모아잡으며 몸을 떨었다. 미모의 얼굴에 감격스러움이 넘쳤고, 김범우를 바라보는 눈에는 야릇한 빛이 타고 있었다.

이른 저녁을 먹고 집을 나섰는데도 뚝섬에 다다랐을 때는 어둑어둑해지고 있었다. 잘생긴 미루나무들이 큰 키를 자랑하며 강변 언덕을 따라 숲을 이루고 있었고, 넓은 남새밭이나 참외밭 사이로 띄엄띄엄 흩어져 있는 농가에서는 전혀 전쟁을 느낄 수가 없었다. 예상과는 달리 강변에도 사람이 별로 없었다. 사람들은 습관적으로 인도교 가까이나 마포강변으로 몰려든 것이 분명했다. 시내 중심에서 보자면 그곳이 거리가 가깝기도 했다. 김범우 자신이 직선거리를 따져 뚝섬으로 나온 것처럼.

김범우는 모래밭을 걸으며 강 건너편을 살펴보았다. 회색빛 어둠이 드리워지고 있어서 모든 것이 흐릿하게 보였다. 나지막한 산들만이 윤곽이 잡혔다. 김범우는 물가에 앉으며 담배에 불을 붙였다. 담배를 깊이 빨며 도착지점을 대각선으로 눈짐작하고 있었다. 물흐름을 따라 헤엄치다 보면 현재의 위치보다 꽤나 아래 지점에 당도하게 될 터였다. 혼자 헤엄을 치더라도 물살에 밀리게 마련인데 수영을 못하는 여자를 달고 헤엄을 치자면 물흐름에 몸을 맡길 수밖에 없는 일이었다.

「헤엄은 좀 칠 줄 아오?」

「아니에요, 멍청이에요.」

「벌교사람답지 않게 어쩐 일이오. 포구를 옆에 끼고 살았으면서.」

「그냥 들어갔다 나왔다만 했지요.」

「바닷물에 목욕만 하신 모양이군.」

「여자들은 다 그런걸요.」

「물에 뜰 수는 있소?」

「머리까지 넣으면 떠요.」

「그나마 다행이오. 준비합시다.」

김범우는 꽁초를 모래밭에 찌르고는 일어섰다. 그리고 훌렁훌렁 옷을 벗기 시작했다. 몇 개 입지 않은 여름옷이라서 곧 팬티만 걸친 김범우의 알몸이 드러났다. 근육이 요란스럽게 잡히지는 않았지만 단단해 보이는 건장한 체구였다. 그는 바지에서 혁대를 뽑아 허리에 둘렀다. 그리고 옷가지들을 왼쪽 옆구리의 혁대에 끼워넣었다.

「자아, 이거 봐요. 여길 꽉 잡아요.」

김범우는 오른쪽 옆구리 혁대를 잡아늘여보이며 송경희를 쳐다보았다.

「전 어떡해요.」

송경희는 운동화까지 그대로 신은 채로 서 있었다. 그녀는 플레어 원피스 차림이었다.

「머리나 바짝 묶고, 운동화나 벗어요.」

그녀는 김범우가 시키는 대로 했다. 그녀의 운동화도 김범우의 왼쪽 옆구리에 매달았다.

「자아, 겁먹을 것 하나도 없이 여기만 잡고 있으면 돼요. 놓치지만 않게 잡으면 됐지 너무 힘줘서 잡을 필요도 없어요. 괜히 몸만 굳어지니까. 숨만 여유 있게 쉬면 다 물에 뜨게 돼 있어요. 그 뭉툭한 발을 가지고 개나 돼지도 헤엄을 치니까, 거기에 비하면 사람의 손발은 헤엄치기에 아주 적합하게 돼 있는 거요. 모든 건 내가 다 알아서 할 테니까 겁먹을 것 하나도 없어요. 자, 가봅시다.」

김범우는 물을 첨벙거리며 강으로 들어갔다. 잠시 망설이듯 하던 송경희도 옷자락을 여미며 발을 물속에 넣었다. 어둠은 더 진해져 있었다.

물이 배꼽 쯤에 차오르자 김범우는 걷기를 멈추었다.

「이제 여기 잡아요.」

김범우는 혁대를 잡아당겨 손 넣을 공간을 만들며 송경희를 쳐다보았다. 김범우보다 키가 작은 송경희는 가슴 가까이까지 물에 잠그고 있었다. 그녀의 손이 주저하며 혁대를 잡았다.

「자아, 갑니다아.」

김범우는 몸을 물에 띄웠다. 송경희도 눈을 질끈 감으며 숨을 들이켰다. 어둠 저편 멀리서 총소리가 먼 메아리처럼 들려왔다. 신호탄이 어둠 속에서 꽃처럼 고운 빛깔로 피어나고 있었다. 인도교 쪽이었다.

김범우는 물흐름을 따라 서두름 없이 평형으로 헤엄치고 있었다. 민물인데다가 사람까지 매달려 있어서 바다에서보다 몇 갑절 몸이 무겁게 느껴졌다. 제길, 이게 무슨 짓인가, 구제불능인 대가릴 가진 여자를 살려주려고. 손승호 그 자식도 우스워. 제놈이 무슨 서울시인민위원장이나 되는 것처럼 추방령을 내리듯이 하지 않았나. 결국 전쟁이 터지고 말았다. 쌍방이 원했던 전쟁이고, 서로 이긴다고 장담했던 전쟁이었지. 허나, 서로 이기는 전쟁도 있나. 원시시대부터 지금까지 그런 전쟁은 없었다. 이 전쟁은 어떻게 될 것인가. 손승호의 말도 맞다. 이학송의 말도 맞다. 올바른 의식으로 역사를 본 판단이다. 그러나 전쟁은 그것만으로 이겨지는 것이 아니다. 전쟁은 정의의 실현을 위해 필요한지 모르지만 전쟁 자체가 정의는 아니다. 전쟁은 정의도 사상도 아니다. 윤리나 도덕은 더구나 아니다. 전쟁은 오로지 힘일 뿐이다. 철저한 폭력으로 결판나는 약육강식이다. 그런데, 미국이 참전을 한다. 어떻게 될까. 독일과 일본을 동시에 상대해서 이긴 나라, 그 기세로 세계의 왕이 되고 싶어하는 나라. 물량작전으로 독일을 초토화시키고 일본에 원자폭탄을 투하한 나라, 일본이 갑자기 항복하는 바람에 나를 써먹지 못했듯이 비축된 화력이 얼마인지 알 수가 없는 나라. 그 미국이 한반도에서 본격적으로 전쟁을 벌이려 한다. 위험천만이다, 위험천만이다…….

「선생님, 선생님, 팔이, 팔이 쥐가 나려고 해요.」

송경희의 다급한 소리가 어둠을 울렸다.

「혁대 놓지 말아요!」

김범우는 헤엄동작을 멈추고 송경희를 붙안았다. 오른쪽 팔에 그녀의 젖가슴이 뭉클하게 눌렸다. 제기랄, 그는 혀를 차며 그녀를 왼쪽으로 돌렸다.

「이젠 오른손으로 여길 잡아요. 거의 다 와갈 테니까 겁먹지 말아요.」

김범우는 사방을 휘둘러보았다. 강은 어둠으로 차 있을 뿐 자신의 위치를 확인할 수가 없었다. 주책없이 담배 생각이 났다. 담배가 여태껏 함께 헤엄쳐왔다는 데 생각이 미쳤다. 빌어먹을……. 앞으로 어느 시간까지는 그 즐기는 담배를 꼬박 굶게 되어 있었다. 그는 다시 헤엄을 치기 시작했다. 먼 총소리는 더 자주 울렸다. 그러나 그건 공격의 총소리가 아니라 경계의 총소리라는 걸 알 수 있었다. 먼 신호탄이 방향잡이 노릇을 해주었다.

물흐름에 밀려 그녀의 몸이 자꾸 부딪쳐와 헤엄치기가 아까보다 훨씬 거북하고 힘들었다. 손승호가 얄미워졌다. 지금쯤 뭘 하고 있을까. 배를 깔고 책을 읽고 있을까, 인공치하에서 활동할 꿈에 부풀고 있을까. 잘못했다. 그 친구를 끌고 나오는 건데! 기왕 활동을 하려면 염상진 선배한테 가는 게 좋았을 텐데. 염 선배가 얼마나 반가워하고 손승호는 또 얼마나 떳떳했을 것인가. 그 생각을 왜 미리 못 했을까. 염 선배나 안창민은 지금쯤 기분이 어떨까. 기가 막히겠지. 감격 감격일 거야. 혁명은 목숨을 내놓는 일이면서 그만큼 매력도 있어. 제3의 입장이 있을 수 없는 상황에서 난 어떻게 해야 하나. 막연할 건 없다. 그러나 간단하지가 않다.

「선생님! 땅이에요, 땅!」

송경희의 감격적인 외침이었다. 옆구리에 매달려온 그녀의 발에 강바닥이 먼저 닿은 것이었다. 김범우는 몸을 세웠다. 물은 가슴 밑의 깊이였다. 갑자기 맥이 처지는 걸 느꼈다. 느릿느릿 발을 옮겨놓았다. 물이 발목에 찼을 즈음이었다.

「선생님, 고마워요.」

송경희가 그의 목을 와락 끌어안았다.

「뭐, 고맙기는, 같은 고향사람인데…….」

그는 당황해서 얼버무렸다.

「아녜요, 선생님은 정말 좋으신 분예요. 고마워요, 정말 고마워요.」

그녀는 김범우의 얼굴에 자기 얼굴을 비벼대며 울먹였다. 얼굴처럼 그녀의 몸도 김범우의 몸에 밀착되어 있었다.

「됐소, 됐소, 자아, 자아…….」

김범우는 거북해서 자신의 몸을 뒤로 빼면서 그녀의 몸을 밀어냈다. 그런데 밀어낸 것보다 몇 갑절 강한 힘으로 그녀는 매달려왔다.

「선생님, 제발 이대로 있게 해주세요. 선생님을, 선생님을 사랑해요.」

「그게 무슨 소…….」

김범우의 말은 그녀의 입술로 막혀버렸다. 그녀의 입술은 정상이 아닌 체온을 품고 그의 입술 위에서 부서지고 있었다. 그는 비로소 물에 젖은 얇은 옷 속에 담긴 그녀의 몸 부분부분이 입술처럼 자신의 몸을 자극하는 것을 느꼈다. 그는 바짝 긴장을 느꼈다. 그는 고개를 뒤로 젖혀 입술을 떼내며 그녀를 떠밀었다. 그러나 그녀는 떨어져나가지 않고, 그녀에게 가해진 자신의 힘과 그녀가 매달리는 힘에 이끌려 그녀와 함께 나둥그러지고 말았다. 그녀가 아래 깔리고 그가 위에 얹힌 민망한 체형이 되었는데도 그녀는 목에 감은 팔을 풀지 않았다.

「이게 무슨 짓이요. 난 결혼한 사람이요.」

「알아요, 그게 무슨 상관이에요. 전 선생님을 사랑할 뿐예요. 바라는 것 아무것도 없어요.」

그녀는 속삭이고는 다시 그의 입술에 입술을 부딪쳐왔다. 그는 그녀의 입술에서 싸아한 풀냄새를 맡았다. 그순간 자신의 남성이 일어서는 것을 느꼈다. 안 돼, 안 돼! 그는 자신의 남성을 갈겨댔다.

「이러면 안 돼, 자아, 자아.」

그는 두 팔로 모래바닥을 떠밀었다.

「저를 드리고 싶어요. 저를 드리고 떠나고 싶어요. 둘만의 비밀이에요. 아무도 보는 사람이 없잖아요. 어둠뿐이에요.」

그녀는 딸려올라오며 뜨거운 소리로 속삭이고 있었다. 그녀의 속삭임을 따라 그의 남성은 불붙어오르고 있었다. 그 불길 속에서 그의 의지는 땔감일 뿐이었다. 그는 팬티를 벗어던졌다. 그를 따라 그녀도 팬티를 벗었다.

「아아…… 사랑해요오…….」

그를 받아들이는 그녀는 뜨겁게 요동했다. 그의 단단한 육체만큼 강한 뜨거움에 휘말리며 그녀는 휘어진 하늘에 매달린 무수한 별들이 쏟아져내리는 것을 보고 있었다.

「미안하오, 다 내 잘못이오.」

그녀 위에 몸을 부려버린 그가 쉰 소리로 말했다.

「아니에요, 제가 바란 거예요. 전 너무 행복해요.」

그녀는 그의 머리를 어루만지며 하늘을 올려다보고 있었다. 쏟아져내린 수많은 별들이 제자리를 찾아가고 있었다.

김범우는 한 팔을 베개로 그녀에게 내준 채 못 견디게 담배가 피우고 싶은 것을 견디며 모래바닥에 누워 있었다. 아, 사랑하지도 않는 여자한테서도 성욕을 느끼고, 관계를 통해 희열을 느끼는 수컷의 야비하고 무분별한 본능이여. 그녀가 처녀가 아니라는 심증으로 섭섭하기도 하고 홀가분하기도 한 수컷의 이 뻔뻔하고 몰염치한 심보여. 미친놈아, 민족의 운명을 판가름하는 전쟁이 터진 판에 이게 무슨 짓이냐. 전시에도 밥은 먹고 똥은 눈다고? 답 한 번 멋지다, 미친놈아.

「무슨 생각을 하세요?」

「응, 어서 떠날 준비하시오.」

「선생님, 기왕 건너오신 김에 함께 가시지 않을래요?」

「뭐라구?」

김범우는 벌떡 몸을 일으켰다.

「아니에요, 제 욕심일 뿐이에요. 선생님이 좌익사상을 가진 줄은 몰랐어요. 그래서 강을 건네준 게 더 고마워요.」

「쓸데없는 소리 말고 어서 떠나도록 하시오.」

성욕의 찌꺼기인 허탈감을 먼 총소리가 강요하는 긴장으로 털어내며 김범우는 물 젖은 옷을 집어들었다. 송경희도 몸을 일으켰다.

12
산골짜기를 울리는 한밤중의 총소리들

　삼팔선 부근으로 이동될 것 같던 심재모의 중대가 대기명령을 받은 것
은 27일이었다. 모든 전선이 후퇴를 하고 있는 전황 속에서 부대이동은
보류될 수밖에 없었다. 전투태세를 갖춘 채 불안한 닷새가 지나갔다. 모
든 전선에서 밀리다 보니 날이 바뀔 때마다 위도에 맞춰 도시를 빼앗기
고 있는 형국이었다. 서부·중부·동부의 전선에 따라 의정부·춘천·강
릉, 서울·원주·삼척 하는 식이었다. 그런 한심스런 전황을 확인해 가며
부대에서 토끼잠을 자고 있는 심재모는 낮시간을 잠깐씩 이용해서 하숙
집에 발걸음을 했다. 혹시나 하는 마음으로 가보면 순덕이는 그대로 있
었고, 이제 떠났으려니 하는 생각으로 가보면 순덕이는 또 그대로 있었
다. 전쟁이 터졌으니 빨리 집으로 돌아가라고 했다. 그녀의 입장을 위해
부모에게 편지를 썼고, 노자도 넉넉하게 마련했고, 안전하게 갈 수 있는
길도 세세하게 일러주었다. 눈물이 그렁그렁한 눈으로 입을 비죽거리던
그녀는 기어코 울음을 터뜨렸다. 그리고 눈물을 줄줄이 쏟으며 목메어 말
했다. 「지가 그리 싫으시다면이야 으쩔 수가 읎는 일이겄제라. 물건 싫은

것이야 봐도 사람 싫은 것이야 못 보는 것잉께요. 그려도 너무 허시는구만
요. 지가 빙신이 아닌디, 여자 맴얼 워찌 그리도 모지락시럽고 야박허게
대허는지, 똑 죽고 잡은 맴뿐이구만요. 부처님 가운데 토막도 아니겄고,
거짓꼴로라도 한 분만이라도 지 맴얼 받어주셨으면 그 표시로 평상 혼자
서도 살어졌을 것인디, 너무 허시느마요. 대장님이 여그 뜨시는 것 보고
뜰 것잉께, 나 겉은 년 인자 아는 척 마시씨요.」

부대에 즉각이동 명령이 떨어졌다. 잠시의 짬도 없이 부하들을 수습
해서 이동이 시작되었다. 심재모는 마음 한자락을 순덕이에게 남겨놓은
채 이동 아닌 후퇴의 발길을 재촉하지 않을 수 없었다. 「거짓꼴로라도
한 분만이라도 지 맴얼 받어주셨으면 그 표시로 평상 혼자서도 살어졌
을 것인디……」 그녀의 울음 섞인 말이 어디까지고 따라오고 있었다.
이 순박하기만 한 여자야, 나라고 왜 그대를 갖고 싶지가 않았겠어. 그
대 말마따나 난 부처님 가운데 토막이 아니라 젊은 남자야. 허나, 난 아
직 결혼할 생각이 없고, 그러면서 그대같이 순박한 여자를 장난 삼아 무
책임하게 손댈 수 없었던 거야. 어느 날 저녁밥상을 놓고 일어서는 순간
끼쳐오던 그대의 냄새를 맡을 때, 이부자리를 깔아놓고 나가는 그대의
뒤꿈치를 보았을 때, 목욕을 하고 아직 물기에 젖어 윤나고 있는 그대의
머리칼을 보았을 때, 그대를 갖고 싶었느니라. 그러나 나는 그때마다 참
아냈다. 나는 그런 사내다. 나를 속이면서 틀린 일을 하고 싶지 않은 것
이다. 그런데, 그대는 내 곁에 있으면서 아주 큰일을 해냈다. 그대는 내
병을 고쳐준 것이다. 여자의 거기는 시궁창보다도 더 더럽다는, 내가 전
쟁터에서 얻은 그 병을 그대는 서서히 치료해 준 것이다. 내 마음에서 그
대를 갖고 싶은 충동이 일어난 것이 그 증거 아니냐. 그대의 거기는 그대
의 마음처럼 깨끗하리란 생각이 든다. 내가 결혼하고 싶은 마음이 동하
면, 그때 그대하고 하리라. 어서 집으로 돌아가 있거라. 그때는 내가 그
대를 찾아가리라, 그 벌교라는 이상스럽게 정겨운 땅으로.

부대는 영주를 거쳐 점촌에서 후퇴를 중지했다. 전방부대와 교체될
거라고도 했고, 다시 후퇴할 거라는 말이 엇갈리는 속에서 사나흘이 흘

렀다. 부대는 다시 후퇴를 시작했다.

「이거 왜 자꾸 후퇴만 합니까. 우리 부대는 전투부대가 아니라 후퇴부댄 겁니까?」

상사가 투덜거렸다.

「염려 마시오, 윤 상사. 세상살이에는 공짜가 없는 법이오. 특히 군대에서는 더 그렇소. 군인이란 작전에 의해서 움직이는 기계고, 작전이란 피눈물 없이 냉정한 기계조작이오. 편할 때 후회 없이 푹 쉬어두시오. 우릴 이렇게 후퇴부대로 두는 건 우리가 이뻐서가 아니오. 다 작전수행에 따른 거요. 무찌를 가능성이 없는 막강한 적 앞에 우리를 내보내봤자 병력손실만 커지니까 어차피 후퇴작전을 하고 있는 처지에, 전방부대를 받치게 하면서 병력손실을 막자는 것이오. 우린 지금 반격을 가할 어느 지점인가를 향해 후퇴하고 있는 것이고, 이러다가 전방부대 어디에 구멍이 뚫리면 언제 전방으로 투입될는지도 모르오. 우릴 놀린 만큼 써먹게 될 테니 염려 말고 기운이나 모아두시오.」

심재모의 말은 일종의 하사관 교육이었고, 상사는 멋쩍게 웃기만 했다.

부대는 상주를 거쳐 구미에 이르렀다. 그러는 동안에 국군이 유엔군에 편입되는 조처가 취해졌다는 소식이 들렸고, 다음날인 8일에는 전국에 계엄령이 선포되었다. 심재모는 국군이 유엔군에 편입되었다는 사실을 어떻게 받아들여야 할지 알 수가 없었다. 국군은 대한민국의 군대고, 유엔군은 대한민국이라는 나라를 돕겠다고 온 여러 나라의 잡동사니 군대였다. 그런데 어째서 대한민국 군대가 그 잡동사니 군대에 '편입'이 된단 말인가. 주인은 어디까지나 대한민국 국군이고, 유엔군은 분명 객에 불과하지 않은가. 그런데 주인이 객 밑으로 들어가다니, 이거야말로 빈틈없이 맞아떨어지는 주객전도가 아닌가. 제대로 되자면 유엔군이 국군에 편입되어야 할 것 아닌가. 그렇지 못할 바에는 서로 독립된 상태로 작전 협조를 해야 할 것 아닌가. 그런데 어찌 그런 일이 벌어질 수 있을까. 우리 형편이 다급하니까? 어차피 원조를 받아서 싸워야 할 처지니까? 효과적인 작전을 수행하기 위해서? 어느 것도 납득이 되지 않았다.

자기 나라의 전쟁을 수행하는 군인이 다른 나라들의 군대에 속해 명령을 받아야 하다니, 그럼 우리나라의 존재는 무엇이란 말인가. 도대체 군대란 무엇인가. 한 주권국가의 영토와 국민의 생명 및 재산을 지키는 것을 의무로 하는 집단 아니던가. 그러므로 그 집단은 한 국가의 주권의 상징이기도 한 것이다. 그 집단이 의무수행을 해야 할 상황에 처해 다른 나라들의 군대에 편입되고 말았다. 그것은 바로 주권해체가 아니고 무엇인가. 대한민국이란 나라가 없어지고 만 것이 아닌가. 세상에 어느 나라에서 이런 일이 생길 수 있을까. 도대체 대통령이란 사람은 무엇을 하고 있는가. 아니, 무슨 생각으로 이런 일을 저지를 수 있는가. 심재모는 누구에게 말도 꺼내지 못한 채 속만 뒤집어지고 있었다. 그런 말을 내놓고 할 상황도 아니었고, 그런 문제를 심각하게 받아들일 만한 장교도 주위에는 없었던 것이다. 그는 김범우를 그리워하고 있었다. 그를 만나면 속 시원한 답이 나올 것이 틀림없었기 때문이다.

그런데, 마침내 12일에 이르러 국군의 통수권을 미군에게 이양하는 협정이 체결되었다. 심재모는 무릎이 꺾이는 절망을 느꼈다. 헌법에 따라 국군의 통수권은 나라를 대표하는 대통령이 행사하는 절대적이고 고유한 권한이었다. 그 권한을 미군에게 넘겨준 것이다. 그것은 완전한 국권의 포기이고, 주권의 상실이었다. 통수권이 없는 대통령이 무슨 대통령이고, 대통령이 없는 나라가 무슨 나라인가. 그 영감이 노망을 하는 것인가. 그 영감은 그렇다 하더라도 통수권을 받아가는 미군의 속셈은 또 무엇인가. 이제 실질적인 통치자는 맥아더가 아닌가. 심재모는 참담함으로 가슴이 무너져내렸다. 이런 꼴을 보자고 학병에 끌려가 살아남기 위해 발버둥친 것이 아니었고, 해방된 나라의 군인이 된 것이 아니었다. 그런데 그 해답을 주듯 떠오르는 말이 있었다 「남쪽이 이 지경이 된 건 미국 군인들이 강압적으로 세워놓은 군사정권이기 때문입니다.」 이학송의 말이었다. 아, 이학송이나 김범우 같은 사람들은 이런 일이 벌어질 것을 미리 다 알고 있었던 게 아닌가. 심재모는 끝 모를 허탈감에 빠져들었다.

아직 감정정리를 하지 못한 심재모가 우울하게 시간을 보내고 있는데 연대에서 호출이 내려왔다.

「심 중위도 아다시피 지난 8일에 전국적으로 대한학도의용대가 결성 되었소. 이는 백척간두에 선 조국 대한의 운명을 결코 좌시할 수 없다는 들끓는 애국충정으로 구국전선에 나서기 위하여 열혈 애국청년학도들 이 자발적으로 결성한 것이오. 청년학도들의 애국심이 이러한데 나라에 서는 그 고결한 뜻을 받아들이지 않을 수 없는 입장에 있소. 하여, 우리 군에서는 학도의용병을 받아들이기 위해 각 지역별로 병력을 급파하게 되었소. 이에 따라 심 중위는 근무경험이 있는 전남 서남지방으로 파견결 정이 내려졌소. 활동의 세부사항은 참모를 통해서 듣기로 하고, 아무쪼록 맡은 바 임무에 최선을 다해주기 바라오.」

연대장의 말이었다.

참모실로 가며 심재모는 머리가 어지러운 것을 느꼈다. 휘황한 문자 들로 꾸며진 연대장의 말 자체도 전혀 실감이 가지 않았고, 더구나 연대 장 같은 경력의 소유자가 그런 과장된 말을 거침없이 하고 있다는 것이 비위를 상하게 만들었다. 연대장은 바로 일본 만군 출신이었고, 그 경력 을 부끄러워하는 게 아니라 오히려 그때의 경험들을 때와 장소를 가리 지 않고 자랑처럼 입에 올리는 위인이었다. 그뿐만 아니라 군수뇌부에 속하는 사람들의 이름을 들먹여가며 만군시절부터의 관계를 강조해 자 기 과시를 즐기는 인물이었다. 저런 것들이 장교의 7할을 차지하고 앉 았으니……. 심재모는 얼굴이 일그러진 채로 참모실 문을 열었다.

보도연맹원 소집은 해가 지기 전에 완료되었다. 그들은 경찰서를 거 쳐 동척 쌀창고에 갇혔다. 창고 안에 어둠이 들어차고 있었다. 창문이라 고는 없이 높게 바람구멍만 네 군데 뚫려 있는 창고는 바깥보다 빨리 어 두워졌다. 그리고 사람들이 그득하게 차 있어서 더위도 한결 심했다. 남 자들은 홑것인 삼베저고리마저 열어젖혔고, 여자들은 머릿수건으로 땀 을 닦아내며 손부채를 부쳤다. 그러나 그건 더위를 면해보려는 부질없 는 몸짓들일 뿐이었다. 창문이 없는데다 양철지붕이 내뿜는 열기는 창고 안을 찜통으로 만들고 있었다. 사람들은 하나같이 더위를 타박했지만 그러나 그것도 어두워지기 전까지였다. 창고 안에 어둠이 켜를 이루며 쌓여가자 사람들은 불안해지기 시작했다. 시국도 시국인데다가 전에 없었던 일이기 때문이었다. 「워쩔라고 요리 오래 가둬두는고?」「금메, 쓰다 달다 무신 말 한마디 읊이 말이시.」「워쩨 기분이 요상시럽덜 않으요?」「글씨, 워쩨 맴이 좋덜 않구마.」여자들 사이에서 소곤거림이 시작되었다. 「요것 참 요상허시? 원제꺼정 요리 처박아두자는 것이제?」「우리가 복날 개도 아니겄고, 요런 더운 디다 몰아때레놓고 워쩨 찍소리가 읎어.」「워쩨 눈치가 요상허지 않는감?」「금메 말이시, 워쩨 냉기가 싸르르 도는 것이 영 안 존디.」「행에 워찌 혀뽈라는 것 아니까?」「워쩌!」남자들 사이에서 퍼지기 시작한 말이었다.

「위원장, 위원장!」

어느 남자가 소리 질렀다.

「워쩨 그러요. 나 여깄소.」

문기수가 뭉그적거리며 일어섰다.

「우리럴 워쩨 요리 가둬두고 이러요?」

「나도 잘 모르겄소.」

「위원장이 워쩨 고런 것도 몰르요? 은제나 풀어줄 것 겉소?」

다른 남자의 목소리였다.

「고것도 잘 모르겄소.」

「워쩨 위원장이 몰르는 것 천지요. 행에 우리럴 워쩨뿔자는 것이야 아니겄제라?」

「워쩨뿔다니! 고것이 무신 소리요?」

문기수가 화들짝 놀라며 갈라지는 소리를 질렀다. 창고 안이 갑자기 얼어붙었다.

「시절이 요리 위태위태헌디다가, 우리만 피 뽑디끼 쪼로록 몰아서 부지하세월로 가둬둔께 고런 겁이 생긴 것이요.」

「아니요, 아녀. 자수허고 전향허기만 허먼 과거 잘못 깨끔허니 용서허고 대한민국 국민으로 평등하게 살게 혀주겠다는 것이야 나라가 헌 약조요, 나라가. 개인이 사사로이 헌 약조도 아니고 나라가 만천하에 대고 헌 약존디 워찌 식은 죽 묵디끼 헐 수가 있겠소. 고런 약조 깼다가는 나라 위신이고 신용이고 다 항꾼에 깨져뿔고, 그래서야 누가 나라럴 믿고 딸컸소. 무담씨 쓰잘디없는 소리 혀서 사람덜 간 떨어지게 맹글지 마씨요.」

문기수는 떨리는 목소리로 그러나 아랫배에 힘을 넣어가며 큰 소리로 말을 했다. 그건 위원장으로서 연맹원들을 위해서라기보다 자기 자신에게 달라붙는 공포감을 떼쳐내기 위해서였다.

「그리만 되면이야 을매나 좋겠소. 꼭 그리 돼야제라.」

「하면, 나라가 헌 약존디 비문헐랍디여.」「그렇겄제, 그래야 되제.」
「나라럴 못 믿으면 누구럴 믿겠는가.」「항, 나라야 하늘이제.」 남자와 여자의 구별 없이 서로 말이 뒤섞이고, 모두들 고개를 끄덕이며 밝은 얼굴들이 되었다.

권 서장은 보도연맹원 명단을 훑어내렸다. 이지숙과 무당, 둘만 빠져 있었다. 그의 매운 눈길은 전 원장의 이름에 박혀 있었다. 전 원장을 어떻게 할 것인지 신경만 소모될 뿐 판단을 내릴 수가 없었다.

「권 서장님, 일을 확실하게 처리해야 하오. 이번 일은 개인적인 감정이 개입돼선 안 되는 국가적인 중대사요. 내가 보기에 권 서장님은 마음이 너무 좋다고 할까, 대가 좀 약하다고 할까, 어쨌든 좀 염려가 안 되는 바 아니오.」

남인태의 말이었다.

「그리 염려 안 하셔도 됩니다. 일을 가능하면 경우에 맞게, 한편으로 쏠리지 않게 공평하도록 처리하자는 게 제 근무정신인데, 그러다 보니 그렇게 보인 모양입니다. 저도 명색이 서장입니다. 경우에 맞지 않고, 아니라고 생각하는 문제에 대해선 그 누구보다 단호하고 철저합니다. 너무 걱정 마시고 두고 보세요.」

권 서장은 남인태의 주제넘음을 정면으로 받아쳐버렸다.

「아 뭐, 기분 나쁘게 생각할 건 없소. 그 정도면 안심해도 되겠소.」

남인태는 헛웃음을 치며 전화를 끊었다. 권 서장이 남인태에게 한 말은 자신을 방어하기 위해서 한 말만은 아니었다. 그건 그의 마음에 든 생각 그대로였다. 그의 마음속에서 공산주의나 좌익은 용납될 수 없는 것으로 못이 박혀 있었다.

이지숙과 도래등 무당이 자취를 감춘 것을 안 것은 정기소집을 하고 나서였다. 형사부장이나 염상구의 말이 아니더라도 권 서장의 직감은 이지숙에게로 날아갔다. 이지숙은 세포였고, 무당은 포섭당한 것으로 파악되었다. 그는 그동안 뚫린 허점에 아연하지 않을 수 없었다. 고정세포의 암약을 포착하지 못한 것도 그랬고, 엉뚱하게 무당이 포섭당했다는 것도 그랬고, 포섭당한 입산자의 아내가 보도연맹 가입에 처음부터 고려되지 않았다는 점이 그랬고, 일단 한 사건에 연루되어 재판까지 받은 고정세포가 야학의 선생으로 위장한 것이 방치된 점이 그랬고, 이지숙이 그동안 얼마나 많은 세포를 부식시켰을까를 생각하면 그랬다.

허점이 많아도 너무 많았다. 지나간 것은 다 덮는다 하더라도 이지숙이 뿌린 조직만은 캐내야 했다. 그러나, 그러자면 읍내를 발칵 뒤집어야 하는 소란이 벌어지지 않을 수 없었다. 불리한 전시상황 속에서 그건 말할 것 없는 긁어 부스럼이었다. 자신의 무능을 드러내는 자살행위였다. 이미 떠나버린 두 계엄사령관에게 책임전가가 될 일이 아니었다. 계엄하에서도 경찰의 임무는 엄연히 있었던 것이다. 그는 사건을 밀봉하는 한편 그 범위를 축소시켰다. 그래서 첫 번째 조사대상에 올린 것이 서민영이었다.

「말씀드린 대로 이지숙은 고정세포였습니다. 선생님, 어떻게 된 일입니까?」

권 서장은 서민영의 취조를 직접 나섰다.

「지금 뭘 묻는 거요? 이 선생의 정체를 알고 있었느냐를 묻는 거요, 아니면 나와 이 선생과의 사상적 내통 여부를 묻는 거요?」

「죄송하지만, 두 가지 답니다.」

「둘 다 나하곤 상관이 없소.」

「선생님, 이건 보통 문제가 아닙니다. 그 여자는 선생님의 야학에서 1년이 넘게 암약해 왔습니다. 선생님한테도 그 책임의 일단이 있습니다.」

「나는 야학을 경영하는 사람이지 경찰이나 수사관이 아니오. 어느 쪽 책임인지 한계를 분명히 하시오.」

권 서장은 오히려 책임추궁을 당하는 자신의 꼴에 어이가 없었다.

「그 여자가 보도연맹에 가입되어 있는 건 아셨지요?」

「알았지요.」

「그런데 왜 종적을 감췄는데도 경찰에 알리지 않았습니까?」

「이 선생이 그냥 없어져버렸다면 사상을 의심해서가 아니라 무슨 사고가 났나 걱정이 돼서 내가 먼저 경찰에 알아봐달라고 부탁했을 것이오. 그런데 이 선생은, 난리가 났으니 집으로 돌아가겠다고 하고 떠났소.」

서민영의 취조는 더 진전시킬 수가 없었다. 서민영이 하고 있는 일을 보면 어떤 면에서는 공산주의자들의 주장과 닮은 데가 많았다. 그러나 그는 또 기독교인이었다. 경찰의 입장에서 보면 그 회색적인 면이 의심을 갖게 하고, 혼란을 일으키게 했다. 그러나 그는 함부로 다룰 만한 존재가 아니었다. 현직의원 최익승을 떨어뜨리는 데 결정적 영향을 미친 것이 그의 저력이었다. 필요하면 다시 연락하겠다는 꼬리를 남겨 그를 돌려보낼 수밖에 없었다.

권 서장은 그 다음에 전 원장에게 손을 뻗쳤다.

「이지숙을 마지막으로 만난 게 언젭니까?」

권 서장은 기습을 하고 들었다.

「이지숙 선생 말인가요? 만난 일이 없는데요.」

전 원장은 태연하게 말했다. 이지숙이 자취를 감출 것을 이미 짐작하고 있었고, 경찰에서 왜 자신을 부르는지 알고 있었으므로 전 원장은 여유 있게 기습을 피했다. 지난 사건으로 수사를 당하고 재판까지 받아본 전 원장은 무조건 솔직함이 자기 보호에 도움이 안 된다는 것을 체험했던 것이다. 이지숙이 자신을 찾아오긴 했지만 자신이 이지숙의 피신 권유를 듣지 않은 이상 만나지 않은 것이나 다름없었다. 그런데 괜히 솔직하게 털어놓았다가 아무 연관도 없는 그녀의 사건에 말려들 이유가 없었던 것이다.

「같이 재판을 받았고, 그 사건으로 보도연맹에 함께 가입된 것을 다 알고 있는 처지에 이지숙이가 도주를 하면서 원장님한테 아무 연락도 안 했을 리가 없는데요.」

「글쎄요, 경찰에선 어떻게 생각하고 있는지 모르지만, 이 선생은 재판을 받고 나온 뒤로는 나한테 미안해서 그랬는지 어쨌는지 한 번도 찾아온 일이 없었어요.」

전 원장은 자신의 능청에 기묘한 쾌감까지 느끼며 말하고 있었다.

「1년이 넘게 한 번 아프지도 않았단 말인가요?」

「그거야 젊은 나이에 예사 아닌가요? 서장님은 여기 부임하신 후에 아파서 병원 찾아오신 일 있습니까?」

전 원장은 자신의 말주변에 만족을 느끼고 있었다.

「원장님은 함께 재판을 받으면서 이지숙의 사상을 의심해 본 적이 없습니까?」

「나야 의사 노릇이나 제대로 해내려고 할 뿐이지 원래 사상 같은 것에는 관심이 없으니까 경찰 수사에서 좌익이 아니라고 한 이 선생을 의심하고 말고 할 것이 없었지요.」

권 서장은 다시 벽에 부딪치고 말았다. 도무지 말이 통하지 않는데다, 그도 역시 함부로 다룰 존재가 아니었다. 내통한 의심은 버릴 수 없지만 어떤 구체적인 근거 없이 수사만을 빙자해서 유치장에 가둘 수가 없는 일이었다. 서민영에게 한 것과 같은 말을 해서 전 원장도 돌려보낼 수밖에 없었다. 그렇게 되자 이지숙의 도주는 완전히 미궁에 빠지고 말았다. 야학부터 시작해서 수사를 본격적으로 벌일 수 없는 것이 안타깝기만 했다.

보도연맹원들을 소집해서 쌀창고에 감금하며 전 원장은 따로 구분해 유치장에 넣었다. 그때부터 시작된, 전 원장을 어떻게 할 것인가, 하는 문제가 골치를 썩이고 있었다. 그는 읍내에 하나뿐인 의사였고, 신망도

두터웠다. 그의 처리문제는 두 가지 우려를 안고 있었다. 원칙대로 처리해 버리면 읍민 전체의 원성을 살 염려가 있었고, 그 혼자한테만 혜택을 주었다가는 원칙을 어긴 피해를 입을 염려가 있었다. 두 가지 다 자신의 신상에 직결되는 중요한 문제였다. 의논할 상대도 없이 권 서장은 시간만 죽이고 있었다.

「서장님, 30분 남았습니다.」

형사부장이 고개를 디밀고 말했다. 권 서장은 시계를 보았다. 10시 반이었다.

「병력은 어찌 됐소?」

「창고 앞에 집결시켰습니다.」

「됐소, 실시하시오.」

「알겠습니다.」

「잠깐!」

사라졌던 형사부장의 머리가 다시 나타났다.

「유치장에 있는 전 원장도 끌어가시오.」

「알겠구만요.」

커다란 창고문이 삐그덕거리는 마찰음을 어둠 속에 뿌리며 느리게 열렸다. 창고 안에서 사람들의 웅성거림이 일어났다.

「시끄럿! 입 닥치고 다들 일어낫!」

살벌한 외침과 함께 전짓불빛이 번쩍하며 창고 안의 어둠을 갈랐다. 사람들의 웅성거림이 뚝 멎었다. 그리고 자리를 털고 일어나는 분주한 몸놀림 소리만 들렸다. 그사이 서너 개가 더 늘어난 전짓불빛들이 어지럽게 엇갈리며 사람들의 몸을 핥아대고 있었다.

「아까 지시헌 대로 앞뒤로 열씩 묶어라!」

두 번째의 외침이 섬뜩하게 창고 안을 울렸다. 언제 들어왔는지 모르게 경찰과 청년단원들이 우르르 사람들을 향해 몰아닥쳤다.

「워메에, 우리럴 죽일라고 허네에!」

어떤 여자의 외침이 비명처럼 날카롭게 찢어졌다.

「워떤 년이냐, 아가리럴 찢어뿌러라!」

같은 목소리의 세 번째 외침이었다. 여자의 외침을 따라 일어날 듯 싶었던 동요가 이내 스러지고 말았다. 남자든 여자든 순한 짐승들처럼 아무런 저항도 없는 채 삼끈이나 전화줄로 줄줄이 묶이고 있었다. 아무 저항이 없는 사람들을 묶는 시간은 오래 걸리지 않았다. 열 명씩 묶인 여덟 줄의 사람들은 둘로 나뉘어 세워졌다. 그리고 발밑만 비추는 전짓불빛을 따라 어둠 속을 걷기 시작했다. 총을 멘 사람들이 그들을 에워싸고 있었다. 통행금지가 지난 지 오래되어 인적이라곤 없는 거리에 그들의 발소리들만 둔중하게 퍼지고 있었다.

얼마를 걷다가 행렬은 철길을 건넜다. 사람들은 말이 없는 속에서 자기들이 뱀골재 쪽으로 끌려가고 있다는 것을 알았다. 그 철길은 읍내 안쪽에는 하나밖에 없었던 것이다. 칠동 쪽 들녘에서 볏잎냄새와 함께 개구리 울음소리가 들려왔다. 켜켜이 쌓인 어둠은 까마귀 날개처럼 검게 장막을 치고 있었다. 어떤 사람은 길바닥에 박힌 돌에 채여 비척거리다가 간신히 몸을 바로잡기도 했다. 그가 곤두박히는 것을 면한 것은 앞뒤로 묶여 있어서였다. 발소리뿐인 그들의 행렬은 비스듬하게 경사진 길을 오르기 시작했다. 사람들은 자기네가 뱀골재를 오르고 있다는 것을 알았다. 고갯길을 세 굽이째인가 돌았을 때 행렬은 오른쪽으로 방향을 틀었다. 바로 경사가 급한 산이 시작되었다. 길을 벗어나 산을 밟는 순간 사람들은 아뜩한 현기증과 부딪쳤다. 그건 어둠보다 더 진한 죽음의 공포였고, 절망이었다. 뱀골재 골짜기가 사람 하나 살지 않는 북향 음지라는 것을 모르는 사람은 없었다. 행렬은 풀숲을 헤쳐 등성이를 넘었다. 검정고무신이며 짚신을 신은 발들은 이슬에 젖어 축축해졌고, 발길에 놀란 풀벌레들이 가느다란 울음소리들을 흘리며 어둠 속을 튀었다.

행렬은 골짜기로 내려가기 시작했다. 여자의 쥐어짜는 듯한 울음소리가 흘러나왔다.

「시끄럿!」

후려치듯 차고 매운 소리였다. 울음소리가 그쳤다. 여러 개의 전짓불빛은 여전히 사람들의 발밑을 빠르게 기고 있었다.

대열은 골짜기의 약간 평평한 곳에 멈추었다.

「한 줄씩 실시!」

메마른 소리가 어둠 속에서 들렸다.

「알겠습니다.」

대답도 어둠 속에서 들렸다. 그때였다.

「서장님, 서장님, 나만은 살려줘야제라. 그간에 공얼 생각혀서라도 나만은 살려줘야제라. 장 부장님, 장 부장님, 말 잠 혀줏씨요.」

남자의 울부짖음이 터졌다.

「어떤 새끼야!」

전짓불빛이 소리나는 쪽으로 뻗어갔다. 불빛에 드러난 것은 눈물범벅인 문기수의 얼굴이었다.

「서장님, 나만은 살려줘야제라아!」

불빛 속에서 문기수가 통곡했다.

「저 줄부터 실시하시오.」

「옛!」 대답에 이어 지시가 떨어졌다. 「전대원 들어라. 죄인덜얼 꿇어앉혀라. 제1조, 저 줄부텀 실시한다. 끌어내라!」

그때까지 전짓불빛은 문기수의 얼굴을 비추고 있었다.

열 명이 뒤돌려 한 줄로 세워졌다. 그들의 윗몸을 여러 개의 전짓불빛들이 일제히 비추었다.

「발사!」

총소리가 서로 뒤엉키며 어둠을 깨고 찢었고, 손들을 뒤로 묶인 사람들은 순식간에 불빛 밖으로 사라졌다.

「다음 줄!」

열 명의 윗몸이 불빛에 드러났다.

「발사!」

열 명의 윗몸이 불빛 밖으로 사라졌다.

「다음 줄!」

열 명의 윗몸이 불빛에 드러났다.

「발사!」

열 명의 윗몸이 불빛 밖으로 사라졌다.

「다음 줄!」

열 명의 윗몸이 불빛에 드러났다.

「발사!」

열 명의 윗몸이 불빛 밖으로 사라졌다.

「다음 줄!」

열 명의 윗몸이 불빛에 드러났다.

「발사!」

열 명의 윗몸이 불빛 밖으로 사라졌다.

「다음 줄!」

열 명의 윗몸이 불빛에 드러났다.

「발사!」

열 명의 윗몸이 불빛 밖으로 사라졌다.

「다음 줄!」

열 명의 윗몸이 불빛에 드러났다.

「발사!」

열 명의 윗몸이 불빛 밖으로 사라졌다.

「다음 줄!」

여섯 명의 윗몸이 불빛에 드러났다.

「발사!」

여섯 명의 윗몸이 불빛 밖으로 사라졌다.

「완료했습니다.」

「수고들 했소. 갑시다.」

권 서장은 긴 숨을 소리 없이 어둠 속에다 내쉬었다. 열 명씩인 그 어
느 줄에서 한 명이 모자라는 것을 아무도 모른 채 지나간 것이었다.

예비검속은 보성군 각 읍면단위로 비슷비슷한 시간에 실시되었다. 그

러나 한 군데, 율어면에서만은 아무런 총성이 울리지 않았다.

이튿날 마을마다 통곡이 물굽이를 이루며 퍼져나갔다. 그러나 어디에서도 장례를 치르는 것은 볼 수 없었다. 시체를 찾아오지 못해서 그 통곡들은 더 진하고 질기게 이어지고 있는지도 모를 일이었다. 경찰들이 눈 부릅뜨고 오락가락하는 속에서 정부가 대전에서 대구로 옮겨갔다는 소식이 퍼졌다.

송경희는 나날이 지쳐가고 있었다. 두려움에 쫓기는 마음으로 날마다 더위 속을 허덕이다 보니 체력은 갈수록 떨어졌다. 거기다가 돈을 아끼느라고 끼니를 제대로 때우지 못해 몸은 더욱 휘둘리고 있었다. 아무리 기를 쓰고 걸어도 하루에 50리 걷기가 어려웠다. 이틀 만에 발이 부르터 물집이 생겼고, 장딴지는 부어오르며 알이 뱄고, 무릎은 시큰거려 자꾸만 어긋나는 것 같았다. 그런 육체적 고통도 견디기 어려웠지만 동행이 없는 길걷기의 팍팍함도 견디기 어려운 고통이었다.

「쉽진 않은 일이겠지만, 좌익을 무작정 나쁘다고만 생각지 않도록 노력해 보시오. 송 양 부친을 죽인 건 염상진이란 사람이 아니라 시대가 한 일이오, 달라진 시대가. 송 양은 너무 젊고, 배운 사람이오. 부친을 잃은 심정이 어떨지 충분히 이해하지만 그렇다고 지나치게 사적 감정만으로 세상을 보지 않도록 노력해 보시오. 내가 송 양을 이렇게 강을 건네준 건 같은 고향사람이기 때문만은 아니오. 염상진이란 사람 대신 사과하는 뜻도 있고, 송 양이 세상을 바르게 보는 계기가 되길 바라는 마음도 있어서요.」

키가 큰 김범우 선생은 어둠 속에서 말하고 있었다.

「싫어요, 선생님 싫어요. 부자나 지주가 무슨 죄가 있다고 무조건 죽어야 하나요. 그런 좌익을 저는 죽어도 용서할 수가 없어요.」

「알았소, 더 긴말할 시간이 없소. 한 가지만 말하겠는데, 혹시 임꺽정이란 소설을 쓴 홍명희 선생을 아시오?」 자신은 고개를 끄덕였고, 김범우 선생은 말을 이었다. 「그분은 그야말로 뼈대 있는 양반에다가 지주였는데, 벌써 일정시대에 자기 농토를 소작인들한테 나눠주었고, 누구한 테나 신분의 차이를 두지 않고 존댓말을 썼소. 부자나 지주들이 모두 그 분 같지는 못하더라도 그 반에 반만이라도 마음을 고쳐먹었더라면 세상 이 달라졌다 해도 죽음을 당할 리가 없는 일 아니겠소. 먼 길 조심해서 가시오.」

김범우 선생은 돌아섰다. 그리고 강을 향하여 어둠 속을 걸어갔다. 그 가 남자의 무게가 아니라 산의 무게로 자신의 가슴에 얹혀오는 것을 느 끼고 있었다. 속살 깊이 파고드는 남성을 받아들이며 '아아 어쩔 수 없 어!' 하고 느낀 본능적 항복감과는 다른 감정이었다. 그건 남자로서의 무게에다가 인간으로서의 무게를 합한 것이었다. 마음 같아서는 다시 그의 목을 끌어안고 매달리고 싶었다. 그러나 이상스러운 부끄러움이 앞을 가로막아 몸을 꼼짝할 수가 없었다. 만약 다시 매달렸다가는 아까 와는 전혀 다른 힘으로 내칠 것 같은 기분이 들었던 것이다. 그 최초로 느낀 부끄러움은, 신분은 같으면서 생각은 다른 데서 오는 거리감이기 도 했다. 정작 정하섭을 통해서는 깨달을 수 없었던 점이었다.

송경희는 김범우와의 기억을 길동무 삼아 고역스럽고 한정없는 길을 그나마 걸을 수 있었다. 김범우 선생을 그리고 손승호 선생을 되짚어 생 각해 보고는 했다. 그들은 좌익활동은 하지 않으면서도 분명 좌익사상 을 가지고 있었다. 그들은 생각만으로 좌익에 동조하고 있는 것일까, 아 니면 진짜 좌익인데 위장을 해오고 있었던 것인가. 생각만으로 동조한 다고 해도 이렇게 전쟁이 터진 판국에 그들이 좌익을 편드는 결과가 되 는 건 너무 당연한 사실 아닌가. 그들은 왜 그런 생각을 갖게 되었을까. 『임꺽정』을 쓴 홍명희, 도무지 이해할 수 없는 사람이다. 양반 족보도 버리고, 땅도 버리고, 상것들한테 존대를 쓰다니. 그런 얼빠진 인간 때 문에 김범우 선생도 손승호 선생도 본받는 것 아닌가. 인간은 과연 평등 할 수 있는가. 대대로 이어져 내려온 피가 다르고, 생각이 다르고, 능력 이 다르고, 품격이 다른데 어찌 양반과 상것들이 평등할 수 있다는 것인 가. 김범우 선생은 상것인 여자와 피를 섞을 수 있고, 당장 농사를 지어

먹고 살 수 있다는 것인가. 아니, 김범우 선생은 결혼을 했으니까 그만 두고, 정하섭은 그럴 수 있단 말인가. 분명 그러지 못할 것이다. 아니야…… 호강하면서 공부할 수 있는 것 다 걷어치우고, 잡히면 죽을 것 뻔히 알면서도 정하섭은 좌익활동을 하고 있지 않나. 김범우 선생은 어쩌고. 기껏 건너온 한강을 괴뢰군들이 드글거리는 서울을 향해 되건 너가지 않았나. 그게 도대체 다 뭐야. 염상진·안창민·김범우·손승호·정하섭…… 읍내에서 똑똑하다고 손꼽는 사람들이 왜 다 이 모양이야. 우익이라는 건 정말 틀려먹은 것일까. 우익적인 사고라는 건 정말이지 비인간적이고 반역사적인 것일까. 아니야, 아니야, 난 싫어. 아버지를 죽인 좌익은 싫어, 빨갱이는 싫어.

송경희는 더위 탓만이 아닌 진땀을 흘리며 그런 생각을 털어내고는 했다. 도저히 마음의 문이 열리지 않는 그 고통스러운 생각을 그녀는 피하려고 애썼다. 그러나 김범우 선생을 생각하다 보면 어느덧 그 생각으로 빨려들어가 있고는 했다. 하기 싫은 그 생각이라고 해서 꼭 마음만 어지럽히지는 않았다. 그 생각에나마 빠져 걷다 보면 한숨 나오도록 멀리 보이던 산이 가까이 다가와 있고는 했다.

송경희는 한사코 김범우와의 정사 기억만을 붙들려고 애썼다. 그 기억은 뜨거우면서도 시원하고, 황홀하면서도 명료해 걸음걸이를 한결 가볍고 수월하게 해주었다. 그러나 한 가지 난처한 점이 있었다. 얄궂게도 그 기억은 눈을 감고 서야만 환하게 재생되었고, 그 감각의 황홀함도 살아올랐다. 그 행위 자체가 눈을 감기게 하는 것이라서 그러는 것일까. 눈을 감고 걷노라면 그때의 안개밭 같기도 한 혼미함이, 꽃밭 같기도 한 현란함이, 별밭 같기도 한 찬란함이, 파도떼 같은 격렬함이, 여름 모래밭 같은 뜨거움이 남자의 숨결과 체취와 동작에 뒤섞여 휘돌고 맴돌고 소용돌이치는 것이었다. 누가 성을 추하다고 했는가. 누가 성을 죄악시했는가. 성만큼 깨끗한 아름다움이 어디 있는가. 성만큼 순수한 작업이 어디 있는가. 성만큼 진지한 몰두가 어디 있는가. 증류수가 제아무리 깨끗하다고 한들 성에 몰입되었을 때의 영혼을 당할 수가 있을까. 성에 몰입되었을 때는 육체만 있지 영혼은 없다고? 바보천치 같은 소리 집어치워라. 육체가 일으키는 그 온갖 미묘하고 야릇한 감각의 맛을 느끼고 식별하는 것이 영혼이 아니고 무엇이냐. 인간을 놓고 정신과 육체를 따로따로 떼서 말하려 하고, 특히 사랑을 말하면서 정신과 육체를 구분하는 것은 얼마나 억지고 아둔인가. 정신과 육체는 공존하면서 서로 자극해서 사랑을 키우는 비료 역할을 하고, 서로 충동해서 사랑을 불붙이는 연료 역할을 하는 것이다. 애초에 플라토닉 러브라는 말을 만들어낸 자나 그것이 좋다고 떠들거나 깨끗한 척하는 것들은 모두 성불구자가 아니면 위선자들이다. 사랑한다는 것과 결혼이라는 것과는 마땅히 구분해야 하지만 사랑에서 정신과 육체를 구분하는 것처럼 멍청한 짓은 없다. 그 현명하고 똑똑한 서양사람들이 어찌 그런 실수를 저질렀는지 모를 일이었다. 사랑을 느끼는 남자와의 성행위, 그것처럼 자연스럽고 자유로운 진실이 이 세상에 또 있을 수 있을까. 사랑을 느끼는 남자의 성기가 나로 하여금 발기하는 그 경이롭고 신비로운 수수께끼. 그리고 발기한 성기의 그 당당하고 굳센 모습 앞에서 허물어지고 주눅드는 마음. 마침내 그 모습만큼이나 거침없이 속살을 파고들 때 주저 없이 백기를 들어올리게 되는 통쾌하고도 행복한 항복. 굴욕이나 모멸이 아닌 항복 속에서 발견하게 되는 신의 존재. 그러나 신은 야속하다. 그 아름다운 성의 희열을 임신과 출산으로 갚게 하다니.

송경희는 김범우 선생과의 관계가 단 한 번뿐인 것이 아쉽고 아까웠다. 여러 기억들이 있었더라면 길을 걷기가 한결 수월했을 것이다. 그 기억을 음미하고 또 음미해 가며 눈을 감고 걷다가 발을 헛디뎌 넘어지기도 했고, 발걸음이 빗나가 길 옆 개울로 구르기도 했다. 그럴 때면 그대로 자리 잡고 앉아 다리쉼을 했다. 김범우 선생과의 관계를 생각하다 보면 꼭 그 사이를 비집고 드는 얼굴이 있었다. 애인이라고 마음 정하고 자신의 처녀를 내준 최인석이었다. 그러나 이제 그는 꼴도 보기 싫은 존재였다. 다만 김범우 선생이 자신이 처녀가 아니라는 것을 알았을까 봐 마음이 쓰였고, 미안한 생각이 들었다.

김범우 선생을 찾아가기 전에 먼저 최인석을 찾아갔던 것이다. 그런데 최인석은 결국 자신과 동생 성일이를 떼놓고 떠나고 말았다.

「치워라! 우리 식구도 다 못 떠날 판인데 둘씩이나 따라붙다니, 말도 안 되는 소리 지껄이지도 말아라.」

최익승이 조카 최인석에게 내지른 고함이었다.

「미안해, 경희. 큰아부지가 저러시니 난들 어쩔 수가 없잖아.」

기가 죽은 최인석의 어눌한 말이었다. 그의 큰아버지가 그렇듯 냉정하게 내쳤다면 최인석은 자신과 함께 뒤에 남았어야 했다. 그런데, 사랑한다며 몸까지 차지했던 최인석은 자신을 버리고 큰아버지를 따라가고 말았다. 그 배신감은 당장 증오와 복수심으로 바뀌었다.

내가 네놈의 눈앞에 내 모습을 기어코 보여주고야 말 것이다.

그녀는 복수심으로 이를 갈아붙였다. 그 복수심 또한 길걷기의 고역을 이겨내게 하는 한 가지 방법이었다.

그녀는 한발 앞세워 동생을 떠나보낸 것을 줄곧 후회하고 있었다. 김범우 선생이 그리 쉽게 강을 건네줄 줄 알았더라면 앞세워 보내지 않았을 것이다. 김범우 선생을 찾아가면서 마음은 완전히 반신반의였다. 그분이 이미 서울을 떠났을지도 모를 일이었고, 떠나지 않았다 하더라도 그 어려운 부탁을 들어줄지 어떨지 모를 일이었다. 동생을 먼저 보낸 후회가 날이 갈수록 커지는 것은 그만큼 걷기가 힘들어지기 때문만은 아니었다. 뒤쫓아오던 인민군들을 직접 대면하고 나자 그 생각은 부쩍 심해졌다.

적들보다 앞서서 집에까지 가려고 했던 그녀의 몸부림은 평택 근방에서 끝나고 말았다. 그녀는 인민군을 보는 순간 '괴뢰군에게 잡히고 말았다'고 낙망했고, '꼼짝없이 죽게 되었다'고 절망했다. 그런데 그들은 자신에게도 그리고 다른 민간인들에게도 거의 무관심에 가깝도록 그냥 지나칠 뿐이었다. 무슨 조사 같은 것도 하지 않았고, 젊은 여자라고 해서 희롱 같은 것을 하는 일도 없었고, 어쩌다가 눈길이 마주치면 젊은 병사들은 전혀 악의라고는 찾을 수 없는 순한 웃음을 오히려 부끄러운 듯 짓고는 했다. 그런 현상들은 전혀 예상할 수 없었던 의외였고, 놀라움이었다. 그런데 그뿐이 아니었다. 그들은 엿이나 참외 같은 것을 꼬박꼬박 돈을 치르고 사먹었고, 우물가에서 물을 한 바가지 얻어먹고도 고맙다는 인사를 깍듯이 차렸다. 그녀는 그들의 일거일동을 조심스러운 마음으로 유심히 살피며 자신의 가슴속에 가득 차 있던 적에 대한 공포감과 두려움이 차츰차츰 가셔가는 것을 느끼고 있었다. 그리고 그들이, 라디오에서 줄기차게 반복해댄 '불법남침을 감행한 괴뢰군', 그래서 포악하고 잔인할 거라는 인상이 박혀버린 군대가 아니라 그들의 말마따나 '인민해방을 위한 인민의 군대'가 아닐까 하는 생각이 들기도 했다. 전쟁과 군인 하면 살인·방화·약탈·강간 같은 것이 한 꾸러미에 엮어져 의식에 박혀 있는데 그들은 그런 짓을 전혀 저지르지 않고 자신을 앞질러 남쪽으로 가버렸다. 그녀는 의식의 혼란을 일으키며 앞서 보낸 동생을 더 그리워하게 되었다. 그리고, 그들이 그런 군인인 줄 알았으면 이런 고생하지 말고 서울에 그대로 있을 걸 그랬다는 마음도 생겨났다. 그들은 억양만 다를 뿐인, 같은 말을 쓰고, 같은 생김을 하고, 같은 예절을 갖추는 동포였고, 경우 바르고 순한 군인들이었다. 그런데 왜 방송에서는 '괴뢰군'이란 말을 수없이 반복해서 공포감을 키우고 나쁜 인상을 갖게 했을까. 아니다, 아니다, 내가 왜 이렇게 정신없는 생각을 하고 이러는가. 그들은 분명 공산주의의 군대다. 공산주의는 지주나 부자들을 무조건 착취계급이라고 몰아 죄인취급하지 않던가. 그리고 바로 그 군인들이 지주나 부자들을 없애려고 나선 것이 아닌가. 그들은 분명 지주나 부자들을 상대해서는 염상진처럼 포악하고 잔인하게 변할 것이다. 그들에게 모든 재산 다 빼앗기고 알거지가 되어 삼팔선을 넘어온 사람들이 서울에는 얼마나 많던가. 염상진은 아버지를 죽였고, 이제 그들은 우리 재산을 뺏으려고 남쪽으로 가고 있는 것이 아닌가. 안 된다, 그건 안 된다. 공산주의는 어차피 나의 적이고, 내가 믿을 건 부자나 지주들을 우대해주고 보호해 주는 자유민주주의 국가 대한민국밖에 없다. 그런데 대한민국 군대는 다 어디로 갔는가. 적들이 나를 앞질러 가버렸으니 나는 적지에 있는 것 아닌가. 고향까지 적들이 밀고 내려가버리면 우리 집안은 어떻게 되는 것인가. 재산을 다 빼앗기고 알거지가 되어 농사를 짓고 살아야 되는 게 아닐까. 그렇게 사느니 차라리 죽는 게 낫다.

「쉽진 않은 일이겠지만, 좌익을 무작정 나쁘다고만 생각지 않도록 노력해 보시오.」

김범우 선생도 넋 빠진 사람이다. 어떻게 좌익을 좋게 생각할 수 있단 말인가. 그녀는 의식의 혼란상태에서 벗어날 수가 없었다. 한강가에 몰려들었던 그 많은 피난민들은 다 어디로 갔는지 날이 바뀔수록 피난을 떠나는 사람의 모습은 드물어져갔다. 농부들은 전쟁이 일어난 것을 아는지 모르는지 의심스러울 정도로 태평스럽게 농사일을 하고 있거나, 논두렁에 편안히 앉아 밥을 먹고 있기도 했다. 노동자·농민을 위한다는 공산주의 세상이 되어서 그들은 그렇듯 편안하고 태평스러울 수 있는 것인가 하는 생각이 들기도 했다. 그리고, 그녀는 자신의 생각에 몸서리를 쳤다. 그렇다면 그 농민들도 자신의 적이었던 것이다. 그럼 내 편은 누구이고, 몇이나 되는 것일까. 그녀는 갑자기 엄습해 오는 새로운 두려움을 느꼈다. 적들이 앞질러 가버린 고향까지의 길이 끝없이 멀게만 느껴져 다리는 더 팍팍해졌다.

심재모는 광주에 닷새를 머물면서 현지경찰과 협조해서 학도병을 모았다. 말로만 자원이었을 뿐 그건 곧 징집이었고, 각 학교마다 이미 편성되어 있었던 학도호국단을 바로 군대편제로 바꾸는 일이었다. 대학생과 고등학교 상급반 학생들이 주대상이었다. 학생들은 학교별로 소집을 했는데 벌써 적잖이 자취를 감춘 상태였다. 이유는 두 가지로 파악되었다. 첫째는 좌익사상을 가진 학생들의 잠적이었고, 둘째는 우익 쪽 학생들의 고의적인 기피였다. 가까운 군단위 학생들까지 수습해서 열차편으로 여수로 보냈다. 그는 순천으로 가는 길에 보성군과 고흥군을 목표로 해서 벌교에 잠깐 들렀다. 이미 지역마다 경찰조직을 통해서 일은 진행되고 있었다.

「아짐씨, 아짐씨, 기시요 으쩌요!」

형사부장 장길춘이 송성일의 집으로 다급하게 뛰어들었다. 송성일이 문을 여는 것과 거의 동시에 안방문도 열렸다.

「장 부장님, 어여 오시씨요. 무신 일로 그리 급허다요?」

송성일의 어머니가 낭자머리를 매만지며 대청마루로 나섰다. 송성일은 무거운 얼굴로 서 있을 뿐이었다. 그는 열사흘이 걸려 집에 도착했지만 뒤따라오겠던 누나의 소식은 날이 가도 감감한데다가 학도병 문제까지 겹쳐 마음에는 먹구름이 가득 차 있었다.

「와부렀소, 첨에 계엄사령관 혔던 심 사령관이 학도병 델꼬 갈라고 왔단 말이요. 워찌 헐란지 싸게싸게 결정 못씨요.」

장길춘은 송성일과 그의 어머니를 번갈아 보며 서둘러댔다.

「은제 뜬답디여?」

「저 학생만 빠지고 다 모아논 것잉께, 담 기차로 뜬답디다.」

「아이고메, 그리 다급헌디 물으나마나 아니겠소. 우리 성일이넌 빼쥐야제라.」

송성일의 어머니는 말을 하며 안방으로 돌아서고 있었다. 그는 어머니가 왜 그러는지 알고 있었다.

「엄니, 나 그냥 학도병으로 나갈라요.」

송성일의 분명한 말이었다.

「머시여? 니 미쳤냐! 장 부장님이 빼주었다는디 니 발로 쌈터로 끌려 나가겠다는 것이 무신 소리다냐!」

송성일의 어머니는 몸을 되돌려 아들을 매섭게 쏘아보았다.

「이번에 피헌다고 끝나는 것이 아닝께 그렇제라. 징집은 계속헐 것이고, 괴뢰군이 여기까지 밀고 들어오면 그때는 군대에 나간 것만 못허게 된다니께요.」

「아, 시끄럽다! 좌익놈들 손에 아부지 하나 쥑였으면 됐제 니꺼정 또 죽일 성불르냐. 나 눈에 흙 들어가기 전에넌 시상없어도 그리는 안 돼야. 이 엠씨가 열 질 굴을 파든, 바다 밑창에 구녕을 뚫든, 니 목심 보존 기엉코 해낼 팅께 그리 알어.」

「엄니, 지가 허는 말은…….」

「금메 시끄럽당께로 워째 자꼬 그래쌓냐. 니가 정 군대에 나갈라면 이 엠씨 죽이고 떠나그라. 니럴 막는 것은 이 엠씨 뜻이 아니고 아부지 뜻이여, 아부지 뜻.」

송성일은 입을 다물며 하늘로 먼 눈길을 보냈다. 허겁지겁 한강을 건너고, 천 리 길을 허덕거리며 쫓겨내려오면서 오로지 생각한 것은 이번 전쟁에 대해서였다. 좌익이 아버지를 죽인 원한을 자신이 하판석 영감을 죽인 것으로 상쇄한다 하더라도 공산주의는 용납할 수가 없었다. 전세가 자꾸만 불리해져 가고 있는데 어차피 군대에 나가야 되리라는 생각을 막연하게 하며 집에 당도했었다. 공산주의를 막아내기 위해서는 당연히 그렇게 해야 할 일을 돈을 주고 피해야 될 줄은 몰랐던 것이다.

「어이, 자네 바깥에는 얼찐도 허덜 말어. 자네넌 벌교에 읊는 사람잉께.」

돈다발을 몸 어딘가에 감춘 형사부장은 태연한 척 대문으로 걸어가며 말했다. 송성일은 아무 대꾸도 하지 않았다. 다만 먹물 묻은 붓을 붙여 놓은 것처럼 짙은 그의 눈썹이 꿈틀 움직였을 뿐이다.

갑자기 심재모를 만나게 된 권 서장은 너무나 반가워 한동안 어쩔 줄을 몰라했다. 그도 그럴 것이, 그와 함께 근무하는 동안 감정 한 오라기 다치지 않은 사이였는데다가, 백남식을 겪게 되면서 멀리 있는 그를 자주 생각하고는 했던 것이다.

「혹시 진급을 하셨나 했는데 역시 그대로시군요.」

권 서장은 이 말을 피할까 생각했으나 모르는 척 넘기는 것이 오히려 정 없는 짓 같았고, 진급이 안 된 이유가 그 사건 때문이라는 것을 이쪽도 알고 있음을 나타내 그를 위로하고 싶었던 것이다.

「예, 군인이 진급과 훈장에 관심이 없다면 새빨간 거짓말이겠지만, 전 당분간 열중쉬어 해얄 겁니다. 앞으로야 죽을 기회도 많지만 진급할 기회도 많으니까 두고 봐야죠.」

심재모는 구김살 없이 말을 받으며 웃음 지었다.

「다음 기차로 떠나셔야 한다니, 일정이 그리 급하십니까?」

권 서장은 하룻밤이라도 붙들고 싶은 마음에서 말했다.

「예, 대전이 적에게 떨어지고 정부가 대구로 이전한 상황에서 앞을 예측할 수가 없습니다. 정부의 대구 이전은 전라도지방의 포기로 보아야 합니다.」

심재모는 자기네 연대의 무작정 후퇴가 정부 이전에 대비한 외곽방어를 하기 위해서였다는 것을 어제서야 깨달았던 것이다.

「전라도지방의 포기요? 그럼 어떻게 되는 겁니까? 대한민국은 경상도하고 제주도밖에 더 남습니까?」

권 서장은 금방 얼굴빛이 달라질 정도로 놀라고 있었다.

「예측에 불과한 거지만, 학도병들을 여수로 집결시켜 배로 부산 쪽으로 이동시키는 걸로 보아 전라도지방의 포기는 불가피할 것 같습니다. 전라도지방의 방어계획이 있다면야 단기교육으로 실전투입이 가능한 학도병들을 굳이 배편으로 이동시킬 이유가 없는 거지요.」

「상황이 그리도 급한가요. 작전권까지 가져간 미군은 대체 뭘 하고 있는 걸까요?」

「글쎄요, 미군이 참전을 하긴 했지만 너무 갑자기 벌어진 일이니까 제대로 능력발휘를 못하는 상태로 봐야겠지요. 병력이나 화력 준비도 그렇고, 지리도 서툴고, 모든 게 초기단계니까요.」

「참 큰일이군요. 이제 우리가 믿을 건 미군밖에 없는데요.」

권 서장의 입에서 한숨과 함께 나온 말이었다.

「김범우 선생은 어찌 됐습니까? 내려와 있습니까?」

심재모는 미군타령이 귀에 거슬려 말을 바꾸어버렸다. 군인 장교들이나 경찰 간부들이나, 오나가나 그저 미군타령이었던 것이다. 그것이 현실적으로 명백한 사실이라 하더라도 그들이 아무 생각도 없는 사람들처럼 내보이는 지나친 의존성이 비위를 상하게 했다. 그는 한국군의 통수권이 미군에게 넘어간 것이 근본적으로 부당하다는 생각을 바꿀 수가 없었다.

「아직까지 내려오지 않았습니다.」

「그래요오?」

심재모는 놀라며 윗몸을 세웠다. 으레 김범우가 내려와 있으리라고 생각했던 것이다.

「지금까지 내려오지 못했으면 내려오기 어렵겠지요?」

「글쎄요…… 무슨 일인지 모르겠군요.」

심재모는 심각해진 얼굴로 고개를 갸웃갸웃하다가, 「물론 손승호 선생도 안 내려왔겠지요?」 권 서장을 쳐다보았다.

「손승호 선생이라니요?」

반문을 하면서 권 서장은, 손승호가 김범우와 서울에 함께 있었다는 사실과, 김범우가 백남식의 추궁을 일부러 피했다는 사실을 뒤늦게 꿰어맞추었다.

「두 분이 함께 하숙을 했는데, 모르셨나요?」

「예, 방금 알았습니다.」

그의 사상을 어떻게 생각하느냐는 말이 곧 나오려 했지만 권 서장은 눌러 참았다. 그는 예비검속을 용케도 피했구나. 권 서장은 그가 서울로 도망간 것을 오히려 다행으로 여기고 있었다. 만약 그가 그대로 남아 있었더라면 지난번 처형에서 그도 전 원장처럼 거북스럽고 부담스러운 존재가 되었을 것이다. 그날 밤 아무도 모르게 빼돌린 전 원장은 이미 죽은 것으로 되어 집 안에 깊이 박혀 있었다. 난리가 끝날 때까지 모습을 드러내지 못하게 한 것이다. 전 원장을 빼돌린 것은 그를 위해서라기보다 자신을 위해서였다. 그를 죽이고서는 자신이 괴로워 살 수가 없을 것 같았고, 전쟁이 끝나면 많은 사람들의 비난이 자신에게 돌아올 것 같았기 때문이었다.

「그것참, 무슨 일인지 알 수가 없는 노릇이네. 서울을 빠져나올 여유가 그렇게 없었을까.」

심재모는 근심스럽게 중얼거렸다. 그의 뇌리에는 김범우·손승호·이학송과 함께 했던 술자리의 모습들이 떠올라 있었다. 세상 돌아가는 것을 너무나 잘 알고 있는 그들이 어찌 서울을 벗어나지 못했는지 알 수가 없는 일이었다.

「잠깐 나갔다 오겠습니다.」

심재모는 시계를 들여다보며 일어섰다.

「어디 가시게요?」

권 서장도 따라 일어났다.

「예, 좀 만날 사람이 있어서요.」

경찰서를 나선 심재모는 지름길을 찾아 곧장 '본정통'으로 나갔다. 책방과 대각선을 이루고 있는 순덕이네 가게는 금방 찾을 수 있었다. 가게를 확인하자 심재모는 가슴에 묘한 느낌의 물결이 이는 것을 느꼈다. 두근거림도 아니고, 긴장감도 아니고, 여자를 놓고 처음 느껴보는 그 감정은 무슨 냄새가 있는 것 같기도 했고, 무슨 색깔이 있는 것 같기도 하면서 썩 기분이 괜찮았다. 순덕이가 어떤 얼굴로 자신을 대할 것인가 하는 상상도 그 묘한 감정을 부추기는 한몫을 하고 있었다.

「실례합니다, 여기가 순덕 씨 집이죠?」

심재모는 큰 키를 구부리며 가게를 보고 있는 여자에게 공손하게 물었다. 한눈에 순덕이의 어머니라는 걸 알 수 있었다.

「근디요, 아니, 요것이 누구다요? 그전 때 대장님 아니시다요?」

순덕이의 어머니 나주댁은 심재모를 금방 알아보았다.

「예, 그렇습니다. 순덕 씨 어머니신가요?」

「그렇구만이라.」

나주댁은 의아스러운 얼굴로 심재모를 찬찬히 바라보며 미심쩍게 대답했다.

「순덕 씨 돌아왔습니까?」

순덕이 어머니의 태도가 마음에 걸린 심재모는 「순덕 씨 집에 있습니까?」 하고 물으려던 말을 직감적으로 바꾸었다.

「아닌디요, 순덕이 안 왔는디요. 근디, 우리 순덕이 집 나간 것을 대장님이 워쩌크름 아신당가요?」

입 언저리에 금방 울음이 잡힌 나주댁은 눈을 빛내면서 심재모 앞으로 다가들었다.

「아니, 아직까지 안 돌아오다니…… 이게 그럼…….」

심재모는 굳어진 얼굴로 혼잣말을 흘리고 있었다. 분명 돌아와 있으리라고 믿었고, 돌아와 있어야 했다. 자신이 떠나온 뒤에 그곳은 곧바로 적지가 되고 말았다. 도대체 어떻게 된 일이란 말인가. 심재모는 순덕이의 어머니를 의식하며 참담한 심정이 되고 있었다.

「우리 순덕이가 워디 있는지 아시는갑는디, 워쩌크름 된 일인지 싸게 싸게 말 잠 혀보시씨요.」

나주댁은 애가 타고 있었다.

심재모는 쪽마루에 걸터앉았다. 한 가지 후회가 심한 갈증처럼 끓어오르고 있었다. 그녀가 바라던 대로 몸을 합했더라면 그녀는 자신의 말을 곱게 듣고 집으로 돌아왔을지 모른다는 생각이었다.

「아, 싸게 말 잠 혀보랑께라.」

「예, 순덕 씨는 저를 찾아 집을 떠난 겁니다.」

「머시라고라? 지가 대장님허고 워찌워찌혀보고 잡아서라? 워메 문딩이, 쎄는 짤라도 춤언 질게 뱉을 작정혔구만. 기도 안 차시. 그려서라?」

「수원 저희 집을 거쳐 단양까지 찾아왔는데…….」

심재모는 어떤 책임감과 함께 그동안의 이야기를 간추리기 시작했다. 이야기를 따라 순덕이의 이런저런 모습들이 떠오르며 슬픈 감정이 안개발로 가슴에 번지고 있었다.

13
사회주의 리얼리즘

　은하수는 어느 때 없이 폭이 넓어지고 거리가 가까워져 있었다. 헤아릴 수 없이 많은 은빛가루들이 폭넓은 강을 이루며 손을 뻗치면 바로 잡힐 듯 가깝게 머리 위를 굽이굽이 흐르고 있는 밤마다 반딧불들은 모기소리 자욱한 어두운 풀섶 위를 느리게 날고, 박꽃은 아무도 눈여겨보아주는 이 없는 채 헛간의 초가지붕 위에서 희게 피어나는 즈음이면 먼 논에서 목청을 맞추는 개구리 소리들도 극성스럽게 바글바글 끓어댔다. 봇도랑가에나 논귀에 송글송글 물방울이 떠오르도록 따갑게 꽂혀내리던 한낮의 불볕더위는 어둠이 켜를 이루면서 한풀씩 꺾이기는 했어도 아직 그 기세는 성성히 남아 부채바람만으로는 이겨내기가 어려웠다. 땅에서 솟음하듯 하늘에서 내림하듯 어둠살이 광목폭이 접혀가듯 서너 겹 쌓일 때면 마당가에 모깃불부터 푸짐하게 놓고, 평상에는 남자들이 자리 잡고 담뱃불을 붙이고 그 아래 덕석에는 여자들이 풀빨래를 마주 잡고 앉아 다리밋불에 활활 부채질을 해대며, 남자는 남자들대로 농사 이야기를 목청껏 하고 여자들은 여자들대로 동네의 자디잔 이야기를 나직나직 해나갔다. 아이들은 반딧불을 쫓아 어둠 속을 뛰다가 허방을 딛기도 하고 풀섶의 가시에 찔리기도 하면서 기어코 반딧불을 잡아 호박꽃 속에 넣어 호박꽃등을 만들다 보면 어느새 더위는 비켜 지나고 여름밤은 촉촉히 내리는 이슬을 따라 은하수의 기울기만큼 깊어져 있었다. 그 즈음이면 삭기 잘하는 보리밥은 어느덧 소화가 되어 배가 출출하게 마련이었고, 살림살이 알뜰한 아낙들은 감자 한 바가지 아니면 옥수수 한 소쿠리를 삶아냈다. 평상에 모두 머리 맞대고 앉아 부채로 모기 날리고, 손바닥으로 허벅지며 종아리에 붙는 모기 쳐가며 감자나 옥수수를 먹고 나면 여름밤의 더위도 마지막 고비를 넘겼다.

그런데 금년의 여름밤은 더위를 물리칠 그런 묘방들이 거의 없어지고 말았다. 모두가 전쟁 탓이었다. 밤만 되면 불빛이란 불빛은 다 죽여야 했다. 시도 때도 없이 난데없고 느닷없이 나타나는 비행기 때문이었다. 모깃불도 지필 수 없었고, 담배도 마음 놓고 피울 수 없었고, 다리미질도 덕석 펴놓고 할 수가 없었다. 곰방대에 든 그 작은 불빛 하나가 몇십 리 밖에까지 나가고, 비행기는 그 불빛을 향해 인정사정없이 폭탄을 퍼붓는다고 했다. 담뱃불빛이 그러니 모닥불로 타드는 모깃불이나, 숯불로 이글거리는 다리밋불이 얼마나 멀리 갈 것인지는 더 말할 것이 없었다. 곰방대를 빨며 밤길을 걷다가 폭탄에 맞아 죽은 사람이 있다고 했고, 모깃불을 피워놓고 앉았다가 온 식구가 몰살을 당했다고도 했다. 전쟁의 가지가지 흉흉한 소문과 함께 모깃불을 피우지 못하니 모기들만 제 세상을 만나 극성을 떨었고, 남자들은 담배 한 대를 피우는 데도 헛간이나 처마 밑을 찾아들어야 했고, 여자들은 다리미질을 안 할 수 없는 풀빨래를 가지고 방 안에서 불질을 하느라고 젖가슴골로 팥죽땀을 쏟아야 했다. 그렇게 달라진 여름밤이라 아이들마저도 신명을 잃어 호박꽃등을 만들지 않았다. 그런 여름밤은 무덥고도 길었다.

그런데 비행기의 인정사정없는 폭격을 전혀 두려워하지 않는 것 같은 불빛이 있었다. 짙은 어둠 속의 저 높은 곳에서 피어오르는 봉홧불이었다. 여순사건이 일어나기 전후로 해서 산봉우리마다 만발했던 봉홧불은 한동안 뜸해졌다가 전쟁이 터졌다는 소식과 함께 다시 솟기더니만 날이 갈수록 그 불꽃의 수가 늘어나면서, 꺼지고 피어나는 횟수도 빈번해졌다. 하나의 불꽃이 피어남에 따라 그만한 높이의 산봉우리마다 도깨비불이 옮겨뛰듯 봉홧불이 점점이 타오르는 것을 보면서 사람들은 바로 이웃에서 산사람이 되고, 아랫마을에서 산사람이 된 그들의 모습을 보았고, 목소리를 들었고, 체취를 맡았다. 그리고 전쟁이 가까이 오고 있음을, 그들이 마을로 가까워지고 있음을, 더위만큼 끈적하게 느끼고 있었다.

심재모가 떠나고 이틀 만에 권 서장이 상부로부터 받은 전화는 광주가 인민군에게 떨어졌다는 것과, 비상이동대기였다. 권 서장은 정신을 차릴 수가 없었다. 그리고 그런 상황의 급변을 믿을 수도 없었다.

「어제 대전이 점령당했으니까 얼마 안 있으면 이곳도 위험하게 될 겁니다. 서로 몸조심해서 다시 만날 날을 기약하십시다.」

심재모가 기차에 오르며 한 말이었다. 그 말을 생각할수록 광주가 적의 수중에 넘어간 것이 믿어지지 않았다. 대전이 점령당하고 단 사흘 만에 다시 광주를 빼앗겼다는 것이다. 대전에서부터 광주까지의 거리를 생각할 때 그건 상상으로도 가능한 일이 아니었다. 대전을 점령한 부대와 광주를 점령한 부대가 서로 다르다고 할 수도 있었다. 그렇다고 하더라도 상황이 그처럼 급변하고 있다는 것은 상식적으로 이해가 되지 않았다. 그러나 명백한 이유는 한 가지가 있었다. 그건 두말할 것 없이 아군 병력의 허약이었다. 심재모의 말대로 아군은 전라도지방을 완전 포기한 것이 틀림없었다. 최소한의 방어만 했더라도 그 짧은 시간에 그런 사태는 벌어질 수 없는 일이었다. 우리 군대도 그렇지만, 미군까지도 그렇게 허약하단 말인가. 아니, 괴뢰군은 도대체 얼마나 세단 말인가. 이렇게 허망하게 내리밀리기만 하면서 북진통일이고 멸공통일이라고 큰소리만 쳐댔단 말인가. 미국이 그렇게 신속하게 참전을 했기에 망정이지 며칠이라도 더 늑장을 부렸더라면 지금쯤 어찌 됐을 것인가. 이미 땅을 한 치도 남김없이 다 빼앗겼을지도 모른다. 그럼 내 신세는 어떻게 되었을까. 가망 없는 총질을 하다가 죽었거나, 땅끝까지 도망을 치다가 바다에 빠져 고기밥이 되었을 것이다. 어쨌거나 미국은 또다시 은인이 아닌가. 이 작고 가난한 나라가 뭐가 볼 게 있다고 미국은 그다지도 은전을 베풀어주고 있는 것인가. 권 서장은 결정적 시기에 두 번씩이나 도움을 주고 있는 미국에 대해 가슴 깊이 고마움을 절감하는 한편으로 비상이동대기에 따른 마음의 헝클어짐을 진정하기가 어려웠다.

「서장님이시오? 나 윤삼걸인디, 광주할라 빨갱이덜헌테 뺏게뿐 판굿이 벌어졌다는디 인자 워째야 쓰겠소. 피난얼 가야 허겠제라?」

「글쎄요, 좋을 대로 하세요.」

「아니, 무신 말이 그리 뜻뜨미지그리허고 그러요. 흑이면 흑이다, 백이면 백이다, 딱딱 짤라서 말얼 허덜 않고.」

「아니, 내가 그런 대답까지 해야 할 책임이 있다는 거요?」

권 서장은 그만 울컥 역정을 냈다.

「아, 아, 고런 뜻이 아니고, 경찰이 워찌 움직기릴란지, 경찰이 뜨면 우리도 떠야 헐 것 아니겠소?」

전화 속에서 울리는 윤삼걸의 목소리에 금방 아첨기가 흘렀다.

「경찰 움직임이야 작전비밀이고요, 피난을 가는 게 좋을 것 같습니다.」

「아이고메, 알겠소.」

그런 전화가 잇따라 걸려오는 속에서 비상대기의 밤이 깊어가고 있었다. 권 서장은 부하들에게 가족들을 피신시키라는 명령을 이미 내렸던 것이다. 자신들이 저지른 일 때문에 어떤 보복이 가해질지 몰라 가족들을 남겨둔 채 떠날 수는 없는 일이었다. 괴뢰군들이 여기까지 밀어닥치는 경우 읍내가 어떤 꼴이 될 것인지는 보나마나였다. 봉화를 올려대고 있는 염상진 패거리들이 괴뢰군과 함께 읍내를 손아귀에 넣고 흔들 것이고, 농지문제로 불만을 품고 경찰서로 몰려들었던 소작인들 거의 전부가 그들을 지지하고 나설 것이다. 그들의 등쌀에 고이 살아남을 지주가 없을 것이고, 지주를 감싸고 돌았던 관공서원이나 경찰도 똑같은 취급을 당할 것이다. 그러고 보면 이번 전쟁은 겹겹의 싸움이었다. 겉거죽은 이 땅을 반 동강낸 미국과 소련의 응등거림이었고, 속거죽은 그 두 나라가 내세우는 주의에 따라 무장한 군대의 맞부딪침이었고, 그 속살은 착취한 지주와 착취당한 소작인들의 맞대거리였다. 이번 전쟁은 양쪽 군대만의 싸움이 아니라 지방마다 소작인들이 들고일어나는, 겉과 속이 한꺼번에 뒤집어지고 엎어지게 되어 있는 싸움판이었다. 그런 전쟁의 승패가 어떻게 갈라질지는 너무나 뻔한 것이었다. 미국이 참전하지 않았더라면 자유민주주의 국가 대한민국은 풍비박산이 날 판이었다. 아아, 미국이야말로 얼마나 고맙고 고마운 나라인가. 권 서장은, 미국만 믿으면 된다는 남인태의 전화를 받았을 때의 심정과는 달리 생각할수록 미국에 대한 고마움을 실감하게 되었다. 그러나, 급변하고 있는 상황으로는 미국만을 믿고 안심할 수도 없이 위태로웠다. 제공권은 미국이 완전히 장악하고 있지만 지상병력은 이 남도의 끄트머리까지 위협을 가해오고 있는 형편이었다.

경찰병력은 다음날 새벽 어둠을 타고 아무도 모르게 읍내를 빠져나갔다, 여순사건 때 그랬던 것처럼. 그러나 이번에는 그때와는 반대방향인 진트재를 넘어갔다. 그들의 1차 목적지는 여수였다. 그들이 모습을 감추고 한식경이 지나서야 7월 스무나흗날의 첫닭이 울었다.

대전에서 소위로 임관을 한 양효석은 싸움 한번 변변히 하지 않고 부대를 따라 후퇴를 거듭해서 군산에 이르렀다. 거기서 미군함정을 타고 남하해서 다도해를 거쳐 진해에 도착했다. 배 안에서 미군들의 전쟁식인 시레이션이라는 것을 처음 먹어보았다. 깡통을 까먹으면서 풍광 수려한 다도해를 눈 가늘게 뜨고 바라보는 맛은 아주 그럴싸했다.

「성, 쩌그 쩌것이 오동도시.」

배가 여수를 먼발치로 두고 지나갈 때 계급장 없는 전투복을 입은 현오봉이 턱짓을 했다. 1학년들은 진해에서 훈련을 좀더 받은 다음에 임관하도록 되어 있었다.

「근디?」

양효석은 바다를 바라본 채 말끝을 올렸다.

「그렇다 그 말이시.」

「도적눔, 심뽀 씨커머시. 니 시방 집생각허고 있지야?」

「아, 오동도 봄스로 집생각 안 나면 고것이 사람이여.」

「나넌 안 난다.」

「하면, 장교님이시니께. 워쨌거나 괴뢰군덜 때레잡을 생각만 허시
겄제.」

「씨발눔, 말 한분 쌈빡허니 허고 앉었네. 니나 괴뢰군 열 도라꾸 때레
잡아 당장에 별 따묵어라.」

「니기럴, 정내미 떨어지는 소리 허덜 말어. 괴뢰군덜이 홍어좆이 아니
란 걸 젂어봤음스롱도 그런 악담이여, 악담이.」

「빙신, 니 괴뢰군헌테 겁묵었구나.」

「성언 겁 안 묵은 칙끼 말허네. 도봉산 아래 전툴 끝내고 봉께로 얼굴
이 백지장이등마.」

「성질 사카다치허게 맹그는 소리 썹떡껍떡해쌓지 말어, 이새끼야. 맨
주먹찌리 싸우는 것허고 총알이 펑펑 날르는 쌈허고 같을 수가 있겄냐.
한 방 정통으로 맞었다 허먼 황천길로 가는 진짜배기 쌈에서 지도 몰르
게 얼굴이 하얘지는 것이야 당연지사제. 나넌 괴뢰군헌테 겁묵은 거이
아니라 지멋대로 날라댕기는 총알에 잠시잠깐 겁묵은 것뿐이다.」

「참 요상시런 말도 다 있네.」

「니, 육사에 온 것 후회허고 있지야!」

양효석이 눈꼬리를 세우며 현오봉을 노려보듯 했다.

「글씨…… 첨에 들어올 때허고는 맘이 똑같덜 않은 것이야 사실이제.」

현오봉은 양효석의 눈길을 피했다.

「니 정신 똑똑허니 채리고 나 말 들어.」 양효석은 현오봉의 팔을 낚아
채듯 하고는, 「시방 전쟁이 사방천지 안 터진 땅이 옰다. 니가 육사에 안
들어왔다 허드락도 이 난리통에 어느 편짝 군인으로든지 끌려나가게 돼
있다 그것이여. 국군이 아니고 괴뢰군에 끌려나가먼 니 워찌 됐겄냐. 고

것이 을매나 기맥힌 꼴이겄냐. 니도 니제만, 느그 아부지가 저승에서 피럴 토혔을 것이다. 그라고, 국군으로 나간다고 혀도 쫄병으로 따라댕기는 그 꼬라지가 머시겄냐. 기왕에 군인 노릇을 허자먼 쫄병보담이야 장교가 훨썩 낫덜 않겄냐. 서학이고 성일이고 서울서 워떤 꼬라지덜 허고 있는지 알 것이냐. 고것덜 잘못혔다가는 괴뢰군에 끌려갈 판일 거이다. 아매 서학이고 성일이가 지금쯤 우리 둘이럴 하늘맹키로 부러바라 허고 있을란지도 몰른다. 긍께로 니 맘 단단허니 묵고 딴생각허덜 말어라. 나 말 알아묵겄냐?」

그는 진지한 얼굴이었다.

「알겄구만. 나가 무담씨 헛생각허고 있는 것이제.」

현오봉은 고개를 끄덕이며 눈길을 바다 끝으로 보냈다. 그는 전쟁이 터지고 나서 지금까지를 생각하면 나날을 어떻게 살아왔는지 정신을 차릴 수가 없었다. 총도 제대로 쏠 줄 모르면서 의정부 쪽으로 전쟁을 하겠다고 나갔고, 우왕좌왕하는 장교를 따라 갈팡질팡하다가 후퇴명령을 따라 허겁지겁 학교로 돌아왔고, 또 한차례 나갔다가 탱크가 토해대는 불길에 쫓겨 처음보다 더 엉망인 꼴로 도망질을 쳤고, 한강을 건넜고, 머리 처박고 총을 쏘아대다가 어딘지 모를 곳으로 후퇴를 하고, 다시 건성으로 총질을 해대다가 후퇴를 하고, 그러다 보니 어마어마하게 큰 쇠배를 타게 된 것이다. 너무 정신없이 쫓기다 보니 아버지의 원수를 갚겠다고 육사를 지원한 애초의 목적까지 희미해지면서 전쟁에 대한 공포감만 커졌던 것이다.

서울의 밤은 불빛 하나 보이지 않는 암흑의 계속이었다. 아무리 불빛을 감추어 서울을 찾아내지 못하게 해도 비행기들은 빨강불·파란불·노란불을 가쁜 숨을 쉬듯이 깜박거리며 용케도 서울 하늘에서 맴돌았다. 비행기들의 폭격은 밤마다 계속되었다. 폭탄은 마포강변과 영등포 쪽에 집중적으로 퍼부어졌다. 물깊이가 낮고 물살이 세지 않은 마포강변에는 밤마다 물건을 운반하는 부역이 이루어지고 있었고, 비행기는 그 작업을 공격하는 것이었다. 어둠을 틈타 전쟁물자를 옮기려는 측과 조명탄을 터뜨려가며 그 일을 막으려는 측의 싸움은 끈질기게 계속되어 오고 있었다. 민간인들의 부역으로 이루어지고 있는 물건운반은 비행기의 폭격을 무릅써야 하는 위험한 일이었고, 군인이 그들을 대공포로 보호한다고 해도 인명피해는 생기게 마련이었다. 한쪽에서는 물자를 옮겨야 하고, 반대쪽에서는 옮기지 못하게 해야 하는 필요가 팽팽하게 맞서고 있는 전쟁의 현장이었다. 그리고 영등포가 폭격을 당하는 것은 공장지대이기 때문이었다.

이학송은 강둑을 따라 구축된 참호를 등지고 서서 어둠 속에서 진행되고 있는 작업을 지켜보고 있었다. 형체뿐인 사람들이 어둠 속에서도 질서를 지켜 움직이고 있었다. 오른쪽으로는 상자들을 이고 진 사람들이 줄을 이루었고, 왼쪽으로는 짐을 부리고 오는 사람들이 만드는 줄이었다. 배가 자유롭게 뜰 수 있는 물깊이까지 뻗어 있는 둑은 서너 개였다. 그 둑마다 사람들이 소리 없이 부산스럽게 움직이고 있었다. 인민해방전쟁의 승리를 위한 전인민의 노력봉사— 그 현장을 취재하기 위해 이학송은 한강에 나오게 된 것이다.

저 현장이야말로 이번의 전쟁양상을 그대로 드러내는 축도가 아닌가! 이학송의 느낌이었다. 미국의 참전, 한국군의 유엔 편입, 미군에게 넘어간 통수권, 미군의 제공권 장악, 그런 숨가쁜 상황의 변화가 바로 눈앞에 펼쳐져 있었다. 그건 바로 이번 전쟁이 조선 인민과 미국과의 전쟁이 된 것을 의미했다. 미국의 폭격기 B29는 6월 28일부터 서울 상공에 나타나 폭탄을 퍼붓기 시작했다. 그 공격양상은 날로 심해져가 인민군의 진로를 가로막았을 뿐만 아니라 낮시간을 앗아가버린 것이다. 「두고 보십시오. 미국이 전쟁에 개입한 이상 피를 흘리고 손해를 보는 건 우리 민족일 뿐입니다. 인민해방은 수포로 돌아가고, 민족좌절만 남게 될 겁니다. 미국은 인디언을 멸종시키다시피 했고, 흑인을 노예로 짓밟아 오늘을 이룩한 역사를 가진 나라라는 걸 잊어서는 안 된다 그 말입니다.」 김범우의 말이 들리고 있었다. 이학송은 눈을 더 크게 열어 어둠 속을 응시했다.

갑자기 사이렌이 울리기 시작했다. 공습이었다. 이학송은 전신이 경련하는 것을 느끼며 눈을 부릅떴다. 어둠 속에서 사람들이 앞을 다투어 강가를 향해 뛰기 시작했다. 사이렌이 가쁜 호흡으로 울려대고, 대피소로 뛰고 있는 사람들의 발길이 더욱 어지러워졌다. 어둠을 흔드는 것은 사이렌 소리뿐이었고 비행기 소리는 아직 들리지 않았다. 이학송은 뛰고 있는 사람들과 캄캄한 하늘로 대중없이 눈길을 옮기고 있었다. 그러면서 연상 코를 벌름거렸다. 일제말기부터 시작된 공습 사이렌 소리만 들으면 코에서 피냄새가 물씬거렸던 것이다.

느닷없이 어둠을 태우는 빛이 쏟아지면서 하늘을 다글다글 갈아내는 쇳소리가 천둥이 울리는 것처럼 바로 머리 위를 굴러가고 있었다. 소리보다 빠르다는 제트기의 폭음은 언제 들어도 냉혹하고 살벌했다. 조명탄이 쉴 새 없이 터지고, 적기를 향해 대공사격이 시작되었다. 이학송은 자신도 모르게 몸을 웅크려박은 채 숨길이 막히는 저, 저, 소리만 터뜨리고 있었다. 조명탄의 밝은 불빛 아래 그대로 드러난 둑 위에는 미처 대피하지 못한 사람들이 스무 명 남짓 우왕좌왕하고 있었던 것이다. 비행기의 폭음과 총소리와 호루라기 소리와 외침이 뒤범벅이 되고 있었다. 그때 김포 쪽에서 비행기가 곤두박히듯이 날아들며 폭탄을 토해냈다. 폭탄은 뜀박질을 치듯 강물에서부터 둑에까지 불길을 뿌리며 터져올랐다. 진저리 치듯 물기둥이 솟고, 아우성치듯 흙덩이들이 튕겨져올랐다. 둑 위에 남은 사람들이 물로 뛰어들기도 하고, 엎드리기도 하고, 내달리기도 하고, 뻣뻣하게 서 있기도 했다. 비행기들은 줄달아 곤두박혀오며 폭탄을 토해내고 있었다. 둑 위에서 사람이 빙글 돌기도 하고, 불쑥 솟기도 하고, 팔을 내뻗기도 하며 픽픽 쓰러지고 있었다. 둑 위에 네댓 사람이 꼼짝을 하지 않고 쓰러져 있는 가운데 비행기들은 번갈아가며 폭탄을 퍼부어대고 있었다. 둑이 경련을 일으키며 상처를 입어가고 있었다. 불빛이 약해지는 듯싶으면 조명탄은 다시 터져올랐다. 대공사격에 아랑곳없이 비행기들은 무슨 곡예라도 하듯이 곤두박혀내리며 빨강색 파란색의 폭탄을 토해내고는 다시 치솟아올랐다. 느릿느릿 떨어져내리는 조명탄이 세 차례 하늘을 밝히는 동안 비행기들의 폭음이 멀어지자 이학송은 둑을 향해 내달았다. 둑 위에 쓰러져 있는 여섯 사람 중에 다섯은 이미 숨이 끊어져 있었다. 무사한 것은 아이를 업은 한 여자뿐이었다. 그러나, 그 여자가 무사하다고 느낀 것은 잠시뿐이었다. 그 여자가 업고 있는 아이가 피투성이였다. 스물네댓밖에 안 먹어보이는 젊은 여자는 자기를 에워싸기 시작한 사람들을 두려움에 찬 눈길로 두리번거리고 있었다. 여자는 아직 폭격의 공포에서 벗어나지 못한 채 자기에게 무슨 일이 일어났는지 모르고 있는 눈치였다.

「새댁, 정신 차려요. 어서 포대기 풀고 애기 내려봐요. 애기가 다쳤어요.」

30대 여인이 포대기 끈을 풀며 말했다. 그때서야 젊은 여자는 눈빛이 달라졌다.

파편을 머리에 맞은 아이는 온몸을 피로 적신 채 죽어 있었다.

「아가! 아가! 아가!」

젊은 여자는 피투성이의 아이를 품에 끌어안으며 핏덩이 같은 울부짖음과 함께 몸부림치기 시작했다. 쇠가 맞갈리는 비행기의 폭음은 감감히 멀어져 있었고, 조명탄 불빛이 사위어가는 하늘에 다시 어둠이 밀려들고 있었다.

「미국을 과대평가하자는 게 절대 아닙니다. 현실을 직시하자는 겁니다. 이념의 실천이 현실이라는 말, 좋습니다. 그럼 그것을 저지하려는 미군의 세력도 현실입니다. 그리고 그 틈바구니에 끼여 희생당하고 있는 대중들도 현실입니다. 이념의 실천이 확고한 보장이 없을 때 대중들의 희생은 무엇으로 보상되고, 어떻게 설명되는 겁니까.」

다시 들리는 김범우의 말이었다. 이학송은 젊은 여인의 울부짖음을 뒤로 하고 어둠 속을 걷기 시작했다. 인민해방, 밤마다 실시되고 있는 노력동원, 밤마다 가해지는 폭격, 밤마다 발생하는 희생, 피투성이의 아이……. 그의 머릿속은 복잡하게 뒤엉키고 있었다. 그리고 그날의 김범우와의 논쟁이 그를 놓아주지 않았다.

《해방일보》에 근무하기로 결정한 그날 이학송은 김범우를 찾아갔다. 김범우에게 함께 근무할 것을 권하기 위해서였다. 신문사에서는 영어 잘하는 사람 몇을 필요로 하고 있었던 것이다. 김범우에게 신문사 근무를 제의한 것이 계기가 되어 그날의 논쟁은 술 한 방울 없이 몇 시간을 끌게 되었다. 전쟁이 일어나고 나서 입을 다물고 있었던 김범우는 그날 마침내 자신의 생각을 다 털어놓았다.

「그렇습니다. 반민족세력의 지배로부터 인민을 해방시킨다는 것, 그래서 이념적 통일을 이룬 민족을 형성해야 한다는 것은 저도 진작부터 인식하고 있는 점입니다. 그러나 그런 것들을 이룩하기 위해서는 제반 여건이 갖추어져야 합니다. 그런데 지금 상황은 어떻습니까. 벌써 서울 하늘에 미군 B29가 거침없이 날아다니며 제멋대로 폭탄을 퍼부어대고 있습니다. 이게 도대체 전쟁이 일어나고 며칠이나 되어 벌어진 현상입니까. 그리고, 이런 현상이 갈수록 심해지겠습니까, 아니면 덜해지겠습니까. 그거야 말하나마나 한 사실 아닙니까. 이런 현상이 갈수록 심해졌을 때 과연 이번 전쟁을 이길 수 있을까요. 미국을 상대로 그건 불가능한 일입니다. 그 결과 남는 것은 무엇이겠습니까? 인민해방의 좌절과 민족의 상첩니다. 그걸 빤히 내다보면서 행동을 한다는 건 민족의 상처만 키우고, 불행을 조장하는 역할만 할 뿐입니다.」

「자네 왜 자꾸 기회주의적 결과론만 내세우고 그러나.」

서울시당 문화선전부에서 일하기로 된 손승호가 노골적으로 불쾌해하며 말했다.

「자네 무슨 말을 그렇게 해. 할 말이 따로 있지.」

김범우도 정색을 했다.

「아니, 모든 당위성에는 동의하는데 그 결과가 나쁠 것이니 참여할 수 없다는 태도가 기회주의가 아니면 뭔가?」

손승호의 한발 더 내딛는 공박이었다.

「자넨 내 말의 진의를 파악하려 하지 않고 행동의 여부만 따지고 있군. 그건 더 말할 필요가 없는 관점의 차이네.」

김범우가 대화에 차단기를 내릴 태도를 분명히 했다.

「아니오, 기회주의란 두 세력 사이에서 중립을 표방하며 양쪽을 저울 질하다가 유리한 쪽으로 붙는 걸 말하는 게 아니겠소? 김 형은 이미 한쪽을 부정한 상태에서 이번 전쟁의 결과를 우려하고, 그 다음에 닥칠 문제까지 생각하는 거니까 그렇게 말하는 건 좀 잘못된 것 같소.」

이학송이 끼여들었다.

「그럼 방관적 패배주의지요.」

손승호가 지체 없이 말을 받아냈다.

「허허허…… 그게 좀더 그럴듯한 것 같소. 허나, 이 땅이 처한 전체적 상황으로 보아 김 형의 생각도 아주 중요하고 폭넓은 생각이라 싶소. 우리의 분단이 미쏘에 의해 저질러지고, 전쟁이 일어나기 전까지 분명 그 영향하에 있었고, 이제 미국이 본격적으로 전쟁에 개입하고 있으니 상대적으로 전쟁의 결과를 생각하지 않을 수 없고, 그 다음에 야기될 문제에까지 생각이 뻗치는 것이야 생각 가진 사람으로서 당연한 일일 것이요.」

「예, 제가 말하는 것이 바로 그 점입니다. 상상하기 어렵게 빠른 미국의 전쟁개입은 미국이 당초에 남쪽을 점령한 목적을 절대 포기하지 않겠다는 결의의 표현입니다. 그 결의는 우리 민족이 목표가 아니라 쏘련이 목표 아닙니까. 그런 결의 앞에서 이번 전쟁이 이길 확률이 얼마라고 생각하십니까?」

「그럼 쏘련이라고 가만히 있겠소?」

손승호가 내쏘았다.

「좋네, 쏘련이 미국하고 맞붙었다 치세. 그 싸움판에서 박살나는 건 도대체 누군가. 바로 우리 민족이 아닌가 말야. 그렇게 되면 인민해방이고, 이념적 민족 형성이고를 어디 가서 찾게 되겠나. 그 다음에는 쏘련이 개입하지 않는 경우를 생각할 수 있는데, 그러면 이 전쟁이 좌절할 것은 뻔하고, 그 결과는 여순사건 다음의 되풀이가 될 뿐이네. 여순사건이 좌절되고 나서 어떻게 됐는지 자네도 잘 알잖나. 미군무기로 군경의 무장이 강화되었고, 정부는 반공을 정책으로 내세웠고, 좌익은 괴멸상태로 치닫고, 미쏘가 갈라놓은 분단은 민족의 이념적 분단으로 변모되지 않았나 말야. 그때의 상태가 몇십 배로 팽창해서 작용할 것이 이번 전쟁이 좌절한 다음에 초래될 상황이란 말일세. 그렇게 되면 우리 민족의 장래는 뭐가 되겠는가. 그런 걸 뻔히 내다보면서도 무작정 행동을 하는 것만이 옳다고 할 수 있겠는가?」

「자네가 하는 말은 패배주의에 빠진 비관적 전망에 지나지 않아. 그러다가 전쟁이 승리로 끝나면 어쩔 텐가. 그때 자넨 또 뭐라고 할 건가?」

「승호 자넨 근본적으로 내 말을 이해하려고 하질 않는군. 자네가 이미 알고 있다시피 난 민족제일주의자야. 그래서 민족보다 먼저 이념을 내세우는 것을 용납하지 않고, 튼튼한 민족의 생존을 위해선 그 어떤 이념도 상관하지 않네. 그런 입장에서 민족이 상하기만 하고, 목적 달성이 어려울 이번 전쟁을 어떻게 받아들여야 할지, 그게 내 괴로움이란 말일세. 그럼 도대체 어쩌겠다는 거냐고 자넨 묻겠나? 당분간 이 괴로움이 계속되겠지.」

「자네 말을 듣자니까 근본적으로 방법이 틀렸다는 뜻 같은데?」

손승호가 김범우의 의중을 탐지하듯 빤히 쳐다보았다.

「글쎄…… 이 땅이 처하고 있는 전체적 조건이 미쏘에 의해 좌우되고 있는 것이 엄연한 현실인데 우리의 민족문제를 항구적으로 해결하기 위해선 전쟁이라는 방법론 가지고는 어렵다는 것이 내 판단인 것만은 분명하지. 좀더 시간이 걸리더라도 미쏘의 영향력을 동시에 배격할 수 있는 그 어떤 슬기로운 방법을 모색해야 된다고 생각하네. 이렇게 생각하는 게 나 혼자만일까?」

김범우가 괴로운 표정으로 담배를 빼들었다.

「그 어떤 슬기로운 방법이라니? 자네 생각은 너무 막연하고 환상적이야. 구체적 대안도 없으면서 예측만 가지고 현실을 비판하는 건 비판이 아니라 비겁이네.」

손승호는 다시 한 발을 내딛고 있었다. 김범우는 손승호의 그런 태도를 보며, 서울시당에서 일하기로 한 자신의 결정에 대한 확신을 내보임과 동시에 스스로의 의지를 북돋우려 하는 것이라는 생각이 들었다. 그리고, 이런 손승호의 변화를 서민영 선생이 알면 뭐라고 할까 하는 생각도 들었다.

「비겁도 좋고 비굴도 좋네. 나야 안목도 짧고 정치권력도 갖고 있지 않으니까 구체적 대안을 낼 수가 없네. 그러나 근대사회의 구성이 철저하게 민중 중심이어야 한다는 사실을 깨닫고 있고, 그 바탕 위에서만 민족의 주체형성이 가능하고, 민주주의도 가능하며, 역사발전도 도모된다는 것을 알고 있네. 그런 최소한의 인식으로 우리의 문제를 볼 때 한 가지 명백한 것은 있네. 미쏘가 우리를 어떤 형태로든 제약하고 있고, 우리가 그들이 내세우고 있는 이념을 하나씩 나눠갖고 사회문제나 민족문제를 해결하려 든다면 그것이야말로 환상이네. 미쏘 두 나라가 맞서 있기 때문에 우리의 어느 쪽 시도든 무위로 끝나는 환상이 될 수밖에 없고, 만에 하나 미쏘 어느 한쪽이 양보를 하거나 포기를 해서 그런 문제를 해결했다 해도 나머지 한 나라의 영향권을 벗어날 수 없는 한, 민족은 노예적 속박에서도 벗어날 수 없을 거네. 내가 파악하는 건 지금 우리 민족이 처한 상황은 볼셰비키의 혁명상황도 아니고, 중공의 혁명상황도 아니라는 점이네. 로서아에도 중국에도 그들을 제약하거나 속박하는 막강한 두 외국세력은 없었다는 사실이네. 그들이 지금 우리와 같은 상황에 처했어도 혁명을 성취시킬 수 있고, 민족의 문제를 생각대로 해결할 수 있었겠나를 묻고 싶네. 그래서 난 외국세력의 배격이 급선무라고 생각하는 거네.」

손승호는 아무 말 없이 성냥개비만 씹고 있었다.

「그래, 김 형은 아주 중요한 점을 지적하고 있소. 미국의 참전과 기동성에 대해 당이 놀라고 있는 건 분명한 눈치 같았소. 난 솔직히 말해서 김 형이 예상하는 전쟁 결과에 대해 긍정도 부정도 할 수가 없소. 다만, 불행하게도 결과가 나빠진다면 그때는 김 형이 말하는 대로 후유증이 심각하게 될 것만은 틀림없는 사실일 것이오. 어쨌거나 민족의 영원성을 생각할 때 김 형의 그 긴 안목이나 신중을 기하려는 태도는 결코 환상도 비겁도 아니라고 생각하오. 이념의 문제도 그렇겠지만 민족의 문제처럼 신중하게 다뤄야 할 게 또 없을 것이오. 김 형의 괴로움이 그렇다면 신문사에서 일하는 건 좀더 시간을 두고 생각해 보도록 하시오.」

이학송은 그렇게 말할 수밖에 없었다. 그러면서 민기홍을 생각했다. 민기홍은 사회주의 방법론을 거부하는 자유주의 입장에 선 개혁론자였다. 그래서 그는 일찌감치 어디론가 자취를 감추었다. 김범우와 민기홍은 또 그 모습을 달리하는 지식인들이었다. 민기홍이 자유주의 입장을 취하는 것은 크리스천인 까닭이었다. 그러나 김범우는 종교색이 전혀 없이 혁명의 당위성은 인정하면서도 이번 전쟁에 근본적으로 회의하고 있었다. 그들을 기회주의 색채가 농후한 중도파라고 하는 건 전혀 합당하지가 않았고, 굳이 이름을 붙이자면 역사의식과 시대양심을 가진 진보적 지식인이라고 해야 될 것이라고 이학송은 생각했다.

예정된 기사 분량은 200자 원고지 일곱 장이었다. 처음부터 크게 취급하도록 되어 있는 기사였다. 이학송은 원고지 일곱 장을 메우는 데 꼬박 밤을 새다시피 했다. 칠팔 배의 파지를 내야 했다. 전에도 큰 사건을 많이 다루었지만 파지를 그토록 많이 낸 것은 흔하지 않은 일이었다. 누구보다 속필이고 미문이면서 가시가 성성하다는 평을 받아왔던 기사였다. 쇳덩어리가 맞갈리는 굉음과 난폭하기 이를 데 없던 공격과 속수무책이던 방어와 피범벅이던 아이의 작은 몸뚱이와 젊은 어머니의 피 토하듯 하던 절규가 하나씩 정리가 되지 않고 한꺼번에 뒤엉켜 가슴벽을 치는 분노로 살아오는 까닭이었다. 까만 줄 세 개씩을 양쪽에 거느리고 가운데 박힌 하얀 별, 그 표지를 옆구리에 부착하고 제멋대로 날아다니던 흉물과 피투성이의 아이를 끌어안고 몸부림치던 여인의 모습이 마치 김범우가 예고한 결과인 것처럼 대비되면서 가슴을 긁어내렸다.

이학송은 잠을 못 자 뻑뻑하고 따끔거리는 눈을 연상 껌벅거리고, 담배연기로 칼칼하고 옥죄는 목을 계속 칵칵거리며, 매일매일 하루살이로 시간제한 받아가며 살아야 하는 기자인생에 쓴 입맛을 다시며 신문사로 나갔다.

「이 기자는 역시 속사포요. 참으로 혁명적 열성이고, 혁명적 일꾼이오.」

기사를 받아든 취재부장이 만족스러운 얼굴로 말했다.

「과찬이십니다. 기사가 제대로 됐는지나 모르겠습니다.」

「어련하겠어요, 이 기자의 기본능력에다 당성이 합해져 생산해 낸 기산데요.」

이학송은 빙긋 웃어보이며 몸을 돌렸다. 혁명과 해방을 위한 전시라서 그런지 일상어에도 군사용어나 사상용어가 빈번하게 등장했다. 그런데도 그게 전혀 거슬림이 없이 받아들여지고, 자신도 예사로 사용하고 있는 것을 이학송은 문득문득 느끼며, 인간이라는 것이 상황과 환경에 얼마나 민감한 촉수를 가진 동물인지 새삼스럽게 생각하곤 했다.

'당성'이라는 말만 들으면 이학송은 몸이 움츠러드는 것을 느꼈다. 서대문 구치소로 옮겨져 결국 전향서라는 것을 쓰고 손도장을 눌렀고, 전향자감방에 들어앉아 있다가 풀려났고, 그런 사실이 덮여진 채 인공치하의 최고 신문인 《해방일보》에서 일을 하고 있는 처지였다. 사실 전기고문까지 당하고 더는 견딜 수가 없어서 작성한 전향서라는 것 자체가 허무맹랑한 것이었다. 자신이 작가동맹에 가입한 것은 분명한 사실이었지만, 작가동맹은 남로당의 외곽단체로서 당원이 아니더라도 글쓰는 사람이면 누구나 가입할 수 있었던 것이고, 자신은 당원이 아닌 상태로 가입해서 정치활동을 한 바가 없었고, 더구나 문학이라는 그 끝도 없이 난해하고 한도 없이 지난한 세계에 들어선다는 것에 한계를 느껴 스스로 그 단체에 얼굴을 내밀 수 없게 되었다. 그런데도 전향서는 써야 했고, 몸 부서지는 고문 앞에서 못 쓸 이유도 없었던 것이다. 그런데 《해방일보》에 몸담고 보니 그것은 양심의 흠이 되었고, 의식의 죄가 되었다. 그렇다고 지난 일을 따져묻거나 의심하는 일이 없는데 스스로 발설할 수도 없었다. 신문사 안에는 자신과 똑같은 입장에 있는 사람이 또 하나 있었다.

전향자감방에는 아홉 사람이 갇혀 있었다. 서로가 모르는 얼굴들이었지만 남고 처지는 감방의 시간을 소화해 내기 위해 자연스럽게 이야기가 오갈 수밖에 없었다. 누구나 재미있게 들을 수 있고 자기를 드러내지 않아도 되는 것이 음담이나 농담이었다. 순서 없이 이야기가 오가고, 지루한 시간을 웃음으로 떠밀어낼 수 있었다. 그런데 이야기를 듣기만 할 뿐 전혀 입을 열지 않는 사십객의 남자가 있었다. 그는 입을 열지 않을 뿐 이야기를 듣기는 하는 모양으로 어쩌다가 빙긋이 웃기도 했는데, 그가 지치지도 않고 줄기차게 하는 일 한 가지가 있었다. 중학교 1학년용 영어책을 앞에서부터 뒤로, 뒤에서부터 앞으로 느릿느릿 넘기는 일이었다. 그 똑같은 일을 한 시간도 아니고, 하루도 아니고, 매일같이 계속해 내고 있었다. 책을 보는 것도 아니고, 안 보는 것도 아닌 똑같은 손놀림을 그러나 탓하는 사람은 아무도 없었다. 그 영어책이 어떻게 해서 감방에 들어와 있었는지 알 수 없었고, 성경이 있는데도 고집스럽게 1학년짜리 영어책만 넘겨대고 있는 그의 바탕을 감방 안의 전향자들이 눈치껏 헤아린 결과인지도 몰랐다. 서로의 전향에 대해서는 함구를 하고 있듯이. 그런데 바로 그 사람을 신문사에서 일을 시작한 지 나흘 만에 복도에서 맞닥뜨리게 되었다. 서로가 놀라 한참을 맞쳐다보았고, 말이 없는 채 서로가 신문사에 근무한다는 것을 알아차렸고, 그리고 새롭게 눈길을 나누고 엇갈려 지나쳤다. 그는 놀랍게도 논설위원 중의 한 사람이었고, 그 뒤로부터는 서로가 눈길을 피하게 되었다. 인간의 진실과 허위에 대해서, 조직의 순수와 인간의 양면성에 대해서, 양심의 죄와 양심의 속죄에 대해서, 집단적 폭력의 상황과 개인의 의지에 대해서 곱씹어 생각하는 시간이 많아진 것은 그 사람이 거울로 걸려 있었기 때문이다.

「이 기자님, 편집국장께서 보시고자 하십니다. 어서 가보시오.」

부장의 말이었다.

「저를요?」

피로감에 눌려 정신이 흐리멍덩해져 있던 이학송은 필요 이상으로 목청을 높였다.

「그리 놀랄 것 없어요. 아마 기사 잘 썼다고 칭찬을 받을 거요.」

부장이 웃음 지었다.

이학송은 긴장감을 느끼며 편집국장 자리로 걸음을 서둘렀다. 편집국장 이원조, 그 사람은 자주 만날 수 없는 채로 마음속에 어려운 대상으로 자리하고 있었다. 그건 첫 만남에서 받은 인상이기도 했다.

「부르시었습니까.」

이학송은 이원조를 향해 허리를 깊이 숙였다.

「아, 이 동지, 어서 오시오.」

이원조는 부드러운 웃음이 담긴 얼굴로 일어나며 손을 내밀었다. 이학송은 왼손을 받쳐 그 손을 잡았다.

「이 동지는 역시 문장가요. 기사 잘 읽었소.」

「황송합니다.」

「저 회의실로 좀 갑시다.」

이학송은 이원조를 뒤따르며 기사에 무슨 문제가 있다는 것을 직감했다.

「내가 이 동지의 기사를 유심히 읽었는데, 참으로 생동감 있게 잘 쓴 기사였소. 그런데…….」

이원조는 책상 위의 원고를 집어들었고, 이학송은 예상을 했으면서도 가슴이 뜨끔하는 것을 느꼈다.

「이 동지가 어떻게 생각할지 모르지만, 내 생각 같아서는 기사의 말미가 그렇게 끝나서는 좀 곤란하지 않을까 하는 생각이오.」

이원조의 어조는 어디까지나 정중하고도 부드러웠다. 기사는 현장의 모습과 분위기를 있는 그대로 적으며 끝나고 있었다. 그것이 어떻게 되어야 하는지 이학송은 알 수가 없었다.

「좀더 구체적으로 지적을 해주시기 바랍니다.」

이학송은 자신의 심중을 솔직하게 드러내고 싶었다.

「이 동지의 그 솔직함이 좋소. 기사는 죽은 애를 어머니가 안고 통곡하는 것으로 끝나는데, 그건 기사란 있는 그대로를 옮겨놓는다는 원칙에 아주 충실해 있소. 그러나 그건 제국주의적 시대착오적 기사작성법이오. 우리는 지금 사회주의 혁명을 실천하고 있으며, 인민해방전쟁을 수행하고 있소. 모든 인민이 노력을 바치는 모든 분야의 일들은 그 두 가지를 성취시키기 위해 복무해야 하며 집중되어야 하오. 혁명의식을 고취시키고, 인민선동을 고무시키는 문화선전사업의 선봉에 서 있는 신문은 더 말할 것이 없는 것이오. 따라서 기사작성도 사회주의 리얼리즘에 입각해서 그 두 가지 사실의 실현을 위해 충실한 복무가 되도록 씌어져야 하오. 그러니까 이 동지가 쓴 기사가 어떻게 끝나야 하겠소? 애어머니가 애를 끌어안고 주저앉아 통곡을 하고 마는 것, 그건 전시대적 패배주의고 체념주의며, 그것은 또한 반혁명적이며 반해방적인 꼴일 뿐이오. 우리는 그 시점에서 혁명적인 인간상을 창조해 내야 하며, 해방을 갈구하는 인민상을 창조해 낼 수 있어야 하는 것이오. 그러자면 어떻게 해야 되겠소? 이 동지, 주저앉아 통곡하는 어머니를 일으켜세우는 것이오. 그것이 1단계요. 그 다음에 어머니가 안고 있는 죽은 자식에게, 너를 이렇게 죽인 미제국주의자들을 쳐부셔 너의 원수를 갚을 때까지 이에미는 끝까지 싸우겠다, 하는 결의를 소리 높이 외치게 하는 것이오. 어떻소, 이 동지, 이게 조작으로 느껴지오? 사실의 왜곡이라고 생각되오? 어디 말해 보시오.」

「예, 솔직히 말씀드려서 지금까지 기사를 써온 습관 때문에 익숙하지는 못합니다.」

「당연한 일이오. 중요한 건 기자로서의 그러한 기사작성이 사실의 조작이나 왜곡이 아니라 혁명의식의 실천이라는 것을 강요 없이 이해 납득하는 것이고, 그리고 진정한 필요에 의해서 기사가 그런 방향으로 씌어져야 하는 것이오. 자아, 그런 식의 기사작성이 사실의 왜곡이나 조작이라는 거부감을 가질까 봐 하는 말인데, 사실의 왜곡이나 조작은 남조선 신문들이 반민특위를 좌익집단으로 매도하거나, 좌익을 매국노로 몰아세우거나, 김구 선생을 민족반역자라고 쓰거나, 민족반역자들을 오히려 민족주의자나 애국자로 둔갑시키는 짓들이 아니겠소? 사실의 조작이나 왜곡이란 반역사·반사회·반인민적인 기록일 때를 가리키는 것이오. 애어머니를 일으켜세우고, 그런 결의를 다짐하게 하는 데 반역사·

반사회·반인민적인 요소가 어디 있소. 그렇게 기사를 써서 인민들의 혁명의식이 고취되고, 해방의지를 고무 받게 되면 그 가엾은 어린아이의 죽음은 헛되지 않게 되는 것이며, 이 동지는 기자로서 혁명과 해방에 훌륭한 복무자가 되는 것이오. 어떻소, 내 말이 납득이 되오?」

이원조는 잔잔하게 웃고 있었다. 사회주의 리얼리즘, 혁명적 인간상의 창조, 사실의 조작과 왜곡의 차이, 혁명과 해방의 복무, 이학송은 무언가 의미가 잡히는 것도 같고, 아닌 것도 같고, 아리송했다. 그러나 대답은 일단 이해가 된 것으로 할밖에 없었다.

「알겠습니다. 제 생각이 부족했습니다.」

「납득해 줘서 고맙소. 납득한 대로 이걸 이 동지 손으로 손질하면 어떻겠소.」

「그리 하겠습니다.」

「수고해 주시오. 앞으로도 종종 토론하도록 합시다.」

이원조는 이학송을 감싸듯 하는 따스한 눈길을 보내며 원고를 내밀었다.

「말씀 고맙습니다.」

이학송은 원고를 받아들고 다시 허리를 깊이 숙였다.

이학송은 자기 자리로 돌아오며 보름 전쯤에 있었던 일을 떠올렸다. 그때 이미 미군 비행기들의 야간폭격이 감행되고 있어서 신문사의 창이라는 창은 모두 두꺼운 천으로 가려져 있었다. 그런 사무실의 더위에 대해서는 더 말할 것이 없었다. 그 속에서 그는 기사를 마감하고 있었다. 「이 동지, 일이 다 끝나가는 모양인데, 나하고 바람 좀 쐬시지 않겠소?」 이원조가 옆에 와 서 있었다. 그가 이끄는 대로 옥상으로 올라갔다. 한강 쪽에서 들리는 비행기의 폭음과 폭탄이 터지는 소리와 번쩍거리는 불빛들이 밤하늘을 어지럽히고 있었다. 이원조는 그런 하늘을 올려다본 채 한동안 말이 없었다. 그러다가 입을 열었다. 「이 동지, 저게 우리가 직면해 있는 현실이오. 비합법활동의 시기는 지나고 이제 본격적인 혁명투쟁의 시기가 된 것이오. 비합법시기에는 리버럴리즘을 가질 수도 있는 일이오. 그러나 이제 혁명을 통한 진정한 인민해방을 쟁취하기 위해서는 그런 묵은 사고는 일소하고 진실로 노동자 농민의 편에 서는 진정성을 발휘해야 할 것이오.」 그는 마치 독백하듯이 말했다. 그가 왜 굳이 자신을 불러 그런 말을 하는지 그때도 충분히 헤아릴 수 있었지만, 이제 다시 그 의미가 떠오른 것이다.

보통 키에 야윈 편이어서, 윤곽이 분명한 이목구비에 지적이고 부드러운 인상을 가진 이원조.《조선일보》기자를 거쳐, 활동이 불법화되자 월북해서 『소련공산당사』를 누군가와 함께 번역하기도 했다는 그는 대화를 하는 데도 부드러움과 친밀감을 잊지 않았다. 그는 처음 만났을 때, 「이 동지, 동지가 쓴 글들은 많이 읽었소. 문상길 투사의 처형, 4·3투쟁, 여순병란에 관한 것 등등 말이오. 이 동지 글에는 민족적 자각이 분명하게 자리 잡혀 있어서 믿음직하오.」 하는 말을 했다. 그건 자신을 왜《해방일보》기자로 발탁했는가에 대한 이유설명이라고 이학송은 받아들였다.

이학송은 원고지 마지막장을 펼쳤다. 자신은 기자생활을 통해 남다르게 굵은 역사적 사건들의 기사나 취재기를 많이 쓴 편이었다. 그건 우연이 아니라 스스로 자청한 결과였다. 그건 1차로 정권의 정치조작을 방관할 수 없어서였고, 2차로 신문들의 무책임한 동조를 묵인할 수 없었기 때문이다. 기자로서 역사·사회적 소임을 다해야 한다는 의식은 그 다음이었다. 그러나 그 일은 그렇게 쉽지 않았다. 4·3사건에 대해서도, 여순사건에 대해서도 신문들은 정부가 시키는 대로 사실을 조작하고 진실을 왜곡하는 데 열중해 있었다. 왜 민중들이 반기를 들고 일어섰는가에 대한 진짜 원인을 외면한 것은 말할 것도 없고, 미군 순양함이 제주도를 빙빙 돌며 항해하고, 비행기들이 한라산 위를 종횡무진 날아다니는, 눈에 번히 보이는 상황조차 쓰지 않은 채 반기를 든 민중을 '폭도'로 몰아붙이는 데 여념이 없었다. 그러기는 여순사건에 대해서도 마찬가지였다. 자신은 그런 것들을 어떤 방법으로든 사실대로 써내려고 몸부림했고, 그러다 보니 차츰 수사기관의 미움을 독차지하다시피 되었던 것이다.

이학송은 담배를 잉끄려 껐다. 그리고 새 원고지를 끌어당겨 만년필을 힘주어 잡았다.

〈7권에 계속〉

太白山脈 6

제1판 1쇄 / 1986년 10월 5일
제1판 39쇄 / 1994년 10월 13일
제2판 1쇄 / 1995년 1월 15일
제2판 41쇄 / 2001년 9월 5일
제3판 1쇄 / 2001년 10월 10일
제3판 41쇄 / 2006년 11월 20일
제4판 1쇄 / 2007년 1월 30일
제4판 30쇄 / 2011년 2월 25일

저자 / 조정래
발행인 / 송영석

발행처 / (株)해냄출판사
등록번호 / 제10 - 229호
등록일자 / 1988년 5월 11일

서울시 마포구 서교동 368 - 4 해냄빌딩 4 · 5 · 6층
대표전화 / 326 - 1600 팩스 / 326 - 1624
홈페이지 / www.hainaim.com

ISBN 978 - 89 - 7337 - 799 - 2
ISBN 978 - 89 - 7337 - 793 - 0(세트)

파본은 본사나 구입하신 서점에서 교환하여 드립니다.